国家社科基金
后期资助项目
GUOJIA SHEKE JIJIN HOUQI ZIZHU XIANGMU

新时期以来的陕西文学批评研究：
以小说批评为中心

Research on Shaanxi Literary Critics Since the
New Era: Focusing on Novel Critics

李春燕　著

中国社会科学出版社

图书在版编目(CIP)数据

新时期以来的陕西文学批评研究:以小说批评为中心/李春燕著.
—北京:中国社会科学出版社,2020.11
ISBN 978-7-5161-8597-1

Ⅰ.①新… Ⅱ.①李… Ⅲ.①中国文学—当代文学—文学评论—
陕西省 Ⅳ.①I206.7

中国版本图书馆 CIP 数据核字(2016)第 170175 号

出 版 人	赵剑英
责任编辑	郭晓鸿
责任校对	石春梅
责任印制	王 超

出 版	中国社会科学出版社
社 址	北京鼓楼西大街甲 158 号
邮 编	100720
网 址	http://www.csspw.cn
发 行 部	010-84083685
门 市 部	010-84029450
经 销	新华书店及其他书店

印 刷	北京君升印刷有限公司
装 订	廊坊市广阳区广增装订厂
版 次	2020 年 11 月第 1 版
印 次	2020 年 11 月第 1 次印刷

开 本	710×1000 1/16
印 张	21.5
插 页	2
字 数	386 千字
定 价	119.00 元

国家社科基金后期资助项目

出 版 说 明

后期资助项目是国家社科基金设立的一类重要项目，旨在鼓励广大社科研究者潜心治学，支持基础研究多出优秀成果。它是经过严格评审，从接近完成的科研成果中遴选立项的。为扩大后期资助项目的影响，更好地推动学术发展，促进成果转化，全国哲学社会科学工作办公室按照"统一设计、统一标识、统一版式、形成系列"的总体要求，组织出版国家社科基金后期资助项目成果。

全国哲学社会科学工作办公室

序

李春燕的博士学位论文经过进一步的修改、充实，即将由中国社会科学出版社正式出版，闻讯我打心眼儿里感到高兴，作为李春燕的博士学位论文指导教师，既感动于她多年付出的艰辛努力，也感动于出版社责编及她所在单位的关照和帮助。

李春燕曾在《中国研究生》（2008 年第 10 期）杂志上刊文《老师，我心中的灯塔》，比较详细地介绍过自己的学习历程及人生感悟。文末有这样的感慨："也许我们感慨人生太多的变数，但在夜读中我不断地体会着，永恒的是师长们的教诲与引领，似星河灿烂皓月当空。是啊，得世上英才教育之乃人生一大乐事也！回想求学期间遇到过的每位老师，我内心深处有说不完的感激之情。一个来自底层的平民之女，命运多舛，能继续学习，置身三尺讲台，面对我的学生答疑解惑，夜半守灯手不释卷，品味文化体会人生，每点些微的进步都离不开师长们的殷殷教诲啊！"此文主要讲述的是她在西北大学求学期间的体验，从中可以看出她性格的坚忍和求学意志的坚定。我本人也是从苏北的一所中学走向学术领域的，甘苦备尝，所以也能设身处地理解一个奋斗者的体验，尤其是也能理解她作为一位女士，在其奋斗过程中更是有着诸多特殊的困难。所以在春燕读博期间，我特别提醒她要保持从西北大学诸位老师那里习得的优良学风，尤其要全面向西大的周燕芬教授学习，力争做个"周燕芬第二"，如果能够争取做到"双燕齐飞"那必然是一道亮丽的学术风景。因为我知道，周燕芬教授从生活到学术一直在关心和引导李春燕，给她许多温暖、许多帮助，所以我曾建议李春燕请周教授为此书作序，但周教授谦虚地婉拒了。于是只好由我来为本书如实写上几句引语。

李春燕确实很努力很辛苦。她说的"命运多舛"属于曾有的经历，经过她的艰苦努力，终于苦尽甘来。在生活与学业上都是如此，这其中肯定有不少动人的励志故事。而我只能如此介绍：她是 2006 级博士研究生，其专业是文艺学，研究方向是文学批评。由于我曾加盟本校文艺学学科的队伍积极申报博士学位授权，柳暗花明后也被增列为文艺学导师组的成员之一。招生时经西北大学周燕芬教授热心推荐和专业考试，李春燕便从西北大学的硕士生变成了陕西师范大学的博士生，专业也从中国现当代文学转到了文艺学。其实，这种转移也只是微调，这两个中国语言文学一级学科中的二级学科其实有着难以分割的至密关系，于是，经过不太长时间的摸索和准备，李春燕便确定了探讨当代陕西文学批评的课题。

在陕西，历史上的辉煌是人们总爱津津乐道的，但谈及近现代乃至当代陕西，似乎就远不如言说以周秦汉唐为代表的"历史陕西"那样有底气和豪气。近期我曾参与文化部和陕西省文化厅主导的"丝路文化学术论坛"及《文化陕西宣言》的审稿和具体修改工作，在讨论时，包括贾平凹在内的大部分参与讨论的名家都觉得暂时不要发布这个宣言为宜，同时大部分与会者都赞成我当时的建议：先发布一个旨在切实推进相关工作的《建设"文化陕西"倡议书》，然后组织精干人员继续研讨和撰写确有特色、确有分量、确有必要的《文化陕西宣言》，然后择机发表。尽管后来省文化厅领导在会议闭幕式上还是勉强发布了《文化陕西宣言》，不以为然的人似乎还是很多。其中的一个主要原因就是他们觉得当今之世，在全国的文化建设和文化发展方面，陕西的引领作用或号召力其实是很有限的。

然而，只要留神关注，在近现代以来的"三秦大地"其实还是有着不少文化景观、文化事件、文化业绩值得注意和研究的。仅就文学艺术而言，从陕北的"延安文艺"到"陕军东征"及"长安画派"和"西部电影"，就都是具有世界影响的重要的文化现象。而在助成这些文化现象的背后，文艺研究和评论的贡献其实是不可忽视的。这其中就有陕西本土和移居在陕的众多评论工作者的积极贡献，他们的评论往往是早发的、及时的和中肯的，不仅有书面的众多文章，还会有近距离接触过程中的交流交心、劝导提醒等。这些构成"文化生态""创作环境"的诸多因素对创作者而言都是非常重要的。

如今，李春燕克服了种种困难，伤神费力，通过数年持续不断的探索，尤其注重阅读相关原始资料和审慎把握利弊得失，从而对陕西文学批评进行了整体性的集中探讨，在这个看上去是陕西文坛的"弱项"领域辛苦耕耘，终于拿出了有分量的博士学位论文，并在获得省社科基金后期项目资助后进一步充实和修改，最终为我们奉献了一本专论新时期30年陕西文学批评且论证具体、持论中肯而又材料翔实的学术专著，填补了一个虚位甚久也值得填补的学术空白。为此我要由衷地祝贺作者！但关于本书的具体而微、深入腠理的介绍和评论，我想还是由那些有缘的读者来进行比较合适一些。因为作为本书作者的指导老师，确实很容易落入"妄议妄评"的思维陷阱。但我相信这部凝结了作者多年心血的学术著作具有其内在的学术价值并会受到评论界的欢迎，也相信作者会以此为新的起点，在文学研究和评论方面继续进行"上下求索"，为开放的学术界及学术文化奉献新的佳作。

　　为此，我愿与李春燕及所有我的研究生们共勉！同时也借此机会祝福你们，不仅一定要健康快乐、生活幸福，而且也要能够用心灵体会到"幸福教育"和"幸福学术"的妙味！

　　是为序。

李继凯

2015 年 11 月 6 日晨于启夏斋

目　　录

绪　　论

一　选题的理由与意义

陕西文学创作在当代文学史上占据着重要位置，与创作相应的文学批评在当代文学发展史上发出过响亮的声音，但关于新时期以来陕西文学批评①的整体研究却极其匮乏。论证具体而又材料翔实的专著迄今尚付阙如。

（一）陕西文学批评的历史回溯

历史上，三秦大地曾以其突出的区位优势，谱写过辉煌的历史篇章，尤其是关中及古都长安，从西周到唐代演绎出 13 个朝代，建都时间总共 1100 多年。秦地曾有三次大的崛起，这就是周族的崛起与西周文化的显赫，秦人的崛起与秦汉文化的显赫，拓跋鲜卑的崛起与隋唐文化的显赫。② 时至近现代，陕西文化如废弛的古都，渐行渐远于中国文化的中心，但遥远的历史文化背景却正是 20 世纪陕西文化以及文学批评生发的"高台起点"。③

20 世纪 40 年代，由于特殊的战时政治文化因素作用，延安文艺崛起于中国的西部，陕西文学批评也由此腾空而起。

1942 年 5 月，毛泽东《在延安文艺座谈会上的讲话》（以下简称《讲话》）力主社会主义现实主义文艺，这成为陕西文学与批评的理论起点。受到《讲话》精神的感召，荟萃于延安的全国各地文化人士共同建构解放区文艺，像湖南的丁玲、周立波、康濯、柯蓝，东北的舒群、白朗、罗烽、萧军，四川的沙汀、何其芳、邵子南，浙江的陈企霞、陈学昭，湖北的陈荒煤，广东的草明，江苏的孔厥，山东的杨朔等人，他们

---

① 下文简称为"陕西文学批评"。

② 王大华：《崛起与衰落》，陕西人民出版社 1987 年版，第 6—9 页。

③ 冯肖华：《陕西当代现实主义本体论》，太白文艺出版社 2003 年版，第 57 页。

将外来文化形式如新文化运动启蒙思想与烙有个性情态的文化模块席卷包裹一体，置放于延安地方风情与民间特色的本土文化根基上，锻造磨合出全新的延安文化。陕西本土作家柳青、马健翎、杜鹏程等人创作热情高涨，吸收外来文化的丰富营养，创造出无愧于延安本土以及时代的艺术作品。"表面上看，延安文学多是由外来人创作的'移民文学'，实质上却是本地文化与外来文化（如马克思主义）、新兴文化与地域文化（如延安农民文化）深度融合的结果。"① 陕西由于延安文艺的崛起，跃为举世瞩目的一个文化"西部高地"②。解放区的延安文学与国统区的重庆文学、西南联合大学知识分子的文学创作共同汇聚一体，撰写出新文学史上辉煌的一页。

《讲话》作为一种"精神生产力"，激发并深远地影响着陕西本土批评者。胡采作为陕西第一代批评者，他亲耳聆听过《讲话》，曾经见过毛泽东三次，60 年代他的《思想要高，生活要深》《作家必须同人民密切结合》《从生活到艺术》《创作的深度》等文章就是《讲话》理论视域下的衍生与发展。《讲话》也直接影响着追求自由解放的陕西本土作家。《讲话》发表之后的第二年，柳青就踏入陕北米脂一蹲三年，后来又落户长安县生活十四年，《创业史》是柳青在《讲话》精神直接影响下的创作成果，其中凝聚着到生活中去的实践路线和人民路线。80 年代，刘建军、蒙万夫、张长仓合著的《论柳青的艺术观》就受到柳青"三个学校"创作经验的启示，其中的文艺观也同 40 年代延安讲话精神血脉相连。毛泽东《在延安文艺座谈会上的讲话》不仅影响着战争时期的延安和中国，其理论的辐射力和穿透力也影响着新中国成立后的陕西与当代中国文艺的发展。

陕西文学批评家在毛泽东讲话精神的感召下，在理论研究与实践批评中进行着富有个性化道路的探索，批评者不拘泥于定论，坚持独立思考。陕西第二代批评者王愚 25 岁就登上批评舞台，在 50 年代典型论讨论中崭露锋芒，他重提黑格尔充满辩证思维的"这一个"，坚持典型论中的"个性说"，文学批评的利剑直逼张光年的"本质说"和巴人的"代表说"。王愚的"个性说"是典型论中突响的异音，他的文艺观点与李幼苏观点不谋而合。他的文艺思想由于与主流意识形态立场有所偏移，"个性说"并没有引起学界足够重视，但它丰富了典型论的内涵，显示了陕西理论研究的实力。

---

① 李继凯：《秦地小说与三秦文化》，湖南教育出版社 1997 年版，第 17 页。

② 李震：《新文学地理中的西部高地》，《陕西师范大学学报》2004 年第 6 期。

20 世纪 80 年代后的陕西文学批评在不同程度上受到《讲话》精神的影响。被称为"集体别林斯基"的"笔耕文学研究组"继承十七年文学批评的现实主义历史传统,既注重生活与艺术之间血脉相连的关系,又积极借鉴西方新思潮与方法完善自己的理论。畅广元、肖云儒、费秉勋、李星、王仲生、刘建军这些在全国有一定影响的批评家,尽管文学批评在具体批评形式上存在着个性差异,但总体都建立在马克思主义历史——美学的批评基础上。

纵观陕西文学批评走过的历史,始终坚持马克思主义文艺理论,并不断从生活、哲学、社会思潮以及文学创作中汲取营养成分,使文学批评随着时代向纵深处发展,其思想路径基本是延安讲话视域下的理论发展。

(二)陕西文学批评的价值与意义

陕西文学批评对陕西文化(文学)的发展做出了重大的贡献。作为文化大省的陕西在当代文学发展进程中,突出表现在长篇小说的创作上,而文学领域取得的成就在陕西文化的整体发展构建中占据着重要位置,这点与其他省市相比尤为突出。十七年文学中,杜鹏程《保卫延安》和柳青《创业史》这两部经典的现实主义长篇小说,分别再现了革命战争岁月与和平建设时期的火热生活,成为当代文学的扛鼎之作;20 世纪 80 年代,路遥的《人生》《平凡的世界》和贾平凹的《浮躁》这类现实主义小说,受到社会的广泛关注,这归功于作品蕴藏的深刻思想内涵以及在同类作品中达到的艺术高度;90 年代,陈忠实以开放融合的气魄寻找现实主义文学发展的新的生长点,创作上博采众长、大胆创新。《白鹿原》既完成作家对自我的超越,也完成了对传统现实主义创作的超越,荣获第四届茅盾文学奖。21 世纪,贾平凹的《秦腔》以细节之绵密、叙事之精微而见长,它摹写了日常生活的本真状态,并荣获第七届茅盾文学奖。而"《秦腔》的这声喟叹,是当代小说写作的一记重音,也是这个大时代的生动写照"[①]。

就全国文学发展的格局来看,陕西作为一个省级行政区域,先后出现杜鹏程、柳青、王汶石、李若冰、魏钢焰、路遥、贾平凹、陈忠实等对全国文学发展有重大影响的数名作家,并在短短的二十来年内,路遥、贾平凹和陈忠实这三位陕籍作家先后斩获茅盾文学奖,这在当代文学发展史上是极其罕见的文学现象。作为与文学创作相对应的文学批评在作家的培养、作品的传播中起到了不可忽视的巨大作用。20 世纪 80 年代被誉为"集体别

---

① 第七届茅盾文学奖长篇小说《秦腔》授奖词。

林斯基"的"笔耕文学研究组"以整体阵容亮相于中国当代文坛,他们紧密关注作家对其作品进行跟踪式评论。他们的批评活动不仅影响着作家的文学创作、普遍提升着陕西大众的审美水平和文化素养,而且以其特有的形式参与到中国当代文学发展的进程中去,促进文学观念的变革与衍生,并参与到整个社会与时代进步的历史洪流中来,以强大的意识渗透力量发挥着舆论造势的文化功能。作家这个职业在陕西备受社会各个阶层的尊敬,这不仅与作家取得的文学成就和提供给读者群的文学想象有关,也与陕西文学批评营造的浓郁文化(文学)氛围不无关系。时至90年代,陕西作家批评、学院派批评以及媒体批评以各自不同的姿态与批评形式参与到陕西区域文艺活动中来,共同铸就陕西文化事业的辉煌。

陕西文学批评不仅为陕西文化(文学)的发展做出重大贡献,而且以其独特的区域文学批评所具有的特色"回应"着全国主流文学批评的声音,并与全国文学批评汇聚一体或奠定或充实着中国当代文学批评。

总体来看,陕西文学批评是现实主义的文学批评。尽管20世纪80年代后期文学新潮迭起,90年代"后学"风靡一时,当代文学的整体呈现出多元发展态势,现实主义主流地位旁落,但陕西文学依然坚定地执守现实主义文学的创作和批评方向。在文学创作方面,杨争光超越乡村经验写作,着意于现代主义形式与意味的追求。红柯追寻长天阔地间人性圆通的童话诗意写作;在文学批评方面,云集于学院的高校教师和博士、硕士研究生也尝试着采用新理论新方法研究文学现象,但倘若与东南沿海地区那种凌厉、前卫的批评姿态和批评风格相比,陕西文学批评的新锐探索仍处于散兵游勇的状态,而主导性的现实主义文学批评依然以其持重稳健的特色挺立于陕西并充实着当代文学批评。

如果要探索新时期陕西文学批评的特色,那么其对全国文学批评做出镜子式的反映批评,从而形成与全国文学批评的互文性关系正是其特色所在。这种特色与京津地区以及东南沿海地区因其特殊的区域位置而形成的文学批评特色是迥然不同的。京津以及东南沿海地区因其特殊的地域位置率先得时代之先风(比如政治的、文化的、思想的、习气的等),因此其文学批评也相应地表现出凌厉、前卫的批评特色。而陕西位居西北以及身居内陆腹地的地域位置,乃至历史文化因素的传承积淀,使文学批评很难接受外来之风的浸染,显示出持重稳健的特色,这是陕西的地域位置和历史文化因素综合作用的结果。在全国文学批评层出不穷地翻出新花样的局面下,陕西以现实主义为主导的文学批评就显得滞后土气,然而在文学旗帜的纷乱变幻中,陕西文学批评对于现实主义文学批评的恪守越发显得弥足珍贵。它愚拙地捍卫着现实主义文学批评原则，并在恪守中以开放的胸襟吸纳着其他批评形式的因素，不断地扩大着现实主义文学批评的疆域。这份持重稳健的特色使人联想起秦代的兵马俑、汉代茂陵的卧虎石雕，肃然之情油然而生。

在全球一体化语境中，中国文学批评也面临着与陕西文学批评同样的境遇。与西方文化相比照，中国文学批评也显示出因袭传统文化而形成的守成滞后的特点。因此，在文化背景层面，陕西文学批评再次实现了与全国文学批评的互文性阐释。

当然，陕西文学批评传承了在全国文学批评中占据过主导性因素的现实主义文学批评传统，显示出持重稳健的文学批评特色。同时由于传统文化中隐含的因循守旧因素，文学批评在文化心态上就显示出落后保守性，在现代文化意识的烛照之下，这种文化心态也会阻碍陕西文学批评以及中国文学批评的健康发展。

中国当代文学的"地方性知识"被逐渐揭示出来后，区域文学研究日益成为当代文学研究中颇受重视的领域。中国当代文学的发展有其自身的一些特征，其中最重要的一点就是中国当代文学已成为一种高度统一的国家文学，即高度统一的社会主义国家文学。特别是新中国成立，对20世纪中国文学的发展产生极大的影响，并由此形成了统一的当代文学。"统一的当代文学"包含"三个统一"，即统一的指导思想、统一的管理机构和统一的评价标准。首先，统一的指导思想。1942年，毛泽东《在延安文艺座谈会上的讲话》提出的"文艺为工农兵服务，为无产阶级政治服务"的二为方针为战时中国文学以及当代中国文学的发展确定了方向。随着中国共产党在全国夺取胜利建立中华人民共和国，延安讲话精神成为新中国文艺发展的根本方向；其次是统一的管理机构。全国第一次文代会后，在各级党委政府的领导下，成立了全国统一的文学艺术管理机构中国文联及其下属的各文艺家协会，各省、自治区、直辖市在文学领域相继成立了作家协会。经过数十年的发展，文联和作协形成了一整套成熟统一的管理模式，有效而深远地影响着中国当代文学的发展。最后是统一的评价标准，即政治标准和艺术标准。

这些构成了当代文学的国家形象和国家文学模式，然而大一统的国家文学在发展的过程中，又派生出中国当代文学的另一个重要特征，即当代文学的区域性。

当代文学的区域性与文学的地域性有一定联系，文学中的地域性一般指文学创作中的地域文化特色，即作家作品所受到的地域文化的浸染，比如常说的"齐鲁的悲凉""巴蜀的灵气""西北的雄奇""吴越的逍遥""秦晋的苍凉""楚风的绮靡"等。文学的地域特色总受到源自自然地理环境因素的选择影响，特别在交通闭塞的农耕文明时期地域特色尤为突出。随着工业文明和商品文化的发展，文化交流活动日益频繁，地域文化特色以及文学中的地域性在表现内容及表现方式诸多方面发生了变化，显示出趋于融合、交错纷呈的情态。特别是现代民族国家的崛起，强大的国家管理资源迫使地域文化之间的交流纳入统一的国家共同体的总体框架中。国家行政区划直接制约着、塑造着区域性文化的构成因素和特质，文学的区域因素日益成为影响文学发展的重要方面。

因此，"中国当代文学的发展作为国家文学的形成既是中国当代社会发展道路选择的产物，也是文学发展从地域文学到区域文学的必然结果"。[①] 陕西位处西北、身居中国内陆腹地为中原文化板块，陕西文学及陕西文学批评为中国当代文学版图上的一个板块，它有机地构成了中国国家文学的一部分，彰显国家文学的气象与意志，同时又以其独特的区位优势显示出区域文学的独特品格。

近年来，"区域文学研究""区域文学史"如火如荼，比如区域学研究方面的敦煌学、西部学、海南学等，文学史方面的京派、海派、荷花淀派、湘西文学、鄂派文学、江西文学等研究，在学术上成风称派，景象蔚为大观。

新世纪以来面对全球化理论知识的传播、理论范式的交互影响，各个国家、各个民族、各个区域愈来愈看重自我身份的确认及本土文化的坚守发扬。在全球知识交融及国内各个区域文学研究的语境下，陕西文学批评怎样确认自我的身份、如何实现自我主体性的定位，同时又要力避偏于一隅的自大封闭及盲从他者。显然，这已经成为当下陕西文学批评研究迫在眉睫的问题。吉尔兹"地方知识"概念理论对区域文学的研究具有一定的借鉴意义，"地方知识"把文学当作一种文化符号体系来研究，强调通过"深度描写"细读文本及相关文化行为的方法，力求再现各种知识的生成与历史语境间存在的关联性。吉尔兹还用"文化持有者的内部眼界"[②] 观察文化，重视文本阐释者的"主体参与性"。借此来观察作为一种"地方知识"的陕西文学批评，可以看到中国传统古老文化的踪迹，

---

① 周晓风：《中国当代文学的统一性与区域性》，载周晓风、袁胜勇《区域文化与文学研究集刊》第 2 辑，中国社会科学出版社 2012 年版，第 7 页。

② ［美］克利弗德·吉尔兹：《地方性知识》，见《阐释人类学论文集》，王海龙、张家瑄译，中央编译出版社 2000 年版，第 21 页。

也可以凭借"深度描写"描出它得以形成的具体语境。

陕西的"区域文学批评"仅仅是一种尝试性的探索研究，一方面它有利于拓展了陕西文学批评的影响范围，同时在全球语境下也或可彰显陕西文学批评作为地方性审美体验的价值。无论是从文学史还是从文学批评史的角度看，"区域文学批评"以及陕西文学批评作为重要的学术概念与范畴，当引起学术界的高度重视。然而，在"区域文学批评"还很少被关注的时候，从事"陕西文学批评"是个尝试。笔者相信，这应是一个必要有益的尝试。

（三）文学批评研究工作的匮乏

翻阅陕西文学史著作，文学现象、作家作品分析占据了相当大的篇幅，特别是20世纪80年代以来，陕西文学史的撰写几乎倾向于作家作品论，而对于文学批评的研究却不为文学史所顾。即使文学史撰写涉及文学批评，也往往把它作为作家分析、文学现象第二性的"隶属品"，缺乏对新时期文学批评进行必要的文学史意义上的关注。冯肖华主编《陕西地域文学论稿》（陕西人民出版社2006年版）、马宽厚《当代文学研究论文集》（中国文学出版社2002年版，其中上卷为《陕西文学史稿》）两部陕西文学史的撰写顾及文学批评，但所占据的位置与篇幅微乎其微。

有关文学批评研究的二度批评亦有单篇文章散见于报纸杂志，但数量较少。就笔者有限的阅读范围所及，有陈孝英《九十年代陕西长篇小说评论之评论》（《小说评论》1996年第5期）、韩鲁华《在历史与文化交叉地带煎熬——谈李星的文学批评》（《唐都学刊》1991年第3期）、《理论建构：文学批评的基石——陕西当代文学批评扫描》（《陕西广播电视大学学报》2001年第3期）和《前现代与现代：陕西的文学创作与批评——从陈忠实的创作及研究谈起》（《小说评论》2005年第4期）等几篇文章。

陈孝英《九十年代陕西长篇小说评论之评论》一文，从审美角度指出陕西省长篇小说缺乏"现代文体特征"和"形式—技法"方面的深入研究，陈孝英特别强调"形式—技法"形而下研究的匮乏。以上两点是对长篇小说评论学理式的审视，文章第三点聚焦于批评家主体人格，以"陕军东征"中批评界对五部作品肯定性评价为例证，警觉提出陕西文学批评有某种不健康、不正常的倾向，重申批评应有的"面对实际、坦言直陈的气氛和勇气"[1]。

---

① 陈孝英：《九十年代陕西长篇小说评论之评论》，《小说评论》1996年第5期。

　　韩鲁华1991年发表的《在历史与文化交叉地带煎熬——谈李星的文学批评》一文指出，李星早期批评被忽视的原因在于"依靠社会势能的推动去思考，去写作"①，这是一代批评者共同遭遇的批评命运。阅读第一代和第二代批评者的文章②，似乎总有一个类似共同的声音在说话，缺乏个性色彩。韩鲁华认为李星批评的转变在于把自己的文化人格熔铸于批评文本，李星的《论"农裔城籍"作家的心理世界》是批评找到个人位置的明证。对此他给予充足的肯定，认为是"真正的文学批评"的开始。2001年《理论建构：文学批评的基石——陕西当代文学批评扫描》一文，以全局性眼光对陕西文学批评进行了轮廓性勾勒，将批评队伍分为三个梯队。此文值得称道处是提出批评理论建构的学术问题，这是20世纪以来中国文学理论与批评一直面临的困惑，同样也是当下理论工作者难以攻克的棘手问题。韩鲁华以挑战自我、挑战时代的勇气撰写《精神映像——贾平凹文学创作论》一书，试图通过贾平凹创作研究完成理论批评框架的建构。2005年的《前现代与现代：陕西的文学创作与批评——从陈忠实的创作及研究谈起》一文，首先肯定21世纪以来畅广元、李星、王仲生、段建军等人在《白鹿原》研究方面取得的成果，在现代文化意识的烛照之下，指出陕西文学批评的不足：缺乏理论的前瞻性、预见性和完整性，存在文化心态的固守性和批评视野的狭隘性。③事实上，这是有目共睹的批评现象，尽管陕西文学创作在全国的不同发展阶段曾经占据过重要的位置，但文学批评从全局着眼总是慢了半个拍子，它所作出的是对全国文学批评镜面式的反映批评，缺乏第一代批评家胡采跻身全国的批评胆识与才华。

　　当然，在陕西文学批评研究严重不足甚至缺乏的情况下，这些有见地

---

① 韩鲁华：《在历史与文化交叉地带煎熬——谈李星的文学批评》，《唐都学刊》1991年第3期。

② 韩鲁华在《理论建构——文学批评的基石——陕西当代文学批评扫描》一文中，将陕西当代文学批评分为三个阶段，第一阶段20世纪五六十年代，标志性批评家胡采，批评模式是社会政治批评；第二阶段70年代末期到90年代，以笔耕组为纽带，代表性人物王愚、李星、肖云儒、刘建军、王仲生、费秉勋等人，批评模式是历史美学批评；进入90年代为第三阶段。几代批评家共存构建陕西文学批评，呈现本体多元态势。此文详见《陕西广播电视大学学报》2001年第1期。笔者认同这种说法，在此基础上，将陕西文学批评队伍分为四个梯队，第四梯队为新时期以来的"青椒批评"，"青椒批评"言指"70后""80后"的文学研究者，他们大多聚集于高校或科研部门，受过当代良好的书斋教育，生气逼人，人物众多，是正在成长的一代新人，是陕西文学研究的后备军。

③ 韩鲁华：《前现代与现代：陕西的文学创作与批评——从陈忠实的创作及研究谈起》，《小说评论》2005年第4期。

的论文就显得弥足珍贵，其中提及的不少问题对于今天的批评研究亦有价值和意义。韩鲁华多年致力于文学批评，敢于思考，笔耕不辍，这为渴求突围的陕西文学批评增添了希望。另外还有不少批评专著的书评或代作者序，亦可算入二度批评研究。如对《中国西部文学论》的代作者序《多维文化学的理论建构》，对《秦地小说与"三秦文化"》的书评《兼容并蓄：审美个性化的必由之路》（《小说评论》1998 年第 4 期）、《文化视野下的整体观照与系统分析》（《陕西师范大学学报》2001 年第 1 期）等文，确有不少真知灼见，但亦存在严重的不足。书评或代作者序，大多以奖掖后辈扶植新人为写作基点，往往是浓墨重彩地描述内容，凸显著者独特的研究视角以及深刻的见地，最后才回过头对论著的不足，做一番轻描淡写的简短点评。显然，批评研究难免有文人相轻之嫌。

恢宏的文学事业大厦由文学创作、文学理论、文学批评三足鼎立而成，创作、理论、批评相互激荡、并行发展，铸造出纷繁驳杂、风姿绰约的文学景观。如果说缺乏批评之一维，尤其是批评的二度研究，那么文学大厦就会发生倾斜。文学批评史既是文学的批评历史，又是思想文化史的一脉。这种双重性决定文学批评既是一种审美艺术的精神活动，又自成体系成为独立的学科，与文学、文化、社会息息相关，"批评是一般文化史的组成部分，因此离不开一定的历史和社会环境"[①]。文学批评作为文学发展过程中不可或缺的一部分，不仅通过作家作品批评活动促进文学创作的长足发展，而且以其特有的形式参与到文学发展进程中去，促进文学观念的变革与衍生。因此，文学批评与文学创作、文学理论关系密切。当然，文学批评又不同于文学创作，作为精神产品的文学批评，既是文学艺术的，又是科学的。批评家与作家一样需要审美创作活动，需要精神劳动，批评作品也是具有审美价值意义的精神产品，需要感知能力、想象能力、虚构能力，是审美感受再创造，是文学活动不可或缺的一部分；同时，文学批评作为对文学的批评方式，又有文学创作不具备的特殊文学意义，它应当与文学创作具有同样的独立地位。因此，文学批评研究是重要的，应该成为文学史重要的组成部分。无论文学批评生存状况怎样、自身发展前景是否看好，文学批评都应该构成文学史撰写的主要内容之一。

回望新时期 30 年，陕西文学批评出版了大量学术专著，取得了可喜的成果，为新时期陕西文学与批评的发展奠定了坚实的理论实践基础。但

---

① 韦勒克：《近代文学批评史》，上海译文出版社 1997 年版，第 10 页。

整体考量陕西文学批评研究即二度批评，还是不成气候，不尽如人意，停留于零散琐碎，缺乏理论研究的系统性与全局把握的整体性，与陕西文学创作的辉煌和文学批评的成果相比，也是极不相称的。其实，对于文学批评研究工作的轻视，似乎成了较为普遍的现象，甚至从事大学教育的个别文科教师对文学批评也表现出不屑一顾的态度。固然，这与当下文学批评本身不自律有关，那种"红包批评""圈子情结"等病象严重地损害了文学及文学批评形象。因此，本书的研究具有问题的紧迫性与现实的针对性。

鉴于以上因素，本书试图填补新时期陕西文学批评的整体研究这一学术之空白。通过对陕西这一区域文学批评的历史梳理，勾勒出陕西文学批评多元构建的格局。从文学批评精神内涵和文化心态等方面把握陕西文学批评，寻找可资借鉴的价值资源，注重意识角度的审视，努力把住文学批评之命脉，寻找当下批评突破的可能。

二　研究现状及趋势

（一）三个阶段

新时期陕西文学批评随着陕西文学创作经历了一个漫长曲折的过程，大致可分为三个阶段：

1. 沉寂酝酿期

时间指的是 20 世纪 70 年代中后期到 80 年代初期，这一时期对于陕西文学的批评可以从 1977 年 1 月复刊的《延河》文学月刊、散落在报纸上零星的评论以及公开出版的评论集中依稀分辨出。文学批评基本在文学的外部范围进行，主要集中在对老作家杜鹏程、柳青、王汶石等人的作品分析上。批评者有胡采、王愚、阎纲、蒙万夫等人。文学批评特点如下：以毛泽东《在延安文艺座谈会上的讲话》为指导，以马克思主义理论历史美学观为其理论基石，沿袭社会政治批评模式，强调政治标准第一，艺术标准第二，明显地受到社会时代风貌的制约，政治气息浓郁、艺术氛围较为淡弱。值得注意的是文艺理论批评家胡采的理论批评在 70 年代的文学批评中独具特色，当然其文艺批评标准也不可避免地带上时代特有的政治色彩。胡采文艺批评特征如下：第一，重视作品的艺术性，从审美角度对杜鹏程等人作品进行细致分析，这在当时批评语境中亦是难能可贵的；第二，注重生活对创作的作用，由此入手构筑批评的理论支点；第三，批评态度理性化，批评者与作家的关系首先是挚友，其次是诤友。

2. 复苏发展期

时间指的 20 世纪 80 年代中后期，这一时期陕西文学批评处于迅速成长发展壮大时期，标志性事件是"笔耕文学研究组"的活动与《小说评论》的创刊。1981 年 1 月 13 日，"笔耕文学研究组"展开第一次学术活动，王愚、蒙万夫、李星、畅广元、文致和、费秉勋等人参加文学活动。《小说评论》是全国范围内起步最早的专业性小说评论杂志，1985 年 1 月创刊。80 年代陕西文学批评以《延河》《小说评论》为阵地，以"笔耕文学研究组"活动为纽带，以群体形象展开陕西文学批评工作。他们一方面继承 70 年代乃至十七年文学批评的现实主义传统，注重生活与艺术之间血脉相连的关系；另一方面积极借鉴西方新思潮与方法丰富并完善批评理论。在此期间，涌现出一批在全国颇有影响的文艺批评家，如畅广元、肖云儒、费秉勋、李星、王仲生、刘建军等人。这一时期文学批评特点如下：一是跟踪审美体验式批评模式，评论家紧跟作家对其创作作出及时的评论，具有新闻报道的及时性、趋时性特点，它提升了作家作品在时代中的声誉及影响，但由于缺乏理性沉淀，不可避免地出现激情有余而思考不足的弊病；二是批评成果不突出，理论深度不够，处于文学批评积淀时期，真正开花结果还在 90 年代。

3. 多元喧嚣期

时间指的是 20 世纪 90 年代至今的文学批评，这一时期文学批评呈现出多元化的态势，一方面大量厚重的学术专著不断涌现，使得新时期文学批评进入一个前所未有的境界，另一方面随着市场经济的急剧冲击，文学批评出现躁动不安。特点如下：

（1）批评模式趋向多元化。根本性突破 70 年代乃至 80 年代前期批评界盛行的社会政治批评模式，大胆吸纳文本批评、心理批评、原型批评、比较批评、女性主义批评、接受批评等多种批评模式；其次批评队伍得以扩充与壮大。既有活跃于 80 年代批评界的第二代批评家，又有经学院训练有素的朝气蓬勃的第三代批评者，如媒体派李国平、邢小利，学院派赵学勇、李继凯、屈雅君、张国俊、李震、周燕芬、段建军、仵埂、沈奇、杨乐生等，以及宝鸡、渭南、延安、榆林、商洛等聚集在高校的教师，他们以较为独立的批评姿态走向批评界，思维敏捷、潜力很大，为振兴陕西文学批评注入强劲新鲜的血液。

（2）成果明显。第二代批评家经过知识储蓄及思想沉淀结出丰硕的成果，比如畅广元的《神秘黑箱的窥视——路遥、贾平凹、陈忠实、邹志安、李天芳创作心理研究》（合著）、《主体论文艺学》（合著）、《二十世纪西方文学理论》《中国文学的人文精神》《陈忠实论——从文化角度观察》，费秉勋的《贾平凹论》，肖云儒的《中国西部文学论》等；年轻的第三代批评家相继推出学术著作，李继凯的《秦地小说与"三秦文化"》，屈雅君等人合著的《新时期文学批评模式研究》，韦建国、李继凯等合著的《陕西当代作家与世界文学》，冯肖华主编的《陕西地域文学论稿》《陕西当代现实主义本体论》，赵德利的《情缘黄土地——新时期陕西文学的民间文化阐释》，韩鲁华的《精神的映像》，段建军的《白鹿原的文化阐述》，马宽厚的《当代文学研究论文集》（上、下卷，其中上卷的《陕西文学史稿》是陕西文学的专著）等。

到目前为止，根据不完全统计，关于新时期以来陕西文学批评的专著有近百部。由于笔者有限的时间和精力，难免会错过富有真知灼见的学术著作，只能恳请方家里手海涵。下面就少部分重要批评专著进行评述：

肖云儒的《中国西部文学论》是西部文学创作与理论研究的第一部专著，荣获 1990 年中国图书奖，1992 年中国当代文学优秀成果奖。肖云儒首次提出西部文学概念，从时空地域文化厘定西部文学概念，使中国西部文艺初具理论形态。此书从自然地理、人文地理、世界文化体系等角度宏观地把握西部文化、文学、艺术，以宏观的理论视野分析西部精神、西部艺术、西部文学的美学风貌以及中国和世界文艺格局中的西部文学。王仲生在《多维文化学的理论建构》一文中指出该书"具有一种高屋建瓴的理论气势和阔大风度"，"理论富有创见而论证坚实，显示了肖云儒对西部文学历史思考的成熟与总体统摄能力"。肖云儒以理论家宏阔的视野、新闻记者敏捷的思路，以纵横天下的才子气魄对西部文学展开大开大阖的建构与展望，对于西部文学理论框架的形成做出了独到贡献。但如王仲生提出的作者强调从大文化背景着眼，"过分突出文化背景，而有意无意忽略了文学现象自身的特性"，"带来某种程度的空疏感"。对作家作品的分析不够，加之西部概念的辽阔庞大，蕴含其间个体的鲜活性多样性被西部概念遮蔽。西部作为地域概念本身就很大，西南以及西北的省域之间民族性格、生活习俗乃至文化内涵差异颇大。陕西省内的陕北、关中、陕南三个地域板块在文化习俗、文学风貌等诸多方面也大相径庭。

《神秘黑箱的窥视》（畅广元主编，陕西人民教育出版社 1993 年版）一书的编者独辟蹊径，从创作心态的角度，打破了作家写作、评论家单向评论的批评模式。评论家、作家、评论家展开三维模式的思想交锋对话，对作家创作的心态展开深层探求，中肯剖析文学创作中存在的得失，刺激

（甚至不无善意地旁敲侧击）作家尽快向中国文坛"咥实活"①。本书吸引人的首先是作家与批评者之间那种如同挚友般促膝交谈的平和方式；其次以作品为中心展开的文学分析，比起疏离于作品之外评论家自说自话的空泛议论，更贴近文学评论本体；最后是创作心态角度的深层把握，论者或从作家的创作动机或从作家的审美意识展开充满生命体验的文学批评，试图撩起罩在文学创作活动中的神秘面纱。论述既有文学的审美性，又不乏学术的理性思辨，对今天的研究不乏启迪意义。遗憾的是今天有些批评并没有随着文学创作的发展作出相应的充满艺术趣味、富有理性思辨的多维批评对话，不少批评反而成为个人欲望的凌空虚蹈。

《秦地小说与"三秦文化"》（李继凯著，湖南教育出版社 1997 年版）系 20 世纪末出版的有关陕西小说研究的学术专著，当时应《20 世纪中国文学与区域文化》丛书编委会邀请而撰写。首先，论者从秦地文化演变的轨迹把握秦地小说，颇有创意地提出了"白杨树派"，高大直挺的白杨树是秦地常见的树种，抓住白杨树这一意象基本上抓住了秦地文化（文学）的风貌；其次，大胆吸纳整合学界已有的研究成果，勾画出 20 世纪秦地小说三大版块的文化格局；再次，把握秦地小说肌理探讨文化主题、文化心态，同时又兼顾三秦大地独具特色的民间文化；最后，将区域式的秦地小说提升置放于中国文学格局中，尽情挥洒出秦地文化鲜活的生命冲击力。论著思路开阔，方法灵活多样，新见迭出。"兼容并蓄：审美个性化的必由之路"② 是畅广元的点评，批评将主体情感灌注于研究对象的研究方法加之鲜活生动的语言，一改学术专著枯燥乏味的生冷猪肉面孔，读来使人感觉鲜活别致。

《陕西当代作家与世界文学》（韦建国、李继凯、畅广元等合著，中国社会科学出版社 2004 年版）是 21 世纪初由陕西师范大学韦建国、李继凯、畅广元三位教授联袂挂帅撰写的有关陕西当代作家的一部学术著作。

---

① "咥实活"陕西方言，意思是拿出漂亮的好活计，"咥"是敞开肚皮，大吃一顿。编写《神秘黑箱的窥视》时，贾平凹发表代表作《浮躁》，陈忠实发表代表作《四妹子》，他们的文学创作处于小鸡还未破壳之际，批评家认为仅凭几部作品就享受作家之美誉，这是远远不够资格的。因此，陕西文学批评激发、导引作家进行深度的文学写作。李继凯《沉入"平凡的世界"》一文在肯定路遥创作的前提下，不无戏谑式的批评指责，警示作家万万不可沉入平凡庸俗的尘世，而路遥的《早晨从中午开始》可视为对青年批评家严肃而诚恳的答辩书。事实证明，后来的"陕军东征"作品以及《白鹿原》《秦腔》诸多厚重作品的重磅出击，与批评与创作之间激烈的三维思想交锋关系密切。

② 畅广元：《兼容并蓄：审美个性化的必由之路——李继凯〈"秦地小说与三秦文化"〉读后》，《小说评论》1998 年第 4 期。

该书突出之处是研究眼光超拔于地域文学范畴，将陕西文学置放于世界文学发展的视域下，比较分析贾平凹之与川端康成，陈忠实之与陀思妥耶夫斯基，路遥之与托尔斯泰、肖洛霍夫，高建群之与劳伦斯、弗洛伊德，叶广芩之与托尔斯泰，红柯之与巴乌斯托夫斯基这六位作家的文学创作。杨昌龙认为此书"视角独特，方法新颖，资料翔实，内容丰富，理论分析严谨中肯"①。另外附注新时期以来作家作品的发表状况以及获奖情况是本书的特色，这有利于陕西文学批评研究工作的有效展开。值得关注的是批评者发扬陕西文学批评老手带新人上路的传统，大量培植新生批评人才。这有效地整合了高校人力资源，也为未来陕西文学批评储备了新生力量。但是，论著亦有不足之处，个别章节或流于理论空疏的泛论或沉没于小说内容的大段引用，理论与实际结合不够圆熟，个别判断也过于简单。

冯肖华主编《陕西地域文学论稿》（陕西人民出版社 2007 年版）立足于陕西地域文化，从文学史观、思潮现象、作家作品和病象批评四个方面展开宏观分析，立论高远，视野开阔。论著把陕西地域文学的文化脉络追溯至远古的姜炎文化，"认为姜炎文化、周秦文化、汉唐文化、延安文化，这正是陕西古今文学链环一脉相承的延续"②，建构起陕西地域文学的学科框架，即文学范式的完整性是陕西地域文学构成的理论框架。文学本体的独立性是陕西地域文学构成的基本内核，把握现实的同步性是陕西地域文学发展的基本轨迹。论著对陕西地域文学的价值意义进行了建构整合：一是对于中国文学史构成的板块作用，二是与主流文学意识形态一脉相承的时代精神，三是坚持写实的现实主义创作道路。除了从理论上剖析陕西地域文学外，还从路遥、贾平凹、陈忠实、红柯、孙见喜、叶广芩、寇辉等几位作家入手，展开细致的文本分析。但是，论著亦有不足之处，由于是多人合作的集体写作，个别章节内容杂糅交错，学术水平参差不齐。

《精神的映像——贾平凹文学创作论》（韩鲁华著，中国社会科学出版社 2003 年版）是贾平凹研究的重要著作。著者从传统文论中汲取理论资源，又灵活地借鉴新时期以来的精神心理分析、文化分析等理论与方法，以民族的东方审美精神意象主义统摄贾平凹的文学创作，从审美意识、审美结构、审美意象、审美语言四个层面，力图构筑贾平凹审美形态

---

① 韦建国、畅广元、李继凯：《陕西当代作家与世界文学》，中国社会科学出版社 2004 年版，第 13 页。

② 冯肖华：《陕西当代现实主义本体论》，太白文艺出版社 2003 年版，第 4 页。

大厦。论著独具慧眼，对于贾平凹创作的病体心理进行理论分析，发人所未发，不乏批评的创造性精神。王仲生在此书"序"中给予高度的评价，认为"将平凹研究提升到了一个新的水准，新的高度"。

《陕西文学史稿》（马宽厚著，中国文学出版社 2002 年版）是第一部研究陕西文学的书籍。该书以在陕西出生的、长期居住陕西或客居陕西的、曾任陕西官职的历代诗人、作家作为研究对象，比如李白、杜甫等人。时间上溯到《诗经》时代，下截至 20 世纪 90 年代以来的新时期文学，体例依照题材安排。第一、二编诗歌（上、下），第三编散文，第四、五编小说（上下），第六编纪实文学、儿童文学和戏剧文学，第七编文学评论与文学理论研究，第八编旅外陕籍作家。资料全面翔实、点评简洁。不足之处，是流于经验性的常识介绍，独创观点欠缺；二是流于今人写史之弊病，堆砌无足轻重的作家、批评者。但毋庸置疑，本书是最早的有关新时期陕西文学研究著作，就资料搜集整理具有一定的参考意义。

（3）媒体批评介入。20 世纪 90 年代以来批评界不可避免地受到商业文化的浸染与侵蚀，批评声音中既有坚持文学的捍卫性批评，也有向商家投怀送抱的媚俗性批评。

（二）发展趋势

新时期陕西文学批评经历了这样一个复苏发展的漫长历程，其总体发展趋向大体如下：

1. 小说创作数量惊人。新时期 30 年来小说创作由短篇小说向中长篇小说发展。20 世纪 70 年代短篇小说创作相当活跃，进入 80 年代中长篇小说逐渐得以发展，90 年代长篇小说取得长足的发展，1993 年陕军东征的几部长篇小说，以及有名无名的长篇小说数量颇多。进入 21 世纪，随着电子信息时代的到来，长篇小说数量惊人。

2. 小说研究广度、深度均有所突破。从小说主题、题材的浅表层面到人物典型化、环境渲染等问题的涉猎乃至深入，进入小说本体艺术规律、语言特色层面的探索。20 世纪 70 年代中后期着眼于小说的主题思想、社会教化功能，对艺术审美重视不够；80 年代逐步开阔视野，突破政治单一视角，从比较宏观的社会历史视角关注文学研究；90 年代从社会学、文化学、文艺美学、比较文学、阐释学、叙述学等多个角度展开研究，逐步改变陕西省研究格局的单调模式，走向大文化研究。大文化视角作为一种认知图式，具有极大的宏观性和包容性，然而以此作为研究介入的视角与方法，又陷入了二元对立中，结果是将文化性与社会性对立起来，导致社会意识形态退场，社会关注意识淡化，也遮蔽了文学的审美性研究。

3.20 世纪 90 年代乃至 21 世纪以来小说研究滑向市场化、商业化轨道。纯文学刊物上增设"企业风采""企业文化"等专栏（比如《小说评论》杂志），杂志向知名作家大量设置"订单写作"，2007 年 12 月 18 日，陕西文学院与 14 名作家签订"订单"创作协议，诸如种种市场经济浪潮下层出不穷的花样严重地冲击着文学创作和文学研究。整个小说评论在政治、社会、文化、金钱"翻鏊子"现象中跌打爬滚着，不少批评家由于主体意识和人格力量的不够强大，或受媒体利益诱导或与媒体暗中共谋走向媚俗批评。当然批评界不乏捍卫文学的"清道夫"，但陕西文学批评界整体来说还是显得过于"温柔敦厚"，缺乏那种激发作家灵感、撞击批评的智慧、充满思辨色彩的学术气氛。加之后续批评力量整合不足，批评上也出现了类似创作上的断代现象。这些现象严重阻碍了陕西文学与批评发展的前进步伐。

陕西文学批评界以拥抱现实、追求艺术的热情对陕西和中国文学研究做出一定的贡献，这是不容忽视的历史事实。既有从理论方面宏观把握的专著，也有从个别作家着手的微观研究，这些专家、学者的研究成果以及位居陕西的《延河》文学月刊、《小说批评》等杂志成为本书思索研究的基本依托。

三　研究对象与范围

（一）时间的界定

"新时期以来陕西文学书批评"是 1977 年至新世纪以来的历史，为了行文言述的方便，本书简称为"陕西文学批评"。分期界限为 1985 年，1985 年被称为"观念年""方法年"，从中国当代文学的发展格局来看，1985 年前后文学观念及其风貌发生深刻的变化；从陕西文学批评来看，1985 年 1 月《小说评论》的创刊，在陕西文学批评史上被视为里程碑，它标志着陕西文学批评进入一个新的阶段。陕西文学批评以《小说评论》为中心凝聚全国范围内的评论力量，自觉地展开批评理论和实践的探索建构。

新时期以来陕西文学批评分为两个时段，这受到詹明信"文化主导"观念的启示。詹明信认为只有透过"文化主导"概念才能掌握后现代主义，才能全面地了解历史时期的文化特质。这样的时间划分不是说孤立历史时期的同一体，或者以时移世易大而化之地指出历史的变化因素，而是以兼容并收的开阔视野讨论文化。詹明信认为："有了'主导文化'这个论述观念，我们才可以把一连串非主导的、从属的、有益于主流的文化面貌聚合起来，从而在一个更能兼容并收的架构里来讨论问题。"①

本书时间划分需要说明的是，其一，1985 年后陕西文学批评的核心内容有了主导性的、实质性的嬗变。1985 年以前，重在恢复现实主义文学理论，也就是恢复十七年以来建立的现实主义文学批评传统，理论上注重文学真实性、典型性概念内涵以及创作方法等的探索，力求从十年"文革"的政治迷雾中走出来。1985 年之后，文学批评随着观念的解放以及方法的多样，文学批评逐渐摒弃单一的政治模式，在多元化的态势中开拓批评理论的空间；其二，两个时期亦有同质的存在，并不截然断裂，比如过渡时期的批评者王愚横跨不同的两个批评时期，就其个体批评观念来看，长期形成的内在批评理念必然规范其文学批评实践，当然与时俱进中亦有变化，但"变"中有"常"，苍茫而来的事件和无序而去的时间不会将其中的"硬核"软化磨去，王愚文学批评倾向于美学——历史批评，善于从文学与社会、时代、人的关系发展中考察文学对人的影响，同时也重视艺术固有的规律，但批评理念上更偏重社会历史批评之维，美学之维相对于社会历史之维少一些，这也是 80 年代笔耕跟读派共有的特点。

（二）概念范围的确定

文学批评概念吸取韦勒克的批评理论，将文学批评、文学理论和文学史三者分开："似乎最好还是将'文学理论'看成是对文学的原理、文学的范畴和判断的标准等类问题的研究，并且将研究具体的文学艺术作品看成'文学批评'（其批评方法基本是静态的）或看成'文学史'。"② 而文学批评"在更狭窄的含义上是指对具体文学作品的研究，重点是在对它们的评价上"。

本书的写作，将批评者的批评文本（即对于作家作品以及文学现象的文本评论）研究作为陕西文学批评的主要范畴，也就是从事文学评论的二度批评研究；在批评实践操作中，注重文学批评与文学理论的联系，融合文学理论的普遍规律及其方法。

"新时期以来陕西文学批评"为本书研究的课题，鉴于文学范围的广大，主要将中心确立在极有影响力的长篇小说，当然也可能会涉及诗歌、

---

① ［美］詹明信：《晚期资本主义的文化逻辑》，陈清桥译，生活·读书·新知三联书店
1997 年版，第 427 页。
② ［美］韦勒克、沃伦：《文学理论》，刘象愚译，江苏教育出版社 2005 年版，第 32 页。

散文，但这仅作为旁及的范围。陕西被誉为"文化大省""文学重镇"，其文学主要成就凸显于长篇小说。

给予陕西文学批评一个比较完美的界定基本是不太现实的，陕西文学批评处于整个中国文学批评发展的流变之中，必然受到来自全国文学批评的影响与制约，就陕西文学批评本身亦有呼应、反映式批评的特点。为了论述的方便，本书将陕西文学批评基本定位于"陕西文学本土批评"，地域依然是可资借鉴的概念，但又不能完全受制于陕西的制约。

就批评所涉及的事件而言，首先包括发生在陕西的文学活动和事件；其次从文学影响学的角度考虑，超出陕西地域如"陕军东征事件"也构成批评的内容之一。就批评家而言有两批人，一是在很长一个阶段或者至今一直活跃在陕西文坛的批评者。这里既有本土陕籍批评者，又有外来移民陕西的评论者，这些批评者承担着陕西文学批评的重任，构成本书"陕西本土批评"研究的主要对象；二是关注陕西文学的批评者，主要指现在工作于外省而籍贯陕西或者曾经居住在陕西的批评者。如阎纲、白烨、何西来、周明、党圣元、李建军等，他们虽人居外省却密切关注陕西文坛动态，并立足于中国文坛制高点就陕西文学发表批评意见。从传播影响学视角看，他们的文学批评活动也有机地构成陕西文学的一部分，他们的文学批评常常被视为"自家人"的批评，因此也成为本书批评不得不关注的对象之一，但不作为本课题研究的主要对象。事实上，陕西文学发展也吸引了诸多国内外学者阐述研究的热情，应该说，他们的活动也有机地丰富壮大了陕西文学批评，但本书定位于"陕西文学本土批评"研究，这些学者的批评仅仅作为陕西本土批评之外的外围研究，因此不作为本书考察的对象，即使涉猎也只作为比较视角下的参照，在此特作出说明。

四 研究内容与方法

（一）研究内容

本书主要从陕西文学批评的历史演变、格局建构以及批评的精神内涵、文化心态及文学批评个案分析几个方面展开论述，各个方面自成一章。

"绪论"阐释了选题的理由及意义，介绍了陕西文学批评的研究现状与趋势，并对课题的对象和范围进行了界定。

第一章"陕西文学批评的历史考察"。从历时发展角度勾勒陕西文学批评风貌。"文革"结束之后，陕西文学批评同中国文学批评一样在历史的重大转折中寻求突破的途径。70年代末期，批评以政治先锋姿态展开对"文革"的清算批判；随着全国思想解放运动的兴起，80年代以来，

"笔耕文学研究组"从理论上追根溯源,在理论上逐渐恢复十七年现实主义文学批评传统,在实践上通过对柳青、贾平凹等创作得失的研讨探索陕西小说创作提高与突破的途径。

第二章"陕西文学批评的格局建构"。随着批评意识的觉醒,80 年代中后期陕西文学批评从热闹的政治场景中抽身而退,开始反思批评自身并展开理论与实践的双重构建。在古今、中外文化资源的比照中,对印象主义、心理精神分析、文化批评等多种模式进行理论与实践上的探索,形成以现实主义理论和社会历史批评为核心,同时容纳其他批评理论与模式的多元新格局,而建构多元格局的理论基石是毛泽东文艺思想。

陕西文学批评走过了艰辛的批评道路,20 世纪六七十年代庸俗社会学盛行,80 年代批评观念大裂变,90 年代非批评化行为喧嚣,但从其主流发展来看,应该说还是现实主义的文学批评构成其主潮。理由如下:第一,作为陕西文学批评存在的基础——陕西文学创作的主流是现实主义创作,观察各个历史时期,陕西文学创作以风姿各异的现实主义文学创作或奠定或扩充着当代文学现实主义的主流地位,它以密切关注现实生活,关注秦地人民命运变迁,及时反映时代心声为特征,这成为陕西文学乃至当代文学的历史品格。第二,陕西文学批评是裹挟在当代中国历史中的社会思想存在,由于文学精神的内在浇注,文学批评密切感应着历史进程中的民生疾苦,它与文学创作一样渗透着鲜明的时代性和现实性因素。第三,陕西文学批评与当代中国文学批评一样是建立在马克思文艺理论基础上的文学批评,马克思主义文艺理论的核心是现实主义,马克思主义的文艺理论和"美学的和历史的"观点相结合的批评思想深远地影响着当代文学批评。陕西得天独厚的优势区位,毛泽东《在延安文艺座谈会上的讲话》精神作为马克思文艺思想中国化的产物,成为陕西文学批评的理论起点。

第三章"陕西文学批评的精神内涵"。时代性、人民意识与西部批评意识是现实主义文艺理论思想在精神世界的必然投影,而这三者构成了其精神内涵。

第四章"陕西文学批评的文化心态"。引进法国思想家布迪厄的结构动力学中"生存心态"来阐述陕西文学批评家与乡土之间难解难分的关系。布迪厄的"生存心态"突破传统理论的"内心世界",它是一种具有"建构的结构"和"被建构的结构"的双重性质和功能的"持续的和可转换的秉性系统",生存心态既是社会结构的内心反映,又是社会结构形成的精神基础。布迪厄这个充满活力的"生存心态"可以透析文学批评中存在的非批评化现象,陕西文学批评家与乡土之间的粘连关系,使得当下批评在很大程度上走不出"面子"文化与商业利益交织构筑的魔障，这也成为中国文学批评走向自由的羁绊。

第五章"陕西文学批评个案研究"。对胡采、王愚和李星的文学评论展开分析，从生活到艺术的文艺观是胡采对于当代文学反映论的重大贡献。本章从文学本体论、创作论和功用论三方面分析指出胡采的文艺评论是走向审美的文学选择，其中"独立人格"典型人物论和"第二次生活体验"在胡采文艺理论体系中富有特色。王愚在20世纪50年代以"个性说"步入文坛显示出其批评的锐气，新时期人民性、历史意识、时代性、文学实际是其文学批评中高频出现的批评话语，他的文学批评代表了一代人对文学的追求，具有明显的当代色彩。胡采与王愚的文学批评均有局限性，基本恪守传统现实主义文学批评传统，代表了新时期陕西文学批评的基本特色。

李星继胡采、王愚之后的第二代批评者，继承了前代批评家传统现实主义文学批评，在40来年批评的道路上根据时代与文学创作实践变化的需求，不时调整自己的思维方式与批评方法，形成了趋于多元审美的个性化文学批评。在全球化及文学理论西化的文化语境之下，李星重视中国本土的文学实践，不倚重西方文学理论，形成具有中国意味的审美文学批评，这对当代文学理论和批评的建设有一定的启示意义。

"结语"注重审视当下陕西文学批评之病象，以陕西文学批评为个案，分析当代批评带有普遍性的若干问题，思考中国文学批评的得失经验。针对当下文学批评的失语及缺席现象，提出建构质询式文学批评话语。质询式文学批评话语要求文学批评发挥介入的时代精神，要求学院派批评要走出校园的围墙，走近社会、融入社会，对社会恶习和文学恶俗发出响亮的声音，揭示资讯传播中的虚假性和商业喧嚣中的危害性，对固有的知识范式及赖以存在的文化背景质疑追问，从而在人类文明发展的坐标体系下构筑具有现代意义的文学批评话语形态。质询式文学批评话语就是当代文学批评者，不能对正在发生的文学现象和文化现象采取不闻不问的置身事外的超然姿态，必须以感同身受的态度，切实地对文学大河的温度、河水的流动、泥沙的冲击、鱼虾的游动和变化作出及时的反应，并将自身的生命信息和能量输送给河流，以自身正面的生命信息和精神能量的荟萃回应时代的召唤。

（二）研究方法

1. 历时性与共时性研究的结合

历时性的方法易于勾出陕西文学批评发展的线索，共时性的方法彰显出文学批评的特点，在历时性与共时性方法的结合中凸显陕西文学批评的整体风貌。

2. 系统论思维方法

全局性与关联性的研究眼光，就是将陕西文学批评置放于西部、中国的文学与文化的历史发展背景中去考察。中国文学的传统惯例、影响性的思想政治文化事件等诸多因素，对文学的发展具有历史的与现实的深远影响，尤其对文根深厚的陕西文学更是如此。全局性眼光使陕西文学批评获得可供参照的标杆体系，比照中获得可供借鉴的资源以及批评发展的空间；关联性眼光使陕西文学批评在全国格局的参照之下获得自如伸展的空间，同时透过陕西这个五脏俱全的小麻雀来看中国文学批评的优劣得失。借助系统论思维方法通观陕西文学批评与中国文学批评之双向流变，可以在两者相互映照衬托中把握文学发展的优劣得失，有助于陕西文学批评跳出自言自语式的批评泥沼。

3. 基本批评材料的分析

翻开 20 世纪 50 年代纸质粗劣现已泛黄的《延河》文学月刊，研读类似《深入批判"文艺黑线专政"论》专栏文章，可以很快进入当年的历史现场，感受到风云激荡的历史风貌。《延河》走过的曲折办刊道路，不只是认识陕西历史与批评的晴雨表，也是把握中国历史与文学批评的参照体。《延河》这些珍贵的文学资料是本文研究的起点之一。专业性小说评论杂志《小说评论》以及关注陕西文坛最新动态的内部发行刊物《陕西文学界》（内部发行刊物）也是本书思索研究陕西文学批评的重要依托。还有《陕西文艺》《陕西日报》《华商报》《唐都学刊》《陕西师范大学学报》《西北大学学报》《人文杂志》等报纸杂志也成为本文研究的基本资料。

注重大量原始材料的搜集整理，是本书研究陕西文学批评的一个基本方法。

第一章 陕西文学批评的历史考察

第一节 批评视野中的陕西文学创作

在恢宏的文学大厦中，文学创作与文学批评是不可或缺的两翼，丰富多彩的文学创作为文学批评提供了理论阐述生发的批评空间，而文学批评又对文学创作具有指导与提高的作用。

对于陕西文学批评的考察，先从批评视野中的文学创作入手。以1985 年为界，将新时期陕西文学创作划分为两大段落，1977—1985 年为第一个时期即苏醒中的陕西小说，1985 年至今的文学创作为第二时期即走出陕西的文学创作。与此相对应的文学批评亦有两个时期，第一时期1977—1985 年，是陕西文学批评的恢复期，第二时期1985 年至今，是陕西文学批评的多元建构期。

一 苏醒中的陕西小说（1977—1985 年）

陕西文学曾在当代文学史上占据颇为显赫的位置，但经过十年"文革"动乱，陕西文苑百花凋零、园中荒草疯长。新时期伊始，陕西文学在阵阵寒气中迎来料峭的早春。20 世纪 70 年代末期，陕西小说创作数量少，而质量上乘的更是屈指可数，这一段时间小说创作处于解冻复苏状态；进入 80 年代，小说创作有了长足发展，短篇小说在文坛上率先发出响亮的声音，中篇小说创作也不甘寂寞，数次冲出陕西，捧回全国大奖。

（一）冰河解冻的 70 年代末小说

受十年"文革"风潮的影响，20 世纪 70 年代的陕西小说创作陷入沉闷期，直至末期局面才略有改观。1977 年 1 月复刊的《延河》文学月刊在第 10 期与第 11 期合刊本上，登出杜鹏程①的历史小说《历史的脚步

---

① 杜鹏程（1921—1991），陕西韩城人，著有长篇小说《保卫延安》，中篇小说 （转下页）

声》。这是一首悲壮、激越的英雄颂歌，小说描写了我国西北野战军在终年积雪的祁连山艰苦卓绝的斗争故事，小说一经发表引起各方关注。1978年《延河》文学月刊2月号、3月号、10月号、11月号、12月号连载柳青《创业史》第二部。柳青的《创业史》较为真实地记载了我国农业社会主义改造进程中的历史风貌，具有一定的历史认识价值与文学审美价值。这些优秀作品的问世，打破了陕西文艺界滞涩沉闷的创作气氛，为新时期文学激荡起一股清新活泼、强劲有力的春风。

　　70年代陕西文学创作在中国文坛具有一定的地位。老作家复出后的文学活动，拉开了陕西新时期文学的序幕。青年作家感应并传承老作家的精神气韵，在文学天地中牛刀小试、崭露头角：1978年莫伸的短篇小说《窗口》、贾平凹的《满月儿》获得本年度全国优秀短篇小说奖；1979年陈忠实的短篇小说《信任》获得本年度全国优秀短篇小说奖。新一代作家莫伸、贾平凹、陈忠实、路遥等以群体形象出现在文坛，显示出陕西文学创作发展的潜力，为80年代以后陕西小说创作的崛起打下良好基础。

　　本时期小说创作的基本特点是恢复现实主义的文学传统，力图打破"假大空"虚假模式，摒弃"高大全"完美形象，作家带着乐观主义者激昂的心态高唱社会主义建设的颂歌。与同时期全国揭露"文革"的"伤痕文学"相比，陕西文学显示出明亮健朗的风格。无论是莫伸笔下的普通售票员韩玉楠（《窗口》），还是贾平凹笔下的农村姑娘月儿、满儿（《满月儿》），人物形象明朗单纯折射出新时代昂扬向上的风貌。然而，本时期文学创作毕竟处于现实主义传统的恢复期，创作上存在不少问题：题材狭窄且观念守旧，创作模式单一，跳不出复制好人好事的窠臼，创作理念模糊，存在小说、故事一体化的倾向。《延河》文学杂志1978年第1—12期总目录编撰时，编者就将"小说·故事"归为一类，作为审美意义上的小说创作观念还有待于下个时期的不懈探索。

　　（二）奋进崛起的80年代前期小说创作

　　跨入20世纪80年代，陕西小说创作颇有起色，几股涓涓细流汇聚成河奔腾跳跃着，不时地飞溅起耀眼的浪花。1980年京夫的短篇小说《手杖》获得本年度优秀短篇小说奖，路遥的中篇小说《惊心动魄的一幕》

（接上页）《在和平的日子里》《历史的脚步声》，小说集《年轻的朋友》《平凡的女人》《杜鹏程小说集》、中篇小说《杜鹏程散文选》《杜鹏程散文特写选》，评论集《我与文学》等。1977年1月历史小说《历史的脚步声》在《延河》文学月刊发表，次年12月，《保卫延安》正式平反，杜鹏程许多问题也得以落实。

获得 1979—1980 年全国优秀中篇小说；1982 年路遥的《在困难的日子里》获得《当代》文学中长篇小说奖，1983 年路遥的《人生》获得全国优秀中篇小说奖；1984 年邹志安的短篇小说《哦，小公马》获得全国优秀短篇小说奖。

20 世纪 80 年代前期短篇小说的创作在陕西文坛中继续占据着重要位置，中篇小说也开始于蓄势中达到迅猛发展。小说创作的主要特点是继续恢复与发扬现实主义的文学传统。在具体创作行程中，则表现为与社会生活同步发展，并积极干预社会生活。同时，小说创作根据日益变化的社会环境和读者的审美需求，在艺术上做出调整与更新，使现实主义的文学传统在新的历史条件下得到丰富与发展。

本时期小说创作与全国盛行的"伤痕文学"相比亦有值得肯定之处，陕西小说同"伤痕文学"一样，敢于暴露生活中的矛盾和阴暗面，敢于触及重大的社会政治问题，敢讲真话，敢吐真情，对特定时期的社会生活表现出积极"干预"的现实主义文学的批判态度；但陕西小说中却少了"伤痕文学"那种揭伤疤、抚创口的感伤哀叹式的低迷情调，作品展示的是陕西人在风沙迷眼、贫瘠干枯的黄土地上那种直视现实、抗争苦难的勇气与韧劲，审美风格透射出雄浑、逼人的阳刚之气。

《人生》是这方面的代表之作。作品聚焦于农村与城镇的"交叉地带"，书写"交叉地带"有理想有文化新一代青年高加林的人生追求和生命困惑，对现实生活中存在的不合理社会现象给予大胆的披露与抨击，作家怀着热诚的社会参与意识，深情呼唤新一轮的变革，在社会上引起了巨大的反响。

本时期陕西小说现实主义艺术传统在干预社会方面得到加强，反映社会的深入程度也有所掘进，但中短篇小说创作还缺乏现实主义小说所应有的严谨叙事风格，艺术上远远不够圆熟。

陕西文学为什么在较短的时间内取得令人可喜的成果呢？

首先，值得关注的是陕西悠久深厚的历史地缘文化传统，这是陕西文学发展的潜在因素。历史上三秦大地曾以其突出的区位优势，谱写过辉煌的历史篇章，尤其是关中及古都西安（长安），从西周到唐代演绎出 13 个朝代，建都时间总共 1100 多年。秦地曾有三次大的崛起，即周族的崛起和西周文化的显赫，秦人的崛起和秦汉文化的显赫，拓跋鲜卑的崛起和隋唐文化的显赫。① 伴随这些朝代的崛起以及显赫的文化，文学上曾经绽

---

① 王大华：《崛起与衰落》，陕西人民出版社 1987 年版，第 6—9 页。

开过亮丽的花朵。《诗经·秦风》中的不少诗歌采撷于秦地民间歌谣；被鲁迅誉为"史家之绝唱，无韵之《离骚》"的《史记》是陕西韩城人司马迁的杰作。时至唐代，各地骚客文人荟萃长安尽情挥洒才情，孟浩然、王维、李白、杜甫、韩愈、白居易、杜牧、李商隐等列举不完的名人共同铸就了青春曼妙的"诗唐"时代。唐代以后，陕西文化随着政治文化中心的南移受到一定程度的影响。现代以降，尤其是抗日战争期间中国政治、文化中心偏移西南，新文学中心基本上全部集中在西部地区：解放区的延安文学、国统区的重庆文学、西南联大知识分子文学，陕西在新文学地理版图"西部高地"①上占据一席。显而易见，得天独厚的历史地缘文化传统，提供给陕西文学发展的可能。深厚的文化传统因子如同集体无意识代代承袭渐已积淀渗透于三秦人的血脉深处，演化为一种穿越古今的精神气韵，难怪一些外省作家提起陕西深厚的"文根"常常艳羡不已。

其次，《延河》文学月刊杂志的振作以及陕西文艺界一大批文艺工作者的执着坚守，对繁荣陕西文学有着不可低估的作用。考察文学盛况时不容忽视的因素当是文学阵地，文学阵地的有效建立、巩固乃至于壮大，对整个文学运动的蓬勃发展具有深远的意义。新文学史上，1915 年 9 月《青年杂志》的创刊以及发展，对五四新文化运动的全面展开有着重要的意义。《延河》文学月刊所起的作用与《青年杂志》相似，继 1976 年《诗刊》与《人民文学》复刊，翌年 1977 年《延河》文学月刊正式复刊，这在全国同类文学杂志中也属较早复刊的文学刊物，显然它为陕西乃至全国的文学创造了发展的平台。

《延河》文学月刊杂志，创刊于 1956 年 4 月，连续发行 22 期后，1958 年由于时局的原因被迫停刊 19 个年头，到 1977 年重新复刊。但在《延河》文学月刊长达 19 年的停刊中，陕西文学事业从未中断。1973 年 7 月，《陕西文艺》②在《延河》停刊的第 15 个年头后创刊，当时编辑部不少人员基本上是《延河》杂志的原班人马，《陕西文艺》坚持办刊至 1976 年 11 月，出版发行刊物 21 期。当时极"左"政治思潮弥漫文坛，但编辑人员以及文艺工作者凭着对文学事业的热爱，在一定范围和程度上抵制"假大空"的来稿。他们从文学内在诉求出发，为陕西未来文艺及

---

① 李震：《新文学地理中的西部高地》，《陕西师范大学学报》2004 年第 6 期。
② 《陕西文艺》（双月刊）1973 年 7 月创刊，1976 年 11 月停刊，坚持办刊 4 年，出版发行刊物 21 期，陕西文艺社在西安市东木头市 172 号。《陕西文艺》编辑部的人员基本上是当年《延河》杂志的人员。

时发现并精心培育新人，像后来在全国有影响的作家路遥、贾平凹、陈忠实当时就在《陕西文艺》上发表文学作品。路遥在《陕西文艺》上相继发表5篇作品：1973年7月创刊号发表散文《优胜红旗》，次年9月总第8期发表散文《银花灿灿》，接着1975年再发表两篇，第1期发表散文《灯光闪闪》、第5期散文《不动结的土地》，1976年第2期又发表小说《父子俩》。陈忠实先后发表4篇作品；1973年7月创刊号发表散文《水库情深》，接着11月第3期发表小说《接班以后》，1974年9月第8期发表小说《高家兄弟》，1975年第4期总第13期发表小说《公社书记》。贾平凹在1976年第2期总第17期上发表小说《拽断绳》，这些作品的发表给尚无盛名的作家以极大的鼓舞。

当人们注目作家的成名作和代表作时，这些习作练笔常常不被提及。事实上，作家的成就与个人对文学的坚守固然分不开，但在文学"断奶期"编辑的呵护，以及陕西特有的文学气氛对创作起着莫大的作用。当然，以文学审美的眼光来看当年这些作品还是稚嫩些，存在拔高主题的时代流弊，有公式化、概念化的倾向，但作品散发着一定的生活气息。陕西文学如同一株根系发达的大树，在广大文艺工作者的不懈坚守下，根须深扎大地腹部。文学杂志尽管停停办办，文学活动并没因时局变化、政策干预而停止，而是凭借对文学的信念苦苦地守候着。因此，当文学春风再度吹来，《延河》文学月刊在短期内迅速复刊并壮大起来，为后来陕西文学的繁荣提供了纵横驰骋的宽广平台。

最后，新时期伊始，社会政治权力话语的介入以及文艺界一系列政策的调整是陕西文学发展壮大的不可忽视的外因。1976年10月中国共产党粉碎了"四人帮"政治阴谋集团，结束了长达十年之久的政治动乱。1978年5月，中国文学艺术界联合会在北京举行第三届全国委员会第三次扩大会议。这是我国文艺界举行的一次具有重大历史意义的会议，会议主要任务是：揭发批判林彪、"四人帮"推行的封建文化专制主义和极"左"路线，研究贯彻落实党的文艺政策，促进创作繁荣等问题。会议宣布，中断十年之久的全国文联及其所属的各个协会立即恢复工作，文联的机关刊物《文艺报》复刊，这些决定以及措施，对于促进全国各地文艺界的思想解放、调动一切积极力量，组织文艺大军迎接新的历史时期，起了积极作用。陕西省文艺工作在新的历史条件下不甘落后，通过各种方式展开文学活动，致力于陕西文艺打开新局面。

1977年12月，陕西省委召开全省文艺创作会议；12月2日，《延河》编辑部邀请作家、文艺工作者举行文艺工作者座谈会，愤怒批判"文艺黑线专政"论；1978 年 3 月 15 日至 25 日，《延河》编辑部召开短篇小说创作座谈会；3 月 28 日至 4 月 5 日，《延河》编辑部召开诗歌创作座谈会；9 月 16 日至 23 日，《延河》编辑部召开文艺评论工作者座谈会，展开有关《伤痕》讨论以及题材、人物以及悲剧问题的讨论。

陕西省诸多会议的有效展开，对于营造良好的陕西文艺气氛起到了积极作用。

当然，文学本体自身发展的诉求作为内在原因也是不容忽视的。十年期间文学园地一片凋零，不能满足人民需求，到了一定阶段，文学自身也在寻求突破的可能。

陕西文学在短时期取得比较可喜的成果不能简单归于某种具体因素，或者说某个因素起决定性作用，应该是这些综合因素的合力构成。恩格斯曾多次强调上层建筑各种因素互相影响的重要性，他说："如果有人在这里加以歪曲，说经济因素是唯一决定性的因素，那么他就把这个命题变成毫无内容的、抽象的、荒诞无稽的空话。经济状况是基础，但是对于历史斗争的进程发生影响并且在许多情况下主要决定着这一斗争的形式的，还有上层建筑的各种因素。""这样就有无数互相交错的力量，有无数个力的平行四边形，由此就产生出一个合力，即历史结果，而这个结果又可以看作一个作为整体的、不自觉地和不自主地起着作用的力量的产物。"①

恩格斯对于历史结果的分析适宜于文学现象，如同物理学合力构成说，在一个质点上，有着两个或者多个在同一方向却又不在同一直线上的矢量，每个矢量都不能决定质点的方向，其中每个矢量却又在相互作用、相互牵制之中共同决定质点的运动方向。陕西新时期小说的成果就是在这种多样因素的作用下形成的。

二　走出陕西的文学创作（1985 年至今）

（一）80 年代中后期的文学繁荣

20 世纪 80 年代中期，在经历了"文革"结束后的控诉、反思和进入新时期意气风发的经济、政治和文化改革后，在世界文学的整体影响下，中国文学开始了真正回归自我的追求，出现了新中国成立以来难得的文学繁荣。在新时期继伤痕文学、反思文学和改革文学等文学思潮之后，又先后出现了寻根文学、先锋文学等几个大的文学思潮。这一时期的文学创作

---

① 《马克思恩格斯选集》第 4 卷，人民出版社 1995 年版，第 696—697 页。

无论在形式还是内容上都较之前一阶段更为多彩、丰满。在思想文化和审美内涵较前一阶段更为深刻。陕西文学作为中国文学不可或缺的一部分，在整体趋势上表现出了和全国文学思潮基本一致的文化选择。总体来讲，作家在创作方面，已经开始了以现实主义为基础的多方位的艺术追求。

这一时期，陕西文坛上一大批新秀脱颖而出。例如，高建群、杨争光、和谷、冯积岐、沈奇、朱文杰、商子秦、黄建国、穆涛、远村、萧重声、朱鸿、方英文、李康美、杜爱民、吴克敬、伊沙、冷梦、沙石、文兰、鹤坪、孙见喜、刘亚丽、庞进、王观胜、安黎、杨小敏、马玉琛等。这些文坛新秀们和已在文坛上声名大噪的路遥、贾平凹、陈忠实等一起，共同造就了新时期陕西文学创作的第一次繁荣。

在小说创作方面，贾平凹在 80 年代中期以后，其文学创作进入了一个全新的飞跃期。1985 年，在整个文坛文化寻根意识的影响下，贾平凹创作了《天狗》《黑氏》《远山野情》《商州世事》等十部"商州系列小说"。特别是 1987 年荣获美国美孚飞马文学奖的第一部长篇小说《浮躁》，可谓"商州系列小说"思想艺术特色的集大成者。这部小说以农村青年金狗与小水之间的感情经历为主线，描写了 20 世纪 80 年代大变革时代初期，由于传统道德与现代意识、历史文化与现实文明的冲突与摩擦而产生的整个社会的浮躁状态和浮躁表面之下的空虚。通过金狗这个具有代表性人物形象的塑造，反映了在时代和文化变迁中国家和民族的历史命运以及民族的心态特征和时代情绪，小说具有丰富的思想文化内涵。

1988 年路遥完成百万字的长篇巨著《平凡的世界》，这部小说以其恢宏的气势和史诗般的品格，全景式地表现了改革时代中国城乡的社会生活和人们思想情感的巨大变迁。作者在近十年间广阔的社会背景上，通过人物复杂的矛盾纠葛，刻画了社会各阶层众多普通人的形象。劳动与爱情、挫折与追求、痛苦与欢乐、日常生活与巨大社会冲突纷繁地交织在一起，深刻地展示了普通人在大时代历史进程中所走过的艰难曲折的道路。该小说 1991 年荣获茅盾文学奖。

80 年代中后期的陕西文学，小说创作除上述力作之外，赵熙的《女儿河》，邹志安的《爱情心理探索系列》，李天芳、晓雷的《月亮的环形山》，莫伸的《远山几道弯》，京夫的《文化层》等小说也同样产生了深远的影响。较前一阶段，作家们在创作思想、创作规模以及艺术形式方面都有了新的追求和突破。

除小说创作外，陕西文学在散文、诗歌、报告文学、儿童文学等其他方面收获也颇为可观。例如，贾平凹、和谷的散文创作，苑湖、闻频、谷溪、商子秦、渭水等的诗歌创作等，陕西文学无论从创作主题、题材还是创作方法、风格都完成了难能可贵的转变，从而使陕西文学成为80年代中国文学繁荣的主要力量之一。

（二）90年代的文学创作高峰

20世纪90年代以后，陕西作家的文学创作在中国文坛仍然保持着强劲的发展态势。路遥、陈忠实分别凭借长篇小说《平凡的世界》《白鹿原》先后获得中国文学最高奖项——茅盾文学奖；贾平凹的小说《废都》在1997年获法国费米娜文学奖；另外，红柯、杨争光、叶广芩、冯积岐、白描、冷梦、文兰、渭水、商子秦、和谷、李佩芝等第三代作家也凭借他们颇有质感和力度的作品而得到文坛的认可和好评。其中，叶广芩获得鲁迅文学奖和全国少数民族文学奖；高建群、杨争光获得了庄重文学奖；白描获得首届冯牧文学奖；冷梦获得首届鲁迅文学单项奖。王戈获得全国报告文学奖。诗人王宜振也连夺中国少年儿童诗歌大奖桂冠，青年作家红柯以其西部风情浓郁，内容个性鲜明的风格为全国文坛瞩目，成为名副其实的陕西文坛新生代的带头人。他的短篇小说《美丽奴羊》1997年获得全国十佳小说奖并登上中国当代文学排行榜；中篇小说《金色的阿尔泰》1998年获得天津《小说家》第三届全国中篇擂台赛；短篇小说《吹牛》在1999年再次荣登当代文学排行榜，短篇小说《太阳发芽》于1999年获得山东建国50年优秀作品奖。

总之，陕西作家们在90年代通过不断借鉴和吸收现代主义创作理念和方法，在人性、人道主义、人文精神、人类意识等创作领域有所拓展，陕西文学在90年代开放的文化大背景下，引发的关于民族文化、人类意识、艺术思维方式等方面的思考和实践都有了全新的拓展。作家们的艺术追求更接近艺术规律和文学内涵，对人的生命意识、生存形态、情感世界的多层次探索揭示趋向丰富与深刻。

（三）陕军东征

在这一阶段陕西文学创作中，特别值得一提的是1993年的"陕军东征"现象。1992年陈忠实的《白鹿原》、贾平凹的《废都》、京夫的《八里情仇》、程海的《热爱命运》、高建群的《最后一个匈奴》分别创作修订完成，1993年上半年，这五部长篇小说不约而同地分别由北京五家出版社推出，五位主将所代表的"陕军"创作震动了整个文坛，在陕西文学史乃至中国文学史上留下了浓墨重彩的一笔。肖云儒评价："一个省在不长的时间里，如此集中地推出了一批水平如此整齐的优秀艺术品，的确是陕军文学实力的一次集中显示，它表明在全国文学格局中，陕西创作力量作为一支重要方面军存在的无可争议的事实。"

五部作品问世后，立即在文学界和普通读者中引起了巨大的反响，引发了出版和阅读的热潮。从而也使陕西文学创作成为中国文坛的关注热点。"陕军东征"中，《白鹿原》堪称"一个民族的秘史"，作者以关中地区白鹿原作为清末民初至新中国成立前夕渭河平原 50 年变迁的见证，视为民族历史发展的一个缩影，围绕白鹿原上具有特殊文化内涵的中心人物白嘉轩及其周围人物的描写，展现我们这个古老而伟大的民族的具有深刻文化内涵的民族秘史。描写当代都市现实生活的《废都》以西京城里的文化人庄之蝶与四位女子的情欲关系为主线，全面展示在现代经济和都市文明背景下，以庄之蝶为代表的当代文化人的尴尬处境、精神衰败和无奈虚空的人生幻灭感。

由于作家的人生阅历和个人创作风格的不同，"陕军东征"的作品在内容和风格上呈现出风姿各异的风貌，但作为陕西文学在 20 世纪末的整体呈现，在审美文化追求方面却有一定的共同之处。"他们力求改变以往那种客观地描述历史、真实地再现社会现实、塑造人物形象的传统模式，代之以文化的视角、生命本体的视角去透视历史和现实。探触人物心灵的深层底蕴；从而或多或少地淡化特定社会政治环境与时代的发展趋势，更多地关注人在社会历史的动荡变迁中的生存方式和生命状态；往往不是通过社会历史的演变来揭示人的性格与命运而是通过描写人的生存状态及其灵魂的呼号、煎熬与挣扎，去折射社会历史的状态。"① 可以说，20世纪末"陕军东征"的共同文学精神使新时期陕西文学有了和世界对话的基础。

（四）21 世纪坚守中的文学创作

进入 21 世纪以来，与 20 世纪曾经轰动全国的"陕军东征"时期相比照，陕西作为文学大省，依然保持着良好的发展态势，特别是长篇小说创作呈现出难得的继 20 世纪 90 年代以来的持续繁荣。陕西作家在 21 世纪已降的商业文化喧嚣中，仍然执着地坚守着陕西文学创作的良好传统。

这一时期的小说创作，从题材来看，较之 20 世纪末更为广泛。例如，红柯的《西去的骑手》、叶广芩的《采桑子》、贺绪林的《关中匪事》系列等从不同的视角完成了作家对历史的阐释；贾平凹的《怀念狼》《秦腔》《高兴》，冯积岐的《沉默的季节》等则对现实世态投入了深切的关

---

① 陈传才、周忠厚：《文坛西北风过耳》，中国人民大学出版社 1993 年版，第 38 页。

怀。贾平凹的《秦腔》、杨争光的《从两个蛋开始》等小说则依然把关注投向了陕西作家们一度倾心的农村社会。从创作艺术来看，陕西的小说作家们在继承现实主义的前提下，借鉴浪漫主义、象征主义、现代主义等写作手法，丰富了陕西省长篇小说创作，越来越多的作家在长篇叙事上追求更大的艺术概括力，以各自不同的艺术姿态渐次出场。

红柯《西去的骑手》是一部有关英雄和血性的史诗式长篇巨著，小说以西北回族传奇人物马仲英和新疆军阀盛世才之间相互争斗的故事为主要内容。在金戈铁马、碧血黄沙的背景中，演绎凝重的历史、浪漫的情怀以及生命的真谛和灵魂不死的传说。在中国小说学会评定的 2001 年中国小说排行榜上名列首位，并获 2003 年中国小说学会首届学会奖长篇小说奖。以红柯为代表的陕西第三代作家们，在文学精神上，完成了对第二代作家们的继承和超越。

2007 年陕西文坛新人、新作又一次集中问世，陕西作家再次发力，在文学创作方面再现"井喷"之势：贾平凹的《秦腔》《高兴》、京夫的《鹿鸣》、叶广芩的《青木川》、红柯的《乌尔禾》、冯积岐的《村子》、张星海的《圣哲老子》、冷梦的《高西沟调查——中国农村启示录》等一大批上乘作品在本年度集中问世。作品在艺术思想上的成就，不亚于陕军东征时的作品。使陕西文学在经历了 2006 年的寂寥后，迎来了 21 世纪以来的再次繁荣。

贾平凹的长篇小说《秦腔》2008 年荣获第七届茅盾文学奖，成为新时期以来获此殊荣的第三位陕西作家。《秦腔》以贾平凹生长于斯的故乡棣花街为原型，通过清风街近 20 年来的演变和街上芸芸众生的生老病死、悲欢离合，生动地表现了中国社会的历史转型给农村带来的震荡和变化。"《秦腔》，以精微的叙事，绵密的细节，成功地仿写了一种日常生活的本真状态，并对变化中的乡土中国所面临的矛盾、迷茫，做了充满赤子情怀的记述和解读。他笔下的喧嚣，藏着哀伤，热闹的背后，是一片寂寥，或许，坚固的东西都烟消云散之后，我们所面对的只能是巨大的沉默。《秦腔》这声喟叹，是当代小说写作的一记重音，也是这个大时代的生动写照。"①《秦腔》的获奖，不仅是贾平凹个人在文学创作上的一个重要里程碑，而且，对于 21 世纪以来陕西文学的发展具有重要的意义。陕西文学在 21 世纪中国文坛地位下降之时，《秦腔》获奖，彰显陕西第二代作家强劲的创作实力，为陕西文学在 21 世纪再次为文坛瞩目提供了可能。

---

① 第七届茅盾文学奖长篇小说《秦腔》授奖词。

　　在陕西文学持续繁荣的表象之下，新世纪以来陕西文学存在的问题也不容忽视。首先，与 20 世纪 90 年代"陕军东征"的辉煌相比，陕西文学在全国文坛的整体地位明显下降，陕西文坛从整体创作来看，相对于 20 世纪 90 年代，出现了疲软现象。作为有着长篇小说创作优秀传统和优势的文学大省，在 21 世纪之初的几年里，虽然作品尤其是长篇小说在数量上相当可观，就质量而言也不乏上乘之作，却缺少能逐鹿中国文坛的扛鼎之作。正如贾平凹所说："虽然老中青层次仍有大量的新作出现，甚至有前一度所谓作品'井喷'的现象，但在全国产生大影响的作品还不多。如何使老作家写作的劲头不减，后劲勃发，再出佳绩，如何供中青作家们'有风多扬几木锨'，也是我们需要重视的问题。"① 第五届茅盾文学奖的评奖，陕西作家入围的三部作品，贾平凹的《怀念狼》、叶广芩的《采桑子》、红柯的《西去的骑手》最终全部落选，说明陕西小说创作"厚重"感的缺失和文坛地位的滑落。其次，进入 21 世纪，陕西文坛面临文学断代的威胁。30 岁以下在全国有影响力的青年作家和作品数量不多，缺乏一支能够问鼎文坛的生力军。这不仅落后于全国形势，甚至在西北地区也难再称龙头。

　　21 世纪以来，陕西文学面临文坛地位的滑落、文学断代的威胁等诸多问题。分析原因大体如下：首先，商业市场的侵蚀是造成 21 世纪陕西文学缺失的重要原因。杰姆逊认为晚期资本主义社会的文化特征是"商品化"，"'商品化'不仅表现于一切物质产品，而且渗透到各个精神领域，甚至'理论'本身也成了一种商品。人们生活在无边无际的由'商品化'了的广告、电视、录像、电影所构成的形象的汪洋大海中，生活本身在很大程度上也成了这些形象的模仿复制。"② 在市场经济下，文学艺术的生产作为文化产业也被纳入市场体系中去了，这也是时代使然无可厚非，但过度的市场化则必然会违背作家创作的生命体验和艺术体验，从而最终影响作品的艺术质量。具体到陕西的文学创作，20 世纪 90 年代的"陕军东征"文学现象的出现，与商品经济的影响是分不开的。"作家不是生活在真空里，不是生活在世外桃源中，他们不可能不受到市场经济的冲击。市场经济的作用，诸如竞争意识、效益意识、顾客意识，使作家们不能不重新审视文学艺术这一人类独特的精神瑰宝。"③ "陕军东征"的几

---

① 贾平凹：《开创文学创作的新局面》，《今日中国论坛》2008 年第 2—3 期。
② ［美］杰姆逊：《后现代主义与文化理论》，唐小兵译，北京大学出版社 1997 年版，第 1 页。
③ 李震：《新文学地理中的西部高地》，《陕西师范大学学报》2004 年第 6 期。

部文学作品在内容上或多或少地对市场的媚俗迎合，通过夸张性的广告宣传而实现对文学作品的商业促销都可谓是商品经济对文学创作的负面影响。21世纪后，伴随着市场经济繁荣而来的大众通俗文化繁荣，商业市场对文学创作的影响更加深入，这使得作家在创作时丧失了精神的自由，而要瞻前顾后，为了商业利益而顾及市场需求以及普通读者的阅读期待，从而因为取悦读者、迎合某些读者的低级趣味而造成作品的肤浅和缺乏创新的重复性写作。

其次，对现实的关注度不够而造成的作品厚重感的缺乏，这是造成21世纪陕西文学缺失的又一重要原因。陕西文学特别是长篇小说创作在进入新时期以后，一直有回避现实矛盾的倾向。作家们更多地关注历史与文化，写历史写过去的生活多，对当下生活息息相关的现实题材涉入较少。另外，即使涉猎现实题材，作家大多缺少具有积极意义的社会政治和思想文化批判，而表现为一种消极的文人落寞意识和顾影自怜的自恋姿态。正如李国平所言："陕西作家表现出的是一种畏缩的、回避的态度，缺少一种敢于承担的勇气。作家是社会的良心，作家介入社会公共事物是作家良知的体现。部分作家陷身于一些功利性的事务中，对于社会必需的精神性的关怀和深层次的思考少了。古今中外，作家都应该能够承担起社会舆论监督的作用，如果摒弃监督，顺应社会思潮，必然创作出媚俗的缺少生命力和艺术感染力的作品。"① 十七年文学作家具有高度的社会责任感和历史使命意识，能够深入群众生活，感应时代的脉搏，特别关注社会上乃至身边正在发生的重大问题，柳青以新中国农村合作化运动的亲历者和构建者，胸怀革命理想创作出《创业史》。显然，21世纪的陕西作家缺乏类似柳青身上的社会责任感和历史使命意识，更缺乏柳青献身文学的殉道精神。

第二节　陕西文学批评的突围

一　蹒跚中展开的文学批评

（一）20世纪70年代末期文学批评的拨乱反正

"文革"结束后，陕西文学上的拨乱反正、正本清源首先是从文学批评开始的。

---

① 王晓明：《新世纪长篇小说创作的得失》，《陕西日报》2006年3月31日第5版。

1977 年 11 月 25 日，《人民日报》发表文艺界人士座谈会报道《坚决推倒、彻底批判"文艺黑线专政"论》。12 月 20 日，《人民文学》开辟《彻底批判"文艺黑线专政"论》专栏。

陕西文艺界在全国文艺界批判"文艺黑线专政"论的形势下，与全国文艺界的步伐保持一致，当年 12 月 2 日，《延河》编辑部邀请作家、文艺工作者举行文艺工作者座谈会，愤怒批判"文艺黑线专政"论。[①] 大会负责人王丕祥指出，林彪"四人帮"炮制的"文艺黑线专政"论，给无产阶级革命事业、社会主义文艺事业造成了极其深重的灾难，动员文艺工作者积极参加斗争，砸烂"四人帮"强加给文艺战士的精神镣铐，学习毛主席的革命文艺路线，解放思想，活跃文艺评论。

胡采在座谈会发言中分析了"四人帮"阴谋活动集中表现为两方面：

> 一方面，他们以"文艺黑线专政"论为杀人刀子，把建国十七年的文艺工作，实际上也就连带着把以伟大共产主义战士鲁迅为代表的三十年代左翼文艺工作，把以延安文艺座谈会《讲话》为伟大里程碑的中国无产阶级革命文艺工作，统通地给一刀子砍掉了。他们把建国十七年中产生的许许多多优秀作品，污蔑为"黑作品"；把在抗日战争、解放战争的烽火中经受过考验锻炼，在土改反霸斗争、抗美援朝战争以及社会主义革命和社会主义建设浪潮中继续经受考验锻炼，一贯遵循毛主席教导，沿着《讲话》开辟的道路走过来，并做出可贵成绩的许许多多的优秀作家，诬陷为"黑作家"；并且把以上种种一概说成这就是"文艺黑线专政"的产物，必须统通加以打倒，从而造成所谓"空白"，以便为他们的什么文艺"新纪元"或"新时代"等骗人鬼话，制造根据。这是一方面。另一方面，疯狂地天花乱坠地吹捧他们自己，美化他们自己，把他们历史上所干的一切反革命勾当，或者有意地加以隐瞒，或者无耻地进行篡改；甚至以被强加的"文艺黑装专政"罪名而横遭镇压和迫害的革命文艺工作者的血，来染红他们的帽子，作为"文艺革命旗手"的桂冠，戴在头上，造成假象，迷惑群众，他们真的是什么"正确路线的代表"。最不能令人容忍的是，他们竟然把自己伪装成毛主席的"战

---

① 大会由《延河》负责人王丕祥主持，出席会议者：胡采、王汶石、杜鹏程、常增刚、李若冰、畅广元、董乃斌、费秉勋、程海、邹志安、王晓新等。会议纪要《毛泽东思想光辉始终照耀着文艺战线》发表于《延河》文学月刊 1978 年第 1 期总第 34 期。

友"和"学生",暗地里却丧心病狂地对毛主席进行迫害和攻击。敬爱的周总理曾一针见血地形象地刻画林彪是:"语录不离手,万岁不离口,当面说好话,背后下毒手。""四人帮"同林彪,难道不正是一路子货吗?①

胡采以无产阶级革命理论家穿越现象的洞察力,敏锐地指出"四人帮"阴谋活动的两个手段:一是挥舞"杀人刀子",砍掉20世纪30年代左翼文艺、十七年文学,并污蔑为"黑作品";二是以"文艺革命旗手"自居,用革命者的鲜血染红自己的帽子。胡采撕开"四人帮"美丽的画皮,中肯评析当时文艺战线的功过,并凭借自己多年来斗争中积累的经验,冷静指出这伙害虫虽被揪出,但"'四人帮'在文艺界所散布的流毒和影响,还没有完全肃清,或远未肃清"②。这些见地不乏真知灼见,对于陕西文艺工作向纵深处发展意义重大。

座谈会上的畅广元、王汶石、杜鹏程等人除了痛斥"四人帮"炮制的"文艺黑线专政"论外,还表达了对党的十一次代表大会政治报告③的拥护,并以文艺工作者对党对人民对祖国文艺事业的热爱,表达了新形势下"放下包袱,开动机器"、为社会主义文艺繁荣做贡献的决心。这次座谈会是陕西文艺界在思想上清算"四人帮""文艺黑线专政"论的一次重要会议,会议带动了陕西文艺界清算"四人帮"文艺流毒工作的全面展开,并与70年代末期全国范围内的文艺界拨乱反正、正本清源工作汇为一体。

会议之后,《延河》文学月刊1978年第2期开辟"深入批判'文艺黑线专政'论"专栏,登出五篇文章深入展开正本清源的工作。秦人素有秉笔直书的优良传统,清算"四人帮"文艺流毒的工作,陕西文艺界早在座谈会召开的4个月前就拉开序幕了。1977年7月《延河》刊出严微的《驳"四人帮"的"彻底批判论"》,王震学的《砸烂文化专制主义的枷锁》④等文章,这类文章在陕西文艺界拨乱反正、正本清源的工作中

---

① 胡采:《毛泽东思想光辉始终照耀着文艺战线》,《延河》1978年第1期。

② 同上。

③ 党的十一次代表大会政治报告宣布:"建国以来,尽管我国文教、科技战线的工作,受到了刘少奇、林彪、四人帮的严重干扰和破坏,但是,在毛泽东思想的光辉照耀下,广大教育工作者、科技工作者、文化工作者、卫生工作者辛勤劳动,为人民出了力,为社会主义事业作了巨大贡献。"

④ 1977年7月《延河》文学月刊这类文章的刊出,比同年11月25日《人民日报》开辟《彻底批判"文艺黑线专政"论》专栏,提前4个月。

起到积极作用，显示出理论工作者为文艺正名的胆识与胸襟。

70 年代末期这场运动爆发时，文艺批评整体水平还处在一种被动辩解和驳论的阶段，文章承袭"文革"期间"大批判"文体模式，一是文章标题以或否定或肯定式语气为某某问题正名，如《主观随意性是典型化的大敌》①《〈阿 Q 正传〉不容歪曲》②《形象思维论不能否定》③；二是论证过程以加黑加粗形式大量引用领袖语录，以此取代理论的论证分析过程来增强文章的说服力；三是不少文章以哭诉形式为作品恢复名誉。批评文章的基本特征是：某某作品是新中国成立以来一部艺术成就很高的作品，但是，"四人帮"却把这部作品攻击为大毒草，这是对作品的污蔑，应予以全部推翻。显然，辩驳缺乏理性的分析及思想的力量，存在着由情感宣泄所呈现出的大批判色彩，出现问题归罪于"四人帮"，这是由于批评者认识水平还未摆脱"文革"余绪的纠缠，批评者主体不能从思想深处反思病因，正本清源的工作仅仅停留于"拨乱"环节，远未触及"正本清源"之"本"与"源"，作为文学批评既缺乏具体的批评操作过程，也没有相应的理论框架。70 年代末期文艺界的文学批评本体的地位与价值没有显示出来，文学批评再次成为新的历史语境下形势转折、政策实施的"武器""工具"。

历史往往具有不可割裂性，70 年代末期文学批评是从"十年动乱"文化事业遭受严重摧残破坏的一片满目疮痍的局面下开始的。"文革"期间的文学批评带着浓郁的政治色彩，批评的主要任务是为文艺斗争及政治斗争服务，文学批评在文学中起到的作用是为政治阴谋制造舆论，给作家作品罗织罪状。文学批评正常的秩序遭到破坏，文学批评也发展为"大批判"文体。"文革"结束后，肃清阴谋文艺的政治影响，恢复文学批评的传统，使批评回到正常的健康的轨道上，既是历史赋予文学批评的使命，也是"文革"结束后文学批评发展的必然趋势。70 年代末期文学批评在历史的挑战和现实的困惑中踯躅，由于其批评的起点是十年"文革"，必然不可避免地带着"文革"批评的习俗，浸染"文革"批评的意绪。当时文学批评依然隶属政治运动，流于政治控诉，并非真正意义上的文艺批评。

文学批评这种局面形成的因素极为复杂，当然政治因素是重要的，但

---

① 畅广元：《主观随意性是典型化的大敌》，《延河》1977 年第 8 期。
② 吴功正：《〈阿 Q 正传〉不容歪曲》，《延河》1977 年第 8 期。
③ 畅广元：《形象思维论不能否定》，《延河》1978 年第 5 期。

将一切归咎于此又是极为浮泛的。

首先，僵化的思维模式紧紧地禁锢了文学批评。新中国成立以来，文学批评始终被强大的政治力量牵制着，这也是 20 世纪以来中国文学无法逃脱的宿命，而"文革"时期极"左"狂潮最早从文学批评领域刮起。在新中国成立以来乃至 70 年代末三十多年的时间里，文学乃至文学批评被异化为"思想斗争""阶级斗争"的附庸、奴仆，庸俗社会学、教条主义严重束缚着文学批评。马克思主义文艺思想在极"左"思潮扭曲下变形、割裂、零散，历史上诸多优秀的文化思想被人为地肢解。支撑文学批评的理论基础极为薄弱，理论的匮乏必然造成思维的扭曲，僵化的思维模式束缚着思想，也牢牢地束缚着文学批评的起飞。1976 年粉碎了"四人帮"，但人们思想不可能走出原有的思维态势，在文学批评上思维模式依然是原来的格局，对一些敏感的理论话题难以做出及时准确的判断，对破除新中国成立以来的"左"倾观念还"心有余悸身有余毒"①，因而批评文风、语言形式难以冲出历史的窠臼。陕西具有厚重的历史文化根基，得天独厚地传承着优秀的文化元素，同时也将传统文化因袭守旧的成分承袭了下来。

其次，文学批评是一门综合性极强的理论学科，批评的发展需要诸多学科比如哲学、美学、政治、伦理、历史、心理等社会科学的研究成果为其提供理论发展的资源，在当时诸多学科没有大的突破与进展前，批评本身也难以自成体系独立起来。文学批评发展规律完全不同于文学创作，文学创作在变化着的生活新内容与新情感的感召之下，有可能谱写出蕴含新质的华美篇章。当然作家也不可避免地受到固有的思维习惯和写作模式的左右，但生活本身具备的鲜活力量足以推动作家自觉或不自觉冲出陈旧的窠臼。而文学批评在思想资源匮乏、思维模式僵化的基础上，面对活生生的生活挑战难免陷入失语的尴尬，由于感性的生活本身不能在短时期内直接提供给批评理论的力量。而文学批评局面的根本改变不只需要诸多学科提供的新成果的支撑，更需要文学批评不断以开放的姿态吸纳整合诸多学科的营养成分，从而建构其理论框架、形成其话语模式，而批评理论体系的建构不同于文学创作可以在短时期内一挥而就，它需要较长时间与现象的剥离以及理论自身的回流沉淀。

最后，对外文化交流的缺乏。文学批评的发展需要对外文化交流的促进，需要引进世界文学理论和批评的新观念、新思路，同时新观念、方法

---

① 刘梦溪：《彻底解放文艺的生产力》，《文艺报》1978 年第 2 期。

的运用需要有一个与本民族文化相渗透融合的过程。五四时期和 30 年代西方近、现代文学思潮大量涌入中国，文学批评流派，诸如印象主义批评、新人文主义批评、唯美主义批评、心理分析批评等先后被人为地淘汰掉，新批评、形式主义批评、结构主义批评刚刚在介绍中，还没来得建立就在萌芽中夭折。剩下的只有社会历史学的批评。社会历史批评是一个十分开放的体系，其理论基础是现实主义，成分也呈现出多元化特色。包括 19 世纪法国史达尔夫人、泰纳的历史主义现实主义，英国阿诺德的人文主义现实主义，俄国别林斯基、车尔尼雪夫斯基的民主主义现实主义以及马克思影响下的社会主义现实主义。但由于中国现实政治的急迫需求，保留下来的只有从苏联借鉴过来的社会主义现实主义，其他的现实主义理论先后被提纯而抛弃。加之当时我们闭锁国门数年，与国际社会进行文化交流的机会极少，在思想意识形态上视西方文艺思想为洪水猛兽。尤其是与苏联合作关系破裂以后，国际交流的机会就更少了，自然，文化交流也就搁浅了。

（二）20 世纪 80 年代文学批评的恢复

陕西文学批评真正发挥正本清源的批评功能是随着全国思想解放运动的兴起逐渐开始的。

1982 年 9 月中国共产党第十二届全国代表大会召开，大会明确制定为了"全面开创社会主义现代化建设的新局面"，实行改革开放的政策方针。从 70 年代末期展开的思想解放运动终于演化为政治行动。改革的春风吹遍中华大地，思想文化领域出现空前活跃的局面。哲学领域，由"真理"问题的大讨论进入"生产力"问题的讨论，再到人性、人道主义问题的讨论，思维活跃、突破一个个禁区；政治领域，重视社会主义"民主与法制"的建设，进行经济体制改革的同时呼吁政治体制的改革；伦理领域，展开一系列"个人权利""个人地位""个人与社会的关系""个性主义"等问题的讨论。这一切汇成了新的思想解放运动，根本地刷新着人们的精神世界，也为文学批评的发展奠定思想基础。

如果说 1976—1979 年，文学批评还处于政治上的拨乱反正时期，对于文学的新现象和新理论来不及思索的话，那么 1980 年、1981 年是陕西文学批评的自我意识初步觉醒的两年。其间发生的两件大事不容忽视。其一，1980 年《延河》文学月刊发起"关于现实主义问题的讨论"，这对陕西文艺界从理论认识层面上全面恢复现实主义文学传统，肃清"左"倾教条主义和庸俗社会学的影响起到积极作用。其二，1981 年 1 月成立笔耕文学研究组①，表明陕西文学批评队伍格局的初步形成。笔耕文学研究组 80 年代乃至后来在文学界的频繁活动，在陕西文艺界造成极大的声势，为陕西文学繁荣做出了突出贡献。相对于 70 年代而言，80 年代陕西文学批评如同全国的文学批评一样空前活跃，总结新中国成立 30 年来创作与批评的得失，把现实主义传统的理论研究成果与批评实践紧密结合起来，先后对柳青、贾平凹、京夫等作家的作品展开研讨，并从全省文学工作长远发展的角度入手，进行"小说创作提高与突破的讨论"。陕西文学批评在短短的几年内取得显著成果，在陕西文学史上写下了重要的一页。

1. 现实主义理论方面的探索

下面从关于现实主义问题的讨论、歌颂与暴露以及"小说创作的提高与突破"三个方面展开分析。

现实主义问题是关系文学发展的一个重大理论问题，新中国成立以来对此争论不休，如 50 年代关于真实性、关于现实主义——广阔道路、革命现实主义与浪漫主义两结合的讨论，60 年代典型、现实主义深化和"中间人物"论，论述大致在创作方法和创作原则范畴内进行。新时期现实主义传统的恢复，是在新的历史转折时期顺应思想解放潮流的文学活动。"十年动乱"，现实主义问题被严重歪曲，为了给现实主义正名，从 1979 年理论批评界展开了持续数年的讨论。陕西文学批评界就此问题展开讨论，1980 年 2 月，延河文学月刊辟出"关于现实主义问题的讨论"的专栏，在 1980 年就刊出五篇文章展开现实主义问题的讨论。②

首先，恢复现实主义的文学批评传统。

在恢复现实主义传统的路途上，陕西文学批评界着眼于作为创作方法和创作原则范畴内现实主义传统的倡导。畅广元《发扬文学批评的现实

---

① 1981 年 1 月 13 日，笔耕文学研究组在西安展开第一次学术活动，就文艺真实性和倾向性进行专题讨论，具体内容见《延河》文学月刊 1981 年第 3 期总第 196 期。笔耕文学研究组是在胡采的倡导下形成的一支业余文学评论队伍，中青年评论员十六人，成员有胡采、王愚、刘建军、肖云儒、畅广元、李星、蒙万夫、陈孝英、王仲生、白冠勇、费秉勋、李健民、文致和、薛瑞生等人。他们分析研究中国和陕西文艺现状，评论本地区作家创作，定期召开讨论会，发表当代文学评论和创作理论文章，在中国文艺界产生了一定影响，被称为"集体别林斯基"。笔耕文学研究组成员之间的文学批评观以及批评风格不尽相同，存在着诸多差异，但在具体批评实践中他们能够不藏不掩、坦言直陈各自观点，保持了君子"和而不同"的美好批评风范。

② 《延河》1980 年 2 月号刊出陈辽文章《现实主义——探求的道路》、薛瑞生《倾向性浅识——再谈现实主义》，4 月号刊出畅广元《发扬文学批评的现实主义传统》，6 月号刊出王愚《现实主义的厄运及其教训》，10 月号刊出蒙万夫、曹永庆合写文章《在现实主义的道路上——陈忠实小说创作漫论》，就现实主义问题展开讨论。

主义传统》是新时期陕西恢复现实主义文学传统的力作，论文批评意识明确，认为文学批评与文学创作一样需要发扬现实主义传统："现实主义作为一种创作方法，不仅作家遵循，评论家也不例外。"① 现实主义文学中，文学批评与文学创作是文学事业不可或缺的双翼，二者关系密切。然而，当代文学的现实主义思潮在运行中被歪曲变形，"文革"演变为伪现实主义，文学批评失去其应有的独立品格，沦丧为政治斗争的工具。畅广元针砭文艺界盛行的"工具论"，批驳其伪现实主义的实质就是："认为文学作品只是阶级斗争的工具，它必须服从于政治。因此，文学批评也必须坚持政治标准第一，艺术标准第二的原则。"②

文学创作需要恢复现实主义文学传统，而作为与文学创作相匹配的另一翼——文学批评更需要倡导现实主义文学传统。如果文学批评树立明晰的批评自觉意识，恢复现实主义批评的理论基点，就可能发挥"磨刀石能使钢刀锋利"③ 之强效，日渐荒芜的创作园地有可能吐出醉人的嫩绿枝芽。

其次，真实性问题的讨论。

真实性是现实主义文学艺术遵循的基本原则，真实性也是各种文学样式存在的生命。我国一度片面地追求文学的政治性、党性原则与革命性，似乎文学的生命不在于真实，而更多在于"革命的"倾向性，从而过分夸大倾向性作用。创作中作家作为政治、政策、道德的化身直接站出来赤裸裸地说教，在认识上将真实性与倾向性严重割裂开。

1981 年 1 月 13 日，笔耕文学研究组就文艺真实性和倾向性进行讨论。④

第一，从概念上梳理真实性与倾向性，王愚认为艺术真实是对生活真实的把握，而思想倾向是对生活真实的追求而不是作家主观注入生活⑤，王愚基本抓住问题的实质，认为生活真实是艺术真实的基础，而片面强调倾向性容易滑向公式化、概念化的路径。第二，大会普遍认为真实性与倾向性不可分割，"作品的倾向性，即包含渗透在文学的真实性之中"。作家的倾向性是通过艺术作品流露出来的思想观念与情感态度，这种观念形

---

① 畅广元：《发扬文学批评的现实主义传统》，《延河》1980 年第 4 期。
② 同上。
③ ［希腊］亚里士多德、［罗马］贺拉斯：《诗艺诗学》，杨周翰译，人民文学出版社 1962 年版，第 153 页。
④ 1981 年 1 月 13 日，西安地区"笔耕文学研究组"就文学真实性和倾向性进行理论层面的讨论，这是"笔耕文学研究组"的第一次学术活动。会议发言部分由《延河》文学月刊整理发表于同年第 3 期，部分发表于《陕西日报》1981 年 1 月 12 日文艺评论版。
⑤ 《关于真实性与倾向性的讨论》，《延河》1981 年第 3 期。

态与情感判断本身就来源于生活，并通过作家的心灵化过程诉诸作品。因此，倾向性不可能离开生活的真实性，它寓于真实性之中。第三，费秉勋认为真实性问题的讨论要注重艺术本身的规律，他指出就我国文艺思想和文艺理论的研究现状而言，一味地远离艺术规律谈论真实性，对于"文学真实性的讨论，对于我国文学的发展，并没有根本性的意义"①。费秉勋切中多年文学批评的要害，中华人民共和国成立以来一直提倡现实主义的真实性原则，但在实践操作中却常常游离于艺术本体，在政治性、党性原则等环节展开讨论。常常是我们自以为抵达真实性问题的内核时，而真实本身却已逃之夭夭，艺术真实性在我们的追溯中变得玄虚抽象、难以捉摸。

　　这次真实性问题的讨论，是笔耕文学组第一次有组织、有计划的文学批评活动，充分展示了 80 年代陕西文学批评队伍阵容。他们的文艺批评活动具有较为理性的批评品格，成员们最大的特点是能够根据实践创作发展的需求对理论问题展开思考，其中不乏真知灼见。费秉勋较早提出文学研究应回到艺术规律本身，带有明显向内转的研究视角，这对长期囿于外部规律的文学研究来说，具有反拨修正作用。虽则文学内在自律规律研究在 80 年代初期的陕西文学研究界还没有充分展开，仅仅局限于研讨会的提法，但透露出西北大学学院派理论家力图走出庸俗社会学批评的迷津而向艺术本体靠近的探索。

　　以上从真实性与倾向性的关系对真实性展开的讨论，蒙万夫又从更高的理论层面重提"写真实"。他觉得"写真实""首先要紧的是作家、评论家在生活和艺术面前的胆识和勇气"②，作家应该"敢于把生活的全部音响坦陈在读者面前"，"敢于揭示重大的尖锐的生活题材的真谛"，"敢于为人民群众的历史命运挑担子"。他反对那种"回避现实矛盾冲突，编造不合情理故事，粉饰生活的创作现象"，这些话语透露出一代批评家直面现实的勇气和直逼艺术的见识。那么，蒙万夫的理论视野中艺术真实性是什么呢？他从现象与本质之间的辩证关系出发，做出简明扼要的阐述："就是事物表现特征的真实和事物内在规律真实的统一。前者属于现象范畴，包括细节真实，是客观社会以具体感性形式呈现出来的'本来'样子。后者属于本质范畴，是生活逻辑的真实，矛盾冲突发展趋势的真实，

---

① 《关于真实性与倾向性的讨论》，《延河》1981 年第 3 期。
② 蒙万夫：《为文学的更高真实而努力——兼谈斯大林的"写真实"观点》，《延河》1983 年第 5 期。

现实关系的真实。后者通过前者体现出来，或者说同时就包含、隐藏在前者中。"① 显然，蒙万夫的真实观建立在现实生活的肥沃土壤上，"写真实！让作家在生活中学习吧！"斯大林的真实观是抵达艺术更高意义的必经之路，蒙万夫热情呼唤作家和评论家在对待生活现实的态度上应该尽量同广大人民群众相结合。阅读蒙万夫的文学评论，可以触摸到一代批评家强劲有力的脉搏跳动，感受到一代知识分子具有的民本意识与敢为天下担当的责任意识，对于今天日益疲软的文学批评不无启示意义。

再次，进行典型性问题的讨论。

典型性问题是现实主义理论范畴中引起人们重新探讨的又一重要问题。恩格斯曾经在别林斯基的"熟悉的陌生人"理论基础上提出："现实主义的意思是，除细节的真实性外，还要求真实地再现典型环境中的典型人物。"② 恩格斯在这里说的是叙事、戏剧文学，但典型性要求通过生动鲜明的个性形象反映深刻普遍的意义，这是优秀的现实主义文艺作品应有的特征。1981 年初，有人撰文认为恩格斯的典型论观点是"一种必须破除的公式"③，从而引起了典型性问题的论争。在讨论过程中，重新肯定了恩格斯的典型论观点。第一，"典型环境应该看作是总的社会历史环境和具体人物生活在其中的具体环境的统一，既不能只讲社会历史环境，也不能只看到具体人物生活在其中的具体环境"④。第二，典型环境既然是总的社会历史环境和具体人物生活在其中的具体环境的统一，其具体的艺术形象便必然是多样的。第三，典型人物既然是个性与共性的统一，那么其具体的艺术形象也是多样的。通过讨论厘清了许多理论上模糊不清的问题，比如曾经流行的"一个时代一种典型环境""一个阶级一个典型"，甚至"每个阶段只有一种典型人物""典型就是英雄，非英雄也就非典型"的僵化模式。

陕西文学批评界结合作家的创作实践，重视典型的深层理论研究和实现典型化途径的探索。1983 年延河文学月刊开辟专栏"小说提高与突破的讨论"进行了长达一年的讨论。李星认为一个作家进入艺术创造境界

---

① 蒙万夫：《为文学的更高真实而努力——兼谈斯大林的"写真实"观点》，《延河》1983年第 5 期。

② 恩格斯：《致玛·哈克奈斯见》，《马克思恩格斯选集》第 4 卷，人民出版社 1995 年版，第 462 页。

③ 徐俊西：《一个值得重新探讨的定义——关于典型环境和典型人物关系的疑义》，《上海文艺》1981 年第 12 期。

④ 陈涌：《现实主义问题》，《文艺报》1982 年第 12 期。

的标志是实现典型化，而京夫就是这样一位作家："在人物形象塑造上，他已经不一般地满足于形象的生动和性格的鲜明，而是努力追求形象所概括的生活的深度和广度，向创造典型的文学高峰攀登。"①李星提倡作家"从更高的意义上把握了生活，再现了生活的本质规律"②，反感"逼似生活"的机械反映式的写作路数，他看好作家那种极强的概括能力和无边的想象能力。李星切中陕西作家创作症候，陕西大多作家过多胶着于生活表象，描摹生活太实，缺乏一种从实向虚转化的艺术升腾力，而这种升腾力对于艺术创作又是非常重要的。

通过什么途径实现典型化？肖云儒针对创作中青年作者重视写人物而忽视典型环境的营造，在《在生活环境的典型化上下更多功夫》一文中提出实现环境典型化的三个途径。第一，"捕捉典型的冲突"，这就要求作家将隐藏在生活素材中的冲突，经过艺术的重组和虚构，焊接、铸造到震撼人心的程度；第二，"设置典型的人物关系"③，社会环境在很大程度上是由与之粘连在一起的人群构成的，往往通过一张错综复杂的人物关系网就可以透视出复杂的社会环境；第三，"贯注典型的感情和情绪"，如果作品的生活画面和人物形象浸染上时代的诗情意绪，作品的典型环境蕴藉的意趣由此得到强化。肖云儒的环境典型化途径从理论层面将典型化过程具体化，为正在摸索中的作家提供可以借鉴的理论资源，尤其是第三条"贯注典型的感情和情绪"，对克服陕西作家创作中存在的太"实"现状，有一定实践指导意义。

最后，讨论革命的现实主义与浪漫主义相结合的创作方法。

革命的现实主义与浪漫主义相结合的创作方法，在我国流行了近20年。1958年3月，毛泽东在谈到诗歌创作问题时说："形式是民歌，内容应是现实主义和浪漫主义对立的统一。"周扬作为毛泽东文艺思想的阐释者，认为"毛泽东同志提倡我们的文学应当是革命的现实主义和革命的浪漫主义的结合，这是对全部文学历史的经验的科学概括，是根据当前时代的特点和需要而提出来的一项十分正确的主张，应当成为我们全体文艺工作者共同奋斗的方向"④。随后，郭沫若、茅盾也发表了文章，郭沫若认为，"古往今来伟大的文艺作家，有时你实在难于判定他到底是浪漫主义者还是现实主义者"，茅盾觉得"两结合"其实就是"社会主义现实主

---

① 李星：《进入艺术创造的境界——京夫的创作和启示》，《延河》1983年第1期。
② 同上。
③ 肖云儒：《在生活环境的典型化上下更多功夫》，《延河》1983年第4期。
④ 周扬：《新民歌开拓了诗歌的新道路》，《红旗》1968年第6期。

义"，他主要从作家进步的世界观强调"两结合"。但是在后来的文艺战线上，有人认为"两结合"是远远高于革命现实主义和革命浪漫主义的"第三种创作方法"。

新时期王愚《现实主义的厄运及其教训》一文从 20 世纪特别是 50 年代我国对"现实主义精神"的批判历史入手，剖析不同时期现实主义所遭遇的厄运，怀着对文学批评事业的一腔热诚，以力图穿越历史迷雾的眼光，对我国 50 年代社会主义现实主义概念的定义和革命现实主义与革命浪漫主义相结合的创作方法进行分析。他追溯西蒙诺夫对社会主义现实主义这个概念的质疑，在分析的基础上得出 1956 年秦兆阳对社会主义现实主义意见的合理性，指出一旦文学违背现实主义的真实性原则，"把评价作品的政治标准看成唯一的标准，其结果只能是使生活服从于作家的立场、观点，而这种立场、观点又大多来自书本和政策文件，必然导致公式化、概念化作品的出现，对社会主义制度的巩固，是不会起什么积极作用的"①。显然，问题的症结在于政治这只巨手，现实主义几度沉浮变迁正是政治巨手的翻云覆雨。"两结合"方法流行文坛二十多年，王愚认为它并非最好的创作方法：首先，这在于现实主义与浪漫主义两种创作方法在反映生活上，"各有侧重，途径迥异"，一个依照生活本来面目反映生活真实，一个通过夸大、变形反映生活；其次，两者并非水火不容，现实主义创作方法并非缺乏理想，恰恰优秀的现实主义作品如《红楼梦》闪耀着理想之光；最后，正是不恰当地夸大浪漫主义，导致了 50 年代后期虚假浪漫主义倾向的泛滥，其恶果"不是推动文学更接近生活，而是助长了瞒和骗的文学"②。王愚对于现实主义问题的论述，闪耀着迷人的光芒，他立足于马克思主义的唯物认识史观，能具体结合陕西文艺研究的实践，希望陕西文艺研究能走向"破除迷信，解放思想，尊重艺术规律"的良性路径。

当代文学史为什么会出现"两结合"的怪胎呢？我们回到"两结合"提出的历史语境，答案也就不言自明。

第一，1958 年正是"浮夸风"盛行的"大跃进"时代，当时政治上我国又与苏联分裂，虽则"社会主义现实主义"的口号与苏联修正主义路线无关，但文艺上继续使用苏联的文学口号总不如自己的口号更吻合政治形势的口味。

第二，正如王愚提到的《红楼梦》这类优秀现实主义文学作品闪耀

---

① 王愚：《现实主义的厄运与教训》，《延河》1980 年第 6 期。
② 同上。

着理想之光，现实主义与浪漫主义的因素完全可以同时一体并存，把"两结合"作为一种生硬的创作方法倡导是没有道理可言的。

第三，看起来，革命现实主义和革命浪漫主义在"两结合"中并行强调、不偏不倚，实质上是"抽空了现实主义也萎缩了浪漫主义"①。当代文学史上，一边独尊现实主义，一边却极力反对写真实。文学一旦触及真实，难免要揭示社会阴暗面，而对于阴暗面的暴露就有可能与为政治服务的原则相背离，讲现实主义也就演变为反革命的同义词；而浪漫主义在当代文学中基本是被排斥的，因浪漫主义本身具有的主观随意性、感伤颓废意绪为无产阶级文学所不屑。但浪漫主义想象的特质又是革命文学所需要的，也是政治导向所需要的。因此，"两结合"创作方法既回避了"写真实"倾向，也保住了浪漫主义理想的崇高。一旦揭开"两结合"的真面目，隐藏在术语背后的政治目的就很明确了。

社会主义文学要不要揭示生活的矛盾、暴露生活中本来具有的阴暗面？社会主义文学是不是仅仅属于歌颂光明的文学？这是一个长期争议的问题，实质上这也是要不要坚持创作实践中现实主义原则的问题。50年代我国曾经就这一问题展开讨论，后来由于"左"倾教条主义和庸俗社会学的影响，讨论被迫中断。社会主义文学被简单地看作颂歌文学，文学走向了粉饰生活、掩盖矛盾、鼓吹虚假理想的反现实主义道路。进入新时期，随着《班主任》《最宝贵的》《伤痕》《罪人》等作品的面世，这个问题又摆在了理论工作者的面前，《延河》编辑部组织陕西省文艺工作者在1978年9月16日至23日就此展开讨论。② 在这个问题的讨论中，当时的批评界表现出可贵的成熟，基本认同社会主义文学不仅有歌颂的一面，同样也应该具有揭示生活矛盾、暴露社会阴暗的一面。出席座谈会的不少人肯定新作《班主任》，认为"给文艺创作开了一条路子，读来使人耳目一新"③。但在后来陕西的实践文学批评中，远没有理论上阐述得那么简单。

贾平凹是横跨新时期文学30年的一名重要作家，1977年短篇小说《满月儿》获奖后广为人知，随后发表的作品如同山涧喷涌的股股清泉，流淌着清新优美的人情美、人性美；1981年以后随着《晚唱》《好了歌》

①　李慈健、田锐生、宋伟：《当代中国文艺思想史》，河南大学出版社1999年版，第181页。

②　座谈会内容为《从〈伤痕〉谈到题材人物悲剧等问题——本刊编辑部召开的文艺评论工作者座谈会纪要》载于《延河》1978年第11期。

③　《从〈伤痕〉谈到题材人物悲剧等问题——本刊编辑部召开的文艺评论工作者座谈会纪要》，《延河》1978年第11期。

《二月杏》等作品的发表，贾平凹创作思想意蕴显现出新的元素。这引起了陕西文学批评界的高度重视，1982 年 2 月 10 日至 13 日，笔耕文学研究组召开贾平凹近作座谈会①，大会对于贾平凹创作上的变化意见分歧很大。一种意见对之抱以怀疑否定的态度，认为"思想倾向上出现了一些偏差，从过去写美人美事美景，到写丑人丑事丑景，怪人怪事怪景"。究其原因在于"作家想在好坏、是非、美丑之间找到一种和谐因素，结果泯灭了是非之心"，"追求的是一种类似超脱现实的宗教境界，表现了一种消极的出世思想和对生活的冷漠态度"。与之相左的另一种意见认为"贾平凹的思想不是出世而是入世"，"生活象一座大山，贾平凹过去写的是阳面，现在写的是阴面，合起来才是完整的"。②

　　阳光下有美丽的花儿在绽放，也有阳光照不到的背阴处霉菌的滋生。多年来，无论是文学创作还是文学批评都习惯于歌咏"鲜花"，回避"毒草"，当作家将其笔触转向生活阴暗面"毒草"时，就引起批评界的口诛笔伐。事实上，"歌颂和暴露"也涉及题材的问题，文学创作的题材应该是多样化的，就作家而言，拥有选择写作的自由，可以写光明亦可以写黑暗，重要的是作家抱着怎样的生活态度和眼光去看待生活；就批评者而言，单单停留在或"美人美事美景"或"丑人丑事丑景"的美丑分辨，或"阳面＋阴面＝生活"的加减核算，对于创作本身没什么价值。当然如果作家抱着窥视癖、露阴癖的心理去展览生活之丑，逢迎部分读者的低俗要求，却缺乏对生活敏锐而深刻的透视力，难免泯灭美丑界限，混淆善恶标准，必然"显出混沌抽象的弊病，使作品缺乏历史的骨力和时代的精神"③。在中国当代文坛上，贾平凹是一位不按规矩出牌的作家，有文坛"独行侠"的名号，新时期以来贾平凹的文学创作充满变数，他一直在艺术的创作手法、思想意蕴等文学整体的气象上，寻找着对自我及时代的突破与超越。在这条荆棘密布的艺术道路上，部分作品剑走偏锋，出现媚俗的低级现象，1981 年的创作初显端倪。

　　可贵的是陕西文学批评界有见地的批评者洞察到这个问题，他们的艺

---

① 　具体内容见《记"笔耕组"贾平凹近作讨论会》一文，载于《延河》1982 年第 4 期。随后，延河杂志相继登出围绕贾平凹作品讨论的文章：陈深《把生活的井掘得更深》、费秉勋《贾平凹一九八一年小说创作一瞥》、李星《评贾平凹的几篇小说近作》、冠勇《染印着时代色泽的艺术花朵——也谈贾平凹近年的小说创作》、畅广元《作家应该具有透视力——读贾平凹几篇近作的感受》、李健民《探索中的深化与不足——评贾平凹近期小说创作》。

② 　《记"笔耕组"贾平凹近作讨论会》，《延河》1982 年第 4 期。

③ 　费秉勋：《贾平凹一九八一年小说创作一瞥》，《延河》1982 年第 4 期。

术视野远远跳出"歌颂和暴露"的清浅分别,而是从创作主体理论入手,思考如何进入艺术的纵深命脉,畅广元适时指出创作主体"迫切需要敏锐的透视力"。他说,对于作家敏锐的艺术感受能力、"回溯深入"的才能必不可少,但如果"不以深刻的透视力为基础,作家就难免在创作中,误把自己较快地利用联想捕捉到的几个有关某个事物的特征,在想象中,形成一个完整的内视形象,当作与生活本来面目相一致的艺术形象的酝酿的成熟,仓促动笔,结果就不能不走弯路"①。其实,畅广元诚恳地希望作家不要耍小聪明、炫耀小才气,要珍惜、培养、磨炼对艺术独特的敏感力、想象力,获得对生活本质"深刻的透视力"。

以上主要是从理论方面对小说创作进行研究,陕西文学批评界还围绕着具体作品创作对柳青、贾平凹、京夫的创作展开了实践层面的讨论。

2. 围绕创作实践的探索

围绕柳青、贾平凹、京夫作品的讨论大体集中在两个方面:一是探究陕西文学创作提高的焦点;二是文学批评方法、理念的变化。

首先,陕西文学创作提高的焦点在哪里?在京夫创作研讨会上,批评界指出问题"不在于形式,不在技巧和手法,而在于对生活的思索,对题材的开掘,在作家的思想理论水平和文化艺术素养"。陕西创作的现状是"对生活的描摹过于实在,对艺术境界的追求较为不够","生活的'实'需要向艺术的'虚'转化,只有生活和艺术在作品中虚实相生,才能激起读者的想象,才能通过艺术的境界使读者更深入地理解生活的内在意蕴"。② 这种看法切中问题肯綮,虚实结合的能力对于创作来说是突破的关键。当然,作家对于生活广度与深度的把握,也是不可轻视的。从根本上来说,文学创作首先要注意作家主体素养和水平的提高。陕西作家并不缺乏对生活的深入,对生活的摹写也是夯实的,但有深度的、整体的、艺术的把握还是远远不够。驻陕京籍作家叶广芩说过,她是"面对"生活的写作,而陕西作家是"背靠"③ 生活的写作。正是陕西作家"背靠"的写作,其作品散发出浓烈的土滋味、泥气息,但同时作品缺乏灵动升腾之势,当然这与作家的抽象思维能力、艺术虚构能力关系密切。讨论会提到虚实结合的突破环节,应该说是把住了陕西文学创作的症候。

关于文学创作方法以及文学批评方法的讨论。1982 年贾平凹近作讨

---

① 畅广元:《作家应该具有透视力——读贾平凹几篇近作的感受》,《延河》1982 年第 5 期。

② 《议论纷纭看突破——"笔耕"文学研究组京夫作品讨论会综述》,《延河》1983 年第 1 期。

③ 周燕芬:《叶广芩·行走中的写作——叶广芩访谈录》,《小说评论》2008 年第 5 期。

论会上，面对贾平凹创作出现的新变化，费秉勋突破惯有的艺术再现说，指出贾平凹创作"属于'表现'艺术的中国古典艺术体系传神写照的创作方法。主要特点一是重在写神，不求形似；二是作品中流动充溢着作家的艺术气韵"①。其实，这种认识打破了现实主义传统独霸文坛的格局，艺术表现说抓住贾平凹文学创作的核心精神。一旦文学创作发生变化时，文学批评就应该根据正在变化着的实践做出准确的判断。"如果硬用现实主义的创作方法去套贾平凹的作品，自然是套不上的。"② 如果固守因循的批评模式，显然会使批评陷入僵局。费秉勋跟踪作家的创作实绩，使理论批评在创作中得到滋养生长，他把握住了作家的创作精神。在文学批评与实践中，有时候一下子很难分得清谁前谁后。在整个文学活动中，批评与创作如同文学的不可或缺的双翼，只有共同迎风合作、合力搏击才会冲向文学事业的蔚蓝天空。伴随着对贾平凹创作方法的热议，文学批评很快进入批评方法乃至批评理念的探讨中。

其次，文学批评的视角变化。面对"多变"的贾平凹文学创作，陕西文学批评家感觉到评价要采取慎重与科学的态度，"不能因其长而看不见其短，也不能因其短而非其长"③。既要看到作品的艺术风格，也要看到作品的思想倾向。批评需要科学的态度，不能因思想倾向有问题就忽视作品的艺术风格，更不能因艺术风格就模糊了思想倾向问题。80 年代对于贾平凹的文学创作，与会者更着眼于思想倾向的强调。从十年文学的特定历史氛围中走出的新时期文学来说，带有不可避免的社会—思想批评的烙印，这在情理之中，固有的思想观念不是一下子就能剔除得一干二净的。值得肯定的是批评视角旁及艺术审美批评④，这对于新时期陕西文学

---

① 《记"笔耕组"贾平凹近作讨论会》，《延河》1982 年第 4 期。
② 同上。
③ 同上。
④ 李健民在《探索中的深化与不足——评贾平凹近期小说创作》（《延河》1982 年第 7 期）一文中分析艺术特色时谈到的两点：一是重在神似、追求含蓄蕴藉的艺术境界；二是采用中国传统手法，融合外国艺术表现技巧。这些批评眼光与费秉勋《贾平凹一九八一年小说创作一瞥》（《延河》1982 年第 4 期）批评观点不谋而合，费文中由独特的艺术角度注意到贾氏作品中"浓重的审美感情""婉约哀艳的意境"，较早提出"写神"说，并从中国古代小说演变流程进行考察，对贾氏小说的创新给予高度评价，认为"用中国古典艺术的美学精神，改造了'五四'以来新小说的基本形式，同时吸收外国现代流派的手法而成的"。早在 1980 年，费秉勋在《试论贾平凹小说的艺术风格》（《延河》1980 年第 8 期）中就开始从美学方面分析贾平凹小说，提出贾平凹小说"意境美"风格，尤为难得的是作为一名评论者站在文艺批评的理论层面反思那种多年来政治宣判式的文艺批评。

的起飞显得弥足珍贵，这毕竟是批评视角的重大转变，表明批评理念内核的裂变。

早在1981年11月12日至24日"《创业史》及农村题材创作学术研讨会"上，在新的历史条件下，农村实现包产到户的经济形式后，再评价《创业史》迫在眉睫地摆在文艺工作者面前。实际上，评价《创业史》不仅涉及对农村合作化运动的理解，还涉及对今天党中央政策的理解。显然，这样就把文学作品再次推到政治政策的前台，当时有一种意见认为"如果合作化运动搞错了，《创业史》及同类肯定合作化道路的作品自然就没有什么可以肯定的"。可贵的是一些有见地的批评者提出："一部作品如果艺术地、真实地反映了某一个历史阶段的生活，深刻揭示了那段生活本质，即使它反映的那段历史被生活否定了，作品仍然会存在下去。"[①]批评眼光显然跳出政治政策的怪圈，着眼于作品内在的真实性与艺术性。评价作品的标准不应是历史风潮的简单对应，文学的真实性与审美性是现实主义的本质。不过如果我们回到当时的历史语境下，可以感受到达成共识的艰涩，窥视80年代初文学创作和批评蹒跚的步履。可喜的是大批批评者怀着对文学的信念身体力行地探索着，这种姿态本身就令人感奋。无论是历史还是文学进程，都是不断探索演进的进程，历史毕竟要翻过这一页！

最后，健康的批评态度。批评者以健康的态度对待批评对象，尽管批评眼光犀利，但1982年贾平凹文学研究在学术范畴内展开，批评活动不同于过去那种由学术问题上纲上线到政治高度的路数。尽管当年贾平凹感到压力大、心有余悸，但贾平凹研讨会却一直在浓郁的学术气氛中有序地进行着，这说明80年代文学批评逐渐向较为健康良好的方向发展。

二 陕西文学批评的反思

20世纪70年代末期的陕西文学批评整体水平不高，批评本体的地位与价值没有显示出来，在新的历史语境下随着历史惯性批评再度成为形势转折、政策实施的"武器""工具"。虽然说正本清源的工作已经启动，但文学活动停留于"拨乱"环节，远未触及"正本清源"之"本"与"源"。因此可以说，真正意义上的文艺批评并未开

---

① 《正确总结创业史经验更好地反映新时期农村生活——"〈创业史〉及农村题材创作学术讨论会"纪要》，《延河》1982年第2期。

始。但它开启了新时期的文学批评，毕竟是全新的开始，尽管开头算不得漂亮，对长期以来占据主流意识形态的正统文艺教条进行质疑、批判，缺乏坚实系统的理论支撑，批评研究也不可能在仓促间深入下去，多是从文学实践教训出发，或者从某些常识出发。但在某些方面对于今天日益浮躁的文学批评却有值得借鉴的经验，就批评家对作家和批评的态度来看，胡采先后多次提及，他认为作家与批评家的关系应该首先是挚友，然后是诤友。"挚友"的见识源于一代批评家与作家亲密无间的关系，胡采作为一代文艺工作的领导者深入群众，对陕西作家杜鹏程、柳青等人的实际生活、个人的脾气性格了如指掌，创作中的甘苦得失亦有深切的体验和把握，带着这份对作家深深的理解，他是作家真诚的朋友；但是仅仅有理解还是远远不够的，除了挚友外，他还甘做作家的诤友，适时指出作家批评中存在的问题，给予中肯的评价。这种批评态度是学理化的，对于今天的文学批评依然有意义。

新时期陕西文学批评真正开始于20世纪80年代，陕西文学批评以积极的参与意识介入全国文学批评中，就理论方面先后对形象思维、现实主义问题、歌颂与暴露等问题展开讨论。将陕西文学批评置放于全国文学批评的范围内，就理论问题涉及的广度深度上突出的成就并不是很大，但在文学实践批评活动中，其地位与作用不容低估。80年代笔耕文学研究组关注文学创作活动，善于把理论问题的探讨与实践文学创作结合在一起，在批评活动中不少理论的阐释源于实际创作的需要，并在与实践创作相结合的基础上得以生发、丰富和发展，达到马克思主义之"矢"射陕西具体作家作品之"的"。

观察80年代陕西的文学批评，与文学批评史上70年代乃至"文革"相比，文学批评发生了微妙的变化：

一是构成文学批评标准内在因素的微妙变化，政治批评意识尤其是政策批评意识受到审美艺术批评准则的冲击。

二是现实主义文学思潮依然占据着主流地位，但现实主义文学批评传统中多了几许或者杂糅了现代主义的音调。

三是如火如荼兴起的随感式文学批评文体，随感批评不同于"文革""大批判"文体，它根据表达内容的需要篇幅可长可短，语言也比较自由灵活，特别适合传达那种简朴真诚的思想，笔耕文学研究组不少成员很快发现这种形式相对自由灵活的文体。其实文体形式的变化也正是源自内容变迁的需求，形式与内容在血脉上不可分割，随感批评文体的出现也暗示文学批评从政治理性这个坚挺的硬套中破壳而出，趋于跃上相对轻盈自在的批评自由佳境。

　　总体来说，80 年代文学批评开始注意文本所具有内在的真实性与艺术性，而政治标准评判色彩略显浅淡。

第二章　陕西文学批评的格局建构

第一节　多元批评格局建构的可能

1985 年前后，中国社会进入全面的改革开放时期。思想界的空前活跃以及文学创作的迅猛发展，促使文学批评不得不加快步伐跟上时代需求。20 世纪 80 年代后期，那种紧贴政治、紧跟文学创作或政治或道德的批评状态发生显著改变，文学批评逐渐从沸沸扬扬的政治场景中抽身而退，意识到批评自身的困惑和危机，意识到文学批评既应是对文学创作的批评，同时也应是对文学批评自身理论的构建。

在反思构建过程中，陕西文学批评立足于马克思辩证唯物史观的立场，大量借鉴西方的观念理论设计自己的路径，与社会与文学发展的实际渐渐拉开距离，集中精力从理论上寻找批评发展的出路，同时不忘对传统中国文论的回眸。在中外、古今文化资源的反观比照中，印象主义批评、心理精神分析批评、文化批评、比较批评等多种模式在尝试探索中得以孕育生发，形成了以现实主义理论和社会历史学批评为核心同时容纳了其他批评理论与批评模式的多元批评新格局。

一　多元批评格局的文化背景

1985 年，是新时期文学批评史上颇为重要的年份，正如许子东所说："恐怕评论家们是有理由记住一九八五年的，就像小说家们应当记住一九七九年，年轻诗人应该记住一九八〇年一样。"[①] 这一年，全国理论界乃至整个学术界出现了前所未有的活跃气氛。1985 年 3 月，由《文学评论》《上海文学》《当代文艺探索》编辑部和天津市文联理论研究室、厦门大学语言文学研究所联合召集，在厦门召开全国文学评论方法讨论会，对

---

① 　许子东：《我的批评观》，漓江出版社 1987 年版，第 4 页。

80 年代文学批评观念和方法的变革做了及时的总结。之后，在扬州、武汉、深圳等地陆续召开了一系列文学批评观念和方法变革的讨论会，形成了文学批评变革势不可当的时代潮流。

（一）国内"文化热"

新时期文学批评变革随着声势浩大席卷全国的"文化热"浪潮而展开。回顾渐已远去的历史，林彪、"四人帮"反革命集团垮台了，极"左"路线得到清算，这段令中国人痛心的混乱历史终于翻过去了。当拨乱反正的政治任务结束之后，一系列问题蜂拥而出：林彪、"四人帮"几个人为什么可以兴风作浪？极"左"路线何以长盛不衰？70 年代后期简单化地把一切政治、社会问题归咎于个别领导人，这种做法显然说不过去。历史在这里沉思了，思考的目光投向了统治中国数千年的传统文化。五四时期，一代启蒙者鲁迅等人思考过的民族性与国民性问题、现代性问题再次突兀地横在当代中国人面前。现实生活中，三中全会的改革开放国策改变了濒临困境的中国经济，然而旧的思维方式以及低水平的人口素质却不时地羁绊着改革前行的脚步。西方的高度物质文明以及异质文化思想刺激着中国人的神经，如何评价输入西方文化、看待中国的传统文化，成了 80 年代文化讨论的焦点。

译者王炜在露丝·本尼迪克特的《文化模式》"前言"中这样概括文化热："正是文化热起来的时候，哲学、历史、政治、文学乃至经济各界都来参与这场讨论。一时间，中西文化孰优孰劣，如何对待中国文化传统，如何改进中国文化这些题目都成了热门话题。"[1] 在这个大变革、大整合时期，中国人的生活方式、价值观念乃至思维方式经历着巨大的震荡与洗礼，文化反思活动成为历史发展的必然趋势。

（二）国际"文化热"

实质上，国内"文化热"潮的兴起并非在封闭、孤立的意义上进行，它与 20 世纪以来世界性文化热潮的喷薄而出密切相关。20 世纪西方由工业社会转入后工业社会，先进的科学技术、日益丰富的物质生活与人们精神生活之间形成尖锐的对立，如康德所说："随着文明的发达，社会邪恶的总量也在增加。"特别是第二次世界大战以后，战争、饥饿、瘟疫、能源、环境恶化、种族歧视、贫富悬殊等世界性危机愈来愈尖锐化，思想文化、伦理道德、价值观念愈来愈错位混乱。人类为了生存与发展，愈来愈

---

① ［美］露丝·本尼迪克特：《文化模式》，王炜译，生活·读书·新知三联书店 1988 年版，第 1 页。

重视文化研究，渴望在多样化的文化资源中寻找医治社会危机和精神创伤的良药秘方。文化资源中既有西方多样化的文化理论，又有东方的新儒学与老庄哲学。文化研究方式趋向多层面多视角，跨学科跨专业的交叉研究纷纷出现，胡塞尔、萨特将文化理论与哲学结合，建立文化哲学；斯宾格勒和汤因比将人类社会与历史的发展归因于文化的兴衰；马尔库塞等新马克思主义者在对资本主义社会批判中建立了新文化理论；社会学研究吸收整合多种文化理论，出现了新康德主义文化哲学、存在主义、结构主义和现象学等；在现代心理学方面弗洛伊德和马斯洛的理论，在认识人类心理结构与完善心理功能方面逐渐完善化、现代化。

与文化思潮相适应的世界文学，打破了非此即彼的二元对立模式，出现多元性与多样化，特别到 20 世纪后半叶这种现象更为突出。奈斯比说："对于今天的艺术——所有的艺术来说，如果有什么特点的话，那就是多种多样的选择，这里没有占统治地位的艺术流，没有非此即彼的艺术风格。我们到处都处于不同艺术时代的交叉点上；在任何一种艺术领域里，我们都还要经过一段时间才能到达一个可以驻定并且予以明确定义的阶段。"① 思想文化的多样化必然要求多元多样的文学艺术，20 世纪世界文学中既有 19 世纪以来的批判现实主义文学，又有对现代文明反思的现代主义以及后现代主义文学以及拉丁美洲的魔幻现实主义与结构现实主义文学。扫描世界文坛真是多样纷呈，歧途异姿，那种现实主义独霸天下的局面已成昨日"神话"。

文学原本是文化的一种形态，没有无文化的文学，也没有无文学的文化。文学是文化的延伸与发展，从这个意义上说，强调文化对于文学的发展有点饶舌。然而，80 年代的"文化热"则不同，只有认识这一文化热潮的基本特征，才能更好地理解新时期文学的多元性。

二　多元批评格局的形成条件

80 年代中期以来的陕西文学批评，在国内和世界文化浪潮的飞扬激荡下顺势而起，呈现出生机勃勃的局面。下面从批评阵地的崛起、批评观念的更新以及批评方法的多样化展开分析。

（一）崛起的批评阵地——《小说评论》

陕西多元的批评格局的形成与《小说评论》批评阵地的崛起有着重

① ［美］奈斯比特：《大趋势：改变我们生活的十个新方向》，梅艳译，中国社会科学出版社 1984 年版，第 245 页。

要的联系。1985 年 1 月《小说评论》①创刊于西安,《小说评论》在全国范围内属于起步较早的专业性小说评论杂志。当时全国专业评论杂志有《文学评论》(1978 年 2 月 15 日复刊)、《文艺评论》(1984 年 9 月黑龙江文联主办,其前身为《文艺评论报》)。80 年代文坛风云变幻,文艺评论能在强手如林中崭露头角、拥有立锥之地,这是办刊者的愿望。而以什么样的面貌立足文坛,则是每个刊物深思的焦点。于诸多杂志中,《小说评论》突破点在哪里?回溯 1985 年创刊伊始到 90 年代杂志走过的曲折轨迹,其"立足西北、面向全国"的办刊方针在实践活动中还是清晰可辨的。

　　1985 年第 6 期"编者的话"明确提出:"本刊位于西北的门口,这个地区的小说创作,将成为我们关注的对象之一。"关注地方小说创作是当时刊物的基本起点,杂志第 6 期开辟专栏"西北小说研讨"有意识地扶植西北文学;1990 年第 1 期"编者的话"中说:"立足西北、面向全国,是本刊在林林总总的理论刊物中保有自身特点的一个重要方面。"1990 年"编者的话"与创刊伊始相比照,办刊宗旨发生些微变化,在突出原有的"西北"区位优势前提下,增加了"面向全国"文学创作与批评的大视野。这样,将陕西以及西北文学的创作与发展放置于一个比较宏阔的中国文学发展格局中去考量,这种变化表明编辑视野的高移,避免办刊可能滋生的地方狭隘意识。其实,这种办刊意识在 1985 年提及的"西北"就有所隐含,当时言述的"西北"为"关注的对象之一",并不意味仅仅定位于"西北"。就创刊号收录的文章来看,西北小说以及文学现象研究是绕不过的话题,但非西北小说如《燕赵悲歌》《新星》《祖母绿》等小说的研究也是涉及的对象。从 1991 年发表的文章统计数据来看,1991 年第 1 期发表文章 21 篇,有关陕西评论 3 篇占到整个杂志的 14.3%;1991 年第 2 期发表 20 篇论文,有关陕西评论 3 篇占到整个杂志的 15%。从整体数量分析,每期几乎都刊登有陕西作品的评论文章,但所占比例一般不超过 20%。在这一点上,《小说评论》与《延河》文学月刊的宗旨大异其趣,《延河》立足于陕西有时会不惜篇幅大量登载陕西作家作品,曾设

---

　　① 《小说评论》1985 年 1 月 20 日创刊,双月刊,杂志社地址在西安市建国路 71 号,截至今天(2010 - 03 - 02)总共出版发行了 151 期。主编胡采,副主编王愚、刘建军、李健民、李星、肖云儒、陈孝英、陈贤仲、畅广元、胡采。刊物宗旨"立足西北、面向全国",《小说评论》是全国出现较早的专业性小说理论评论刊物,它随着新时期文学一起成长起来,为陕西乃至西部地区浓郁文学气氛的营造起了积极作用,同时也为新时期中国整个文学的繁荣做出了贡献。

置"陕西青年作家小说专号",而《小说评论》的宗旨为立足西北,放眼中国。

在办刊过程中,《小说评论》遵循"立足西北,面向全国"的方针,走着吸纳西学回归文学本体的路子。一是坚持回归文学艺术神圣的原点,二是借鉴西方哲学、文学思潮丰富完善自己。仅在 1985 年创刊一年内,先后刊登乐黛云介绍西方文学思潮的论文四篇。还发表大量从文学本体研究入手的专业论文,如徐岱的《小说与诗》(《小说评论》1985 年第 6期);张德祥《近年小说叙述方式考察》(《小说评论》1991 年第 1 期);张跃生、王湘庆《杨争光小说的母题与叙事艺术》(1991 年第 1 期);孟繁华《小说本体研究述评》(1991 年第 2 期)。一大批在全国颇有影响的理论家如雷达、曾镇南、周政保、何镇邦、郜元宝、王彬彬、温儒敏、丁帆、鲁枢元等人不时在《小说评论》上发表他们的最新研究成果。

《小说评论》"立足西北,面向全国"的定位为刊物走向全国奠定了良好的基础,它与同处西北的《当代文艺思潮》①《人文杂志》《唐都学刊》《陕西师范大学学报》《西北大学学报》一同扛起了西部文学与创作发展的重任,成为西部文学研究阵地,对后来西部文学在全国的崛起起到了不可磨灭的作用,同时也为中国文学的发展与繁荣做出贡献。

《小说评论》杂志社的地址落定在陕西西安,是综合了陕西特有的地缘文化优势的战略选择。中国新时期的经济发展从东南沿海的城市率先兴起,而文学文化的发展从何而起,显然它与经济的发展模式不可等同。陕西西安地处中国的中部,在历史上曾拥有无比灿烂的文化传统,姜炎文明的先导、周秦文化的底蕴和汉唐文化的流淌,而现代延安文化新质的注入为陕西当代文化的崛起提供了良好的文化基础。正是这种独特的地缘文化优势,陕西以西安为中心形成了辐射周围地区的关中文化圈,并以渗透的形式地影响着中国新时期文化的发展。而《小说评论》杂志社地址的选择,就是建立在关中文化圈的基础上,跨入 21 世纪,又及时地整合了西安高校荟萃的文化资源优势,以西北大学为主办者、以西安工业大学为协办者的角色与陕西作协一起构筑着《小说评论》的天地,这些高校文化资源的深度介入为杂志注入新鲜、强劲的血液,《小说评论》在 21 世纪

---

① 《当代文艺思潮》1982 年 4 月创刊,当年按季刊出版 3 期刊物,第 4 期改为月刊,1987年 7 月停刊。刊物创始人谢昌余、余斌、李文衡、管卫中,1983 年魏珂、陈德宏、屈选等人加入编辑部。刊物定位"追踪文艺思潮,革新研究方法",是一个纯理论纯学术的刊物。它位居偏远的甘肃,首次亮出"西部文学"的旗号,对西部评论以及中国文艺思潮理论的发展做出了贡献。

以较为前卫而又不失厚重的文化形象耸立在中国学术杂志之林。事实证明，近 30 年《小说评论》发展，没有辜负陕西地缘悠久的文化传统，没有辜负西安独有的高校文化资源，《小说评论》不仅培养了一批作家，陕西的作品走出了陕西，冲出中国，走向世界；而且培养了一批文学研究者，他们的文学研究丰富了中国文学研究与批评的宝库。可以当之无愧地说，新时期《小说评论》功不可没！

（二）更新的批评观念

1985 年前后，在"先锋"创作面前，滞后而迟缓的文艺理论与文学批评开始了全方位的探索与掘进。

中华人民共和国成立以来，统一的理论批评范式束缚着理论批评的研究，对于文艺本质的认识停留在"文学是生活的反映"的认识论意义的阐释理解上。这种认识作为对文学的理解，当然有存在的现实基础和理论依据，但是视为唯一合理合法的解释，并绝对化地推举至理论发展的顶峰，视为不容逾越的、统领文艺的理论范式，难免扼杀创造性思维，使理论研究在封闭的圈子里原地打转，导致文艺观念的僵化。正如马克斯·韦伯所指出的：

> 如果我们强不能以为能，试图发明一种巍峨壮美的艺术感，那么就像过去 20 年的许多图画那样，只会产生一些不堪入目的怪物。如果有人希望宣扬没有新的真正先知的宗教，则会出现同样的灵魂的怪物，惟其后果更糟。学术界的先知所能创造的，只会是狂热的宗教，而绝不会是真正的共同体。①

进入新时期，文艺观念逐渐活跃起来，尤其是"人学意识"的觉醒，西方文艺观念的冲击，方法论的升温，使得更新文艺观念提上日程。到 1985 年，在创作自由的氛围中，形成文学观念自觉更新的气候。

这次文学观念的更新主要有两个突破口：一是文学主体性问题，二是文学中的文化问题。

第一个问题在文艺界由刘再复提出，刘再复在《文学评论》1985 年第 6 期和 1986 年第 1 期发表《论文学的主体性》，论文指出长期以来我国受机械反映论的影响，人作为文学的主体性严重失落了，而恢复人在文学

---

① ［德］马克斯·韦伯：《学术与政治》，冯克利译，生活·读书·新知三联书店 2005 年版，第 48 页。

中的主体性必须承认人作为实践主体和精神主体的双重地位。历史便是客观的外宇宙与人的精神主体的内宇宙相互作用的运动过程。文学主体包括三个方面的主体，作为创作主体的作家和作为接受主体的读者和批评者，论文对这三个方面的主体性特征做了系统的阐释。刘再复关于主体性问题的提出，一石激起千层浪，在理论界反响强烈，引发了激烈的争论。如杨春时在《文学评论》1986 年第 4 期的《论文艺的充分主体性和超越性》、孙绍振在《文学评论》1987 年第 1 期发表的《论实践主体性、精神主体性和审美主体性》、林兴宅在《读书》1987 年第 1 期发表的《我们时代的文艺理论——评刘再复近著兼与陈涌商榷》等文章，以上赞同的意见基本是在刘再复理论问题上的阐发和延伸，批评意见有两种情况，一是指出理论存在的偏颇之处使得主体性理论趋向全面严密，如徐俊西在《文艺报》1986 年 6 月 21 日发表的《也谈文艺的主体性和方法论》、王元骧在《文艺理论与批评》1988 年第 1 期发表的《反映论原理与文学的本质问题》；二是指出刘再复主体性理论的错误倾向，是鼓吹"自我实现"、人的"自由本质"等资产阶级的自由、平等、博爱观念，其理论基础与马克思主义严重对立，如敏泽在《文论报》1986 年 6 月 21 日发表的《论〈论文学的主体性〉——与刘再复同志商榷》、陈涌在《红旗》1986 年第 8 期发表的《文艺学方法论问题》等文章。

其实，主体性的理论提出是理论家们借历史亡魂建构新的理论惯常做派，新时期主体性理论的提倡就是对抗人主体地位的异化失落。主体性理论康德早就论证过，李泽厚在 1979 年初版的《批判哲学的批判——康德评述》中最早提出，但当时并未引起学术界的关注，刘再复在 80 年代再次在文学范畴内提出，并引起学术界的轩然大波，这与我国特定的历史语境不可分割。中国现当代史由于"左"的路线，人的主体性受到严重损害。考察那段历史，要么主体的地位被无限度地"拔高"，要么一落千丈地"失落"，无论拔高还是失落都是形式各异、程度不等的主体地位被损害。文学上盛行的"工具论""从属论""服务论"就是文学主体失落的思想理论表现形态。可以说，无论是李泽厚还是刘再复提出的主体性理论都是时代发展的必然呼唤，问题背后涌动着巨大的历史潮流和现实层面的深切呼唤。

现在看来，刘再复的主体性理论存在极大的漏洞，把马克思主义的能动反映论看作是机械的反映论，利用文学艺术想象无限度地夸大主观能动性，具体论述过程中主体性等同于人的主观能动性，而忽视了人，同时也是受制于"客观历史条件的制约"，人类作为历史实践的主体从特定物质前提的历史关联中超拔独立，变成一个天马行空、自由往来的精神个体。夏中义在《新潮学案》提到的"当现代意识要求人们在珍视人文主义的反封建精髓之余，还应避免其自恋癖式的文化天真时，刘再复却依然天真的将意向混同于现实，将目的混同于起点，将'应该是的'混同于'本来有的'，亦即将人文主义本体化"①。夏中义对刘再复主体性的评价击中肯綮。对主体性理论的片面性提出质疑和批评是非常必要的，但要彻底否定它却又是不明智的。真正需要解决的问题不在于要不要主体性，或者将它与反映论二者完全对立起来，而是在异质之间寻找连接联系的可能点，将两者有机地融合在一起，构建当代的马克思主义文艺理论。

胡采以自持与沉稳的学术态度思考着反映论的出路，他从一贯着手的创作与生活的根本关系出发，坚持认为"'反映论'的含义，比'表现论'更符合实际，更带根本性，因此也更全面，更科学一些"。"创作上所讲的反映，不是镜子式的自然主义的反映，而是作家以自己的思想感情和心灵之火，对生活所进行的冶炼和艺术创造。"② 显然，胡采执守于反映论，他所说的反映论也不同于机械反映论，而是注重艺术家个人独创天赋的能动反映论。实际上，对于这些复杂的文学问题，应该既保持总体认识的公允沉稳，又不宜走向绝对教条化。80 年代主体论问题的提出和讨论，多少带有玫红色的浪漫气息，把 20 世纪以来坚持了几十年的反映论说得一无是处，带有历史虚无主义的态度。

尽管主体性理论存在片面性，但由这一理论的提出引发的大讨论促成了文学观念上的整体性突破，构成了 20 世纪 80 年代一道引人注目的学术景观，标志着新时期文艺学 "学术研究转折的一个关节"③。第一，文艺学研究重心由客体向主体转折。80 年代以前的文艺研究重在文学客体、文学对象的 "客体论" 文艺研究，现实主义文学理论是其主要的表现形态，而文学主体论体系的提倡，一方面开拓了人们的理论视野，纠正反拨囿于客体研究的理论视角，使人们眼光投向主体；另一方面，对于由反映论走向一隅的 "机械反映论" 当头棒喝，这有利于文艺学的健康发展。第二，主体论理论促进 80 年代文学创作及其文艺学研究由 "外" 向"内" 的转折。"向内转" 是 80 年代中国文学界的一个普遍现象，写人、写人丰富幽微的内宇宙世界，研究人、研究人性的复杂多面性是 80 年代

①　夏中义、李颂申：《新潮学案》，生活·读书·新知三联书店 1996 年版，第 56 页。
②　胡采：《浅议反映论及其他——〈西北中青年作家论序〉》，《小说评论》1986 年第 3 期。
③　张婷婷：《中国 20 世纪文艺学学术史》第 4 部，中国社会科学出版社 2001 年版，第 89 页。

文学最有特色的地方，这种趋向与主体性理论的倡导密切相关。

可贵的是陕西文学批评在主体性理论方面，与全国文艺理论界基本保持一致的节奏，并带着陕军憨直与稳健的个性积极参与理论的建构。畅广元、九歌编写《主体论文艺学》①一书，提出"文学：主体的特殊活动"的命题，文学是"主体对人性的审美把握活动的产物"，"人性""主体性"是书中的关键词。这是继刘再复主体性理论提出后一部比较重要的文艺论著，它充实并完善了80年代主体论的文艺思想。

20世纪80年代以来，畅广元以敏锐的艺术感受能力和扎实的理论素养，密切关注文艺前沿的学术发展，自称是一个"赶潮的人"。在1985年发表文章《小说理论研究中的"人学"——〈小说面面观〉给人的启示》，福斯特的《小说面面观》被西方誉为"20世纪分析小说艺术的经典之作"，畅广元独具慧眼看到福斯特的人学研究视角，并从中汲取丰富的学术营养。他从人学角度出发，找到小说研究的突破口，那就是抓住人来研究：

> 运用马克思主义基本原理，把小说理论乃至于文学理论从"人学"的角度重新建构，把探讨小说（文学）的本质、发展、创作和作品的评鉴，同人的社会活动、审美活动密切结合起来，从主客体的相互作用中，从主体的不断发展和完善给其社会活动和审美活动所带来的变化中，从整个人类审美心理演变的历程中去思考小说（文学）的规律，一定会较为全面和准确地认识小说这一社会现象。②

从人的角度，从主客体互动的过程，从社会活动、审美活动的动态演变过程中去考察小说以及文学的观点，与机械反映论的研究路径大相径庭，它弥补刘再复理论中无限放大主观能动性的不足，却不越过长期以来文学坚持的社会生活这条底线。畅广元还从皮亚杰发生认识理论得到启示，指出"建构新的认识图式并不是抛弃旧图式，而是把旧图式整合到新图式之中。然后通过新的认识图式的同化作用来适应新环境和认识新对象"③。畅广元坚持研读中外哲学文艺理论专著，尤其是20世纪80年代以来痛感人生的黄金年华已逝，不断努力思考研究创新，在扎实沉稳的质

---

① 畅广元、九歌：《主体论文艺学》，中国社会科学出版社1989年版，第89页。

② 畅广元：《小说理论研究中的"人学"——〈小说面面观〉给人的启示》，《小说评论》1985年第4期。

③ 畅广元、九歌：《主体论文艺学》，中国社会科学出版社1989年版，第80页。

朴学风中求学术的突破，《小说理论研究中的"人学"——〈小说面面
观〉给人的启示》涉猎的人学研究角度是其主体论文艺理论的起点，后
来撰写的专著《主体论文艺学》是这篇文章观点的阐发与延展。

　　文学观念更新的第二个突破口是文学中的文化问题，这与文学创作中
寻根意识的兴起有关。

　　寻根文学出现于20世纪80年代中期，它一方面对文学过于关注社会
政治道德内容的功利性行为表示不满；另一方面对文学只从外部"移植"
的欧化行为冷眼旁观，它力求与现实生活拉开一段距离，进而重新思考文
学的"根脉"，眼光定位于制约民族生存和发展的传统文化元素上，远古
时代的风土人情，富有地域特色的民间文化，都成为寻根文学关注的对
象。寻根文学希望通过这些被宏大主流文化意识日趋边缘化的远古文化、
民间文化的追问，捕捉历史积淀下来的传统民族心理和民族性格。1985
年4月，韩少功在《作家》杂志上发表《文学的根》，由此树起寻根文学
运动的大旗："文学有根，文学之根深植于民族传统文化的土壤里，根不
深则叶难茂。"这种文化寻根主张得到李陀、郑万隆、阿城等作家的赞
同。阿城在1985年7月6日《文艺报》上的《文化制约着人类》一文，
阐释文化对人的深层制约作用。文化是人类创造的，反过来文化却又塑造
了人，人类的实际活动更深层地受着特定文化规范的制约，社会政治生活
变迁不过是一条大河表层的波澜，其下深居的是奔腾不止的文化潜流。寻
根派作家目光大多游离于儒家文化之外的边缘文化形态，阿城潜心于乱世
纷扰中遗世独立的老庄文化，郑万隆探究遗存于鄂伦春边民身上充满原始
气息的狂野之气，贾平凹留恋家乡商州古朴厚重的民风人情，寻根文学派
力求挖掘那些被主流文化意识形态遮蔽了的边缘文化的价值与意义，以揭
示民族文化的多样性与人性的丰富性。

　　实际上，寻根文学表面似乎在寻觅中国传统文化的根脉，其实质是对
文化以及传统进行重新考量，每逢变革之际渴求现代化的中国人总以冷峻
的眼光凝眸历史观照现实。长期以来尤其是五四时期在西方文化的价值标
杆之下，中国文化定位为落后的蒙昧主义文化，究竟如何评价传统中国文
化？在西学东渐的80年代，中国要走向现代化是皈依传统还是"别寻新
声于异域？"这个五四时期文化保守主义与激进主义的矛盾重新凸显，并
在以后一段时间里表现得相当尖锐。显然，寻根文学偏向于民族文化本位
的立场，较早意识到传统中国文化在现代化进程中的命运及其当代价值，
这对于西学东渐中"外国月亮比中国圆"肤浅认识是理性的反拨。五四
以来乃至"文革"，文化思想上彻底反传统，造成了民族文化传统的断

裂。80 年代的文学跻身世界文学之林，必须强化民族文化修养，跨越断裂的文化层，从传统文化之根里汲取再生的力量与希望。①

寻根文学引发了一系列理论问题，有的问题超出文学的范围：如何评价五四文化运动的意义？传统文化与现代化的关系、民族文化与西方文化的关系、文化意识与当代意识的关系、文学研究中文化视角与社会视角的把握等，不仅引起文艺理论界的关注，也引起哲学界、人文学科界的普遍关注。从文化领域看，寻根文学直接推动了文学观念的整体性更新。对长期以来文学研究从社会层面，特别是从社会的政治角度研究的思维习惯和做法，是强有力的纠正与反拨。当时对寻根文学褒贬不一，议论纷纷。比如，周政保认为只有现实生活才是文学之"根"，传统文化是文学的流而不是源；宋耀良认为寻根的意义在于文学范畴内审美意义的强化，但将之作为当代文化的转向是反动的；徐星认为寻根文学"是玩物丧志，是一种致命的庸俗，造成了笼罩整个中国文艺界的庸俗气氛"；陈骏涛认为寻根不是为了猎奇，而是寻找传统文化与当代文化的相似点；更进一步，丹晨认为对于文学的研究不可将社会学、文化学与文学硬性分开；吴亮认为文学在于主动地参与对新文化的创造和传播，这是文学最为重要的文化意义等。这些激烈的争论，不仅提高了理论者的理论认识水平，更为重要的是加强了文化意识的活跃程度，树立了文化的视点和观点，这种文化视点与观点对于文学观念的突破，起到了积极的作用。

考察陕西文艺界在主体性理论问题的论争与寻根文学运动，两个突破方面都可以找到深浅不同的脚印。对于主体性理论问题的论争，畅广元等人在后期主体性文艺理论研究取得显赫的成果。而贾平凹在寻根文学中虽没有像韩少功、阿城发表理论上的豪情宣言，但他的商州系列作品充实丰富了寻根文学运动。总体来看，陕西文艺界对于比较前沿、先锋的思潮运动，显得木讷、滞后一些，缺乏比较及时直接性的介入。一般潮起时隔岸观望，而有力量、有思想的论著往往涌现在退潮之际，颇有后发制人的意味。

80 年代初期的文学批评处在文学批评的复苏阶段，在对批评自身的理论建设和方法探索方面，还不能说进入批评主体的自觉阶段，然而进入 1985 年之后，全国范围内经历了诸多问题的争鸣讨论以后，陕西的文学批评逐渐从最初的热情亢奋中冷静下来，对批评主体意识、对文学批评与创作的关系、批评标准、批评方法以及批评的地位等进行全方

---

① 《跨越文化断裂带》，《文艺报》1985 年 7 月 13 日。

位理性思考。

1985 年 3 月 7 日，《文艺报》发表"评论自由"座谈会纪要，3 月 15 日《文学评论》第 2 期刊出"评论自由笔谈"文章，形成全国范围内"评论自由"浓郁气氛。受全国文学批评气氛的熏染，《小说评论》1985 年第 3 期开辟专栏"笔谈评论自由"，肖云儒、刘建军、蒙万夫、王愚发表对文艺批评的看法。批评者从主体自身展开反省，王愚态度坦诚，解剖自己的批评心态和操作模式"经常处在小心翼翼的精神状态之中"，"在经典中找根据，在党的文件中找精神，有时还要受个别领导同志片言只语评价的影响"①。显然，文章经过这样磨平打光后必然失去活力，批评的个性和色彩也就无从谈起。批评从艺术规律的阐释者、探索者沦为"政治斗争"的宣传者。肖云儒在反思批评时深挖批评者恋旧的思维习惯，疾呼"应该对自己进行体格检查"②。这是文学批评主体经历的必然过程，我们可以体会到变革之际批评者心灵经受的熬煎以及渴求蜕变的急迫心情，在矛盾焦虑的反思过程中，陈腐的意识观念在片片剥离、脱落着，新的观念在其中酝酿、生发。正是在这个裂变的过程中，批评者主体意识得以觉醒。

文学批评中观念的更新，尤其是这种批评主体意识的觉醒，使得批评者焕发出强烈的创造欲望。刘建军在《首先要有观念的变更——也谈评论自由》中强调文学批评同文学创作一样需要自由："创作、评论自由是要自己争取的。"但是这种自由的获得不是被动地期盼或承受，而是自己去主动地争取、创造。在更新批评观念上必须抛弃那种"有意无意总是把文学和政治等量齐观"的狭隘观点，"批评家的职责不是挑剔或捧场，而是独立地进行创造，发现作家意识到了的和没有意识到美的所在"③。这里，在批评者主体意识的作用下，刘建军强调批评家的独特"发现"即批评的创造性，真正的批评是批评者站在比普通读者更高的位置，发现未能被读者领悟的思想意蕴和未加品尝的艺术特色，将此发现挖掘出来，像杜勃罗流波夫对奥斯特洛夫斯基《大雷雨》的批评，从女主人公自杀的表象发现女主人公的典型俄罗斯性格，揭示出它是"当时黑暗王国中的一线光明"。

关于批评者的创造性，《小说评论》创刊号上陈孝英在《关于文学批

---

① 王愚：《评论能否自由》，《小说评论》1985 年第 3 期。

② 肖云儒：《反躬自问——关于评论自由的几句实话》，《小说评论》1985 年第 3 期。

③ 刘建军：《首先要有观念的变更——也谈评论自由》，《小说评论》1985 年第 3 期。

评的散想》一文中说批评家要重视自己，"但批评家又不能止步于、更不能迷信于作家的自白"。他还说：

> 批评家较之作家的优势之一正是在于，他可以把作品像一幅油画似的放在最佳距离处去进行"隔岸观火"式的审美欣赏。这样，他就有可能用自己的眼睛比较冷静、客观地检验作家的艺术直觉，从而对作家本人所作的自白和解说，或肯定，或修正，或补充，或——如果有充分根据的话——推翻。①

就是说，批评者找准最佳的审美距离，用"自己的眼睛"或肯定、或修正或全面推翻作家的自白。显然，真正的批评是批评者与作家享有同等的地位，是和作家同样的精神产品的自由创造者，因此，批评过程中同样存在着灵性的生命跃动和鲜活的审美体验，并始终以批评者独有的真知灼见贯穿批评过程。正如李健吾所说：

> 一个真正的批评家，犹如一个真正的艺术家，需要外在的提示，甚至于离不开实际的影响。但是最后决定一切的却不是某部杰作，或者某种利益，而是他自己的存在，一种完整无缺的精神作用。②

"完整无缺的精神作用"就是指批评者发挥的创造性，这种创造性的出现使得批评者身上散发着饱满十足的生命元气，它可以点燃照亮整个批评。

的确，批评者主体意识的觉醒与强大是文学批评走向自觉与独立的必备条件，这种源自批评内部的动力因素的萌发与壮大，对于文学批评的建构与发展具有特别重要的意义。那么，在文学批评中，批评者与作家的地位如何呢？两者处于什么样的关系？这个问题历来备受争议，它是文学批评必须面对与解决的问题。

胡采在《小说评论》卷首发刊词中明确提出"知音"与"诤友"：

> 评论家应当成为作家的知音。他应当熟悉作家，了解作家，尊重作家。不但要熟悉了解作家的生活、思想和创作上的成就得失，而且

---

① 陈孝英：《关于文学批评的散想》，《小说评论》1985 年第 1 期。
② 李健吾：《李健吾文学评论选》，宁夏人民出版社 1983 年版，第 40 页。

应当熟悉了解作家在生活和创作中的甘苦。这样，写出来的评论文章，文章中提出的观点和意见，才可能既符合作品的实际，又对作者在创作上有实际的助益。①

"作家的知音"指的是批评家对文学要挚爱，对作家要真诚，唯有保持对文学事业的痴爱之心，批评家才能更好地理解作品；"作家的诤友"要求批评家不可以充当创作的附庸，不一味附和、简单认同，不以友情代替对真理和艺术的追求，要有平等的讨论、争辩。其实，批评家与作家走到一起源于一个共同的情人——文学，在整个文学事业中，文学批评与文学创作是不可或缺的双翼，创作因批评的存在，发现自己的优点及不足，以更好地完成创作；批评因创作提供的实践成果，进一步修正完善文艺理论从而更好地指导创作。

当年胡采的"知音"与"诤友"说法，对于我们今天的文学批评不无裨益，文坛流行的或"棒杀"或"捧杀"，掺杂太多的非文学性因素，将批评与创作的地位置于不平衡中。就是 2000 年文坛流行的"直谏"说也跳不出失衡的怪圈，在创作高于批评的表象下隐藏着新一轮的失衡，借臣子向君王的仗义执言表达对文坛霸主的忠心。"直谏"产生于古老的中国封建等级制度下，而君臣关系是封建专制主义制度下演绎出的主仆式从属关系，文学中承认"直谏"就是默认文学批评从属于文学创作的附庸地位，再次表明文学批评自我品格的缺失与沦丧。可见，文学理论观念的确立要经历曲折而艰辛的过程，未必当代人的观念就先进于前人，而前人的观念未必在理论上就过时了。

将陕西文学批评置于全国的文学批评中来审视，在观念更新上几乎与全国保持同步，某些方面还处于比较前沿的位置。比如刘再复《文学研究思维空间的拓展》试图寻找一条重建或者更新文艺观念的新途径，提出文学研究应该"回到自身"②。早在 1981 年 1 月 13 日，笔耕文学研究组在文艺真实性和倾向性研讨会上，费秉勋指出要注重艺术本身的规律，如果远离艺术规律谈论真实性，对于"文学真实性的讨论，对于我国文学的发展，并没有根本性的意义"③。费秉勋"回到文学自身"的思路没有停顿于理论摸索，而是将认识与批评实践活动结合起来。他的《论贾

---

① 胡采：《让评论和创作同步前进——代发刊词》，《小说评论》1985 年第 1 期。

② 刘再复：《文学研究思维空间的拓展》，《读书》1985 年第 2 期。

③ 《关于真实性与倾向性的讨论》，《延河》1981 年第 3 期。

平凹》（载《当代作家评论》1985 年第 1 期）和刘建军的《贾平凹论》（载《文学评论》1985 年第 3 期）是两篇侧重于作家的主体人格、文化气质与创作关系的有分量的作家研究论文，尤其是费秉勋一文，突破作家人生经历的简单回顾摹写，深入心理的复杂层面进行艺术探索。从某种程度来说，批评观念的更新与方法变化互为因果，同步相生，互相促进。更新的观念使昔日娴熟的方法不再那么得心应手，而变化的方法同时又必然促进观念的变革，观念与方法说互为一体，互生互动。

当然，在批评观念更新上，畅广元主编的《主体论文艺学》也进一步补充完善了文艺主体论理论，这一点不可忽视。

（三）多样的批评方法

批评界对于文学批评方法的研讨开始于 1984 年，80 年代中期新时期文学已经从最初的复苏解冻时期进入繁荣发展阶段，文学创作进行了新的艺术领域的尝试，而随之出现的新文学现象和新问题，使在文学创作之后的文学批评显得手足无措，出现文学批评的尴尬现象。面对批评困境，一些批评家除了对批评自身进行反思外，还出现了大量思考批评方法的论文。1984 年，《鲁迅研究》第 1 期发表林兴宅的《论阿 Q 性格系统》，质疑批评研究中"那种切刈的分析、单一角度的分析，静态的分析方法"，提出"用有机整体观念代替机械整体观念；用多向的、多维联系的思维代替单向的线性因果联系的思维；用动态的原则代替静态的原则；用普遍联系的复杂综合的方法代替互不关联的逐项分析的方法"。论文发表以后，引起文学批评方法上的"大地震"，它远远超出了人物性格研究的范畴。各种批评方法、批评流派在批评园地寻找自己的实验场，进行批评观念的大角逐。实际上，方法论不仅是个方法问题，而且从根本上动摇了过去的思维模式、批评习惯。显然，新的批评方法冲破了过去单一化的批评模式和线性思维结构，抛弃了非此即彼的二元对立的判断方式，从而也打破了旧有的语言秩序。

随之，1984 年《文学评论》第 6 期发表《文学研究方法论创新笔谈》；同时，《当代文艺思潮》开辟专栏"现代科学与文艺学"；1985 年 3 月，厦门、扬州、武汉、深圳等地召开文学批评观念和方法论的讨论会，一时爆发的方法讨论成为文学批评热门话题，1985 年也被新时期学术界称为"方法年"。

陕西文学批评界以开放的姿态，对批评观念与批评方法进行多角度多层次的审视与思考。《小说评论》创刊号开辟"域外小说创作研究"专栏，介绍当代西方有影响的文学理论、思潮及方法，分别在 1985 年第 2、

3、5、6 期和 1987 年第 1、2 期共六期杂志上，登出乐黛云为北京大学开设的同名课程《现代西方文艺思潮与小说分析》讲稿，讲稿详细介绍新批评、结构主义、精神分析、接受美学等文学批评流派。在引进介绍西方文学批评流派时，乐黛云没有停留于新概念、术语、新名词的搬运堆砌，而是积极寻找中西文论可能存在的连接交叉点，他说："新批评派只是给我们提供了一个更科学、更周密的理论系统。其实，我国的小说评点在某种意义上来说就是'本文细读'。"① 在不断借鉴西方文学理论、方法的同时，1984 年 12 月，陕西批评界与全国批评界同人一起就"小说观念与创作方法"展开座谈会，对"小说就是讲故事，有头有尾，有完整的情节"②等类似的传统小说观念展开深入探讨，使对文学观念、批评观念及批评方法的认识得到不断提高。

在批评模式研究总结方面，世纪末《新时期文学批评模式研究》是陕西文学批评的实力之作。

第二节　多元批评格局的建构

1985 年前后这场席卷全国的文学批评方法、理论乃至观念的变革，必然导致文学批评模式的变化，从而最终引起文学批评格局的整体变化。

80 年代初期活跃在批评文坛上的主要是笔耕文学研究组成员，他们以高涨的热情对蜂拥的新作以及时的关注，基本是跟读式审美体验批评模式。80 年代后期，这批跟读笔耕批评派的不少批评者面对变幻的新潮以及变革的时代感到无所适从，失去了当年恣意挥洒的激情与才情，渐渐淡出批评舞台。而一批来自学院的中青年学者，以饱满的热情、敏锐的洞察力和健全的知识结构、良好的艺术感觉，为 80 年代后期的文学批评注入新的活力。他们从批评理论的基点、方法、风格等方面进行深层次探索，到 90 年代基本形成了陕西文学批评的一种以现实主义理论和社会历史学批评为核心，同时容纳了其他批评理论与批评模式的多元批评格局。进入 21 世纪，一批大学学院的硕博研究生在新的方法和理论视域下进行文艺研究的多方面探索，取得了一些可喜的成果。

---

① 乐黛云：《新批评》，《小说评论》1985 年第 2 期。
② 朱寨等：《小说观念和创作方法——新小说论——评论家十日谈》，《小说评论》1986年第 2 期。

在多元开放的文学批评结构中，除了社会历史学批评外，还有深受社会历史批评学影响又具有自己独特的理论视角与批评方法的其他批评模式，其中突出的有印象主义批评、心理分析批评、历史美学批评、地域文学批评、神话原型批评等，基本上开始形成陕西文学批评多种模式并存、各种风格纷呈的局面。这种多元化的文学批评模式，改变了陕西文学批评直线型发展的轨迹，陕西文学批评走出单纯社会政治学批评的定式，走向多维发展的空间。

一　印象主义批评

印象主义批评作为一种批评模式最初产生于法国，它借鉴 19 世纪 70 年代初期印象主义画派的理论发展而来，印象主义批评最大的特点是重视批评者对批评对象的主观感受以及由此生发的对作品意旨的理解和发挥。

法国作家法朗士属于印象主义批评，他特别推崇批评的主观性，强调灵魂的冒险，在《生活艺术》第一卷序言中有这样一段著名的论述：

> 优秀批评家讲述的是他的灵魂在杰作中的探险。客观艺术不存在，客观批评同样不存在，凡是自诩作品之中毫不表现自我的那些人都是上了十足欺人假象的当。真相乃是我们人人都无法超脱自我。这是我们最大的痛楚之一。①

日本批评家荒井彻概括印象主义批评就是"试图以高度敏锐的感受性如实地传达生气勃勃的直接体验"②。

印象主义批评在中国有着广泛的基础和深远的影响，直觉感悟式思维在中国传统文学批评中占据主导地位，大量诗论、文论和小说点评等形式便带有直觉感悟式的思维模式，诸如古文论中气、韵、境界这类可意会难言传的批评术语比比皆是，它与印象主义批评的思维有类似之处。时间老人匆匆地步入现代社会后，直觉感悟式批评并没有成为主流批评模式，却在新时代语境下焕发出生机。在五四时期具有现代色彩的印象主义批评形式传入我国，当时有周作人、胡梦华等批评家，30 年代印象主义批评渐趋

---

① ［美］韦勒克：《近代文学批评史》第 4 卷，杨自伍译，上海译文出版社 1997 年版，第 29 页。
② ［日］荒井彻：《艺术批评》，《文艺报》1978 年 7 月 18 日。

成熟，出现了一大批影响较大的批评家如李健吾、朱光潜、沈从文等人。

80 年代，随着批评主体意识的自觉和对审美批评的追求，印象主义批评再度崛起，新时期陕西文学批评界涌现了一批批评家，如王愚、肖云儒、李星、刘建军、畅广元、费秉勋、王仲生等笔耕跟读批评派，他们站在时代的制高点，以高度的责任感与历史使命意识感受时代脉动，将自我的人生体验融会到时代的洪流中去，他们上承 30 年代李健吾印象主义批评传统，又兼容当代现实主义精神，形成了独具个性的批评特点：在思维方式上重审美直觉和感悟，强调批评主体的深度介入和深切的情感体验，在话语形态上灵动自由，充满形象化的诗性表达。

首先，笔耕跟读派不少批评文章标题就以"有感""印象""漫谈"命名，行文中不断出现"感到""似乎""恐怕""使你"等类似的字眼，如肖云儒《贺抒玉小说印象》（《小说评论》1992 年第 1 期）、王愚《贾平凹创作漫谈》，且文本中批评者的阅读感受与印象随处可见：

> 读贾平凹的作品，会使你情不自禁地去这丛山环绕、流水淙淙的山区，热爱山区生活中正在成长中的新一代，而这种热爱常常会激发你对我们整个生活、整个人民的深挚而又亲切的感情，这也就是贾平凹的贡献。
>
> ——王愚《王愚文学评论评选》①

> 《保卫延安》在艺术创造上，有自己非常突出的特色。
> 　最大最突出的特色，是全书从始至终所洋溢着的深厚的诗情那种扣人心弦的诗一样的激情力量。
> 　作者用真正的诗情，写成了人民英雄的赞美诗，写成了关于真正的人的赞美诗，写成了歌唱人类崇高心灵的赞美诗。
> 　作者的诗情，来自生活，来自他对于人民英雄的真正了解和真正的爱情，来自他对于自己所描写的生活和人物的真实的激动。
>
> ——胡采《胡采文学评论选》②

显然，笔耕跟读派把对生活、生命的体验、情感灌注于批评对象中，

---

① 王愚：《生活美的追求——贾平凹创作漫谈》，《王愚文学评论选》，湖南人民出版社 1985 年版，第 71 页。
② 胡采：《胡采文学评论选》，湖南人民出版社 1983 年版，第 1 页。

批评文本因而散发出批评者温馨的体热与灼灼的生命激情。胡采将自己对
《保卫延安》的直观感受"扣人心弦的诗一样的激情力量",通过一组组
排比句式排山倒海地表达出来,批评者热血沸腾的"诗情"力量与作品
蕴藉的"诗情"意绪同频共响。而这种"诗情"的发现源于批评者深邃
的见解,是批评者的灵魂与作品的奇遇,批评者这种"灵魂的冒险"是
"他不仅仅在经验,而且要综合自己所有的观察和体会,来鉴定一部作品
与作家隐秘的关系"①。一名批评者面对批评活动,是以灵魂体验完成批
评的过程。显然,像胡采的"诗情"批评观点建立在对人生感同身受的
基础上。其实,批评家的成功并不完全取决于专业知识,还在于人生阅历
与体验。说到底,艺术奥妙无非世事的洞明与人情的练达,如果离开对生
活的感受和对人性的探幽就无所谓人生艺术,能够体味生活的酸甜苦辣是
成全艺术的不二法门。詹姆士从写作的角度说:"对于一个诗人或者一个
小说家来说,重要的问题是:他对生活有何感受?"② 詹姆士这段话是针
对文学创作而谈的,它同样适合文学批评,因为生活本身可以造就创造者
及批评家的"事实感",因此,批评家如何体验世界,他也就如何体验作
为表达世界的艺术。印象主义批评这种来自生命历程的深切体验使他们的
见解富有深度,直击事物本源。

再者,印象主义批评在文本形态和话语呈现方面有其显著的特点。

印象主义批评偏重灵动鲜活的诗性呈现,多采用比喻、拟人等形象化
的修辞手法,表现批评主体的阅读体验和审美感悟。批评者善于取譬引
喻,通过含蓄蕴藉的意象,将批评者幽微精深的内心体验转化为生动具体
的视觉形象,诗意地表达对文本神韵的领悟。这种意会体悟与形象表达的
批评风格形成了以意象、比喻、象征等为主的形象化批评传统,充分体现
了诗性智慧与诗意表达,批评文字本身就是卓然华美的文学作品。中国传
统的钟嵘《诗品》、皎然《诗式》、王国维的《人间词话》等就是体悟评
点批评的美文。笔耕跟读派深受中国传统文化的滋养,胡采的文评就是以
极具文学意味的手法对文学的创作规律进行形象化分析:

> 从生活到艺术,不是机械地照搬,也不是一加一等于二,而是作
> 家、艺术家对生活的潜移默化,是典型的概括,是艺术的升华,就像
> 桑叶变成丝,矿石变成铁水、钢花,自然的大气变成天上的云锦和彩

---

① 李健吾:《咀华集·咀华二集》,复旦大学出版社 2005 年版,第 79 页。
② [美]亨利·詹姆士:《小说的艺术》,朱雯等译,上海译文出版社 2001 年版,第 79 页。

霞那样。促成这种变化和升华的是作家、艺术家丰富的想象力。①

　　笔耕跟读派诸多批评者经历了中国当代革命史上动荡的一页，他们对于历史与革命、文艺与人生有着独特的感悟，这些感悟必然投射在其批评文本中。但由于缺乏岁月的沉淀和反复的咀嚼，有些批评难免有读后感的意味，流于印象式、直观化，缺乏必要的逻辑理性结构。正如王愚意识到的是"随想式的文学评论"，他说：

　　　　也许因为我经历了长达二十年的升沉浮降、人世沧桑，因此对新时期的文学，常有一腔按捺不住的热情，觉得那里面有对长期以来左的偏差和错误的认真清算，有对国家、民族和人民命运的关注，有对正义和善良的礼赞。于是，我怀着热情的愿望，为这个时期的文学鸣锣开道，有时甚至来不及深思熟虑，更顾不得字斟句酌。②

　　这种染有时代热情的印象式批评有肤浅之嫌，批评者不是倚重理性进行逻辑分析，而是以直觉顿悟对象；不是以严谨的叙述方式营造自己的文学批评，而是率性而为以直白、散漫的语言表达人生印象、审美感受。当然，这也成为后来笔耕跟读派不断受到诟病的致命弱点。

　　如何在直观与本源、简单与深刻之间达到平衡，是印象主义批评一直面临的困境。笔者认为，加强人生的深度体悟对任何一种批评模式都是必不可少的，就印象主义批评来说，需要做的是对问题含英咀华的沉淀反思。当然仅此还远远不够，批评者正如李健吾所言"使自己的印象由朦胧而明显，由零散而坚固"，还要从杂草丛生的直观感受中发现见识，形成"独有的印象"，对这种印象进行梳理，以"形成条例"③。这个见识清晰化与坚固化的过程需要理性思维的介入，单单依赖于感性思维还是远远不够的。自然，见识的清晰明朗必然有助于表达的准确严密，当然表达方式也是需要不懈的打磨推敲。

　　总的来看，笔耕跟读派批评尽管存在诸多不足，过分依赖直感、缺乏足够的理论支撑，繁复的经验絮叨，但它依然不失为陕西文学批评中一个独具特色的文学批评流派。它的存在为正在建构发展中的陕西文学

---

① 胡采：《从生活到艺术》，陕西人民出版社1979年版，第109页。
② 王愚：《王愚文学评论选》，湖南人民出版社1985年版，第207页。
③ 郭宏安：《李健吾批评文集》，珠海出版社1998年版，第42—43页。

批评增添了盎然的生机，那种充溢文本的激情与张扬的个性，打破扭转了庸俗社会批评僵化生硬的局面。因此，笔耕跟读派批评在新时期陕西文学批评的复兴与发展中功不可没，应该给予其应有的地位。令人欣慰的是笔耕跟读派的诸多不足在80年代后期尤其是90年代以来走向批评文坛的一批中青年批评者身上得到了克服和修正，李国平、邢小利、杨乐生、李继凯、吴进、赵学勇、李震、仵埂、常智奇、赵德利、沈奇、段建军、周燕芬、韩鲁华等人不单单信奉"批评的法则允许批评者写出他心目中的作家"①，更注重理性辨析自我与时代相遇合间生命的感悟，从而建构系统的理论，他们的文学评论达到对人生、社会和艺术比较有深度的把握。

二 心理分析批评

心理分析批评是随着现代心理学的发展而形成的文学批评模式。西方的心理学分析批评与弗洛伊德精神分析有着难解的血缘关系，认为文艺创作是作家的潜意识的象征表现，作家借助文学创作来弥补或满足幼年时期未曾实现的愿望。这样，文艺的功能在于通过释放作者或读者被压抑的力比多，使失衡的心理获得补偿。弗洛伊德的精神分析带有明显的非理性主义色彩，将人的动物性无限放大，而忽视人作为社会存在的价值与意义，这一点在他的学生荣格的集体无意识理论中得到纠正。心理分析法早在20世纪20年代就被介绍到中国，鲁迅曾翻译过厨川白村《苦闷的象征》，30年代朱光潜著《文艺心理学》，但在当时都没有产生多大影响。80年代随着"评论自由"同"方法热"的热烈讨论，心理分析批评再度着陆中国。金开诚编写的《文艺心理学论稿》以"自觉的表象运动"为核心，阐释了文艺活动中各种心理现象，引起了许多人的兴趣；鲁枢元关于文学创作心理机制的研究也推动了心理分析批评的实践运用。

心理分析批评能够在新时期文学批评中占有一席之地，在于心理分析批评与中国传统文化存在沟通衔接点，东方文化重直觉、重体验、重灵性的精神活动特性与西方心理分析的因素暗中契合。因此，心理分析批评着陆中国后，中国文学批评家很快跨越照葫芦画瓢的简单模仿阶段，在传统文化的基础上吸收、消化西人的学术成果，实现心理分析批评的中国化。

---

① 吴进：《现实与超越——贾平凹创作心理探析》，载畅广元《神秘黑箱的窥视》，陕西人民教育出版社1993年版，第254页。

1985 年陕西心理分析批评尚在酝酿阶段，费秉勋、刘建军两人的贾平凹研究就触及心理分析法，特别是费秉勋的《论贾平凹》（载《当代作家评论》1985 年第 1 期）突破作家人生经历的回顾摹写，潜入心理层面进行艺术探索；时隔两年，李星在《无法回避的选择——从〈人生〉到〈平凡的世界〉》①中从作家创作角度关注路遥对传统的文学惯例采取积极主动的选择心理，但对创造心理过程未曾展开阐释。

跨入 90 年代，心理分析批评渐渐趋于成熟，研究者的心理分析方法中融入文化或比较学等多维视角，研究成果斐然，涌现了以贾平凹、路遥、陈忠实、邹志安、李天芳为研究对象的系列心理分析论文：吴进《贾平凹创作心态探析》、费秉勋《生命审美化——对贾平凹人格气质的分析》、李继凯《矛盾交叉：路遥文化心理的复杂构成》、肖云儒《路遥的意识世界》、李凌泽《乡土之爱与现实忧患的变奏——陈忠实小说创作论》、孙豹隐《"谋理性与感性的统一"》、陈瑞琳《野火·荒原——对邹志安创造的"爱情世界"的思考》、陈孝英《邹志安，一个又不安分的灵魂——与邹志安陈瑞琳对话》、屈雅君《回首向来萧瑟处——李天芳论》、李星《道德、理性，文化和人》。其中吴进《贾平凹创作心态探析》借鉴弗洛伊德和荣格精神分析理论，准确号中贾平凹作为"来自偏僻山地的乡下人"身上特有的情绪脉象，那种自卑与自傲情绪的交互作用"成为他文学创作不断升华的内在和持久的动力之源"②。费秉勋《生命审美化——对贾平凹人格气质的分析》指出贾平凹神秘人格的核心在于"生命审美化"。李继凯《矛盾交叉：路遥文化心理的复杂构成》立论高远，穿越文本透视出路遥创作心理的文化构成，李继凯通过小说展现的农村文化与城市文化、传统文化与现代文化、大众文化与先驱文化等多种形态的文化交叉冲突，大胆推断出三大文化对路遥"作家化"所起的作用："地域或陕北文化、中国或民族文化、世界或人类文化这三个层次的文化构成，先后顺序层递地对他的文化心理产生了重要的影响，并内化为他的文化心理的重要因素，从而由内而外地制约了他的生活与文学理解与选择，写出了一系列属于路遥的作品"③，该文熔文化研究与心理分析为一炉，显示出陕西心理分析批评的实力；肖云儒《路遥的意识世界》以纵横捭阖的才子气度对李继凯一文做出回应，从"苦难意识""土地意

---

①　李星：《无法回避的选择——从〈人生〉到〈平凡的世界〉》，《花城》1987 年第 3 期。

②　吴进：《贾平凹创作心态透析》，《陕西师范大学学报》1991 年第 4 期。

③　李继凯：《矛盾交叉：路遥文化心理的复杂构成》，《文艺争鸣》1992 年第 3 期。

识""哲学意识""历史意识""生命意识""悲剧意识"等多种意识间的丛生纠结中，准确把握住路遥恢宏而博大的精神世界，指出"路遥和他的许多同行也不同程度、不同侧面成为他们时代的精神切片"。"路遥本人和他的笔下人物的精神世界，将是我们了解这个重要历史阶段的重要的精神史页。"① 以上系列论文以敏锐的穿透力打开了作家文本世界以及心灵宇宙的神秘黑箱。②

另外还有赵学勇《乡下人的文化意识和审美追求——沈从文与贾平凹创作心理比较》（载《小说评论》1994 年第 4 期）、韩鲁华《贾平凹、路遥创作心态比较》（载《唐都学刊》1995 年第 2 期）、赵学勇《路遥的乡土情结》（载《兰州大学学报》1996 年第 2 期）畅广元《〈白鹿原〉与社会审美心理》（载《小说评论》1998 年第 1 期）等有分量的心理分析论文；除了学术论文外，学者们潜心学术推出专著，1990 年出版的《贾平凹论》③ 是国内首部学理性较强的贾平凹研究专著，数十年以来，费秉勋跟踪作家创作并密切关注学术前沿动态，可以说《贾平凹论》是批评者多年心血的结晶。费秉勋从贾平凹的创作心理以及来自古代文化及美学对作家的影响入手，探索贾平凹的创作个性与艺术价值。该书由于借鉴心理分析法，加之自如调度研究者古典文学方面的深厚积淀，使全书风貌完全摆脱社会政治研究模式的流弊，成为 90 年代初期陕西文学批评少见的力作；在现代文学领域有李继凯的《新文学的心理分析》（陕西师范大学出版社 1991 年版）和阎庆生《鲁迅创作心理论》（陕西人民教育出版社 1996 年版）；畅广元主编的《神秘黑箱的窥视》一书独辟蹊径，打破作家写作、评论家单向评论的线性模式，而是评论家、作家、评论家展开三维模式的思想交锋对话，通过对作家创作心态的探微达到深层次地把握文学创作及文学批评；在新时期陕西文学批评史上，还需要特别提及的理论成果总结是《新时期文学批评模式研究》④，书中第一章首先对新时期心理批评的发生、发展以及演变过程的脉络进行清理总结；其次撰写者化繁为简将批评范式分为心理分析式、原型批评式和综合析心式三类，这种分类建立于心理分析批评与新时期本土文学批评在理论与实践相融合的交汇点

---

① 肖云儒：《路遥的意识世界》，《延安文学》1993 年第 1 期。
② 以上论文由陕西人民教育出版社（1993 年）收录出版，书名为《神秘黑箱的窥视》，书内收录了五位作家的创作谈。
③ 《贾平凹论》由西北大学出版社（1990 年）出版，此书曾两次再版，因其"严谨扎实的学风和宏阔的文化眼光"获全国第三届中国当代文学研究奖。
④ 屈雅君、李继凯编：《新时期文学批评模式研究》，陕西人民教育出版社 1997 年版。

上；最后中肯指出批评形态在发展中存在的问题。《新时期文学批评模式研究》涉及新时期颇有影响的批评模式八类，对于陕西乃至全国文学批评理论与实践的发展都具有借鉴作用。

检阅新时期陕西心理分析批评，取得相当可观的成就，为新时期的文学批评做出重要贡献。具有如下特点：第一，谨慎借鉴。在分析论文中，不少文章适度地运用了弗洛伊德、荣格学说中的一些概念术语，如"升华""白日梦""补偿""情结""移情""移植""润饰""具象化"等，这对于阐发作家郁积之情和作品意蕴确有益处，它有助于批评者切入作家心灵世界，解开艺术的"斯芬克斯之谜"。在借鉴西方理论时，陕西文学批评者以稳健自持的态度剔除弗洛伊德理论"泛性论"或"情结"泛滥的非理性因素，使心理分析批评不流于主观化、随意化，从而显示出陕西雅正的批评风格。当然又由于稳健有余而显得过于中庸，缺乏直抵本质的深刻度、穿透力和绵密度。第二，融合视域。陕西文学批评在操持心理分析批评时，并没有视心理分析法为放之四海而皆准的真理，而是在大文化视野下，以融合的视角把心理分析与文化研究、比较研究、神话批评等熔为一炉，使心理分析批评显示出强悍的生命力。这样，90 年代的陕西文学批评走向了多维发展的批评空间。

三　美学历史批评

"美学和历史的观点"是马克思主义文艺理论的文学价值标准和批评原则。作为文学价值标准尺度，它要求人们在审美规律与历史规律两个维度之间建立坐标系，从而准确地度量出文学作品所具有的客观价值。作为文学批评原则，"美学和历史的观点"要求人们将美学方法和历史方法结合起来，在艺术分析与历史分析的相互渗透中剖析文学作品。"美学和历史的观点"最早提出者并不是恩格斯，而是黑格尔与别林斯基。马克思主义文艺理论一方面汲取黑格尔文艺理论中辩证合理的思想，即文艺的发展与特定历史时期的时代环境之间存在密切关系，同时文学艺术具有特殊的内在规定性；另一方面抛弃黑格尔文艺思想中"绝对精神"的唯心因素。别林斯基虽然清楚地看到文学与社会现实生活之间反映与影响的密切关系，但他没有看清这种关系归根到底是由社会经济关系与社会意识形态之间的辩证关系制约形成的，因此别林斯基的"历史的批评"远未达到历史唯物主义的认识高度。真正使历史的与美学的两个维度得到高度结合的是马克思主义文艺思想。恩格斯在谈到歌德时指出："我们绝不是从道德的、党派的观点来责备歌德，而只是从美学和历史的观点来责备他；我们并不是用道德的、政治的或'人的'尺度来衡量他。"① "美学和历史的观点"是马克思主义文学批评的基本原则、是马克思主义衡量文学现象高下优劣的价值标准。它是历史唯物主义和唯物主义辩证法的基本原理在文学批评、文学研究领域中的具体化。

中国现代文学批评是从美学历史批评②开始的，近百年来内忧外患的社会现实要求中国文学研究的特征重视文学功利性。从黄遵宪的"诗界革命"到梁启超的"小说启蒙"，到五四新文学，文学批评首先建构在美学历史批评上。陈独秀、胡适、周作人、鲁迅为美学历史批评的建立，做出了杰出贡献；20世纪二三十年代，茅盾将丹纳的社会历史批评引进"为人生"派的文学批评中；30年代的左翼文艺以及40年代的解放区文艺运动，使马克思主义美学历史批评得到广泛传播和发展，逐渐成为中国现代文学批评的主潮。当代文学批评是在现代文学批评基础上发展起来的，50年代出现短暂的繁荣。但在"极左"环境中，马克思主义美学历史批评由社会政治批评，蜕变为政治斗争、阶级斗争的工具参与到政治阴谋活动之中，彻底丧失批评本性。新时期文艺批评在恢复建设中，捡起曾经抛弃的观念碎片，从马克思、恩格斯、列宁等著作中寻找支持，提出"美学的和历史的批评"相融合的视角。

1985年之后关于"美学的和历史的批评"阐述经过两个过程的跳跃。第一个过程包括两个方面，以陈涌为代表的一方面从重"社会历史"中重政治轻其他倾向回到"社会历史"总体结构中去③，另一方面由过去重"社会历史"轻"美学"倾向转到"社会历史"与"美学"双向并重的研究中去；第二个过程以陈骏涛、陈墨等人提出的"新美学——历史批评"为代表，他们对"美学的观点""历史的观点"进行全新解释。"美学的观点"强调从审美的形式、角度以及方法实现对文学文本与历史关系的整体把握，"历史的观点"不仅仅是从历史主义的方法，或是政治经

---

① 《马克思恩格斯全集》第4卷，人民出版社2008年版，第257页。

② 对于美学历史批评概念的确定在当前批评界并不一致，"社会历史批评""社会历史研究法""文学社会批评"等方法有时也被视为美学历史批评，由于"社会历史批评""社会历史研究法""文学社会批评"在注重文学与社会密切关系的同时，并没有根本性忽视文学所固有的美学特性，只是侧重点有所不同。笔者认为马克思主义美学的——历史批评从广义的角度可以涵盖"社会历史批评""社会历史研究法""文学社会批评"方法，但这些概念不可以通用互换，它们之间存在区别。作为一种开放发展中的美学历史批评概念可以包括"社会历史批评""社会历史研究法""文学社会批评"方法，但最圆融的美学历史批评除了"历史观点"外，更重要的是与"美学观点"的渗透交织。

③ 陈涌：《马克思、恩格斯的美学和历史的批评》，《文学评论》1983年第1期。

济的发展演变，更不是庸俗社会学的"阶级论"单一政治观，而是包含社会结构发展演变和以人为中心的各种社会—文化—心理—价值等历史演变的完整而庞大的人类关系的结构。显然，正如李凌泽所说："新美学—历史批评就这样将与文学有关的研究视野与方法全部召集到自己的旗帜之下，新美学—历史批评的开放性、兼容性显而易见。"①

陕西文学批评趋向于美学历史批评，80年代笔耕跟读派的文学批评中，尤其是王愚的文学批评更倾向于美学历史批评。他善于从文学与社会、时代、人的关系发展中考察文学对人的影响，同时也丝毫不忽视艺术固有的规律，在陕西第一代批评者中这点比较突出。早在1956年，他的《艺术形象的个性化》因为强调艺术个性，批评教条主义和庸俗社会学给王愚带来"右派分子"的不幸。80年代，他在《在交叉地带耕耘——论路遥》中指出：

> 生活造就了路遥，文学滋养了路遥，而倾听时代心声，体味人民甘苦，站在时代思想的高度，从广阔的角度展示生活全貌，从历史的纵深探索当代人不断发展的精神历程，赋予路遥的作品一种沉雄厚重的格调。这些经验，不仅对于路遥，对于我们整个新时期文学创作是值得珍视的。②

王愚对于路遥作品的评价承继他一贯的美学历史批评原则，从路遥对人民、时代和生活的关注考察作品创作的审美风格，由个人得失考察对于新时期文学创作的借鉴意义，这在80年代初期文学研究中极具分量。然而论文在美学形式上涉猎清浅，当然这也是80年代初期美学历史批评共有的问题。时隔一年，李星的《深沉宏大的艺术世界——论路遥的审美追求》指出："深沉、宏大正是路遥所具有的艺术气质，也是他在全部创作过程中所苦心孤诣追求的艺术目标。"③的确，沙涛滚滚的毛乌苏沙漠、贫瘠而又黄尘肆虐的黄土高原赋予路遥宏大开阔的胸襟，而苦难多舛的人生命运铸造路遥敏感而高贵的心灵，这些个性自然地融入路遥的艺术世界。李星没有简单地停留在笔耕跟读派的阅读感受与粗疏印象，而是细致地从人物形象的多质性分析作家的艺术概括力，归纳出作家深沉而宏大的

①　李凌泽：《第八章社会历史批评编写》，屈雅君：《新时期文学批评模式研究》，陕西人民教育出版社1997年版，第269页。

②　王愚：《在交叉地带耕耘——论路遥》，《当代作家评论》1984年第2期。

③　李星：《深沉宏大的艺术世界——论路遥的审美追求》，《当代作家评论》1985年第3期。

艺术追求，并且将路遥作品置放于人类历史进程中分析人物的性格和作品的宏大风格。考量眼光既带有人类历史的视野，也有绵密细致的美学分析，显示出陕西文学批评在美学历史批评上的潜力。

进入 90 年代，美学历史批评得到长足的发展，批评实践将社会学、文化学、心理学等方面取得的新研究成果圆熟地融入美学历史批评中。在艺术分析与历史分析的相互渗透中剖析文学作品，实现美学与历史的双维交融渗透，美学历史研究进入新的高度。陕西文学批评界围绕着路遥、贾平凹、陈忠实推出一系列研究论文：王仲生《从与农民共反思走向与民族共反思——评陈忠实 80 年代后期创作》（《小说评论》1991 年第 2期）、李星《在历史与现实之交——读陈忠实中篇小说〈四妹子〉》（见《求索漫步》，陕西人民教育出版社 1991 年版）、李继凯《矛盾交叉：路遥文化心理的复杂构成》（《文艺争鸣》1992 年第 3 期）、畅广元《〈白鹿原〉与社会审美心理》（《小说评论》1998 年第 1 期）是这方面的代表作。

王仲生《从与农民共反思走向与民族共反思——评陈忠实八十年代后期创作》从人的生存的历史性反思与人的生存的道德性质询两条轨迹出发，探索陈忠实 80 年代的创作，敏锐地发现 80 年代后期陈忠实作品发生的异质裂变现象：

> 努力以他所获得的现代意识作为参照系，从我们民族的过去、现在和未来的历史进程中，对我们的时代进行历史的、道德的审美观照。走过了一条与农民共反思到与民族共反思的艺术之路。

陈忠实在现代意识的烛照下走出农民式的狭隘视线，成为"我们时代的艺术家"[1]，而这种洞见得益于批评家深厚的文化理论学养，以及对正在腾挪多变的研究对象的准确把握。1992 年 6 月《白鹿原》横空出世，王仲生借助美学历史研究法，推出陈忠实研究系列论文，1993 年《小说评论》第 4 期发表《白鹿原：民族秘史的叩询和构筑》，4 月 26 日在《陕西日报》登出《白嘉轩：文学史空缺的成功填补》，《文艺理论与批评》第 6 期发表《人与历史历史与人——再评陈忠实的〈白鹿原〉》。王仲生美学历史批评观内涵极为丰富，"历史的观点"完全突破固有的对历史认

---

[1] 王仲生：《从与农民共反思走向与民族共反思——评陈忠实八十年代后期创作》，《小说评论》1991 年第 2 期。

识的静态层面，关注历史纠结处的关联性，把人与社会、环境、文化密切地焊接在一起，并置放于社会结构发展演变整体过程中。他对《白鹿原》这样评述：

> 人，人的命运，始终居于白鹿原的中心位置，他们不再是历史事件中的工具性存在，历史结论的形象性注释，他们是活生生的历史存在和血肉生命。这反映了陈忠实历史意识的现代性。

显然，对于陈忠实历史意识的首肯折射出批评者的历史观点。王仲生的批评除了挖掘马克思主义文艺理论外，还不断开拓新视野汲取新历史主义理论成果，承认历史与人的平等关系和对话原则，他认为：

> 真正的历史对象，并不是一个纯粹的客体，也不是任主观意识摆布的玩偶，它是自身和他者的统一，是一种关系，一种对话。在这种关系中，同时存在着历史的真实和历史理解的真实。①

在实践批评中王仲生丝毫不忽视"美学的观点"，分析《白鹿原》中田小娥悲剧时落笔于其淫乱的性行为，挖掘性背后潜藏的历史文化和社会内容以及深刻而复杂的生命意蕴，论文语言充满激情、美学感染力强烈：

> 她附身于婆婆，她附身于鹿三，她化为黑色飞蛾翱翔于白鹿原，那是她复仇的精魂！她附体鹿三的那场哭诉，无异于一个弱女子的真心的自白和愤怒的控告！她是一个复仇的女神！虽然这是一个远非理性的本能的复仇者。②

以上这段话，已不是严谨的论文逻辑推演，而是恣情的美文撰写，既有对弱女子田小娥悲剧命运的深刻剖析与诗意表达，又有批评家自我生命激情的汹涌狂泻。

美学历史批评力图把握作品的内容与形式的统一，避免单一的社会历史批评或纯粹的美学批评的片面性和局限性，是正在发展与完善中的一种文学批评。检阅陕西文学批评新时期走过的轨迹，同全国的文学批评一

---

① 王仲生：《历史是一种对话——土地、战争与人》，《小说评论》1990 年第 5 期。
② 王仲生：《白鹿原：民族秘史的叩询和构筑》，《小说评论》1993 年第 4 期。

样，依然是行走在路上，存在着不少问题。90 年代以来，在"美学的观点"研究上做得远远不够，但作为一种批评理想，批评者们还是力图避免韦勒克所说的：不是走向图事教训的极端便是走向艺术至上的形式主义极端。

需要说明的是以上提到的批评模式，并未形成真正独立意义上的批评流派，他们的批评在理论基础上还是属于社会历史批评的范畴。无论是印象主义批评、心理分析批评，还是美学历史批评，只不过具体地运用了某种批评的基本方法。批评者在实践操作过程中，绝不固守一隅，而是根据研究对象及研究目标的需要不时更换研究方法。李继凯专著《秦地小说与三秦文化》就是走向个性化审美"兼收并蓄"① 的极好例证。该书对20 世纪秦地小说的阐释，从历史、现实和心理三个维度展开，涉及秦人的活动方式、心态变化、精神结构、文化传统以至整个人文地理环境，研究方法以社会历史学、人文地理学、文化心理学、文艺民俗学、原型批评为批评武器。文化学视野是本书文学研究的重要参照，显然，这种从文化结构系统探索艺术内在含蕴的方法，远比社会历史批评更逼近文学本性。陕西作为"文学大省"，真正具有整体性、系统性的地域文学尤其是小说的研究专著数量极少，该书是"综合研究 20 世纪秦地小说的第一部专著，带有填补学术空白的性质"②。

四　神话原型、文化诗学、女性主义文学、地域文化等批评模式

神话原型批评是新时期文学批评实践中出现较晚的批评形式，而且在诸多文学批评模式中是一副新面孔。尽管早在 1962 年就有一组原型批评文章载于《现代英美资产阶级文艺理论文选》，1982 年荣格的《心理学与文学》也有译介，但当时并未引起人们的重视，直到 1987 年叶舒宪选编的《神话——原型批评》一书由陕西师范大学出版，神话原型批评才激发起人们自觉运用的热情。其实，叶舒宪 1986 年在《民间文学论坛》第1 期发表《英雄与太阳：〈吉尔伽美什〉史诗的原型结构与象征思维》，就引起了学界的注意，此后又写出了一系列运用或主要运用原型批评对中外文学作品进行深入研究的论文与著作。专著有《探索非理性的世界》（四川人民出版社 1988 年版）、《英雄与太阳·中国上古史诗的原型重构》

---

① 畅广元：《兼容并蓄：审美个性化的必由之路——李继凯〈秦地小说与"三秦文化"〉》，《小说评论》1998 年第 2 期。

② 凤鸣、志强：《开阔的视野与多元的阐释——读李继凯〈秦地小说与"三秦文化"〉》，《人文杂志》2000 年第 3 期。

（上海社会科学院出版社 1991 年版）、《太阳女神的沉浮——日本文学中的女性原型》（与李继凯合著，陕西人民教育出版社 1992 年版）、《诗经的文化阐释》（湖北人民出版社 1993 年版）、《高唐神女与维纳斯》（中国社会科学出版社 1997 年版）等。叶舒宪的神话原型研究填补神话原型批评的学术空白，季红真给予充分肯定，认为原型批评对于人类精神之谜的解密极有意义：叶舒宪把原始思维即非理性的象征思维纳入原型批评的理论框架中，揭示集体无意识层面上文学原型的置换变形，拿到一把打开现代人和前人心灵沟通的钥匙。① 叶舒宪的神话原型批评实践主要集中在古代文学与外国文学研究方面，尚未涉猎陕西文学创作，然而对于整体上"慢半拍"的陕西文艺研究以及实践而言，陕西神话原型批评由于叶舒宪等陕西师范大学学人②身体力行的践行，在全国文学批评上一时独领风骚。

文化诗学批评这种批评方法陕西不少评论者都采用过进行自己的文学研究，其中段建军在这方面的成就尤为突出，他将陕西文化诗学批评研究水平提升到一定的高度，专著《白鹿原的文化阐释》是这方面的力作。段建军多年从事文艺美学研究，对西方哲学、美学烂熟于心，萨特、尼采、海德格尔、杜夫海纳、福柯、巴赫金的思想影响着其学术底座的坚实构筑。在中国传统美学思想与西方文论的交汇中，他提炼出"肉身化存在"的哲思文化命题："长期受封建主义和理性主义压抑贬损的人类肉身是一种非常高贵的存在。它通过自己独特的肉身化思维，把整个世界人化。于是，世界具有了人的形体结构、情感愿望、生命追求。这个人化的世界实际是人肉身的诗意创造物。"③ 段建军在文本研读的基础上，将"肉身化存在"哲思文化命题贯穿于陕西小说乡土经验的文化阐释中，并构筑一套话语体系和审美理想。段建军文评的风格质朴、自然，没有西方文论的艰涩生硬，字里行间流淌着诗意、散发着智性，充满文学批评的创造性。王刚曾这样评述段建军的文学批评："既遵循和重构了中国传统思想文化的审美趣味和伦理价值，又融汇应用了西方文

① 季红真：《神话的衰落与复兴——读〈探索非理性的世界〉有感》，《文学评论》1989 年第 4 期。

② 叶舒宪开启神话原型研究这块学术天地，并多年孜孜追求不断丰富扩展之。另外陕西师范大学李震将神话原型的研究成果运用于诗歌领域的研究，论文有《语言的神话——诗符号论》（见《艺术广角》1990.5—1992.2）、《神话写作与反神话写作——90 年代先锋诗歌写作的两种基本倾向》（见《诗探索》1994 年第 2 期）。

③ 段建军：《肉身化的思与诗》，《唐都学刊》2000 年第 4 期。

论的方法论工具，生成了自身亲和、朴拙、兼具形象性和学理性的批评话语。"①

当然，女性主义批评和地域文化批评也颇有起色，这些批评与神话原型批评、诗学文化批评在人类文化学视域下，有机地汲取了哲学、文化学、人类学、历史学、心理学等诸多学科的成果，进行富有自我特色的文学实践活动。

陕西女性主义文学批评可以说是相和于全国文学批评，有屈雅君的《对传统男性形象的女性主义注视》《执着与背叛——女性主义批评理论与实践》等文。而屈雅君倡导创办的"妇女文化博物馆"②，其中馆存的女书、嫁衣、三寸金莲等物件，真实地展示了女性在封建文化体系的压制下身心遭受的煎熬，女书、嫁衣等表达了女性内心深处的欲求。这些具有女性文化表征意义的物件陈列，对女性研究的深入展开具有实践操作的指导意义。

地域文化批评方面，李继凯的《秦地小说与三秦文化》是 90 年代的重要收获，李继凯从历史、现实和心理三个维度对 20 世纪秦地小说进行阐述，涉及秦人的生活方式、心态变迁、精神结构、文化传统、人文地理，专著融合了人类历史学、民俗地理学、精神心理学等学科的知识，是走向个性化审美"兼收并蓄"③ 的地域研究专著。冯肖华的《陕西地域文学论稿》《陕西当代现实主义文学本体论》，赵德利的《情缘黄土地——新时期陕西文学的民间文化阐释》、孙新峰的《贾平凹作品商州民间文化透视》等专著、李春燕的论文《新时期 30 年陕西文学批评研究》是陕西地域文学批评取得的硕果。尤其是冯肖华新近出版的《文学气象与民族精神》，段建军认为它是"一项值得我们重视的具有较大价值的成果"④。冯肖华从姜炎文明、周秦风采、汉唐气象、延安精神的历史维度入手，对陕西文学的本体形态、历史生成、整体景观等进行分析，力图彰显陕西文学所承载的民族精神。该书研究视域开阔，既穿越古今时空又放眼中国全局，提出地缘文学与民族精神存在内在的关联性。陕西是中国之一隅，然

---

① 王刚：《在审美体验中诗意创造——以段建军教授的理论研究和文学批评为例》，《小说评论》2009 年第 5 期。

② "妇女文化博物馆"坐落于陕西师范大学长安校区，它是中国第一座综合性妇女文化博物馆。展区面积 1000 平方米，有文物藏品 1200 余件，分为"她的故事""江永女书""生育文化""女红"和"中华嫁衣"五个专题展出。

③ 畅广元：《兼容并蓄：审美个性化的必由之路——李继凯〈秦地小说与"三秦文化"〉》，《小说评论》1998 年第 4 期。

④ 冯肖华：《文学气象与民族精神》，中国社会科学出版社 2010 年版，第 3 页。

则陕西文学传承的文学精神历经姜炎文明的先导、周秦文化的浸染、汉唐文化的滋养、延安文化新质的注入，传递出具有中国气象的民族精神。冯肖华地域文学研究的过人之处是跳出狭隘的护短地域文学研究小圈子，将地域文学研究提升到国家气象与民族精神的大美境界。无疑，这是 21 世纪以来地域文研究取得的好成果，对中国当代地域文学研究具有理论启示意义和实践意义。

考察陕西文学批评，并不标新立异、趋新赶潮，而是立足于现实主义文学传统的本土，研究方法基本在社会历史批评的框架下展开一定程度的调整、突破，面对新潮迭起的理论方法抱着"看一看再说"的姿态。即使像神话原型批评虽则起步于陕西，有些批评家的研究成果具有学术的前瞻性，甚至在全国的文学批评领域都占有重要的位置，但在陕西本土却并没有真正形成气候，尤其是叶舒宪到了中国社科院以后，陕西神话原型批评发出的声音甚为微弱。而结构主义批评、叙述学批评、解构主义批评等模式虽于 20 世纪 80 年代兴起于中国，在陕西要寻觅踪迹却是在世纪末以后。当然每种批评的兴起、发展是个极为复杂的问题，它涉及研究者、研究对象、研究环境等错综复杂的关联因素，某种批评模式能够生根发芽，得有适合的土壤。评价 80 年代后期文学批评，经过理论的引进辨析以及批评层面的实践操作，陕西文学批评完全走出 80 年代初期单一的政治理性研究视角，以上印象主义批评、心理分析批评、美学历史批评以及神话原型批评等模式，极大地丰富了新时期陕西文学批评的多元格局，这是不可忽视的成绩。但在新的历史条件下，文论家以及批评者所追寻的建构文论与批评体系这一目标还远未完成，这只能寄厚望于下个世纪了。

反思这一阶段的文学批评，批评界着力于批评武器的选择，当然是否配备精良有效的武器是战争取得胜利的重要因素之一，然而最终起决定性因素的远非武器之精良。批评方法对于一名成熟自信的批评者来说固然重要，过于迷信理论成了方法论的俘虏反倒是愚蠢荒谬的。在艺术领域，永远是"拙劣的批评编织聪明的理论，出色的批评则为出人意料的直觉提供依据"①。这无疑给我们一种警示，那就是批评中真正的见识。理论方法只是帮助批评者走近研究对象的一种工具，批评者是工具的主人而不是工具的奴隶，工具的作用在于抵达目的，如果工具不顺手干起活碍手碍脚，可以随时改进或弃之不用。80 年代是走出禁锢渴求突围的年代，热

---

① ［美］迪克斯坦：《伊甸园之门》，方晓光译，上海外语教育出版社 1985 年版，第 236 页。

衷科技时代"工具膜拜"是一种时代流行病。我们要关注的是理性工具后隐匿着的真知灼见。

五　其他批评形式

如果从批评者的身份去观察的话，在陕西文学批评中，还有作家批评、学院派批评、作协批评以及媒体批评等多种形式。

作家之间的书信往来、日常生活间的情感信息交流影响着作家对创作题材的选择、主旨的确立，并对作家的文学观念的变迁产生深远的影响。路遥、陈忠实、贾平凹就受到前辈作家的创作以及思想的直接影响，陈忠实公开承认对柳青的崇敬之情，信奉柳青三个学校的主张，1979 年《信任》获得全国优秀短篇小说奖后，在《我信服柳青三个学校的主张》中明确承认，"我还是信服柳青三个学校（生活的学校、艺术的学校，政治的学校）的主张，而且越来越觉得柳青把生活作为作家的第一所学校是有深刻道理的"①。贾平凹的文学创作受到过孙犁的影响，孙犁是荷花淀派的创始人，曾经不顾年老多病给贾平凹多次致信，表达他对贾平凹"衷心的敬慕之意"，并将自己的读书心得体会毫无保留地告诉贾平凹：读书要杂一些，多读中国哲学史，尤其是先秦诸子散文"言近而旨远"②。孙犁与贾平凹，柳青与陈忠实，他们在个人秉性和精神气质方面颇有相似之处，乃至在创作风格和文学气韵亦有明显的师承关系，李震在《20 世纪中国乡村小说的基本传统》中就指出，孙犁继承了废名、沈从文开拓的乡村小说的诗化叙事形式，"'文革'后，废名——沈从文传统的接力棒传到了汪曾祺、贾平凹的手中"，贾平凹的商州叙事"得益于孙犁的直接提携"③。作家间的交流以及唱和在一定区域内会形成较为强劲而稳定的气场，规范影响着作家的文学观及创作发展方向，我们在观察某些作家的创作时，会发现他们的文学创作在其精神气韵、创作风格上显示出某种程度的相似性。陕西作家驾轻就熟乡村题材，在现代城市小说领域开拓上明显匮乏；风格上现实主义是惯用的表现手法，文学观念上比较守旧，缺乏对于现代主义方法的运用，即使是陈忠实《白鹿原》融合了现代主义表现的某些技法，但现实主义创作理念以及表现手法依然是小说的基调。其实这种风格与基调的形成，与作家间唱和式的交流批评以及陕西特有的

①　陈忠实：《陈忠实创作申诉》，花城出版社 1996 年版，第 52 页。
②　孙犁：《孙犁选集》（杂文书信），陕西师范大学出版社 2003 年版，第 336 页。
③　李震：《论 20 世纪中国乡村小说的基本传统》，《陕西师范大学学报》2005 年第 3 期。

文化气场亦有很大关系。

学院派批评与作协批评是在陕西文学批评中较为显赫的两大批评队伍，这两大队伍在群体、流派尤其是实践层面具有不同的意义。学院派批评大多聚集于高校、科研机构，比如陕西师范大学的畅广元、屈雅君、李凌泽、赵学勇、李西建、李继凯、张国俊、李震、梁颖等人，西北大学的蒙万夫、赵俊贤、刘建军、费秉勋、段建军、杨乐生、周燕芬、刘炜评等人，西安建筑科技大学的韩鲁华，西安工业大学的冯希哲、白军芳、张雪艳等人，宝鸡文理学院的冯肖华、赵德利、张新峰，延安大学的梁向阳、惠雁冰，榆林学院的贺智利等人，这些身处高等学校或科研机构的学者由于教学和科研工作的需要，比较注重理论的体系化和学术化，往往在冷静思考的基础上对作品进行批评与审视。比如李震《20世纪中国乡村小说的基本传统》就是从新文学乡村小说叙事发展的角度，将陕西的路遥、贾平凹、陈忠实创作置放于全国文学发展的格局中，对其进行的考量与历史定位。而作协派批评大多不同于学院派批评，他们身处作协，与作家私人关系相对熟稔，了解并掌握作家创作方面的详尽信息，他们也常常被邀请参加作品评审会。他们崇尚跟踪式的作品批评，常常以较快的速度对新作做出及时的新闻报道式的反映批评，这既是他们的优势也是他们工作的任务。像王愚、李国平、李星、邢小利、肖云儒就属于作协批评派。相对学院派批评来说，他们比较看重对当下批评界产生的直接影响，就其个人专著来看，一般也是"评论选"形式，比如邢小利《长安夜雨》中批评文章都是不同时段对于作家批评的文章积累，另外文坛逸事、怀人唱和之作成为论著的内容之一，其中不乏富有见地、颇显论者功力的学术性极强的论文，但文章整体水平参差不齐。与学院派畅广元等人编写的《神秘黑箱的窥视》相比照，论著灵活随意，相对缺乏学院派对学术理论严谨而系统的艺术追求旨趣。

另外还需提及的是媒体批评，媒体批评是从学院派批评或者作协派等批评形式中分化出来的批评形式，媒体批评以大众传媒为载体，以即时消费为特征，是吸引大众眼球的有关文学的言说，它不同于依托学术机构、专业杂志、高校研究部门以学术研究为宗旨、以专业人士为对象的专业批评，而是大众传媒与各色"文化人"以舆论左右大众趣味与视线、引导大众消费的言说方式。随着20世纪90年代市场经济的兴起，传媒批评也随之迅速发展起来，它大有将官方批评以及学院派批评、作协批评等专业性批评挤向边缘化的倾向。"热炒"或"造势"，是传媒批评惯用的手段，它夸大歪曲事实真相来寻找市场卖点吸住大众消费的眼球。比如"陕军东征"以及世纪末文坛大地震的爆发，就有明显的媒体炒作痕迹。在书籍发行的广告宣传中，不惜有意放大作品中的性描写来招徕顾客。

中国文学在市场化、商品化大潮中进入了 21 世纪，无论对商业市场的态度如何，文学的市场化、商业化已成为不可否认的事实，这一事实在提醒人们：时代变了。意识不到这一点，我们无法走进 21 世纪。既然如此，不如心平气静地面对研究商业文化。商业文化下媒体批评正如一个镍币的两面既有误导性也有引导性，如果把误导转化引导，媒体批评会换上另外一副面孔走入大众生活。这就要求批评家不断强化主体意识和精神素养，在发挥批评娱乐功能的同时，增强批评的认识、教育、审美功能，因势诱导，将商业批评巧妙地引导到良性发展方向上，也就是说，通过改造商业批评的构成因素实现批评的多种功能效应，比如可以邀请学院派批评者去媒体兼职，让学院派批评者走出围墙进入公众空间，这样从根本上改变媒体批评的构成因素，同时也使学院派走出象牙塔进入充满烟火气息的尘世生活，避免学院派一味走向学术研究的学院化倾向。

公众市场也需要真正的具有文化内涵、审美品位的理论指导。文学批评必须有审美因素的介入，才会具有持久的生命力，读者也会随着批评界审美之维的增强，提升整体欣赏水平。也就是说，理论上理想批评与媒体批评的联合兼容是成立的，实践上不妨尝试探索。要警觉的是批评者必须保持超越精神，超越意识形态、超越物化私欲、超越一切阻碍文学走向自由独立的敌人，使其人格力量得到不断地强化独立。还需警觉的是这种兼容联合，可能会磨钝批评家的批评触角，使得批评行为世俗化、媚俗化。

第三节　《讲话》视域下的理论批评

20 世纪 70 年代末期陕西文学批评如同全国的文学批评一样，承担着清除满园荒草，整理文化废墟，重新构建新时期文学批评大厦的重要任务。但是反思从何处入手？构建的理论基石在哪里？建成什么模样？这是新时期文学理论与批评无法回避的问题，在实践进程中，一方地域的陕西文学批评基本上与全国文学批评亦步亦趋，从"为文艺正名"、质疑"唯认识论"到重提"典型"等探索过程中，恢复现实主义文学批评传统的面貌逐渐露出水面。从文学批评自身发展的脉络看，任何时期的文学传统总是与前一时期有着难解之缘，新时期文学批评的现实基础是十年"文革"的空前浩劫，其理论起点是十七年文学乃至可以上溯到中国现代文学批评基点——马克思主义文艺理论，陕西文学批评由于独特的地域缘故，得天独厚地传承现代文学批评中的重要一脉——延安文学精神，新时期陕西文学批评在圣火烛照之下，继往开来进一步丰富发展马克思主义文艺思想。

一　当代文学批评的理论基石

文学批评作为一项社会精神实践活动，必然是以一定的时代内涵、美学思想和文艺理论为基础才能致力于研究文学的具体现象。理论是批评的基础，批评是理论的应用。任何流派的批评都必然有自己的理论起点。理论起点的确立使批评家丰富感性的审美内容借助与之相适应的渠道得以表达，理论起点为具体的文学批评奠定理性的基础。韦勒克说过：

> 文学批评和文学史二者均致力于说明一篇作品、一个对象、一个时期或一国文学之个性。但这种说明只有基于一种文学理论，并采用通行的术语，才有成功的可能。文学理论，是一种方法上的工具（an organon of methods），是今天的文学研究所亟须的。[①]

当代文学批评是由社会主义思潮和马克思主义美学思想催生的必然结果。马克思主义美学思想作为中国当代文学批评的理论起点，形成两者之间一种独特的历史关系，也决定了当代文学批评发展的一些最基本的历史特征。

马克思、恩格斯为文学批评的发展提供了独特历史价值的艺术观和方法论，并以他们具体的批评实践为我们留下文学批评可资借鉴的历史经验，从而奠定了马克思主义文学批评理论的基础。在马克思、恩格斯之后，梅林、列宁、普列汉诺夫、卢那察尔斯基、沃罗夫斯基、高尔基、卢卡契等人进一步丰富了马克思主义的文学批评理论，使马克思主义的文学批评成为世界现代文学批评发展中最为活跃、影响深远的批评流派之一。

马克思主义文学批评主要由三个有机部分组成：一是以马克思主义哲学为基础的现实主义的文艺思想；二是从现实主义文艺思想出发的社

---

① ［美］勒内·韦勒克、奥斯丁·沃伦：《文学理论》，刘象愚译，江苏教育出版社2005年版，第8页。

会—历史学的批评模式；三是"美学的和历史的观点"相融合的批评尺度和方法。这三个部分对中国当代文学批评产生了深远的影响。

源于历史唯物主义的认识，马克思主义把文学活动看成是人的主体对于客体的认识与反映。"不是意识决定生活，而是生活决定意识。"这个著名论断是马克思主义认识事物的起点，社会生活实践构成文学产生的源泉，为文学提供着丰富的表现内容、表现形式和表现风格，文学是社会意识形态特定的组成部分。社会的精神生产、意识形态以及每个人的观念思想都取决于社会的物质存在及其社会关系。而文学作为社会意识的组成部分、精神领域中的产品，只不过是"物质生活过程的必然升华物"，是"这一生活过程在意识形态上的反射和回声"。① 只不过是一种被意识化了的或意识到了的社会存在。因此，阶级社会里，源于人们最基本的经济利益的阶级矛盾和阶级斗争是社会生活的一个最普遍、最基本的内容，文学反映社会生活，必然反映着阶级矛盾和阶级斗争的现实，表现着特定阶级的要求、意志和理想。同时文学的反映不是刻板机械的被动反映，而是一种独特的艺术的反映。文学所具有的社会意识形态的普遍性和作为人的审美活动的特殊性，是人们从事文学研究和文学批评的理性认识的出发点。对文学的这种基本认识，马克思和恩格斯及其后来者从文学与社会生活的关系、文学的真实性和倾向性、现实主义的典型性、作家的生活实践和世界观、现实主义文学的历史使命等方面阐述马克思主义的现实主义的文艺思想。这些文艺思想构成马克思主义文学批评的理论基础。

关于文学批评本身，"美学的历史的观点"相融合的尺度和方法是由马克思恩格斯创立，经过列宁、斯大林、毛泽东及马克思主义文艺理论批评家们丰富发展而形成的一种科学的批评方法。它不仅在中国当代是最主要的批评方法，而且在西方也是最有影响的批评方法之一。马克思主义文艺批评是美学批评和历史批评相结合、美学观点和历史观点并用、内在分析和外在分析相结合的文艺批评。它要求按照美学观点和历史观点全面地考察文艺作品，研究文艺现象，进行价值判断。以马克思主义的美学观点和历史观点评论文艺，不仅能够把握文艺的审美特性，而且能够揭示文艺的发展规律。这就使马克思主义文艺批评成为完备的、科学的、符合规律的文艺批评。

回溯文学批评自身发展的流程，中国当代文学批评是中国现代文学批评的发展与延续，但鉴于当代中国社会复杂的历史文化的交互作用，它又

---

① 《马克思、恩格斯全集》第 3 卷，人民出版社 1960 年版，第 30 页。

不可能完全是现代文学批评的自然产儿。中国现代文学批评史，它受孕于西方近代的人本主义文学思想和自由主义批评意识。五四时期最早的现代批评家几乎都是从人道主义和自由主义的思想基点出发，建立他们的文学批评主张。周作人从"人的文学"的倡导到沉醉于"自己的园地"，亦是这两种思想的作用。郭沫若强调批评的本质是"人性的"和"审美的"，"文艺批评的可能性本依据于我们对于艺术作品的理解能力"，"批评本没有一定的尺度。批评家都是以自己所得到的感应在一种对象中求意义"①，这种自由主义的批评意识对于中国现代文学批评雏形的初建起到积极作用。正是借助这种批评意识，中国现代文学批评在否定陈旧的古典批评观念的基础上，完成由传统向现代的转换，并为形成现代文学批评多元开放的格局奠定基石。"中国现代文学批评总的发展态势是多元开放的态势，但是这种总的态势中存在着一个主潮的转换与更迭的现象。"② 随着五四时期人道主义思潮与自由主义思潮的发展演变，中国现代文学批评发展的最初的主潮是人道主义和自由主义批评。20世纪20年代之后，中国的社会历史条件的变化和无产阶级革命文化运动的倡导，马克思主义的文艺理论和批评开始传入中国，经过30年代左翼文艺运动和40年代解放区文艺运动的推动，逐步取代了人道主义和自由主义批评意识，成为中国现代文学批评发展的主潮。中国当代文学批评则正是这一主潮的延续和进一步发展。

　　20年代初，马克思主义的文学批评随着五四思想解放思潮传入中国，李大钊、恽代英等撰文运用马克思主义思想、观点解释文学问题，茅盾、郭沫若、成仿吾等人也接触到马克思主义的文学批评。但当时文学批评侧重用唯物史观的立场阐发文学同社会生活的关系以及文学作为社会意识形态的基本特点，缺乏从"美学的"和"历史的"相融合的方法对文学实践做出探讨。30年代，随着左翼文艺运动的深入发展，马克思主义文艺批评在中国现代文学批评发展中逐步确立主潮的地位。一批出色的左翼批评家瞿秋白、周扬、茅盾、冯雪峰等运用马克思主义文艺思想，批评当时的各种文学现象。但是，由于左翼文艺受苏联"拉普""左"倾文艺理论批评的影响，不可避免地带有一些机械唯物论和庸俗社会学的色彩，把文学批评主要解释为"生活的批评，社会的批评，思想的批评"③。他们过多地重视对文学外部研究，根据作家的世界观和创作倾向鉴别创作优劣，

---

① 郭沫若：《批评与梦》，载《郭沫若选集》第4卷，人民文学出版社2004年版，第402页。

② 吴三元：《中国当代文学批评概观》，知识出版社1994年版，第106页。

③ 冯雪峰：《论民主革命的文艺运动》，载《雪峰文集》第2卷，人民文学出版社1983年版，第180页。

而不太关注文学内部研究，缺乏把"美学的"和"历史的"尺度熔铸起来的科学方法。40年代解放区的文艺运动，推动了马克思主义文学批评在中国的发展，毛泽东《延安文艺座谈会上的讲话》全面而系统地阐述了马克思主义文艺思想和中国现代文艺发展的问题，为中国马克思主义文艺批评的建设提供了理论内容。50年代，由于社会历史环境的改变，马克思主义文艺批评有了更为长足的发展。50年代中期之前当代文学批评曾出现了繁荣期。"双百"方针的提出，具有中国特色的马克思主义文艺理论批评体系的确立与系统化，关于现实主义理论的再探讨，典型问题再探，为当代文学批评的发展奠定了最初的基础。尽管在当时"左"倾教条主义和庸俗社会学也存在着相当大的不良影响，并通过60年代的逐渐升温最后达到了"四人帮"所代表的唯心主义和庸俗社会学在文艺批评领域的泛滥，但是那些真正在马克思主义文艺思想和批评方法指导下所取得的批评成果依然拥有它们应有的历史价值和地位，成为新时期文学批评可资借鉴的理论资源。50年代后期和60年代，"左"倾教条主义逐渐在政治和文化生活中占据指导性地位，正常的马克思主义文艺批评受到排斥和打击。马克思主义的文艺思想和批评方法被严重地歪曲与割裂，"美学的历史的"批评尺度被阉割，当代文学批评陷入泥沼之中。十年"文革"结束之后，正常的马克思主义文艺批评得以恢复。

新时期的思想解放浪潮如同五四思想解放运动一样，推动了80年代当代文学批评的繁荣，80年代当代文学批评取得的巨大成就，从根本上看也正是马克思主义文艺批评的巨大成就。以马克思主义文艺思想和批评方法为基点，重新开创当代文学批评的繁荣局面。恢复马克思主义科学性、开放性、创造性的本来面目，从最基本的理性起点上解放人们的思想。思想领域的深刻革命，使文学批评得以充分吸收外来理论和方法的有益营养，以马克思主义文艺思想和批评方法为基点，重新开创当代文学批评的繁荣局面。

二　《讲话》视域下的理论观照

当代陕西文学以颇具实力的文学群体、斐然的文学业绩，在20世纪的中国文学格局中占据着重要的地位并产生了深远的影响。这种地位的取得及产生的影响，在于陕西文学自觉地参与、融汇或者构成了当代文学的主流，得益于陕西拥有的深厚文学沃土，特别是40年代发生在陕西本土的那场轰轰烈烈的延安文艺运动。陕西文学的发展与延安文艺母体有着无法剪断的脐带关系。

　　陕西以其独特的地理位置，曾经谱写出辉煌的历史篇章，姜炎文化的起源，周秦文化的浸润，汉唐盛世的威仪，曾使三秦大地盘踞于华夏文化的主脑位置。然而时至近现代，陕西文化如同废弛的古城，渐行渐远于中国文化的中心。

　　当年的鲁迅放弃撰写长篇小说《杨贵妃》的初衷，于1924年7月、8月，不惜旅途劳累奔波至西安，面对乱七八糟的西安街头，古旧残缺的城池文物，他不禁废然感慨道："连天空都不像唐朝的天空，费尽心机用幻想描绘出的计划完全被打破了，至今一个字也未能写出。"① 的确，盛唐高爽俊朗的天空早已不在，关中大院里隐约飘忽的不过只是个辽远的帝国之梦！

　　然而，由于中国政治时局的风云变幻，现代以降尤其是抗日战争期间，中国政治、文化中心偏移西南，身逢乱世的国人将振兴民族的希望投向一度文化荒漠的西部地区。陕西又一次成为全国文化的重镇，三四十年代的延安，这个偏僻的山城一下蹿红走俏成为许多热血青年心之向往的圣地，从延安发出的声音到延安人的思想行动，深远地影响着、鼓舞着渴望自由解放的中华儿女，由此陕西成为举世瞩目的文化"西部高地"②：延安的秧歌剧《兄妹开荒》、新歌剧《白毛女》、陕北民歌《信天游》《东方红》等文艺形式妇孺皆知，而丁玲、周立波、赵树理、孙犁、贺敬之等人的艺术创作享誉全国。解放区的延安文学与国统区的重庆文学、西南联大知识分子的文学创作共同汇聚一体撰写出新文学史上辉煌的一页，这三个中心基本上全部集中在西部地区。

　　解放区延安文艺的繁荣与外来人的努力有着密切的关系，来自湖南的丁玲、周立波、康濯、柯蓝，来自东北的舒群、白朗、罗烽、萧军，来自四川的沙汀、何其芳、邵子南，来自浙江的陈企霞、陈学昭，来自湖北的陈荒煤、广东的草明、江苏的孔厥、山东的杨朔等人，他们将外来文化形式如新文化运动启蒙思想与烙有个性化情态的文化模块席卷包裹一体，置放于延安地方风情与民间特色的本土文化根基上，重新锻造磨合出全新的延安文化。当然，作为陕西本土作家柳青、马健翎、杜鹏程等人同时也积极吸收外来文化的丰富营养，创造出无愧于延安本土以及时代的艺术作品。"表面上看，延安文学多是由外来人创作的'移民文学'，实质上却是本地文化与外来文化（如马克思主义）、新兴文化与地域文化（如延安

---

①　鲁迅：《致山本初枝》，《鲁迅全集》第13卷，人民文学出版社2005年版，第556页。

②　李震：《新文学地理中的西部高地》，《陕西师范大学学报》2004年第6期。

农民文化）深度融合的结果。"① 当时的延安文化并非如地理交通上的闭
塞滞后，而是以全方位开放的胸襟气度构建延安文化乃至未来的中国文
化，杨家岭弯弯曲曲的土路上曾留下一串串高鼻子、蓝眼睛洋人的脚印，
如埃德加·斯诺、马海德、史沫特莱、卡尔逊、斯特朗、白求恩、柯棣
华、路易·艾黎等人。在延安人眼中、在外省人眼中、在外国人眼中，延
安不再是荒芜的村野，而是恢宏博大的文化圣殿。

　　"西部高地" 文化以及文艺的崛起是外来人与本地人共同努力的结
果，如果把它作为一种文化文学现象来考察的话，亦是政治、经济、文化
等无数个平行四边形的合力形成的。正如恩格斯《致约瑟夫·希洛赫》
信中说："马克思论及历史说，有无数互相交错的力量，有无数个力的平
行四边形，而由此就产生出一个点的结果，即历史事迹。"其中，在无数
个平行四边形中政治与文化的因素至关重要，毛泽东《在延安文艺座谈
会上的讲话》起了不可低估的作用。

　　1942 年 5 月 2 日至 23 日，中共中央在党内整风的基础上召开了延安
文艺工作座谈会。毛泽东以党的最高领导人身份在会上做了题为《在延
安文艺座谈会上的讲话》的发言，1943 年 10 月 19 日整理成文后发表于
《解放日报》。《讲话》全面而系统阐述了马克思主义文艺思想和中国现代
文艺发展的问题，为中国马克思主义文艺批评的建设提供了理论内容。

　　纵观中国文学艺术史，《讲话》是第一部系统地以 "人民大众" 为文
艺立论的基础和逻辑起点，并以服务于 "人民大众" 进行文学实践的论
著。几千年来，创造物质精神财富的人民大众常常被排挤在艺术服务的对
象之外，而艺术成为少数统治阶层独享的特权产品，而《讲话》全面刷
新了历史。其次《讲话》是一种 "精神生产力"②，理论辐射程度相当深
远，随着革命的胜利中国共产党在全国范围内建立政权，《讲话》成为新
中国成立后当代文学发展的文艺政策，影响并制约了中国半个多世纪文艺
发展的方向。正如戴维·莱恩所说："延安《讲话》也被证明具有一种生
产力，一种不是提供现成的思想，而是激发读者想象的能力。"③《讲话》
还涉及文艺与生活、文艺与政治、内容与形式、普及与提高、世界观与创
作方法、文学批评标准、对文化遗产的批判继承以及文艺队伍的建设、统
一战线等诸多文艺的 "外部关系" 问题，它的出现，使左翼以来的马克

---

① 李继凯：《秦地小说与三秦文化》，湖南教育出版社 1997 年版，第 17 页。
② 畅广元、李西建：《马克思主义文艺理论》，高等教育出版社 2000 年版，第 350 页。
③ ［英］戴维·莱恩：《马克思主义的艺术理论》，艾晓明、尹鸿、康林译，湖南人民出版
　　社 1987 年版，第 97 页。

思主义文艺思想的发展进入一个新的高度，"是'二战'以来马克思主义文论中最有体系色彩且影响最大的论作之一"①。

1.《讲话》精神的传承

毛泽东《在延安文艺座谈会上的讲话》不仅激励着当时解放区的作家，而且深远地影响着一批又一批文学批评家。身处陕西腹地的文学家与批评家占据着得天独厚的人文地理环境，天然地受到《讲话》精神的直接熏染。

陕西老一辈作家是在《讲话》精神的引领下逐渐成长起来的，柳青的"米脂三年"（《讲话》发表之后第二年来到米脂）、"长安十四年"就是在《讲话》精神直接推动下走入群众生活的行动，坚实的生活实践磨炼提高了作家的思想与认识。1959 年《创业史》这部具有当代文学里程碑意义作品的面世，作家以自己的整个艺术生命阐释了《讲话》精神的意义，1958 年 11 月，柳青这样表示：

> 终生和群众在一起的决心更坚定了。我将死在农村，埋在生前和我在一起的群众的坟墓里。过去有人怀疑我住在一个村里的做法，现在许多人都走这条路子了，这是条非常结实的路子……我获得了一个新的概念：在群众中生活，创作、政治艺术学习，三者扭成一股，没有搞不好的！我认为：个人的创作只要和工农兵的事业结合起来，就做不出坏事，脱离了工农兵，就有可能坏事。②

柳青践行"结实的路子"，就是与人民群众融合的路线，就是毛泽东文艺为工农兵服务思想在自我生活的践行。

柳青取得的文学成就不仅提升了陕西文学创作的整体水平，而且充实了当代文学宝库，更重要的是其文学观念与精神气质影响了后来者，以榜样力量召唤作家继往开来，推出无愧于时代的厚重之作。"陕西是当代有影响的作家最多的一个省份。其中柳青对陕西作家的影响最为巨大，他至少影响了陈忠实、路遥这一代人的创作。"③ 路遥视柳青为其精神导师，曾七次贪婪地阅读《创业史》摄取文学滋养，小说大段引用柳青原作。路遥写作中遇到难题，会情不自禁来到皇甫村，寻找感觉、汲取精神力

---

① 钱理群：《中国现代文学三十年》，北京大学出版社 1998 年版，第 353 页。
② 转引自蒙万夫《柳青传略》，陕西人民教育出版社 1988 年版，第 15 页。
③ 李建军：《时代及其文学的敌人》，中国工人出版社 1991 年版，第 820 页。

量。可以说，路遥成为优秀作家与柳青的文学滋养和精神导引有着密不可分的关系。陈忠实坦言："在众多作家里头，柳青对我的影响应该是最重要的。"[①] 受柳青深入农村的创作道路及人格精神的影响，京籍作家叶广芩连续 8 年深入关中腹地挂职周至县委副书记，贾平凹为完成商州系列写作，曾经几次下州河走商州体会民情风俗。作家的深入实践是当年柳青创作行为的翻版，显然，其精神理念与延安《讲话》精神的人民立场、实践路线气息相通。

陕西文学创作深受《讲话》的影响，陕西文学批评理论研究也受到《讲话》不同程度的影响。文学批评的人民立场、历史意识和党性原则构成了当代陕西文学批评的精神内涵，其精神肌理与延安《讲话》精神一脉相承。

陕西第一代文学批评家[②]胡采从抗日战争以及解放战争的革命烽火中成长起来，他的文学评论理论是在马克思主义毛泽东思想的光芒照耀下逐渐形成的。胡采在延安生活不到十年，见过毛泽东三次，亲耳聆听过毛泽东《在延安文艺座谈会上的讲话》。这不仅铸就了他作为革命者辉煌的一生，也为他的文学评论道路奠定了坚实的基础。

第一次见到毛泽东是在延安举行的诗歌朗诵会上，当时柯仲平朗诵了刚创作的《边区自卫军》，天色渐渐暗了，许多人都陆续离开会场，胡采偶然抬头看到所剩无几的人影中，有一位竟然是毛泽东。当时毛泽东向柯仲平指出不仅诗要走大众化道路，让群众听得懂，而且戏剧这种艺术形式容易接近群众，更应该走向大众化。这件事在延安影响很大，柯仲平很快听从毛泽东指示创办起了"民众剧团"。胡采对此印象特别深刻。第二次见到毛泽东是 1941 年，那时，胡采参与编辑刊物《大众习作》，编辑部请毛泽东题写刊名，毛泽东欣然应允，不厌其烦地为刊物题名两次，并称赞栏目"原作与修改"办得别致实用。同时鼓励文艺工作者向大众化、通俗化方向努力，胡采由此受到很大教育。第三次是 1942 年延安杨家岭文艺座谈会见到毛泽东，胡采亲耳聆听了毛泽东高瞻远瞩的大会发言，随

---

① 陈忠实：《陈忠实文集》，广州出版社 2004 年版，第 426 页。

② 韩鲁华在《理论建构——文学批评的基石——陕西当代文学批评扫描》一文中，将陕西当代文学批评分为三个阶段，第一阶段 20 世纪五六十年代，标志性批评家胡采，批评模式是社会政治批评；第二个阶段 70 年代末期到 90 年代，以笔耕组为纽带，代表性人物王愚、李星、肖云儒、刘建军、王仲生、费秉勋等人，批评模式是历史美学批评；第三阶段进入 90 年代，几代批评家共存构建陕西文学批评，呈现本体多元态势。此文详见《陕西广播电视大学学报》2001 年第 1 期。笔者认同这种说法。

同与会者同毛泽东等合影留念，这次会议令胡采终身难以忘怀，并深远地影响着胡采后来文学批评观的形成。①

胡采留下来的七本文学评论集，基本遵循三个原则，正如他在《从作家的生活道路谈起》说到的：

> 艺术创作上，除了别的口号外，从总的方面说，是不是有这样三个口号，需要我们认真坚持：（1）坚持辩证唯物主义的生活反映论。……文艺创作必须从生活出发，一定要正确地真实地反映生活，反过来又给生活以影响。（2）坚持文学的党性原则。……无产阶级党性是当代人民性的集中表现。不能把无产阶级党性同深刻的人民性对立起来。不能把党性原则任意做狭隘的解释。（3）坚持典型化原则。……集中概括是达到典型化的主要手段。②

在长期的文艺理论实践活动中，胡采深入思考形成了以上的认识，并始终不渝地捍卫着。胡采坚持的生活反映论与党性原则与毛泽东文艺思想完全一致，典型化原则是现实主义文学创作必须遵循的基本方法。

早在60年代胡采的《思想要高，生活要深》《作家必须同人民密切结合》《从生活到艺术》《创作的深度》就贯穿着深入生活、深入实际，立足于人民群众的立场，把自己的思想感情与人民群众融为一体的生活实践观。进入新时期，胡采的许多新认识是他过去的认识和观点的发展和完善。关于文艺与政治的关系，他深刻地理解毛泽东政治标准第一的重要性，并将之贯彻到实践批评活动中。可贵的是他能够从生活本身以及作家创作的甘苦实际出发，能够将党性原则纳入艺术独特的审美性去理解把握，因此，胡采党性原则的强调丝毫没有概念组装、公式套用的生涩之嫌。他认为：

> 应当把革命的政治内容，从极其广阔的含义上来理解，从历史的广度和高度来理解，从某个战略阶段的意义上来理解。
> 革命的文艺创作，就应当沿着这样广阔的政治方面，自由驰骋，在题材，体裁，风格等方面，充分发挥作家，艺术家的创造性，遵循为人民服务，为革命服务，为社会主义服务的方针，站在历史的和时

---

①　白宝学：《带着火种，从生活走向艺术》，《延河》2004年第9期。
②　胡采：《胡采文学评论评选》，湖南人民出版社1983年版，第234页。

代的广度和高度，遵循文艺规律，来描写真正生动的有血有肉的生活内容。①

这种看法正是他过去"思想要高，生活要深"的进一步发展，在新的历史条件下得到进一步丰盈充实。

胡采的批评活动主要集中在新中国成立以后十七年以及80年代，他以社会政治批评理论为基石，建立起相对完整的文学批评理论，对于陕西作家柳青、杜鹏程、王汶石、李若冰等人的作品进行及时的点评，而且以文艺领导者的眼光将陕西文学创作置于全国并给予中肯的评价。他的文学批评与陕西当代作家的创作相映生辉，对十七年文学以及新时期文学发展，起到积极的促进作用。

陕西第二代批评者王愚、刘建军、蒙万夫、畅广元、王仲生、费秉勋等人，承继胡采批评的精神遗产。在新的历史条件下，他们锐意进取、不断拓展批评的精神空间。《论柳青的艺术观》是80年代分量厚重的柳青研究专著，研究者搜集了大量柳青的研究资料，抓准柳青"三个学校"的理论精髓，沿着柳青的生活、思想和创作发展的重要脉络探寻艺术的堂奥。该书第一章以"作家应是人民群众思想情绪和革命要求的表现者"为大标题，二级标题又细化出"文学事业是人民的事业""坚持文学的党性原则"，其理论精神基点就是群众路线。

80年代初，胡采评述贾平凹创作时说"生活底子厚了，思想有分量了，不那么轻飘飘了，就不会跟着风转"②，言指作家的创作还有待于深入生活、思想境界需要提高。1988年邢小利指出：贾平凹停留于生活流程的浮表写作，思维陷入惰性，"形成一种我姑且称之为'体验—感受'与'读者—接受'的游离现象或抵牾现象"③。另外，作家也密切关注文学批评活动，虚心听取中肯的批评意见。作家作品研讨会在陕西召开得相当频繁，营造出文学创作与文学批评间良性互动的文学文化氛围，1978年至2007年研讨会就多达四十余场，组织者有《延河》《小说评论》杂志社，西北大学和陕西师范大学等高校，也有笔耕文学研究组民间组织及省委宣传部、省文联、省作协等文化机构。陕西文学批评中及时关注文学创作的务实态度、理性求是的评论立场，有效地促进了陕西文学创作的繁

---

① 胡采：《新时期文艺论集》，陕西人民出版社1983年版，第259页。
② 李星：《评贾平凹的几篇小说近作》，《延河》1982年第5期。
③ 邢小利：《浮躁疵议》，《小说评论》1988年第1期。

荣。实质上，陕西文学批评精神的肌理渗透着《讲话》精魂。

《讲话》是在战争时期毛泽东对于中国文艺的独特贡献，其逻辑起点是"人民大众"。令人感慨痛心的是当下文坛，在商业、媒体的操纵和各种利益的驱使下，文学在"为什么写""为谁写"简单而深刻的问题上陷入困境，不少作家放弃了责任和道义，回避对现实中重大问题的揭示，沉迷于私人化的欲望写作，流于字码的堆砌把玩。其间部分坚守良知的艺术家发出的呐喊，大多淹没于商业媒体炒作的喧嚣声中，文学艺术与人民大众渐行渐远，这与70年前毛泽东的《讲话》精神相去甚远。

2. 典型论中异音的突响

典型理论是现实主义的核心问题，也是马克思主义文艺学的核心问题。1956年随着双百方针的提出和国际共运形势的发展，国内学术界出现短暂的繁荣自由局面，典型问题的讨论就在这样的背景中展开。

50年代典型论在我国主要有三种说法，一是张光年的"本质论"，二是巴人的"代表说"，三是王愚的"个性说"。张光年认为"艺术典型的概括性越广，越是反映了生活中最本质的事物，它的真实性就越强，教育意义就越大"[1]。其实质是"典型即本质"的基本观点。典型"本质论"与当年列宁的"党性原则"一脉相承，在苏联斯大林时代这种文艺思想达到进一步加强，苏共十九大的报告指出："典型不仅是最常见的事物而且是最充分地、最尖锐地表现一定社会力量的本质事物。""典型是和一定社会——历史的本质相一致的。"张光年对于典型的讨论，试图走出当年公式化、庸俗化理论创作的重围，但"典型即本质"的基本观点依然与列宁认可的社会本质、政治性联系在一起。巴人认为："处在阶级社会和阶级斗争的历史时代里，任何人的性格里总有阶级的烙印，即阶级的特性，所谓人类的共同性，正如恩格斯所说是少得很可怜的了。所以我们的文学也必须强调为阶级斗争服务。那是不可动摇的原则。"[2] 巴人的"代表说"是"一个阶级一个典型"的理论，其理论依据是马克思主义的阶级斗争理论。"代表说"把马克思对于阶级问题的表述直接运用于典型理论的解释，依然是一种机械论的反映说。实质上，"本质说"与"代表说"都停留在对问题认识的同一层面，注重人物共性的强调，而忽视了人物的个性特征。

作为陕西第二代批评家王愚的"个性说"恰恰弥补了以上两种典型

---

[1] 张光年：《艺术典型与社会本质》，《文艺报》1956年第8期。

[2] 巴人：《典型问题随感》，《文艺报》1956年第9期。

论的不足，王愚凭借 25 岁年轻人的虎虎生气以及理论批评者敏锐的潜质，不避锋芒直击张光年和巴人的观点，他认为：

> 作为一个完整的个性，只是现象本质发展的个别方面和个别因素的体现，而不能是每一类型个性特征的综合，如巴人同志在提到创造典型的方法时所说的："典型也就是各个阶级的各个成员的性格之抽象与综合。"形象的个性，完全符合于特定人物的思想、生活经历、教养、气质和才能，归根结底，依存于他们的生活环境。作者看到了某些个性，在分析的过程中，洞察他们和生活本质发展过程的联系。然后凭借艺术想象把它们按照各自不同的内容构成完整的形象。这就是典型。①

王愚提到的"个性说"在肯定人物阶级性本质的前提下，侧重人物丰富复杂的个性内涵及其性格特色："一个完整的个性，现象本质发展的个别方面和个别因素"，这种典型论受到恩格斯理论的启示，阅读王愚的文艺批评时，恩格斯的话言和文艺观点俯拾即是。恩格斯致敏·考茨基的信中说"每个人都是典型，但同时又是一定的单个人，正如老黑格尔所说的，是一个'这个'"，恩格斯批判地继承黑格尔的观点，强调典型的创造应是对人物的鲜明、独特个性的描写，反对理念化阐释人物形象，反对把阿尔诺德这个人物的个性消融于原则中。恩格斯是一名具有深厚艺术修养的学者，他在处理艺术的倾向性和个性化问题时，发现艺术创造的错综复杂性，凭借对于艺术本身模糊的感觉，对黑格尔的"这个"进行合理吸收，而"这个"的使用使恩格斯的典型论与"党性""本质论""阶级论"说法泾渭分明。显然，"个性说"与 50 年代苏联、中国以及东方阵营的主流意识形态的调子是格格不入的，这正是恩格斯典型论长期以来受到冷落的真实原因。

1956 年，当"个性说"异军突起于"本质论""代表说"中，显得另类别样。实质上，王愚与大多数文学批评者一样，坚定地实践着毛泽东文艺为人民大众服务的路线，这与当年的《讲话》精神丝毫不偏离。从理论出发点来看，王愚"个性说"的出轨或越位依然是在《讲话》限定的功能结构的整体框架中进行的摸索与建构。他与主流话语的分歧点在于对于具体文艺理论问题的理解阐释的不同，当时的王愚还是一名初出茅庐

---

① 王愚：《文艺形象的个性化》，《文艺报》1956 年第 10 期。

的年轻批评者，他本着实事求是、独立思考的学术态度，一不囿于规范，不人云亦云，二不盲目追赶时尚，而是凭着对真理和文学赤诚的信念，对马克思主义文艺思想进行较为系统的考量，眼光独特，着意从恩格斯的文艺思想中借鉴生发出"个性说"。英国哲学家约翰·密尔说过这样的话：

> 凡是听凭世界或者他自己所属的一部分世界代替自己选定生活方案的人，除需要一个人猿般的模仿力外便不需要任何其他能力。可是要由自己选定生活方案的人就要使用他的一切能力了，他必须用观察力去看，使用推动力和判断力去预测，使用活动力去搜集作决定之用的各项材料，然后使用思辨力去做出决定，而在做出决定之后还必须使用毅力和自制力去坚持自己考虑周详的决定。①

王愚自己也说："我走上文学评论这条道路，完全是为了表达自己的见解，至于这些见解是不是合乎一定的规范，合乎一般的看法，没有多考虑。"人是思想的动物，思想是对自身价值的肯定，独立思考是文艺理论批评家具备的基本学术品格，王愚就是这样的批评者，这种学术品格使得他在50年代典型论的论争中爆发出迥异的声音。

当时李幼苏的观点与王愚"个性说"不谋而合。李幼苏认为典型是普遍性与特殊性的有机融合，普遍性通过特殊性来表现，而普遍性不可能脱离活生生的人物的特殊命运而单独存在。尽管由于主流意识形态的立场与方向，王愚和李幼苏发出的声音在当时显得单薄微弱，没有引起学术界足够的注意。但是，这种突响的声音打破了典型论中片面强调共性的局面，丰富了典型论的内涵。虽说这种突破是在《讲话》功能结构的整体框架中寻找着理论的生发、突破点，未越雷池一步，但今天看似常识性的、无须争论的文学理论概念，在当时却付出了一代人沉重的代价。可见，理论突破的艰涩不易，让人感到那份沉甸甸的历史分量，人们也因此对王倍愚（王愚又名王倍愚）这批文学的守愚者心生崇敬之情。不管怎么说，终归异音突响，哪怕是那么短促，也曾经存在。就文艺建设本身来看，个性说靠近艺术的本质内核，对于文艺建设长远的发展奠定了基础。的确，马克思主义文艺思想不可能涵盖所有具体的文艺问题，"个性说"的探索对于马克思主义文艺思想是一种拓展与延伸。

陕西文学批评正是有像王愚这一批捍卫批评尊严的文艺批评者的坚

---

① ［英］约翰·密尔：《论自由》，程崇华译，商务印书馆1959年版，第62页。

守，新时期文学批评在较短的时间内很快恢复，《延河》文学月刊的复刊、全国第一个小说批评专业杂志《小说评论》的创刊，无不凝聚着王愚这一代人的心血。平反复出后的王愚以"一腔按捺不住的热情"，为新时期文学"鸣锣开道"，50 年代"个性说"典型论得到完善并贯穿于实践批评：

> 人物形象的典型意义，绝不是把阶级的、职业的特征抽象出来集中在一起所能取得的。那样做首先就不是艺术形象，而是概念的图式。作为一个艺术形象，必须是有血有肉的、活生生的、现实的人。①

他还说："人物形象的丰富和充实，还不仅表现在性格的多种多样上，也表现性格本身的丰满和复杂上。黑格尔曾说过，个性像一个焦点那样，反映出'球面'（整个外在世界）的丰富内容。"② 同是揭示封建礼教浊流，《红楼梦》中性格特点完全不同，王愚认为贾宝玉以翩翩少年的憨态蔑视仕途经济等一大套封建羁绊，而林黛玉却以清白女儿的孤高傲视市井泥腿等一大群封建庸人。他总是能从现实主义文学发展的整体方向，剖析新时期长篇小说中人物性格的时代特色。

在陕西当代文学批评中，王愚是过渡性的人物，对于陕西文学批评起着承上启下的重要作用。第一代批评家胡采以社会政治批评见长，第二代批评家在社会政治批评的基础上，力求以历史美学的角度探索文学艺术。其实，王愚在五六十年代就试图从历史美学的角度切入探索文艺规律，结果落得挨批判的下场。批评家个人心绪陷入无尽的迷乱与矛盾之中，个人才智被禁锢于社会政治规范内。进入 80 年代，王愚研读大量马克思主义经典著作以及新兴的文学批判理论，以弥补历史所造成的不可避免的某种理论上的缺憾。但多年来形成的思维习惯束缚了王愚的理论建构，他的文学批评露出新旧掺杂的痕迹。然而我们应该看到这代人在学术道路上留下的一串串艰难的脚印，肯定他们在惊涛骇浪的政治运动中以及文艺理论建设中执着坚守的精神，他们的努力与贡献为新时期文学的繁荣起了搭桥铺路的作用。

---

① 王愚：《长篇小说中的现实主义——评近年来长篇小说创作的发展趋向》，载《王愚文学评论选》，湖南人民出版社 1985 年版，第 140 页。

② 同上书，第 143 页。

第四节　各领风骚的文学期刊

陕西文学期刊数量众多，刊物以各自不同的特色和风格丰富着陕西文学。《延河》文学月刊以作家的摇篮闻名于世，《小说评论》作为中国唯一的专事小说研究的理论刊物翘楚于全国，《人文杂志》以彪炳人文精神、传承中华文明的高远追求享誉于海内外，《陕西师范大学》《西北大学学报》以学术追求的严谨性、精神导向的正确性脱颖于同类期刊，《美文》以散文写作的平民意识和创新精神走向普通读者。此外，各类报纸和文艺副刊以及高校学生自办的文学刊物为营造陕西浓郁的文化文学氛围起到了积极的作用。

一　《延河》文学月刊

《延河》文学月刊是全国起步较早的纯文学杂志，1956 年 4 月创刊，1966 年 8 月被迫停刊。1973 年 7 月复刊，易名为《陕西文艺》（双月刊）。1977 年 1 月复刊，恢复《延河》刊名。《延河》文学月刊历经共和国 50 多年风雨的沧桑变化，在中国当代文学发展史上起到了中流砥柱的作用，为陕西以及中国文艺的发展做出了独特的贡献。

《延河》文学月刊级别不高，算不上核心够不上权威。然而，《延河》取得的成果斐然：1956 年 6 期《延河》刊登贺敬之的《回延安》，1957 年 3、4 期刊登吴强的《红日》（选载），1957 年 8 期刊登杜鹏程的《在和平的日子里》，1958 年 2、3、4、6、11 期刊登韩起祥的《翻身记》和王宗元的《惠嫂》，1958 年 3 期刊登茹志鹃遭遇数家刊物退稿的处女作《百合花》，1959 年至 1961 年共 13 期连载柳青的《创业史》（一、二部），1962 年 1 期刊登《江姐》（《红岩》选载），1963 年 7 期刊登魏钢焰的《党的好女儿赵梦桃》等文学作品，另外《延河》还刊登胡采等人的文学评论文章，这些作品在全国引起强烈反响，深深地为广大的读者所喜爱，成为中国当代文学史上重要的篇章。因此，《延河》享有"小《人民文学》"的美称。复刊后的《延河》文学月刊继往开来推出不少优秀之作。

《延河》在当代文学史上取得如此骄人的成果，来自编辑对文学执着的信念和不媚俗的办刊方针。《延河》文学月刊虽然在不得已的情况下停刊数年，陕西文学事业并未中断。1973 年 7 月，《陕西文艺》继《延河》

停刊后不久创刊，编辑部不少工作人员基本上是《延河》杂志的原班人马，《陕西文艺》坚持办刊至 1976 年 11 月，出版发行刊物 21 期。当时极左政治思潮弥漫文坛，但编辑在一定程度上抵制"假大空"的来稿，他们从文学内在诉求出发，为陕西未来文艺及时发现并精心培育新人，后来在全国有影响的作家路遥、贾平凹、陈忠实当时就在《陕西文艺》上发表文学作品，路遥在《陕西文艺》相继发表 5 篇作品：1973 年 7 月创刊号发表散文《优胜红旗》，次年 9 月总第 8 期发表散文《银花灿灿》，接着 1975 年再发表两篇，第 1 期发表散文《灯光闪闪》、第 5 期散文《不动结的土地》，1976 年第 2 期又发表小说《父子俩》。陈忠实先后发表 4 篇作品，1973 年 7 月创刊号发表散文《水库情深》、接着 11 月第 3 期发表小说《接班以后》，1974 年 9 月第 8 期发表小说《高家兄弟》，1975 年第 4 期总第 13 期发表小说《公社书记》。贾平凹在 1976 年第 2 期总第 17 期发表小说《拽断绳》，当时作品的发表给尚无盛名的作者以极大的信心和鼓舞。今天，人们歆羡作家的盛名时，仰望陕西文学这棵参天大树，不应忘记《延河》杂志及其一批批默默奉献的编辑工作者，正是他们的执着坚守，使陕西文学顺利地渡过了文学"断奶期"。

进入 21 世纪，《延河》杂志与全国纯文学杂志暗淡的命运一样，销售量由 20 世纪 80 年代的十多万册狂降为千余册。2010 年 7 月，新版《延河》文学杂志面对市场挑战锐意改革，第 4 期以 200 个页码的超大容量，围绕"文化的文学""人文的文学"的理念，把文学放在文化、人文的维度上衡量，重估文学的内在特性，通过"第一视界""新诗经""小说榜""延河讲坛""我的精神地理""零度写作"等栏目，参与当代华语文学的转型重建，以期打开文学在当代中国的新局面。

《延河》1956 年 4 月杂志创刊号《陕西文艺》创刊号《小说评论》1985 年创刊号

二 《小说评论》

《小说评论》全国唯一的专业性小说研究评论的杂志，由陕西省作家协会和中国小说学会主办，杂志为双月刊。胡采、王愚曾任杂志主编，2006 年李国平继任主编职务。

1985 年 1 月 20 日，《小说评论》在西安创刊，当时专业评论杂志有两个《文学评论》（1978 年 2 月 15 日复刊）和《文艺评论》（1984 年 9 月黑龙江文联主办，其前身为《文艺评论报》）。《文学评论》将文学创作各个门类的诗、小说、散文、报告文学等均作为其评论对象，《文艺评论》研究范围更为广泛。在陕西作协与中国小说学会的主办下，《小说评论》着重小说的专业评论。胡采在创刊号《代发刊词》明确指出："小说评论的对象，就是小说。"①

80 年代的文坛充满活力，对杂志经营者来说挑战与机遇并存。如何能在强手如林的众多刊物中站稳脚跟、脱颖而出，让刊物拥有自己的特色和风格，赢得文化尊重和象征资本，是每个刊物深思的焦点。首先，"立足西北、面向全国"是其明确的定位。1985 年第 6 期《编后的话》明确提出："本刊位于西北的门口，这个地区的小说创作，将成为我们关注的对象之一。"② 关注区域性小说创作是《小说评论》办刊的基本设想，杂志第 6 期开辟专栏"西北小说研讨"有意识地扶植西北文学；1990 年第 1 期《编者的话》说："立足西北、面向全国，是本刊在林林总总的理论刊物中葆有自身特点的一个重要方面。"③ 这与草创期相比，办刊宗旨发生变化，突出"西北"区位优势、增加了"面向全国"的思路。将陕西以及西北文学的创作与发展置于中国文学发展的格局中去考量，克服了杂志可能走向地方一隅的褊狭性，显示出编辑高远的办刊走向。历史证明，正是这样的眼光，2008 年《小说评论》由原来的省级刊物跻身于全国核心中文期刊。实质上，这种"面向全国"的刊物走向早就匿身于 1985 年"西北"的提法中，"西北"是"关注的对象之一"，质言之不仅仅限于"西北"。从创刊号的文章看，当然研究重头在西北小说及其文学现象，那些非西北的《燕赵悲歌》《新星》《祖母绿》等小说研究也是涉及的对象。就 1991 年刊出的文章数据来看，第 1 期共登 21 篇文章，陕西评论 3

---

① 胡采：《让评论和创作同步前进——代发刊词》，《小说评论》1985 年第 1 期。
② 《编后的话》，《小说评论》1985 年第 6 期。
③ 《编者的话》，《小说评论》1990 年第 1 期。

篇占 14.3%；第 2 期登 20 篇文章，陕西评论 3 篇占 15%。就这点，《小说评论》与《延河》文学月刊的宗旨大异其趣，《延河》立足于陕西有时会不惜版面登载陕西作家作品，设置"陕西青年作家小说专号"，《小说评论》眼光是开放且外倾的，立足西北、放眼中国。

其次，多年来《小说评论》精思求变，力求办出自身的特色与品格。一、追求小说理论的学术性和纯粹性，二、追求精品意识和开放品格。从栏目建设来看，1985 年创刊号围绕小说研究设置栏目："小说形势分析""小说作品研究""小说家谈小说""小说理论研究""小说艺术谈""域外小说创作研究""小说与姊妹艺术""杂谈创作与批评"等栏目。在多年的办刊历程中，杂志根据研究对象及社会发展的需要灵活增删栏目。1993 年之前，杂志保持着文学期刊的纯粹性。1993 年 1 月伊始，商业市场气息席卷而来，本年第 1 期总第 48 期增设"改革风采"栏目，封面 4 版面设计浓郁的保健广告商业宣传取代了充满艺术旨趣的中国国画。1993 年"下海"现象深入各行各业，不少文学期刊改名换姓，走向综合性步入市场。《小评评论》适时微调，尽管商业文化染指刊物，但编辑依然坚守着小说理论期刊的学术纯粹性，栏目依旧围绕着"小说研究"展开，设置"小说形势分析""作家作品研究""小说艺术谈""作家与作者""港台小说研究"等栏目。1993 年第 2 期总第 49 期《编者的话》说："尽自己的力量，首先把刊物办得精致一点，水平高一点，活泼一点"，① 编辑感到市场经济下办刊的重压，困境中的选择是刊物走向精品。1993 年 3 月西安召开的《白鹿原》研讨会和 7 月北京研讨会的高水平举办，《小说评论》抓住文坛上难得的机遇，本年第 4 期总第 52 期呼吁高明的"大腕"批评现身，希望小说批评进入新境界，为中国小说的发展留下轨迹："在兼顾小说创作和小说理论信息的广泛和丰富的同时，突出小说世界的重点和热点，苟有需要，则不惜版面和篇幅，推波助澜，以期达到由广泛到深入的探讨，力图在本刊对中国小说由现在到未来的发展，留下一条清晰的轨迹。"② 1994 年为了提高期刊质量，该刊网罗全国各地的知名学者，曾设置雷达、白烨、石月批评者专栏。这些专栏批评的人员处于流动调整中，1994 年增设李知、孙绍振专栏，1995 年增设孟繁华、张德祥、谢有顺专栏，1996 年增设鲁枢元专栏，1997 年增设黄毓璜专栏，1998 年增设邵建专栏、2000 年增设洪治纲专栏、2002 年增设李建军专栏、2003

---

① 《编者的话》，《小说评论》1983 年第 2 期。
② 《编者的话》，《小说评论》1993 年第 4 期。

年增设王彬彬专栏、2004 年增设贺绍俊专栏，2007 年增设金理、仵埂专栏，国内知名学者的加盟撰稿，不仅提高了杂志的整体学术水平，也扩大了刊物的社会受众面。

李国平继任主编职位后，加大刊物的建设力度。2008 年刊物荣升为全国中文核心期刊、中国人文社会科学核心期刊，版面容量也得到剧增，由 2007 年的 96 个页码扩展到 160 个页码，杂志容量的剧增为小说理论研究的驰骋提供了辽阔的批评舞台。

《小说批评》扛起了文学与创作发展的重任，成为西部文学研究的阵地，为西部文学在全国的崛起起到了不可磨灭的作用，也为中国文学的发展与繁荣做出了贡献。

《小说评论》创刊号。

三　其他杂志

1. 学生自主编办的杂志

陕西高校林立，文化气氛浓郁，不少学校学生自主编办杂志，这不仅活跃了校园的文化生活，而且为陕西文学的后续发展培育了大量人才。

学生杂志列举如下：

陕西师范大学长风文学社主办《长风》杂志、陕西师范大学若水文学社主办《若水文苑》杂志、西北大学主办《木香》杂志、西安电子科技大学秋狄文学社主办《野草》杂志、长安大学主办《憩园》杂志、西安财经学院蓝风铃文学社主办《风铃文学报》、西安工业大学朝阳文学社主办《木铎》杂志、西安工程大学的《子衿》杂志、咸阳职业技术学院新叶文学社主办《新叶》《西北文学》杂志等。

这里，需要赘述的是咸阳职业技术学院。咸阳职业技术学院在大西安文化圈中是一所不被人所关注的学校，但这所普普通通的职业学院培养了一大批文学新人，这得益于学校多年以来办理的文学杂志。咸阳职业技术学院由乾县师范学院、彬县师范学院、陕西仪祉农业学校、咸阳体育运动学校、咸阳市卫生学校、咸阳技校六所学校组建而成。2005 年，院团委主管，将原乾县师范学校的油印本校园刊物《新叶》、原仪祉农校《沃土》、原彬县师范《泾水》统一整合，先后不定期出版了《新叶》小报六期。2008 年改版为刊物，出刊一期，52 页码。2009 年从第 8 期开始，刊物固定为每年 6 期。2015 年 2 月，随着刊物在校内学员间及社会坊间影响力的扩散辐射，2015 年第 2 期更名为《西北文学》。

《西北文学》本着立足西北，走出潼关，面向全国的办刊方针，刊物

《新叶》《西北文学》

发表大量学员的作品，每期还推出全国一线作家的作品，如《人民日报》副主编、作家梁衡近年来的主要作品，均首发于《西北文学》。刊物举办的第一届"西北文学奖"，在全国产生影响，它成为咸阳职院乃至咸阳地区的一张亮丽名片。目前，已出刊79期。

在《新叶》《西北文学》浓郁的校园文学氛围的熏陶之下，咸阳职业技术学院走出了在全国享有美誉的作家，像邹志安（1968年毕业于乾县师范，作品连获第7、8届全国优秀短篇小说奖）、程海（1968年毕业于乾县师范，"陕军东征"主将之一）、张兴海（1966年毕业于仪祉农校。获第二届柳青文学奖、陕西作协第五届文学奖等）、赵丰（1979年毕业于乾县师范。获第五届冰心散文奖、第三届柳青文学奖、第二届孙犁文学奖）、高鸿（小说《农民父亲》获第二届柳青文学奖），以及范墩子、张宜、车夫、鱼国超、曹建平、吕昉、潘飞玉、王蓉、王欣、汤文华等一批批文学新人。

2. 社会各界的文学杂志

《秦岭》文学季刊2008年春创刊，由柳青文学研究会和白鹿书院主办，该刊是柳青文学研究的阵地，同时也大量刊发小说、散文、诗歌及评论等文学创作。

《美文》杂志1992年创刊，主编贾平凹提出了"大散文"理念，倡导散文写作的平民意识和创新精神。1999年《美文》设置"行动散文"

专栏，呼吁散文写作"走出书斋，走出自我，关注社会进程，写出生存实感"，这对 90 年代沉迷于风花雪月的私人化书写来说，是散文理念的反拨和纠正。"大散文"概念引发社会的广泛关注，好评连连。《美文》优秀的散文作品被选入中学语文教材。"海外华人写作栏目"拓宽了覆盖区域、开拓了读者的视野，2007 年杂志发行量突破十万册，赢得了文化界和读者的认可。

《陕西文学界》由陕西省作家协会主办的杂志，栏目设置丰富：大家、陕西作家研究、陕西文坛动态、作家自由谈等。《陕西文学界》是及时了解陕西文学最新动态的窗口。

《秦都》《渭水》杂志是由咸阳地方创办的文学杂志，《秦都》主发诗歌与散文类作品，《渭水》主发小说类作品，《秦都》《渭水》传承古都咸阳的文化精神，与《民间》（民俗类）、《秦苑》（书画类）构成四方阵立体呈现当代陕西咸阳文化艺术的风貌；《荆山》是在西安阎良区编办的文学杂志，2011 年主编冉学东怀着"文学依然神圣"的梦想，将文学的魂魄安放于关山民间；《米》是 2011 年陕西米脂县政协主办的文学季刊，是陕北边城盛开的文学之花。

第三章　陕西文学批评的精神内涵

第一节　时代奏鸣曲

新时期30年陕西文学批评同全国的文学批评一样，表现出鲜明的主题意识倾向，文学批评不仅仅是艺术的批评，同时也是社会的批评、思想的批评，后者应该说在批评中占有更重要的位置。"人民""时代""社会责任"是新时期批评术语中重复再现的关键词，这在20世纪80年代批评中尤为突出，90年代后期以及21世纪批评显示出多元倾向，但80年代高扬时代责任感、使命意识的余音依然回响荡漾着。

一　三代批评者与民族命运的共振现象

文学批评是社会主义文学的一个组成部分，也是社会主义事业的一个组成部分。在社会主义革命和建设的历史时期，"马克思主义文学批评的任务，就是要支持和保证社会主义的文学沿着为人民服务、为社会主义服务的方向健康发展，以促进我们社会主义事业的繁荣"①。从历史发展的前景来看，社会主义革命和建设是中国人民一项伟大的历史事业，它构成了当代中国人生活的主旋律，是近一百多年来中华民族经过血与火的洗礼所选择的一条通向民族新生获得自由的必由之路。在社会主义革命和建设的伟大事业之中，当代中国人将思想和感情倾注其中，并且凝结着当代中国人的人生追求和生活价值，这一切同时也构成了当代文学最重要的表现主题。文学批评作为对历史、对时代、对文学的理性反应，不能不同当代整个民族的命运同呼吸，不能不把自己的生命注入这一民族伟业的血脉。

周扬作为当代文学批评的开拓者在新中国成立初期曾说过："文艺事业不是个人的事业，而是集体的事业。文艺事业……是国家的人民事业的

---

① 刘叔成：《文学概论四十讲》，中央广播电视大学出版社1983年版，第421页。

一个重要部分。"① 而开展正确的文学批评，则是促进这个事业发展的一种重要形式。文学批评家胡风也曾说：

> 理论——批评是创作实践过程或实践内容底反映，这反映既是依据着历史底要求和文艺发展底道路，那也就同时是对于创作实践的领导了。历史底发展推动了文艺底发展，由于文艺底发展，也为了文艺底发展，理论批评也应该得到发展的。②

要求文学批评同历史、同民族一起前进，并在发展过程中发展自己，使批评成为一项真正有助于促进社会进步，促进民族复兴的事业，几乎是当代文学批评家乃至陕西批评者共同的愿望。

翻开新时期陕西批评者或散见于报纸杂志或专著中的文章，尤其是80年代以及90年代初期的文论，"人民""民族""时代"是高频率出现的关键词，他们普遍地将理性与感情的兴奋点集中在对民族命运与人民生活的关注上。文学批评一个鲜明的主题特征就是，为文学创作中出现的新生活、新气象、新风貌拍手称好，为社会主义建设鸣锣开道。

（一）人民意识

代表陕西文学批评的第一代批评家胡采，早在20世纪60年代就写出一系列论文如《思想要高　生活要深》《作家必须同人民密切结合》《从生活到艺术》《创作的深度》，《思想要高　生活要深》结合柳青长篇小说《创业史》创作经验，将创作与生活的关系比作庄稼和土壤，认为"作家在人民群众中，在生活的土壤中，根扎得越深，他对生活的理解越深，他才可能反映得越深，描写得越深"③。在长文《作家必须同人民密切结合》中强调文学创作与人民、生活的密切关系：

> 作家必须同人民密切结合，这是革命作家、无产阶级作家、马克思列宁主义作家的一个根本性的问题。只有同人民群众密切结合，才能熟悉人民，了解人民，才能成为人民群众的忠实的代言人，他所写出来的作品，才能反映人民的真实的心声，才能代表人民真正的意志，才能表达出人民的殷切的意愿和希望。能否同人民群众结合，同

---

① 周扬：《坚决贯彻毛泽东文艺路线》，人民文学出版社1952年版。
② 胡风：《企望一个理论批评工作底成年》，载《胡风评论集》中卷，人民文学出版社1984年版，第311页。
③ 胡采：《从生活到艺术》，陕西人民出版社1979年版，第14页。

工农兵相结合，能否工农化，是无产阶级作家，是马克思主义列宁主义作家和资产阶级作家的最根本的区别之一。①

胡采坚持生活实践、坚持群众路线的文艺思想在新时期并没有实质性的变化，《从作家的生活创作道路谈起》是新的历史条件下《从生活到艺术》中文艺思想的发展，文中坚持文学的党性原则，认为"无产阶级党性是当代人民性的集中表现。不能把无产阶级党性同深刻的人民性对立起来。不能把党性原则作任意狭隘的解释"②。显然，胡采一以贯之的文艺思想是人民性，他深知文学艺术中人民性的重要性，是社会主义文学的基本精神。列宁曾说：

艺术是属于人民的。它必须在广大劳动群众的底层有其深厚的根基，它必须为这些群众所了解和爱好。它必须结合这些群众的感情、思想和意志，并提高它们。它必须在群众中唤起艺术家，并使他们得到发展。③

应该说，无论是作家柳青还是评论者胡采，都深谙艺术创作的这条规律，他们在建设社会主义事业的伟大历程中，心悦诚服地坚持人民性，并将之贯彻到文学实践活动中。胡采在《论柳青的艺术观》一书的序中敏锐指出柳青与人民群众同呼吸共命运、血肉相连的关系：

他不是以一个文艺工作者的面貌，以一个作家的身份，出现在人们面前，而是以一个普通基层工作者的身份，以农村中群众一员的身份，置身于广大农民群众之中，他和群众同生活，共命运，同甘苦，共呼吸。④

的确，生活中的柳青是一位普通的群众，思想感情与普通群众息息相

①　胡采：《从生活到艺术》，陕西人民出版社1979年版，第19页。
②　胡采：《从作家的生活到创作道路谈起》，载《胡采文学评论选》，湖南人民出版社1983年版，第234页。
③　蔡特金：《回忆列宁》，《列宁论文学与文艺》第2卷，人民文学出版社1960年版，第912页。
④　胡采：《序》，载刘建军、蒙万夫、张长仓《论柳青的艺术观》，上海文艺出版社1981年版，第5页。

通，当他以作家身份置身于文学创作，就将日常生活中普通群众对社会主义事业热爱的情感灌注于笔端，书写出富有时代里程碑意义的《创业史》。

柳青笔下，哪怕少女徐改霞的爱情也与那个伟大而壮丽的社会主义建设事业紧密联系在一起，徐改霞热爱梁生宝除了痴迷梁生宝俊美健朗的形象外，更看重梁生宝一心扑在公家事上、筹划农村合作社的热心精神。作为一名艺术造诣极高的作家，柳青善于捕捉人类生命情趣中不时闪烁着的熠熠光芒，抓住青春期男女萌发的生命冲动，恰如其分地将这种情绪冲动与社会主义农村合作社建设道路天衣无缝地对接起来，使徐改霞的爱情散发出时代特有的崇高、雅正之美。如果将之与 21 世纪卫慧《上海宝贝》灵魂生锈、肉体狂欢的欲望写作相比，《创业史》其生命活力就在于"小我"的情绪与人民群众、时代"大我"的气脉贯通。作家以海纳百川的恢宏气魄，同社会主义事业建设中的普通群众同呼吸共命运，与民族时代脉搏同振共鸣。当然，作为时代变迁中的批评家，在思想深处也认识到人民、时代的伟大意义，因而能够灵敏体会到作品中人民性的特色，由于文学理论以及批评所特具的理论思辨色彩，人民性在批评家的精神内涵上更为深刻突出。

胡采作为陕西当代文学批评的第一代批评者，以毛泽东《在延安文艺座谈会上的讲话》为指导，以马克思主义的历史美学理论为基石，建立了相对完整的文学批评理论，通观其批评世界的精神内涵大体包蕴三个方面内容：第一，与民族命运共呼吸；第二，注重时代精神的挖掘；第三，注重无产阶级文学的党性原则。胡采留下的这份宝贵的精神遗产深远地影响着陕西文学，也有机地构成了当代文学批评的一部分。

陕西第二代批评者王愚、刘建军、蒙万夫、畅广元、王仲生、费秉勋等人在文学批评的精神内涵上承继着胡采的批评精神遗产，在新的历史条件下，他们不断构筑拓展着批评的精神空间。《论柳青的艺术观》是 20 世纪 80 年代分量厚重的研究柳青的专著，研究者搜集大量柳青的研究资料，抓准柳青"三个学校"的理论精髓，沿着柳青的生活、思想和创作发展的重要脉络探寻艺术的堂奥。该书第一章以"作家应是人民群众思想情绪和革命要求的表现者"为大标题，二级标题又细化出"文学事业是人民的事业""坚持文学的党性原则"，显然，其理论精神基点是群众路线。该书在论证柳青与人民群众结合的实践创作观，肯定柳青个人经验对整个文学创作宝贵的启示意义。

值得肯定的是批评者在展开论述时力避空洞说教，具体结合柳青米脂三年不顾疾病与生活的困难，下决心与群众打成一片的生活实践，引证柳青的会议发言或未曾发表的创作经验谈等弥足珍贵的资料，阐述知识分子思想感情改造的重要性。柳青说：

> 我清楚地感觉到问题只在一点：我和工农群众有没有感情？这种感情产生于正确的阶级观点。这种观点使一个人首先发生强烈的革命的要求，而不是个人的创作要求。这就是说：首先要看群众以为痛苦的，我是不是以为痛苦，群众觉得愉快的，我是不是觉得愉快。①

一般而言，知识分子通过书本学习接受马克思主义、毛泽东思想是可以做到的，但是真正从实际生活以及思想感情上与群众打成一片却并不是那么容易的，由于知识分子在思想意识深处总与工农群众存在多多少少的隔膜。但是柳青在正确的世界观指导之下，在陕北米脂一蹲三年，黄埔村一干十四年，真正做到忧群众之忧、乐群众之乐。就是1972年柳青被剥夺写作权利在生命中最艰难的时刻，柳青心魂与陕北人民血脉相通，念念不忘人民生活疾苦，写出《建议改变陕北的土地经营方针》。柳青在建议书的最后写道：

> 这次我在受审查期间，因病重不能劳动，在呻吟床第之余，又想起这件事情。陕北老家来此探亲的家属和亲友，谈起那些连年干旱所造成的集体经济困难和人民生活艰苦状况，我听了于心不安，促使我重新认真考虑这个建议。我自信为了人民，绝无私念，更无其他意图，因为我没有完成写作计划以外的任何目的。②

这段质朴而又深情的话源自接受审查而身患重病的柳青，柳青这段掏心窝子的话来自牵挂陕北人民生活的赤子之情，他的这份与群众同呼吸、与时代共命运的精神境界得到柳青研究者的理解同时也深深震撼着研究者，刘建军等人以无法遏制的激情礼赞柳青："人们今天阅读这份建议，不是会被洋溢在字里行间的这位作家关心国家经济建设、关心人民群众疾苦的赤诚的感情，和为了人民的利益，不顾个人安危，敢于反对错误潮流

---

① 柳青：《毛泽东思想教导着我》，载山东大学中文系编《中国当代文学研究资料·柳青专集》，1979年版，第16页。

② 柳青：《建议改变陕北的土地经营方针》，载《柳青文集》下卷，陕西人民出版社1991年版，第733页。

的无畏精神所深深激动吗?"① 其实，在秦地这片厚土上，批评者与作家有着类似的精神追求，无论是第一代胡采，还是第二代批评者刘建军、费秉勋、王仲生等人，他们对作家的生活与创作比较熟稔，在相互理解的基础上形成相对和谐、融洽的关系，胡采、刘建军、蒙万夫之于柳青，费秉勋、韩鲁华之于贾平凹，王仲生之于陈忠实，肖云儒、李继凯、李星之于路遥，莫不如此。生活于陕西土地上的人们秉承皇天后土的厚实，心地也善良、厚道，批评者理解尊重作家、愿做作家的挚友，能够体味作家创作中的甘苦得失；在理论批评上，批评者不摆架子，不生硬地拿理论套作家创作，不纯粹为理论而理论，而是保持与文学实际密切联系的作风，不仅把像柳青这类优秀作家成功的创作经验及时地总结出来，并提升到理论研究层面来拓宽理论，而且能够自觉地汲取其中丰富的思想艺术营养，尤其把高远的人格境界整合到批评者的人格气韵中。

在陕西文学创作与批评中，批评家与作家如一对孪生姐妹，保持着良好的相互学习、相互影响的互动关系，批评家既关注引导文学创作，又不时虚心向优秀作家学习；同时作家也关注批评家的意见，并虚心地听取批评家中肯的意见。阅读陕西批评者的文章，笔者没有感到一丝象牙之塔里流行的贵族玄虚之弊。实质上，陕西批评者密切联系实际创作、关注时代脉搏务实的学风，洞察文学实事求是的评论立场，这由批评者拥有的类似于作家的人民意识所决定，正是人民意识使得陕西批评保持文学的自重和批评的自尊②。

（二）历史意识

人民意识是新时期陕西批评精神内涵的一个方面，而历史意识是陕西批评精神内涵的另一个方面。历史意识是对历史进行反省和对现实生活作历史性思考的一种社会情绪和意识。也就是说，鉴于现实与历史间发生的某种联系，当把现实生活视为一个动态流变的完整过程中的某一节链条时，这样一种情绪意识就是历史意识。

黑格尔这样说：

> 历史的事物只有在属于我们自己的民族时，或是只有在我们可以把现在看作过去事件的结果，而所表现的人物或事迹在这些过去事件

---

① 刘建军、蒙万夫、张长仓：《论柳青的艺术观》，上海文艺出版社1981年版，第20页。

② 以上部分内容见李春燕、冯海虹《〈讲话〉对当代陕西文学的影响》，载《延安大学学报》2013年第3期。

的连锁中，形成主要的一环时，只有在这种情况之下，历史的事物才是属于我们的……我们自己民族的过去事物必须和我们现代的情况、生活和存在密切相关，它们才算是属于我们的。①

所谓"过去的事物"与"现代生活"的密切联系，是历史意识与现实生活交汇的结晶，是"一种既真实而对现代文化来说又是意义还未过去的内容（意蕴）"②，领悟并捕捉历史的"意蕴"，而又不拘泥于历史，应该是观照现实生活的基本精神。历史对社会现实具有的这种开新启示作用，历史意识构成了文学批评的精神内涵之一。

历史意识不是静止的、稳固的，而是呈现出开放的、流动不居的特点，随着时代进程呈现出不同的内容。它在文学创作以及文学批评中渐趋自觉并得到强化。由于现实与历史间存在某些相似性结构，首先"意识到历史内容"，作为意识到的历史内容在现实中存在着。

大体来说，新时期陕西批评精神内涵中的历史意识有三个层面内容：一是强调历史的总体性发展观，坚持社会发展规律支配着历史进程并容许作出社会未来的预测。在围绕《创业史》《保卫延安》《在和平的日子里》等作品评价时，肯定作家对于生活与未来发展趋势作出的合乎历史整体发展规律的揭示与预见，历史意识表现为一种理想的社会意识、社会情绪和心理状态；二是力求超越当代社会的现实进程活动，把思索的视野拓展深入民族历史过程和文化渊源中，探索当代人的精神流变历程；三是受到新历史主义与解构主义影响，关注被主流意识形态有意无意忽视的民间逸闻趣事，对遗落民间的文化碎片展开对话，解蔽被统治阶级主流意识形态遮蔽与压抑的历史，实现对历史与社会全新的发现与认识。

这三个层面具有内在的延续性，后者往往是前者的嬗变与深化，当然，它们并非截然分离、互不相干，有时会错杂浑成一体，但彼此又有区别。第一个层面批评者大多驻足于对现实的社会与政治的表层现象，乐于展望未来美好的前景，将当代人的思想、情绪、行为纳入合乎历史规律的理想模式中，情感带有真诚的乐观主义与清浅的浪漫主义倾向；随着技术时代的到来，"理想主义的激情已失却其鼓舞人心的魅力"，批评者在历史与现实的对接点上，进入第二个层面即历史文化层面，力求对民族文化内容、民族心理和性格进行历史与现实双向度的深度反思，从而升华透视

---

① 黑格尔：《美学》第1卷，商务印书馆1979年版，第346页。
② 同上书，第343页。

当代现实生活，其反思批判眼光直逼历史纵深处；第三个层面批评者眼光游离于主流意识形态下占统治地位的文化符码（社会、政治、文艺、心理的），关注逸闻趣事和凡人琐事，重新搭建构架历史，力求实现对人类生存状态的"原态"本真把握。

1983 年，王愚在探索柳青的创作道路时认为，衡量一部作品是否优秀的标志在于它是否把握住了历史精神，而柳青蜚声中外的主要原因就在于把握住了历史精神，把握真实的历史精神中心环节在于："把人物的命运同历史发展的潮流融合起来，对人民中间性格各异、追求不一的人物，探索他们在巨大历史变革时期复杂的矛盾冲突中，怎样思索，怎样行动，怎样变化，怎样前进。"① 王愚的批评观得到了胡采的认可，胡采概括王愚文学批评的第一个特点就是"作者在评论一篇作品的时候，或者在综合探讨文学现象领域中某一种文学现象或问题的时候，他总是把这些作品、现象和问题，放在比较开阔的社会主义时代背景下面，来加以衡量，从中找出合理的答案"② 。刘建军在探索时代精神时也认为，"时代精神乃当时当地人民群众所普遍具有的、代表着历史发展方向的社会意识、社会情绪和心理状态"。他认为 80 年代的时代精神就是"医治创伤、立志改革、振兴中华"③ 。

这一代批评家饱尝十年"文革"动乱之苦，在 20 世纪 80 年代初期，倾心谛听来自时代深处的回响，渴求中国走向现代富强，历史意识中散发出热诚的爱国主义思想、闪烁着理想主义的人文色彩。然而，这种历史意识残留着十年"文革"的习惯思维，厘定历史事件和人物的坐标系是现实的社会和浓郁的政治气息，缺乏对于造成现实矛盾根由的历史文化探究与冷峻反思。实际上，一旦高涨的理想主义与浪漫的乐观主义遭遇严峻现实的冲击，理想的光芒就黯淡了，乐观的情绪也削弱了，这是由于理想主义者与乐观主义者忽视现实与历史之间存在的丝丝裂缝，简单化地抹平现实通向未来隐匿着的重重困难。今天反思 80 年代这一代人的历史意识，基本遵循历史本质规律论。那就是人类历史的发展趋势是向前的，社会一步步地由低级进化到高级走向富强文明，历史本质论的合法逻辑是什么，这是今天难以厘清的问题。然而面对当今社会物欲横流、道德败坏以及价值错

---

① 王愚：《王愚文学评论选》，湖南人民出版社 1985 年版，第 201 页。

② 胡采：《写在王愚文学评论选前面》，载王愚《王愚文学评论选》，湖南人民出版社 1985年版，第 4 页。

③ 刘建军：《时代精神——文学当代性的灵魂》，载《换一个角度看人生》，陕西人民出版社 1989 年版，第 89 页。

位的乱象，回望 20 世纪 80 年代的乐观与浪漫，那燃烧的激情依然令人充满崇敬与歆羡之情，因为那毕竟是充满希望与理想的一个激情四射的年代。

渴望不能代替现实，反思现实、回到历史才是历史意识的真正自觉。20 世纪 80 年代中后期批评者对于现实的把握，渐趋走近人与社会的关系，迈向人性深处的内容中，潜入到历史发展的长河中，他们力求超越社会历史进程这一实体，拉开与现实人生间的实际距离，将视野投射到深远的民族历史进程和文化渊源中，对文化内容、民族心理和性格进行全方位反观，以哲学眼光获得烛照中国当代现实的能力。1986 年，王愚在有关 1985 年中篇小说的座谈会上发言指出："所谓历史意识，就是把现实放在历史发展的链条中去观察和剖析，是站在当代思想的高度，在总体上把握当代人精神历程的流变，只有把这两者结合起来，才能写出大作品。"①显然，这与王愚 1983 年的认识相比，"历史发展的链条"的历史意识渐趋浮出水面，历史意识精神因追溯历史、超越现实本体获得与人生实践的焊合对接。

20 世纪 80 年代中后期历史意识的内涵由升华而得以深化，历史意识走向自觉化的系列评论文章与新时期陕西优秀文学作品如影相随。比如王仲生《翻越大山的跋涉——评贾平凹的几部近作》（《小说评论》1986 年第 1 期）、李健民《从现实与历史的交融中展现人物的心态和命运》（《小说评论》1987 年第 3 期）、《时代心理的整体把握》（《小说评论》1987 年第 6 期）、李星《在现实主义道路上——路遥论》（《文学评论》1991 年第 4 期）、王仲生《历史是一种对话——土地、战争与人》（《小说评论》1990 年第 5 期）和《民族秘史的叩询与构筑》（《小说评论》1993 年第 4 期）、李建军《一部震撼民族的秘史》（《小说评论》1993 年第 4 期）、肖云儒《史诗的追求和史诗的消解》（1994 年第 5 期《小说评论》）等。

1987 年，李健民以现实主义文学的标准衡量路遥《平凡的世界》（第一部），认为"现实感与历史感的交融，是这部小说在对人物心态的展现上的一个突出特点"②。然而李健民并未停留于固有的标准，即是否涵纳时代内容、思想政治意义，是否展现时代风貌，是否体现特定环境中某些人普遍存在的思想情绪。他超拔于社会政治历史观，与 20 世纪 80 年代初

---

① 《当代小说发展与陕西中篇创作——1985 年陕西中篇小说创作讨论会发言纪要》，《小说评论》1986 年第 3 期。

② 李健民：《从现实与历史的交融中展现人物的心态和命运》，《小说评论》1987 年第 3 期。

期过于贴近生活的文学观拉开距离，从怎样使小说攀升到新高度出发，切中作家路遥太多沉湎于传统精神，缺乏从时代制高点审视传统文化的透视意识，指出作家尚需提升哲学意识和现代意识。"写人物对人生的追求、对命运对生活的思考缺乏一种深刻的哲学意识的超越和升华，作品比较拘泥于人物心理行动的描写和具体事件的铺陈，而较少赋予形象所蕴含的思想意义，显得形象的概括力和容量均不足。"① 笔者认为，李健民的评价中肯贴切，路遥的文学创作体现出的生活实感很强，路遥笔下的人物胶着于写实的、务实的具象生活，路遥的人生观、世界观念缺乏对现实与历史的整体发展趋势上的穿透力与统摄力，因而其文学世界显示出对赖以存在的现实生活现象背后的传统历史文化思想辩证的反思批判的力度。

王仲生分析贾平凹 1980—1983 年的小说创作，首先肯定贾平凹近三年来对人的觉醒，人的自我发现，人的价值的自觉的文学审美追求，进而道出作品"当代意识的观照弱于民族文化的积淀"②。显然，李健民、王仲生的历史交融眼光，不仅留恋顾盼于民族文化历史，而且能站在当代文化的制高点审视现实中人的生命存在状态，这种历史与现实贯通一体的视野是人的思想、文化、心灵多维交融的哲思方法，这种历史意识在 20 世纪 90 年代的文学批评中得到拓展与强化：

> 我们生活在历史之中，我们无法摆脱历史老人的纠缠，需要在历史的回音中寻觅感情的慰藉。我们之所以时时回顾，绝不仅仅为了重温过去，而更主要的是在与历史的对话中，去重新发现生活，重新认识自己和世界，去获得一个评估现实和人生的参照系。既然人是一种历史的存在，那么，对于历史的顾盼，就不仅指向了昨天，而且也指向了今天与明天。只有在过去、现在、未来的历史联系中，我们才有可能以审美的方式，去把握生活的流向，去建构起一座又一座历史的艺术丰碑。③

1993 年王仲生在《〈白鹿原〉：民族秘史的叩询与构筑》中，以深邃的哲思诗性眼光穿越历史与现实的迷雾，审视今日，透析明天。他说："正是由于陈忠实努力摆脱有限时空的狭窄视野，把他笔下人物的命运搁

---

① 李健民：《从现实与历史的交融中展现人物的心态和命运》，《小说评论》1987 年第 3 期。
② 王仲生：《翻越大山的跋涉——评贾平凹的几部近作》，《小说评论》1986 年第 1 期。
③ 王仲生：《历史是一种对话——土地、战争与人》，《小说评论》1990 年第 5 期。

置在一个更为长远的历史行程中予以审视，他获得了一个更为坚实的历史座基和相应的历史时空的自由度，他对人物的理解也就逼近历史的深处。"并从人的意义出发指出陈忠实"不是写历史中的人，他写的是人的历史"①。批评家看到的历史不只是家族史、村社史，而是活着的人的一页历史。面对灾难深重的中华民族，面对逝去历史与现实进行中"折腾到何日为止"的中国人，批评家抑制不住感世伤乱的焦虑情绪，在忧患意识的挤压之下，历史意识中升腾起超越历史本身的哲理性色彩，爆发出令人振聋发聩的批判力量，其忧郁眼光击穿现实人生，且回眸历史又"操心"着未来，实现昨天、今天与明天的三维聚焦。

历史总是向前发展着，就人类而言，寻觅历史本真如同一个神秘而又诱人的童话吸引着一代代的思想跋涉者。历史究竟是什么？阶级斗争史？总体历史发展规律史？政治斗争史？新的历史观乖巧地避开这些"前结构"的有关历史的概念，轻捷跳过坚不可摧的精神围城，打捞失落于民间乡野的文化碎片，以心灵之灯照亮透析文化碎片中隐匿的存在本真。这种历史意识是就是去蔽、解蔽，揭开覆盖于历史、生活和人生存在的遮蔽物，使本真得以敞开透亮。李建军认为《白鹿原》成功之处是：

> 作家基于对我们民族命运及未来拯救的焦虑和关怀，潜入到国民生活的深处，以自己的心灵之光，所烛照出来的民族历史及国民精神的混沌之域和隐秘的角落。……所有作为"秘史"的小说都应该是揭蔽，都应该以宏大而细微的展示，揭去掩盖于历史、社会及人生之上的遮蔽物，把它们的本真色魄敞亮出来。②

这种历史眼光与第二个层面的历史意识有内在的绵延，但观察点偏移，批评者特别关注正统历史有意无意间忽视的或化约的琐碎的小细节小事件，由此得出与正史观不太相同间或相反的意义。显然，李建军这批"60后"出生的第三代批评者合理地汲取新历史主义的营养因子，胸怀高度的时代责任感与使命意识，葆有批评的自重与自律的学术品格，大胆拓展王仲生等人融合的文化历史观之疆域，却又谨慎地扬弃新历史主义随意虚构肢解历史、削平历史深度之不足，实现与王仲生等的文化历史意识的无缝对接。

---

① 王仲生：《〈白鹿原〉：民族秘史的叩询与构筑》，《小说评论》1993 年第 4 期。
② 李建军：《一部震撼民族的秘史》，《小说评论》1993 年第 4 期。

倘若将陕西批评置于全国的文学批评语境中，第三个层面新的历史意识还是比较淡漠的，批评文章零星散见于年轻的一批学者或在校的研究生论文写作中，比如周燕芬《历史的诗情再现　人性的深度叙述——叶广芩〈青木川〉讨论》（《小说评论》2007 年第 3 期）；李春燕、周燕芬《行走与超越——叶广芩创作论》（《小说评论》2008 年第 5 期）；白军芳、于唯德《论〈青木川〉中文学对历史的虚构——从山匪题材小说说开去》（《时代文学》2008 年第 14 期）。随着陕西文学创作的突破，这种研究是学术上的尝试。贾平凹、叶广芩、杨争光、京夫、冯积岐等人不少作品着意于小民百姓、乡野村夫的粗鄙生活，写作视点游离于正统的史诗规范，这当然为陕西批评精神中新的历史意识萌生与壮大提供可供研究的文学样本。当然它是研究尝试，存在诸多不足，也无法与省外的新历史批评取得的成果相媲美，但它毕竟弥补了第二个层面历史意识研究下的不足，其探索意识值得肯定。

（三）党性原则

坚持文学的党性原则与坚持文学的人民性其实质完全一致，无产阶级政党从其诞生之日起，就宣布代表最广大人民群众的根本利益，站在马克思历史唯物主义的立场上，预见事物发展的客观规律。它把人民群众的思想、愿望和根本利益集中表现在自己的路线、方针、政策上。在无产阶级政党的执政理念中，文学必须纳入其政治视域之中，文学是人民的事业，也就是党的事业。

1942 年 5 月，毛泽东提出文艺为工农兵服务，他以无产阶级革命家的身份将文艺工作纳入整个党的事业中，他说："无产阶级文学艺术是无产阶级整个事业的一部分，如同列宁所说，是整个革命机器中的'齿轮和螺丝钉'。"对文艺与政治的关系问题的处理上，明确提出文艺服务于甚至服从于政治，在对于政治的理解时，特别提出少数与多数人的政治之分野：

> 我们所说的文艺服从于政治，这政治是指阶级的政治、群众的政治，不是所谓少数政治家的政治。政治，不论革命的和反革命的，都是阶级对阶级的斗争，不是少数个人的行为。革命的思想斗争和艺术斗争，必须服从于政治的斗争，因为只有经过政治，阶级和群众需要才能集中地表现出来。①

---

① 毛泽东：《在延安文艺座谈会上的讲话》，载《毛泽东选集》第 3 卷，人民出版社 1967 年版，第 823 页。

　　文学服从于政治（言指多数人的政治）的思想，在陕西文学中得到贯彻。作家柳青经过"米脂三年""长安十四年"社会大熔炉的锻炼，心悦诚服地信服毛泽东文艺路线。刘建军、蒙万夫等人在研究柳青时，指出柳青的成功不仅仅在于坚持文学政治党性原则，而是在于坚持政治、生活、艺术三个学校优化组合的宽阔路子。尽管在有限的文学革命生涯中，柳青对文学创作与政治关系的理解有过犹豫与迷茫，思想情感经受过痛苦的反思与挣扎，但总体来说，柳青理解并信服毛泽东言述的群众政治。然而我们必须看到，柳青的文学观在与生活、艺术相结合过程中显示出一定的灵活性和延伸性，截然不同于赵树理等作家配合政策的宣传图解式创作。

　　回顾当代文学史文艺为政治服务的方针，新中国成立初期突出表现为"写任务""赶任务"，为当前的任务政策服务；1958 年"大跃进"来临，创作上"写中心、画中心、演中心"，文艺要为当前的中心任务服务。研究者结合当代文学发展的经验教训，认为文学为政治服务容易导致的歧途，根本在于抹杀文学本身的特点，导致文学物化为服从政治的工具样式："把文艺为政治服务作简单化、庸俗化的理解，抹杀文学艺术的特点，片面地要求文学创作配合某个时期社会政治的中心任务。"① 但是，在对这一段逝去历史与文学、政治反思的过程中，当代人必须辨析毛泽东言述的政治、柳青这类作家坚持的政治与一般政治概念的内涵与外延的同与异，不可一概而论。还要注意不同历史条件之下，文艺服务政治提出者的价值走向与立场角度，那种简单粗暴的否定无论对历史还是对文学都是不负责任的历史虚无态度。

　　刘建军等人将柳青研究置放于当代文学发展的流程中，反思柳青在这样一个社会政治语境中作品持有艺术生命力的原因，经过仔细研究，剥离出柳青特定范畴的政治观内涵，那就是没有"把无产阶级的政治和政治家庸俗化，使得文艺创作脱离人民群众，去服从少数政治家的政治"。也就是说，柳青坚持的政治方向，不是历次简单化、时尚化的政策法规号令的一一对应，而是与人民群众思想利益相一致无产阶级的政治思想。80年代的陕西批评家认同作家柳青坚持的党性原则，认同文艺为人民服务的方向，并通过对作家作品的研究进一步完善文学的党性原则。在他们的理论视野中，政治具有明确的范畴，它是"群众的政治"，而不是少数阴谋

---

① 刘建军、蒙万夫、张长仓合著：《论柳青的艺术观》，上海文艺出版社 1981 年版，第 24 页。

家的"政治"。事实上，人民性一维的强有力的支撑与制约，使得服从群众政治的文学观大相径庭于庸俗社会政治学的文学观。

坚持文学的党性原则，是由中国的国情以及时代的思想生活决定的，这是理论研究者无法回避的事实，歌颂战争年代的英雄人物、和平岁月的先进人物，歌颂生活中进步的积极的因素，是社会主义革命与建设事业的迫切要求，也是文学党性原则的具体表现。胡采 1979 年曾在社会主义创作方法讨论会上说："无产阶级党性是当代人民性的集中表现，不能将党性原则任意作狭隘的解释。"① 如果我们回到历史语境中，可以体会到历史尚存的余温，党性原则氤氲升腾在有良心的陕西批评家心目中，是由于他们心中容纳着普通劳动者——人民群众、奔腾驰骋着正在昂扬奋发的社会主义建设时代的美好蓝图，他们心目中的政治是文明、进步、独立、自主的象征，这批批评家的人生境界完全不同于 2009 年 "你是替党说话，还是替老百姓说话？"某官员这种雷人的言语，暴露出其反人民的粗鄙霸气的思想境界，这种思维逻辑将党与老百姓的立场宗旨完全对立起来，官员个人以党的代言人形象凌驾于百姓之上，是谁赋予官员党的代言人的权利！

历史证明，20 世纪 40 年代毛泽东的文艺思想是中国文艺理论发展的划时代创新成果，它对中国现当代革命文学和社会主义文学的产生、发展和昌盛做出了历史贡献。当然，人类历史跨入新的时代，如果不顾历史语境的变化，依然抱守固有的文学服从论乃至工具论的论调，显然跟不上时代步伐。马克思说：

> 一切发展，不管其内容如何，都可以看作一系列不同的发展阶段，它们以一个否定另一个的方式彼此联系着。比方说，人民在自己的发展中从君主专制过渡到君主立宪，那就是否定自己从前的政治存在。任何领域的发展不可能不否定自己从前的存在形式。②

80 年代以后，文艺界随着真理问题的讨论，对于毛泽东文艺思想进行了全面的反思，服务乃至服从的提法渐渐淡化。尤其是进入 21 世纪，畅广元对于服务论的反思有总结性意义，他认为 "这种否定只能是在马

---

① 胡采：《胡采文学评论选》，湖南人民出版社 1983 年版，第 234 页。
② 马克思：《道德化的批判和批判化的道德》，《马克思恩格斯全集》第 4 卷，人民文学出版社 1958 年版，第 329 页。

克思主义理论反思的基础上以扬弃的方式进行，我以为关键点就是文学的'服务'意识"①。畅广元以"政治解放"与"人类解放"为起点，剖析文学"服务"意识是"政治解放"思路的产物，指出应当回到"人类解放"这个宏阔的思路上来，呼唤人的自觉，把文学智慧归还于人。畅广元对于毛泽东文艺思想不是彻底否定，而是新的历史语境下又一轮真诚而深刻的发现："不是出于'服务'而是出于'天性'，这才是文学真正归还给人的真实状态，人的文学智慧也常是在这种状态放射出灿烂光辉的。"② 畅广元并不是从根基上全面抛弃政治服务意识，而是认识到"政治服务意识"的局限性，提出树立高于"政治服务意识"的远程目标，尤其是在中国进入社会主义现代化建设时期，人类遭遇到消费主义物质主义思潮的侵蚀时，回到正常健康的"天性"从而实现"人类解放"的终极目标，这是文学神圣的使命和职责。提出这一目标不是背离40年代文学政治服务意识的路径，而正是从历史赋予时代的机遇入手，对毛泽东文艺思想的精神守望与薪火传承，因为无论毛泽东的政治服务意识还是21世纪的回归"天性"，归宿指向一致即完成人类物质与精神双向度的完全的、彻底的、根本的解放。

二 深切呼应百年血与火的历史

新时期30年陕西三代批评者精神内涵与民族命运的变迁有着同振共鸣的现象。从现实发展的流程来看，它紧跟时代，感应30年民族命运的脉象的搏动，同时又不时回眸历史，对近百年血与火风云动荡的中国历史发出深切的呼应。

回顾20世纪的文学批评以及中国学术发展的文化背景，五四新文化运动一路高歌猛进，势如破竹摧垮封建复古势力，推翻帝制、建立中华民国，"民主""共和"的现代观念深入人心，现代中国由此掀开崭新的一页。然而事实远非历史学家概括的那么简洁明快，虽说"咸与共和"，但复辟帝国的丑剧却连连上演，袁世凯复辟、张勋复辟，封建专制体制依旧，军阀混战，外国军事势力借机长驱直入，社会动乱以及战争连绵构成了20世纪思想文化领域挥之不去的浓重阴霾，动乱环境中人心的焦躁不安，敌对阵营间刻骨的仇恨与对立形成的影响是持久而深刻的。历经多年

---

① 畅广元：《扬弃"服务"意识 把文学智慧归还于人——对中国化马克思主义理论的一种反思》，《文艺理论研究》2007年第5期。

② 同上。

艰苦卓绝的斗争，中华人民共和国终于诞生了，中国人民重新沐浴在和平清朗的曙光中。然而新生中国却长期受到冷战思维的影响，国际关系中的强权政治、不同意识形态间此消彼长的斗争，构成了和平岁月国内政治生活的重要背景。

在纷繁复杂的诸多因素中着力聚焦动乱历史（或不平静的社会现实）这个现象，以此为突破口去把握中国文学批评走过的精神历程，其间蕴含的人民意识、党性原则（政治意识）以及历史意识就能获得理论之结的线索。

战争就是你死我活的流血搏斗，没有调和折中的余地。仔细观察中国现代革命历史状况，反革命的一方、邪恶的一方、独裁统治的一方常常处于优势，而革命的一方、正义的一方、人民大众的一方却长期处于劣势，因此对革命一方而言，设法保存并有效调动革命的亢奋情绪，是战争最终取得决定性胜利的根本保证。同时关注民心所向，并充分调动一切积极因素也成为战争取得最终胜利的突破环节。这样，文学服务于战争、服从于政治便成为时代赋予文学的不可推卸的艰巨使命，在纷乱的年代，文学就成为阶级斗争的产物。中国共产党坚持正确的政治方向、发动汪洋大海的人民战争使中国人民最终取得战争的胜利。在这个艰难奋斗过程中，万众一心、同仇敌忾、众志成城，这种昂扬激越的情绪不只激荡回响在血雨腥风的战争风云上空，同时也萦绕在中国现代革命时期的文学艺术乃至意识形态领域，并有机地构成中国现代文学艺术发展的一个独特语境。

扫描20世纪的文论景观，文化体制上战时格局是相当显豁的现象，各种社会力量按照自己的治国理念、政治目标打造自己的文艺思想堡垒。20年代苏联"拉普"文学推崇文艺"组织"功能，得到中国各种政治势力的理解、认可和采纳，30年代文化战线上革命的"围剿"与反革命的"围剿"都采用这种方法壮大各自的政治实力。30年代的"左联"是一进步文学团体，但在不少人印象里它更像中国共产党设立的机构组织，左联五烈士牺牲于国民党屠刀之下，文学活动与政治斗争交错一体，文学卷入刀光火影中彰显出生死博弈的决绝与壮美。战争年代的革命/反革命、胜利/失败、英雄/叛徒、生/死等生存形势形成了战时二元对立的思维模式，这种战时思维模式也被原封不动地运用于新中国成立后的和平岁月。

这种战争思维模式是在历史的现场感（血腥杀戮）和时代的责任感（民族生死存亡）共同催生之下形成的，在这样一个特定的历史语境中，时代选择文学，使文学成为服务于特定时代下政治理念的工具，文学批评应时代的选择成为战斗的武器。在这个剑拔弩张的激越时代气象下，不是文学艺术选择了时代，不是批评选择了时代，而是时代选择了文学，时代选择了批评，文学批评被时代牢牢地纠缠上了，注定要与时代、政治、战争、人民、历史撕掳不清。时代赋予文学批评这样一个无法推卸的历史使命时，素以"天下兴亡匹夫有责"为己任的中国知识分子，对历史的呼唤和时代的选择做出真诚而积极的呼应，双肩挑起民众解放的重任。

如果能够带着历史的现场感去把握近百年来文学批评走过的精神历程，就会理解动乱岁月里文学"被选择"的命运，并且对于文学批评忽视文学审美之维的不足表示理解，而不会率性地、清浅地否定那段沉入时间之海的文学批评产生的历史。

在新的历史语境下，再次言述阶级、人民性、党性原则这些概念显得陈腐落伍，远远地落后于时尚潮流。然而，这些带有革命色彩的概念沉淀的真理成分依然被时代所认可，并接纳转换为一套新世纪话语批评体系。21世纪以来，底层、底层写作、底层意识、打工写作这些词语不时进入人们的生活，底层一词本身就与人民内涵外延有包含交合之处，其观察问题的精神视野有相通之处。不少批评者从作家的底层意识对文学世界进行探寻，王贵禄《底层作为美学主体：再议革命话语主导下的底层表述——以〈李家庄的变迁〉、〈暴风骤雨〉和〈创业史〉为例》（《文艺理论与批评》2011年第6期）、《谁的写作：重估"底层文学"中的意识形态话语》（《文艺理论与批评》2010年第3期）就涉及底层写作与作家的底层创作意识。

第二节　介入生活与介入文学的追求

新时期陕西文学批评意识承继当代文学批评的传统，重视批评的党性原则，强调批评是整个社会主义事业的组成部分，重视批评的人民意识、时代性和历史感，重视批评家作为时代精神代言人的社会作用，这就决定了文学批评对生活与文学的积极参与精神，决定了它介入生活、介入文学的基本特征。

作为精神现象存在的文学批评，它同赖以生存的社会历史环境以及文化传统惯例息息相通。因此，新时期陕西文学批评介入生活、介入文学的追求，一方面决定于批评家在长期的历史过程中所形成的特定批评意识，另一方面也取决于特定社会历史环境提供的生存基础。

陕西历史文化中渗透着关注民生疾苦、秉笔直书、创新开拓的文化传统，司马迁"究天人之际，通古今之变，成一家之言"的史学精神，张载"为天地立心，为生民立命，为往圣继绝学，为万世开太平"的文化理想，深远地影响着身处陕西腹地的批评者，他们有意识接通地域文化半空中氤氲升腾着的地气血脉，站在历史与时代的交会点上，关注生活、关注文学的走向。而当代中国的社会最为突出的性质是强烈的政治性，政治构成当代中国人生活内容的一个部分。"领导我们事业的核心力量是中国共产党，指导我们思想的理论基础是马克思列宁主义。"[①] 中国社会主义性质决定了马克思列宁主义、毛泽东思想是社会的意识形态。这种意识形态规范着人们精神生活的各个方面，文学批评也受此影响。回顾中国社会的每次重大变革，无不与政治相关。从十年"文革"动乱的结束到拨乱反正的恢复，从农村实行联产承包责任制到 20 世纪 90 年代全面推进市场经济的改革，当代中国行进的每个脚步，都伴随着深刻的政治动荡和心灵波动的阵阵剧痛。作为当代社会最为敏感的神经元文学创作和文学批评，对社会历史政治的变化总是第一时间作出反应。

新时期每次重大历史变革以及时代的精神信息，陕西作家都有或与此同步对应甚至超前的文本出现。80 年代农村改革政策尚在酝酿，路遥以信奉巴尔扎克"书记官"的历史责任感，将《人生》《平凡的世界》奉献给文坛，求索着农村知识青年的出路，急迫呼唤农村社会的巨大变革；面对农村的经济政治改革，贾平凹将变革之际揭示世道人心沉浮不定的《浮躁》及时抛向文坛；90 年代商品大潮席卷中国，贾平凹《古都三部曲》（《废都》《白夜》《土门》）等作品勾画出变革中各色人群的精神镜像，尤其是知识分子价值观念的错位失范、心灵世界的悬置虚无；进入 21 世纪，贾平凹的《秦腔》《高兴》《带灯》把乡村社会的式微以及由此引发的惶惑悲凉情绪尽洒笔端，道破繁华盛世后人类面临的深深危机，呼唤合理的公正的社会到来。诸多与时代气脉相呼应的一部部文本表现着作家关注时代、介入生活的审美追求，文学批评亦跟踪文学创作捕捉时代信息，发挥其介入社会与文学的功能。

陕西批评主要通过文学研讨会以及见诸报纸杂志的文章等多种形式展开具体的文学批评活动，发挥新时期文学批评的价值功能。

---

① 毛泽东：《为建设一个伟大的社会主义国家而奋斗》，《毛泽东选集》第 5 卷，人民出版社 1977 年版，第 133 页。

一　频繁召开的文学研讨会

在陕西召开文学研讨会有值得回顾的历史记忆，40 年代"延安文艺座谈会"就是驰名中外的一次文学盛宴，其影响之深远广为人知，它成功的经验为后来陕西文学的发展提供了一个很好的范例。

根据不完全统计，1978 年至 2007 年，在陕西（或陕西单位主办、协办）召开文学研讨会达四十多场，下面举要说明：

1978 年 12 月 25 日，中国作协西安分会、《延河》编辑部举行座谈会，为杜鹏程及其长篇小说《保卫延安》平反。这在陕西文学史上乃至中国文学史都有划时代的意义。

1979 年 5 月 24 日，《延河》编辑部召开文学座谈会，就"革命现实主义和革命的浪漫主义相结合"的创作方法展开热烈讨论。

1980 年 7 月 10 日，《延河》编辑部召开农村题材短篇小说创作座谈会，提高作家对农村现实的认识，就创作的现状给予实事求是的分析。

1981 年 1 月 13 日，笔耕文学研究组就文艺真实性和倾向性展开讨论。

1981 年 11 月 12 日至 24 日，中国作家协会西安分会、西北大学、陕西师范大学、陕西现代文学学会、《延河》文学月刊联合发起"创业史及农村题材创作学术讨论会"，联系当时农村题材创作的实际，深化作家对于柳青的再认识。

1982 年 2 月 10 日至 13 日，"笔耕文学组"召开贾平凹创作讨论会。讨论会希望通过贾平凹创作实践的研讨，促进陕西省创作的发展。召开青年作家专场讨论会，对贾平凹本人压力颇大，但与会者开诚布公的批评态度对贾平凹以及其他作家的创作意义重大。

1982 年 10 月 7 日至 12 日，作协西安分会笔耕文学研究组和商洛地区文化局、商县文化局联合主办京夫作品讨论会。

1983 年 12 月 27 日，"笔耕文学组"召开座谈会，讨论近年来有影响的 30 余部中篇小说，如路遥的《惊心动魄的一幕》《人生》《在困难的日子里》，贾平凹的《二月杏》《小月前本》，赵熙的《春》《南来的雁》以及王宝成、峭石、陈忠实、莫伸、京夫、邹志安、王晓新、李小巴等人的中篇佳作，这对推动陕西中篇小说创作的健康发展起到积极的作用。

1984 年 3 月 22 日，借《文艺报》《人民文学》涿县农村题材创作座谈会的东风，作协陕西分会召开农村题材创作座谈会，讨论如何开创陕西省农村题材小说创作的新局面。

1985 年 8 月 20 日，省作协召开长篇小说创作促进座谈会，会议讨论国内长篇小说的发展概况，深入分析陕西长篇小说创作落后的原因，制订3—5年内创作规划，与会者携手向长篇小说"高地"集体冲锋，其促进作用巨大。

1986年9月17日至21日，省作协召开小说创作突破与提高研讨会，会议肯定陕西文学创作形成的三个特点，一是继承和发扬现实主义的文学传统；二是贴近时代和人民群众的生活；三是具有强烈的责任感和使命感。探讨陕西创作存在的不足，观念需要更新，作家群体的艺术功底和知识结构存在不足。

1987年1月，《花城》编辑部、《小说评论》编辑部在北京召开了长篇小说《平凡的世界》（第一部）的座谈会。会议由《花城》副主编谢望新、《小说评论》主编王愚、副主编李星主持。

1987年7月21日至22日，《小说评论》编辑部在西安召开《浮躁》讨论会，会议肯定作品是从宏观上把握时代律动的重要作品。

1988年7月13日至17日作协陕西分会、《小说评论》编辑部在陕西太白县召开了陕西作家长篇小说讨论会。面对陕西长篇创作重新崛起的情况，会议在全国长篇小说创作和理论研究的背景上，深入研究分析陕西长篇小说创作经验、存在的问题和今后努力的方向，希望把陕西长篇小说创作推向新的高度。

1989年8月10日至14日，由陕西省文联理论研究部、《小说评论》编辑部、西北师范大学西部文学研究所、甘肃省文联理论研究部四家在张掖联合召开西北评论家首届座谈会，会议探讨西北本土文学、艺术的历史、现状和发展问题。

1993年3月23日、24日，陕西省委宣传部、陕西省作家协会联合在西安召开《白鹿原》研讨会，会议肯定《白鹿原》是一部具有"学术魅力的"、近年来"罕见"的大作品。

1993年7月16日，由人民文学出版社、中共陕西省委宣传部、陕西省作家协会在北京联合展开长篇小说《白鹿原》讨论会。

1993年9月召开纪念胡采同志从事文学活动六十周年学术研讨会。会议高度评价胡采为陕西以及中国现当代文学做出的贡献。

1995年5月22日至25日，陕西省委宣传部、陕西省文联、陕西省作协在西安召开"陕西长篇小说创作座谈会"。会议一是肯定长篇小说创作取得的成就，二是重在寻求长篇小说创作新的突破。

1995年11月16日，陕西省文艺评论家协会在西安举办"全国格局中的陕西文艺研讨会"。这是继1986年全省青年评论工作会议以来，以青年评论家为主体的又一次重要会议。会议围绕全国格局中的陕西文艺，尤其是陕西文学的价值定位，以及新时期陕西文学的主要成就、存在的问题和发展趋势进行高起点的讨论，并对跨世纪文艺创作跃上新台阶的途径进行深入探求，提出不少新观点、新见解。会议发言者力避人云亦云的俗见，击中创作问题症候：精神价值指向缺失、作家人格修养欠丰厚。

1996 年 6 月 20 日陕西省委宣传部、省作协、省新闻出版局、太白文艺出版社联合在西安召开陕西省长篇小说创作座谈会，肯定取得的成果，指出作家创作中的视野不开阔、挖掘生活不深、被评论界宠坏了，提出作品应树立精品精神。

1998 年 8 月 18 日至 20 日，陕西省作家协会在眉县汤峪召开陕西中青年作家作品研讨会，针对比较活跃的王观胜、叶广芩、冯积岐、冷梦、红柯、寇挥六位作家多样化的作品创作展开讨论，分析创作中存在的问题，寻找突破的可能。面对多样化的文学世界，批评界自觉寻找多样化理论批评的可能。

1999 年 1 月 5 日，中国作协创研部、陕西作协、《小说选刊》杂志社、太白文艺出版社四单位在北京联合召开了《高老庄》研讨会。会议肯定贾平凹为老百姓说话的民间视角，指出作品氤氲着混沌鲜活的生命元气，是一种原生态的生活流写作。会上批评者面对新的文学创作感到文学理论资源的匮乏以及批评的手足无措。

2000 年 9 月 6 日，人民出版社、《小说评论》杂志社、《税收与社会》杂志社在北京召开一部严肃而有学术品位的评论集——《〈白鹿原〉评论集》研讨会。肯定《白鹿原》在 20 世纪文学上的重要地位，认为留存作者与同时代人的评论集是十分珍贵的。会议指出《白鹿原》研究中如何实现从前期创作跃向《白鹿原》新高度，深层创作心理世界的揭秘尚属空白。

2007 年 11 月 20 日，陕西新时期文学 30 年学术研讨会在陕西师范大学举行。

2008 年 12 月 20 日，西北大学举办"大学教育与西北大学作家群现象学术研讨会"，来自全国各地的 50 余位著名作家、文艺评论家及西大校友代表参加了本次会议。

2010 年 4 月 10 日，由《文艺报》报社、武汉大学文学院和陕西师范大学文学院在西安联合举办"中西部当代文学高层论坛"。

从以上举要看出，1985 年之前讨论会侧重于短篇小说和中篇小说的创作与研究，新时期文学刚刚起步，短篇小说以短平快的特点捷足先登文坛，其篇幅的短小相对中长篇小说来说，作家操作起来便捷容易。随着生活内容的丰富与扩大，短篇小说的篇幅长度显然不能从容表达生活的内容，中篇小说异军突起，1983 年对 30 余部中篇小说进行热烈研讨。这一时期，柳青以及杜鹏程等老一辈作家的创作成为批评界关注的重要话题，一方面理论界仔细研究作家创作的第一手资料，在此基础上总结探索新时期文艺理论的规律；另一方面将最新理论成果提供给处于蹒跚学步的年轻作家。路遥、贾平凹、陈忠实都受到老作家的深刻影响，不少作家尤其把柳青视为精神上的"教父"，文学理论和批评的及时研究总结，对后来这些作家的成长作用不可低估。

此外，需要关注的是当年研讨会开得认真、扎实，力避浮泛、不走过场，与会者投入足够的时间精力进行新观点、新思想的切磋，这在 20 世纪 80 年代尤为突出。1981 年的"创业史及农村题材创作学术研讨会"，11 月 12 日召开 24 日闭会，历时达 13 天之久；1982 年"笔耕文学组"召开的贾平凹创作研讨会，2 月 10 日至 13 日历时四天；1986 年省作协召开的小说创作突破与提高座谈会，9 月 17 日至 21 日历时五天；1988 年在太白山召开的陕西作家长篇小说研讨会，7 月 13 日至 17 日历时五天。当然，不是说时日久便能见成效修正果，毕竟充裕的时间是研讨会有效展开的必要条件。

1985 年以后，研讨会出现三个倾向：

一是侧重大部头长篇小说的创作研究。1985 年制定陕西长篇小说 3—5 年的创作规划，开始向长篇小说"高地"集体冲锋，之后围绕长篇小说创作展开紧锣密鼓的活动；1986 年总结陕西创作的三个特点寻找存在毛病；1998 年路遥、贾平凹、邹志安等人创作取得的突破性进展，研讨会抓住机遇，分析形势，寻找新的突破。从 1985 年到 1995 年十年来研讨会持续不断，总结经验寻找差距，十年的长篇小说创作取得骄人的成果，陈忠实 1995 年在座谈会上回顾十年的艰辛奋斗历程，在《关于陕西长篇小说创作的回顾与展望》发言中，充分肯定省作协 1985 年召开"长篇小说促进会"的导引作用。

将整个陕西文学创作搁置于西部乃至全国的格局中来研究是研讨会的第二个倾向，1990 年的西部研讨会和 1995 年 11 月的"全国格局中的陕西文艺研讨会"的召开，表明陕西文学批评理论视野是宏大的，它不是地方式的小打小闹，而是有立足陕西、背靠西部、走向全国的理论发展眼光，这种全国性的批评视野使得作家创作不可能满足于已有的水平，在批评界理论视野的感召之下创作不断突破自我完成艺术上的超越。

　　三是注重对于新人新作的扶持研讨，研讨会以整体发展的眼光统观陕西文学与批评，1998 年眉县汤峪中青年作家作品研讨会和 1999 年在京召开的《高老庄》作品研讨会，对文学创作无疑具有再造血的功用。陕西作家创作的方法风格的多样化走向，对习惯于操持传统批评模式的陕西文学批评界提出了严峻挑战，促使文学批评在理论研究与实践操作上进行思考探索。

　　回顾 20 世纪 80 年代陕西文学批评能有所作为，原因在于当时的文学批评与文学创作几乎处于同步进行状态，文学几乎亦步亦趋复制西方的现代主义、后现代主义文学走过的道路，文学批评借用西方文学理论阐释文学现象，起到激发作家创作激情、引领创作的作用。而 20 世纪 90 年代作家摄取了丰富的文化思想资源，思维模式不再是原来的固化形式，由此造就了文学的诉求、风格的多样化形态以及文学气象的繁杂。对此繁杂的文学创作发展情态，文学批评陷入"失语"的泥沼。这时的批评家在评析文学作品的思想意蕴和艺术手法时，依然秉持固有的理论运思模式，这不但力不从心，反而还出现理论匮乏或过度阐释的问题。像面对贾平凹这类趋向于中国传统文化的文学创作，批评家常常感到批评武器的乏力与理论操作的困难。像中国当代文学批评一样，陕西文学批评面对西方理论"影响的焦虑"，文论界曾尝试进行过中国古典文论的现代性转换，由于文论的话语逻辑体系难以冲破现代性话语的"语言的牢笼"，终未成正果。今天，我们从当时的研讨会来看，陕西批评界在批评运思模式和批评话语体系建构方面进行的尝试努力。

　　需要说明的是，省作协作为党的领导组织，作为党和国家政治政策的特定化身，置身于文学批评活动中，站在时代制高点把握时代的民族精神，发挥对文艺工作的导引作用。在陕西境内或者境外召开的有关陕西文学创作的研讨会，几乎都有省作协、《延河》编辑部、《小说评论》编辑部①活跃的身影。20 世纪 70 年代末期、80 年代初期他们充分肯定杜鹏程、柳青作品中表现出的社会主义革命和建设的历史成就，肯定作品对中国人民生活的新气象、新面貌的歌颂，这为当时人们正确理解和认识社会主义制度下的现实生活，确立对于社会主义事业的信念和情感起到强有力的引导作用。20 世纪 80 年代后期文学批评肯定创作对改革时代浪潮的如实反映，同时潜入生活深层努力把握改革浪潮中世道人心的沉浮变化，这提

---

　　①　《小说评论》在 1985 年创刊号，在陕西境内或者有关陕西作家的研讨会，几乎场场都在，或作为主办方或作为协办方，为陕西文学的繁荣做出贡献。

醒人们深入思考伴随着改革而出现的一系列社会思想道德问题。

回顾 20 世纪，陕西新时期 30 年文学批评保持着较为持重稳健的批评风范。80 年代文学批评是从 70 年代火药味太浓的政治斗争批评模式中小心谨慎地趟过来的，因此努力避免当年简单化上纲上线的粗暴做法。批评者以严谨的治学态度、温和宽厚的心态，呵护解冻后这株稚嫩的文学幼苗，生怕过于苛责的批评挫伤创作积极性，1982 年陕西文学批评家对年轻作家贾平凹就是这样："我们一是要十分的关心和爱护，不能挫伤其积极性；二是要从严要求，从而使得其得到更健康的成长。"① 这种态度得到作家的认可，贾平凹座谈会上坦言感谢大家对他真诚的帮助，表示自己要读点马列著作，深入生活，在艺术上走出自己的路来。

据不完全统计，1978 年至 2007 年，研讨会达 40 多场（具体召开的时间、地点以及主办、协办单位还需进一步考察落实），除了以上会议举要外，还有对陕西作家的作品《月亮的环形山》《鬼山》《黄色》《热爱生命》《天荒》《丝路摇滚》《最后那个父亲》《白鹿原》《匪首》《高老庄》《老坟》等召开作品研讨会。

对于作家来说，如果能够召开一场有关自己的作品研讨会，那是非常荣幸值得珍惜的一件事情，至少可以告慰自己多年来在文坛上的孜孜耕耘，鼓励作家日后继续笔耕文坛。特别是 80 年代由文协牵头的作家研讨会，表示出组织以及文艺界对作家创作能力的认可或潜在能力的深切期望，它与当下市场经济下塞红包的文人唱和式的沙龙聚会大相径庭。1982 年 2 月"笔耕文学研究组"召开过贾平凹创作研讨会，时隔仅 8 个月，应作家京夫的强烈要求，10 月 7 日至 12 日，在京夫家乡商县召开京夫作品讨论会。会议就京夫创作得失展开讨论，指出作家开采生活的"掌子面"不够宽阔，并由京夫作品讨论进入陕西省小说创作提高的讨论。座谈会上京夫曾先后两次诚恳发言："我没有系统学习过马列主义文艺理论，也没有受过正规系统的文学教育。由于先天不足，步子迈得很艰难，有时走了几步，也并不完全清醒。这次'笔耕'组专门讨论我的创作，从理论和实践的结合上帮助我提高，无疑对我是一次文学补课。我期待更多的尖锐批评。因为批评是为了我进步，批评可以出息人。"② 80 年代召开的研讨会，起到促进创作的良好作用，与会批评者抱着提高陕西省创作

① 《记"笔耕"组贾平凹近作研讨会》，《延河》1982 年第 4 期。
② 《议论纷纷看突破——"笔耕"文学研究组京夫作品讨论会综述》，《延河》1983 年第 1 期。

繁荣艺术的目的，在会议上做到畅所欲言；作家以诚恳的态度来找出自己的不足，并在会议上向批评者敞开自己心扉，坦言创作中的困惑，大家携手一起，谋求文学创作的突破。

二　散见报纸杂志的批评意见

学术研讨会是陕西文学批评中一种重要的批评形式，诸多批评家荟萃一堂，交流学术心得、切磋批评技艺，历经数年努力陕西逐渐形成强劲有力的学术气场，思想智慧的火花于相互激荡摩擦中迸发出耀眼炫目的光芒。1995年11月，邢小利指出：《废都》价值指向缺失，这种现象不仅仅在陕西存在，中国亦然。同时他说："伟大的作家是镜子，同时又是灯，要揭示，还要指示，要照亮黑暗。"① 杨争光认为《废都》"作品冰冷缺少诗性"，"缺乏一种精神的指向性"，"把价值评判悬搁在一边，有一种虚无的色彩。"② 李晁对作家精神迷失的现象，归结为"缺乏思想个性"，"缺少更高层次地对经验世界的掘进和想象性的改造与超越。"③

陕西文学批评并不完全恪守谦谦君子的"温谨恭让"，保持一团和气，批评不乏挑战流俗的凌厉姿态，尤其在90年代中期充满介入生活与文学的理性批判精神。1996年"全国格局中的陕西文艺研讨会"上尤为突出，诸多批评家王愚、畅广元、肖云儒、李星、李建军、李国平、李震、李继凯、屈雅君、韩鲁华、仵埂、庞进、赵德利、高从宜、王治明、田间菁等人作出精彩发言，尤其是青年评论家不避锋芒、直抒己见，显示出陕西批评队伍强大的批评后劲。其实，这种对文学负责、对生活负责，敢于直言的文学批评精神在陕西具有悠久的传统。早在80年代初期，胡采针对贾平凹创作中的问题语重心长地说："生活底子厚了，思想有分量了，不那么轻飘飘了，就不会跟着风转。"④ 胡采作为陕西文学批评的第一代开拓者，希望年轻作家能够沉下心潜入生活深处。邢小利这批第三代批评者秉承前辈传统，在1988年敏锐发现贾平凹把握世界时，过多驻足于人物以及生活流程的描写，停留于认同性惰性思维模式，在哲学高度上缺乏对生活的整体性把握，导致创作中"形成一种我姑且称之为'体验—感受'与'读书—接受'的游离现象或抵牾现象"⑤。这样的判断，对书写变革之际世道

---

① 欧阳飘雪：《青年评论家视野中的陕西文学》，《小说评论》1996年第1期。
② 同上。
③ 同上。
④ 李星：《评贾平凹的几篇小说近作》，《延河》1982年第5期。
⑤ 邢小利：《浮躁疵议》，《小说评论》1988年第1期。

人心的贾平凹来说似有苛难之词，贾平凹毕竟跳出同时代作家对于改革大唱赞歌的表象摹写，力求勾画出处于震荡和裂变时代中人心的浮躁困惑。然而邢小利却一语道破贾平凹惰性思维模式，邢小利的批评直言并非空穴来风，随着《浮躁》《妊娠》《废都》《白夜》《土门》《高老庄》《怀念狼》《病象报告》《秦腔》等系列小说的纷纷出笼，贾平凹的创作与生活流程紧紧连为一体，对斑驳陆离的生活图像乱了方寸，失去判断能力，演化为《秦腔》就是"原生态生活流"呈现。《废都》中作家创作观念上无价值指向到了登峰造极的地步，由于作家对庄之蝶态度上的贴近与同情，缺乏一种明确的价值批判态度，无疑使接受者产生一种作家与主人公模糊一体的感觉，阅读效果上发生精神迷失的负面导向。今天，回头再看文学上的这段公案，与作家创作观念意识的惰性思维模式有关。叫人欣慰的是贾平凹经过浮躁、困惑、颓废、荒芜、犹疑的生命"意识流"体验后，跨入21世纪《高兴》以达观平和、从容忍耐的文化内蕴构建精神世界的版图，刘高兴浑身流淌着的是对人的生命和价值的人文情怀，它如三月的春阳温情四溢令人沉迷，这是作家逐渐超越《废都》等欲望写作后生命沉思后的收获。

　　文学创作是作家个体化的劳作，作品蕴藉的意味受到作家创作观念的制约，在这个过程中创作活动中带有更多个体的独创性。然而创作观念形成后绝非一成不变，它会受到来自社会生活、批评家、读者群等诸多界面综合因素的影响，实际创作中，批评家以及读者的意见往往受到作家的关注，作家不断地分析各种意见来整合修正自己的文学观念。贾平凹说："我是悄悄坐在咱家里，偷着看评论家都说啥哩。所以有些新观念我都在认真捉摩，不管是表扬的或者是批评的，不影响一个作家是不可能的。所以对于各位的意见我特别珍贵，有几个观点我无法具体来说，但我觉得那儿开窍了，觉得咋弄了，下一步怎么走。"① 固然，文学创造是个体化劳作，取得成就的高低取决于个体的心智、体悟、耐力等，但批评者富有建设性的批评意见对作家起到不可忽视的作用，可以说优秀的文学作品是整个时代的精神财富，它不仅仅属于作家个人。

　　当然也有批评者随意妄言，草率判断，但这不能遮蔽80年代以及90年代时期批评界的坦诚直言，这些建设性的批评意见无疑使得这一时段陕西文学批评处于良性的生态环境中，虚心的作家由此受益匪浅。

---

① 贾平凹：《〈高老庄〉北京研讨会发言》，《小说评论》1999年第4期。

第三节　西部精魂的发现与追问

西部，现代文学史上是一再被忽视或被经济发达的东部遮掩的地域。就是 40 年代延安文学异军突起于西北，无论翻阅哪个版本的现代文学史都找不到属于它的位置。西部是宏大历史遗落的角落，西部在他者的眼中是辽远的、荒凉的、单调的，也是荒蛮的、落后的、愚昧东方中国的镜像，亦如苦焦干裂的戈壁滩、黄沙迷眼的大荒漠、层峦褶皱的黄土高坡，当凛冽刺骨的西北风从耳边呼啸而过，西部人眼中心中生命的绿意是那么渺茫黯淡难以企及。进入当代文学，这种局面略有改观，西部被零零散散地提及，给西部文学以凝视目光的人当推丁帆，2004 年人民文学出版社出版丁帆主编的《中国西部现代文学史》。穿越漫长的时间隧道，西部挤入 21 世纪正统教科书，这怎么不令西部研究者惊喜，又怎么不叫人黯然伤神，西部，你就那么无足轻重吗？这是令西部人乃至中国人值得慎思的问题。

一　概念的缘起与界定

（一）西部概念的缘起

"西部文学"这个新时期文学批评中的新面孔，是在社会经济改革与文化发展的矛盾冲击中应时而生的文学批评新概念。对西部作家和文学现象的评论与新时期文学发展同步，但批评界对"西部文学"的关注和倡导发轫于 1985 年前后。

"西部文学"概念始于 1984 年，当年钟惦棐敲响"西部""电影的锣鼓"，"西部电影"大幕徐徐降落，以此为契机热议很快波及辐射到整个"西部文艺"创作。肖云儒沿着钟惦棐的思路，发表《美哉，西部》《西部电影五题议》等文章，"西部文艺"这个词从此浮出水面，并走向各个文艺领域。1985 年西北地区一些学者群体发声，借助报刊媒体开始积极倡导和讨论"西部文学"，《人文杂志》开设了"西部文学探讨"栏目，发表了《呼唤"西部文学"》（1985 年第 2 期），《关于当代"西部文学"的断想》（1985 年第 3 期）等文，正式提出并阐述"西部文学"作为"创作口号"的必要性和重要意义；1985 年甘肃《当代文艺思潮》开辟"西部文学探讨"一栏，并在当年第 3 期集中发表多篇文章专题讨论，将"西部文学"话题引向深入，这在中国批评界产生影响。此后潮音迭起，"西部文学"命题及其讨论开始见诸国内主要文艺报刊，系列论文和专著丛书、史著络绎不绝，迄今业已成果累累，蔚为大观。其实，早在1982年，关于西部概念就有过前奏式的理论探索，甘肃《阳关》杂志首次创建"敦煌文艺流派"进行理论探讨，次年前后，甘肃、新疆两省展开"新边塞诗"讨论，这可以说是西部文艺理论的热身运动，并未真正形成"西部"概念。

无论研究者在意与否，中国文学史上西部文学是不容否认的客观存在，光芒四射的唐诗、神奇诡异的民间文学、源远流长的民族文学，无不引人入胜。其实，西部的精魂不时地游荡于高原雪漠，出没于楼兰、交河古城的废墟之间，留恋于秦地兵马俑陵园深处，她始终徘徊在我们的日常生活氛围之中，飘忽于我们身边和心之海的最深奥的地方，却常常为我们视而不见，因为西部自我意识还在酣睡，我们割断了民族与世界联系的脐带。事实上，直到20世纪80年代才具有某种较为清晰的"西部文学意识"。1937年第6期《世界知识》发表渺加《美国文学的新动向》，文章强调19世纪20年代美国文学才摆脱"英国文学的殖民地性质"，开始有了属于自己的独立性。中国西部文学的研究与此也有类似的关联，"文革"以前，中国文学界基本听不到西部评论的声音，除了陈涌、胡采等个别评论家外，西部基本没有真正的评论家。的确，西部在极"左"思潮以及保守主义思想的双重牵制下失语哑音。当然，西部文学的兴起与"开放效应"下80年代西方文化思潮的涌入关系密切，80年代西风美雨吹拂滋养着西部的山山水水，西部精魂也在广袤无垠的大地上蠢动着，那疾疾行走穿越时空隧道的足音我们依稀可辨。随着中国的改革开放，具有现代性和自觉性的西部文学意识，1985年以西部学者群体发声形式亮相于中国评论界。

（二）西部概念的界定

何为西部？西部何为？

卡西尔在研究中发现，远古人认为命名具有一种巫术般的非同寻常的控制力量，"名称表达一个人最深处的和本质的内容，它确实'是'这种最深处的本质。名称与个性结合在一起"，卡西尔指出"即使现在我们也经常感受到对适当名称的这种特殊的敬畏——这种情感不是从外部加于人，而是以某种方式成为他的一部分"。卡西尔引述歌德的一段话："一个人的名称不仅仅像披在他身上的一件斗篷那样可以随意解开和系紧；它还是一件完美适体的外衣，名称犹如他的皮肤遍布全身。"① 这就是说，

---

① ［德］恩斯特·卡西尔：《神话思维》，黄龙保、周振选译，中国社会科学出版社1992年版，第47页。

命名并不是徒有空洞的外壳，它常常规定人们认识想象世界的方向和路径，"名"之后，汇集、隐藏了一系列被命名事物的性质与意义。名，提供了意义聚集的场合和方向。一个固定了的名称，往往和一定的记忆、思想、情感、联想、意绪等密切串联在一起，成为具有特定内涵的符号。"西部文学"概念的讨论亦可发挥这种作用。

在诸多研究成果中，如萧云儒《美哉，西部》、杨森翔《呼唤"西部文学"》、赵学勇《论西部作家的文学精神》、丁帆《现代西部文学的美学价值》、贺昌盛《现代西部文学的发展与意识形态的关系》、李星《西部精神与西部文学》存在着异常驳杂的意义差异，大体而言有以下几种：新西部诗歌是"新型的地域性文学"，依据西部诗歌特色视其为"新边塞诗"，西部文学是大西北文学或游牧文学，有人还提出了具体的"4（省区）加1"说，"5加1说"等，仅仅是何为西部，何为西部文学，迄今众说纷纭。就是对西部文艺研究有"权威性"影响的肖云儒提出的一系列关于西部文学的见解，对此非议颇多。另外，我国军旅文学、知青文学、民族文学等作品研究中，实际也涉及西部文学研究。

李继凯认为地域文化本身是建构的、发展的、需要综合创新的，以此才能更好地理解地域文学，也才能与改革开放的社会发展和人类文化的交融创新相适应。他还提出"应避免将核心话语狭隘化和泛化，也应避免将'西部文学研究'的学术或理论定位模糊化"①。从2000年国务院吹响开发西部的号角，距今已经十多年了，在新历史语境之下，李继凯这种提法具有实践的可操作性。

西部，首先是地理概念从国家地理角度来界定。在"西部大开发"时代话语中，"西部"概念很明确，它是在地理区域位置和经济指数滞后于中国东部地区的西部概念。因此西部文学自然是发生在"西部"地域的文学，仅仅从"西部文化"廓大角度把握西部文学，以"西部文化因素"作为西部文学的认定依据，难免硬性割断发生在西部的文学，极易流失其鲜活生动的原生态文学因素，导致西部文学所特有的审美意韵与历史怀想被"西部文化"云雾所遮罩。② 因此，考察西部文学当先立足于地

---

① 李继凯：《中国西部文学研究三十年》，《文学评论》2008年第4期。
② 这也是当年肖云儒西部文学观念遭受颇多非议的原因，视野宏阔的《对视文化西部》（陕西人民出版社2000年版）中的《中国西部文学论》从人文地理、文化结构、西部生活精神、西部艺术意识、美学风貌以及中国与世界格局中的西部文化各章节，从多维交融文化视野构筑西部文学的理论框架，缺乏的是对于西部文学地域性、文学性特征的微观透视。

域范畴，这样的西部研究才有一个明确的起点；其次，西部文学概念亦是动态流变的概念，需要搁置于 20 世纪以来中国现代化进程中来考察，注意把握东西部文化及其文学的关系，从比较文学视角进行"东部与西部"文学研究观念的相关思考，在他者"东部"眼光中发现"西部"的优胜性特别是劣根性，研究中应克服或将西部神秘化或妖魔化的两极化学术走向；同时要有超越的眼光，避免陷入类似于"东方中心主义"的"西部主义"二元对立关系的泥沼，要站在中华文化和人类文化制高点上审视西部文学，坚持"东部"与"西部"平等对话原则，借鉴"加拿大马赛克"发展模式，力避以东吞西、以东贬西，抹平西部文化特色的思维陷阱，致使西部文化完全被边缘化的尴尬处境。在理论上要以立体的、多维的辩证分析超越二元对立的思维模式，西部文化要发现彰显其优势，实现同东部文化的互补圆融，至关重要的当摒弃地方主义狭隘意识（类似于"陕军""川军""桂军"门第军阀式的"东征"癫狂之词不可再现文坛），而要从容淡定地拥合东部，最终实现中华文化融会的流体通变。

二 西部文学批评精神

1985 年前后波及全国的"西部文学"讨论，主要以《当代文艺思潮》《中国西部文学》《西部电影》《绿洲》等杂志为中心，通过论争基本达成共识，一是明确规划未来西部文学写作的方向，二是西部和西部文学的性质被归纳为一种西部精神和西部意识。所谓西部意识和西部精神，一般被界定为充满阳刚之气，流溢着雄奇豪迈的精神气质：

> 大西北的文学，应该是力的文学——像这块土地上的人生与历史，粗犷而深沉，苍凉而奔放，浑厚而辽阔，彪悍而不失理性的思索气息。[1]

> （西部文学）精神气质上，主要是各类开拓性业绩中迸出来的积极向上的人生态度和奋斗精神……人物性格和心理素质上，艰苦搏斗、曲折多样的命运铸就了豪爽朴拙、率直刚强、矢志不移的特色，构成西部人特有的神。情节闻所未闻而成传奇，色彩斑驳艳丽而显浓烈。……这一切，使得雄风壮美成为西部文学主要的美学特征。[2]

---

① 周政保：《西部作家视野中的西部文学》，《当代文艺思潮》1986 年第 2 期。
② 肖云儒：《就西部文学诸问题答〈当代文文艺思潮〉编辑部问》，载《对视文化西部》，陕西人民出版社 2000 年版，第 638 页。

显然，以"雄风壮美"为特点的美学特征与改革开放的时代大潮气息相通，研究者期望这种具有阳刚之力、之美的创造精神能够激活沉睡多年的西部文学、西部文化，以此为突破口实现西部文学、文化乃至经济等全方位的苏醒与崛起。这既反映出西部人面对西部落后的现实而产生的焦虑感，也表露出对未来的西部文学文化美好的设想。固然，西部文学乃至中国文学"雄风壮美"的美学特征占据着不可或缺的地位，但如果单单以此来建构西部文学的精神，还略显单薄浮泛。

文学精神就是作家、批评家在独特的人生体验基础上，在时代精神、社会文化、地域文化以及民族文化心理结构等多个层面交互作用下形成对文学功用的认识和把握；是作家、批评家站在一定的话语立场以终极关怀为指向，以人类的诗性智慧为驱动力，以话语为组织材料对特定社会进行描述与评判，它体现着作家、批评家的审美理想和审美追求。

下面从三个层面进行西部文学精神的探索，一是生命抗争意识；二是反思追问意识；三是生命诗意追求。

（一）生命抗争意识

表现苦难、体验苦难、寻求苦难的解脱一直是当代文学主题之一，而西部文学描写的是远离文化经济中心的边缘人的生活方式和精神状态，它比东部文学更容易频繁地表现苦难。尽管 2000 年有西部开发的政策，近年来出台的关注"三农"的社会主义新农村政策，但西部依然不能和东部相提并论。党的政策不可能一下子就抹杀西部特有的地理风貌：沙漠连片、丘壑纵横、十年九旱、戈壁冒烟、水资源匮乏。在这样干涩苦焦的生存空间下，人的个体生存是何等渺小与无奈。然而，渺小与无奈并不意味着人在自然面前的退缩。相反，西部有血性的人非但不轻言败，生命意识反抽出更为强悍的力量。这种强悍的意志一方面来自对严酷自然界的对抗；另一方面则源自个体生命意识的强光投射，敬畏生命本身才能产生利他主义精神。由于这种特殊的生命方式，人与人之间、人与自然间以及人自身存在更多的感性而不是理性，即普通人更重视患难中凝聚而成的温情与民间道义，自然万物也被涂抹上性灵的神光。这种生命法则是肤浅、轻飘、无根、无聊消费主义的文化无法理解的。"不受磨，不成佛"，这样苦难幻化为人生磨刀石，磨砺出西部民众刚烈有为、积极进取、坚忍不拔的人格魅力。

面对苦难，西部作家以担当意识追寻着苦难中的灵魂，极尽讴歌苦难中不言败的生命抗争意识，西部批评者从东部和西部文学以及文化思潮的差异出发，站在底层民众的生存立场上，带着对于苦难人生的敬畏提纯萃取出苦难中的抗争精神。

路遥是陕西作家中书写苦难的高手，他塑造了一系列黄土高原上如白杨树般挺拔向上的硬汉形象，这里有乡村男子亦有女子：高加林（《人生》）；杨启迪（《夏》）；卢若琴（《黄叶在秋风中飘落》）；高大年（《痛苦》）；小杏（《姐姐》）；冯玉琴（《风雪腊梅》）；孙少平、孙少安、田润生、田润叶（《平凡的世界》）等，这些人物大都在遭遇厄运困境时，奋起与命运抗争。即使在现实面前栽了大跟头，也葆有生活的热情、抚平心灵的创伤，再积蓄生命的核能渴望东山再起。路遥笔下就是那些不为人称道的像郝红梅（《平凡的世界》）这样的小人物，在作家悲悯仁爱的眼光注视下，那种被扭曲的生活和畸形性格散发出作为有尊严的生命一抹温润的、暖暖的红色，这种暖意与路遥艺术世界中的硬汉形象持久地感染、激励着社会各阶层的一批批奋斗者。

陕西文学批评者对于路遥苦难主题予以充分的重视，常智奇指出路遥"用一种前卫性的苦难意识，强烈地冲击和取代了温柔敦厚、可苦可乐、逍遥自在的农业文化观念对文学的羁绊"①。仵埂《追寻与受难》联系西方基督教受苦与拯救意识，将苦难提升到宗教层面。肖云儒《路遥的艺术世界（论纲）》系统阐述"苦难意识"和"超越苦难"两个主题，力求将苦难上升到哲学认识层面。显然，不少研究大多驻足于苦难话题的咏叹调中，缺乏对于作家乡土农民视野的反思与突围。赵学勇《路遥的乡土情结》实现了对这种苦难意识研究的突破，他审慎地看到"这种农民式乡土观念的落后和愚昧"，"与时代精神的总调格格不入"，成为"历史重负"②。之后，赵学勇、王贵禄在《论西部作家的文学精神》中论及路遥、贾平凹、张承志、张贤亮等西部作家，指出其苦难意识中蕴含的"弱势群体话语立场的终极关怀"，"真正意义上的西部文学绝非作家个人心灵、情绪的抒发，而是作家自身的情感世界与底层民众的心灵完全融合后的艺术结晶，只有这样，才有可能具备西部的神韵与品格"③。由此打开研究路径的缺口，他指出作家停留于苦难的深情吟咏，没有向普通大众乃至全人类"终极关怀"的眺望，只能沉落到形而下的层面，最终不能融入人类文学史。

的确，苦难中不言败的生命抗争意识是西部文学精神重要的层面，这

---

① 常智奇：《在苦难意识中展示人的内在性——侧评〈平凡的世界〉的艺术追求》，《当代作家评论》1989 年第 5 期。

② 赵学勇：《路遥的乡土情结》，《兰州大学学报》1996 年第 2 期。

③ 赵学勇、王贵禄：《论西部作家的文学精神》，《甘肃社会科学》2005 年第 4 期。

种生命抗争意识精神对于视文学为"好玩"或"大便"的"后主""顽主"式写作姿态，无疑是极大的反拨与纠正。当然也必须看到如果作家与批评家一味地吟咏苦难、把玩苦难、醉心于苦难，在"他者"眼中苦难就成了兜售粗鄙、展览愚顽或追求"惊、野、奇、俗"的猎奇行径。因此，西部文学精神不能驻足于浅表的苦难表象书写，要深挖发掘下去，去寻找西部精魂心海深处更为珍贵而丰富的宝藏。

（二）反思追问意识

原野上盛开的鲜花，阳光下孩童的笑脸，我们的心襟常常为之摇曳、为之荡漾，而那些背阴处杂乱丛生的霉菌散发着阵阵的腐臭气息，却被我们轻巧地掠过。

80年代的新边塞诗一路高歌猛进，吟唱着英雄忍受苦难、昂扬奋发的劲歌：

> 我被固定在这里／已经千年／在中国／古老的都城／我像一个人那样站立着／粗壮的肩膀，吊起的头颅／面对无边无际的金黄色土地／我被固定在这里／山峰似地一动不动／墓碑似的一动不动／记录下民族的痛苦和生命
>
> 沉默／岩石坚硬的心／孤独地思考／黑洞洞的嘴唇张开着／朝太阳发出无声的叫喊／也许，我就应当这样／给孩子们／讲讲故事
>
> ——杨炼《大雁塔》（1980.6—8）①

现当代文学的主流一直提倡这样崇高的颂歌，暴露阴暗面往往不受欢迎。而上面这类文学作品基本代表了80年代西部文学对硬汉形象、力之壮美的顶礼膜拜。西部作家在讴歌英雄、吟咏苦难的同时，又为文坛贡献了另一种颓废精神形态，它有力地颠覆了"伪崇高"的颂歌。鲁迅离开这个世界近半个多世纪了，但南鸟们（杨争光《南鸟》）类似鲁迅笔下麻木的"看客"依然有滋有味地活着；张爱玲香消玉殒，但其笔下曹七巧（《金锁记》）刁钻的阴魂又附在徐培兰（《黄尘三部曲》）身上；郁达夫亦已作古，但其笔下"郁闷"的"他"（《沉沦》）投胎于庄之蝶（《废都》）。无论是作家还是评论家，文学艺术跳不出这诡异的魔阵，历史恍惚重复着令人吃惊的怪诞的鬼圈。而西部文学恓惶颓废景观的再现，引发人们以别样的眼光去重新审视民族的今天与昨天，尤其是民族灵魂深处的

---

① 谢冕：《中国当代青年诗选》（1976—1983），花城出版社1986年版，第153—155页。

陈腐气、毒气和鬼气。

揭示人性沉疴在西部文学中并不少见，1993 年《废都》面世，引发来自学院的点评以及民间的街谈巷议，但不少评论者执伦理教化之大旗，认为《废都》是"一部缺乏道德严肃性和文化责任感的小说"①，"趣味格调上，它是低下、庸俗的"；"思想理念上，它是肤浅、混乱的"；"情感态度上，它是畸形、病态的。"它本质上是一部颓废陈腐的旧小说"。②研究者严肃批评作品的色情描写，贬斥作品格调低下，作家人格境界猥琐，然而批评者对庄之蝶在现代文明中人性的迷乱、沉沦、异化形态关注意识却是不够的，对作品中蕴藏的忧患反思的追问也是浅尝辄止。90 年代以来现实生活世道人心的每况愈下，不少有见地的研究者敏锐发现颓废文学现象中驳杂丰富的意蕴。李继凯认为三秦历史文化景观中有引人注目的"废土废都现象"，由此滋生的"废土废都心态"实质是"反思忧患心态"，并指出这种颓废情绪其"迹近本世纪初期的鲁迅的'颓唐''彷徨'和郁达夫的'沉沦''消极'，其内潜的探索精神、省思力度当是更值得注意的地方，由此常可引出真正的清醒，达到深刻的境界"③。这种目光穿透乱花迷眼的世态人生色相，直逼人类幽冥晦暗的精神宇宙。当然，作品"引出真正的清醒，达到深刻的境界"尚待时日，可视为文学批评对创作寄予的热望。

贾平凹在 1993 年《废都》后的创作中，多致力于知识分子精神沉沦、迷乱的探寻，杨争光 1989 年小说集《黄尘》面世后的创作，多着眼于人类生活的处境思索。贾平凹笔下的人物多是知识分子（庄之蝶、高子路）或是略通文墨之人（夜郎、刘哈娃），作家透过他们在滚滚红尘中的跌打爬滚揭示出现代文明对人性的腐蚀与异化。知识分子或智识者在福柯眼中是"立法者或阐释者"，在中国传统文化中属于统治阶层中的"士"，高居庙堂文化之高端，五四知识分子是大众文化的启蒙者，承担着民族复兴的重任。西部作家以敏感诡异的心态捕捉到世纪末知识分子的心魂，他们从民族的精英、时代的脊梁骤然坍塌为"垮掉的一代"，这种颓废的文化景观令人惊悚、发人深思。

杨争光显然不关注庙堂之上的知识分子，而写荒山秃峁中"灰不溜秋"的乡民，这些乡民不同于生活于鲁镇的阿 Q、闰土有活力，鲁镇地处

---

① 李建军：《私有形态的反文化写作——评〈废都〉》，《南方文坛》2003 年第 3 期。
② 李建军：《草率拟古的反现代性写作——三评〈废都〉》，《文艺争鸣》2003 年第 3 期。
③ 李继凯：《秦地小说与"三秦文化"》，湖南教育出版社 1997 年版，第 217 页。

江南比起西部的荒山秃峁还是有点生人气息的，毕竟外边世界的风云还能吹散到鲁镇上空。杨争光并不想写具体的某地某人，他写抽象人的存在，"人在社会生活中的一种现实处境"①。这样的写作姿态使他笔下的人物获得一种向上升腾的艺术力量，具有一种形而上的哲理思辨色彩。老旦（《老旦是一棵树》）在赵镇家粪堆上变成一棵树，源自原始的嫉妒仇恨情绪，那赵镇活得比老旦要滋润；棒棒（《高坎的儿子》）吊死在柳树上因为父亲高坎的当众辱骂；杨明远（《棺材铺》）的儿子死了，源自杨明远自己千方百计挑起打怨家事端，这一幕幕血淋淋的"几乎无事的悲剧"，源自人性的愚昧、无知、自私、残忍，且混杂着某种可怕的变态、狡诈、阴险的成分。悲剧内涵竟是意义的匮乏，即无意义的意义。

杨争光忧虑追问的反思意识忧愤深广，这是人的悲剧，不仅限于蛮夷之乡的野叟村夫，其悲剧的力量也是令人震撼的。《黄尘三部曲》徐培兰与婆子妈惊人般相似的痉挛式扭动、徐培兰大腿长着的那个脓包，这既是人物生理上的病变，更是精神病变的真实写照，那个包"疼疼的，痒痒的，怪怪的"② 寄生在黄土人身上痉挛式地抽搐着，不时地搅动昏黄黯淡的乡村生活，演绎出黄土地上人间的悲剧。作家以悲悯的眼光穿透乡民原始的生命形式：满足于"吃吃喝喝""日日戳戳"人类食色的低层次需求，生命在宿命般无聊的怪圈中循环，而精神世界处于低墒状态，这具有极大的象征意味。今天，人类享受着电子文明的轻捷便利，人性就趋于文明吗？其人性中的沉疴、鬼气、毒气就销声匿迹吗？无论是贾平凹笔下身居庙堂的知识分子还是杨争光笔下的野叟村夫，在人性深处他们气脉相和，挣脱不了精神低墒无价值的处境，西部文学对人性沉疴的审视批判正是对当下现实的凝眸追问。③

（三）生命超越意识

对于人性沉疴的审视批判是西部文学的一种精神，而走向生命圆通的诗意追求是对人性沉疴审视后的别样翻转，也是颓废况味嬗变的必然升华，两者相依相生而又互为补充。

颓废不单单是一种颓唐、没落、残废的情绪，作为一种文化景观、文学意象、文化选择及文化策略耐人寻味。马泰·卡林内斯库认为颓废总是与进步、新生联系在一起，是动态的哲学概念，颓废是"一种方向或趋

---

① 张英：《西北硬汉——杨争光采访录》，《作家》1997 年第 5 期。
② 杨争光：《老旦是一棵树》，陕西旅游出版社 1998 年版，第 246 页。
③ 以上观点借鉴李春燕：《恓慌与颓废的文化意蕴——陕西当代作家扫描》，《小说评论》2007 年第 S1 期。

势"，"进步即是颓废，颓废即进步。就其生物学含义而言，颓废的真正对立面也许是再生"。①

　　与上边提到人性沉疴审视完全不同，激情四射的红柯从遥远的草原、茫茫的戈壁滩，从太阳升起、雄鹰翱翔的苍天，骑着骏马奔驰而来，带着关于如诗般的童话和英雄的传说闯入文坛。他那安徒生童话般的纯净故事，马仲英式的英雄传说为虚脱疲软的现代文学吹进徐徐清新之风，带来阵阵生命活力的力量之美。

　　红柯渴慕自由舒展、开阔大气的生命气象，作家借助自然界中的高原、雪漠、冰川、河流、太阳、月亮、星星、树木、火炉等自然物件，以及马儿、牛犊、羊儿、狗儿等动物传递对生命的顿悟，红柯文学世界中的物不是僵死的，她们身上充溢着醋畅圆润的生命灵气，可以与人沟通对话，冬夜中的火炉形如憨笨的黑熊"在地上腾腾地走动"，"黑夜像个狐狸精，缠绕在它（火炉）身边"，皮牙子（即洋葱）像小孩会说话发出呵呵的笑声，而屹立于长天阔地间的西部牧人，亦如顽童可以与太阳、月亮、星星戏耍游戏，举杯畅饮以至一醉方休。纵然是死亡的描写，在红柯笔下也没有丝毫阴惨惨的鬼魅之气，流溢着生命再生的温热与诗意般迷人的色彩。

　　《金色的阿尔泰》以抒情笔调描写营长妻子的死亡：

　　　　营长在她耳边小声说"高贵的生命不会死亡，我们必将在植物中复活"，生命新的航程就这样开始了。营长在他媳妇的耳边小声说"生命回到了幼芽"。玉米的幼芽就从媳妇的伤口长出来。营长在他媳妇耳边小声说"生命回到了大地"。大地就挖开一个很深很大的洞穴，尸体被慢慢滑下去，人们还能看到金黄的玉米，就像一匹黄骠马。②

　　一段美妙的文字，充满生命跃动的韵律与人生绵长的诗意，叫人拍案叫绝。红柯的艺术视角不只突破人与物的界限，也超越生与死的分野，在生生不息宇宙万物的轮回流变中，生命在澄明清澈中得以敞亮，与天地日月星辰圆通交融一体。

---

①　［美］马泰·卡林内斯库：《现代性的五幅面孔》，顾爱斌译，商务印书馆2002年版，第167页。

②　红柯：《金色的阿尔泰》，花山文艺出版社2001年版，第51页。

　　作家的文学世界折射着其审美理想与审美追求，作家常常在人生体验的基础上，在时代精神、社会文化、地域文化以及民族文化心理结构等多层面交互作用下形成自我的文学观。红柯出生在关中，在宝鸡完成大学本科学业，毕业后奔赴心仪已久的新疆，他说："我所写的新疆绝对是文学的新疆。"① 红柯笔下的新疆是文学的想象与虚构，并非地域意义上存在的新疆。正如湘西成为沈从文的文学载体，约克纳帕塔法县为威廉·福克纳文学精神的载体。新疆异域书写寄托红柯的美学理想，这种真实性的基础是"异域感"，因为异域，一切神迹均有可能发生，在现实与文学之间，红柯利用文学虚构的力量将心中的新疆理想化、单纯化和提纯化，使之趋于至真至善至美的境界。

　　这种对异文化想象的"误读"中，往往隐含着对于本土文化（中原文化）的某些不满、反思或者批评。这与贾平凹对知识分子人性迷乱的描写、杨争光对野叟村夫人性荒蛮的入木刻画，其不满现实的深层文化心理如出一辙。

　　西部，神奇的西部，常常在"他者"眼中是种浪漫的"误读"，不少汉族作家对西部进行自我意味的建构。西部，的确不同于内陆及东南沿海地区，它可以成为观察中国的一个参照。张承志歌颂哲合忍耶，意在鞭挞"人民堕落的新时代"②，继而"探讨中国的信仰问题"，"幼稚地以为这是一条救助中国文明的有益建议"③。神性大美的西域是非理性的、充满生命活力的，比照中原文化对人生命力的压抑，比照当下现代消费主义与享乐文化对本真人性的吞噬与异化，比照工具理性文化浪潮席卷全球的霸气喧嚣，红柯审美理想下"马仲英生命中激荡的英雄气质是摆脱当下虚脱、疲软生活的回春之药"④。这种与天地万物融为一体的圆通精神，一方面寄托着作家对健康本真生命的殷切渴求，另一方面强烈表达出作家对当下衰弱文明决然的否定。

　　这里，文学的虚构能力与乌托邦功能有相似之处，"乌托邦的伟大使命就在于，它为可能性开拓了地盘以反对对当前事态的消极默认"，"在文明史上为人类描画新的未来并使之产生的符号建筑物，总是由乌托邦来

① 红柯：《神性之大美——与李敬泽的对话》，《敬畏苍天》，上海人民出版社2002年版，第337页。
② 张承志：《芳草野草》，《荒芜英雄路》，东方出版中心1994年版，第12页。
③ 张承志：《墨浓时·惊无语》，载《以笔为旗》，中国社会科学出版社1999年版，第51页。
④ 李继凯、李春燕：《新时期30年西安小说作家创作心态管窥》，《陕西师范大学学报》2008年第3期。

承担的"①，"乌托邦也是真实的，就其反映人的本性及愿望这一点而言，它是真实的"②。这种真实源自人类心灵深处更为合理化的一种"真"，一种渴求，"乌托邦"这种对异文化想象的"误读"中，显豁地透露出作家的文化立场与价值诉求。

　　幅员辽阔的中华大地，东部与西部发展的悬殊令人触目惊心。当部分东部地区城市白领丽人为减肥塑身而焦虑时，相当一部分穷困边远地区的西部儿童却因营养不良而发育不全；当城市核心家庭的"小皇帝""小龙女"因沉迷网络被迫巨资戒网瘾时，一部分穷困山区考上大学的孩子的父亲，却因交不起学费选择轰动媒体的自杀行为。这个疆域辽阔的大国从西到东、从城市到乡村差距实在是太大了。经济发展的不平衡、地貌文化的差异，使得经济滞后的西部常常演绎着一出出凄凉的人生悲剧。

　　面对这样的生存状态，西部作家以义不容辞的历史担当意识书写着受难之歌，西部批评者带着切肤的生命情感体验审视着人世间的苦难，那种物质层面以及精神层面的苦难，体察着作家笔下的文学世界。

　　批评家赵学勇曾以欣赏的语气肯定"红柯用他诗性智慧构筑起了一个充满英雄情怀的精神乌托邦，以表达他对生命和人性辉煌的一种期盼"③。其实这也是批评家的夫子自况，透露出批评家对英雄的礼赞、对"生命与人性辉煌"的殷切期盼。生命的超越追求是文学创作及文学批评走向生命圆通流变的必然走向和最终归宿，这是一个当下正在进行的未完成的状态。然而值得庆幸的是文学创作与文学批评已经上路了，可以自豪地说，我们就在路上！

---

① ［德］恩斯特·卡西尔：《人论》，甘阳译，上海译文出版社 2003 年版，第 96 页。
② ［美］保罗·蒂利希：《政治期望》，徐钧尧译，四川人民出版社 1988 年版，第 214 页。
③ 赵学勇、王贵禄：《论西部作家的文学精神》，《甘肃社会科学》2005 年第 4 期。

第四章　陕西文学批评的文化心态

第一节　批评家的乡土情结

一　无法割舍的乡土情结

乡土情结是世代生存于乡村的人们，基于乡村封闭的地理条件与自然环境而产生的复杂而矛盾的心理印象丛，其中不少人源于生存环境的变迁，离开乡村寓居城市，在心理上与城市生活产生隔膜。他们受到城市文化的浸染，重新反观咀嚼昔日的乡土生活，乡土情结在这一过程中得以显现。

从心理学层面看，情结的产生和形成颇为微妙，它是个人曾经意识到的被意识忽视或遗忘的丝丝缕缕的心理印象，它以夸张或变形的形式挤压于无意识之中，它的产生不只与个人无意识有关，而且与某个种族群体生理遗传的集体无意识活动相关。荣格认为情结是个人无意识层面聚结的一簇心理丛，一些富有情绪色彩的观念思想。乡土情结是陕西乃至以农耕文化为主的中国人，他们世代居住于乡村或乡镇而非商业化发达的城市，长期从事农业生产活动形成的精神现象残存心里的印迹，即心理"原型"。在荣格眼中，原型并非明朗地再现于意识层面，它带有某种开启沟通的先天倾向性和忽然潜在性，只有当人们迷失或沉浸于先天经验的"环境"氛围中，才有可能被召唤出来。原型中渗透着祖辈流传下来的经验与规范，又同现代人变迁的生存经验交融杂呈一体。情结如同天际的流云飘忽不定却又驱之不去令人懊恼，但在人类精神世界里却是不可否认的存在，对于个人行为来说，它具有极大的规范性与指导性。人们往往根据情结的力量选择行为原则，抑制意识活动。荣格指出："不是人支配情结，而是情结支配着人。"①

---

① ［美］霍尔等：《荣格心理学入门》，冯川译，生活·读书·新知三联书店 1987 年版，第 37 页。

陕西作家的文学创作或多或少留有乡土情结的印迹，特别是他们离开乡土"侨寓"城市后，乡土情结更为明显。从创作素材的来源以及创作心理来看，都与乡土密不可分。可以说，乡土情结是其浇注作品文化内涵鲜灵的活水，他们从对乡土情结的内审与对传统文化的透视中捕捉到文学的精魂，最终成就为"作家"，乡土既是他们为之雀跃也是为之流泪的命脉。陕西作家乡土情结的显现首先表现在他们对"生于斯长于斯"的农村和农民的钟爱。

《人生》写完后不久，路遥坦诚表达出对父老乡亲的一片热爱：

我本身是农民的儿子，我在农村长大，所以我对农民，像刘巧珍、德顺爷爷这样的人有一种深切的感情，我把他们当作我的父辈和兄弟姊妹一样，我是怀着这样一种感情来写这两个人物的，实际上通过这两个人物寄托了对养育我的父老、兄弟、姊妹的一种感情。①

陈忠实在《中篇小说〈四妹子〉后记》中直言表白：

我出生于一个世代农耕的农民家庭。进入社会后，我一直在农村工作。教书时，我当的是农村学校的民办教师，学生几乎是清一色的农民子弟。做干部时，我又一直在区和乡政府工作，工作对象自然还是农民，除了农民就是和我一样做农村工作的干部。这样的生活阅历铸就了我的创作必然归属于农村题材。我自觉至今仍然从属于这个世界。我能把自己在这个世界里的生活感受诉诸文字，再回传给这个世界，自以为是十分荣幸的事。②

贾平凹也这样说："我是山里人，山养活了我，我也懂得了山。后来我进了城，在山里爱山，离开了山，更想山了。"③

批评家在深层心理结构也有类似于作家的乡土情结，阎纲、李星这些批评家早已离开乡村跻身城市，内心不时涌动着一份复杂而又浓郁的思乡之情。阎纲评析柳青《创业史》时，字里行间翻滚着挥之不去的浓浓乡情：

①　路遥：《关于〈人生〉的对话》，载《路遥文集》第 2 卷，陕西人民出版社 1993 年版，第 416 页。
②　陈忠实：《陈忠实创作申诉》，花城出版社 1996 年版，第 165 页。
③　贾平凹：《山地向导——〈山地笔记〉序》，《贾平凹文集》第 14 卷，陕西人民出版社 1998 年版，第 1 页。

我是陕西人，家在渭北关中地区，虽然离柳青所在的皇甫村相隔百多十里，但那里的生活习俗、风土人情、说话谈吐对我是毫不生疏的，连那里的方言我也懂得，读时常常忍俊不禁，这恐怕是外地读者所难以享受到的一种乐趣吧！但是，我即使怎样用心地、故意地寻找书里对陕西人说来可能失真的生活细节，这种细节也没有被寻找出来，这当然使我颇感惊奇和钦佩了。阅读《创业史》，你可以看见这里的一草一木，都长在陕西渭水的沿岸。这里的瓦房院、草棚院、柿树院，都留有当地主人个性化的标志。这里的人物，各自说着自己的话，这些话是"这个"人说的，同时又说着本地话和50年代初期的话。这里的人平时穿什么，上山穿什么，赶集穿什么，完全合乎当地的习俗，像出于本能一样的自然。捆扫帚，脚钱多少，一把扫帚值多少钱，以至于花儿多么红，豹子怎么叫，鸟儿如何飞，终南山多美又多险，都翔实如见，精确不误。①

在批评家李星心中，乡情不只是一份对儿时记忆的甜蜜回想，更多的是"入乡情更怯"惆怅式的人生况味，晓雷在《"农裔城籍"评论家》一文中这样评析李星：

土改了，父母带着他参加斗争会，从此，打人，流血，割指头，那些惨烈的画面又构成了他的梦魇……他慢慢懂得，农民不仅善良勤劳，也不乏瞅红灭黑，趋炎附势。弱肉强食的法则同样笼罩在牧歌式的远离陇海铁路的他那偏僻的田园之内。冷眼和争斗，似乎也是乡间的人情定势，在为针头线脑而没完没了的纷争中，你除却感到压抑，便是无可奈何。成年之后，他才真正体会到"近乡情更怯"的况味。想回家，又怕回家，不得不回家的时候，大清早就去田野独自散步，而整个白天把自己关在屋内，足不出户。如果有一天飞黄腾达，衣锦还乡，他愿在远离村庄的地方盖个房子独居，不愿在村巷里驰过见人。他愿像孤魂野鬼在田野里独自转悠，愿在母亲的坟旁独自徜徉，却不愿在熙来攘往的熟人中间虚与应酬……②

---

① 阎纲：《〈创业史〉与小说艺术》，上海文艺出版社1981年版，第174页。
② 晓雷：《"农裔城籍"评论家——关于李星（代序）》，见《星海漫笔》，陕西人民教育出版社1993年版，第5页。

很明显，与走出陕西身居北京的阎纲对家乡渭北关中的温馨记忆完全不同，李星生命体验中的乡民是刁蛮而又奸诈，乡情民风有失醇厚，散发着弱肉强食的原始森林气息，人性中那种原始的、残忍的、阴损的、逐利的劣根性，使李星常常"怕回家"甘愿做个"孤魂野鬼"。

同是回望乡土，为什么两位批评家的情感态度有着天壤之别呢？乡土概念中包孕什么样的文化内蕴呢？

二　繁复的"乡土"意蕴

何为"乡土"？首先，从"乡""土"二字的本源上分析其内涵。杨宽《古史新探》中说，"土"为万物生长发育的所在，是一切之基础和根本，"土"具有"根"的意思。土既是万物的根本，当然也是人的根本，因而土延伸出领属、归属的意思。"乡"和"飨"本是一字，两个人相对而坐，共食一簋。在乡间，常常聚在一起吃饭的人是一个家庭或一个宗族的人，因而宗族的聚居地便为"乡"。农耕时代的"乡"基于"土"，"土"才能产生"乡"，因此，"乡"与"土"连为一体，不仅是一方土地，而且包括寄居于土地上有血缘关系的人。这些有血缘关系的人不仅归属于这片土地，而且归属于有血缘关系的社会团体。就是说"乡土"内涵有三：生产资料土地、劳动寄居土地上有血亲关系的人以及家族组成的社团村落。

1947年，费孝通从社会学角度拓展"乡土"概念的疆域，"乡土"是"支配着社会生活"的"特具体系"，他从乡土本色、差序结构、礼制秩序、生育制度等方面对乡土中国进行翔实的剖析："这里讲的乡土中国，并不是具体的中国社会的素描，而是包含在具体的中国基层传统社会里的一种特具的体系，支配着社会生活的各个方面。"[①] 作为一种"特具的体系"的"乡土"支配着中国广大乡村的基层传统社会，"乡"包含着血缘和地缘上的双重关系；"土"是"乡"这种社会形态赖以延续的生存方式。"乡土"是根植于土地以血缘、地缘关系的纽带和传统礼俗维系的自然村社。

费孝通把"乡土"看作"中国基层传统社会"的"特具体系"，他特别留意到土的"不流动性"对人、社会礼仪、习俗的深刻影响。自然而然的"生于斯长于斯"的居民不可避免地浸染上"土"之"不流动性"，正是"土"之"不流动性"铸造了乡土人的特殊习性，比如恋家安

---

① 费孝通：《重刊序言》，载《乡土中国》，上海人民出版社2007年版，第4页。

土、重礼仪讲面子的一面，同时由于长期以来乡土人被局限于封闭的区域内，加之土地资源可供种植的有限性，使乡土人生活资料的获得受到制约，自私、狡诈、狭隘、保守等人性中的阴暗面也随之滋生。

中国是一个农业国家，乡土意识笼罩着中国的历史文化，以上提到的诸多乡土习性，不仅仅属于昔日囿于乡土封闭环境中的农民个体，就是包括知识分子在内的中国社会各个阶层也残留深浅不一的乡土文化烙印，虽然有些人已经完成了身份置换，不再是农民侍弄土地，但是他的父辈祖辈本身是侍弄土地的，在其集体无意识的深层积淀着乡土人的习性。赵学勇认为"中国'士'层的根也是农，只不过'士'层用知识表达着农民所无法表达的思想观念和理想"①。在此，需要我们沉思的当代社会乡土以及乡土习性，并没有因为中国逐渐脱离农耕文明转向工业文明而彻底消失于中国人身上，而是在新的历史条件下，乡土习性随着工业、商业文化的兴起，以变异的形式依附于种种兴起的文化现象上。这样，乡土就成为我们研究批评家心态的一个切入点。

乡土习性的发生、发展和成熟具有深远的经济、政治以及文化渊源因素。从经济基础层面看，乡村中国的主要生产方式是小农经济文化，马克思指出："物质生活的生产方式制约着整个社会生活、政治生活和精神生活的过程。不是人们的意识决定人们的存在，相反，是人们的社会存在决定人们的意识。"②农耕文化周而复始的轮回耕作方式，迫使祖祖辈辈乡土人的手脚以至思想的羽翼紧紧地附着粘连在泥土之中，很难跳出泥土、振翅鼓翼飞翔天际。这种农耕文化与游牧渔猎文化或近代工业文化不同，农耕文化直接从土地上获取资源，游牧民驰骋于马背逐水草而居，渔猎文化挂帆于天水逐利江湖而居无定所；做工的人可以择地而作，迁徙无碍；而耕作土地的农人却搬不动土地，长在土地里的庄稼当然不能搬，"侍候庄稼的老农也因之像是半身插入了土里，土气是因为不流动而发生的"。土气在不知不觉中渗入农人的血脉中，"'土'是他们的命根"③，而土的这种不可迁移性决定乡土社会是一个相对稳固、封闭而凝滞的社会板块。不流动性是从人与空间的关系而言，当从人与人在空间排列的关系来观察，就是孤立和隔膜了。孤立和隔膜并不是以个人为单位的，而是以住在一处的集团为单位的，如村落、社区等。而这种集团的孤立和隔膜反

---

① 赵学勇：《路遥的乡土情结》，《兰州大学学报》1996 年第 2 期。
② 《马克思恩格斯选集》第 2 卷，人民出版社 1972 年版，第 82 页。
③ 费孝通：《乡土本色》，《乡土中国》，上海人民出版社 2007 年版，第 7 页。

过来又影响到整个乡村中国，上至统治阶层下至黎民百姓的脾气和习性。

这样孤立而又隔膜的集团（村社），自有一套社会政治结构模式与其农耕生产方式形式相匹配，那就是：第一，以血缘关系为纽带的宗法制度完备而系统。宗法制度的本质是家族制度政治化，在这种政治结构模式下，温情脉脉的"家天下"观念深入人心；宗法以及宗法关系的长期盛行，导致"家国同构"的格局。"忠孝相通"以及"求忠臣于孝子之门"的说法就是宗法制度残存的结果，梁启超曾痛心疾首地感慨："吾中国社会之组织，以家族为单位，不以个人为单位，所谓家齐而后国治是也。周代宗法之制，在今日其形式虽废，其精神犹存也。"① 这符合陕西以千年古都而闻名于世的历史文化状况。第二，专制主义严密。中国是一个实行人口统计以及户籍管理体制最早的国家，《周礼·地官司徒》属吏曰大司徒，其任务为："掌建邦之土地之图，与其人民之数。"中国早就有什伍组织，把百姓编入什伍之中，五家为一伍，十家为一什；什有什长，伍有伍长。战国商鞅变法连坐法的颁布，表明人的人身自由被牢牢地控制在特有的政治体制之中，一旦某人有异动，其思想行为可能危及中央集全政府，国家很快会利用国家机器将之及时地控制起来。

这种带有血缘温情的宗法制度与冷酷的封建专制制度一旦交混成一体，造就中国传统社会"家国同构"的政治结构模式，这就是说大到民族国家小至个人家庭，都复制着这种结构模式。这样的体系对中国文化影响巨大。宗法型的社会特征导致中国文化形成伦理型范式，带来的是"中华民族凝聚力强，注重道德修养，比较重视人际温情，成为举世闻名的礼仪之邦"；同时也带来了"'非我族类，其心必异'的盲目排外、自大自傲心理等等，成为中国文化健康发展的障碍"②。而中国社会结构的专制主义特征导致中国文化形成政治型范式，这种范式带来国人严重的奴化服从心理，过于迷信威严和权力，缺乏必要的个人意识和自信心，最终导致创造力日渐衰竭。

"乡土"作为一种"特具体系的""中国基层传统社会"，有一整套与之相匹配的政治、经济以及文化体系。回望 20 世纪以来的中国，一直试图完成政治、经济、文化等诸多领域的现代化艰巨任务，五四启蒙革命

---

① 梁启超：《新大陆游记（节录）》，《饮冰室合集》第 7 册，中华书局 1989 年版，载张岱年、方克立《中国传统文化概论》，北京师范大学出版社 2004 年版，第 49 页。

② 张岱年、方克立：《中国传统文化概论》，北京师范大学出版社 2004 年版，第 55 页。

运动实现现代化是为了摆脱中国备受侵略丧失主权的屈辱命运，1949 年，毛泽东领导中国民众建立的中华人民共和国完成了近一个世纪以来中国人独立自主的梦想，改革开放 30 年中国行进在现代化的路途之中。在近百年中国现代人奋斗的历程中，乡土以及与乡土相关的话题从来也没有脱离我们的现实生活和理论视野，总是以各种形式出现在现代化进程中。

文学批评尤其是聚焦批评家的批评心态时，乡土当是不可忽视的观察点。客寓北京的陕籍人阎纲（礼泉人）评析《创业史》时，字里行间喷洒着挥之不去的思乡恋家之情，客居西安走出家乡陕西兴平的李星批评视野中多了份乡情洗礼后的大哀恸、大悲悯。细细体味乡土滋味，其中既有那种令人魂牵梦绕的故乡家园意识以及对精神家园的苦苦守望，也有面对世代累积沉淀下的花样繁多国民陋习的抗拒厌恶，个中滋味驳杂繁复，难以说清。

第二节　陕西文学批评的文化心态

"生存心态"①（habitus）是当代法国社会活动家、哲学家布迪厄结构动力学中最重要的概念。人作为社会行动者，完全不同于自然界其他动物，他的精神活动和社会实践，都与其主观和客观世界的双重领域发生紧密的关系，具有主观与客观的性质。人是穿梭于主客观世界的生存者。因此，人的心态本身，也不应单纯局限于传统理论言述的"内心世界"，并不是纯粹主观的思想因素或心理因素。从人的心态的形成过程到实际运作，都同时受到主客观世界的双重影响，并在同样的双重世界中发挥其实际效果。既然人一刻也离不开世界，人的世界无非就是他创造出来的社会环境，那么，人的心态就更离不开其生活的世界。

布迪厄的"生存心态"将主观与客观共时运作的复杂互动状态给予活灵活现的呈现，是"建构的结构主义"（structuralisme constructiviste）或"结构的建构主义"（constructivisme structuraliste）的理论产物，这对于文学批评活动中批评家的批评心态的研究给予极大启示。"心态"是流动不居、充满活力的精神生命的存在形态，它既有持续稳定的特点，更具有动态流变的特点。本节借用布迪厄"生存心态"的运思来分析陕西文

---

① 参见高宣扬《当代法国思想五十年》下册，中国人民大学出版社 2005 年版，第 501 页。

学批评家的文化心态。

一 对乡土羁恋与疏离的文化心态

十一届三中全会后中国实行改革开放，十二届三中全会后市场经济进入社会主义经济领域。20世纪80年代中国社会经济发生巨大的变化，伴随着市场经济的发展，工业文化、商业文化以迅猛态势席卷中国，陕西与全国一起迈向现代化的进程中，乡土文化在城市化进程中也发生着深刻而微妙的变化，我国的文明形态尤其是陕西大部分地区还延宕于农业文明阶段，农业在陕西的国民经济中占有举足轻重的地位。加之陕西不少作家、批评家出身农村，有些甚至长期与农民生活在一起，在情感上与农民有着或深或浅的亲情，在意识深处不可能斩断与乡土文化之间的血脉关系，精神气脉上呈现出类似于乡土习性的复杂情态。

陕西文学批评者的批评心态表现出与乡土间的粘连性、矛盾性。不少批评者虽然走入城市获得城籍身份，感情上却与城市隔膜，尤其是作为"农裔城籍"①者遭遇城市，彻心透肺地意识到自己是个乡下人，是个寓居者，自己的根，精神的家园在远处的乡下。虽然不少作家、批评者本人户籍是城市，而且在作协或文化部门供职，他们中不少人是"一头沉"家庭。

"一头沉"是20世纪70年代末80年代初，丈夫在外工作（或当兵），妻子带着孩子和老家人在农村种地劳动、生活的家庭，此时，丈夫的农村户籍已到了机关工作所在地置换为城市户籍，他们妻子、孩子及父母的户籍依然在农村。由于城市文化优越于乡村文化，首先在孩子的教育问题上，家庭会极力考虑让孩子接受城市文化的教育，而城市的容量是有限的，对非城籍社区的入学者进行限制，随着城籍亲人来到城市求学的学龄孩子与城籍孩子的待遇天差地别，城乡之间悬殊是多方面的，体现在教育、就业诸多个人发展方面。这些"农裔城籍"的工作者，在诸多方面一方面感受到城市文化的优胜性，为自己成为城籍人而欣喜；另一方面又时时地承受着进入城市后孩子教育、家人生计等问题带来的物质、精神的双重压力。这种城乡工农剪刀差形成的不平衡，使得踏上城市的农村人对眼前的城市有着先天的疏离感情，怀有一种警惕与戒备心理，以一种与城

---

① "农裔城籍"率先由李星提出，李星从作家身份对创作进行深度分析，作家晓雷巧妙地借用李星提出的"农裔城籍"这种说法，分析李星文学批评的文化心态。笔者认为这对于陕西批评的文化心态来说亦可适用。

市人不同的眼光审视城市，批评城市文明。哪怕在城市中拥有发言权了，依然与城市隔着一层，因为他们生活的根基以及精神家园的根脉总是与远处的乡村联系在一起。

当然这包含着深刻的社会因素，中国的城市化是在被动而非主动的情况下开始的，城市虽然形成了，但与城市生活相匹配的制度建设并未完善起来，而城市的道德沦丧、唯利是图使走入都市的乡土人深恶痛绝，但是他们面对乡土，态度亦是犹疑复杂的。童年乡村上空升起的袅袅炊烟、牧童哼唱的歌谣、母亲操劳的背影，唤起批评家对乡村永恒的依恋，而乡村本身存在的沉疴痼疾，使他们以不同于以往乡下人的身份，而是知识分子的眼光来观望泪眼迷蒙中的乡村，乡村文化残留的封建文化观念思想，农民身上具有的愚昧、蛮横、狭隘、自私的人性画面，就成为他们聚焦批判的对象。因此，不少批评者对于乡土的心态既是羁恋的又是疏离的。他们"农裔城籍"的身份使他们的文化心态看起来别样复杂。

二　动态演变中的文化心态

带有乡土情结的文化心态并非一成不变，而是充溢着生命酣畅淋漓的元气，是活力四射、流动不居的生命形态。批评者家庭背景、个性禀赋以及后天的生存环境、接受知识教育等诸多方面的差异，使批评者在不同的时段和场合下会呈现出不同的变化着的文化心态，尤其在对待乡土的感情态度上呈现出动态态势。显然，文学批评队伍庞大驳杂，加之"心态"文化研究本身具有的流动不居性，对此做出概括极为困难，难免会挂一漏万。笔者循着陕西文学批评与"乡土"相联系的踪迹，对处于变化流动的心态轨迹进行尝试性的探索分析。

羁恋于乡土是批评者与乡土习性之间的一种连而不断的关联性，这种关联性并不是说仅认可等同于乡土习性，考虑到批评者与乡土间物质经济上的相依相连性、情感上难以割舍的丝丝情愫、批评视点上对于乡土范畴文学题材的特别关注，以及关涉乡土的文化记忆和历史思考，带有乡土情结的批评心态从呈现形态上可以大体分为认可乡土习性、质疑乡土习性、超越乡土习性等互动状态的建构性发展态势。

（一）认可乡土习性的批评心态

路遥是一个乡土情结特别重的陕西作家，《姐姐》（短篇小说）、《月下》（短篇小说）、《在困难的日子里》（中篇小说）、《人生》（中篇小说）、《生活咏叹调》（短篇小说）、《平凡的世界》（长篇小说）等作品都是乡土记忆体验的复活与再现。2010年3月17日笔者查阅"中国知网"，查询时间限于 1979—2010 年，查询范围限于 "文史哲" 与 "教育与社会科学综合" 两库，查询结果如下：以 "路遥" 为关键词的研究论文 882 篇，以 "路遥" 为摘要的研究论文 1242 篇，"路遥" 与 "乡土" 为关键词组合的研究论文 37 篇，"路遥" 与 "苦难" 为关键词组合的研究论文 18 篇，"路遥" 与 "悲剧" 为关键词组合的研究论文有 46 篇。查询结果表明，路遥成为当代文学研究的一个话题，其中 "乡土" "苦难" "悲剧" 是研究路遥的视角。笔者在汗牛充栋的资料爬梳打理工作中，有这样的感觉：不少研究者与研究对象及作品传递的情感贴得太近，缺乏批评的超越意识。对于路遥作品中传递出的农民式的乡土观基本上是顺着说，那种逆着说的具有一定理论深度与思想建树的研究成果微乎其微，尤其是在 80 年代末 90 年代初，这种情况更为明显。这是种典型的粘连乡土的批评心态。

常智奇较早关注到路遥作品的苦难主题，《在苦难意识中展示人的内在性——侧评〈平凡的世界〉的艺术追求》一文 1989 年发表于《当代作家评论》第 5 期，论文指出："路遥全方位、多角度地探究苦难的社会纠葛和人们在苦难中的种种表现，力求解决社会的苦难问题。作品中贯注着那股昂扬的乐观主义精神。"① 与之相关的苦难主题的文章，中国知网有 18 篇相关论文。1990 年《小说评论》第 3 期发表仵埂的《追寻与受难》，仵埂参照西方基督教中的受苦与拯救意识，将路遥的苦难主题提升到类似于宗教的层面，歌咏作家的 "苦难意识" 和作品中普通人的 "受难" 精神，并将 "苦难" 升华为 "崇高" 的审美品格。1991 年 6 月肖云儒在《路遥的艺术世界（论纲）》中系统阐述 "苦难意识" 和 "超越苦难" 主题，苦难是人精神生活的一个重要内容，生命的价值在于勇敢地穿越晦暗而漫长的苦难甬道，"路遥善于从命运的苦难中捕捉、衍化、表现心灵的苦难，善于在苦难生涯中锻造苦难精神。其中既有受苦精神——忍受，也有吃苦精神——刻苦，更有在苦难中升华起来的对人生和世界哲学的或准哲学的认识，即苦难意识、苦难观。于是，苦难的每一次袭击都激发出穿越苦难的反作用力。苦难转化为深度独到的人生感悟，转化为积极进取的人格力量"②。

关于路遥研究的 "苦难主题"，不少研究者进行了艰苦的开拓性工

① 常智奇：《在苦难意识中展示人的内在性——侧评〈平凡的世界〉的艺术追求》，《当代作家评论》1989 年第 5 期。

② 肖云儒：《路遥的艺术世界（论纲）》，载《神秘黑箱的窥视》，陕西人民教育出版社 1993 年版，第 175 页。

作，特别是肖云儒《路遥的意识世界》一文，较为全面系统地把握住路遥丰富而复杂的心理世界，这有利于我们了解认识路遥所处的特殊的历史转折时期，有利于我们把握作家在转折时期的微妙心态。但是，这些研究成果存在一个致命的弱点，研究者在阐释苦难、歌咏苦难，并将苦难提升为准宗教，几乎同研究对象一起沉湎于苦难的咏叹调之中，其研究视野缺乏批判的超越眼光，摆脱不了乡土农民的视野与见识，基本上是认可乡土文化体系。

路遥以中篇小说《人生》一举成名后，尽管一直勤奋写作力求超越固有的自我，在创作上推崇无榜样意识，但他的精神天宇却一直盘桓在乡土文化打造的氤氲气息中。高加林在"走后门"当县委通讯干事一事败露后，溃败退回大马河川，扑倒在德顺爷爷脚下，两手紧攥着黄土，痛苦地呻吟道："我的亲人哪……"这个故事情节的情感震撼力强悍，面对高加林这位陕北硬汉子撕心裂肺的顿地呼号，读者无不为之动容且为之深思：是什么使这位黄土高坡上的硬汉子走不出人生的困境？这是一个有关人和民族值得深思的重大社会话题。

20世纪20年代，鲁迅开创了"离去—归来—再离去"这个"归乡"叙述模式[①]，昔日离开故土的"寻梦者"去寻找"梦中的天国"，今日归来的"漂泊者"面向大地而盘桓于故乡的天宇，却顿感身心无所依。故乡的落后与守旧打碎了"漂泊者"于风餐露宿中对故乡萌发的希冀，清冷半空中几度盘桓回首后，只得凄怆地选择最终的"再离去"，这个"归乡"模式蕴含着极强极浓的爱恨情仇力量以及浓郁的象征意味，鲁迅文学话语形象地表达了对故乡符码代表的中国传统文化的忧思批判意识。倘若路遥的归乡与鲁迅的归乡模式相比照，其批判现实的力度和文化反思的意味淡弱多了。

在路遥笔下高加林依偎在德顺爷脚下、扑倒在黄土地上，向故土作痛心疾首的忏悔，路遥借助这一叙事情节既表明对乡土文化的眷念和无保留的深切认同，同时也向读者显示出其乡土文化观，即乡土文化神圣不可侵犯。高加林重新回到乡土，就重新找到人生扬帆起航的支点。小说中的德顺爷是乡土文明丰碑式的象征符号，他一再告诫乡土文明的背叛者高加林，不能背弃乡土、乡情，"根"要牢牢地深扎在乡土之中，人要是断了乡土之根，形如断线的风筝必将成为人生的弃儿。而穿越高加林爱情生命中的两个女人，刘巧珍与黄亚萍也分别代表着不同走向的两种人生图式，

---

① 　钱理群、温儒敏等：《中国现代文学三十年》，北京大学出版社1998年版，第32页。

高加林背弃刘巧珍就是背弃传统的农耕文明，选择黄亚萍就是选择新兴的城市文明。这里，两位女性形象被逻辑化约为符码式扁平人物，是作家创造出的被动的存在物件，为主体人物高加林作陪衬。高加林对传统乡土文化的背弃必然要遭受命运的惩罚，就是黄亚萍所代表的暗含作家偏见的虚伪城市文化也容不下他，高加林被抛出既定的人生样式。作家的文化判断泾渭分明，尽管情感上理解高加林的拼搏精神、对社会不正之风也深表愤懑，理智上却谴责高加林的背弃刘巧珍爱情的不道德行为，情感与理智处于极度的分裂错位状态。

路遥的创作心态带有更多的"文化羁绊"①，远逝的童年生活、熟稔的乡村记忆，特别是割不断的乡土式的血缘地缘的红丝线，使他不能挣脱乡土文化的重重包围，无论是面对农村还是张望城市，路遥的价值选择、情感判断遭遇不可逾越的思想与精神障碍，难以深入地审视庞杂的乡土文化体系，更不能公正地评价城市文化价值体系。路遥对乡土文化批判时顾惜与袒护的心态比较显豁，在太多赞美乡土美好时忽视了其中狭隘、自私、封建、落后的沉疴。

杜勃罗流波夫认为批评"能够判断作者的眼光在现象的本质里，究竟深入到何种程度，他在他的描写里对于生活各方面现象的把握，究竟广阔到何种程度"②。也就是说，成功的文学批评需要向读者指出决定文学现象的价值等级和意义尺度，韦勒克认为："批评家的功勋不在于道出艺术家在作品中已明显表现出来的东西，批评不是看图说话，它应该说出的是艺术表现背后潜在的、艺术家难以明确表达的东西。"③ 的确，高明的文学批评不是面对作品的"看图说话"或"邯郸学步"，重要的是从作品的肌理辨析出作家的思想文化局限性，指出作品含混悖逆的内容，发现作家的思想症候。以此观察陕西文学批评，批评心态在逐渐探索建构的进程中渐渐趋于理性化，陕西文学批评家逐渐洞察到路遥乡土文化中的矛盾。赵学勇透过路遥的苦难主题，指出路遥乡土情结中渗透着"典型的农民式的乡土观念和家园意识"④，并质疑其"只有扎根乡土才能活人"的皈依乡土人生观。李继凯指出"路遥整体思想价值观念体系依然坚守于传统的伦理观念，笔下人物一旦触及复杂的新问题时，路遥经常依照固有的

---

① 周水涛：《论新时期乡村小说的文化意蕴》，华中师范大学出版社 2004 年版，第 256 页。
② ［俄］杜勃罗流波夫：《杜勃罗流波夫选集》第 1 卷，辛未艾译，新文艺出版社 1951 年版，第 174 页。
③ ［美］R. 韦勒克：《批评的诸种概念》，丁泓等译，四川文艺出版社 1988 年版，第 343 页。
④ 赵学勇：《路遥的乡土情结》，《兰州大学学报》1996 年第 2 期。

传统价值尺度否定新人的突变行为"①。的确，农民式市民阶层的道德价值判断容易满足读者群的审美需求，然而沉潜于情理冲突下隐约忽闪的社会重大矛盾却被轻巧地抹平了，而《人生》的社会场域中包蕴着的丰富内涵又是耐人寻味的。路遥的《人生》《平凡的世界》对此都有所触及，但从作家的创作心态及世界观来看，缺乏对此的反思批判。这也是路遥文学在读者界热而评论界冷的一个根本因素，不仅仅在于路遥操持的现实主义创作观念与方法的守旧落后，更在于路遥缺乏现代知识分子对传统文化的反思批判色彩，缺乏知识分子折身自问的自我批驳力量。

事实上，在文学批评中路遥以及"陕军"文学创作对乡土文化顾惜和偏袒的姿态是不容小觑的。对于这种现象文化圈内不少人就提出过严厉的批评，刘卫平说："90 年代中期以后，陕西的评论家虽然还在不停地笔耕舌耘，却越来越拿不出有分量的东西，倒是写了不少应声应景的文字，说了不少可有可无的话，开了不少不甜不酸的会，实在是乏善可陈。"他还说："批评的态度是宽容的，而批评的观点却必须是鲜明的、新颖的和苛求的，它永远与'好好主义'和'和事佬'做派无缘。但近年陕西评论界的习气恰恰是有和气而没棱角、多合唱而少独奏、喜捧场而羞棒喝，从而使陕西的文学批评走进了一个很没劲也很没趣的'进行时态'。"② 形成这种文学现象的原因是多方面的，但文化场域中批评者主体的文化心态起着非常重要的作用。

固然，作家的顾惜和偏袒的态度会使文学创造在乡土文化领域内侧重某几个方面的思考，挖掘出较大的思想含量，但同样会损伤乡土文学叙事表达的思想深度和社会广度，留下不少文化盲点，影响乡土文学认识功能的发挥效果以及文学自身的健康发展。文学批评是一门独立性极强的美学和哲学批评，批评不仅需要穿越昏暗黑洞的幽火烛光，更需要隔岸观火的冷静澄明，它不同于文学创作中激情挥洒的千里狂泻、灵感飞扬的向空虚蹈。也就是说，文学批评比文学创作更长于理性的分析、情感的沉淀和哲思的判断。如果文学批评对作品解读仅仅驻足于亦步亦趋的"看图说话"，徘徊在赞美苦难、提升苦难为宗教的批评向度，而无视作品乡土观念以及农民视野的局限性，在认识水平上与作家保持同一起跑线。那么，文学批评就不能发挥出指导并提高文学创作的任务，也使得批评自身陷入困境而

---

① 李继凯、李春燕：《新时期 30 年西安小说作家创作心态管窥》，《陕西师范大学学报》2008 年第 3 期。

② 刘卫平：《冬烘与委琐》，载《突发的思想交锋：博士直谏陕西文坛及其他》，太白文艺出版社 2000 年版，第 76 页。

裹足不前，从而无法发挥文学批评推动社会文明精神进步的引导作用。一句话，文学批评要有思想的深度和哲理的思辨，要有超越时代的前瞻性和批判性。陕西文学批评有其惰性，难免习惯于跟在文学创作之后，不能及时有效地引导文学创作，在这一点上，陕西文学批评还得努力向前迈进。

（二）质疑乡土习性的批评心态

赵学勇不无忧患地指出路遥创作存在的问题：

> 从德顺老人这种纯情感而非理性的乡土观念的形成以及不用判断而用历史经验直接作为价值取向的意识深层中，我们在感叹他们美好人性的同时，却不能不为我们的父辈、祖辈的生活方式、生存观念而充满同情并感到忧痛和悲哀；同时，我们也清醒地看到了这种农民式乡土观念的落后和愚昧。尤其在21世纪的今天，这种观念就越发显得与时代精神的总调格格不入，甚至成了年轻一代必须抛弃的历史重负。而我们的作家一时难以挣脱这种旧观念的束缚是可以理解的，但作家必须警惕自己，逐渐认识它的真实内涵。[1]

的确，忧患并非空穴来风，文学创作需要超越的意识。固然，乡土文化传承着中华民族的勤劳、坚韧、重情讲义等优胜性品格，但作家耽于乡土文化的温情与道义，只能麻痹自我和读者的审美神经，走不出乡土文明遭遇现代文明的尴尬。无数事实证明，城市并非中国农民温情的避难港湾，苦难宗教根本不能拯救农民。走入城市的农民并不因为他们对苦难的"忍耐""刻苦"[2]，生存环境和生命质量可以得到合理合情的改善。路遥笔下的农民高加林"走后门"事发后被迫回到故乡；而金融危机背景下，进城打工的农民哈娃、五富、黄八、杏胡夫妇（贾平凹《高兴》中进城农民工），正重复着20世纪80年代高加林返乡的悲剧命运，不同在于高加林失去的是城市工作的权利即生命发展权，而五富丧失的却是生命——每个人只有一次不可逆时的珍贵生命。城市中不少的农民工丧失劳务报酬、医疗费用以及养老保险的诸多的生命保障，拖着漂泊城市的病痛之躯、怀着满心的疲惫，无奈踏向返乡之路。他们第一次走入城市时，曾经怀揣多少美妙的人生梦想啊！

---

① 赵学勇：《路遥的乡土情结》，《兰州大学学报》1996年第2期。

② 肖云儒：《路遥的艺术世界（论纲）》，载畅广元编《神秘黑箱的窥视》，陕西人民教育出版社1993年版，第175页。

　　关于苦难主题也出现在俄国作家索尔仁尼琴的《伊凡·杰尼索维奇的一天》中，小人物舒霍夫与一批"劳改犯人"生存在奇寒无比的环境中，他们饥寒交迫、遭受着看守非人的侮辱与折磨，却乐观地劳作着、勇敢地活着。索尔仁尼琴作为俄罗斯民族的良心，自身就有过屈辱的劳改生活经历，他予以苦难以久久的、深深的凝视，不停地追问着铸就苦难的根由，其批判的锋芒直指当时苏维埃共和国的集权统治。索尔仁尼琴说："苦难有多深，人类的荣耀就有多高远。"这话绝不是对苦难的低咏浅叹，而是源自一颗伟大的灵魂对俄罗斯民族苦难命运的悲切忧虑与冷峻思考，其中蕴藏着"不从"的反叛意识与超越苦难的精神。阿多尔诺认为艺术只有"拒绝与社会的认同"，成为"社会的反论"，才能体现出它的真理价值，成为"自由的象征"。这些思想在文学批评上同样重要。固然，文学批评不同于文学创作，文学创作需要作家充沛的激情，丰富的创造力，文学批评当然不能拒绝激情、想象，它要求对于批评对象冷静细致的观察、客观审慎的分析，要求科学性与客观性，需要一种"隔岸观火"的冷静，看到批评对象的不足，发挥出"磨刀石"使钢刀锋利的功效。

　　显然，不论与鲁迅的"归乡"模式相比，还是与索尔仁尼琴"不从"精神相比，80年代以来乃至90年代初期，以路遥为主的陕西文学创作以及不少文学批评缺乏这种穿越苦难的意识以及批判现实的精神，温情脉脉的乡土情怀以及乡土观念严重地制约了陕西文学以及文化走向现代化的可能，陕西的文学批评家与作家之间保持着过于客气的习气，对于作家作品的批评习惯于顺着作家说。

　　欣慰的是90年代中期以来，一批正在崛起的陕西中青年批评者，渐渐摆脱那种简单认同乡土习性的批评心态，他们追问着乡土文明中潜藏的痼疾，以超越姿态构建着陕西文学批评。尽管这种质疑的声音常常淹没在消费主义文化构筑的喧嚣声中，常常流散消弭在媒体操纵的尖叫声中，其鲜活的生命力几近被习俗的杂音所窒息。但是，我们可以从众声喧哗中依稀分辨出那种质疑的、不从的、不那么悦耳甚至是刺耳的声音。2000年爆发在陕西的文坛大地震就是冲破沉闷批评局面的明证。

　　（三）超越乡土的批评心态

　　处于建构中的批评心态与客观社会历史发展呈现出非单纯性循环往复关系和相互粘合渗透性，从认同乡土农民的立场到否定乡土观念，建构中的批评心态不是以突变形式实现飞跃，而是随着时代社会思潮的发展与批评者主体的完善生成，并通过两者双向互动的渗透生成。批评心态也同布迪厄的"生存心态"一样充满张力具有典型的双重结构性，它巧妙地将互相对立的力量与因素结合起来，将物质性和精神性、主观和客观、外在和内在、静态与动态、历史与现实、实在与潜在等各种因素和力量，都在批评心态的结构及其运作中，相互穿插成一个不可分割的整体结构。

如果当年阎纲对于《创业史》的评析带着更多的恋家思乡之情的话，那么身在陕西的李星在浓浓乡情的缠绕下，更多了直面乡土文化后的悲悯与哀恸的大情怀，这种矛盾态度情感源自对乡土文化更为清晰审慎的心灵体悟，它与 20 世纪 80 年代以来中国思想界解放运动不无关系，而这样的体悟以及判断不是对乡土文化是与非的简单抉择，其间暗含着批评者个体价值以及社会价值走向的深切嬗变。

表面看来，批评主体的精神世界一直处于纠结中，实质上这种纠结于乡土的情绪不仅时时刻刻困扰批评家的精神世界，而且还处于动态衍化的流变中；它既是客观外在的社会思潮浸染的结果，又是个体心灵搏杀内化的流露；既积淀传承历史文化的集体无意识记忆，又打上鲜活现实生活的烙印；既是传统历史作用的现实性存在，又昭示未来发展的方向；既呈现出静态的可描述性，又处在动态衍变的不可言述中。总之，李星"近乡情更怯"式的矛盾批评心态是正在过渡中的黏连乡土的批评心态，它与认同乡土的态度显然有内在的绵延性，又不同于简单的乡土认同心态，潜隐着对认同乡土心态的突围与随机嬗变的可能。

赵学勇对路遥创作中农民立场与农民观念的批评，表明陕西文学批评心态向认可乡土文明的批评心态的理性告别，陕西不少的批评行为也说明了批评心态的衍生转换。惠雁冰也批评路遥对乡土地域文化的偏爱，指出"路遥的作品始终走不出这种精神资源的桎梏"[1]；李继凯回望秦地作家20 世纪整个文学创作，试图撩起罩在作家创作心态的神秘面纱，道破作家求实求变、恋乡怀旧、废土废都的创作心态[2]，而他又在已有研究成果"废土废都心态"上，出人意料地陡然翻转出英雄崇拜的超越心态[3]；李震立足于 21 世纪，审视 20 世纪乡村小说传统将其概括为鲁迅式启蒙传统、沈从文式诗化传统和路遥式史诗传统的三种基本模式，他以此为理论基石，认为《白鹿原》的成功在于"实现了这三种传统的全面整合与超

---

[1] 惠雁冰：《地域书写的困惑——从〈人生〉看路遥创作的精神资源》，《宁夏社会科学》2003 年第 4 期。

[2] 李继凯：《秦地小说与"三秦文化"》，湖南教育出版社 1997 年版，第 191 页。

[3] 李继凯、李春燕：《新时期 30 年西安小说作家创作心态管窥》，《陕西师范大学学报》2008 年第 3 期。

越"①。这种超越既完成了作家文化价值观念（乡土观与农民观）的超越，同时也实现了文学创作自身的根本性超越；批评者肯定了这种创作上的超越，透露出批评者对于文学现象的穿越，也最终完成文学批评对于自身困境的超越。周燕芬指出"贾平凹对于当代文学最有价值的构成，却是他的潮流外和异质性写作，他的每一部'奇书'，都产生于他和主流文化意识的疏离中，落成于他的极端个体性的焦虑中"②。总体来看，20 世纪 90 年代以来陕西文学批评成果参差不齐，但探寻批评者跋涉的曲折路程，其批评心态一直处于流动不居的变化之中，他们力求突围于乡土文化的逼仄，与全国的文学批评一道向开阔的人类文化研究视域挺进。

20 世纪 90 年代以来建构着的批评心态发生质的飞跃与批评者知识结构的渐趋完善化不无关系。倘若对陕西文学批评队伍人员的知识结构体系做一梳理的话，与前两代批评者相比，第三代批评者大多出生于五六十年代，接受过比较良好的现代文化教育。

第一代批评者胡采生活在战争年代，没有机会接受比较系统的中外文化教育，他们获取知识多根据个人旨趣有意识地向外界索取，加之受战时艰苦的条件限制，获取知识资源相当不易，知识结构不够完善，思维方式受到战争你死我活二元对立模式的影响，知识背景以欧洲 19 世纪批判现实主义以及俄罗斯文学传统为主；第二代批评者刘建军、费秉勋、畅广元等人接受了中华人民共和国成立以来比较系统的高等教育，知识结构相较前代学者相对健全。刘建军毕业于西北大学中文系，1959 年进京参加北京社科院文学研究所与中国人民大学合办的文艺理论研究班学习，师从何其芳、蔡仪等人。费秉勋在西北大学中文系深造，畅广元在西安师范学院即陕西师范大学前身学习。正如刘建军所接受的西安以及北京的高等文化教育，中华人民共和国成立之后我国的高等文化教育沿袭欧洲经典的批判现实主义文学传统以及 1942 年毛泽东《在延安文艺座谈会上的讲话》革命的现实主义文学的发展思路，倘若与第三代批评者相比，这代批评者的知识谱系却是相对褊狭，知识的视野低平。第三代批评者的知识结构比较健全，赵学勇 1977 年毕业于兰州大学中文系，1988 年获文学硕士学位；李继凯 1977 年考入徐州师院，1986 年获得陕西师范大学文学硕士学位，后来又获得武汉大学文学博士学位；李震 1984 年毕业于陕西师范大学中文系，1990 年毕业于西南师大（今西南大学）获文学硕士学位；周燕芬

---

① 李震：《论 20 世纪中国乡村小说的基本传统》，《陕西师范大学学报》2005 年第 3 期。

② 周燕芬：《贾平凹与 30 年中国文学的构成关系》，《当代中国作家评论》2009 年第 5 期。

1985 年毕业于西北大学中文系，1992 年获得西北大学文学硕士学位，2002 年获得华中师范大学文学博士学位，2005 年复旦大学中文博士后流动站出站。再加之 80 年代新思潮新方法的引进，使第三代批评者思想视野的开新与拓展完成成为可能，经过数年思想的交锋对话，90 年代批评者知识结构建构渐趋现代化、健全化，思维方式渐趋理性，文学批评增加了对乡土文明中蕴含的驳杂因素清醒、审慎的分析批判，批评心态出现了超越乡土习俗的态势。

当然，第三代批评者的知识谱系与第四代"青椒批评"相比，也有不可避免的时代缺憾。第三代批评者有太多机会从容地接受 20 世纪 80 年代以来的西方文化思潮的熏陶，文化视野开阔，但由于学科壁垒的设置，有些评论者对中国古典文化的涉猎相对清浅，对西方欧美文化思潮的吸纳不够精微深刻。而第四代批评者进入知识储备时期，适逢 21 世纪以来中国学界对俄罗斯文化、当代欧洲文化以及中国古典文化的完成了全面反思，第四代的批评心态比较从容淡然，对西方文化进行批判性地吸收，向中国古代传统优秀文化又致以敬意，比如杨辉费时费力研读易经、佛学、道学等元典文化提出建构中国本土审美意味的文学理论设想。王鹏程对中国史料、传统戏曲、民俗以及美国文学、拉美文学等世界文化，表现出更为广泛的兴趣和精微的把握，第四代批评者适逢开阔的中西、古今文化的交汇，知识谱系显得相对驳杂丰富，其文学批评隐含着潜在阐释的张力和空间。以上仅仅对各代批评者知识背景和谱系的粗线爬梳，不可简单对号入座。如第二代批评者费秉勋虽接受建国后的文化教育，但他由中国古代文化知识背景进入当代文学批评的研读，他的文学批评具有中国传统文化的特色和余韵。

反观，20 世纪 90 年代以来，虽然批评心态构成中出现超越乡土观念的批评态势，但是并不意味着类似于单纯地认同乡土观念的批评心态在批评领域内一下子就消失殆尽，而是依然存在着，或者以各种不同的面貌出现着。思想意识形态历经数千年的积淀传承不可能由于某场运动思潮的倡导、批评者身份由农籍转为城籍的置换，就会发生根本性的改变，这尚需漫长的时间来完成。

表面看来，陕西文学批评呈现出一片祥和安宁的繁荣气象，事实上，那些对文学创作文化现象的评判无关痛痒的、空而不当的大话好话亦有，伴随着商业文化而至的拜金主义享乐文化思潮严重地威胁着文化事业的健康发展，作家、批评家以及传播媒体在利益的绑架下，称兄道弟瓜分稀缺的文化资源现象显露苗头。尽管偶见学术圈子中时有不乏见地、切中要害的批评意见，但总被云遮雾罩在噱人眼球的喧嚣事件中（世纪末陕西文坛大地震），消解在文坛时尚（多如牛毛的作品发布会、一再重复的学术研讨会）喋喋不休的高谈阔论中，让人摸不清弄不懂批评者真正的立场、原则和价值指向。那些来自民间街谈巷议的戏谑热讽再次说明陕西文学批评的失职。的确，圈子文化现象、批评界家娃心态、"大堡子"① 意识诸多类似乡土习性的文化遗风依然残留着，并影响着陕西文学创作和文学批评双翼的凌空鼓翮。

三　透视陕西文学批评的文化心态

（一）文学批评的社会语境

人们常常说"讲述故事的时间经常比故事讲述的时间更为重要"，关注文学批评具体发生的社会语境，有利于我们理解文学批评的纷繁心态。

众所周知，20 世纪最后 10 年国际上发生的重要事件之一苏联和东欧国家的巨变及其走向资本主义；全球化资本主义历史条件下，民族国家内部的政治、经济和文化事务日益国际化；随着科学技术的迅猛发展，社会和文化再生产方式发生巨大变化。在国际形势震荡哗变过程中，中国进行着中国特色的社会主义，独特的社会政治结构和市场商业化的组合产生了种种的后果。以上可以粗略概括中国文化生产发生的异常复杂的社会背景。

随着中国政治体制以及经济体制的改革，尤其是市场经济模式向社会各个领域的纵深推进，消费主义文化遍及社会各个场域。它不仅以飓风般的力量席卷并铺盖社会各个层面，而且以其巨大的渗透力影响着中国公众的日常生活，并悄然地改变、重塑着中国公众的价值观念。广告颇能代表消费主义文化，它遍及日常生活的各个角落：电视中插播的影星商品广告，出租车、公交车上无线广播的音频视频广告，街道繁华地段赫然耸立的形象代言人的巨幅广告，七七八八的上门推销、无店铺传销等形式，向公众诉说勾勒着优雅高贵的现代时尚生活，同时也演绎制造着无边的欲望镜像。

消费主义文化不仅体现为广告及其对欲望的制造，而且它也成为当代中国大陆资本主义社会生产（包括文化生产）强有力的幕后推手。在市

---

① 　王晓新在《"大堡子"里的评论家们》嘲讽"陕西的作家和评论家"居住在"可爱而又充满乡间睿智的一个大堡子"里，"'集体无意识'的虚伪性永远是这座村落的最高立宪原则"。笔者认为王晓新的"大堡子"近似于本文的乡土心态。此文参见惠西平《突发的思想交锋：博士直谏陕西文坛及其他》，太白文艺出版社 2000 年版，第 81—82 页。

场经济条件下，社会物质生产受到消费主义文化的制约，文化精神产品的生产和传播也同样受到消费主义文化的制约。电视剧与广告的播出相匹配，电视剧的模式策划也必然按照市场消费原则、欲望化原则来制作完成。全球化浪潮的裹挟之下，跨国公司、全球贸易，即物质生产和流通过程的国际化；就政治关系而言，则是原有的民族国家不再是独立明晰的单位，跨国家、跨地区的国际组织在全球事务中起着举足轻重的作用；就文化角度而言，则是全球化文化市场的形成，国际资本对国内文化市场的投资制约，国内文化制作与国际文化市场的对接靠拢。

就文学批评而言，对于文学形象与作家作品的评价关涉方方面面的利益。文学批评本身存在于国家体制内部，国家机器需要文学批评进行国家意识形态的宣传和制造；文学批评作为市场经济中特殊的文化产品进入市场并纳入市场运作的体系中，通过文化市场的生产和传播获得社会性的价值收益。在当下语境下，国家意识形态的宣传与制造依然起着举足轻重的作用。另外，国家机器与 20 世纪 80 年代相比，远非铁板一块、一成不变，在中国特色的社会主义建设语境之下，特别是市场化的经济过程中导致意识形态新形式的出现，反过来，这种统治阶级意识形态的新形式必然导致意识形态国家机器某些功能内部的变异与转义。

在社会矛盾尖锐、各种阶层利益犬牙交错、相互博弈的复杂时代，文学批评受到国家意识形态的规范以及市场经济生产的制约，这就是文学批评具体而特殊的社会语境。

（二）"知识分子"的形象变异

1. 关注现实的五四知识分子

回望历史，现代五四知识分子的思想活动与社会实践保持着密切的联系。尽管，中国传统的知识分子基本上被纳入封建统治阶级的体制之内，信守"学而优则仕"的信念。但是，数千年来，儒学"达则兼济天下，穷则独善其身"的实践理性精神以及道学"独与天地精神往来，而不敖倪于万物"的独立人格精神，却深深地浸染在传统中国知识分子的精神血脉之中，他们在危难之际能葆有中国文人的良知和气节。当然，五四时期知识分子的文化活动也与近代兴起的大学体制紧密相关。但是，五四知识分子的思想活动一直与社会实践保持着密切的、有机的联系，近百年中华民族屈辱受难的血泪史，使五四知识分子的眼光从来没有离开过现实社会。鲁迅作为独立的现代知识分子，对历史进程中的文明现象和社会上正发生的丑恶现象一直做着深刻的反思和及时的批判，为现代中国留下了许多宝贵的思想资源。

汪晖认为："当代文化生活的重要标志之一，却是鲁迅式的'有机知识分子'逐渐分化和退场，并最终把知识分子的文化活动改造成为一种职业活动。职业化的进程实际上消灭或改造了作为一个阶层的知识分子。"① 加之，我国十年"文革"对知识分子的迫害，使中国知识分子关注现实意识和独立反思品格大打折扣，不少文人在权势淫威的规训下成为新时代的犬儒。

2. 当下知识分子身份的变异

当下，在国家体制以及现代市场经济体制的裹挟之下，当代知识分子的形象发生了变异，其身上固有的关注现实意识和反思批判的色彩在淡化，其文化活动被改造为职业活动，其身份也演化为职业化的文人。

就文学批评队伍的构成人员来看，人员的知识和文化活动与大学体制密切相关，其中有些人今天就身居高校执教，有些人现在党政、科研、媒体等文化部门供职，曾直接或间接受过专业化、精密化的高校知识训练，经过多年的潜心钻研，掌握了本学科的专业知识成为某领域的专家学者。也就是说，当代知识分子在体制下框架下成为专业文员、职业文员。

在中国现代化进程中，大学体制是专业化知识生产的重要途径，大学的根本任务是培养现代化进程中社会生产所需要的专业人才，对于当代社会变革过程的批判反思，特别是对于日益分化的知识的反思，不可能成为大学教育的首要任务，因为大学恰恰是以学科的日益细密化为前提的。这种体制化的知识生产不仅是社会现代化进程的重要组成部分，而且其根本任务是提供专家的培养、知识的储备和社会合法性的论证。知识分子的文化活动被紧紧地纳入社会体制化的规范中，必须遵循体制化的规范。不管是教育体制还是科学研究制度，知识分子对社会和文化的思考日益学院化；反思性和质疑性一直是一流学者和知识分子的思维品质。但是，必须看到，体制化的知识生产不需要且极力排斥这样的思维品质。这既成为知识分子的悲哀，也将成为知识分子赖以生存的社会的悲哀。固然，大一统的格局是繁华盛世的伟大创举，然而过于规范整齐的大一统必然陷入僵死单一的泥沼。

走向学院化意味着职业性的学术活动与日常社会实践活动的分野。这种分野的结果：一是学术活动走向学院化，校园矗立起来的高墙把知识分子与社会实践割裂开来，学者的研究与社会实践活动间的联系日益淡漠，国家的教育以及科研机制为学术活动的展开提供再生产的物质支撑；从这一角度来看，学院活动由此获得了独特的研究生存空间，知识活动的自主

---

① 汪晖：《死火重温》，人民文学出版社 2010 年版，第 430 页。

性也得到强化。二是学院存在是体制化的知识生产活动，体制化不仅没有反思性的空间，而且它以远离社会实践的方式再生产社会的支配关系。简单地说，体制下的知识分子日益成为体制圈养的文人，逐渐失去独立反思的品格。

学院化的细密分科将知识分子分割为各自不同领域的、相互难以沟通的专家，而专家所言述的知识普通人无法理解也无法评判，这样知识分子与社会的有机联系就消失了。

表面来看，文学批评出现问题似乎是批评者主体乃至"批评心态"自身出现故障，实质上，在体制化过程中，知识分子身份发生了本质性的变异，由现代独立的知识分子转向职业文人（那种反思性和批判性特色的淡漠）的身份。专家文化强化了知识分子的精英化历程，他们成为远离民众、居于某种控制地位的特殊阶层。一旦职业文人实现了"学而优则仕"的梦想，身居要职成为某种法律制度、规章条文的"立法者"和"阐释者"，他们的身份不再是知识分子，而是体制的承受者或立法制造体制或直接阐释体制，他们拥有的知识也转化为社会控制的特种权利。

这是"理性化"程度越来越高的时代，随着现代知识分子身份的可疑置换，反思性文化和批判性文化日益边缘化。大学和传播媒体有效地生产着适应当下社会的文化产品，并且无奈地或乖巧地把自己纳入社会再生产的机器中，对其合法性地位几乎很少有人质疑。尽管公众还是沿用"学者"和"知识分子"的称呼，但"这种'形象'的'知识分子'特性经常是一种文化虚构和幻觉，因为推动知识分子的媒体活动的主要动力，是支配性的市场规则，而不是反思性的批判功能"①。"学者""知识分子"丧失了其最为本真的反思批判特色，当然，当下知识分子身份的变异也是社会结构性变化的有机组成部分。

3. 陕西文学批评者的生存现状

陕西文学批评者的身份难逃当代知识分子身份变异的尴尬处境，陕西文学批评队伍的成员构成大体由五方面人员组成，一是来自作家协会的作协批评派，二是来自作家写手的作家批评派，三是来自各大高校研究机构的学院批评派，四是来自传媒杂志社的媒体批评派，另外还有一部分远离体制的自由撰稿人。就是说，陕西文学批评者或隶属高校文化研究机构、新闻媒体杂志文化传播机构，或隶属作协。

考察这些文人，大都直接或间接地受到过高校体制文化知识生产传播

---

① 汪晖：《死火重温》，人民文学出版社 2010 年版，第 430 页。

的训练或熏染，是大学体制文化知识生产的特殊产品，是高校为社会提供的专家、知识的传播者和社会合法性的阐释者。这些职业文人受到国家意识形态以及消费主义文化市场因素的深切影响，他们既是市场文化生产的特殊产品，同时又进入市场参与着市场文化产品的再生产。学院批评者身居高校进行着文化产品的再生产，但是其文化活动无不受到国家体制与市场体制的双重规范制约，像职称级别的评定聘用、科研项目的立项和科研经费的到款、学术著作出版的基金资助、科研成果的获奖，最终离不开国家政府部门的审核，而这些文化资本的拥有与批评者个人生活息息相关，如工资的收入水平、住房条件的改善、日常生活水平的提高、子女就读名校的可能以及社会知名度的提升。作协是亦官亦民的独特存在形式，其思想言论必须为作协体制所许可；作家批评者对于自己和同行作品的评价，除了受到批评者自身审美水平、思想境界（文化素养品位的高下与社会化的文化生产和学院体制知识的生产传播关系密切）的影响以外，更多地受到行业规则以及作协部门权利意志因素的综合制约；而媒体批评派则更多地受制来自市场资本运作模式的影响，他们在公众生活空间不断地制造"热点""卖点"，点燃升温着文化市场，由此而分享着文化产品的饕餮盛宴。那些自由撰稿人虽远离了国家体制的直接干预，但似乎也能保持住文人独立的价值评判立场，尤其是那些具有职业操守的现代知识分子，但在消费主义文化语境之下，要摆脱市场效益原则的流俗弊病却也是不易的，他们也是人，也要在这个社会生存下去，将文章论著转化为文化资本分享文化利润。

当然，那些具有特殊敏感性和独立品格的知识分子依然将反思批评视为自我批评的特色，从而致力于反思性的文学文化社会批评，发出与主调不和的甚至刺耳的声音，形成文化市场另类独异的风景线。然而，令人遗憾的是在消费主义文化的喧嚣以及国家意识形态的掌控下，寻觅独异的文学批评显得异常渺茫。

（三）透视"面子"文化

1."面子"文化对陕西文学批评的阻碍

亚瑟·亨·史密斯在《中国人的气质》中就指出"中国人爱顾全'面子'，只要'给了面子'，什么事情都好办"。史密斯的眼中，"爱面子"是中国人极为重要的一种气质①，《中国人的气质》一书首篇列"面

---

① ［美］亚瑟·亨·史密斯：《中国人的气质》，张梦阳等译，敦煌文艺出版社1995年版，第1—3页。

子"专章来探索，史密斯弄不明白中国人"保住面子"做戏的行为。

就此，熟谙传统文化的鲁迅与之看法判若云泥，他一针见血地说"要面子"就是"不要脸"："'要面子'和'不要脸'实在也可以有很难分辨的时候。""中国人要'面子'，是好的，可惜的是这'面子'是圆机活法，善于变化，于是就和不要脸混起来了。"① 令鲁迅颇为疑心的是外国人注重实际，似乎"'想专将面子'给我们"②。

在中国文化中，"面子"是形式文化，形式上一套，实质上又是一套。这种文化反映到人的行为方式中，就是在人面前是一种游戏规则，私下又是另一种游戏规则，而私下的游戏规则就是潜规则。事实上，农耕文化是滋生潜规则的肥沃土壤。当下盛行的圈子文化与"面子"文化也有类似之处，圈子文化表现在人的行为上，在圈子里人与人之间是一种交往和生活的规则，圈子之外就是另一种交往和生活的规则。而且圈子也有内外之分，划入内圈的人与划入外圈的人规则也是有区别。圈内与圈外两套游戏规则中，其中一套就属于潜规则的范畴。比如乡村里村民关起家门来会说真心话、不讲违心话，一旦在世交礼仪场合，村民脸上就会堆着永远淳朴的微笑，相互嘘寒问暖，显示出温柔敦厚的仁义风范。

"面子"是积淀在中国人个性中极为可怕的一种习性，它以圈子文化、潜规则等层出不穷的花样不停地翻新着。史密斯实在是看不清"面子"后面隐藏的内容，往往在"好话""空话""假话"装点好的"面子"背面，飘忽着或隐性或显性的利益关系，实质上依然是乡土文化的习俗在作祟。中国的城市文化是在乡土文化中孕育出现的，城市中每个个体难免与乡村有着割不断的脐带关系，个体必然隶属某一群体，要遵从群体的规范原则，文学批评也难逃这个原则。而陕西文化根脉深厚，爱"面子""抱团""护短"的虚荣心理更是有过之而无不及。

对于中国特有的这种"面子"文化，笔者亦有深刻的体会。比如笔者在评述作家叶广芩的文学创作时，总是摆脱不了一种怜惜面子的祖护心理，习惯说好话，而对创作中存在的问题总是轻描淡写。对长篇小说《青木川》的评述，笔者认为作家以诗性思维把握宏大的历史，但由此也存在演绎历史的随意化、主观化③，对此却以新历史主义小说固有的弊端为作家寻求开脱，虚晃一枪不给予深刻评析。新历史主义理论与叶广芩的

① 鲁迅：《说"面子"》，载《鲁迅全集》第 6 卷，人民文学出版社 2005 年版，第 132 页。
② 同上书，第 130 页。
③ 李春燕、马琳：《历史诗情再现　人性复调解读》，《渭南师范学院学报》2009 年第 6 期。

创作观念没有什么内在关联，只是以此为理论依据剖析叶广芩的文学历史观罢了。现在反思自己的文学评论难逃"面子"心态，过多体谅女作家年纪已高撰写长篇小说的不易，考虑过多的指责会不会挫伤作家写作的热情，最后总是以正面肯定来鼓励作家。实际上，叶广芩的文学创作存在随意篡改历史、虚构历史的个人写作倾向，带有一种精英式的历史虚无主义陋习。

21世纪初贾平凹的《怀念狼》被文化界爆炒为"迄今最深刻的一部现实主义小说""贾平凹的巅峰之作""奇书"，而《废都》被捧为"传世之作"，《高兴》追捧为"登峰造极的语言艺术创造"，这些异常暧昧的批评文字，都笼罩在温情脉脉的面纱之下，令受众群体无法确切知道批评者的真实态度，体会不到文学艺术的真实品质。这就是当下文学批评的现状，消费主义享乐文化、市侩习气对文学批评的侵蚀。面对这些大而不当的空洞说法，不着边际的肆意捧场，作为一名陕西人听到后觉得脸红耳烧。事实上，作家本人对这类说法却保持着异常冷静的认识，2007年贾平凹自评《怀念狼》坦言："《废都》之后，我听惯诅咒声，《怀念狼》是写出了我的巅峰吗？这是一部最使我吃摸不准的作品。"① 作家的态度和某些批评者的超级高调表扬形成了鲜明的对照。在这样暧昧的文学评论中，除了消费主义文化生产的作用之外，其中"面子"文化也参与其中。在这里，文学批评者失去了最起码的良知，说的不是内心的真心话，而是商业利益驱使下的违心话、谎话和空话。由这样的知识分子组成的社会是非常可怕的，破坏的不仅仅是文化领域，更是整个社会的健康发展。

当下的陕西批评界缺乏比较凌厉而真实的批评声音，批评家和作家关系熟稔，不愿意或者不便挑出作家创作中的毛病，有时批评者指出作家的毛病，却因此会受到来自各个方面无形的压力与排挤，评论文章可能被杂志社扔进垃圾箱，作品研讨会上也因为此人不合群不被邀请，这样的批评必然陷入一团和气之中，严重阻碍着陕西文学批评的健康发展。当然，这种捧杀的批评也不仅仅局限于陕西一隅，这才是最令人忧虑的。

2. 喧嚣躁动的利益交错

布迪厄的文化特权再生产原理认为，当代西方社会的文化再生产，"基本上不是自由平等的文化再生产，而是文化特权的再生产和再分配"②，社会上最拥有权力和掌握庞大资本的集团的是利益的最大获得者。

① 鲁风：《贾平凹自评〈怀念狼〉》，http://www.chinawriter.com.cn，2007年1月22日。
② 高宣扬：《当代法国思想五十年》（下），中国人民大学出版社2005年版，第489页。

布迪厄在文化特权再生产理论中，特别提到社会地位与资本之间的构成关系，人们的社会地位由其握有的"资本"总和决定，资本有"经济资本、文化资本、社会资本和象征资本"四种形式。①

布迪厄文化特权再生产理论，有利于剖析认识当代中国社会的文学批评。在社会场域的逐利过程中，起决定性因素的是"资本"，"资本"总和的多少决定人们的社会地位及角色，那些对于特权阶层的人们真正掌控文化再生产权利的分配以及再分配过程。批评者在这个社会场域中，无法打破特权阶层对整个文化市场中资本、权利的分配和再分配，因此，尽管农耕文化独霸天下一去不复返了，但无所不在的特权阶层以或暴力或委婉的方式，时时刻刻导引并控制着文化场域的生产以及试图踏入文化场域的生产者与消费者。纸质媒体、电子媒体等成为文化竞争的场域，文化教育以及科研工作者为了"文化资本"和"象征资本"学位的获得或职称的晋级，研究各种学术杂志刊物的办刊宗旨与方针，费尽心思炮制着迎合杂志编辑的科研论文以及晋升职称的科研项目；媒体以及文化出版部门也盯紧可能的、潜在的商机频频亮相于文化市场，增加对文化资本分配原则的影响力或控制力，而文化科研成果品质的最终鉴定来自特权部门的意志。各种势力交锋的文化场域如同喧哗与躁动的名利场，各路人马使出浑身招式，期望获得入场券分享有限的文化蛋糕。

放眼望去，整个文化处于一个艰难的转型蜕变中，拜权教、拜名教和拜钱教三教合一，共同演绎为消费主义市场文化下一种新的宗教，主宰着我们的精神生活。恶劣的相对主义和放纵的享乐主义，成为城市流行的生活信念和生活原则，价值虚位、信仰缺失成为司空见惯的文化景观。在这样一个严重失衡的文化生态环境中，有些文学批评者批评心态严重错位甚至倒置，沾染上浮躁的社会习气，忘记淡漠批评应有的尊严与价值。

3. 应对策略：超越精神的提倡

文学批评中最为可贵的、最为本质的是其超越的精神，要实现批评精神的超越，必须坚持批评的独立性和自主性，坚持批评个性和风格，坚持批评的优良传统和本色，坚持批评的主体性，坚持批评的批判性、原则性、公正性。而在整个批评活动中最富有生命原动力的、最具有决定性的核心因素是批评者的文化心态，一旦文化心态超脱于凡俗的利害羁绊，理想的文学批评就可能横空出世，如火浴后获得新生的凤凰焕发出迷人的风姿，自由矫健地翱翔于文学的天空。勃兰斯兑指出："批评是人类心灵路

①　高宣扬：《当代法国思想五十年》（下），中国人民大学出版社 2005 年版，第 490 页。

程上的指路牌。批评沿路种植了树篱，点燃了火把。批评披荆斩棘，开辟新路，批评撼动了山岳——撼动了信仰权威的山岳，偏见的山岳，毫无思想的权利的山岳，死气沉沉的传统的山岳。"① 勃兰斯兑勾勒出理想的文学批评，那就是点亮人生、摧毁陈腐观念，这也正是当下文学批评应该坚持的方向。

何为批评的超越心态？它指批评家具有的批评超越性的心理定向和精神追求。其实，文学就是一种精神性的超越活动，它超越自然、超越现实、超越未来以及超越人自身，同时超越人与自然、人与社会、人与人、人与自我、人与现实间的诸种关系。文学精神就是超越精神，批评是文学活动的一部分，当然具有文学的超越性，但更重要的是具有批评的超越性。批评要做到科学、公正、准确，就必须超越作者和欣赏者的偏好和自爱；批评要做到合情合理，就必须超越文学作品的客观限定，寻找作品与社会、作品与作家、作品与读者、作品与作品的对接点；批评要做到以理服人，就必须超越批评家自我的小圈子；批评还要超越俗气，超越势利，超越权威，超越传统，等等。批评家要使批评真正具有超越性，首先就必须使批评心态具有超越性，必须建立超越心态结构。超越心态与古代文人的"虚静"心态，庄子提倡的"心斋"有异曲同工之妙。"虚静"与"心斋"说明文学活动、审美活动等精神创造活动，首先要具备利于创造活动的心境。一是"心静"，只有心静下了，元气、精气才能聚焦于审美对象，身心不受尘世外物所累，不为心知所遮蔽，进行自由地审美观照，达到与道合一的澄明境界；摒除私心杂念才有可能拥有坦荡无私、虚怀若谷的心胸，诚如苏轼诗曰："欲令诗语妙，无厌空且静；静故了群动，空故纳万境。"也就是说，文学批评者恢复到正常的人生状态中来，首先像小孩子一样，要说真话，说有良知的话。二是排除世俗名利，摆正自己与对象的关系，同时也摆正对象的位置，使主体能以超越的眼光去观照对象。实质上，"虚静""心斋"是一种超越精神，与批评的超越心态不谋而合。今天重温"虚静""心斋"这些古文论资源，对于批评的超越心态建构依然有意义。

当然，从批评者主体的文化心态入手，提倡批评的超越性大有画饼充饥、望梅止渴之嫌，要从根本上改变文学批评浮躁尴尬的局面，尤其要关注文学批评赖以生存的社会大语境，崇尚科学、民主的精神，拥有思想、

---

① ［丹麦］勃兰斯兑：《十九世纪文学主流》第 5 卷，张道真译，人民文学出版社 1997 年版，第 383 页。

言论自由的国家是文学文化成长的良好生态环境。当然，批评心态是文学批评中最为活跃的因素，人既是历史的产物，又是历史的创造者，人的因素的改变完全有可能促进社会环境的根本变化，从而推动批评自身的进步发展。

布迪厄认为"生存心态"是行动者在长期性、经常性和历史性的行动过程中所累积的实际经验的心理结晶，同时又是在现实的实际行动中，时时呈现并不断改变的思想情感和秉性的总和。在时空结构方面中，它呈现出历史、现在和未来的三维开放、循环穿插的特征。① 高宣扬对此解释为：

> 生存心态同历史的关系是双重的。一方面"生存心态"是历史的产物，是那些生存心态的持有者和表现者的个人或群体的历史的精神心理缩影，又是他们历史实践经验的内在结晶。但另一方面，它又在历史中发挥其功能，也是现实的和带有方向性的。就生存心态和历史的关系而言，生存心态固然记录和凝缩了它所经历的历史事实、时间及其经验。但是，就在他记录、凝缩和内化历史的时刻，它又呈现出它的外化及其对于历史本身的改造和建构：生存心态反映了历史，但它同时又建构了历史。这就是它在历史时间断层和连续流程中的双重结构化。②

布迪厄的"生存心态"是并非单纯静态性的恒定存在，它是活力四射、流动不居的生命形态。在时空历史结构中，它不会机械复制历史本身的结构，而是以曲折或压缩的特殊形式表现历史经验的影响，在反映历史经验的同时，对历史的原有烙印进行适当的改造，以便使历史经验在新的行动条件下被唤起和被重视。"生存心态"同历史的关系是双重的，一方面它是历史的产物，是历史实践经验的内在结晶；但另一方面，它又是历史中发挥功能，是现实的、带有方向性的，同时又不断地建构新的历史。

布迪厄"生存心态"理论同样适用于文学的批评心态，文学的批评心态既是长期以来历史经验的结晶，反映了已经消逝的历史；同时它也成为批评者和批评群体同历史进行对话和迂回的中间物，是批评者的历史与其现实及未来交错影响的中介场所。由于批评心态同历史的这种双重复杂

---

① 高宣扬：《当代法国思想五十年》下卷，中国人民大学出版社 2005 年版，第 504 页。
② 同上书，第 506 页。

关系，批评者不仅与以往的历史进行往来实现对话，而且批评者有可能将历史本身拉回到现实并推送给未来。在历史—现实—未来的交互往返流变中，批评者把握好时机，超越现实的流弊，从而创造出新的批评历史。在这个超越历史、超越现实、超越自我的过程中，人的因素（批评者）依然是最为重要的核心因素。

第五章　陕西文学批评家个案研究

第一节　走向审美的文学批评：胡采

　　胡采（1913—2003），男，原名沈成立、沈超之。河北蠡县人。自幼家贫，只读过小学，1932年起接触新文学和马列主义新兴科学。1933年秋至1936年夏，在《华北日报》《北辰报》等副刊上发表过少量诗、小说和其他文章。1937年七七事变后，参加抗战文艺活动。1937年8月至11月初，在济南参加平津流亡同学会的抗战文化宣传工作，并在《济南日报》上开辟"烽火"文艺栏目。1938年至1939年，在山西第二战区文化抗敌协会主编综合性文化刊物《西线》和文艺专刊《西线文艺》。1940年2月，从山西到达延安，在《延安大众》读物社工作，主编《大众习作》。1941年11月在陕甘宁边区文化协会工作，任边区文协大众工作委员会主编，后任文协创作组组长。1948年10月至1950年，任边区文协《群众文艺》编委、主编。1951年至1954年，任西北文联副秘书长兼《西北文艺》主编。1954年冬至1956年，任西安市文化局长。1957年至"文化大革命"开始，任中国作家协会西安分会专职副主席兼《延河》文学月刊主编。"文革"期间受到冲击，下放五七干校劳动，后分配到陕西省文艺创作研究室。1978年任中国作协西安分会恢复活动领导小组组长，1979年起先后任中国作协陕西分会主席、陕西省文联主席、中国作协理事、全国文联委员。

　　胡采是当代著名的文艺理论家和评论家，曾发表文学评论多篇，出版文学评论集7部：《思想、主题及其他》（西北人民出版社1951年版）、《谈有关青年读者的创作问题》（陕西人民出版社1957年版）、《评修正主义的文艺观》（陕西人民出版社1958年版）、《读峻青的〈胶东纪事〉》（上海文艺出版社1961年版）、《从生活到艺术》（东风文艺出版社1962年版）、《新时期文艺论集》（陕西人民出版社1983年版）、《胡采文学评论选》（湖南人民出版社 1983 年版）。

一　文学思想与文学批评的发展历程

胡采的文学思想以马克思辩证唯物主义和历史唯物主义为依据，坚持文艺是社会生活的反映，强调从生活到艺术的创作观。

考察胡采的文学理论和文艺批评发展的历程，大致可以分为三个阶段：第一阶段 1933—1937 年 4 年间是文艺思想形成的酝酿期，这一时段五四新文学滋养了胡采的文艺思想；第二阶段 1937—1966 年近 30 年是文艺思想的迅猛发展期，1942 年胡采聆听了毛泽东《在延安文艺座谈会上的讲话》，由此胡采逐渐拥有文艺思想上的明灯意识，经革命战争年代的洗礼及社会主义和平建设的实践，确立马克思主义从生活到艺术的文艺思想；第三阶段 1977—2003 年是拓展升华期，1977 年复出后的胡采，继续坚持马克思主义辩证唯物主义和历史唯物主义，文艺理论视野渐趋开阔，从时代精神、社会心理、文艺思潮等多维视角把握艺术发展规律。

（一）1933—1937 年形成酝酿期

在这个时期，胡采开始接触新文学和新科学知识，大量地阅读了外国文学作品，沉浸于五四启蒙的文化氛围，开始涉足文学理论批评世界。厨川白村、别林斯基、车尔尼雪夫斯基、杜勃罗留夫斯基、高尔基等人的著述令胡采着魔，引起胡采对文艺理论的思考。1934 年，胡采开始文学练笔，在诗歌、散文、小说方面都有探索，北平报纸副刊曾发表胡采的习作。

（二）1937—1966 年迅猛发展期

在第二阶段，胡采确立了从生活到艺术的辩证唯物主义生活反映论的文艺理论思想，以此为基础研究、分析文艺规律，展开文学批评实践活动。

1937 年卢沟桥事变爆发，胡采感应民族时代的脉动，投身抗战开始文艺活动。1938—1939 年，在山西第二战区文化抗敌协会主编综合性文化刊物《西线》和文艺专刊《西线文艺》，曾在《西线文艺》上发表《论抗战建国的现实主义》，文章分三部分：第一部分"文学是现实生活的反映"，第二部分"现实主义与功利见解"，第三部分"错综现实反映下胜利信心的肯定"。论题直切时代话题，立论高远，气势磅礴，论文表示出作者对民族时代命运的深切关心和抗战必胜的坚定信心。

1940 年 2 月，胡采来到延安，置身兴起中的如火如荼的延安文艺活动，先在延安大众读物社负责编辑《大众习作》，共编辑 4 期。1942 年 5 月，胡采在担任陕甘宁边区文协大众化工作委员会主编时，参加了在杨家岭召开的延安文艺座谈会，亲耳聆听了毛泽东《在延安文艺座谈会上的讲话》，随同参会者与毛泽东合影。延安文艺活动是胡采文艺活动全新的起点，为胡采的生命记忆留下了烙印，深远地影响着他的一生。胡采曾多次提到毛泽东的《讲话》，1979 年胡采说："提出文艺究竟为什么人服务的问题，我过去从来没有认真想过，只是在参加了延安文艺座谈会后，对这个问题才算是初步开了点窍。"① 1981 年作《结合实践，重学〈讲话〉，加深理解》的长文。《讲话》如同明灯照亮了胡采的革命文学道路，确立了文艺为革命、为人民群众服务的意识。1948 年胡采担任《群众文艺》编委、主编时，组织文章对马健翎创作的秦腔《穷人恨》进行讨论，写了《关于〈穷人恨〉》一文，肯定了成功并指出不足，还写了《文艺批评为什么展不开》《概念化的根源是生活贫乏》等文，这些文章表达了胡采对于文艺理论的基本理解，即艺术来自生活的马克思主义文艺认识实践观。

进入社会主义和平建设时期，胡采有充裕的时间和精力进行文艺理论和文学批评研究工作，1951 年出版了第一部文艺理论专著《思想、主题及其他》。在新中国成立 17 年文学发展中，胡采文思泉涌、笔耕不辍，迎来了文艺理论和文学批评的黄金时代，出版 4 本文艺论著：《谈有关青年读者的创作问题》（陕西人民出版社 1957 年版）、《评修正主义的文艺观》（陕西人民出版 1958 年版）、《读峻青的〈胶东纪事〉》（上海文艺出版社 1961 年版）、《从生活到艺术》（东风文艺出版社 1962 年版）；写出了一批在全国颇有影响的文评：《论〈保卫延安〉的艺术特色》《读短篇小说集〈风雪之夜〉》《读〈在和平的日子里〉》《读峻青的〈胶东纪事〉》《读闻捷诗选〈生活的赞歌〉》等文。

其中，《从生活到艺术》一版再版，前后印数累计达十多万册，创造了当时陕西理论书籍出版史上罕见的纪录。1937 年的胡采以革命战士的身份投身民族独立的解放大业，1942 年倾听《在延安文艺座谈会上的讲话》的胡采心中树立了明确的《讲话》明灯意识，新中国成立后的胡采经过革命实践的锤炼和对文艺理论诸多问题的深入思考，文艺思想体系得到确立，《从生活到艺术》全面地阐述了生活实践论的现实主义文艺创作观。

---

① 胡采：《从作家的生活创作道路谈起》，载《新时期文艺论集》，陕西人民出版社 1983 年版，第 57 页。

1966 年"文化大革命"爆发，胡采被关进牛棚，文学活动中断十年。

（三）1977—2003 年拓展升华期

1977 年，64 岁的胡采步入了人生的暮年，但他的文艺理论生命却焕发出青春般的活力和生机，这一时期胡采文艺思想基本是第二阶段的拓展延续，在新的历史条件下思想更为明确，理论水平日趋精湛。70 年代末期胡采致力于现实主义文学理论传统的恢复，以一代革命文艺批评家的胆识和才气，秉笔直书《为〈保卫延安〉平反昭雪》；80 年代从时代思潮、历史趋势和社会心理等角度评析文艺现状、思考文艺理论，同时热情扶持文学新人，对陈忠实、贾平凹等人的作品进行切实的分析，为陕西文学及中国当代文学的发展做出了贡献。

这一时期文章多收录于《新时期文艺论集》（陕西人民出版社 1983年版）一书，代表性的文章有《当前文艺方面有争议的几个问题》《答有关文艺形势、思想、理论问题的提问》《结合实践，重学〈讲话〉，加深理解》《要有一个新的健康的发展》《谈写农村生活题材》等。

二　文学思想的基本内容

坚持文学是对现实生活的反映论，强调从生活到艺术的创作观，信奉文艺为革命服务、文艺为人民群众服务、文艺为社会主义事业服务，这是胡采文学理论的基本思想内容。值得关注的是，胡采在信奉文学服务意识的前提下，对文学的审美本质进行了某种程度上卓有成效的探索。

下面从文学本体论、创作论和功用论三方面分析胡采的文学理论。

（一）文学本体论

1. 文学的一般本质——文学反映社会生活

文学是对社会生活的能动反映，社会生活是文学创作的唯一源泉，这是文学的一般本质，也是马克思主义反映论原则在文学上的运用。胡采坚持艺术源于生活，艺术对于社会生活的反映论，把这种认识贯穿到整个文艺活动中。

在《从生活到艺术》《从作家的生活道路谈起》《论〈保卫延安〉的艺术特色》《读闻捷诗选〈生活的赞歌〉》《读短篇小说集〈风雪之夜〉》《谈陈忠实的创作》《谈写农村生活题材》《简论柳青——〈论柳青的艺术观〉序》《结合实践，重学〈讲话〉，加深理解》等系列文章中，胡采反复强调社会生活的重要性："生活，这是长青的大树，是一切艺术创作、一切诗情画意和美好灵感的源泉。""生活是创作的源泉，是创作的基础。有了这个源泉和基础，作家、艺术家才有英雄用武之地，才有加工创造的对象。否则，即使他有再高的才能，也将无能为力。"① 胡采以诗人般的激情歌咏生活：

> 作家、艺术家必须有自己的生活宝库。库存要多，要很富足。百万富翁的库存，是成堆成垛的金银财宝。科学家、哲学家的库存，是大量的资料、问题、逻辑和概念。作家、艺术家的库存，就是他长期苦心经营和日积月累的丰富的生活经验和生活知识。他的头等重要财富，就是他从生活中所感受到的千百种活生生的形象，以及和这些形象血肉相连的经过千锤百炼并富于生命力的关于生活的知识、思想、见解。②

胡采指出艺术家头等重要的财富是生活，那种"活生生的形象"，而"活生生的形象"源自生活又不等同于生活，当然它又截然区别于科学家、哲学家、富翁的生活。

2. 文学的特殊本质——情感性和形象性

胡采不仅仅看到文学反映社会生活的一般本质，更重要的是洞察到文学反映社会生活的特殊性，即文学情感性和形象性的审美本质。胡采对文学的审美本质没有专论，其观点零星散见于其论著中，但不少散论字字珠玑，这些认识完全有别于文艺上的庸俗社会学和机械反映论，显示出胡采对于文学独到而又深刻的探索。胡采的文艺观尽管带有鲜明的政治色彩及党派服务意识，带有时代打上的特定烙印。然而，从根本上来说，胡采的文学观源自对文学审美本质的根本选择。

早在 1959 年，胡采借助艺术直觉肯定杜鹏程的《保卫延安》："最大最突出的特色，是全书从始至终所洋溢着的深厚的诗情，那种扣人心弦的诗一样的激情力量。"继而胡采深入探究小说激情力量的源泉，来自作家与作品中人物同命运、共呼吸的战斗经历。的确，杜鹏程创作时"往往抑制不住自己涌动的感情，被他的主人公们的一些崇高的思想行为，感动得流下泪来"③。在对艺术创作过程的追溯中胡采清楚地看到，作家着魔般披情入文的写作状态源自血与火的战斗经历，源自与普通一兵感同身受的情感体验。显然，胡采抓住了文学创作中情感的创造性与推动

---

① 胡采：《从生活到艺术》，陕西人民出版社 1979 年版，第 42 页。

② 同上书，第 47 页。

③ 胡采：《论〈保卫延安〉的艺术特色》，《从生活到艺术》，陕西人民出版社 1979 年版，第 140 页。

性力量。

1961 年胡采在《从生活到艺术》中从理论上阐述生活情感向艺术情感的升腾与转化时，表述如下：

> 作者要用他心中所蕴蓄的生活河流之水，来浇灌他所虚构的艺术田园，用在现实生活中间和人民群众同甘苦共患难的战斗感情，来和作品中的主人公们生活在一起。能够这样做，作品的真情实感自然就出来了。①

1979 年在《从作家的生活创作道路谈起》中又明确强调："作品是否深刻感人，和作者对生活的真情实感密切相关。"②

胡采理解的情感内涵有三：第一，作家必须拥有真挚感情，这种情感又是与时代民族命运骨肉相连的"大我"之情；第二，创作中，大我的真挚之情必须充盈灌注于作家的主体世界，这样创作缘情而生文，笔下的文学形象因情而获得生命力量；第三，从接受美学来看，阅读者由文学形象灌注的情感而获得情感审美享受。胡采从艺术情感的获得、情感的真挚化和深刻化谈论情感，虽则零星散乱，却牢牢地抓住了审美本质之一维——情感性。

形象思维，又称为"艺术思维"，是艺术创作中运用的一种不脱离形象、想象和情感的思维活动与思维方式。文学创作作为人类掌握世界的一种方式，在思维方式上主要运用的是形象思维。

形象是艺术审美的本质特征之一，胡采从艺术家的素养提到形象思维和形象能力，他认为形象思维、形象能力是作家、艺术家特殊的才能和本领，如果作家艺术家缺乏形象思维能力，就搞不成创作："作家、艺术家应特别具有对生活事物的敏锐的艺术感受能力。艺术感受能力，也就是形象地认识生活的能力，就是在生活中善于运用形象思维的能力。"③ 此外，胡采尤其注意到在作家观察生活、选取材料、构思作品诸多环节中形象思维起到的作用，并在文学创作论中阐释典型形象，探求艺术形象能否成为典型的基本条件：

---

① 胡采：《从生活到艺术》，《从生活到艺术》，陕西人民出版社 1979 年版，第 106 页。
② 胡采：《从作家的生活创作道路谈起》，《新时期文艺论集》，陕西人民出版社 1983 年版，第 63 页。
③ 胡采：《从生活到艺术》，《从生活到艺术》，陕西人民出版社 1979 年版，第 51 页。

要判断某个艺术形象到底算不算典型或者典型意义大小，主要标准应该是看它的个性和共性统一的程度，是看通过它的个性，是否很好体现了共性，通过它的生活、思想、性格和整个精神面貌，是否体现了他同时代同阶层人们身上那些共同性的东西。①

对于艺术形象走向典型化，胡采强调形象思维时，并没排斥思维过程中抽象思维起到的作用，他看到艺术地掌握世界也必然伴随着抽象思维模式。的确，古今中外成功的艺术形象无不包含着生动的特殊性与深刻的普遍性，是特殊性与普遍性的辩证统一，是形象思维与抽象思维合力作用的结果。

胡采指的艺术形象是小说创作中的典型人物，传统现实主义小说创作中典型人物处于核心位置，设计典型情节、营造典型环境归根到底是为刻画典型人物。以此来看，胡采的典型论抓住了艺术形象成功的关键。胡采对形象思维的强调及典型形象的探索，就是源自胡采对于艺术审美本质的深刻认识。

（二）文学创作论

文学是对社会生活的审美反映，从生活到艺术有无规律可循？胡采作过明确回答："艺术创造是有自己的特殊规律的。不按照规律办事，真正的艺术品是出不来的。"② 胡采曾从作家的素养、文学创作过程、创作方法及艺术风格等方面展开艺术规律的探索。

1. 作家素养

胡采认为革命的作家、无产阶级的作家必须树立正确的世界观、具备渊博的文化知识和特殊的艺术能力。

（1）作家的世界观不仅影响着作家生活道路的选择，而且影响着创作本身。当然，世界观的形成与作家的生活和所处的时代密切相关。在研究柳青时，胡采将30年代走到70年代的老作家分为两类，一类是从文学到革命的作家，一类是从革命到文学的作家。胡采说："依我看柳青基本上是属于从革命到文学这一类型的人。就是说，他是从革命需要出发，而从事文艺工作，拿起笔来写东西的。"③ 革命的作家应当是革命的战士，必须从革命的立场观点出发，拥有无产阶级的思想感情。

---

① 胡采：《从生活到艺术》，《从生活到艺术》，陕西人民出版社1979年版，第88页。
② 同上书，第44页。
③ 胡采：《简论柳青——〈论柳青的艺术观〉序》，《新时期文艺论集》，陕西人民出版社1983年版，第178页。

怎样树立正确的世界观？胡采的文艺思想深受毛泽东延安讲话精神的浸染，认为对于小资产阶级知识分子来说："首先是改造思想，首先是在人民群众和生活斗争中扎下根，下决心当好一个革命战士下决心脱胎换骨工农化。"① 只有作家的思想感情发生重大转变，与人民群众的相一致，才能写出为群众所喜爱的、反映生活本质的作品。事实上，作家的情感、立场、世界观对于文学创作极其重要，如鲁迅所言：

> 我以为根本问题是在作者可是一个"革命人"，倘是的，则无论写的是什么事件，用的是什么材料，即都是"革命文学"。从喷泉里出来的都是水，从血管里出来的都是血。②

（2）胡采欣赏并认可柳青提出的艺术家进"三个学校"（生活的学校、政治的学校和艺术的学校）的见解，号召广大青年作家应该这样去做。"生活的学校"要作家深入生活，在生活中培养自己，丰富自己，打下扎实的创作基础；"政治的学校"要作家加强政治思想素养，具备洞察、感受、分析复杂社会生活现象的能力；"艺术的学校"要加强艺术学习，提高艺术修养。同时，胡采以辩证的眼光指出这"三个学校"是有机联系的统一整体，不可孤立分割，要"把生活、政治思想素养、艺术创作实践等，当作一个统一的全过程来看待，当作一个学习的过程来看待"③。"三个学校"的说法，胡采以一代无产阶级文艺理论家和文学批评家的批评标准要求作家，在社会学、哲学、政治观、道德观以及艺术方面具备良好的素养。

（3）在艺术能力方面，胡采特别重视作家的艺术感受力和创造力。胡采说："艺术感受能力，也就是形象地认识生活的能力，就是在生活中善于运用形象思维的能力。"④ 的确，形象思维能力是艺术家特有的把握和认识世界的能力，在艺术思维过程中，伴随着形象、想象和情感等特殊的活动。胡采认为，一个普通的党委书记多用了逻辑思维，少用了形象思维，这不能成为其工作的缺点。然而作家就不一样了，很可能成为重要的甚至带根本性质的缺点。他说："对作家、艺术家来说，敏锐的艺术感受

---

① 胡采：《从生活到艺术》，《从生活到艺术》，陕西人民出版社1979年版，第48页。
② 鲁迅：《革命文学》，载《鲁迅全集》第3卷，人民文学出版社2005年版，第568页。
③ 胡采：《简论柳青——〈论柳青的艺术观〉序》，《新时期文艺论集》，陕西人民出版社1983年版，第180页。
④ 胡采：《从生活到艺术》，《从生活到艺术》，陕西人民出版社1979年版，第51页。

能力是异常重要的。"①

那么，怎样获得艺术感受能力？胡采曾以魏钢焰创作《六公里》诗意的提炼为例，形象地说明艺术感受能力并不神秘，它是可以培养的。最初，魏钢焰看铁路战士铺枕木感觉新鲜，但看多了就不觉得了，诗人为此苦恼，他下决心深入生活。在提高思想境界后，诗人体会到铁路战士劳动的重大意义，诗情被铁路战士的劳动热情所点燃，是啊，铺展在诗人眼前的一根根枕木与祖国伟大的社会主义建设事业交汇叠加一起，艺术触角被激活点亮，创造出充满激情的诗作《六公里》。

在生活化为艺术的具体过程中，胡采指出艺术的概括力和想象力的创造功能：

> 从生活到艺术的过程，其根本特点是"化"，不是机械的照搬，是升华，不是简单的重复。这个"化"的工作，这个使之升华的工作，主要是依靠作家、艺术家的艺术概括力和想象力来完成。②

艺术概括力是艺术家对生活原材料进行去芜存菁、去伪存真的提炼加工，从而创造出新的艺术形象，使其更清晰、明确、集中、强烈地表达艺术宗旨。胡采主要是从现实主义创作的基本原则出发讨论典型人物的创作，在1961年的《从生活到艺术》发言中详尽提出了9个要点。艺术想象力是艺术家在情感的激发之下，借助体验或表现，造成某种程度心灵的幻觉，将自我与审美对象融为一体，创造出新的艺术形象。胡采强调艺术想象力的作用，他说："没有想象力的推动作用，从生活只能仍然是到生活，而不能从生活到艺术，不能从生活到诗。"③

总之，艺术家是否拥有敏锐的感受力与创造力，最终决定了艺术家取得的艺术成就。

2. 文学创作过程

文学创作过程是作家关于文学形象、情感和主题的形成与表达的过程，胡采联系创作实际进行了具体而深入的研究，留下许多有意义的思考。

艺术构思就是在观念中构成文学形象的活动，包括素材的占有、选择和主题的孕育以及人物形象的生成。有关艺术构思胡采谈到几点：首先，

---

① 胡采：《从生活到艺术》，《从生活到艺术》，陕西人民出版社1979年版，第51页。
② 同上书，第64页。
③ 同上书，第109页。

作家、艺术家要成为生活的"百万富翁",要"积累活的人物形象,积累活的生活知识"①。的确,鲜活多样的生活资源会刺激作家、提供给创作者空灵活跃、腾挪流变的想象天地;其次,胡采联系柳青、杜鹏程、魏钢焰创作中的甘苦得失,阐述主题思想的孕育过程是不易的,作家须有持久的耐心和坚韧的毅力,需要经过长期的积累和反复的思考方能获得;最后,胡采认为主题思想的孕育和艺术形象的形成,时间先后基本一致,但有时情况比较复杂次序会错置。在对这个现象的研究中,胡采批评违背艺术规律的琐碎自然主义或概念演绎主题的不良创作路数,旨在肯定思想性与形象性实现完美结合的创作法:

> 我们主张长期地深入生活,深刻地理解生活,广泛地概括生活,把深刻的有血有肉的主题思想同鲜明的活灵活现的艺术形象结合起来,这才是作家应该具备的实实在在的本领。②

艺术传达是作家的审美感受转化为文学作品审美形态的过程,对此胡采主要谈及三点:首先,作家要有编写和虚构故事的创造能力,编写和虚构是艺术创造才能的一个重要方面;其次,作家要从实际生活出发,依据生活逻辑改装、加工创作素材。在这改装、加工过程中,作家"必须有自己明确的目的性,有明确的创作意图和明确的美学设想"③;最后,艺术传达过程中,需要作家进行"第二次生活体验"的回溯冥想,对这点胡采特别强调:

> 所谓第二次体验生活的意思,就是说,作家、艺术家在从生活开始进入艺术境界这个耐人寻味的节骨眼上,他常常不得不借助于过去生活的回忆的形式,把他在实际生活中间所获得的真实感受、印象、体验、知识、思想、感情、形象、性格特征等等引出来,引到这个假定的、虚构的、特定的生活场景和活动空间中来,引到那些也是虚构的、但是却实实在在生活在这里的那些特定的人物们的身上来。④

---

① 胡采:《从作家的生活创作道路谈起》,《新时期文艺论集》,陕西人民出版社1983年版,第79页。
② 同上书,第80页。
③ 胡采:《从生活到艺术》,《从生活到艺术》,陕西人民出版社1979年版,第98页。
④ 同上书,第106页。

胡采提出的"第二次生活体验"内涵丰富，显示出文艺理论家对于艺术规律的深刻把握。"第二次生活体验"巧妙地连接生活与艺术的两大环节，在伴随着情感的交互冲荡与形象的回环往复的叠加深化的建构中最终完成艺术传达。它既渗透着来自生活的艺术直觉感受，又葆有艺术虚构的强大张力；它既以活力四射的生活原态为源头，却又不拘泥于生活原态，而是由此腾空而起并借助艺术想象力重新搭建艺术的全新世界。

需要说明的是，对艺术创作过程的论述胡采是杂糅一体进行的，为了方便笔者分开表述。实际上，艺术构思和艺术传达的过程很难分开，两者互相渗透，交织错杂。构思重在想，传达重在写，且由想到写不是单个循环就能一蹴而就的，需要多次往返的回流沉淀，伴随着感觉、想象、情感等诸多艺术活动。

3. 典型化的创作方法

胡采文学评论一以贯之的是革命现实主义的文学精神。在1937—1966年时期，胡采以革命的战士或文艺领导者的立场，将文学评论与党的路线、方针、政策紧密联系在一起，认为"以《种谷记》为里程碑，柳青在创作上奠定了坚实的革命现实主义基础"，认为杜鹏程作品的核心是"对生活发掘得深，对人的心灵揭示的深"[1]，进入新时期，胡采的现实主义文学精神得到深化和发展，他从典型论入手探索文学创作方法。

首先是强调写典型。典型是中国当代文学理论的重要范畴，也是核心范畴。典型问题既是文学艺术的根本问题，也是现实主义的核心问题。文学是以形象反映社会生活，而典型是形象的高级形态。60年代胡采明确表述："艺术的根本任务，是要创造典型，创造典型形象和典型性格。"[2] 80年代强调"文艺作品终归是要写典型。通过艺术典型，反映真实的生活内容"[3]。胡采在许多场合对不同对象从不同角度论述塑造典型的重要性，他既反对那种"顺手牵羊式的简单的贴标签办法"[4] 脸谱化写法，也反对流于生活表层的"琐碎的自然主义道路"[5]。鉴于中国当代文艺受到

---

① 胡采：《论〈保卫延安〉的艺术特色》，载《胡采文学评论选》，湖南人民出版社1983年版，第12页。

② 胡采：《从生活到艺术》，载《从生活到艺术》，陕西人民出版社1979年版，第66页。

③ 胡采：《当前文学方面有争议的几个问题》，载《新时期文艺论集》，陕西人民出版社1983年版，第218页。

④ 同上书，第217页。

⑤ 同上书，第80页。

政治风向的牵制，胡采的这份坚持尤为可贵。

其次是怎样塑造典型人物性格，胡采主要在《从生活到艺术》进行了较为系统而具体的论述。其一，"某些真人真事题材是可以写的，也是能写好的"①，但要对原材料进行创造性的再加工，去其杂芜，保其精髓，发挥艺术家的合理创造；其二，"艺术中的典型人物，既要有鲜明的个性，又要有深刻的共性，是个性和共性的矛盾统一，是通过个性表现共性"②；其三，艺术中的典型人物具有独立的人格，一旦诞生于作家笔下，就获得了新的生命，有其自身发展性格逻辑；其四，"把人物放在生活的矛盾冲突中，从生活的矛盾冲突和发展中，来刻画人物思想性格的矛盾冲突和发展"③；其五，小说家要描写人物的内心世界和心理活动，必须"耐心地了解研究他们的灵魂和内心世界"④；其六，作家、艺术家要和自己作品中刻画的人物"不隔"⑤，"不隔"就是作家与笔下的人物"心连心"，只有这样才会塑造出成功的人物。

以上大致列举了胡采对于塑造典型人物的看法，典型人物是个性与共性的矛盾统一以及人物的时代性与心灵世界的展示，是胡采人物典型论的基本内容，而第三点"独立的人格"是胡采人物论中最为精彩的内容，这种认识与巴赫金对艺术人物的理解不谋而合。

巴赫金认为作品中的人物"不是无声的奴隶（如宙斯的创造），而是自由的人；这自由的人能够同自己创作者并肩而立，能够不同意创作者的意见，甚至反抗他的意见"⑥。巴赫金的文学思想源自其独特的狂欢式的世界感受，体现了平等、自由、创造的精神，"独立的人格"见解来自胡采生活实践的反映论理论。当时，尽管文坛流行脸谱式的庸俗化写作，但胡采立足于生活和艺术的基点，坚持文学艺术要研究"人物的灵魂和内心世界"，要写出"人物独立存在的人格"。

这样，在20世纪60年代胡采"独立的人格"论游离于时代话语之外，话语思想体现出理论的自觉性、超越性和前瞻性，显示出作为一代文学理论家深厚的理论素养和独特的理论眼光，钱觉民曾经赞叹"独立的

---

①　胡采：《从生活到艺术》，载《从生活到艺术》，陕西人民出版社1979年版，第66页。

②　同上书，第74页。

③　胡采：《读〈在和平的日子里〉》，载《胡采文学评论选》，湖南人民出版社1983年版，第44页。

④　胡采：《从作家的生活创作道路谈起》，载《新时期文艺论集》，陕西人民出版社1983年版，第82页。

⑤　同上书，第70页。

⑥　巴赫金：《陀思妥耶夫斯基诗学问题》，生活·读书·新知三联书店1988年版，第28页。

人格"是胡采文论中"最具有光辉的一部分"①。的确，这并非虚言，今天胡采"独立的人格"论依然有意义，文学人物不是理念、政治、商品物态诸多外在因素的附庸，而是独特的性格和多样的生命流变，是鲜活生命形式独立自由的绽放。胡采这样说：

> 作品中的人物，一旦从作者的笔底诞生出来，就获得了一种独立存在的人格。做什么和怎样做，这常常是人物自己的思想性格的一种合乎逻辑发展的结果，任何人无权强行命令或包办代替，作家、艺术家的主观能动作用，要符合于艺术形象的客观真实与统一。②

"独立的人格"论是建构在实践反映论基础上的文艺观，是在特定的历史条件下，胡采对艺术反映论的疆域作了极富张力的拓展，使社会实践文艺观焕发出迷人的活力。令人遗憾的是胡采"独立的人格"论，围绕着实践反映论的范畴展开探索，始终未能跨越实践反映论的理论范围，假如他能再迈出一小步，跳出反映论窠臼，就可能进入艺术表现论的空间。当然，历史是不容许异想天开设想的。但是，胡采的"独立人格"论无疑是其文艺思想中的闪光点，同时也为整个现实主义的反映论和批评实践进行了积极的探索，深化了现实主义文艺理论。

最后是关于典型环境，胡采认为典型环境的设置要有力地表现典型人物，典型人物受到典型环境的制约影响，典型环境与典型人物的关系相辅相成，可以互相促进。他说：

> 要善于从广阔的、丰富的社会生活大海中，勾勒出某种特定的生活故事和特定的历史环境来。通过这种特定的生活故事和特定的生活环境，来展现丰富多彩的时代生活图景，来展现生活的复杂性和多样性，来揭示人们的思想性格和心灵面貌。③

胡采言述的"特定的生活故事和特定的历史环境"就是虚构的人物活动的艺术空间，这个艺术空间的设计最终服务于人物，表现人物的思想

---

① 钱觉民：《不断探索从生活到艺术的规律》，载《中国当代文学评论家论》，甘肃人民出版社 1988 年版，第 275 页。
② 胡采：《从生活到艺术》，载《从生活到艺术》，陕西人民出版社 1979 年版，第 80 页。
③ 同上书，第 92 页。

性格和心灵世界。

4. 文学风格

文学风格是胡采文学评论中持续关注的话题，胡采不仅捕捉到作家创作中的艺术特色，而且热情指出并细致分析作品呈现的艺术个性，意在引导作家形成独特的创作风格。

胡采曾对闻捷、王汶石、杜鹏程、梁斌等作家作品的艺术风格进行评析，他认为王汶石是一个"真正革命的现实主义作家"[①]，创作特点"取材平平常常，描写亲切近人；他的作品中，常常闪耀着一种来自真实生活，而又经过艺术加工、具有特殊风格的朴素的美"[②]。继而分析王汶石的艺术风格是：

> 惯于作冷静的描述，他总是把自己的生活激情灌注到对人物对情节的精雕细刻中去；……在他的作品中，有激流，也有缓流，有严肃的思想斗争，也有令人笑出声来的幽默。汶石的艺术描写，给人以多样化的感觉。……王汶石的作品，含蓄、朴素、明快，在艺术上留有余地，给人的感觉，很像素描。[③]

> 富于生活情趣，富于幽默感，富于多样化色调，这是汶石作品的特点，也是他语言的特点。[④]

胡采认为杜鹏程《保卫延安》"最大最突出的特色，是全书从始到终所洋溢着的深厚的诗情，那种扣人心弦的诗一样的激情力量"[⑤]。这种评价是准确的，《保卫延安》是新中国成立以来我国优秀的战争题材小说，作品感人的力量来自作家灌注于作品的爱祖国爱人民的炽热感情。早在1954年《保卫延安》初版时，冯雪峰就指出《保卫延安》"全书都充满着令人振奋的力量"[⑥]。当然，胡采没有停留于当时已有的研究成果，而是立足于新中国成立以来战争题材长篇小说风格单一的局面，在肯定小

---

① 胡采：《读短篇小说〈风雪之夜〉》，载《胡采文学评论选》，湖南人民出版社1983年版，第30页。

② 同上书，第31页。

③ 同上。

④ 同上书，第33页。

⑤ 胡采：《论〈保卫延安〉的艺术特色》，载《从生活到艺术》，陕西人民出版社1979年版，第139页。

⑥ 冯雪峰：《论〈保卫延安〉》，载《保卫延安》，人民文学出版社2007年版，第1页。

说洋溢着激情的特色外，以批评家敏锐的眼光指出杜鹏程创作的不足以及应该努力的方向：

> 《保卫延安》的基本色调和旋律是高昂的，鲜明的，强烈的，但它似乎显得多少有些单一。单一的、鲜明的、强烈的颜色，可以画出最明快最成功的某一画幅，但它往往难于充分画出最为丰富多彩生活的画幅。①

胡采在艺术上颇有造诣，既能看到作家形成的稳定艺术个性，又能看到在稳定的个性基调中富有变化的多样色调。固然，对于作家来说，艺术成熟的标志在于其艺术个性的形成。然而，倘若拘泥于已有的写作路数，艺术上不求创新，艺术生命就会枯萎。胡采在分析杜鹏程、王汶石创作时，在充分肯定作家艺术个性的前提下，从艺术多样发展的角度，肯定王汶石创作的多样色调，委婉批评杜鹏程创作的单一倾向，这道出了杜鹏程创作中的危机。胡采认为作家的创作应该是艺术风格的独特性与多样化的和谐统一，当然，风格不仅局限作家创作风格，也指整个文学创作。胡采认为生活本身丰富多彩，艺术风格也应该多种多样，不能定于一种调子："该大浪滔滔的就大浪滔滔，该小河流水的就小河流水，各有各的调子，各有各的美，各有各的动人之处。"②

坚持风格多样化的原则，就是尊重艺术和生活的规律，在特定的历史条件下胡采强调艺术风格多样化是颇有意味的，他反对以强调政治思想倾向为由而取消作家艺术个性的"左"倾倾向，历史已经证明，片面强调思想性而忽视生活与艺术规律，只能使艺术定于一尊，偏于一隅，走向末路。事实上，胡采不仅在文艺批评理论上坚持自己的文艺理想，而且也身体力行落实于文艺活动中。《百合花》是我国现实主义文学园地绽放的一朵奇葩，茹志鹃以委婉细腻的笔调书写军民鱼水之情，但当时小说手稿寄出后因"感情阴暗"遭遇多家杂志社的退稿，直到1958年3月胡采主编的《延河》文学月刊首次发表，《百合花》才有幸进入读者的阅读视野，胡采当年主编的《延河》文学月刊发表《百合花》，也是胡采文艺思想在实践中的践行。由此，亦可窥视胡采办刊独到的眼光、为人的胆识和气

---

① 胡采：《论〈保卫延安〉的艺术特色》，载《从生活到艺术》，陕西人民出版社1979年版，第155页。

② 胡采：《从作家的生活创作道路谈起》，载《新时期文艺论集》，陕西人民出版社1983年版，第63页。

魄。事实上，1960 年，在西安市郭家滩工人俱乐部工人业余作家座谈会上，胡采直言："社会主义的文艺，必须是丰富多彩的文学艺术，它的形式应该是多种多样的，风格也应该是多种多样的。"① 进入新时期，胡采大力提倡艺术风格的多样化。1981 年 1 月在陕西省音乐家协会第一次代表大会上，胡采号召作曲家"在创作形式上，内容上，风格上，尽可能做到多样化一些"②。

（三）文学功用论

胡采坚持文学对于社会生活的改造功能，在发挥文学功能时，胡采强调要遵循文学自身的规律。五六十年代胡采认为社会主义文学艺术道路要坚持为工农兵服务，为社会主义事业和无产阶级政治服务的方针，80 年代胡采认为文艺要遵循为人民服务、为社会主义服务的指导方针。

胡采文学功用观的形成，受到 1942 年毛泽东在延安座谈会上讲话精神的直接影响。随着历史的发展进程，胡采文学功用观也有着不同程度的推进，但基本是延安讲话精神的传承。胡采的文艺思想是在抗日战争和解放战争的革命烽火中逐渐形成的，胡采在延安生活不到 10 年见过毛泽东 3 次，尤其是第三次见到毛泽东，给胡采留下深刻的印象。1942 年 5 月，胡采参加了延安杨家岭召开的文艺座谈会，聆听了毛泽东的讲话，随同与会者同毛泽东合影留念。在胡采的生命历程中，这次见面意义重大、影响深远，1947 年胡采光荣地加入中国共产党，同年在国民党进攻延安的艰苦时期，胡采主动奔赴绥德地区动员群众参军支援前线。延安的革命经历，不仅坚定了青年胡采革命道路的选择，而且影响着胡采革命文艺道路的走向，并规范着胡采文学批评观的成型。

有关毛泽东《讲话》内容，胡采深有感触曾多次提到，仅以《讲话》为中心的讲话稿就可以查出三篇：《结合实践，重学〈讲话〉，加深理解》《永放光辉——纪念〈在延安文艺座谈会上的讲话〉发表四十周年》《要有一个新的健康的发展——在陕西省委召开的纪念〈在延安文艺座谈会上的讲话〉发表四十周年学习讨论会上的发言》。

在 1981 年《结合实践，重学〈讲话〉，加深理解》一文中，胡采分析《讲话》之所以强调文艺的政治性、无产阶级党性原则和阶级观点，认为是出于当时中国历史的战时需要，他认为《讲话》的个别结论、提法或说法

---

① 胡采：《思想要高　生活要深》，载《从生活到艺术》，陕西人民出版社 1979 年版，第 4 页。

② 胡采：《还是以多样化为好》，载《新时期文艺论集》，陕西人民出版社 1983 年版，第 240 页。

随着生活的变化，需要加以完善，然而根本上来看，胡采认为《讲话》"它的根本原则，它的根本立场观点、方法等，是不会过时的"①。胡采分析《讲话》强调政治性时，指出"并没有忽视文艺的特性和特点，没有忽视文艺的特殊规律"②。胡采一直以革命战士和无产阶级文艺领导者双重身份观察文艺现象，将文艺置于"体""用"结合的动态系统中来思考，文学的功能不仅由文学自身的性质来决定，而且也只有在它的功能发挥中，文学的性质才能得以充分的展示。战时的中国文艺，责无旁贷地承担服务战争、服务工农兵的功能，文艺的审美特性也只能在文艺发挥作用的过程中显示出来。这些观点，今天看来有些机械僵硬，侧重强调文艺的功用特色尤其是改造干预社会功能，却轻视文艺的审美本质，这种缺陷在后来的文艺活动中胡采进行了适度的调整。

在 1982 年 3 月的《永放光辉——纪念〈在延安文艺座谈会上的讲话〉发表四十周年》一文中，胡采在肯定《讲话》根本原则和观点正确的前提下，分析了贯彻工农兵服务方向上出现的几种"左"倾错误；在当年 5 月的《要有一个新的健康的发展——在陕西省委召开的纪念〈在延安文艺座谈会上的讲话〉发表四十周年学习讨论会上的发言》中，胡采肯定《讲话》讲得"简括、精练、准确、贴切、中肯"，但再次提出《讲话》尚需研究和补充：

> 因为简括，没有能够多所发挥，在思想、理论上，给我们今后继续深入研究，留下了进一步发挥、发展和补充的充分余地。其中有些论述、有些提法、说法，也不能不受当时历史条件的影响和限制。所有这些，都需要我们在坚持《讲话》根本方向的前提下，依据历史的发展，顺应时代的要求，结合新的实际，在研究、处理、回答新问题的过程中，在思想、理论和创作实践各方面，使文艺有一个新的健康的发展。③

总体来看，胡采文艺批评观深受《讲话》精神的规范与制约，其文艺服务意识贯穿文艺批评的整个历程。尽管随着时代的发展，对《讲话》

---

① 胡采：《结合实践，重学〈讲话〉，加深理解》，载《新时期文艺论集》，陕西人民出版社 1983 年版，第 299 页。
② 同上。
③ 胡采：《要有一个新的健康的发展》，载《胡采文学评论选》，湖南人民出版社 1983 年版，第 295 页。

某些提法曾经再思考，但始终遵循艺术服务的大方针，在文艺服务意识的视域下进行文学批评活动。如果仔细辨析胡采的文艺功用论，有两点需要关注：

一是在评价作品时，胡采善于分析作品中特有的情感想象等审美因素，指出文学鼓舞人、影响人的社会作用。在实践文学批评活动中，胡采没有步入文学功用主义的窠臼。尽管胡采看重文学社会功用，以革命者眼光强调文学的服务功能服务意识，但他总能在作品中以审美的眼光发现文学之美，如美的情感抒发、美的形象刻画、美的语言传递。

胡采指出《保卫延安》洋溢着"扣人心弦的诗一样的激情力量"，这种"艺术风格和冲激力量""像是从生活的土壤里，从激情的喷泉里，从心灵的矿藏里，冒出来的"①。具体阐述时，胡采既擅长联系杜鹏程创作的情感感受，又紧扣文本进行细读研究，根据小说中英雄人物艰苦作战、不怕牺牲的言行壮举，结合小说中大段"发出火光"直抒胸臆的议论以及想象、夸张化的艺术描写，挖掘作品蕴含的政治思想，最后指出"这样的作品，将会不只是给人以思想上的冲激和战斗中的鼓舞，而且，它能够使人通过文学欣赏，获得美感享受"②。在评述王汶石的人物塑造时，胡采挖掘社会主义建设时期新人特有的风格，指出新人品格具有的艺术感染力：

> 他们，富有理想，有顽强的进取心，敢想敢干，具有共产主义思想新人品格。正是他们，把你带进一个新的生活天地，一个崇高的精神境界，使你受到鼓舞，使你永远难忘。③

二是对于"文艺服务于政治"这一问题，胡采的认识处于动态流变之中。60 年代胡采坚决捍卫毛主席文艺政策："我们的文艺，无产阶级的文艺，就是为工农兵服务。为工农兵服务，是无产阶级社会主义文艺的根本方针。"④ 进入 80 年代以后，胡采的认识有了明显的变化，《答有关文

---

① 胡采：《论〈保卫延安〉的艺术特色》，载《从生活到艺术》，陕西人民出版社 1979 年版，第 139 页。
② 同上书，第 155 页。
③ 胡采：《论短篇小说集〈风雪之夜〉》，载《胡采文学评论选》，湖南人民出版社 1983 年版，第 23 页。
④ 胡采：《作家必须同人民群众密切结合》，载《从生活到艺术》，陕西人民出版社 1979 年版，第 20 页。

艺思想、理论问题提问》一文留下了有关"文艺与政治"的思考：

其一，政治与文艺不可互相取代，各有各的功能、特色。文艺从属于政治的从属论有其消极作用，取消了艺术的特殊性和创造性，文艺主要在于形象性及其以情动人的特点；其二，政治是个宽泛的概念，它包含在社会生活之中，不可狭隘理解政治：

> 我们所说的政治，是人民大众的政治，是活的政治，是有血有肉的政治，不是书本上的政治，不是只停留在理论概念上的政治。这样的政治在哪里？在社会现实生活里，在人民的心坎里。政治在社会生活中是一个积极的重要的因素。①

其三，文艺反映生活，生活包罗万象，复杂的社会生活比政治所包含的内容要广阔丰富得多，倘若只用政治这个概念去衡量和评价文艺，这是远远不够的；其四，文艺要沿着广阔的政治方向，避免政治上的概念化和艺术上的低劣化，遵循二为方针，繁荣社会主义文艺。

今天看来，胡采的文学评论不可避免地带有时代特有的"左"倾味道，偏重于文艺的思想性、政治性，强调作品的客观社会效果，然而由于胡采始终关注文学的审美之维，对于多年来所追随的社会主义革命事业充满至真至纯的炽热情感，这使他的文评充满活力。尽管时过境迁，物是人非，像对杜鹏程、王汶石、闻捷、玉杲等人的文评，我们今天读来并不觉得乏味，充满了理论的活力和弹性。在文学服务意识的框架束缚下，胡采从社会生活的实践出发，努力拓展文艺表现的疆域，从为工农兵到人民大众的功用观，以及对于政治的范畴把握，胡采可谓是"戴着镣铐跳舞"的高蹈者。

三　文学思想的主要特色

（一）从生活到艺术的文艺观

从生活到艺术是胡采文艺思想的核心，也是其文艺理论和文艺评论的基础。中国当代文艺思想理论建立在马克思主义哲学基础之上，马克思主义哲学认为物质决定意识，人们的意识源于物质生活。文学艺术属于社会意识形态范畴，它是对社会生活的反映。胡采亲身经历了中国的抗日战争

---

①　胡采：《答有关文艺思想、理论问题提问》，载《胡采文学评论选》，湖南人民出版社1983年版，第247页。

和解放战争两个历史时期，在漫长的文艺实践活动中，他认真体会马克思主义哲学以及毛泽东文艺思想，形成了其富有特色的文艺观，坚持文艺对生活的反映论，坚持从生活到艺术的文艺观。

1962 年东风文艺出版社出版了胡采的《从生活到艺术》一书，书中收录了从 1960 年到 1961 年间写作的 4 篇文章：《思想要高　生活要深》《作家必须同人民密切结合》《从生活到艺术》《为创作打基础》，这些文章集中反映了胡采从生活到艺术的文艺观。在《从生活到艺术》一文中他说："生活是创作的源泉，是创作的基础。有了这个源泉和基础，作家、艺术家才有英雄用武之地，才有加工创造的对象。否则，即使他有再高的才能，也将无能为力。"① 从生活到艺术的创作观念，充分肯定创作源自生活，这是胡采文艺思想中极有价值的地方，也是其文艺思想的基本立足点。

生活与艺术是什么样的关系？胡采对此进行了思考，在和富翁、科学家、哲学家的相互比较中指出，艺术家的生活宝库是"活生生的形象"和"富有生命力"的知识、思想、见解，生活库存的蕴藏量对作家的创作意义重大：

> 作家、艺术家必须有自己的生活宝库。库存要多，要很富足。百万富翁的库存，是成堆成垛的金银财宝。科学家，哲学家的库存，是大量的资料、问题、逻辑和概念。作家、艺术家的库存，就是他长期苦心经营和日积月累的丰富的生活经验和生活知识。他的头等重要财富，就是他从生活中所感受到的千百种活生生的形象，以及和这些形象血肉相连的经过千锤百炼并富于生命力的关于生活的知识、思想、见解。②

在 1979 年的《从作家的生活创作道路谈起》一文中他又说：

> 对于文学艺术无论提出什么正确的口号，说到头，还是应当首先做到必须从生活出发，必须通过生活实践和艺术创作实践来检验。我们的生活是无限广阔的。任何正确的原则和正确的方针口号，都应该渗透、体现、包含在丰富的生活之中，同时，又对文艺正确地反映生

---

① 胡采：《从生活到艺术》，载《从生活到艺术》，陕西人民出版社 1979 年版，第 42 页。
② 同上书，第 47 页。

活起积极的作用，起活跃人们创作思想的作用。①

在胡采的文艺视域中，艺术的起点是实践生活，一方面艺术家的生活本就源自生活，富足的生活宝库如同百万富翁成堆成垛的金银财宝，有利于艺术思想与形象的生发形成；另一方面，文学艺术最终又必然回到生活，接受实践生活的检验。胡采的认识完全与马克思辩证唯物主义认识论相一致。

（二）走向审美的文学评论

胡采从生活到艺术的文艺观，并没有静止地停留于文艺一般性质即艺术生活反映论，而是从实践出发深入探讨艺术的特殊性质即情感性与形象性，就此胡采留下了许多精辟的见解。这点本章在第二部分"文艺思想的基本内容"的次标题"文学本体论"的第1、2曾经提及。在对小说以及诗歌艺术的评论中，显示出胡采文艺评论走向审美选择的价值走向。

1959年胡采分析《保卫延安》的艺术特色时，以饱含激情的语言指出："最大最突出的特色，是全书从始至终所洋溢着的深厚的诗情那种扣人心弦的诗一样的激情力量。"② 胡采评价王汶石说：

> 他的小说，是对于我们新时代新生活的赞歌，是对于我们大地上不断涌现着和成长着的新人的赞歌。内心的激情和精细的艺术描写相结合，就产生了汶石作品中那种深刻动人的力量。③

分析小说时，胡采敏感地捕捉文学中的那种情感，那就是：一是激荡在文本中令读者感动流泪的情感，二是发自创作者心底的奔腾不息的情感；这种情感始终与时代浪潮融为一体，闪耀着时代的鲜明特色。

在评价诗人闻捷时，胡采赞同评论界称闻捷诗为"激情的赞歌"和"爱情和劳动的赞歌"④ 的说法，胡采感受到了诗中弥漫的浓得化不开的

---

① 胡采：《从作家的生活创作道路谈起》，载《新时期文艺论集》，陕西人民出版社1983年版，第94页。

② 胡采：《论〈保卫延安〉的艺术特色》，载《从生活到艺术》，陕西人民出版社1979年版，湖南人民出版社1983年版，第139页。

③ 胡采：《读短篇小说集〈风雪之夜〉》，载《从生活到艺术》，陕西人民出版社1979年版，第157页。

④ 胡采：《读闻捷诗选〈生活的赞歌〉》，载《从生活到艺术》，陕西人民出版社1979年版，第291页。

"情"，将闻捷诗歌命名为《生活的赞歌》。在具体细致分析诗作时，胡采发现闻捷诗作中美好的情思带有"耀眼的时代特色"，那种美好的情思总是和与美好的形象、生活中闪光的事物并联在一起，他说：

> 闻捷诗中的激情因素，和生活分不开，和生活中闪光的事物分不开。他的激情，经常和某种美好的情思在一起，经常和某种崇高的理想在一起。他的激情，含蓄着一种内在的思想力量，一种具有美好情思和崇高理想的思想力量。①

闻捷的诗歌既是美好情思与美好形象的融合，又是激情与哲思（思想力量）的高度融合，这也成为胡采诗歌美学的基本内容。此外，胡采还善于从我国传统诗论中萃取精华，讲求诗歌构思的精巧、强调"诗贵自然"以及意境美的营造，这些丰富了胡采诗歌美学的内容。他认为"美好的形象"发现与摄取，总与"生活中间闪光的事物的发现"② 同步进行。因此，诗人要获得"美好的形象"就必须深入生活，从大海中的一滴水、花丛中的一瓣红花提纯出诗意；要巧构思，"安排好作品中的层次、起伏、峰峦叠嶂的问题，处理好山外有山和天外有天的诗的意境问题"③。胡采认为"贵在自然的诗，是诗的成熟的标志"④。胡采指的"贵在自然"的基础，就是真实的生活内容和思想感情，而客观存在的"自然"不等同于"诗贵自然"中的"自然"，它是客观存在自然的升华和质的飞跃。胡采的诗歌美学思想，既遵循艺术反映论的原则，又紧密围绕情感与形象从艺术的本质特性对诗歌进行了审美意味的探索。

在诗歌美学研究上胡采重视情感和形象，对小说亦然。他不仅从作家素养谈形象思维、形象能力是一种特殊的认识世界的艺术才能，而且从现实主义文艺理论创作论入手，对典型这一艺术的高级形象展开探讨，尤其在典型人物塑造方面留下了不少真知灼见，像 20 世纪 60 年代胡采"独立的人格"论，在今天看来依然闪耀着理论的光芒。典型是现实主义文学理论中的核心问题，形象是艺术审美的本质特征之一，胡采对于典型形象

---

① 胡采：《读闻捷诗选〈生活的赞歌〉》，载《从生活到艺术》，陕西人民出版社 1979 年版，第 313 页。
② 同上。
③ 胡采：《〈陕西新诗选〉序》，载《胡采文学评论选》，湖南人民出版社 1983 年版，第 115 页。
④ 同上书，第 116 页。

的孜孜探索，就是源自胡采对于艺术审美本质的深刻认识和把握。

从以上分析可见，胡采的文艺思想不仅遵循艺术反映论原则，而且对艺术的本质属性尤其从诗歌和小说领域进行了有效的探索，显示出走向审美的艺术价值诉求。比照同时期的文评，胡采审美追求的艺术取向尤为难得。

（三）务实求是的敦厚学风

胡采亲历了现代中国血与火的革命战争以及新中国成立以来的形形色色文化政治运动。变幻的时代使胡采立足于实践审慎地思考着诸多社会重大问题，在文学批评上形成密切联系实际，务实求是的敦厚学风。

首先，胡采肯定社会生活是文艺创作的唯一源泉，文艺是对现实生活的反映的观点，但胡采并不简单地机械地理解这一原则，而是清醒地认识到艺术创造是一种复杂的精神生产活动，需要主客观互相作用互相融合。他说："艺术，是一种名副其实的创造性的劳动结晶。从生活到艺术的过程，就是作家、艺术家对生活素材进行加工创造的过程，就是发挥他们高度创造性劳动的过程。"[①] 还说："对文学艺术无论提出什么正确的口号，说到头，还是应当首先做到必须从生活出发，必须通过生活实践和艺术创作实践来检验。"[②] 胡采将文学创作当作复杂的精神劳动过程来看待，这种源自实践的观点比较符合创作的客观实际。正是以此为基点，胡采认识到艺术创作有其特殊的规律，并进行了积极的有意义的探索，提出了作家的"第二次生活体验"、典型人物的"独立人格"等颇为精彩的文艺观。今天，这些观点依然具有理论价值和实践指导意义。胡采文艺思想理论实践的起点，使胡采的文艺批评不玄虚轻飘，显示出务实求是的特色。

其次，评析具体作家作品时，胡采首先从文本阅读的真实感受入手，发现作品的美或不足，指出作家的创作风格以引导创作实践；同时又能联系作家的创作及生活道路进行深层阐释。胡采这样评价王汶石：

> 我前前后后读汶石的作品，印象并不完全一样。开头读时，我觉得作者描写的非常细腻，也很优美动人；但似乎缺少那种旺盛的摇撼读者心灵的激情力量。我心里曾这样想：汶石是一个善于讲故事的人，精细的描写，是他的特长。但是，当我从头到尾读完了《风雪

----

① 胡采：《从生活到艺术》，载《从生活到艺术》，陕西人民出版社1979年版，第44页。
② 胡采：《从作家的生活创作道路谈起》，载《胡采文学评论选》，湖南人民出版社1983年版，第234页。

之夜》这个集子，又读了他最近发表的一些短篇之后，我的印象有了很大的变化。我认为：汶石不但是一个善于讲故事、善于作精细描述的小说家，而且是一位对我们的时代生活充满内在激情的诗人。①

这种来自文本的阅读感受和判断，带着批评者特有的温热体感，散发出批评者敏感而深思的气息，令人感到亲和、自然、真实。这样的文学批评态度既没有对作家居高临下的盛气指责，也从根本上切断了从抽象概念出发的空洞理论演绎。在"左"倾文艺思想盛行的时代，文学创作难以摆脱政治运动，文学批评常常落入政治批判的阶级斗争中，作家与批评者的关系紧张，有怀疑甚至对抗的情绪。在胡采这里，他充分尊重作家，关心作家生活，曾呼吁要改善作家的生活条件，胡采愿做作家生活的挚友；创作上，胡采理解作家的甘苦得失，更愿做作家的诤友。当然，胡采的文学批评态度固然与其人格涵养有关，更为深刻的因素在于胡采是个内行的文艺工作者，深谙艺术的特殊属性，有其独特的规律，具备深厚的艺术理论素养以及艺术的鉴赏力。这样，胡采评析作品时充分尊重作家劳动，把作家当作文学评论的对象，并善于从作家那里汲取营养，将作家的创作经验有机地融入其理论体系中。长文《从作家的生活创作道路谈起》在感性经验之上进行理论的升华，这样的理论分析有艺术的实感，不泛泛而谈，不架空理论，理论阐述令人信服。

最后，胡采的文学评论不是为理论而理论，他的文章有明确的目的性，不少话题是针对某事的有感而发。1962 年 10 月，西安作协召开业余创作座谈会，胡采《创作的深度》的发言针对当时"中间人物"的问题论争展开，胡采联系《创业史》梁三老汉等人物形象的塑造谈了自己的思考，提出文学要揭示生活的深刻意义、艺术上要有独特性。胡采反对从抽象概念出发的写法，也反对作家缺乏生活实感的人云亦云"顺壕壕溜的东西"②。胡采始终注视中国文艺的发展，关注文艺界的实际问题。联系 1962 年 9 月底那场全国范围内的阶级斗争扩大化运动的政治语境，胡采追求真理的勇气和魄力令人钦佩。进入新时期，胡采面对现实独立思考的意识更为明确。1980 年，《谈写农村生活题材》是胡采在农村题材小说创作座谈会上的发言，他除了强调创作农村题材的重要性外，对贾平凹、

---

① 胡采：《读短篇小说集〈风雪之夜〉》，载《从生活到艺术》，陕西人民出版社 1979 年版，第 157 页。

② 胡采：《创作的深度》，载《从生活到艺术》，陕西人民出版社 1979 年版，第 137 页。

陈忠实创作中存在的问题进行深思，提出要深入生活、提高思想素养的意见。1981 年 3 月在西北大学教师文学理论进修班上，胡采作了《答有关文艺形势、思想、理论问题提问》的讲话，对带有普遍性的问题从七个方面谈了意见，其中第六个方面"如何评价十七年中有关反映农村生活题材的作品"，胡采认为评价十七年文学不能一概而论，要具体问题具体分析，以《创业史》为例，胡采肯定梁生宝人物形象的塑造是"站得住的"，符合生活实际，他认为评价作品要从长远发展的历史范畴来考量。总之，有关艺术民主问题、艺术与政治的关系问题、艺术与生活的问题、真实性与倾向性的问题、文学遗产继承与发展的诸多重大问题，胡采都做了认真的思考和回答。

（四）追求文采的语体特色

胡采的评论文章充满激情与才气，具有强烈的语体特色。

胡采的文学评论多完成于 1982 年之前，这一时段我国文艺发展走过或左或右的曲折路径。自然，胡采的文评难免打上时代的烙印，带着强烈的政治色彩和党派意识，然而与同时期充满政治大批判的文章相比，胡采的文学评论尤其是作品评析读起来轻松自如，充满散文诗的韵味。

《从生活到艺术》胡采在言述艺术想象力时，句式变化繁多，有长短句、复句，还用了比喻修辞格，将抽象的理论化为浅显生动的话语，令读者徜徉在优美的语言海洋中：

> 从生活到艺术，不是机械的照搬，也不是一加一等于二，而是作家、艺术家对生活的潜移默化，是典型的概括，是艺术的升华，就像桑叶变成丝，矿石变成铁水、钢花，自然的大气变成天上的云锦和采霞那样。促成这种变化和升华的是作家、艺术家丰富的想象力。①

评述作家柳青时，胡采说：

> 在柳青的同时代人当中，在他的同辈作家当中，通过他们各自的富有特点的艺术成果和彩色斑斓的作品，构成了这一时代的闪烁着艺术光芒的群星。而柳青，是这一群星中发出了特殊光辉的人们中间的一个。他的这种艺术光辉，不是从天上洒落人间，而是从人间的大地上升起，是他在人间的生活土壤上，经过辛勤劳动的心血和汗水浇灌

---

① 胡采：《从生活到艺术》，载《从生活到艺术》，陕西人民出版社 1979 年版，第 109 页。

而成长起来，挥洒出来的。①

这段话运用了譬喻、排比、象征、错觉等手法，柳青被喻为蓝空天末璀璨耀眼的明星，其艺术闪烁的迷人光芒源自作家辛勤汗水的浇灌，这种说法形象生动充满艺术想象的张力，而这又与柳青艰苦的艺术创作实际贴切，散文诗般优美的语言一改理论文章的僵死干瘪，充满生命的鲜活灵性，读来令人回味不已。孔子曰："言之无文，行之不远。"胡采深知此道，在表达上下功夫，形成了独具风格的文评语体色彩。

当然，美丽的文辞更需要深邃的思想充盈其间，形如精魂元气附着于美丽的躯体。胡采文评的语体色彩来自胡采对文学、生活的真挚而深厚的情感，源自胡采身上生生不息充满元气的生命活力。胡采在为《新时期文艺论集》作序时说，在新时代的浪潮中，心绪翻腾不已，"既有惊奇和感慨"，也有"忧虑和苦恼之情"②，这是其面对新生活真挚情感的自然流露，而其体魄着蕴藉的生命能量与活力，更是其文评充满生命的根本源泉。"艺术光辉，不是从天上洒落人间，而是从人间的大地上升起，是他在人间的生活土壤上，经过辛勤劳动的心血和汗水浇灌而成长起来，挥洒出来的。"这是他对喜爱的柳青雅正而美好的评价，我们亦可视为胡采的夫子自道。作为一代文艺评论家，胡采注重文辞表达的重要性，在语言上注重锤炼，这一点值得我们学习借鉴。

第二节　文学愚公：王愚

王愚（1931—2010），陕西旬阳人，又名王倍愚，《延河》文学月刊编辑、《小说评论》主编、中国小说学会副会长、全国文艺理论学会顾问。

王愚的文学活动始于20世纪50年代，1955年10月，上海《文艺月刊》刊出王愚的第一篇习作《谈〈三里湾〉中的人物描写》，由此拉开王愚文学批评活动的序幕，接着在1956年、1957年王愚撰写了极有见地的系列评论文章，其中《文艺形象的个性化》（载于《文艺报》1956年第

---

①　胡采：《简论柳青——〈论柳青的艺术观〉序》，载《新时期文艺论集》，陕西人民出版社1983年版，第179页。

②　胡采：《序》，载《新时期文艺论集》，陕西人民出版社1983年版，第3页。

10 期）显示出批评者的胆气和文学批评才华，未发表的《必须从文学的实际出发》一文以"文艺不能为政治服务"为论点质疑周扬文艺观，王愚由此受到陕西文艺界的批判①。1955 年至 1957 年是王愚文学评论生涯的第一阶段。1957 年反右斗争开始，王愚被流放、判刑，文学生涯停滞 20 多年。1979 年王愚得到彻底平反，重回《延河》编辑部工作，文学生命焕发出葱绿的生机，相继在《人民日报》《光明日报》《文艺报》《文汇报》《当代文艺思潮》《当代作家评论》《当代文坛》《文艺理论研究》《人民文学》《小说评论》等国内有影响的报纸杂志上发表文学理论和评论文章百万言，先后出版文艺评论集《王愚文学评论选》《人·生活·文学》《当代文学述林》《新时期小说论》（与阎纲、顾骧、何西来、白烨合著），评论、散文合集《也无风雨也无晴》《心斋絮语》《落难人生》等，成为中国当代文坛有影响的文学批评家之一。

王愚的文学活动主要集中在文艺理论研究、文学评论及编辑工作等三个方面。

一　文艺理论研究

几十年来，王愚一直在传统的现实主义文艺理论范围内进行着有益的探索和思考，留下了一系列思辨色彩鲜明的学术理论文章：《文艺形象的个性化》（《文艺报》1956 年第 10 期）、《现实主义的厄运及其教训》（《延河》1980 年第 6 期）、《把握真实的历史精神——柳青创作道路的一个探索》（见《王愚文学评论选》，湖南人民出版社 1985 年版）《在历史性的转折面前》（载于《当代文坛》1984 年第 8 期）、《在多样化的面前》（载于《文艺理论研究》1986 年第 2 期）、《无边与有限——关于当代文学中现实主义的思考》（载于《文艺理论研究》1988 年第 6 期）等文。

现实主义问题是关系文学发展的一个重大理论问题，新中国成立以来我国文艺界对此争论不休。在 20 世纪 50 年代典型论的讨论中，血气方刚的王愚在中国文艺界崭露头角，他重提黑格尔充满辩证思维的"这一个"，坚持典型论中的"个性说"。在当时的历史语境下，王愚首先肯定人物阶级性本质，强调人物丰富的个性内涵及其性格特色，以此来补充张光年"本质说"和巴人"代表说"的不足。王愚这种文艺观，与李幼苏坚持的观点不谋而合，即典型是普遍性与特殊性的有机融合。由于这种文

---

① 文章由《延河》1957 年第 10 期刊出：李古北的《驳斥王愚的谬论》和红群的《王愚贩卖的什么货色》。

艺思想与主流意识形态的偏移，"个性说"没有引起学术界足够的注意，但它丰富了典型论内涵，打破典型强调共性的单一学术格局，成为 50 年代典型论中突响的异音。其实，在处女作《谈〈三里湾〉中的人物描写》中，王愚开始用典型理论分析人物塑造的优劣得失，对人物的个性表示出关注，但尚未进入理论方面的自觉思考，在《文艺形象的个性化》一文中表现出批评者对于典型探索的自觉思考。

作为学术性的典型问题研究，无论在左翼时期还是新中国成立后的历次论战，讨论相当激烈却都没有达成共识，讨论中支撑的理论基础及认识模式在原则上大同小异，就是典型要反映社会生活的本质、主流及规律。个性是典型人物、典型形象和典型性格不可缺少的元素，个性特色也正是典型感染人的魅力所在。这些知识在今天看来是无须争议的文学常识，但在特定的历史年代，这样的声音是怪异刺耳、不合时宜的。而不合时宜的行为彰显批评者特异的人格精神和独立的学术品格，这最终成就了新时期作为文学批评家的王愚，也使王愚的个人生活蒙受了灾难。

进入新时期，随着现实主义理论问题在全国范围内的几度深入探讨，王愚的现实主义文艺理论观逐渐形成并走向深化。

《延河》1980 年第 6 期发表王愚《现实主义的厄运及其教训》一文，该文回溯 20 世纪 50 年代我国对"现实主义精神"批判的历史，指出违背"生活决定意识"马克思唯物主义这一根本观点，导致新中国成立后现实主义遭遇各种厄运，而"生活决定意识"是王愚文学理论的基点。王愚怀着对文学批评事业的一腔热诚，以力图穿越历史迷雾的眼光，对 50 年代社会主义现实主义概念的定义和革命现实主义与革命浪漫主义相结合的创作方法进行辨析。他从苏联西蒙诺夫对社会主义现实主义这一概念的质疑入手，肯定 1956 年秦兆阳对社会主义现实主义意见的合理性；指出文学违背现实主义的真实性原则的后果：

> 评价作品的政治标准看成唯一的标准，其结果只能是使生活服从于作家的立场、观点，而这种立场、观点又大多来自书本和政策文件，必然导致公式化、概念化作品的出现，对社会主义制度的巩固，是不会起什么积极作用的。①

王愚写作这篇文章时社会上刮起了"现实主义过了头"的逆流，"伤

---

① 王愚：《现实主义的厄运及其教训》，《延河》1980 年第 6 期。

痕文学""暴露文学"受到指责,王愚针对形形色色的形而上学、唯心主义、教条主义极"左"论点展开清算,主张"恢复现实主义传统,让现实主义创作方法在我们的文艺园地里重见天日,促进创作繁荣"①。事实上,王愚的文学批评建立在文学创作及理论实践需要的现实土壤上,其文学评论具有鲜明的实践针对性。

80 年代初期,王愚的文学批评力图恢复现实主义文学批评的本来面目,与整个新时期文学批评同步进行,停留于历史遗留问题的清算辨析,然而这种澄清辨析却又是必要的,唯有对理论明确自觉的认识才能进一步影响文艺界的思想与创作;进入 80 年代中后期王愚的文学批评内涵在实践的探索中进行了建构和扩充,其文学批评的空间得到拓宽深化。

《文艺理论研究》1988 年第 2 期发表王愚《在多样化的面前》,王愚以强烈的现实关注情怀,指出文学理论的建设需要注重审美之维、时代进程和人类实践规律诸多方面,其文学批评走向高地,文学批评空间渐趋开阔敞亮。正如他说的:

> 只在概念上兜圈子,在思辨上下功夫,无助于当代文学的理论建设。而要对当代的文学实践发挥作用,就不能仅限于文学自身的思考,还需要对当前时代的变化,生活的发展,人类社会的构成,人们意识的变迁,有深入和广泛的理解。即使把目光注视到文学的主要功能审美作用上,也需要对当代人们审美需求的变化、审美感受的拓展,有具体深入的深求和观照。这些理解和观照,又应该力求符合时代发展的进程和人类实践的规律。②

显然,王愚文学批评视野具有人类发展的全局统摄意识。

《文艺理论研究》1988 年第 6 期又刊出王愚《无边与有限——关于当代文学中现实主义的思考》一文,王愚针对理论界流行的"现实主义过时论""现实主义包罗万象"两种论调,认为现实主义作为诸多创作方法中的一种,曾经谱写过辉煌的历史,在当代历史进程中依然具有强大的生命力,因此现实主义并没有过时;现实主义创作方法也不是无边的、可以包罗万象的,它具有大体明确的美学特征。论文表达了多年来批评家对现实主义重大理论问题的深入思考,立论高远,气度恢宏,其中观点不乏真

---

① 王愚:《现实主义的厄运及其教训》,《延河》1980 年第 6 期。
② 王愚:《在多样化的面前》,《文艺理论研究》1986 年第 2 期。

知灼见，显示出批评家深厚的理论素养。

第一，王愚站在文学审美的立场，从当代中国革命和文学历史的双向发展进程提出现实主义应回到美学的文学范畴内来。他说："表面的轰轰烈烈，现实主义的身价确实被抬到最高的位置，但究其实，这并不是美学意义上的现实主义，更多的是政治上的现实主义。"① 的确，20 世纪的中国文学从其发轫之日就承担起启蒙与救亡的民族重任。随着 1942 年的毛泽东《在延安文艺座谈会上的讲话》发表，文学发展受到《讲话》精神的规训，逐渐变异沦为政治的附庸，表面看起来现实主义得到独尊。实际上架空了现实主义文学的原则，使现实主义文学丧失了应有的机制活力。因此，王愚回归文学的审美原点，并细化现实主义为一种创作方法，强调现实主义的审美特征及变化流程，这既具有理论的话语策略性又具有实践的操作性。

第二，现实主义在王愚的批评视野中被视为一种创作方法，"当作一种艺术地把握现实的途径"②，其美学特征就便于确定了，即"细节的逼真""本色的逼真"。他说：

> 细节的逼真，并不是单纯摹仿现实就能达到的，毫发毕现，只是一种匠气，已为古人所摒弃，细节的逼真重点在于传神。
> 本色的逼真，最根本的是赋予人物以血肉，而这个人物必须是具有深刻社会历史内容的个性。③

"细节"重在捕捉内在精魂，"本色"重在人物性格的塑造，这与早在 50 年代王愚坚持的"个性说"气韵相通。王愚对现实主义真实性的理解概括，其理论水平不仅仅停于生活层面的真实，已抵达艺术本质的真实，表明王愚把握了马克思文艺理论精髓，即文学反映社会生活的最本质内容，这也是王愚现实主义文艺理论"生活决定意识"的基点。

相比 80 年代初期对"左"倾论调的清算，王愚的现实主义理论水平在 80 年代末期达到理论上的明确的、自觉的状态。在研究过程中，为了更准确地把握研究对象，王愚从庞大的现实主义文艺理论体系中抽取出方法论意义上的现实主义，进行美学特征及流变发展的探寻，这种化繁为简

---

① 王愚：《无边与有限——关于当代文学中现实主义的思考》，《文艺理论研究》1988 年第 6 期。
② 同上。
③ 同上。

的研究方法，使问题的阐述扼要明晰，但同时也不可避免地削弱了其中蕴含的丰富内涵。

第三，王愚高度赞赏胡风主观的现实主义文艺理论，他抓住胡风"主观论"的文艺精髓：

> 胡风的现实主义理论，是他文学理论构架的核心，其中包含许多真知灼见的立论，尤其是他对主观在客观现实中燃烧的理论，拥抱现实的理论，充分估价到主体意识的张扬在把握现实中的重要作用，可以说是对传统的现实主义理论的一个发展，是对当时简单强调冷静反映客观现实的一次驳正。①

胡风文艺理论斑驳陆离颇受文艺界非议，王愚却敏锐地察觉到胡风文艺理论中包蕴的闪亮点——作家的主体性。他从文学创作活动中情感的作用强调作家主体的重要性，认为作家主体地位和主体精神的高扬有利于作家主动性和创造性能力的发挥："对于现实主义者（言指作家）来说，感情的熔铸、渗透，是把各种生活素材熔铸成一个统一的艺术世界。"② 的确，情感在整个文学创作活动中起着贯彻始末的红线作用，生活素材因情感的推动由作家改造为文学形象，文学形象因情感的灌注保存其熠熠的生命活力。作家主体性的确立和情感的作用，使现实主义创作方法焕发出蓬勃的生命活力和激情。王愚对胡风"主观论"的赞赏不是空穴来风，他意在纠正在我国盛行多年的带有形式主义和机械论色彩的苏联现实主义"反映论"，那种把作家主体精神、感情熔铸、人格渗透这些充满活力的因素排斥在现实主义轨道外的错误做法，这种提法切中现实主义文学在文学外围发展的误区，有利于现实主义的发展，也有利于整个文学的发展。

二　文学评论

王愚的文学评论活动，始于1955年的处女作《谈〈三里湾〉中的人物描写》，终于新世纪2001年的《苦难历程　生命不息——解读冯积岐的〈沉默的季节〉》，横跨两个世纪，持续50多年，留下了30余篇文学评论。在王愚的文学评论视野中，既有鸟瞰某一时段的创作综述，又有聚

---

① 王愚：《无边与有限——关于当代文学中现实主义的思考》，《文艺理论研究》1988年第6期。
② 同上。

焦作家作品的个案分析；既有文学主潮内的赵树理、柳青等名家评析，也有溢出文学主流之外的支流像《黑旗》的作品评析；既有众多汉族作家的文学评论，也旁及少数民族作家冯福宽的文学评论。从王愚文学评论中涉及的作家看，有赵树理、王蒙、柳青、莫应丰、张扬、冯骥才、李准、竹林、李国文、张洁、周克芹、古华、汪曾祺、高晓声、贾平凹、陈忠实、路遥、王蓬、杨争光、贺抒玉、冯福宽、红柯、韦昕、冯积岐等人，单从数量上可以管窥评论者阅读量之浩大、波及范围之广袤。

综览王愚40多年的文学评论，基本上有以下几个特点：

首先，无论对某一时段文学现象的分析还是对作家作品的分析，王愚以历史意识考察审美对象，审美内容是否反映了广阔的时代背景，人物形象是否具有典型意义，作品优劣何在？把广阔的时代背景与审美对象特定的环境结合起来评论，王愚的现实主义文学批评由此具有了历史的厚重感，把现实主义文学理论与具体的文学现象结合起来，王愚的文学批评具有了创作方面的指导意义。

《当代作家评论》1984年第2期刊出王愚的《在交叉地带耕耘——论路遥》，王愚沿着路遥从《月下》《姐姐》《惊心动魄的一幕》到《人生》的创作历程，指出："路遥创作中对生活中复杂矛盾状态的把握，逐步深化起来，使他的作品涵孕着更丰富、更厚实的社会历史内容。"① 他认为路遥：

> 总是把自己的人物放在复杂的矛盾冲突的漩涡中，放在时代风云变幻的"风眼"中，让人物面对周围相互纠结的复杂关系，左冲右突，显现出在社会环境影响下多侧面的特点以及人物性格的力量和强度。②

路遥塑造的杨启迪、关月琴、马延雄这些人物，王愚认为不是成功的典型形象，但这些人物身上却渗透着广阔的社会历史内容。现实主义文学既要从全局意义上概括某一历史时期的特点，同时也要在这一历史时期完整展示人物的典型性格。以此为标杆王愚认定路遥"是一个颇有才华并不肤浅的作家"③。路遥虚心接受王愚等批评者中肯的批评，《平凡的世界》为当代文坛提供了一系列典型人物形象。

---

① 王愚：《在交叉地带耕耘——论路遥》，《当代作家评论》1984年第2期。
② 同上。
③ 同上。

　　什么是历史意识，1985年王愚在陕西中篇小说创作讨论会上明确表达："所谓历史意识，就是把现实放在历史发展的链条中去观察和剖析，是站在当代思想的高度，在总体上把握当代人精神历程的流变。"① 王愚对1991年前后长篇小说的创作并不满意，他觉得作家没有站到历史高度把握历史脉络，在《视角的转换与视点的高移——谈近年来长篇小说的衍变》中指出："从中几乎看不到历史的走向和文化的嬗变，总显得格局不大和意蕴较浅。"② 而王愚在1983年对柳青的文学创作给予充分肯定，认为柳青"把握真实的历史精神"，做到了"深刻探索人民在创造历史过程中的行为、心理、变化、发展"③。

　　尽管柳青反映的农村合作化运动的生活及其时代已时过境迁，一部分评论者尤其在20世纪80年代时期，以社会法官自居俨然掌握"正确"历史观，极力诋毁非议《创业史》，特别是《创业史》的时代意义。认为《创业史》反映的社会主义私有制改造时期的历史被否定了，那么作品的价值意义也就失去了。笔者认为柳青持有的历史发展观以及作品对农村合作化的真实描绘，符合客观的历史性存在；作品传递出广大人民的美好生活意愿即走向共同富裕，这不仅是中国共产党人的奋斗目标，也是古代进步思想家的美好愿望，如英国空想主义者莫尔的《乌托邦》和康有为的《大同书》、孙中山的"天下为公"对美好社会的设想。《创业史》表达的共同富裕愿望，与人类社会走向文明进步的终极指向一致。评价作品的时代意义，涉及三个时段的政治意义，即当时政治意义、今天政治意义和长远政治意义。显然，立足于当时或今天来评价文学作品的时代意义难免形成短视行为，必须以高远的眼光结合未来的长远政治意义才能考量作品的艺术价值。王愚这代人虽然经历了风风雨雨的不平静日子，但是他们的理想信念并未褪色，在风雨磨砺后越发坚定沉淀了更多的理性思考。王愚的历史观中渗透着历史发展的可能性、终极性，今天来自昨天、最终走向明天，闪烁着理想主义与浪漫主义的光芒，令人感奋催人上进。这与急近现实功利的政治审判者和否认一切的历史虚无主义者的态度立场完全不同。

---

① 《当代小说发展与陕西中篇创作——1985年陕西中篇小说创作讨论会发言纪要》，《小说评论》1986年第3期。

② 王愚：《视角的转换与视点的高移——谈近年来长篇小说的衍变》，《当代文坛》1991年第2期。

③ 王愚：《把握真实的时代精神——柳青创作道路的探索》，《王愚文学评论选》，湖南人民出版社1985年版，第194页。

其次，王愚的文学评论具有鲜明的价值立场，洋溢着一股股对时代、人民、祖国和文学的火一般的热情，体现出一种崇高的精神担当意识和积极干预社会生活的入世情怀。

王愚认为"看书看文，总是要对时代、对人民起一定的影响，否则就会脱离时代，疏远人民"①。站在这样的立场下，他的文学评论不避锋芒、直面出击，绝没有当下某些缺钙式文学批评的含糊其辞、模棱两可。王愚的首篇文学评论《谈〈三里湾〉中的人物描写》一文以艺术真实为标准，明确指出《三里湾》"有些形象还不能成为特点突出的、令人永志不忘的典型形象"②。1979 年复出后的第一篇评论《严峻的现实主义——从〈鸽子〉谈"伤痕"文学》依然保持率真的个性，直言"《鸽子》这篇小说所以有意义，有强烈的现实感"，"有些同志对'伤痕文学'颇有微词，认为这是向后看，甚至认为这样的作品已经代表了一种什么伤感的倾向，发展下去会导致反对社会主义，反对无产阶级专政。也许他们是出于好心，但这种杞人忧天的论点，我是不敢苟同的"。③ 王愚不藏不掖、直抒胸臆，文学评论有明确的观点、鲜明的价值立场。

当然，王愚的文学批评不是那种"捧杀"的阿谀批评，也不是"棒杀"的酷评，他的批评既以严谨的标准探讨对象的成败得失，同时又以宽容的姿态面对研究对象。1981 年在（与肖云儒合写）《生活美的追求——贾平凹创作漫评》中，以欣喜的口气肯定贾平凹创作特色在于"着重表现生活美和普通人的心灵美，提炼诗的意境"④，但王愚对年轻作家的要求又是严苛的，指出贾平凹的思想艺术上存在弱点，继则殷切期望作家能在艺术上"迈出坚实的新步伐"。在批评家心中，贾平凹毕竟是一位"有追求、善思考而又十分勤奋的青年作家"⑤。的确，王愚等人的中肯批评最终成就了当代文学史上的贾平凹。

最后，无论做人还是为文，王愚都抱着务实谦和的心态。复出后的王愚年过半百，身体大不如前，但他关注时代社会的变化，更新思维观念，注重知识的学习和积累，不断提高自身的修养。

---

① 王愚：《绝不谈天说地》，《税收与社会》1994 年第 11 期。

② 王愚：《谈〈三里湾〉中的人物描写》，载《王愚文学评论选》，湖南人民出版社 1985 年版，第 7 页。

③ 王愚：《严峻的现实主义——从〈鸽子〉谈"伤痕文学"》，载《王愚文学评论选》，湖南人民出版社 1985 年版，第 63 页。

④ 王愚、肖云儒：《生活美的追求——贾平凹创作漫评》，载《王愚文学评论选》，湖南人民出版社 1985 年版，第 78 页。

⑤ 同上书，第 80 页。

郑板桥说："绝不谈天说地，谈日用家常。"王愚对此颇有感触，他认为：

> "日用家常"这四字，确实说尽了为文的真谛，而"绝不谈天说地"，又扫尽了为文的虚套，日用家常，就是身边的人和事，就是本色的情与理。以这种体验去看文、作画、写字，必有不同于传统的新鲜感受。凡看书写文，有意媚世，刻意求全，天上地下、云山雾罩，看似花团锦簇，实则空无一物，于人无补，于世无益，这样的文章，实在是写与不写一个样。①

他赞同郑板桥的人生态度，以此作为自己为人、为文的标准。
在评论陕西师范大学《中国当代文学》教材时，他认为：

> 这本教材，比起其他中国当代文学史，也许没有那么多理论，没有那么多评断，但事实的叙述、背景的交代、主要作家作品的翔实介绍，确能给人以力求整体把握中国当代文学的印象，这既是一种比较求实的研究态度，也符合大专院校文科教学的实际。②

王愚肯定研究者在搜求资料上所做的大量工作，指出"历史主义的眼光和科学求实的态度"是这本教材的特点。这些评价也是王愚为文为人的本色显现。

在评价贺抒玉小说时王愚认为："贺抒玉笔下的女性世界，不仅是开掘出了当代女性所具有的真美，而且也为这扰攘的世界提供了一种升华精神境界的风范，这也正是贺抒玉的小说的深沉意蕴。"③ 但他凭着丰富的社会经验和对中国历史文化的谙熟坦诚指出，妇女解放除了大声疾呼和奋然抗争外，还需要"心理状态上的调整"，需要提高认识水平，刷新人格境界，遗憾的是贺抒玉对此关注不足，作品"缺乏一种内在的力度"。王愚深知文学评论的有限性，充其量起到个"导游"的作用，自己的文字是粗疏的，是否得当，还要读者和作者的最终检验，这种态度和做法，显

---

①　王愚：《绝不谈天说地》，《税收与社会》1994 年第 11 期。
②　王愚：《从整体上把握中国当代文学——〈中国当代文学〉序》，《文艺理论研究》1991年第 1 期。
③　王愚：《清澈而美好的女性世界——贺抒玉〈命运交响曲〉谈片》，《小说评论》1990年第 3 期。

示了批评者人格的自重和谦和，这样的文学评论亦是自尊与持重的。

三　编辑及其他

多年来，王愚在文学理论研究及文学评论方面耕耘外，主要从事文学杂志编辑工作。

王愚有自己的艺术主张，坚持独立思维，履行编辑的忠实职责。王愚认为"评论家要独立思维，不唯上，不唯书，创造性地运用马克思主义美学原则，对作品作出科学的评价"①。对编辑工作王愚坚持艺术科学的原则，50 年代在担任《延河》编辑短短的时间内，王愚独具慧眼，建议发表吴强被刊物退稿的《红日》，《红日》在《延河》1957 年 3 月、4 月号连载，同年 7 月《红日》首次由中国青年出版社出版，这与王愚作为编辑的发现及力荐关系密切。1979 年，王愚复出继续任《延河》理论编辑；1985 年参与创办《小说评论》杂志，后担任主编。《小说评论》成为国内有影响的文学评论杂志之一，王愚在其中做了不少的工作。

2000 年王愚回顾自己的编辑生活时，谈到鲁迅、郭沫若、茅盾、叶绍钧、胡风等人，肯定这些人物作为编辑的贡献，认为：

> 他们都有自己的文学主张，而且把这主张贯彻到编辑工作中去，他们听命的是时代，是人民；他们尊重的是现实，是艺术；他们选拔的是佳作，是天才。因此，他们编的刊物，有生气，有棱角，观点鲜明，风格各异。②

正是以大家为楷模，王愚努力去发现人才、组织稿件。

另外，王愚为了当代文学及陕西文学的繁荣做了许多工作。1978 年负责"笔耕文学组"的工作；曾经三次参加茅盾文学奖初选工作，第一届茅盾文学奖初选活动中，王愚曾提议柳青的《创业史》未能通过；在第三届茅盾文学奖评选活动中，王愚向评委会力荐《平凡的世界》，后来路遥的获奖，横扫了陕西文坛在前两届奖项中空白而成"心中的郁结"，路遥获奖也成为王愚"最大的欣慰"③。

王愚是新时期陕西文学界的一位重要人物，他在文艺理论研究、文学

① 王愚：《大地已见葱绿》，《人民文学》1985 年第 2 期。
② 王愚：《也无风雨也无晴》，《飞天》2000 年 Z1 月号。
③ 王愚：《三十功名尘与土——我这 30 年》，《作品》2008 年第 6 期。

评论及编辑工作等多个方面的文学活动，横跨两个世纪，时达 50 余年，为陕西文学以及新时期文学的发展做出了弥足珍贵的贡献。

在陕西文学批评队伍中，王愚是介于第一代批评者和第二代批评者间的过渡人物，他的文学批评观既不同于第一代批评者浓厚的政治色彩，也不同于第二代批评者视野的灵活多样化，人民性、历史意识、时代性、文学实际是其文学批评中高频出现的批评话语，他的文学道路和文学批评观代表了一代人对文学的追求和见解。王愚说：

> 我经历了长达二十年的升沉浮降、人世沧桑，因此对于新时期的文学，常有一腔按捺不住的热情，觉得那里面有对长期以来"左"的偏差和错误的认真清算，有对国家、民族和人民命运的关注，有对正义和善良的礼赞。于是，我怀着热切的愿望，为这个时期的文学鸣锣开道。①

又说："我是力求从人的角度，从生活的角度去研究文学创作，而且也力求从文学的角度去窥察人心，探究世道。"如同鲁迅、郭沫若一样，王愚也是弃医从文的。他刚踏上人生道路时"觉得救人性命比舞文弄墨实在得多"，新中国成立后受革命思潮的影响，他"满怀革命热情，踏进西北军政大学的大门"，王愚生命追求中有强烈的救人济世的思想。这种思想使王愚从人与社会生活、人和历史发展的开阔视野看待文学艺术。这样，王愚的文学艺术观不仅具有社会历史的价值取向和鲜明的中国当代色彩，而且包蕴着丰富珍贵的启迪意义。

王愚不是那种完全依附时代的批评家，在风云变幻的中国当代社会中，王愚坚持独立思考，不避锋芒，真实地表达对文学时代的看法，文学批评显示出不同于流俗的批评个性。可以说，王愚绝不是一个"与时俱逝"的批评家，他留给我们一份宝贵的精神遗产。无论 50 年代独异的"个性说"，还是 70 年代末对现实主义文艺理论观念的清算，还是 80 年代对现实主义文艺理论的构建，王愚都做了自己力所能及的贡献，这是不容小觑的。

当然，王愚的文学批评亦存在明显的局限性。50 多年来王愚基本在传统现实主义理论领域内进行文学活动，尽管他也赞同改变思维模式，对现代派手法思潮表示理解，但其文艺理论研究及思维模式受到时代的制约

---

① 王愚：《后记》，载《王愚文学评论选》，湖南人民出版社 1985 年版，第 207 页。

和权利的规训，排斥那些富有创新意义的新方法和观念，文学批评文本恪守传统现实主义文学批评理论，未曾越雷池一步。这就使王愚的文学批评与第二代批评者李星、肖云儒、王仲生等人相比，显得逼仄局促缺乏张力。当然这种局限性也不仅仅属于王愚个人，亦是时代使然，正如福柯所言："权力关系直接控制它，干预它，给它打上标记，训练它，折磨它，强迫它完成某些任务、表示某些仪式和某些信号。"① 尽管在权力实施控制中，王愚力求保持现代知识分子的个性和良知，但王愚的身体及精神观念依然成为被时代政策规训过的驯服存在，承载着时代特定的权利意志和社会的理想道德意愿。这既是王愚个人的局限，也是时代的局限，留给我们绵绵无尽的思考。

第三节　蜕变与新生：李星

李星，当代文学发展的见证者、参与者和促进者，随着 20 世纪 80 年代文学黄金时代的来临，80 年代初小试牛刀开启文学批评生涯。当我们目睹文坛上不少弄潮儿随着潮起潮落时，李星始终保持鲜活的阅读冲动和敏锐的批评感觉，以高度的社会责任感和深沉的历史意识，密切追踪当代文学创作、现象及潮流，挺身于新时期以来的文学浪头，频频向文学批评界"咥实活"，开拓着自己的文学批评空间。

新时期以来的中国文学批评经历了从社会政治批评到文化历史批评、从文化历史批评到多元审美的个性化批评的路径。在这样一个曲折多变的历程中，现实主义文学批评以包有万象的胸襟，根据社会的变迁与时代的需求不断做出调整与革新，形成了趋于多元审美的个性化的文学批评。40多年来李星在文学批评的道路上孜孜矻矻地耕耘着，他的文学批评轨迹恰恰反映了新时期以来中国现实主义文批评的蜕变与新生。

一　文学批评的演变

李星走过的 40 多年来文学批评道路，大致可以分为三个阶段：第一阶段 20 世纪 70 年代初期到 80 年代中期，文学批评的实践探索时期，基本奉行十七年文学的社会学批评观；第二阶段 20 世纪 80 年代后期到 90

---

① 　[法] 米歇尔·福柯：《规训与惩戒》，刘北成、杨远婴译，生活·读书·新知三联书店2003 年版，第 27 页。

年代，文学批评的深水突破期，文学批评从社会批评向美学历史、心理分析批评模式的蜕变；第三阶段即 21 世纪以来，文学批评形成了趋于多元审美包有万象的个性化审美批评。这三个时段存在一定的内在延续性，基本贯穿着马克思辩证唯物主义实践反映论的文艺理论思想，然而三个段落之间存在思想观念的裂变。

（一）20 世纪 70—80 年代前期：实践探索期

第一个阶段 20 世纪 70 年代初期到 80 年代中期文学批评的实践探索期，这一时期李星沿袭当时通用的社会学批评方法。

社会学批评方法是文学批评方法中历史悠久、影响广泛的方法体系。社会学批评方法认为文学艺术是一种独特的社会精神现象，它是对社会生活的再现反映。社会学批评方法的研究，注重强调文学与社会、时代和环境等外部发展的关系，强调文学的认识教化功能和社会价值。我国在 20 世纪 50—70 年代存在"泛政治化""泛阶级化"问题，"文革"十年走向极端，文艺界在特殊的政治形势下，社会学批评方法渐趋狭隘化，演绎为一时一事政策法规的配套服务，社会学批评方法逐渐蜕变为社会政治学批评方法。

1944 年李星出生于陕西兴平，1969 年毕业于中国人民大学中文系。20 世纪 70 年代正值社会学批评方法大行其道时，李星走上了工作岗位，开始了他的文学实践活动。

对于李星这一代人，即 20 世纪 40 年代出生、20 世纪 70 年代走上工作岗位的文艺工作者，没有主动选择的可能，历史已经预先设定了路径，他们只能选择社会学批评方法。李星早期的文学评论基本使用社会学批评方法，他曾经这样说："现实主义文学不是历史学，它不可能、也不应当代替历史著作，但它必须通过对生活的典型化的概括，卓越的个性刻画，真实地反映社会生活的本质，揭示一定历史时期的社会情绪、社会心理，从各个侧面表现历史的方向，历史的规律。"① 显然，李星的文学批评在生活反映论、典型人物论、文学的真实性和本质论等社会学批评的话语体系下进行。社会学批评方法的研究从作家作品的外部关系入手，强调文学作品与时代背景、社会运动、政治事件等重大话题间存在的关联性，不太关注作家作品的创作个性及其中蕴含的文学内在的规律性。因此，作品的社会思想，作家的政治观，作品的主题、题材及人物承载的社会思想政治

---

① 李星：《王汶石短篇小说创作的再认识——读新版〈风雪之夜〉》，《西北大学学报》1982年第 1 期。

意义，往往成为文学评论的聚焦点。这样的认知水平限定了文学研究的空间，一旦政治生活陡然突变，文学作品随政治的沉浮萎缩为明日黄花，文学批评的价值观念亦随之更迭，即以今天的政治伦理观念否定昨天，文学创作以及文学批评异化为政治的附庸。

在李星早期的文章中，我们可以听见一个与他人相似的声音，读到大段与他人相似的文字，像《探索新生活　表现新农村》《从生活深处发出的声音——论峭石近年来的小说创作》《关于生活与创作的一封信》等文中，李星的认知与共名时代主题的精神走向相一致，他的思维模式与同时代人如出一辙，这或许正是李星的早期文学批评少为人所关注的根本原因。当然，也不是说当年的李星就没有自己的思考和追求，他在论及王汶石提炼生活的创作观时，敏锐地觉察到王汶石创作观的瑕疵，指出作家过分的提纯法是不真实、不客观的，认为作家在表现"一点优点"的时，更应让读者看到"一点优点"在"九点缺点"[①]的现实中的成长。显然，李星有脱离流俗的努力，以辩证发展观反对人云亦云的颂词式一面倒的创作。

总的来说，这一时期陕西以及中国当代文学整体文学批评的水平并不高，社会政治意识规训了批评者思想的羽翼。尽管在陕西出现了像胡采富有审美追求的文学批评，这在同时期的文学批评中的确独具特色和颇有价值，但这一时期文学批评的逻辑思路及知识谱系在社会反映论的范畴内展开。李星的文学批评当然也不能跳出整个20世纪70年代以来的文学研究框架，其文学批评处于蛰伏期，真正的突破有待于下个时期。

（二）20世纪80年代后期到90年代：深水突破期

20世纪80年代后期到90年代，李星文学批评的第二个时期。在这一时期，李星彻底突破早期的社会学政治批评模式，实现从社会政治批评向美学历史批评、心理分析批评模式的蜕变，力图将多重的文化学科知识磨合在一起。这种批评模式的蜕变来自于其文学观念的转变。

李星文学观念的蜕变并不偶然，这与20世纪80年代中国社会文化政治的变革密切相关。1985年中国社会进入全面的改革开放时期，思想界空前活跃，1985年曾被称为"观念年""方法年"，文学创作及文学批评得到了迅猛发展。步入中年的李星虽不能像青年文艺批评者一样，迅速地接受新思潮新方法，但他凭着对文学事业的赤诚信念，吸吮当代哲学文化

---

① 李星：《王汶石短篇小说创作的再认识——读新版〈风雪之夜〉》，《西北大学学报》1982年第1期。

思潮取得的研究成果，积极地调整文学批评心态，在艰难的文化选择中完成了文学批评观念的蜕变。

《执着于现实的非现实主义之作——评张炜〈古船〉》（《文艺争鸣》1987 年第 5 期）在李星文学评论中是一篇重要的文章，标志着批评家文学批评观念的裂变。文章对十多年以来信奉的文学观念展开批判性的反思，认识到文学批评的前提是文学本体的理解，文学作为一种独特的精神活动，其表现形态分可以为客观型和主观型两种。

这样的反思源自李星对早期惯用的批评话语体系的审慎剥离。李星开始文学活动，便接受了反映论文学观念，他说："这不是因为别的原因，而是因为当时可供我们选择的文学观念就只有这么一种。时至今日，我还不认为自己已经彻底背弃了这个观念，我只是觉得可以称之为文学的东西，决不是都可以包涵在这个观念中。符合这个观念的有公认的好作品，而不符合这个观念的同样有公认的好作品。"① 面对 20 世纪 80 年代丰富的文学创作实绩，李星感到社会学批评方法操作起来的笨拙，认识到社会生活反映论阐释鲜活文学现象的有限性，尤其不能有效地阐释像张炜偏重于"主观型"作家，他"不愿意沿袭众说""颇费踌躇"，断言"张炜的小说不是传统'现实主义'的"②，他积极地寻找一种与张炜这类写作相匹配的文学批评模式。在张炜身上他发现作家"强烈的主观意识（主要包括历史—哲学观念、审美理想）""作家主观心理气质"，在《古船》中看到一种的"人物的心理情致"③。而这类"主观意识""作家主观心理气质"等认识显然溢出反映论的文学观念。

类似的思考和探索在以下文中均有不同程度的存在，譬如《混沌世界中的信念和艺术秩序——〈浮躁〉论片》（载于《小说评论》1987 年第 6 期）、《新历史神话：民族价值观念的倾斜》（载于《当代文坛》1988 年第 5 期）。李星在《混沌世界中的信念和艺术秩序——〈浮躁〉论片》中说："情绪《浮躁》的产生，可以从这样普遍性的文化心理活动规律中得到说明。"④ 李星分析贾平凹惶惑中羼杂的几许欣慰、迷惘中萌生的淡淡希望等纠结的心绪，联想到作家心绪与 1985—1986 年在陕西反响很大的几件经济案件的关联，认识到作家的个体情绪与时代整体浮躁情绪的对

---

① 李星：《执着于现实的非现实主义之作——评张炜〈古船〉》，《文艺争鸣》1987 年第 5 期。

② 同上。

③ 同上。

④ 李星：《混沌世界中的信念和艺术秩序——〈浮躁〉论片》，《小说评论》1987 年第 6 期。

应性。在《新历史神话：民族价值观念的倾斜》又指出，《据点》《江阴八十日》《国殇》等作品暴露出历史与道德冲突的矛盾，却"具有更为深刻的对历史价值的文化反思意义"①，这些透露出批评者远离了固有的政治价值标准。

在 20 世纪 80 年代中后期，李星的文学观察点发生了变化，评判眼光高移，由文学与社会外在关系尤其是政治学的研究转到文学本体研究，注意到创作主体作家与其笔下人物的心理世界，文学观念从实践反映论跳转至主观表现论。显然，文学观察点的偏移源自文学观念的蜕变，而蜕变后的文学观念，必然引起文学批评方法以及整个文学话语体系的变化。

如果说，在李星文学批评活动历程中，1987 年《执着于现实的非现实主义之作——评张炜〈古船〉》的撰写是一次卓有成效的文学探索的话。那么，在 20 世纪 80 年代末以及 90 年代初陕西作家系列文章的问世，则标志着李星的新型批评模式的确立。

在《论"农裔城籍"作家的心理世界——陕西作家论之一》中，李星以农家子弟生命在场的情怀，提出陕西作家"农裔城籍"的论断，以此为突破口叩寻作家幽微而广袤的心灵世界。他运用历史文化知识和心理学分析理论，就陕西作家与"落难公子"型作家进行比照，剖析"农裔城籍"的特殊身份对陕西作家文化心理的深刻影响，陕西作家不同于后者以知识者的优越感"俯视"农民，他们与农民心不隔、神相通。陕西作家特有的"为家乡写作的使命感"，作品中渗透着"浓厚的家乡意识"，成为"农民精神文化的标本"②。文章从城乡交叉的文化空间展开，涉猎到童年记忆、恋土意识、道德价值观、文化心理的排他性等因素，旨在掀起罩在作家心灵上的神秘面纱。这是一篇关于作家心态研究的颇有见地的长文，发表后受到了陕西省内外文学批评界的持久关注。

《新的崛起：在传统的长河中——陕西作家论之二》是陕西作家论之一的姊妹篇，陕西作家论之二与之一互为补充、各有侧重、相映成趣，之一聚焦作家的心态世界，重于共时的作家心理肌理辨析，作家论之二追溯作家文化传统的渊源，重于传统文化的历史影响研究。之二分析了人文历史传统特别是延安革命文艺传统对陕西作家创作的影响，认

---

① 李星：《新历史神话：民族价值观念的倾斜》，《当代文坛》1988 年第 5 期。

② 李星：《论"农裔城籍"作家的心理世界——陕西作家论之一》，《当代作家评论》1989 年第 2 期。

为老一辈作家柳青、王汶石、杜鹏程等走过了从革命到文艺的道路，老一辈作家文艺观有致命的局限性，与时代政治黏合得太近，这既是陕西作家的优势也是不足。今天，陕西作家要有所突破，必须跃过社会政治的——文艺学层面的反思，向"更潜在更强大、影响更深远的文化背景的层次"① 挺进。之后的《蜕变与新生——陕西作家论之三》点击扫描审美风格各异的众多陕西作家，归纳出土气是陕西文学的基本特色，并肯定土气的特色。

经过 20 世纪 80 年代后期到 90 年代末十多年的磨炼，李星从僵硬的社会学批评模式中突围而出，真正地发现了批评的自我，拓出一方率性挥洒才华的批评空间。他将 20 世纪 80 年代心理学、生命学、历史学、自然地理学、宗教哲学等方面的文化成果汇通吸纳、整合在自己的文学实践活动中，并将自我的文化人格及生命情感体验熔铸于新型的文学批评模式。新型的文学批评模式基本上由美学历史批评和心理分析批评方法构成。美学历史批评，从美学与历史的二维向度阐释文学，美学的观点从审美的形式和方法实现对文学的整体把握；历史的观点跳出庸俗的社会学政治批评对文学的羁绊，强调从社会发展演变的结构，强调以人为中心的社会—文化—心理—价值等历史演变的人类关系结构中去把握历史。心理分析批评是随着现代心理学的发展而形成的文学批评模式，在中国传统文学批评中也是一张熟悉的面孔。在新时期文学批评中，能够再次受到批评家们的青睐，在于心理分析批评与中国传统文化之间的衔接，东方文化看重直觉、体验、灵性的精神活动特点，与西方文化中的心理精神分析方法相契合。

扫描 20 世纪 90 年代以来的《东方和世界：寻找自己的位置——关于贾平凹艺术思维方式的札记》（载于《文艺争鸣》1991 年第 6 期）、《〈白鹿原〉：民族灵魂的秘史》（载于《理论与创作》1993 年第 4 期）、《贾平凹的文学意义》（载于《文学自由谈》1998 年第 4 期）等文，综合运用了美学历史方法和心理分析方法。这一时期李星的文学批评得到了长足的发展，他根据社会思潮和文学自身发展的要求，不断地修正调整批评观和批评方法，将之贯彻到文学批评实践活动中去。

（三）21 世纪以来：自足成熟期

经过 20 世纪三十多年文学观念的裂变及批评方法的更迭整合，21 世纪以来李星文学批评进入自足成熟期。

---

① 李星：《新的崛起：在传统的长河中——陕西作家论之二》，《小说评论》1990 年第 3 期。

21 世纪以来李星的文学批评贯穿着一条红线，即探寻民族精神心灵变迁轨迹的主体意识，文学批评走向趋于多元包容的个性化的审美追求，批评品格显示出自足开放的特色。

寻找并重铸民族精神的灵魂，是 20 世纪以来中国文学发展的一条主线，也是 20 世纪以来中国文化思想界反复探讨的话题。新文学史上鲁迅、周作人、茅盾、老舍、曹禺、沈从文、林语堂等为此做过筚路蓝缕的文化思想拓荒工作，1987 年雷达在《民族灵魂的发现与重铸》中，继承"五四"启蒙文化传统，明确提出中国文学"民族灵魂的重铸"的主潮命题。其实，李星在 20 世纪 80 年代对柳青《创业史》评论时，就触及民族灵魂问题，《一个富有生命力的农民典型——试论〈创业史〉中的王二直杠》落笔于被诸多研究者忽视的小人物——农民王二直杠，分析了人物性格中主要的精神特征即"非人的奴才"。李星从中国现代文学史人物谱系发展关系的演变中，发现王二直杠的性格与鲁迅笔下的阿 Q、闰土、九斤老太，以及茅盾笔下的老通宝等人物精神现象的类同性，深刻揭示了"旧时代给农民的全部精神苦难，"① 在 1995 年的《王观胜小说创作漫评》中，揭示王观胜的小说中独特的浪漫主义精神，指出作家在老猎人、杨三爷爷、宋九全爷爷等北方人身上"找到了民族的脊梁和魂魄。"② 李星引用雷达语："它是作者心向往之的一个境界，是一种文化精神的象征，是华夏魂魄隐喻。"这与雷达所关注的探寻民族精神灵魂的运思不谋而合，虽然李星没有完全聚焦于民族精神主题的探索。然而，20 世纪 80 年代他对农民精神被奴役苦难的关注，以及 20 世纪 90 年代对民族精神自新的思考，与雷达在 1987 年"民族灵魂的发现与重铸"主题有某种程度的叠合。作为同时期北方文学批评家，雷达、李星等人较早地且持久地关注着中华民族精神家园的建构。如果对李星新时期以来文学批评做出梳理，可以分辨出一条清晰的红线——叩寻民族精神心灵的变迁。跨入 21 世纪，这一红线愈发清晰。

与 20 世纪相比，李星透过如烟的历史事件和纷繁的文学现象，断言 21 世纪以来文学的内在精神没有发生多大变化。在 2006 年度中国小说排行榜作品结集出版作序时，李星"看到了铁凝、莫言以自己独特的生命

---

① 李星：《一个富有生命力的农民典型——试论〈创业史〉中的王二直杠》，《唐都学刊》1989 年第 4 期。此文发表于 1989 年第 4 期的《唐都学刊》，根据《李星文集》（二）（太白文艺出版社 2009 年版）记载：起草于 1980 年，改定于 1982 年 7 月。

② 李星：《李星文集》（二），太白文艺出版社 2009 年版，第 97 页。

体验和艺术体验，以诗的笔墨，重新建构中华民族精神史、心灵史的努力。"① 依循精神文学史的线索，李星认定这种精神探索与陈忠实《白鹿原》揭秘民族精神史的一脉相承。在分析叶广芩时，李星体认到作家各色人物"生难、死亦难的被日渐剥夺的尊严和于九死一生中对自己人格尊严的坚守和捍卫。"② 在分析红柯《喀拉布风暴》时，李星发现红柯多年来借边地新疆的书写策略，完成人的精神解放自由的写作诉求，即"实现大中华文明以及中华民族伟大复兴的梦想。"③

此外，像 21 世纪以来的《内在的生命与人格力量——李凤杰儿童文学的现实主义品格》（载于《小说评论》2002 年第 5 期）、《短篇小说的平民关怀》（载于《陕西日报》2003 年 8 月 31 日）、《西部精神与西部文学》（载于《唐都学刊》2004 年第 6 期）、《当代中国的新乡土化叙述——评贾平凹长篇新作〈秦腔〉》（载于《小说评论》2005 年第 5 期）、《新世纪的中国小说和未来走向》（载于《天津师范大学学报》2005 年第 6 期）等，无论对作家作品的个案点评，还是对文学现象思潮的纵论长文，李星透过人物精神心灵流变的踪迹，思考中国当代文学的整体格局演变。

如何评判 21 世纪以来中国小说的总体状况？如何看待中国小说的未来发展前景？李星从 21 世纪小说入手，做出笃实而透彻的批评。李星认为当前中国小说的总体状况并不悲观，应该充分估价中国小说的进步与成熟。对于当前中国小说的进步与成熟，李星有自己的思考和理论依据，他看重文学创作中文本的结构形态，认为判断作家成熟的标志是"他的创作是否打上了自己独特的生命印记，是否有了自己个性化的审美理想和叙事风格。""作家作品的个性化，必然导致了一个时期小说创作的多样化，这对一个国家一个民族文学艺术的成长具有重大的现实意义和历史意义。"④ 文本结构形态的个性化与多样化风格的和谐统一是李星评判 21 世纪小说进步与成熟的标准，熊召政的功力深厚、莫言和李锐的飞扬奇俏、铁凝的温婉细致、红柯的雄浑苍茫、麦家剥茧抽丝的神秘⑤，对于诸多作家个性卓然、风格迥异的审美风貌，及其艺术思维、呈现方式的独特呈

---

① 李星：《时代心灵的感应和共鸣——〈2006 年中国小说排行榜〉序言》，《天津师范大学学报》2007 年第 4 期。

② 李星：《叶广芩的"京派"回归及内心纠结——〈状元媒〉及其他》，《艺术评论》2014年第 1 期。

③ 李星：《驰骋在丝绸古道上的骑手——从红柯最新长篇〈喀拉布风暴〉说起》，《当代作家评论》2014 年第 5 期。

④ 李星：《新世纪的中国小说和未来走向》，《天津师范大学学报》2005 年第 6 期。

⑤ 同上。

现，李星立足于国家民族文学艺术发展的高度，以兼收并蓄、开阔恢宏的评判眼光给予肯定。

2005 年 9 月，在大连中国小说年会上，李星满怀民族文化自信，认为"大师已在我们身边产生"这样的观点值得重视。当然，李星对文学创作现状不盲目乐观，在肯定取得实绩也指出存在的隐忧，比如知识分子文化精神的低迷、"文学的小叙事化、小传统化、小人物化、内心化、日常化"、现代媒体的扩张与专制等，这种思索体现了批评家直面现实、笃实而沉稳的批评风度。

回顾 40 多年来李星的文学批评道路，从 20 世纪 70 年代初期—80 年代中期实践探索期的社会学批评观，到 20 世纪 80 年代后期—90 年代深水突破期文学批评观念、方法的艰难蜕变整合，直至跨入 21 世纪走向趋于多元审美包有万象的个性化审美精神诉求，李星个人的文学批评正如新时期以来中国文学批评一样，经历了矛盾、蜕变、突破、追寻的过程，从批评方法的更替攀升到追寻民族精神轨迹的运思，为当代文学批评的发展留下了丰富珍贵的经验。

二　文学批评的特色

考察李星的文学批评，大体具有以下几个特点：

（一）生命在场的文学批评

李星的文学批评彰显批评者的主体精神，体现出批评者的自我本质力量，批评文本中处处有生命在场的鲜活印迹。

在文学批评界，李星是一位现场批评家，他对新人新作以及当下文学发展动态保持着热切的关注，不时有文章见于报纸杂志，他的不少判断敏锐准确，抓住了研究对象的本质特征。

李星较早发现了路遥良好的艺术感觉，拥有作家的独特才华，肯定作家的写作。1980 年《当代》第 3 期发表路遥的《惊心动魄的一幕》，小说塑造老干部原来犯过错误，却在派系斗争中为了群众的利益挺身而出、舍生取义的形象。路遥颂歌式的写作笔调与 20 世纪 80 年代初"写真实"、揭伤疤哭诉式的文学思潮相左，当年《惊心动魄的一幕》的面世极其不顺，曾经遭遇几家杂志社的退稿信。而秦兆阳慧眼独具，同意修改稿件予以发表，并给路遥写信《要有一颗热情的心——致路遥同志》（此文载于 1982 年 3 月 25 日《中国青年报》），热心肯定路遥。在路遥创作的艰难之际，李星也同秦兆阳一样看好路遥力挺路遥，1981 年 6 月 23 日撰文《艰苦的探索之路——谈路遥的创作》，指出"路遥所走的，是一条不平坦的、艰苦的探索之路"，深信路遥"已经在创作道路上迈出了坚定步伐，必将以更加坚定的步伐走出自己的新的路！"① 在早期路遥研究中，李星的文章眼光独到，肯定路遥给予厚望。

李星可谓作家的"星探"，他以文学批评发现的"慧眼"超越成见定规，思人之未思，发人之未发。邹志安的写作被评论界定为配合形势政策的应景之作时，他在《历史与现实中间》指出邹志安是从传统文化心理向现代人文化心理过渡的作家，鼓励作家朝着富有特色的方向完成自我。当20世纪90年代新写实主义文学甚为喧嚣时，杨争光的文学创作被定位为新写实主义，他撕下贴在杨争光身上"新写实"的标签，从文本实践进入，通过作家描写的黄土地上沙坪镇、顶天峁的村民们，透视中国国民从行为模式到精神需求方面的"无意义性"，揭示作家的写作诉求——渴望"高原上永远照耀着一轮光明的精神的太阳"。②

"农裔城籍"陕西作家这个论断，是李星率先提出的。"农裔城籍"不是简单坐实陕西作家农人的泥腿子身份，他将陕西作家与"落难公子"型作家的身份参照对比，揭示陕西作家与普通劳动者农民之间、与脚下的黄土地之间不可分割的脐带关系。这样的见地源自批评家自我身份、主体感悟及其文化人格力量的强力介入，如果说缺乏祖祖辈辈农民的身份，缺乏生命主体的深度"代入"，就难以洞察到陕西作家精神气息中的"农裔城籍"文化现象，难以洞察到秦地文学中蕴藉的传统历史文化。在这一点上，李星文学批评的思维模式类似于李健吾同情式感悟批评，比照李健吾，李星多了份批评家与批评对象身份的认同，其批评文本中散发出关中平原上那种浓烈的泥滋味土气息，充盈着浓浓的人间温情。作家晓雷对此心领神会，巧用李星的"农裔城籍"反戏谑李星是名"'农裔城籍'批评家"③。

在评论李若冰时，李星称赞李若冰是"永不疲倦的跋涉者"、祖国建设的塑造者、"西部美的发现者和讴歌者"。就此推论："李若冰是青春和激情永驻的抒情诗人。"④ 我们可以感到在李星批评文本的背后，站立着一个人，一位新中国和平建设事业的普通劳动者，一位社会主义建设事业的积极参加者，一位祖国蓬勃发展的见证人。李星将生命激情、生活体

---

① 李星：《艰苦的探索之路——谈路遥的创作》，《文艺报》1981年第17期。
② 杨争光：《杨争光论：对精神太阳的渴盼》，《文艺争鸣》1992年第6期。
③ 晓雷：《农裔城籍评论家——关于李星（代序）》，载李星《书海漫步》，陕西人民出版社1993年版，第1页。
④ 李若冰：《永远的诗人——重读李若冰和他的散文》，《唐都学刊》2000年第4期。

验，直接"代入"诗人李若冰的文学实践，直接"代入"革命家李若冰的社会实践，发现了其文学之壮美、人格之真挚、革命境界之崇高。他与研究对象间的情感不"隔"。我们可以感受到他对李若冰发自内心的喜爱钦慕之情。显然，这种火热的感情凝聚了批评家个体生命的独特体认，又充盈着新中国创业者大我的凌云壮志。李星以普通劳动者与现代知识分子生命在场的双重身份观察研究对象，探寻研究对象丰盈辽阔的精神天空。李星认为只有那些具备"悲天悯人的慈悲和关怀"①，具备"普遍的人间性"之大情怀的批评家，才能敏锐地体验出"作品中的人间性"。② 显然，李星的思想认知跳脱普通知识分子囿于小我的自恋褊狭，文学批评的境界趋于时代性与人间性的审美追求。

众所周知，20 世纪 80 年代李泽厚"文学主体论"美学思想广为流传，不少人由此而受益。李星曾反复研读李泽厚的主体论理论。60 多岁的李星回顾走过的文学批评道路，在《再谈我的文学批评——代后序》中深有感触地说："我对文学艺术的理解，也是在改革开放思想解放的大背景下逐渐形成的，常受到外在社会思想文化、文学艺术潮流的影响。"……"后来受李泽厚所倡导的主体论哲学——美学和文化心理'积淀'说的影响，我的评论也渐渐融入了文化心理学的方法和内容。李泽厚这个人，后来怎样，我不甚了解，但我至今以为，他的思想给我的影响是重要的、积极的。"③ 固然，对李泽厚主体论思想的吸收离不开 20 世纪 80 年代开放的文化思潮，然而，其根本原动力却来自李星对文学批评建设的深切渴求，来自其思想深处对传统文化观念的层层剥离。文学主体论不但影响了李星，使他彻底走出"文革"文化专制思想的桎梏，关注文学中的人及其心理精神世界，而且建构了李星的人格肌理，成为其文学批评重要的思想武器。

无论对作家作品的个案点评，还是对文学现象思潮的纵论长文，李星的批评文本中始终活跃着一位活生生的"人"，他一直不缺席，显示出生命的在场性与参与性，他与作品中的人物、与研究对象、与读者，或分享或争辩，一直以"在场"的姿态思考探索，文本充盈着批评家自我本真的主体精神。他具有现代知识分子的道德良知和农家子弟的淳厚质朴，体

---

① 李星：《文学、小说和作家——自问自答十题》，载《李星文集》（一），太白文艺出版社 2009 年版，第 121 页。

② 李星：《飞禽走兽之辩——关于批评的断想》，载《李星文集》（三），太白文艺出版社 2009 年版，第 313 页。

③ 李星：《李星文集》（三），太白文艺出版社 2009 年版，第 388 页。

恓舞文弄墨艺术工作者思想探索的艰涩，更懂得家乡务农的父老兄弟辛劳。他关心偏远农村的缺吃少穿的穷孩子，同情一年四季匍匐在西部大地上的农民兄弟，热切地注视着中华大地上众多的普通劳动者。

由于生命的在场、见证和参与，李星的文学批评充满深度的人文关怀，发人之未发，展示生命的鲜活、挖掘生命的苦难，其批评世界中敞亮出厚重的生命品格。他的文学批评态度褒贬分明、价值立场明确，他不以晦涩的理论模糊价值评断、悬置文化立场。阅读李星你能感到字里行间蒸腾流贯的淋漓充沛的生命元气，感到一位亲切的、多情的、冷静的、善辩的、睿智的、活的生"人"的在场性。这也许是李星的文学批评令我们动容的个中缘由。

（二）现实与历史融合的视野

李星立足于当代社会的文化制高点，善于从较长的时间坐标轴对研究对象进行追本溯源的文学史和历史的流变考量，在历史与现实的交会中揭示对象的现实意义和历史价值，从而实现文学批评现实的实在感与历史纵深感的聚合。

李星这一代 20 世纪 40 年代出生的人，经历了中华人民共和国成立以来最为复杂的历史进程，虽说世界历史在 20 世纪后半叶没有发生裂变，这代人却赶上了现代中国酝酿了几个世纪的观念震荡，承受了现代中国历史过重的思想负荷。然而对于勤于思考者来说，这却磨炼了强劲的思想感受能力。这既是他们的优势，也是不足。一方面，过重的思想负荷难免会折断缪斯女神凌空飞翔的羽翼。反之，一旦跃出思想的炼狱，这代人却由此穿越纷扰无序的现象世界，把握世界的本源，对对象世界的理解多了些历史的反思和理性的力量。

早在 20 世纪 80 年代初期，李星认识到柳青笔下的农民王二直杠背负的历史文化重负，在后来发表的《一个富有生命力的农民典型——试论〈创业史〉中的王二直杠》中说："在王二直杠身上柳青也概括了整整一个旧时代给一个正直的农民的烙印，而王二直杠的精神缺陷，固然是王二直杠的，也是千万蒙上了旧生活尘垢的农民的缺点的集中和发展。"① 李星发现王二直杠与现代文学史上鲁迅的阿 Q、茅盾的老通宝等人物存在的精神谱系关系，将王二直杠置于中国现代文学史中被奴役的人物形象结构图中，以文学史家的眼光考察研究对象的文化意义。

---

① 李星：《一个富有生命力的农民典型——试论〈创业史〉中的王二直杠》，《唐都学刊》1989 年第 4 期。

在《深沉宏大的艺术世界——路遥的中篇小说创作》中，李星以马克思历史唯物主义的眼光分析文学："历史唯物主义告诉我们，当我们在对一种生活现象进行社会的历史的评价的时候，看重的应该是动机背后的'动力'和以这些动机形式出现的'历史原因'"①。李星从社会的、历史的、现实多重视域考察文学，洞察到路遥不拘泥生活表层的思考，《人生》中的高加林与刘巧珍的爱情脱离纯爱情描述，揭示爱情悲剧之后交织着的经济政治思想等综合力量的博弈，"总是尽力从历史的高度去把握自己所经历、所熟悉的生活"②，在20世纪80年代社会经济、思想、观念等转型变轨的背景下，高加林行为动机的历史依据："就是客观存在的城乡差别、工农差别，长期'左'的思潮所造成的农村社会生产力的不发达，经济上的贫穷和政治上的不民主。"③ 由此李星得出令人信服的结论，路遥的文学展示了"深沉而宏大的世界"。

文学研究的一项任务即是评判研究对象（作家、作品、流派）在文学发展史上的地位、意义及价值。倘若将研究对象置放于起伏流变的文学史中，可以揭示研究对象的审美价值、历史价值和现实意义。因此，能否在纵向的时间轴上观察对象的变迁，考验着批评者的才学胆识。在《新的崛起：在传统的长河中——陕西作家论之二》中，李星探索陕西作家群受到人文历史传统特别是延安革命文艺传统的影响，追溯老一辈作家柳青、王汶石、杜鹏程等走过的从革命到文艺的道路，认为陕西中青年作家"大多是黄土地的儿子，经受着这片土地上绵延秦精神，继承着延安文艺运动的光荣传统。"④

李星遵循马克思辩证唯物主义的认识观，绝不孤立、静态地考察研究对象，把新时期陕西作家群视为历史性存在的精神镜像，它是与十七年文学、延安文学的文化精神相映衬呼应的客观存在。显然，这样的研究视域，融合了文学史家与历史学家的双重视界，体现出批评家自觉的文学史意识和开阔的理论气度。

一般来说，学院派批评擅长文学史的修撰，作协派批评长于跟踪式的文学批评，因作协派其占尽天机，比如他们对作家的私密生活、嗜好习性了然于心，同作家过于熟稔的关系，常常能及时获得第一手研究资

---

① 李星：《深沉宏大的艺术世界——路遥的中篇小说创作》，《当代作家评论》1985年第3期。

② 同上。

③ 同上。

④ 李星：《新的崛起：在传统的长河中——陕西作家论之二》，《小说评论》1990年第3期。

料。然则这种无间性的亲密关系，却使作协批评不能与批评对象保持应有的审美观照距离，造成文学批评短视盲视的缺憾。李星虽说是位驻作家协会的批评家，史学的眼光却使他在一定程度上弥补了作协批评的致命缺憾。

（三）严谨务实的批评作风

李星对待文学批评态度严谨、做派务实。他从文学文本或某个文学现象入手，进行细致的考察分析。在文学批评中，一旦发现已有的评判有误，及时修正完善观点实现对研究对象较为客观的认识。

批评家如何构筑自己的批评世界，必然要面对文本、作家和世界等环节。批评世界的构筑是批评家人格力量的实现过程。而批评家如何处理自身与文本、作家、生活之间的关系，足以展现批评家的文学批评态度、批评作风及批评的能力。其中，批评家对文本的处理环节尤为重要，这足以显示其批评作风。

新时期以来，随着思想解放和文化复兴，文学迎来了盛放的春天，尤其是 20 世纪 90 年代以来，中长篇小说创作数量惊人，进入 21 世纪每年数千部长篇小说涌向文学消费市场，形成了一片广阔无垠的文本森林。批评家如何把握文学发展的现状与走向，唯一可靠的办法就是阅读文本，阅读——文学评论的唯一通行证。现实中海量的文本挑战着批评家，如同试金石检测着批评家。而当下文学评论界滋生一种"不读而论"的学术恶习，一些评论者不读作品，或仅作走马观花的文本游览，借助文学史的知识和理论术语演绎作品、大话文学。文本细读的传统在资讯爆炸的当代处于失落的窘境。与之相反，一大批称职的批评家依然捍卫文学和批评的尊严，坚持阅读文本，李星就是这样的批评家。

李星认为："持久的关注和阅读是一个人进入当代中国文学场阈，感受它的生命脉动，取得批评资格的'会员证'。"[1] 他践行之，"用眼睛和心吃字"。在书信体《〈古船〉试论——致张炜》中说："《古船》仍然分三次才读完，读小说对我也是非常累的，尤其对你这部小说，我几乎不是在读，而是在吃，一个字一个字地往下吃，吃的同时还要品味，消化。"[2] 在《再谈我和我的文学批评——代后记》说："我曾经对记者说自己是一生都在用眼睛和心吃字的人。阅读使我快乐而充实，阅读也有使我痛苦的

---

[1]　李星：《关于当前文学批评现状的观察与思考》，《文艺报》2012 年 7 月 30 日。

[2]　李星：《〈古船〉试论——致张炜》，载《李星文集》（三），太白文艺出版社 2009 年版，第 51 页。

时候，但究竟不太多。"① 李星以务实严谨的批评态度，用心"吃"字捕捉文心的跃动。

李星的评论文章有长有短，如书信体《〈古船〉试论——致张炜》《来自变革现实的沃土——读〈初夏〉》《扰攘市声中的天籁之音——评〈库麦荣〉》《诗意的辉煌——读红柯的〈天窗〉和〈麦子〉》《读小说随笔》（一）《读小说随笔》（二）等短评，都是批评家"吃字"后的阅读札记。这些阅读札记既磨炼了批评家自我的批评感知力，又为其日后撰文做了必要的准备。在今天不读文本、抄捷径的机巧人看来，李星受累"吃字"的做法显得"笨拙""愚蠢"。李星遵循文学批评最朴素的原则，阅读评点了国内数百名作家的作品，以读者之心开启文学批评之门。李星曾谈起80岁的老父亲还拉土运肥、下地干活，他待文学亦如父亲侍弄田间秧苗："只要眼睛还没有瞎，脑子还没有失效，我还是要将这个习惯进行下去。"② 三秦大地厚重的文化，滋养了这位关中汉子的人格及学养。

在40余年的文学实践活动中，李星对国内风格不同、个性迥异的数百位作家③进行评论，涉猎对象繁多、范围广阔，显示出多元包容的文学批评旨趣。他既跟踪文坛上声名鹊起的大家，也留意在成长中的、尚无名气的新人。通过对不同作家作品的研读评判，特别对陕西作家群的深入研读，建立起来文学批评的坚实大厦。

在文学批评中，某个观点的淬炼、断语的最终落定，需要批评家持久的观察、反复的论证推敲，那种一蹴而就、贸然评判常成为评论界笑柄。当代文学处于未完成的进行建构时态，具有建构性、开放性、未完成性的特点。面对尚未完成正在发生变化的文学事件、文学现象，批评家难免落入这样的窘境，会做出前后不尽相同甚至抵牾的论断。的确，这也是当代

---

① 李星：《再谈我和我的文学批评——代后记》，载《李星文集》（三），太白文艺出版社2009年版，第389页。

② 同上。

③ 根据笔者的不完全统计，李星评论过的作家有：柳青、王汶石、李若冰、李天芳、贺抒玉、京夫、邹志安、路遥、陈忠实、红柯、贾平凹、叶广芩等人，程海、杨争光、莫言、王安忆、残雪、铁凝、麦家、张炜、雪漠、阿城、高晓声、池莉、阿城、周梅森、余华、李锐、梁晓声、谌容、王观胜、方英文、张兴海、张子良、伊莎、萧重声、毛琦、峭石、朱鸿、邢小利、刘谦、贝西西、韦昕、张宇、成一、吴克敬、王宝成、赵熙、闻频、唐卡、周瑄璞、黄建国、泓汶、王晓云、闫道勇、裴积荣、郭亚玲、远村、弓保安、梦萌、庞进、王峰、杨志军、汤吉夫、李凤杰、向岛、晓雷、杨显惠、田中禾、张宇、奚青、陆颖墨、晓苏、刘玉堂、柏原、王刚、范小青、姜滇、黄佳星、李锐、缪士、张兴海、冯积岐、褚福金、陈行之、李芒、金河、唐栋、崔皓、张书省、王海、马福林、陶正、多杰才旦、韩天航、刘晓刚、马安信等。

文学令研究者既头痛又着迷的地方。李星曾陷入类似的尴尬处境，然而他以真诚严谨的态度、务实的做派对待之。

在1987年评论张炜《古船》时，李星断言"张炜的小说不是传统'现实主义'的"①。同年评述贾平凹《浮躁》时，认为《浮躁》总体上是现实主义性质，但艺术表现和审美效果背离了传统的现实主义作品的艺术秩序，发生了"严重的主观表意性倾斜"，动摇了现实主义理论"作家的观点愈隐蔽愈好"的"金科玉律"②。时隔4年，李星评判尺度出现变化。在《文艺争鸣》1991年第6期发表《东方与世界：寻找自己的位置——关于贾平凹艺术思维方式的札记》，指出贾平凹的艺术感应思维具有"东方的味""民族的味"，并且坦言自己"肤浅"，"曾经把'为艺术而艺术'当做贾平凹的精神内质，虽然也常常觉得这种论断的不能自圆其说，现在看来，这种认知是多么的肤浅！"③李星调整了原有的文学批评准则，发现张炜、贾平凹等人的创作观念向中国传统文脉的皈依。这种修正行为，显示了李星拥有文学批评警觉敏锐的品质以及自我批判的理性精神。真诚坦率的文学批评精神，使李星在20世纪90年代以来的文学见识占据着陕西文学批评及当代中国文学批评的重要地位。

在此赘述，从事古典文学教学的费秉勋早在1982年提出了贾平凹向中国传统文学和古典文脉的回归。显然，20世纪80年代末及90年代初，李星的认识与20世纪80年代初费秉勋的研究成果形成应和，将贾平凹研究推向一个高度。事实上，20世纪80年代后期李星依然秉持经典现实主义文学创作的原则方法，其文化知识谱系是19世纪的欧洲批判现实主义文学传统和俄罗斯文学，20世纪80年代中后期令人目眩的各种先锋文学创作挑战着当代中国文学研究，批评家惯常使用的批评武器突然失灵了，李星陷入理论的乏力与批评突围的窘境，我们从他对张炜、贾平凹等作家艰难的解读过程中，足以窥视其批评阵脚的纷乱以及超越的艰难。然而本着严谨真挚的态度、务实稳健的做派，李星最终完成华丽的转身，实现文学批评的突围。

综上，李星的文学批评具有以下特色：生命在场性、现实与历史的融合、严谨务实的作风。此外，知性的感悟、艺术的洞见、个性化的语言也为人所称道。还需特别提及李星对后辈的提携奖掖，这促进了陕西文学未

① 李星：《执着于现实的非现实主义之作——评张炜〈古船〉》，《文艺争鸣》1987年第5期。
② 李星：《混沌世界中的信念和艺术秩序——〈浮躁〉论片》，《小说评论》1987年第6期。
③ 李星：《东方与世界：寻找自己的位置——关于贾平凹艺术思维方式的札记》，《文艺争鸣》1991年第6期。

来的持续发展，也令后辈作家心生感念献身创作。李星发现李凤杰文学中的现实主义品格，以及作家对社会弱势群体特别是农村孩子的关怀；肯定新生代作家宁可的"先锋性"、季风的"传统而严肃"、向岛的"批判精神"、周瑄璞"独特精神气质的女性小说"、寇挥"创作中的理性和使命的自觉"①。尽管新人新作存在诸多不足，李星以敦厚宽容之心挖掘美的闪光点。他说："无名之辈的优秀作品，他们在文学上哪怕些小的成就更应该有人关注。我不认为批评家有指导作家怎么写的权利和义务，但对于那些文学之路上的年轻而盲目的追求者，我却常怀指点、帮助之心。"②是的，文学的天空因日月巨星的照耀而光芒四射，而点点繁星的闪烁令星空更加迷人。

三　文学批评的启示

近百年以来，有关"本土与开放"的论争，一直困扰着现代中国文化的构建。晚清思想家魏源"睁眼看世界"的时候，就遭遇这个问题。五四新文化运动后，这个问题愈发严重。中华民族每到融入世界文化语境时，就面临回归本土抑或走向开放的困惑之中。今天，中国要走向世界，"本土与开放"争论再次成为文化文学无法回避的问题。李星在新时期文学批评的道路上孜孜矻矻笔耕四十余年，重视中国文学实践，不倚重西方文学理论的文学批评姿态，对当代文学理论和批评的建设有一定的启示意义。

李星文学批评最大最突出的特色在于生命在场的文学批评，其核心是重视文学实践。他的文学批评以文本为中心，以读者之心"吃字"研读文本，注重历史、现实和文学的实践综合。三卷本《李星文集》由于历史事实感、现实生活感和文学审美感的交融渗透，显示出厚重的品格，《文集》是李星40余年文学批评的智慧结晶。在路遥眼中，李星是一位"懂生活的评论家"。③ 在贾平凹眼中，李星是有过人眼力的评论家。

观察中国当代文学批评特别近几十年来，出现一个诡异的现象，在文学理论与实践的关系认识上，犯了严重的逻辑错误。文学批评不是从文学实践出发，从文学文本出发，而是从既定的理论概念出发，从主观预设的结论出发，严重错置实践与认识的排列次序。这样状况的出现，与近百年

---

① 李星：《陕西"新生代"小说的个性化魅力》，《小说评论》2013 年第 1 期。
② 李星：《再谈我和我的文学批评——代后记》，载《李星文集》（三），太白文艺出版社 2009 年版，第 389 页。
③ 路遥：《懂生活的评论家》，载《李星文集》（一），太白文艺出版社 2009 年版，第 9 页。

来文学理论的发展，特别是当代西方文论发展相关，当代西方文论的发展似乎告诉人们文学理论的发展未必来自文学实践。

佛克马、易布思有关文学理论的言论颇具影响力，他们说："弗洛伊德的心理学对心理分析学派的文学批评理论无疑产生过影响。马克思文学批评理论与特定的政治学和社会学观点纠结在一起。格式塔心理学派对于人们探讨一种文学系统或结构肯定具有启发的作用。俄国形式主义不仅受惠于未来主义，而且也受惠于语言学的新发展。有些文学理论派别与文学创作的新潮流更接近一些，有些则直接由于学术和社会方面的最新进展，还有一些处于两者之间。仅将现有各种不同的文学理论派别的产生原因，给予一种概括性的解释，是没有多大裨益的。"① 显然，这段话的意思再明显不过，文学理论的来源未必就是文学实践，不承认文学理论是"一种概括性的解释"。这个结论存在明显的逻辑错误，没有搞清"实然"和"应然"的关系。

固然，当代西方文艺理论的生发、突破得益于当代社会学、心理学、语言学等学科取得的巨大成果，不少理论家有机汲取了其他学科的成果壮大自身的发展。然而就此断言文学理论可以离开文学实践，却不足以令人信服。文学理论的诞生源自文学实践的现实需要，并以指导诠释文学实践为其任务和归宿，这也是文学理论得以存在的现实合理依据。假如文学理论可以凌驾于实践之上，理论便失去了存在的基础。文学史上无数的事例证明，文学实践在前，继而派生文学理论。如果说，没有中国古代数千多年的文学创作实践以及文人们的妙语点评，根本不会产生南朝刘勰"体大精深"的"龙学"；如果说，世界文学没有莎士比亚剧本创作以及剧场的数十场演出，莱辛的《汉堡剧评》便是海上楼阁。文学理论和文学实践二者的关系是：文学实践在前，文学理论在后，文学理论在文学实践基础生发，继而又作用于实践，影响未来文学的发展。文学理论是关于某一时期文学实践普遍规律的总结。理论要对这类"何为文学"的"元问题"做出贴合实际的解决，必须审慎地甄别爬梳原生态材料，将零乱具体的材料条理抽象化。在理论抽象化过程中，文学原生形态材料已然淡化，貌似理论远离了实践，但究其根本，无论文学理论的原生动力，还是第一发生点依然还是文学实践。

当代西方文学理论中某些流派直接嫁接其他学科的理论，远离文学实

---

① ［荷兰］佛克马、易布斯：《二十世纪文学理论》，林书武等译，生活·读书·新知三联书店 1988 年版，第 2 页。

践，恰恰暴露了其理论自身的缺陷。我们必须认识到西方文学理论不是完美绝对的真理，它是西方世界摸索实践的结果，其中有许多值得反思的地方。不少当代中国学者对此有过深入研究，并渴望建立当代中国文论与文学批评的路径①。鉴于当代西方文论发展出现的问题，中国当代文学理论应该着眼于运思模式、观念方法以及研究思路的启示影响，切忌"强制移植"②，简单机械套用他人理论。

李星文学批评的得失留给我们珍贵的经验教训，就是要处理好理论与实践的关系问题。首先回归常识，要坚持实践第一，认识第二。

其次，反对抛弃实践、唯西方理论是瞻的幼稚做法。李星反对"批评工具和武器的理论自我扩展"，反对"放大了的理论自我，"③ 反对不及物文本的"空心理论"。当然，不是说李星彻底抛弃理论，他从研究对象出发，寻找与对象相匹配的理论，他娴熟地运用文学理论评论张炜、杨争光、贾平凹等人的创作。他反对乱贴标签、硬套理论的拙劣批评。

第三，要深刻把握好实践。文学理论的生长完善需要其内在的驱动力，这个动力来自文学实践发展的深切需求，来自批评家对实践的认真研究和深刻领悟。如果缺少了实践环节，一切文学理论都将黯然失色。在生机盎然、广阔无垠的生活海洋里，理论永远是灰色的。

在当今食洋不化、玩弄文字、凌空蹈虚、缺乏思想、精神低迷的文学批评大行其道，人情批评、圈子批评、空头批评等功利主义批评日益喧嚣的情形下，考察李星文学批评，对于重建当代文学理论和文学生态，具有一定的现实意义和理论价值。

---

① 王宁的《后理论时代中国文论的国际化》（《中国高校社会科学》2015年第1期），党圣元的《二十世纪早期中国文学批评史研究中的"强制阐释"谈略》（《文艺争鸣》2015年第1期），李遇春的《如何"强制"，怎样"阐释"？——重建我们时代的批评伦理》（《文艺争鸣》2015年第2期），张江的《当代西方文论若干问题辨识》（《中国社会科学》2014年第5期），张江的《强制阐释论》（《文学评论》2014年第6期），朱立元的《对西方后现代主义文论消极影响的反思性批判》（《文艺研究》2014年第1期），孙绍振的《文论危机与文学文本的有效解读》（《中国社会科学》2012年第6期），曹顺庆的《唯科学主义与中国文论的失落》（《当代文坛》2011年第4期），陆贵山的《现当代西方文论的魅力与局限》（《外国文学评论》2008年第2期）等文章，深刻反思了当代西方文论，探索当代中国文论与文学批评的可行性路径。

② 张江：《强制阐释论》，《文学评论》2014年第6期。

③ 李星：《飞禽走兽之辨——关于批评的随想》，载《李星文集》（三），太白文艺出版社2009年版，第308页。

结　语

一　新时期陕西文学批评的地位

新时期30年陕西文学批评为陕西文学（文化）的发展做出了重大的贡献，且以其独特的区域文学批评所具有的特色回应着全国主流文学批评的声音，并与全国文学批评汇聚一体充实着中国当代文学批评。

（一）一枝独秀——第一代批评

早在20世纪30年代，陕西第一代批评者胡采就投身无产阶级革命文化事业，经历了中国革命的战争时期、新中国的社会主义建设时期以及新时期的改革开放三个历史时期，从事文学理论研究和文学批评实践活动达半个世纪之久。在陕西第一代批评者行列中，胡采一枝独秀引领着陕西当代以及新时期文学批评，主办《延河》文学月刊、《小说评论》杂志，为陕西文学批评做出了突出的贡献。胡采从生活到艺术的现实主义文艺理论批评观在60年代形成，从生活到艺术的理论观深远地影响了陕西文学创作及文学批评，并有机地构成了中国文学批评的一部分，充实了当代中国文学批评。

（二）"集体别林斯基"——第二代批评

陕西第二代批评者主要是笔耕文学研究组的组员，笔耕批评派活跃的时间正值80年代文学黄金季节的到来。笔耕批评派以团体的形式集体亮相于陕西文坛，及时跟踪当代文坛发展的新动向，对文学及社会的热点焦点问题激扬文字、展开评论。

回望20世纪80年代，陕西文化舞台留下了笔耕批评派深深浅浅的印迹。

1981年1月13日，笔耕批评派就文艺真实性和倾向性展开讨论。

1981年11月，笔耕批评派围绕柳青的《创业史》展开农村题材文学创作讨论会。

1982年2月，笔耕批评派就贾平凹文学创作展开讨论会。

1983 年 12 月，笔耕批评派讨论 30 余部在全国有影响的陕西中篇小说。

1984 年 3 月，笔耕批评派再次探讨陕西省农村题材小说的创作。

1985 年 8 月，展开长篇小说创作促进会，会议讨论国内长篇小说的发展概况，分析陕西长篇小说创作落后的原因，并制定三五年内长篇小说创作规划。

1986 年 9 月，笔耕批评派讨论小说创作的突破与提高。

1988 年 7 月，笔耕批评派面对陕西长篇创作重新崛起的喜人局面，总结陕西长篇小说创作的得失，希望迎来陕西长篇小说创作的新丰收。

笔耕派文学批评者自觉地充当文学变革的思想者，以历史意识、人性光芒和美的情思去面对文学及读者。他们积极投入文学批评变革的洪流中去，他们的文学批评活动不同于书斋沉思的思想者，而是带着浓郁的变革现实生活的热情置身于社会实践活动，力图将文学理想文学理论转化为社会实践。也就是说，笔耕批评派既是文学变革的实践者，也是社会变革的鼓动者。笔耕派批评者身上浸染了社会思想者的特色和文学改革者的激情，在伤痕文学、改革文学、反思文学、寻根文学思潮兴起时，他们带着历史的变革意识和高度的时代责任感，凭借新思想对文学创作进行评价，指导文学创作和阅读。

在十余年之久的批评实践活动中，笔耕文学批评派立足于社会思想的前沿，又兼顾文学艺术固有的审美之维，在方法上习惯操作印象主义批评方法。在 20 世纪 80 年代方法热的文化新潮更迭中，笔耕批评派在原有的印象主义批评方法中，积极借鉴当时流行的心理分析、历史美学等批评方法的元素，形成了独具特色的文学批评流派，笔耕批评派在思维方式上重审美直觉和感悟，强调批评主体的深度介入和深切的情感体验，在话语形态上灵动自由，充满形象化的诗性表达。虽则笔耕派的文学批评也有过分依赖直觉、缺乏理性沉淀的诸多不足，然而他们这种介入社会实践的批评姿态以及文本中散发出的热情才情，不仅扭转了 20 世纪 80 年代之前庸俗社会批评僵硬刻板的流俗，而且开启了 20 世纪 80 年代陕西文学批评活跃繁荣的崭新格局，笔耕派集体登场中国批评舞台，展示了陕西文学批评的实力和潜力。

不言而喻，笔耕批评派的文学批评成为新时期陕西文学批评史上浓墨重彩的一页，也充实了中国当代文学批评。20 世纪 80 年代笔耕批评派的文学批评基本与中国社会的思想变革同步进行，文学批评观念、方法基本是现实主义文学的传统批评，对中国文学批评做出了及时的反映式的文学批评。

（三）地位下滑——第三代批评

进入 20 世纪 90 年代陕西文学批评逐渐失去了 20 世纪 80 年代强劲迅猛发展的势头，尤其在新世纪之交陕西文学批评遭到来自社会各个层面的指责抨击，显示出下滑式微的去势。在这个时期，曾经活跃的"集体的别林斯基"笔耕批评派不少人年事已高、知识老化，逐渐淡出文化批评舞台，而陕西第三代批评者队伍尚且处在整合状态。因此，20 世纪 90 年代以来陕西文学批评既不能与 20 世纪 80 年代第二代笔耕批评派所取得的辉煌成果相比，也不能与笔耕批评派在全国文学批评中的地位相比。这种下滑去势的关键原因在于时代变了。中国社会走入市场消费时代和资讯信息时代，经济形式的变化根本改变着中国人固有的思想价值观念，互联网技术的高速发展，无限量信息资源的传播直接改变了人类的生存方式、文化生态及价值形态。文学文化失去了 20 世纪 80 年代启蒙英雄的崇高地位，逐渐成为消费主义文化下的特殊商品。文学批评者不再是当年叱咤风云的思想者，而是回到书斋专业园地做学科专家。

陕西第三代批评者有些人也会参加作协、媒体等机构举办的文学文化研讨会，但他们与社会公众联系得不那么紧密了，大多在学院围墙内展开文学批评的学术研讨，再也不像 20 世纪 80 年代初期与社会思潮的兴发保持同频共振的共鸣现象。这样，学院派文学批评的声音未必能够穿透学院围墙传播到公众空间，而媒体出于吸人眼球的考虑也未必会把学院派有见地的批评晒到公众空间。由此看来，这时期的批评式微状况，文学批评自身当难辞其咎，但其中原因异常复杂。

当然，陕西不少学院文人不为流俗所羁，依然执守岗位责任意识，伴着青灯黄卷潜心著书立说。在有关陕西文学研究方面，世纪之交成果不少：畅广元《陈忠实论——从文化角度观察》、冯肖华《陕西地域文学论稿》《当代现实主义文学本体论》《文学气象与民族精神》，赵德利《情缘黄土地——新时期陕西文学民间文化阐释》，赵学勇《早晨从中午消逝——路遥的小说世界》，韩鲁华《精神的映像——贾平凹文学创作论》，李继凯《秦地小说与三秦文化》，马宽厚《陕西文学史稿》，仵埂《受难与追寻》《文学之诗性　历史之倒影》，段建军《白鹿原的文化阐释》，周燕芬《文学观察与史性阐释》，宗元《魂断人生——路遥论》，孙新峰《贾平凹作品商州民间文化透视》，王建仓《中国现代乡土文学的叙事诗学》，刘宁《当代陕西作家与秦地传统文化研究》，吴进《柳青新论》等，学人在现实主义文学批评的范畴下进行拓展性研究，并汲取文化诗学、心理精神研究、地缘学、民间文化等方面取得的研究成果，采百花之蜜精心酿造而成。尽管学术水平参差不齐，却显示出学院派批评者对于陕西文学的热切关注和深入思考。无疑，这些丰硕的成果足以说明陕西批评者在喧嚣的消费主义文化下对于文学的执着守望。

（四）生气逼人——"青椒"批评

需要提及"70后""80后"的陕西文学研究者，他们功底扎实、眼光敏锐、视野开阔、才华横溢。这一代人生存空间截然不同于前三代批评家，他们没有经历十年"文革"斗争的革命洗礼，也无缘享用20世纪80年代文学振臂一呼、八方应和的浪漫奇美。当他们走向文学场域时，遭遇理想主义消解、文学价值观念解体零落一地的鸡毛，他们却力图保持独立的批评在场姿态，积极巧妙地介入到作家作品和文学现场，发出"青椒"般热辣凌厉的声音。当然，他们的年龄和实力尚还不足以坐拥显要的批评位置，在他们的前面有师长、大咖等老一辈文学批评家。尽管这些"青椒"批评者，处于被师徒圈子、乡党熟人、行政官员等多种关系以及国家、教育部等科研课题的多重包抄之中，他们以对文学的挚爱从事文学批评，他们的思想认知、文学气象显示出青葱郁郁的生机。"青椒"中脱颖而出的批评家，如王鹏程以稳健却不失锋利的批评风格对当代文学创作提出克制批评，承继前几代批评者朴实的文学批评作风，强调有事实感的文学批评。杨辉发挥中国古典文化方面的知识优势，提出建立"大文学史"的理论设想，倡导富有中国意味的审美批评。无疑，他们的出现为21世纪以来陕西文学批评及当代文学批评注入了鲜美强劲的力量。固然，他们的成果与前几代批评家相比尚不成熟，也没有形成当年"笔耕文学研究组"享有全国影响力的文学批评气象，但以其独特的风姿和开放的心态悄然改变着21世纪以来陕西文学批评沉闷的气息。

21世纪必然属于他们，他们正以自由的思想、独立的行为、开放的气度建构21世纪文学批评。成果略举：王鹏程《马尔克斯的忧伤——小说精神与中国气象》，杨辉《"大文学史"视域下的贾平凹研究》，王贵禄《高地上的文学神话——中国当代西部小说研究》，梁颖《三个人的文学风景：多维视镜下的路遥、陈忠实、贾平凹比较论》，王建仓《中国现代乡土文学的叙事诗学》，姜彩燕《从鲁迅到贾平凹——中国现当代文学疾病叙事的历史变迁》，孙新峰《贾平凹作品商州民间文化透视》，王昱娟《制造声音——贾平凹与中国现当代文学批评》，刘宁《当代陕西作家与秦地传统文化研究》，惠雁冰《〈山花〉现象与〈山花〉作家群》，赵林《地方知识与文化形构——20世纪陕西文学、区域文化研究的一种思路》，张雪艳《红柯小说的文化阐释》，陈晓辉《红柯小说的叙事空间》，谷鹏飞《历史主义抑或自然主义：评贾平凹〈山本〉的叙事史观》，王鹏《陈忠实社会转型期乡土小说》，王亚丽《传统戏曲与现代小说的互文与置换——由叶广芩与戏曲文化说起》等等。

新时期以来的陕西文学批评的特色，在于愚拙地执守现实主义文学的批评方向，对全国文学批评做出镜子式的反映批评，从而形成与全国文学批评的互文性阐释关系。这种特色在陕西第一代和第二代批评者身上尤为突出，第三代批评者尽管潜心学术研究努力突破文学批评构筑的疆域，在新学方面汲取最新的研究成果，但文学研究的范畴依然在现实主义文学批评的传统话语下进行，并没有形成独具特色的具有流派风格意识、有影响力的文学批评观念及话语体系。第四代"青椒"批评虽未坐拥重要文学批评位置，却以独特姿态步入文坛，他们是陕西文学今天和明天的希望。

二　新时期陕西文学批评的作用

新时期陕西文学批评走过了辉煌的黄金岁月，也经历着下滑不振的去势，在这个跌宕起伏的耐人寻味的过程中，陕西文学批评为陕西文学文化的发展繁荣起到不可小觑的作用。

（一）精心培养作家，引导文学创作

新时期陕西文学创作取得了骄人的业绩，20 世纪 80 年代初期短篇小说几乎年年获得全国性的奖项，80 年代中后期长篇小说迅猛崛起，"三驾马车"先后为陕西文学在全国赢得极高的荣誉，同时京夫、邹志安、赵熙、程海、红柯、杨争光、叶广芩、冯积岐、白描、冷梦、文兰、商子秦、和谷、李佩芝、方英文等以各具特色的艺术成果，汇聚成群星璀璨的陕西艺术天空，这令外省人歆羡不已。

在我们歆羡作家频频捧回大奖时，在我们歆羡陕西拥有如此骄人的文学业绩时，当不该忘记《陕西文艺》《延河》文学月刊艰难中对文学的守望，当不该忘记《小说评论》在西北地区引领文学创作与批评的作用，当不该忘记三代陕西文学批评者为文学事业的热诚守望。固然，创作的显赫成就归功于作家个人的辛勤劳作，但同时它也是某一历史时期思想哲学文化的高度结晶，凝聚着这一代人共同努力奋斗的心血，其间也蕴含着文学批评的业绩。

新时期陕西四代文学批评者在进行文艺理论研究的过程中，特别重视文学实践批评活动，对于作家的文学创作倾注了心血。胡采不仅满腔热情地分析柳青、杜鹏程、王汶石、峻青、柯仲平、闻捷、魏钢焰、李若冰、玉杲、陈忠实、王宗元这些有名气的作家的文学创作，而且对农民诗人王老九、陕北说书艺人韩起祥的诗歌创作提出中肯意见，亲自为王老九的诗歌集子作序。胡采对文学后人的提携奖掖，尤其是对农民诗人的关注和鼓励，增强了作者写作的信心，有效引导了文学创作。由此我们也可以看出一代文学批评家胸襟的开阔与大气，看到文学批评家平易质朴的人文情怀与草根意识。这种实践品格、人文情怀今天看起来依然弥足珍贵，值得我们学习。

第二代笔耕批评派以召开作品研讨会的形式与作家面对面交流，或者以文评的书面方式研讨作品。1982 年 2 月，笔耕批评派对贾平凹作品展开研讨，希望通过对贾平凹创作实践的经验总结和得失探讨，为陕西省文学创作的发展提供有益的借鉴。会议严谨的治学精神和宽厚的批评态度得到贾平凹的认可，贾平凹感谢大家对他的真诚帮助，表示"要系统地读点马列著作，历史著作，哲学，美学著作，想办法到生活中去。在艺术探索上力求做到有效限制，走出自己的路来"①。良好的批评风气有效地促进了文学创作的长足发展，时隔 6 个月应京夫的强烈要求，同年 10 月召开京夫作品研讨会，会上京夫诚恳发言，认为座谈会"对我是一次文学补课"，认为"批评是为了我进步，批评可以出息人"②。

笔耕批评派频繁召开的座谈会，得到了作家的理解，有效地促进了当时文学创作的发展。流行于 20 世纪 80 年代的作家作品研讨会，不同于 20 世纪 90 年代以来尤其是 21 世纪大肆泛滥的促销式的研讨会、发布会，针对优秀的或有特色的作品召开研讨会，邀请有水平的评论家集体会诊，这对提高作家的创作意义深远。常常是一场研讨会已经结束，思想的火花、文学创作的路数和文学理论观念的生成进入新的层面，之后一批有学术含量的文学批评文章面世，作家批评家的思想认识由此再上台阶。

20 世纪 90 年代以来第三代批评者走向文学批评舞台，虽说文学的黄金时代渐行渐远了，但是第三代批评者带着文学的信念，凭借良好的知识结构，发挥文学批评的阐释功能、发现功能和创造功能，对作家作品展开研究。1993 年由陕西人民教育出版社出版畅广元主编的《神秘黑箱的窥视》是 90 年代文学批评的厚重之作，该书编者独辟蹊径，打破作家写作、评论家评论的单向循环，展开评论家—作家—评论家三维的思想对话

---

① 《记笔耕组贾平凹近作讨论会》，《延河》1982 年第 4 期。

② 《议论纷纷看突破——"笔耕"文学研究组京夫作品讨论会综述》，《延河》1983 年第 1 期。此处"出息"意思为"提高培养"之意。

交锋，对路遥、贾平凹、陈忠实、邹志安、李天芳五位作家的创作展开探求，阐释发现文学作品的美丑得失，视作品为包含鲜活生命的文本，批评家敞开心扉与作家进行双向的互动对话，从而探索作家创作的灵魂精神意蕴。在此基础上，文学批评努力发挥创造功能，发现构筑文艺的创作心态理论，尝试生成一套解读创作的新话语体系。李继凯、李凌泽、屈雅军等几位中青年评论者在老将畅广元的带领下，直言作家创作的不足，敲打呼唤作家尽快向中国文坛"咥实活"。事实证明，这种具有学术含量、寄托文学批评理想的批评卓有成效。当时贾平凹代表作是《浮躁》，陈忠实代表作是《四妹子》，倘若与后期的作品（如路遥《早晨从中午开始》、贾平凹《废都》《秦腔》《古炉》、陈忠实《蓝袍先生》《白鹿原》）相比较，当时的这些创作仅仅为小鸡尚在破壳，而后来重磅出击文坛的重拳作品，可视为作家与批评家对峙交锋的艺术结晶。

当然，20世纪90年代陕西文学批评也有作家作品研讨会，比如1993年陕西省作协在西安召开的《白鹿原》研讨会，1995年5月召开的陕西长篇小说创作座谈会等，这些会议同样提升了作家的认识水平，培育了作家创作队伍，促进了文学创作活动。然而步入21世纪多如牛毛的作品研讨会，渐渐失去了20世纪80年代研讨会的功效，在市场经济无孔不入的消费语境下，研讨会变成作品促销会，不少批评者成为作品的广告商，作家、评论家、书商三者合谋攫取着文化资源。这样的作家作品研讨会就没意思了，在文学界社会界自然也失去了公信力。

（二）培养提高读者，建设文化市场

20世纪80年代以来，陕西文艺界召开的研讨会及文艺文化活动，受到了艺术家作家热切的关注，同时也吸引了来自社会各界文学爱好者的普遍关注。

陕西作家、艺术家获得了全国性的大奖，哪部小说被改编为电影，陕西普通民众十有八九耳熟能详。民众不仅关心着作家艺术家取得的艺术成就，也关心社会各界对艺术成果的甄别评价，并且以超乎想象的热情投入到文艺评价活动中去。

2000年10月7日，《三秦都市报》刊发了《青年文学博士"直谏"陕西作家》的访谈，一石激起千层浪，引起陕西文艺界的震动，诸多知名人士发表意见，普通民众也按捺不住自己的热情参与进去，给报社打电话，寄发稿件，纷纷表达自己的态度和看法。固然，陕西人有浓重的乡土情结，担心别人说瞎话，败坏陕西人的形象，但由此折射出陕西普通民众对神圣的文学艺术事业的那份热爱和痴迷。

　　陕西普通民众主动积极地参与到文学文艺活动中去，与专业的文艺工作者一起评点文学创作的美丑得失，民众的审美能力、鉴别能力和文化品位在与专家的互动交流中得到提高。

　　陕西普通民众具有良好的文学文化素养，他们一方面主动去参与文学文化活动，另一方面文艺界也专门展开文艺文化活动的普及工作。1960年10月，胡采在西安市郭家滩工人俱乐部向业余作者做"思想要深　生活要深"的文艺创作讲座，类似的文艺讲座在陕西特别是文化氛围浓郁的校园为常规例事，陕西学校的文化广场和文化文学社团、市场书坊有来自知名作家的文学讲座，也有知名学者（其中不乏文学批评者）的文化文学系列讲座，这些活动激发了莘莘学子及文学爱好者对文学文化的热爱，提升了文化审美素养，也为文学创作及文学批评队伍的后续发展打下了良好的基础。在陕西高校，特别是那些人文气息比较浓厚的院校，基本都有文学社或者文化广场。比如这些文化广场，常常不定时地将作家、评论家和学者请入讲坛，与年轻的学者展开互动，共同进入文学鉴赏、文学审美与文学研究的美好天地。

　　总之，陕西文艺批评不仅"出息着作家"的文学创作、提升读者的审美水平和文化素养，而且以其特有的形式参与到中国当代文学发展的进程中去，促进文学观念的变革与衍生，并参与到社会与时代进步的历史洪流中来，以意识形态的渗透力量发挥着舆论造势的文化功能。

三　新时期陕西文学批评的价值

　　（一）陕西文学批评30年来愚拙执守现实主义文学的批评方向，对全国文学批评做出镜子式的反映批评，这是新时期陕西文学批评的一个鲜明特色

　　陕西文学批评与京津地区以及东南沿海地区因其特殊的区域位置而形成的文学批评风格迥然不同。京津以及东南沿海地区因其特殊的地域位置率先得时代之先风（比如政治的、文化的、思想的、习气的等风气），因此其文学批评也相应地表现出凌厉、前卫的批评特色。陕西位居西北以及内陆腹地的区域位置，乃至历史文化因素的传承积淀，文学批评显示出持重稳健的特色，这是陕西的地域位置和历史文化因素综合作用的结果。在全国文学批评层出不穷地翻出新花样的局面下，陕西以现实主义为主导的文学批评就显得滞后土气，然而在文学旗帜的纷乱变幻中，陕西文学批评对于现实主义文学批评的恪守越发显得弥足珍贵。它愚拙地捍卫着现实主义文学批评原则，并在恪守中以开放的胸襟吸纳其他批评形式的合理因

素，不断地扩大着现实主义文学批评的疆域。这种特色在陕西第一代和第二代批评者身上尤为突出，第三代批评者尽管潜心于学术研究，努力突破文学批评构筑的疆域，在新学方面汲取最新的研究成果，但文学研究的范畴依然在现实主义文学批评的传统系统下进行，并没有形成有风格特色、有规模的群体团队、有影响力的文学批评观念及话语体系。当然，正如一个镍币有两面，这既可以看作新时期陕西文学的突出特点，也可以说是陕西文学批评的严重缺陷。

（二）新时期陕西文学批评与中国文学批评形成互文性的阐释关系

在全球一体化语境中，当代中国文学批评也面临着与陕西文学批评同样的历史境遇。与西方文化相比照，当代中国文学批评显示出因袭传统文化因素而形成的守成滞后的特点。在文化背景层面，新时期陕西文学批评实现了与全国文学批评的互文性阐释关系。因此，对于陕西文学批评研究就不仅仅是地理意义上的地域文学研究，对于这一切片的文学文化透视，就具有了透析统观中国文学批评的文化功能。

我国区域学研究方面有敦煌学、西部学、海南学等；在现代文学研究史上，有京派、海派的研究，有荷花淀派、山药蛋派的研究；在当代文学研究上，有湘系文学、鄂派文学、江西文学等研究。今天，在区域文学书写如火如荼的背景之下，对于区域文学批评的研究却极少为人所关注。地域文学批评以地域文学为切片，在动态的历史流变中梳理其内涵特质，以文学通史的视野考察中国文学史框架下的地域文学，从而思考世界文化背景下当代中国文学的命题。从事陕西文学批评是研究者的尝试，笔者相信，这也是一个有必要的尝试，课题面对的不仅仅是地域意义上的某一板块，在中国版图上它也具有超越地域的文化精神意义。

（三）坚持文学批评的实践品格

考察陕西文学批评，注重文学的实践性品格是其相当突出的一个特点，也是陕西文学批评独特的价值。

胡采是国内颇有影响力的第一代文学批评家，他的文学理论和文学批评引领了当代陕西文学批评。他坚持文艺对生活的反映论，坚持从生活到艺术的文艺观，特别看重生活与实践对于文艺的影响。王愚作为第一代向第二代批评者之间过渡的文学批评家，身逢急剧变革的时代，从生活与文学实践出发，对文学创作做出符合客观的评价。王愚等人尽管错过了良好研读深造的机缘，他却与时俱进，从社会生活实践和当代思想发展的最前沿吸收成果，发展建构自己的文学批评。第二代批评家李星等人继承陕西文学批评注重实践传统的品格，紧随时代跟踪文学思潮的潮起潮落，寻找最适合自我以及契合文学实践的批评方法。李星文学批评的生命在场性、现实与历史的融合、严谨务实的作风等特点的形成，源自对文学实践的深度把握和高度提炼。他对句句不离西方文论、"空转理论"的不及物评论深表不满，甘愿做地上"走兽的批评"，以一种近乎偏激的姿态厌恶"理论的飞禽"[1]，表现出对文学实践的倚重。陕西第三代批评者在中西文化交汇的背景之下，从文学创作实践出发，做出属于第三代文学批评者对于文学的贡献。第四代"青椒批评"以灵活的姿态介入文学批评现场，一方面他们重视世界文学取得的耀眼成果，同时又注重中国本土的特色，善于从古典文化传统和现代文学的发展流程中，以学贯中西、融汇古今的开放姿态，对文学做出充满人类情怀、现实情怀和美学意味的文学批评。显然，第三代和第四代"青椒批评"的努力，正汇入中国当下文学批评的语境之中，以立足现实的努力，实践着他们的文学批评观。他们正改变着当代陕西文学批评的格局，也充实建构着当代中国的文学批评。

四　关于当下陕西文学批评的几点思考

21世纪以来陕西文学批评受到来自社会各个阶层的非议，与20世纪80年代文学批评的黄金时代相比，文学批评在人们心中的地位与形象直线下滑。

2005年4月1日，《陕西日报》刊出《陕西文学批评家的头衔与责任是否匹配》一文，对陕西文学批评提出质问与批评，认为陕西文学批评"失语、缺位"，"赞扬多，批评少"。的确，文学批评出现了严重的问题，这是显在的事实，媒体在某些方面击中了陕西文学批评以及中国文学批评的"软肋"。

事实上，20世纪90年代非文学批评的现象就显端倪，"小圈子批评""棒杀批评""捧杀批评""红包批评"种种繁多的花样充斥文坛。2000年陕籍驻京批评家李建军对这种现象提出了严肃而尖锐的批评，由此引发了社会各界对陕西文坛特别是陕西文学批评的普遍而又热切的关注与炮轰，这构成了当代文学史上有名的文坛大地震。而2005年以来对于陕西文学批评的质问可以视为世纪末文坛大地震的余震。对此，陕西文学批评界相当重视，展开反思，作出回应，一是坦然承认问题的存在，二是积极进行反思，显然这种直面问题的态度是好的，至少情态不至于那么糟糕地

---

[1]　李星：《飞禽走兽之辩——关于批评的断想》，《李星文集》（三），太白文艺出版社2009年版，第308页。

继续恶化下去。毫无疑问，当前陕西文学批评的局面没有根本性好转，然而批评家努力直面现实，能够心平气静地思考问题，积极寻求改进的途径，这种正视问题的态度值得肯定。

有关当下陕西文学批评，笔者有几点思考：

（一）文学批评对社会所起的作用是有限的，文学批评不能直接改变社会，它只能通过社会心理和思想文化价值观念的变迁间接地影响社会

20 世纪 80 年代是文学发展的黄金时代，文学批评充当了思想和社会变革的急先锋。伤痕文学、改革文学、寻根文学等文学思潮的兴起是和整个时代的政治变革、思想变迁以及社会整体价值观念体系的确立联系在一起的，人们通过文学这面反映生活的镜子认识时代社会的风云变幻，而风云变幻的时代社会经过作家心灵艺术化的过滤创造出文学的世界。文学与社会是互为对应的反映关系，文学抒发时代的伤痕、呼唤社会制度的深层变革，文学通过对人的心灵潜移默化地渗透感染，间接发挥改变社会的功能。文学批评适时地出现在这样的时代，拥有无比崇高的地位，在时代呼唤巨变的社会浪潮席卷之下，文学承载了过多的社会进步的理想与民族崛起的希望。

20 世纪 90 年代随着市场化经济的全面推进，整个社会处于艰难的转型蜕变中，拜物教、拜权教和拜名教三教合一，消费主义享乐文化下成为一种新的宗教文化，喧嚣回响在人们的日常生活中。人文精神大讨论就爆发在信仰危机的文化背景下，价值虚位以及信仰倒置成为 20 世纪末颇为显豁的文化奇观。而此时的文学早已失去了 20 世纪 80 年代的奕奕神采，文学批评亦在劫难逃。笔耕批评派年事已高退出批评舞台，学院派批评者静坐书斋致力学科研究，着意于学术的纯粹性。校园围墙断开了他们与社会生活的联系，其文学研究渐渐疏离于社会生活。20 世纪 90 年代的文学沉寂了，20 世纪 90 年代陕西文学批评不那么热闹了，但文学并未消亡，依然发挥着基本的认识审美价值、娱乐审美价值和教化审美价值，只是再也不像 20 世纪 80 年代能够一呼百应了。实质上，文学本体在不同的时代没有本质变化，变幻的是主宰人精神的思想观念及伦理道德、价值观念体系。而这些意识形态的变化最终影响改变着文学文化的生态环境，也使得 20 世纪 90 年代以来陕西文学批评以及中国当代文学批评发生变化。

21 世纪以来，市场化、大众化、全球化和媒体化的进程愈演愈烈，人们的精神世界经受着前所未有的煎熬，思想价值理念可谓是复杂多样、混合并存，美与丑、善与恶、忠与奸、是与非相伴相生、难解难分，文学批评出现失语、缺席的现象更为显豁了。在时代社会的急剧变化下，陕西

文学批评并没有发挥文学批评影响社会的功能，而是面对纷繁复杂的社会出现失语、缺席现象。实际上，我们从文坛大地震这一文化现象可以透析诸多社会弊端，比如社会思想观念和价值观念体系的下滑和混乱，社会心理和时代审美理想的浮躁虚夸急功近利，文化监督体制的缺席和相关部门执政能力的疲软，等等。在这样无比恶劣的文化生态环境下，文学批评要发挥有效作用，缺乏健全良好的社会心理和社会审美理想等中间性的必要环节。文学批评不能直接参与社会制度等意识形态层面的变革，它在社会变革方面所起到的作用是有限的，它必须借助社会文化心理、时代审美追求和时代精神等的变化间接地影响社会。在这样一个混乱的时代下，文学批评要发挥作用也是极为艰难的。固然，文学批评自身难辞其咎，但必须看到文学批评背后隐含的诸多社会问题。这并不是为文学批评式微寻找遁词，是面对现实、厘清文学批评发挥作用的话语语境，混乱语境下的意识形态的消解与重构是理论工作者需要直视的现状。

（二）当下陕西文学批评要恢复 20 世纪 80 年代笔耕批评派的形象和地位，尚需漫长的奋斗过程，不是依赖几次讨论，靠打口水战就能实现目标

2000 年发生在陕西的文坛大地震中，不少学者表达了类似的观点，文学批评需要理性与学识，更需要良知以及自由知识分子所应有的独立批评品格。2005 年 4 月 8 日，杨乐生在《陕西日报》上对 4 月 1 日《陕西文学批评家的头衔与责任是否匹配》的指责做出回答："真正的文学批评家只能在从具有现代意义的知识分子中走出来。也就是有担当、富于正义感能体现社会良知的人才配做一个批评家。"杨乐山面对腐败横行的中国现实中肯指出："文学批评尊严的建立，我看还得需要一个漫长的过程。"时隔一年之后，媒体再次跟进，对陕西文学批评存在的问题进行再探讨，4 月 2 日，李震坦然承认"不匹配"是一个显而易见的事实，关键是要讨论事实背后的根源及其对陕西文学批评前景的影响。李震认为，这种"不匹配"以及陕西文学批评暂无大作为的根源，在于陕西文学批评正处于转轨过程之中①。从以上情况来看，陕西文学批评界高度重视这个问题，采取沉着理性的态度进行思考。无疑是一个好的迹象。

的确，陕西文学批评走出低谷，还需要漫长的积累奋斗过程，需要理性的态度，更需要积极有效的行动，那种漫无边际的空谈玄思于事无补。我们应该看到肯定目前陕西文坛的积极努力。

---

① 王淑玲、孙雅菲：《批评家对陕西文学批评的反思》，《陕西日报》2006 年 4 月 2 日。

（三）借鉴法国思想家布迪厄的结构动力学的"生存心态"理论资源，发挥文学批评者积蓄的能量，从而有效地激活文学批评

"生存心态"是布迪厄结构动力学中最重要的概念，"生存心态"是指并非单纯静态性的恒定存在，它是活力四射、流动不居的生命形态。在时空历史结构中，它不会机械地复制历史本身的结构，而是以曲折或压缩的特殊形式表现历史经验的影响，在反映历史经验的同时，对历史的原有烙印进行适当改造，使历史经验在新的行动条件下被唤起和被重视。"生存心态"同历史的关系是双重的，一方面它是历史的产物，是历史实践经验的内在结晶；另一方面，它又在历史中发挥功能，不断地建构新的历史。

当下的文学批评诸多问题是长期错综复杂的各种因素相互较量的产物，从中可以折射出已经消逝的历史印迹，同时文学批评活动构成批评者同历史对话和迂回的中间物，成为批评者的历史与其现实及未来交错影响的中介场所。在这个场域中，批评者不只活在历史之中，更为重要的是批评者在正在进行的批评实践活动中建构着新的文学批评历史，从而将眼前的批评推向未来。在历史—现实—未来的交互往返流变中，批评者把握好时机，发挥批评心态的积极建构功能，完全可以改变现有的文学批评流弊，超越现实、超越自我，创造出新的文学批评格局。

在整个文学批评活动中，批评者和批评心态是重要的核心因素。这就吁求文学批评者发挥出强大的人格力量，摆正批评者在文学批评历史长河中的位置，去积极参与文学批评历史的再构建。

（四）文学批评者积极行动起来，尤其是学院派批评要拆除围墙走近社会，努力建构质询话语理论体系

当下陕西文学批评要实现突围，笔者认为首先要建设批评操守与批评原则，固然文学批评者需要敏锐的审美感觉能力与准确的审美评价能力、丰富的专业知识和深邃的思想这些基本的素养，但更重要的是葆有批评家的自审意识和独立批评精神。唯有葆有自审意识和独立批评精神，批评家才能拥有强大的人格力量，遵照职业操守对非批评现象说"不"。萨义德曾说："知识分子活动的目的，是为了增进人类的自由和知识。"文学批评更需要知识分子对社会的责任感，批评家必须是社会的批评者，时刻保持着对各种不合理的现实体制以及生活现象的揭露和批评的态度，从而推动社会朝更合理的、健康的、公正的方向前行。

其次，学院派批评应该走进公众空间。20 世纪 90 年代学院派批评沉没于象牙之塔，潜心于脱离社会的所谓学术研究，这是文学退潮后伴随的结果，当年潜心于学术研究也是为了日后走向新批评空间储备能量。今

天，应该拆除学院与社会之间的围墙，走近社会，应该去触摸拨动社会的敏感神经，缩短与文学创作和审美接受者的距离，发表对文学创作乃至社会文明的批评。陕西文学批评陷入失语缺席的尴尬状态，批评者自身承担着不可推脱的责任，批评者不能因为社会变了，批评者自我的文化立场和价值判断就模糊甚至倒置。杰出的文学批评家是社会学家、思想家和哲学家，他担当着社会思想进步与哲学进步的历史使命，文学批评应该从纯粹化的学术圈子中走出，不能孤芳自赏、故步自封，或者沉迷于获得文凭、职称的科研论文和削足适履的科研项目的炮制，在纷繁多变的社会场景中要定位自己的文化立场，面对公众空间发言。学院派批评是当今文学批评的主力军，理应担当起时代赋予的历史使命。

　　新闻传播媒体是当今文化传播的有效平台，学院派批评可以大胆走向媒体，改善新闻消遣型批评，引导媒体批评的方向，提升其文化趣味，尽力减弱新闻消遣型批评固有的低俗性、媚俗性与庸俗性。事实上，这种走出学院围墙走向媒体的方法也是可行的，陕西文坛大地震由媒体引发，而后来余震中的数次讨论也是由媒体组织，在余震中公众听到了更多来自学院派批评的反思与呼应。在互联网高度发达的资讯时代，媒体既可以发布吸引公众眼球的缺乏文化品位和审美追求的消极言论，也可以翻转过来发布提升公众文化水平和审美情趣的积极言论。如果学院派批评走向媒体就靠近了社会，他们的声音就可以汇入社会，由此他们的思想观念、审美理想就可以浸染信息接受者。当然，在走进社会文化传播的引导过程中，批评者时时刻刻不能忘记文学批评的操守与原则，要葆有高尚的人文情怀、深邃的历史意识和开阔的人类眼光。

　　事实上，不少学者、教授、专家已经看到了现代传媒手段的力量，他们切实做着力所能及的事情。一些手法敏捷思维活跃的学者，充分利用互联网资讯大平台，通过开个人博客、微博、微信等手段，对文学、文化以及社会诸多热点敏感问题及时地发表见解，并和学生、游客展开思想与灵魂的对话，传播出对人生、社会及历史发展的正能量。这种走出书斋、走进社会的实践品格，最终参与到社会舆论的制造中来，悄然地改变着社会风貌。这种积极地介入态度，以渗透的形式汇聚为媒体传播的一部分，从而也改造着传播媒体的构成成分。因此，在资讯传媒时代，我们要学会新的传播手段，顺势而为，积极介入传媒活动中，改造媒体构成的成分以及传播的声音，从而让媒体传播出文明而先进的正能量。

　　最后，文学批评在与社会对话交汇的实践过程中，要建立一套质询话语理论体系。这也是当下文学批评中特别需要提倡的，这对于中国当下文学批评也是非常必要的。

在新时期陕西文学批评 30 来年的发展进程中，文学批评走过了一段耐人寻味的道路。20 世纪 80 年代笔耕批评派的文学批评力图走出庸俗社会批评学的范式，与时代的思想变革和政治变革保持密切的关系，其依托的知识范式是文学真实性原则，遵循文学反映社会生活的反映论。20 世纪 90 年代，社会剧烈变革，文学批评渐渐失去了 20 世纪 80 年代拥有的社会地位，批评者回到象牙之塔投入学术研究，把文学看作是半真半假的人为制造品，采取半信半疑的态度研究文学和社会，其依托的知识范式是来自西方的文艺理论，如文学符号学的符号与意义，心理分析学的显意与隐意，互文性的转喻与错置等。

今天文化产业迅猛发展，互联网以光缆的迅捷传播制造资讯文化，也改变着公众生活，文学艺术的传播模式早已抛弃印刷纸质的阅读形态，跨入快餐式的读图时代，因此许多人根本没有时间也缺乏足够的耐心去阅读文学作品，大多通过网络媒体的介绍、影视文学的改编获得对文学的粗浅印象。这样，信息接收者得到的文学印迹不少是断章取义、掐头去尾的轮廓梗概。因此，文学批评应当敢于承担质询功能，对文化产业背景下的文学噱头亮出质询式的批评，有责任为公众甄别资讯的真伪，对具有表征意义的文学作品进行及时而富有理性的盘点和评价，对具有典型意义的文学创作进行严谨而富有见地的剖析。唯有如此，文学批评才能彰显批评自身的价值，公众的文学鉴赏能力才能得到提升。

这就是说，今天的文学批评要向流行的文学恶俗社会恶俗发起挑战，揭露资讯传播中的人为性与虚假性；向那些习以为常的文学常识与观念发出质问，揭示惯有的常识观念中存在的局限与错误；更为重要的是向整个文化赖以建构的最基本的知识范式发出根本质询。质询就是带着一种不信任的态度去看待文学和社会，这种质询式批评依托的知识范式应当将文学编码论，就是走向建构性或重构性文学批评。质询式文学批评不仅要求批评家去质询，更重要的是让社会公众去质询，养成质询的思维方式，养成质询的文学素养。质询式文学批评不是说解构一切，否定一切，嘲笑一切，破坏一切，走向文化的废墟瓦砾，使文化再次成为荒漠，而是在质询现有文学惯例和社会惯例的基础上，以扬弃的态度积极建构，有为的重构，生成一种文学鉴赏体系，生成一套新型的文学理论话语形态，从而提高文学批评品质及整个社会的文学素养和思维水平。

事实上，质询式文学批评质询对象是双向性的，既是对文学批评惯例自身的质询，也是对文学批评惯例赖以生成的整个社会文化背景的质询，只有在这种双重质询的无数次叩问中，甄别真伪、筛出沙中金粒，如女娲为泥土吹入真气赋予神气从而创造出新人。

质询式文学批评是王一川在《文学理论》（北京大学出版社 2011 年版）中提出的新型文学批评形态的构想，这种批评已经出现在文学批评活动中了，但它远未发挥想象的功能，由于质询式批评需要一往无前的战斗勇气，需要圆熟变通的文学批评策略，需要广博厚实的文学批评素养，更需要对文学及时代的一腔热情。质询式文学批评的要求是很高的，这既是时代发起的挑战，也是文学批评做出的应答。但不管做得怎么样，一批人已经站起来了，已经行走在路上了。

毫无疑问，陕西文学批评存在诸多不尽人意的地方，比如"家娃心态""乡土情结"，过于陈旧的批评武器以及僵化的运思模式、日益委顿的独立批判精神等。然而，在 21 世纪的文学批评历程中，我们有充足的信心，凭借第三代批评者的知识积累和思想积淀以及第四代"青椒批评"新鲜血液的注入，三秦大地上的文学批评必然以笃实而稳健的风姿，为 21 世纪陕西文学和中国文学做出贡献。

附录一 新时期30年陕西文学批评年表

1976 年

1月,《诗刊》《人民文学》复刊。

4月5日,天安门爆发一场悼念周恩来、抗议"四人帮"的诗歌活动。

9月,由《西北大学学报》编辑部编的《鲁迅研究年刊》(1974年创刊号)出版。

10月6日,粉碎"四人帮",王洪文、张春桥、江青、姚文元被逮捕。

1977 年

1月,《延河》月刊复刊,1月出版即第22期,本年度共出了12期,12月为第33期。其中10月、11月为合刊,出了1本杂志,即第31、32期。

6月,柳青的长篇小说《创业史》第二部(上卷)由中国青年出版社出版。

7月,《延河》刊出严微的文章《驳"四人帮"的"彻底批判论"》、王震学的文章《砸烂文化专制主义的枷锁》。

8月,《延河》刊出畅广元的文章《主观随意性是典型化的大敌》、吴功正的文章《〈阿Q正传〉不容歪曲》。

9月,《延河》开辟专栏《永远高举毛主席的伟大旗帜》。

10月、11月,《延河》刊出杜鹏程小说《历史的脚步声》,邹志安小说《杨柳青》,陈忠实的散文《雹灾之后》,刊出7篇小说;刊出韦昕的文章《王老九诗歌创作的几个特点》;阎纲的文章《他们拿起笔来了》。

11月25日,《人民日报》发表文艺界人士座谈会报道《坚决推倒、彻底批判"文艺黑线专政"论》。

11月19日,《人民文学》编辑部在北京召开短篇小说创作座谈会。

12月20日,《人民文学》开辟《彻底批判"文艺黑线专政"论》专栏。

12月,陕西省委召开全省文艺创作会议。《延河》刊出柳青的文章《对文艺创作的几点看法》,王汶石的文章《继续努力 写好英雄》,杜鹏程的文章《漫谈深入群众》，李若冰的《作家战士》。

12 月 2 日，《延河》编辑部邀请作家、文艺工作者举行文艺工作者座谈会，愤怒批判"文艺黑线专政"论，到会的有胡采、王汶石、杜鹏程、常增刚、李若冰、畅广元、董乃斌、费秉勋、程海、邹志安、王晓新等。会议由《延河》负责人王丕祥主持。次年 1 月，《延河》刊出《毛泽东思想光辉始终照耀着文艺战线——本刊编辑部召开文艺工作者座谈会愤怒批判"文艺黑线专政"论》的会议发言记录。

1978 年

1 月 1 日，《诗刊》发表毛泽东 1965 年 7 月 21 日与陈毅谈诗的一封信，文艺界由此展开形象思维问题的讨论。

1 月，《延河》刊出毛主席给陈毅同志谈诗的一封信。

2 月，《延河》刊出《迎接百花争艳的春天》，《延河》《群众艺术》编辑部召开座谈会讨论毛泽东给陈毅同志谈诗的一封信。

3 月，《延河》刊出刘建军的文章《反形象思维论与文化专制主义》。

3 月 15—25 日，《延河》编辑部召开短篇小说创作座谈会，参会者有胡采、王汶石、杜鹏程、李若冰。该刊 5 月刊出短篇小说座谈会会议纪要《探讨当前文艺创作中的几个问题》以及王汶石的讲话《思想境界及其他》和柳青的《生活是创作的基础》。

3 月 28 日至 4 月 5 日，《延河》编辑部召开诗歌创作座谈会，胡采发言，王汶石、杜鹏程、李若冰、西北大学付庚生、陕西师范大学李玉岐作了专题发言。该刊 5 月刊出诗歌创作座谈会讨论综述，题为《探讨诗歌创作问题》。

5 月，《延河》刊出畅广元的文章《形象思维论不能否定》，文中对 1966 年第五期《红旗》杂志发表的题为《文艺领域里必须坚持马克思主义的认识论》一文展开批评。

6 月 13 日　柳青逝世。

9 月 16 日至 23 日，《延河》编辑部召开文艺评论工作者座谈会，展开有关《伤痕》讨论以及题材、人物以及悲剧问题的讨论。《延河》负责人王丕祥主持，胡采、王汶石、杜鹏程与会发言。该刊 11 月刊出文艺评论工作者座谈会的纪要，题为《从〈伤痕〉谈到题材人物悲剧等问题》。

10 月，《延河》刊出柳青的《创业史》（第二部·下卷）。

11 月，《延河》刊出柳青的《创业史》（第二部·下卷）。

12 月 5 日《文艺报》和《文学评论》编辑部在北京召开文艺作品落实政策座谈会，给杜鹏程的《保卫延安》、李建彤的《刘志丹》、陶铸的

《思想·晴感·文采》《理想·情操·精神生活》、赵树理的《三里湾》、王蒙的《组织部新来的年轻人》、吴晗的《海瑞罢官》等一批过去受批判的作者和作品平反。

1978 年 12 月 25 日，中国作协西安分会、《延河》编辑部举行座谈会，为杜鹏程及其长篇小说《保卫延安》平反。

本年度贾平凹《满月儿》获得首届全国优秀短篇小说奖。

1979 年

5 月 24 日，《延河》编辑部召开文学座谈会，就"革命现实主义和革命的浪漫主义相结合"的创作方法展开热烈讨论。

5 月 29 日至 6 月 8 日，西安举行"社会主义文学创作方法学术讨论会"，着重讨论"革命现实主义和革命的浪漫主义相结合"的创作方法。

6 月 3 日《陕西日报》刊出陈忠实小说《信任》。

11 月，《上海文学》刊出邹志安小说《乡情》。

1979 年春，《延河》以新面目出现开展系列活动，对现实主义的研讨和对当时文学形势的分析给作家带来了有益的启示。

本年度陈忠实《信任》获得全国优秀短篇小说奖。

本年出版的主要书籍：胡采《从生活到艺术》（陕西人民出版社）。

1980 年

1 月，《延河》刊出 10 篇短篇小说，京夫的《手杖》、朱定的《娜达莎》、黄建国的《苦》、王蓬的《猎熊记》、莫伸的《娟娟》、李小巴的《正是早晨》、张虹的《野梅子》等。

2 月，《延河》辟出《关于现实主义问题的讨论》专栏，刊出陈辽的文章《现实主义——探求的道路》，薛瑞生的文章《倾向性浅识——再谈现实主义》。《延河》刊出陈忠实小说《猪的喜剧》。

3 月，《延河》刊出王愚对孙犁的访谈，题为《语重心长话创作》。

4 月，《延河》专栏《关于现实主义问题的讨论》刊出畅广元的文章《发扬文学批评的现实主义传统》。

6 月，《延河》专栏《关于现实主义问题的讨论》刊出王愚的文章《现实主义的厄运及其教训》。

6 月，《延河》刊出肖云儒的《乡情的书写——谈邹志安的小说创作》。

7 月 10 日，《延河》编辑部召开农村题材短篇小说创作座谈会，提高了小说作者对农村现实的认识，并就创作的现状给予实事求是的分析。

8 月，《延河》刊出费秉勋的文章《试论贾平凹小说的艺术风格》。

9 月，《延河》刊出王愚的《二十五篇之外》，着重评《黑旗》等五篇小说。

9月，《延河》刊出李星的文章《探索新生活 表现新农村》，有关农村题材短篇小说座谈会综述。

10月，《延河》刊出陈深的文章《生活的波涛与艺术的足迹》，有关陕西省近年反映农村生活短篇小说的漫议论。

10月，《延河》刊出蒙万夫、曹永庆的文章《在现实主义的道路上——陈忠实小说创作漫论》。

11月9日至13日，《延河》编辑部在临潼骊山召开诗歌创作座谈会，王丕祥主持会议，陕西省老中青年诗作者二十余人参加，玉杲、沙陵、毛錡、商子秦出席会议。

12月，《延河》刊出胡采的文章《简论柳青》。

12月，《延河》刊出解洛成的《培养新秀壮大创作队伍》，内容是《延河》编辑部召开小说、散文新作者创作座谈会。

1980年，《延河》多次组织召开文学会议，作协成立"笔耕"文学研究组，旨在更有力地促进陕西文学的繁荣。

本年度陈忠实《立身篇》获得首届《飞天》文学奖。

1981 年

1月，《延河》开辟"陕西青年作家小说专号"，刊出莫伸《雪花飘飘》、路遥《姐姐》、王晓新《邻居琐事》、邹志安《喜悦》、陈忠实《尤代表轶事》、王蓬《银秀嫂》、李天芳《我们学校的焦大》、京夫《深山夜月》等。

1月，笔耕文学研究组在西安成立，13日展开第一次学术活动，就文艺真实性和倾向性进行专题讨论。

1月，《延河》刊出王愚的《大胆探索 促进诗歌创作的繁荣》，此文报道《延河》编辑部召开的诗歌创作座谈会。

2月，《延河》开辟"陕西中年作家小说专辑"，刊出李小巴《冯鉴先生》、蒋金彦《秦中吟》、徐岳《藏在心底的画》、峭石《母女情》、赵熙《东去的流水》。

3月，《延河》开辟"大学生小说选"，刊出四篇小说。

3月，《延河》刊出曾镇南的文章《向现实的深处开掘——读〈延河〉陕西青年作家小说专号》。

4月，《延河》开辟"处女地"专栏，提携新人。

4月，《延河》刊出张孝评文章《本质·主流·光明及其他——与许永佑同志商榷》。

5 月,《延河》编辑部召开小说创作座谈会,全省参会小说作者三十余人,《延河》主编王丕祥主持会议,作协西安分会主席胡采、副主席王汶石、李若冰参加了会议。

11 月 12 日至 24 日,中国作家协会西安分会、西北大学、陕西师范大学、陕西现代文学学会、《延河》文学月刊联合发起"《创业史及农村题材创作学术讨论会》",联系当时农村题材创作的实际,深化作家对于柳青的认识。

12 月 8 日,《延河》优秀短篇小说评奖揭晓,推出八篇小说为优秀小说:王晓新《诗圣阎大头》、莫伸《雪花飘飘》、路遥《姐姐》、邹志安《喜悦》、陈忠实《尤代表轶事》、王蓬《银秀嫂》、贺抒玉《琴姐》、余君亮《村愁》。

本年度路遥《风雪腊梅》获得《鸭绿江》作品奖。

本年度路遥《惊心动魄的一幕》获得 1979—1981 年度当代文学荣誉奖。

本年度路遥《惊心动魄的一幕》获得《文艺报》中篇小说奖第一届全国优秀长篇小说奖。

本年度陈忠实《尤代表轶事》获得《延河》文学奖。

本年出版的主要书籍:刘建军、蒙万夫、张长仓著《论柳青的艺术观》(上海文艺出版社)。

1982 年

1 月,召开农村题材小说创作座谈会,题为《深入农村　勤奋耕耘》。

2 月,《延河》刊出"《创业史》及农村题材创作学术讨论会"纪要,题为《正确总结〈创业史〉经验更好地反映新时期农村生活》。

2 月 10 日至 13 日,笔耕文学研究组召开贾平凹近作研讨会,通过研讨促进正常文艺评论活动的展开,希望对贾平凹创作实践的总结,促进陕西省创作发展。

2 月,《延河》刊出李星的文章《莫伸小说创作的思想艺术特色》。

2 月,《延河》刊出王向峰的文章《关于形象大于思想》。

2 月 21 日至 28 日,《延河》编辑部在西安召开"青年业余创作座谈会",39 名作者参加会议,胡采、王汶石、杜鹏程、李若冰等作了发言。

3 月,《延河》刊出王愚的文章《扎根在沃土——王蓬的四篇小说读后》。

4 月,《延河》刊出陈深的文章《把生活的井掘得更深——贾平凹小说直观论》。

4月，《延河》刊出费秉勋的文章《贾平凹一九八一年小说创作一瞥》。

4月，《延河》刊出《记"笔耕"文学研究组贾平凹近作研讨会》。

5月，路遥的中篇小说《人生》发表在《收获》第3期。

5月，《延河》刊出李星的文章《评贾平凹的几篇小说近作》。

5月，《延河》刊出冠勇的文章《染印着时代色泽的艺术花朵——也谈贾平凹近年的小说创作》。

5月，《延河》刊出刘建军《艺术源于生活的美学原则生命长青——纪念〈在延安文艺座谈会上的讲话〉发表四十周年》。

5月，《延河》刊出《壮大作者队伍　繁荣文学创作》，有关《延河》编辑部召开青年业余创作座谈会报道。

6月8日至11日，《延河》编辑部召开诗歌创作座谈会，玉杲主持会议。

7月，《延河》刊出畅广元的文章《作家应该就有透视力——读贾平凹几篇近期的感受》，指出贾平凹创作中存在的问题，对生活的透视力不够。

7月，《延河》刊出李建民的文章《探索中的深化与不足——评贾平凹近期小说创作》。

8月，《延河》刊出李星的《总结经验　增强信心　为新的时代呐喊》，有关《延河》诗歌创作座谈会纪要。

10月，《延河》刊出小说专号。

10月7日至12日，作协西安分会笔耕文学研究组和商洛地区文化局、商县文化局联合主办京夫作品讨论会。胡采、王丕祥、董得理参加。

本年度路遥《在困难的日子里》获得1982年度《当代》文学中长篇小说奖。

本年度陈忠实《第一刀》获得《陕西日报》优秀作品一等奖。

本年出版的主要书籍：路遥《人生》（中篇小说，中国青年出版社）。

1983 年

1月，《延河》开辟"关于小说创作提高与突破的讨论"专栏，刊出杜鹏程的《给京夫作品讨论会的一封信》、李星的文章《进入艺术创造的境界——京夫的小说创作及其启示》、薛瑞生的《好驴马不逐队行——由京夫的迂拙谈小说的创新》。

1月，《延河》刊出《议论纷纷看突破——"笔耕"文学研究组京夫作品讨论会综述》。

2 月，《延河》专栏"关于小说创作提高与突破的讨论"刊出陈深的文章《突破创新与作家的"自我"》、孙豹隐和陈孝英合写的《塑造艺术典型是小说创新的关键》。

3 月，《延河》专栏"关于小说创作提高与突破的讨论"刊出王晓新的文章《力度·魅力·知识结构》、李健民的《思索与开掘——从京夫小说谈起》、京夫的《我创作情况的简单回顾》、吴肇荣的文章《这里有艺术家的巧思和笔致——谈王汶石的短篇小说创作艺术》。

3 月 15 日至 20 日，《延河》编辑部在西安召开小说、诗歌新作者座谈会。

3 月 17 日至 19 日，西安市委宣传部召开"西安文艺评论工作座谈会"。

4 月，《延河》专栏"关于小说创作提高与突破的讨论"刊出肖云儒的文章《在生活环境的典型化上下更多功夫》、王愚的文章《内向文学纵横谈——读几部中短篇小说新作有感》。

5 月，《延河》专栏"关于小说创作提高与突破的讨论"刊出蒙万夫的文章《为文学的更高真实而奋斗》。

6 月 6 日至 8 日作协西安分会召开"纪念柳青逝世五周年创作座谈会"。

7 月，《延河》刊出《实事求是，以理服人——笔耕文学研究组讨论现实主义和现代主义问题》。

8 月，《延河》专栏"关于小说创作提高与突破的讨论"刊出陈孝英的文章《突破创新与风格、流派、手法的多样化——从王蒙对意识流技巧的借鉴谈起》。

9 月，《延河》专栏"关于小说创作提高与突破的讨论"刊出缪俊杰、何启治的《不断探索新的领域和寻求新的角度》。

10 月，《延河》开辟小说专号。

11 月，《延河》刊出《了解青年　写好青年——西安市文艺评论组召开青年题材创作座谈会》。

12 月，《延河》开辟"中国作家协会陕西分会第三次会员代表大会"专栏。

12 月 27 日至 29 日，作协陕西分会笔耕文学研究组集会，展开陕西中青年作家近年发表的三十多部中篇小说研讨会，该刊 1984 年 3 月号俞晓对"笔耕"文学研究组活动进行报道。

本年路遥《人生》获得第二届全国优秀中篇小说奖。

本年出版的主要书籍：

胡采《胡采文学评论选》（湖南人民出版社）。

胡采《新时期文艺论集》（陕西人民出版社）。

路遥《当代纪事》（中短篇小说集）（重庆出版社）。

1984 年

1 月，《延河》刊出刘建军的文章《开展两条战线的斗争》，该文是学习《邓小平文选》的札记，强调社会主义文艺事业要健康发展需要展开反对来自"左"和右两条战线的斗争。同期刊出肖云儒学习《邓小平文选》的札记《在新的高度上坚持发展》。

1 月，《延河》刊出王愚的文章《把握历史发展的联系——读〈我们的郝经理〉随想》，深刻指出新时期小说"缺乏深厚的生活内容，缺乏那种黄钟大吕撼动人心的思想冲击力量，原因当然是多方面的，但缺乏一种深沉的历史感，不善于把握历史发展的纽带，陷于就事论事，就人写人，所见者窄，所失者浅，作品内容必然单薄，不能不说是一个主要原因"。

3 月，《延河》刊出白烨的文章《创作奥妙的执着探寻者——读从〈生活到艺术〉兼谈胡采的文学评论特色》，指出胡采文学评论的主要特色："胡采不是那种不重实际，只做'玄学'文章的理论家，他的理论由实际生发、在实际中丰富，力求用马克思主义文艺思想之'矢'，射中国当代具体作家作品之'的'，使自己的理论符合实际、反映实际而又高于实际、积极地反作用于实际；他也不是那种就事论事、只对现成文艺果实评头论足一番的评论家，他的评论研究作品的已有面貌，更注意占有丰富的资料去探究作品的形成过程，对作品做由浅入深、由表及里的透视和解析。"

3 月 22 日至 27 日，借《文艺报》《人民文学》涿县农村题材创作座谈会的东风，作协陕西分会召开农村题材创作座谈会，讨论如何开创陕西省农村题材小说创作的新局面。胡采、王汶石、杜鹏程、王丕祥、李若冰等人出席会议并发了言。该刊 6 月号刊出春歌的有关座谈会纪要《生活呼唤着作家》。

4 月，《延河》刊出肖云儒的《王宝成披沙拣金谈》。

6 月，《延河》刊出京夫的文章《生活呼唤变革的文学》、赵熙的文章《也变革自己》。

7 月，《延河》开辟"北方抒情诗专号"。

8 月 1 日，《延河》编辑部邀请部分诗作者、评论工作者在西安召开诗歌座谈会。该刊 10 月号刊出李国平的文章《诗歌要起飞》，对诗歌创作座谈会进行报道。

《延河文学》月刊第 8 期、第 9 期、第 11 期开辟小说专号。

本年度路遥《人生》获得陕西省文艺创作"开拓奖"一等奖。

本年度陈忠实《初夏》获得《当代》文学奖。

本年出版的主要书籍：阎纲《文坛徜徉录》（上下册，人民文学出版社）。

1985 年

1 月，《小说评论》在西安创刊，这是全国第一家专门评论小说创作的杂志；成立省作协理论批评委员会。

1 月，《小说评论》第 1 期刊出胡采《让评论和创作同步前进——代发刊词》、阎纲《无题的祝贺》、蒙万夫《田野上庄重而深沉的希望之歌——评中篇小说〈初夏〉》、王汶石、陈忠实《关于中篇小说〈初夏〉的通信》、白烨《一九八四年若干中篇小说争鸣述评》、肖云儒《第二次征服〈人生〉——从小说到电影》、陈孝英《关于文学批评的随想》。

3 月，《延河》杂志实行承包责任制，消息见该刊 2 月号《稿约》。

3 月，《小说评论》第 2 期刊出费秉勋《贾平凹三部中篇新作的现实主义精神》，专栏《域外小说研究介绍》刊出乐黛云《现代西方文艺思潮与小说分析（一）》，肖云儒《应该有怎样一双眼睛》。

4 月，《延河》刊出丹萌的文章《贾平凹在商州山地》。

5 月，《延河》刊出陈忠实的《答读者问》，谈到九个问题。

5 月，《小说评论》第 3 期专栏《笔谈评论自由》刊出四篇文章讨论批评：肖云儒《反躬自问——关于评论自由的几句实话》、刘建军《首先要有观念的变更——也谈评论自由》、蒙万夫《评论自由断想》、王愚《评论能否自由》；专栏《域外小说研究介绍》刊出乐黛云《当代西方文艺思潮与中国小说分析（二）》；《青年论坛》登出邢小利《理想的呼唤——读几部反映青年生活的小说》；陈孝英《风格——作家创作个性的"物化"》。

7 月，《小说评论》第 4 期刊出刘春《真实地描写现实关系——读〈大铁门〉》、畅广元《小说理论研究中的"人学"——〈小说面面观〉给人的启示》、商子雍《关于细节描写的通讯》、杜鹏程《古城寄语——读〈蜀道吟〉致莫伸》。

8 月 20 日，省作协召开长篇小说创作促进座谈会，会议讨论长篇小说的发展概况，分析陕西长篇小说创作落后的原因，制定创作规划，向长篇小说进军，其促进作用巨大。作协本年度诸多的活动中，在陕北召开的长篇小说创作促进座谈会尤为重要。

9 月，《小说评论》刊出李健民《赋予题材和人物丰富的内蕴——评贾平凹的中篇新作〈远山野情〉》，专栏《域外小说研究介绍》刊出乐黛云《现代西方文艺思潮与小说分析（三）》、邰尚贤《党委书记》的启示。

10月，《延河》《小说批评》联合召开王安忆、韩少功、叶蔚林、莫应丰等具有寻根意识作品的小说讨论会，会议纪要题名"面对新的文学现象——《小说评论》《延河》召开部分小说讨论会记略"于1986年《小说评论》总第7期刊出。

11月，《小说评论》第6期专栏《域外小说研究介绍》刊出乐黛云《当代西方文艺思潮与中国小说分析（四）——接受美学与小说分析》。

本年度陈忠实《十八岁的哥哥》获得河北《长城》文学奖。

本年度贾平凹《黑氏》获得《人民文学》"1985年度读者最喜爱的作品"奖第一名。

本年出版的主要书籍：

王愚《王愚文学评论集》（湖南人民出版社）。

贾平凹《平凹文论集》（青海人民出版社）。

胡采《胡采文学评论选》（湖南人民出版社）。

1986 年

1月，《小说评论》第7期刊出李小巴《小说创作中的一种背弃趋向》、赵俊贤《论新时期小说表现崇高的审美趋向》、王仲生《翻越大山的跋涉——评贾平凹的几部近作》、一评《面对新的文学现象——〈小说评论〉、〈延河〉召开部分小说讨论会记略》。

3月，《小说评论》第8期刊出朱寨、阎纲、顾骧、何西来、王愚、白烨《小说观念和创作方法——〈新小说论——评论家十日谈〉之七》；胡采《浅议反映论及其他——〈西北中青年作家论〉序》；陈深《我谛听到大山深处的呼唤——致〈农民儿子〉作者的信》；李健民《多义性：小说对当代生活审美把握的拓展》。专栏《域外小说研究介绍》刊出乐黛云《当代西方文艺思潮与中国小说分析（六）》。

5月，《小说评论》第9期刊出胡采《作品要闪耀时代光辉》《当代小说发展和陕西中篇创作——1985年陕西中篇小说创作讨论会发言纪要》、邢小利《一幅历史与人的艺术画卷——读〈黑龙沟的传说〉》。

7月，《小说评论》第10期刊出费秉勋《论贾平凹小说创作中的现代意识》。

9月，《小说评论》第11期刊出邢小利《谈谈荒诞色彩的小说》、王汶石《就〈峡谷〉致朱玉葆》、李勇《路遥论》。

9月17日至21日，省作协召开小说创作突破与提高研讨会，会议肯定陕西文学创作形成的三个特点，一是继承和发扬现实主义的文学传统；二是贴近时代和人民群众的生活；三是具有强烈的责任感和使命感。探讨陕西创作存在的不足，观念需要更新，作家群体艺术功底和知识结构存在不足。次年《小说评论》总第 13 期登出相关会议纪要《增强进取意识 寻求新的突破——作协陕西分会小说创作突破与提高研讨会纪要》。

11 月，《小说评论》第 12 期刊出子心《谈谈小说的叙述角度》。

本年出版的主要书籍：

路遥《平凡的世界》（第一部）（中国文联出版公司）。

刘建勋《中国当代影视文学史》（广西人民出版社）。

1987 年

1 月，贾平凹的长篇小说《浮躁》发表在《收获》第 1 期。

1 月，《小说评论》第 13 期刊出路遥《〈路遥小说选〉自序》、常智奇《一篇哲学意识萌动的作品——浅谈贾平凹的〈火纸〉》、一评《增强进取意识 寻求新的突破——作协陕西分会小说创作突破与提高研讨会纪要》。

1 月，《花城》编辑部、《小说评论》编辑部在北京召开了长篇小说《平凡的世界》（第一部）的座谈会。在京和陕西的部分评论家鲍昌、谢永旺、朱寨、陈丹晨、缪俊杰、何西来、顾骧、刘锡城、冯立三、何镇邦、张韧、雷达、蔡葵、曾镇南、李炳银、晓蓉、白烨、朱晖、王富仁、陈学超、刘建军、蒙万夫、李健民、白描、李国平等应邀参加了座谈讨论，作家路遥出席了会议。座谈会由《花城》副主编谢望新、《小说评论》主编王愚、副主编李星主持。

3 月，《小说评论》第 14 期刊出一评《一部具有内在魅力的现实主义力作——路遥长篇小说〈平凡的世界〉（第一部）讨论会纪要》、费秉勋《论古堡》。

5 月，《小说评论》第 15 期刊出曾镇南《现实主义的新创获——论〈平凡的世界〉（第一部）》、丹晨《孙少平和孙少安》、李健民《从现实和历史的交融中展现人物的心态和命运》、苏冰《纪实小说：文体创新试验的意义》、张志春《深挚淡远 自成一格——读峭石的小说》。

7 月，《小说评论》第 16 期刊出胡采《新的里程——纪念〈讲话〉发表 45 年》。

7 月 21 日至 22 日，《小说评论》编辑部在西安召开《浮躁》讨论会，会议肯定作品是从宏观上把握时代律动的重要作品，会议纪要在《小说评论》第 18 期刊出。

9 月，《小说评论》第 17 期刊出路遥《〈人生〉法文版序》，王汶石《就〈自然铜〉致孙见喜》。

11 月，《小说评论》第 18 期刊出赵俊贤《新时期小说审美意识的复合状态》《时代心理的整体把握——贾平凹长篇小说〈浮躁〉讨论会纪要》；董子竹《成功的解剖特定时代的民族心态——贾平凹〈浮躁〉得失谈》；李星《混沌世界中的信念和艺术秩序》。

本年出版的主要书籍：

王愚《人·生活·文学》（陕西人民出版社）。

《新时期小说论》（阎纲、顾骧、何西来、白烨合著，陕西人民出版社 1987 年版）。

1988 年

1 月，《小说评论》第 19 期刊出常智奇、阎建滨《对一种艺术自然观的扫描——关于中国新时期文学的一个层面分析》；李小巴《论小说的潜内容及其匮乏》；肖云儒《道德感·人生感·文化感——谈李天芳的小说创作》；邢小利《〈浮躁〉疵议》。

5 月，《小说评论》第 21 期刊出仵埂《杨争光小说论》。

7 月 13 日至 17 日作协陕西分会、《小说评论》编辑部在陕西太白县召开了陕西作家长篇小说讨论会。面对陕西长篇创作重新崛起的情况，会议在全国长篇小说创作和理论研究的背景上，深入研究分析陕西长篇小说创作经验、存在的问题和今后努力的方向，希望把陕西长篇小说创作推向新的高度。

10 月，贾平凹的长篇小说《浮躁》获美孚飞马奖。

11 月，《小说评论》第 24 期刊出小雨《长篇小说的审美特性与我们的选择——陕西作家长篇小说讨论会纪要》、王愚《气度恢宏和意境深远——从陕西 87 年长篇小说谈起》、陈学超《陕西小说作家的优势及优势中隐含的局限》、蒙万夫《读〈迷人的少妇〉致邹志安》、吕世民《柳青与外国文学》。

本年度贾平凹《浮躁》获得第八届美孚飞马文学奖。

本年出版的主要书籍：

路遥《平凡的世界》（第二部）（中国文联出版公司）。

蒙万夫、王晓鹏、段夏安、邰持文合著《柳青略传》（陕西人民教育出版社）。

1989 年

1 月，《小说评论》第 25 期刊出韩鲁华《艺术创造上的超越——贾平凹近期艺术初探》。

2 月 28 日，中国小说学会、《小说评论》编辑部，第一次在陕西展开在陕理事暨编委扩大会，回顾 1988 年的工作，研究 1989 年开展工作的重点。

3 月，《小说评论》第 26 期刊出李健民《通俗小说的最佳选择》；谢曼诺夫《〈人生〉俄译本后记》；肖云儒、王治明、李晁《改革的变奏和杂音——〈32 盒黑磁带〉三人谈》；张彦林《生命存在的多层次剥离——从〈厚土〉窥视李康美的生命意识》。

3 月 24 日，中国工人出版社与《小说评论》编辑部联合召开白描《苍凉青春》研讨会。

7 月，《小说评论》第 28 期刊出常智奇、阎见滨《论新时期文学中原始主义的孕育与泛起》；一评《真诚的文学品格——白描长篇纪实小说〈苍凉青春〉讨论会纪要》。

8 月 10 日至 14 日，由陕西省文联理论研究部、《小说评论》编辑部、西北师范大学西部文学研究所、甘肃省文联理论研究部四家在张掖联合召开西北评论家首届座谈会，会议探讨西北本土文学、艺术的历史、现状和发展问题。会议纪要在《小说评论》次年第 31 期刊出。

11 月，《小说评论》第 30 期刊出王汶石、王愚、玉杲、李星、张沼清、董墨、魏钢焰《〈月亮的环形山〉七人谈》，专栏"小说家创作谈"刊出李天芳《正负零工程》。

本年出版的主要书籍：

刘建军《换一个角度看人生》（陕西人民出版社）。

畅广元、九歌《主体论文艺学》（中国社会科学出版社）。

路遥《平凡的世界》（第三部）（中国文联出版公司）。

赵俊贤《中国当代小说史稿》（人民文学出版社）。

肖云儒《中国西部文艺论》（青海人民出版社）。

1990 年

1 月，《小说评论》第 31 期专栏"西部小说研讨"刊出管卫中《寻找西部小说的现代品格——西部青年小说群描述》、许文郁《西部风情与西部魂魄——甘肃近年小说考察》、秦弓《张冀雪"氛围小说"文体分析》、雪晨《开展对西北本土文学的深入研究——西北评论家座谈会纪要》；同期刊出张跃生《对人自身的深层悟视——论杨争光〈短篇二题〉》。

3 月，《小说评论》第 32 期刊出李建军《近几年来文学的迷失及其出路》；肖云儒《两极震荡中的多维互渗——论新时期文学的总体动势》；

韩梅村《〈我的夏娃〉：审美理想的物化》；王仲生《追踪崇高美探索者的足迹——简评〈论杜鹏程的审美理想〉》；阎庆生、李继凯《为历史建造艺术丰碑——评长篇报告小说〈丙子"双十二"〉》；王愚、李星《哀又一位英年早逝的朋友——悼李健民同志》。

4月24日，在西安召开《月亮的环形山》作品座谈会，西安师专中文系同学、作者李天芳、晓雷以及李星、王仲生参加座谈会。

5月，《小说评论》第33期刊出李星《新的崛起：在传统的长河中——陕西作家论之二》；仵埂《追寻与受难——读路遥的〈平凡的世界〉》；王愚《清澈而美好的女性世界——贺抒玉〈命运交响曲〉谈片》；刘路、可书《爱也悠悠，梦也悠悠——读赵熙的长篇小说〈爱与梦〉》；董子竹《"气功文学"的现代嬗变——评贾平凹〈太白山记〉》。

6月底7月初，《小说评论》编辑部、咸阳市文联召开"李春光《黑森林红森林》研讨会"。

7月，《小说评论》第34期刊出费秉勋《关于贾平凹的创作》；邢小利《人的探寻与困惑——邹志安〈爱情心理探索〉系列小说漫议》；于茜、马进军《让生命永远闪光——长篇小说〈月亮的环形山〉座谈纪要》。

8月，《绿洲》文学杂志社在乌鲁木齐主持召开"中国西部小说创作研讨会"，来自新疆、青海、宁夏、甘肃的17位小说作家和评论家，就80年代以来的中国西部小说创作问题进行了讨论，对西部小说创作提出一系列切合实际的构想。研讨会体现了西部小说作家与评论家的文学信念和创作韧性。会议纪要见《小说评论》第36期。

9月，《小说评论》第35期刊出王仲生《历史是一种对话——土地、战争与人》、刘树元《透视孙春平的小说世界》、刘春《理想主义的重铸——李春光〈黑森林　红森林〉讨论会纪要》。

11月，《小说评论》第36期专栏"小说评论家研讨"刊出李文《批评是缄默的——读刘建军〈换一个角度看人生〉》、韩鲁华《小说史研究的新拓展——评赵俊贤著〈中国当代小说史稿〉及其他》、一评《一部具有独持个性的小说史论著——赵俊贤〈中国当代小说史稿〉讨论会纪要》、安琪《从革命历史中开掘新的美——陕西革命历史题材创作座谈会纪要》、周政保《中国西部小说的省悟与预言——"1990·中国西部小说　创作研讨会"述评》。

11月26日，陕西作协分会理论批评委员会、中国文联出版公司、《中外纪实文学》编辑部在西安召开《黄色》讨论会。会议纪要见《小说评论》第 38 期。

陈忠实《渭北高原》获得 1990—1991 年全国报告文学奖。

本年出版的主要书籍：

费秉勋《贾平凹论》（西北大学出版社）。

贾平凹《静虚村散页》（陕西教育出版社）。

赵俊贤专著《论杜鹏程的审美理想》（文化艺术出版社）。

畅广元《二十世纪西方文学理论》（陕西人民出版社）。

常智奇《历史的扫描与定点分析》（陕西人民教育出版社）。

1991 年

1 月，《小说评论》第 37 期刊出刘春《贾平凹：作为一个文化的例证——读费秉勋新著〈贾平凹论〉》；张跃生、王湘庆《杨争光小说的母题与叙事艺术》；薛迪之《积岐小记》；刘谦《忧伤中的沉思——读李春光的〈黑森林　红森林〉》。

3 月 7 日，路遥《平凡的世界》荣获第三届"茅盾文学奖"。

3 月，《小说评论》第 38 期刊出王仲生《从与农民共反思走向与民族共反思——评陈忠实 80 年代后期创作》、常智奇《表现真正意义上人的爱情〈苦爱三部曲〉》、董子竹《侏儒们的心声》、垄耘《开掘着的人生系列——路遥初论》、一评《长篇小说的新开拓——麦甲〈黄色〉讨论会纪要》。

4 月 10 日，《小说评论》编辑部在咸阳召开"王海小说集《鬼山》研讨会"。会议纪要见《小说评论》第 40 期。

5 月，《小说评论》第 39 期刊出田长山《为躬耕者拉一回套——读莫伸的两本小说集》、李洁非《小说母题刍议》、陈忠实《文论两题》。

6 月 4 日，在西安展开"贾平凹近作讨论会"，西安联大师院中文系八九级一班学生、《小说评论》编辑部王愚、李星等人参加活动。

7 月，《小说评论》第 40 期刊出修文《企业文化中的文学新人——王海小说集〈鬼山〉讨论会在咸阳举行》、肖云儒《从张爱玲的〈金锁记〉到电视剧〈昨夜的月亮〉》。

9 月，《小说评论》第 41 期刊出刘建中《一枝红杏出墙来——漫评方英文和他的小说》；边三《生命的雕像——读高建群〈雕像〉》；高冠《现代传奇——读杨争光的〈棺材铺〉〈赌徒〉》；康震、马小倩《穿越云层寻找阳光——西安联大师院中文系学生讨论贾平凹近作纪要》。

10 月 27 日，杜鹏程因病去世。

10 月 31 日至 11 月 2 日，陕西省作协举办杜鹏程创作学术讨论会。

11月，《小说评论》第42期刊出韩鲁华《生命本体意义的审美建构——贾平凹近年小说审美意识形态论》、阎纲《程海小说十人谈》，李若冰《陕北有个张效友——读张效友长篇小说〈青天泪〉》、郭文珍《对黄色文化的新思考——评麦甲的〈黄色〉》。

11月19日，陕西作协《小说评论》编辑部、陕西儿童文学研究会，应宝鸡市文联的倡议，在西安举行"李凤杰《水祥和他的三只耳朵》讨论会"。次年《小说评论》第2期登出会议纪要。

本年度贾平凹《遗石》获得《人民文学》优秀作品奖。

本年出版的主要书籍：

陈忠实《创作感受谈》（陕西人民出版社）。

高建群《东方金蔷薇》（陕西人民出版社）。

李继凯《新文学的心理分析》（陕西师范大学出版社）。

肖云儒《八十年代文艺论》（陕西人民出版社）。

刘建勋《中国当代文学百题》（陕西人民教育出版社）。

李星《求索漫笔》（陕西人民教育出版社）。

1992 年

1月，《小说评论》第43期专栏"杜鹏程创作研讨"刊出《悼念杜鹏程　研究杜鹏程　学习杜鹏程——陕西省作协召开杜鹏程创作学术讨论会》、赵俊贤《执著探求的小说艺术家——为杜鹏程创作学术讨论会作》、费秉勋《杜鹏程创作特质论》；专栏"西北小说研讨"刊出《〈梦幻与现实〉印象》、王宝成《致李小巴》、李星《苦闷与追求：一代人的精神历程——对蒲冬林形象的一种阐释》；同期刊出周燕芬《传统与现实之间——"新写实"与传统现实主义小说比较论》、陈瑞琳《野火·荒原——邹志安爱情小说创作心理透视》、肖云儒《贺抒玉小说印象》、余斌《西部文学研究的别一种眼光——管卫中〈西部的象征〉序》；刘建军、段建军《情节与生命》。

2月28日，榆林地区文联与《小说评论》编辑部举办乔盛长篇小说《黄黑谣》讨论会。

3月，《小说评论》第44期刊出西秦《儿童文学创作的深度追求——李凤杰〈水祥和他的三只耳朵〉讨论会纪要》；段建军、刘建军《情节与生命》（续）。

5月，《小说评论》第45期刊出韩梅村《道德文化层面的艺术思考——评京夫长篇小说〈文化层〉》、权海帆《她们顽强地与命运抗争——评长篇小说〈女儿河〉》、小雨《生活的歌谣——乔盛〈黄黑谣〉

（第一部）讨论会纪要》、王仲生《西部文艺经验的理性扫描与理论构造——评肖云儒的〈中国西部文学论〉》。

7 月，《小说评论》第 46 期刊出王春林《循环：人生的怪圈——杨争光中篇近作解读》。

9 月，《小说评论》第 47 期刊出宋遂良《我读〈废都〉》、屈雅君《理性的美与理性的困惑——谈李天芳小说》、肖云儒《〈爱河〉徜徉录》。

11 月，《小说评论》第 48 期刊出韩玉珠《尽情映现普通人的奋斗精神美——评路遥作品的审美追求》。

11 月 17 日，路遥因肝硬化不幸英年早逝。

本年出版的主要书籍：

王仲生《贾平凹的小说与东方文化》（陕西人民出版社）。

路遥《早晨从中午开始》（创作随笔集）（西北大学出版社）。

王愚《当代文学述林》（陕西人民出版社）。

邰尚贤《追寻与坚持》（陕西人民出版社）。

段建军《文学与生命》（陕西人民教育出版社）。

肖云儒《民族文化结构论》（陕西人民教育出版社）。

刘建勋《延安文艺史论稿》（陕西人民出版社）。

1993 年

1 月，《小说评论》第 49 期刊出陈忠实《悼路遥》；专栏"陕西作家与作品"刊出仵埂《沉没了的英雄主义的现代呼唤——对王观胜〈放马天山〉的一种解读》、吴然《读〈放马天山〉致王观胜》、阎见滨《在探索中拓展自己的领地——读麦甲的长篇小说〈黄色〉》、杨云峰《建构新一代山民的文化人格——论赵熙的长篇小说〈女儿河〉》、刘华沙《在变与不变中进取——谈李天芳的小说创作》。

3 月，《小说评论》第 50 期刊出何西来《人性的真诚透视与开掘——评尤凤伟近年的小说创作》、董墨《灿烂而短促地闪耀——痛悼路遥》。

3 月 23 日、24 日，陕西省委宣传部、陕西省作家协会联合在西安召开《白鹿原》研讨会，会议肯定《白鹿原》是一部近年来"罕见"的、具有"学术魅力的"大作品。

5 月，《小说评论》第 51 期刊出陈忠实《关于〈白鹿原〉的答问》、朱珩青《高建群和他的长篇新作〈最后一个匈奴〉》、田长山《在批判中张扬——读沙石长篇小说〈倾斜的黄土地〉》。

6 月，贾平凹的长篇小说《废都》由北京出版社出版。陈忠实的长篇小说《白鹿原》由人民文学出版社出版。

7月16日，由人民文学出版社、中共陕西省委宣传部、陕西省作家协会在北京联合展开长篇小说《白鹿原》讨论会。会议纪要在《小说评论》第53期刊出。

7月，《小说评论》第52期专栏"长篇小说《白鹿原》评论专辑"刊出小雨《一部展现民族灵魂的大作品——〈白鹿原〉研讨会综述》、王仲生《〈白鹿原〉：民族秘史的叩询和构筑》、李小巴《〈白鹿原〉和它的叙述形式》、薛迪之《评〈白鹿原〉的可读性》、费秉勋《谈白嘉轩》、邰尚贤《长篇小说创作的重要收获》、晓雷《翻鏊子的艺术》、孙豹隐《瑰丽雄浑的历史画卷》、李建军《一部令人震撼的民族秘史》、田长山《犁开深沉的土层——读〈白鹿原〉感言》、权海帆《仁义的追求与失败——长篇小说〈白鹿原〉文化底蕴一解》、常智奇《文化在白鹿精魂中的光色——简论〈白鹿原〉的文化模态》、陈思广《谁是〈白鹿原〉中的关捩——黑娃形象的叙述学研究》；同期刊出仵埂《超越与超脱——贾平凹近期小说述评》。

9月《小说评论》第53期刊出《一部可以称之为史诗的大作品——北京〈白鹿原〉讨论会纪要》、阎纲《〈白鹿原〉的征服》、李天芳《关于自己的剖白——兼答屈雅军》。

9月，召开纪念胡采同志从事文学活动六十周年学术研讨会。会议高度评价胡采为陕西以及现当代文学作出的贡献。

10月28日，中国工人出版社、《文学报》、陕西作家协会在北京召开长篇小说《热爱生命》研讨会，与会者有阎纲、雷达、周明、莱葵、白烨、曾镇南、张韧、雷抒雁等60余人。

11月，《小说评论》第54期刊出包永新《〈最后一个匈奴〉的主题意向》、王仲生《寻觅比预约更值得珍重——评京夫的〈八里情仇〉》、张志春《人生滋味的咀嚼与唱叹——读王启儒小说集〈残月如钩〉》、李晁《为人为文的风范——纪念胡采同志从事文学活动六十周年暨学术研讨会综述》、肖云儒《学习胡采》、李星《一不小心搞出一个"地域文化狭隘心理"——也谈所谓"炒陕军进京"》、垄耘《新时期小说的句型设计》。

本年出版的主要书籍：

畅广元《神秘黑箱的窥视》（陕西人民教育出版社）。

赵学勇《新文学与乡土中国》（兰州大学出版社）。

王愚《也无风雨也无晴》（陕西人民教育出版社）。

邢小利《坐看云起》（陕西人民教育出版社）。

李星《书海漫步》（陕西人民教育出版社）。

路遥《路遥文集》（1—5）（陕西人民出版社）。

航宇《路遥在最后的日子里》（陕西师范大学出版社）。

陈传才等《文坛西北风过耳》（中国人民大学出版社）。

《邓小平文艺思想研究》（合著，太白文艺出版社）。

王仲生《鲁迅、郭沫若与五四新文化》（陕西人民教育出版社）。

1994 年

1 月，《延河》刊出李国平《压抑欲望——关于冯积岐》。

1 月，《小说评论》第 55 期刊出陈孝英《邹志安：一个永不安分的灵魂——与邹志安、陈瑞琳的对话》、周承华《在现代理性和传统情感之间——论〈平凡的世界〉的审美特征》、韩梅村《〈水葬〉：告别昨天的歌》、江流《一部非同凡响的爱情小说——程海〈热爱命运〉研讨会纪实》、刘春《一则新闻引起的联想》、五湖《也炒"陕军东征"》、黄建国《短篇小说结构的凝聚点》。

2 月，《延河》刊出晓雷的文章《农裔城籍评论家李星》。

3 月，《延河》刊出李星《天涯何处无芳草——李天芳其人其作》。

3 月，《小说评论》第 56 期刊出曾镇南《尘缘深处意难平——读〈尘缘〉》、段建军《〈热受命运〉的小说哲学》、谷仓《寻觅精神家园——叶广芩小说漫议》、韩鲁华《历史把握与审美建构——读〈文化层〉和〈八里情仇〉》、方越《文化的冲突与选择——〈八里情仇〉的审美判断》。

3 月 26 日，在西安召开"王宝成作品研讨会"，会议纪要见《小说评论》第 58 期。

4 月，在北京召开业余作者廖俊德长篇小说《超脱》的讨论会，这是"陕军东征"后值得注意的作品之一。会议纪要见《小说评论》第 58 期。

5 月，《小说评论》第 57 期刊出白烨《观潮手记——乱了方寸的批评》、权海帆《漫说〈绿血〉》、刘春《困顿中的挣扎和思考——关于戴厚英的长篇新作〈脑裂〉》。

7 月，《小说评论》第 58 期刊出赵祖谟《〈白鹿原〉：多重视角下的历史脉动》、赵学勇《"乡下人"的文化意识和审美追求——沈从文与贾平凹创作心理比较》、白烨《作为文学、文化现象的"陕军东征"》、田长山《关中土地上的生命苦旅——关于王宝成创作的感言》、王崇寿《黄土地上的辛勤耕耘者——王宝成作品研讨会纪要》、黄陵《稚嫩中的清纯和青春气息——关于长篇〈超脱〉的一次讨论》。

8 月，《延河》刊出李星《逃脱贵族》，从创作心理角度分析叶广芩创作。

9月，《小说评论》第59期刊出夏子《午后之死——冯积岐和他的小说》；黄建国《短篇小说语言的浓缩性》；同期专栏"陕西小说四十年"刊出系列论文；畅广元《给历史一个深厚的交待》、刘建军《走向丰富》、王愚《文学重镇的风采——本世纪五六十年代陕西文学扫描》、肖云儒《史诗的追求和史诗的消解——陕西小说历史观追溯》。

11月，《小说评论》第60期刊出韩梅村《多视点、多体式地思考和表现生活——论贺抒玉近年来的小说创作》、李建军《行文看结穴》、赵俊贤《从壮阔到深刻——新评〈在和平的日子里〉》。

12月，陕西作家协会、中国工人出版社、《小说评论》编辑部、《延河》编辑部在西安联合召开"李康梅长篇小说《天荒》研讨会"。

本年度陈忠实《白鹿原》获得第四届茅盾文学奖。

本年出版的主要书籍：

赵俊贤主编《中国当代文学发展综史》（文化艺术出版社）。

畅广元《中国文学的人文精神》（陕西人民出版社）。

李星《读书漫笔》（陕西人民出版社）。

冯肖华《柳青人格论》（陕西师范大学出版社）。

王永生等《贾平凹的语言世界》（太白文艺出版社）。

1995 年

1月13日，陕西省委宣传部、陕西作家协会、《小说评论》编辑部在西安联合举办"文兰长篇小说《丝路摇滚》研讨会"。

1月，《小说评论》第61期刊出唐云《觅我所失——论〈白鹿原〉对儒家文化的阐释和留连》。

2月，魏钢焰去世。

3月，《小说评论》第62期专栏"世纪之交的文学：反思与重建"刊出畅广元《主持人语》，畅广元、李继凯、屈雅君、吴进、田刚《关于当前文学批评的对话》；专栏"小说研讨会"刊出李文《一部直面现实的力作——读文兰长篇小说〈丝路摇滚〉》、临春《长篇创作的新收获——文兰长篇小说〈丝路摇滚〉研讨会纪要》、小雨《〈天荒〉：李康美的新追求——长篇小说〈天荒〉研讨会纪要》；同期刊出刘春《若有所失——读三部小说的感想》。

4月，《延河》刊出叶广芩小说《祖坟》。

5月22日至25日，陕西省委宣传部、陕西省文联、陕西省作协在西安召开"陕西长篇小说创作座谈会"。会议一是肯定长篇小说创作取得的成就，二是重在寻求新的突破。

5 月，《小说评论》第 63 期专栏"小说家谈"刊出陈忠实《兴趣与体验——〈陈忠实小说选集〉序》；同期刊出李震《村俗、都市人和新志怪体小说——海波及其〈烧叶望天笔记〉》。

6 月，《延河》刊出陈忠实《生命易老　文学不死——寄语〈陕西青年作家小说专号〉》。

7 月，《延河》刊出陈忠实《生命历程中的第一次》

7 月，《小说评论》第 64 期刊出陈忠实《关于陕西长篇小说创作的回顾与展望》、于夏《在反思中寻求新的突破——陕西长篇小说创作座谈会纪要》、韩鲁华《重读与赶写》、朱鸿《小说就是虚构——小说断想》。

8 月，《延河》刊出田长山《阅读与思考——关于长篇小说创作的几点意见》、刘荣惠《陕西长篇小说创作的优势和不足——在省长篇小说创作座谈会上的讲话》。

9 月，《小说评论》第 65 期刊出李继凯《走向批判和民间的文学》、李西建《中国文学需要什么——关于世纪之交重建文学精神的思考》、方英文《烛照灯座——读白烨的〈批评的风采〉》、建西《审美理论研究的新收获——读常智奇的〈整体论美学观纲要〉》。

11 月，《延河》刊出肖云儒文章《被拷问的中国人文精神》。

11 月，《小说评论》第 66 期专栏"小说作家作品研究"刊出费秉勋《追寻的悲哀——论〈白夜〉》、韩鲁华《平平常常生活事　自自然然叙述心——〈白夜〉叙事态度论》；同期刊出方英文《关于文学作品的可读性》、刘春《转型期的中国小说——中国小说学会第二届年会会议纪要》，孙豹隐《繁荣陕西长篇小说创作放谈》、肖云儒《一部起点较高的新作——致长篇小说〈西府游击队〉的作者杨岩》、张毓书《黄土地的骚动——评蒋金彦小说集〈断肠人在天涯〉》、李星《生命和青春的沉思——刘谦小说漫评》。

11 月 16 日，陕西省文艺评论家协会在西安举办"全国格局中的陕西文艺研讨会"。这是继 1986 年全省青年评论工作会议以来，以青年评论家为主体的又一次重要会议。会议围绕全国格局中的陕西文艺，尤其是陕西文学的价值定位，以及新时期陕西文学的主要成就、存在的问题和发展趋势进行高起点的讨论，并对跨世纪文艺创作跃上新台阶的途径进行深入探求，提出不少新观点、新见解。会议发言者力避人云亦云的俗见，击中创作问题症候：精神价值指向缺失、作家人格修养欠丰厚。

11 月 23 日，陕西省作协、《小说评论》编辑部在西安召开贾金彦《最后那个父亲》研讨会。

本年出版的主要书籍：

赵学勇《早晨从中午消失——路遥的小说世界》(兰州大学出版社)。

贾平凹、穆涛《平凹之路》(青海人民出版社)。

郇尚贤《耕夫的足迹》(陕西人民出版社)。

郇尚贤《心灵的回声》(太白文艺出版社)。

郇尚贤《弗洛伊德的无意识论》(陕西人民出版社)。

刘建勋《作家素质论》(太白文艺出版社)。

冯肖华《当代批评家评介》(陕西人民出版社)。

1996 年

1 月,《小说评论》第 67 期专栏"作家答问"刊出贾平凹《大陈泽顺先生问》;专栏"世纪之交的文学:反思与重建"刊出《主持人语》,旷新年《从〈废都〉到〈白夜〉》、许明《研究知识分子文化的严肃文本》、党圣元《说不尽的〈废都〉——贾平凹文化心态谈片》;同期刊出欧阳飘雪《青年评论家视野中的陕西文学——"全国格局中的陕西文艺研讨会"纪要》。

1 月,《延河》辟出"延河论坛"专栏,刊出李星《危机与拯救——当前文化论争感言》。

3 月,"延河论坛"专栏刊出孙豹隐《文学的困顿与出路》、李建军《小说的精神及当代承诺》。

3 月,《小说评论》第 68 期专栏"小说讨论会"刊出于冬《长篇创作的重要收获——蒋金彦长篇小说〈最后那个父亲〉研讨会纪要》、肖云儒《"最后"现象的审美思考——读长篇小说〈最后那个父亲〉》、赵德利《命运悲剧的探寻与超越——论长篇小说〈最后那个父亲〉》。

4 月,"延河论坛"专栏刊出刘醒龙《信仰的力量》、李继凯《人文学说影响下的文学》。

5 月,《小说评论》第 69 期刊出李建军《充分的和不充分的》;孙见喜《猜想:一个苍老的顽童——试析贾平凹小说新作的创造心理》;赵学勇、汪跃华《守望乡土:经验与悲愤——黄建国小说论》;仵从臣《〈疼挛〉的意义——一种新旧参半的读法》;李星《狼坝世界:王朝末期的社会缩影——长篇小说〈狼坝〉小论》;张丕让《乱世风流与道家情怀——读赵熙长篇小说〈狼坝〉》。

6 月 20 日,陕西省委宣传部、省作协、省新闻出版局、太白文艺出版社联合在西安召开陕西省长篇小说创作座谈会,肯定取得的成果,指出作家创作中的视野不开阔、挖掘生活不深、被评论界宠坏了,提出作品应树立精品精神。

7 月，《小说评论》第 70 期刊出《白烨专栏：观潮手记之七——批评的萎顿与衍化》、赖大仁《创作与批评的观念——兼谈〈废都〉及其评论》、韩子勇《大国的文学：偏僻省份的文学写作》、李建军《景物描写：〈白鹿原〉与〈静静的顿河〉之比较》、权海帆《〈丑镇〉印象》、邰尚贤《普通人生　崇高追求——读韩起小说》。

9 月，《小说评论》第 71 期刊出李建军《压迫与解放：冯积岐小说论》、达峰《陕西省长篇小说创作座谈会纪要》、陈孝英《九十年代陕西长篇小说评论之评论》。

11 月，《小说评论》第 72 期专栏《世纪之交的文学：反思与重建》刊出秦凯《主持人语》、李继凯《秦地小说与三秦文化片论》、何西来《谈文学鉴赏中的地域文化因素》、畅广元《地域文学的文化根基》；同期刊出闫建滨《那个最后的父亲离我们多远——读蒋金彦的长篇小说〈最后那个父亲〉》、程海《关于小说的文学化》、王蓬《关于〈水葬〉致燕玲女士》。

本年出版的主要书籍：

陈忠实《陈忠实创作申诉》（花城出版社）。

刘建军、段建军《文艺美学》（太白文艺出版社）。

1997 年

1 月，《小说评论》第 73 期刊出爱琴海《敲打乔伊斯》。

3 月，《小说评论》第 74 期刊出周艳芳《世纪末：女性文学话语的复归与重建》、王仲生《民间视野的风景——评赵熙的长篇小说〈狼坝〉》。

4 月 8 日，人民文学出版社、陕西省作家协会、陕西省文联联合在北京召开"韩起长篇小说《水焚》研讨会"。会议纪要见《小说评论》第 76 期。

5 月，《小说评论》第 75 期刊出邢小利、佐埂、阎建滨、李建军、孙见喜、王永生、贾平凹《〈土门〉与〈土门〉之外——关于贾平凹〈土门〉的对话》；屈雅君《传统·话语·世纪反省》；吴荞、常平、岳芄、范存强《试论〈中国当代文学发展综史〉的学术价值》；宗元《贾平凹小说中的民间色彩》。

6 月 3 日，陕西省作协、陕西省技术监督局和《小说评论》编辑部联合召开了业余作者任君子长篇小说《军旅情祭》研讨会。

7 月，《小说评论》第 76 期刊出闻树国《赵玫的〈高阳公主〉》、王仲生《贺抒玉，艺术生命长驻——评小说集〈山路弯弯〉》、于夏《工业题材的新探索——韩起长篇小说〈水焚〉研讨会纪要》、邰尚贤《人生宇宙的解析——读〈水焚〉》、权海帆《漫说〈情使〉》。

9月，《小说评论》第77期刊出畅广元《关于〈黄连厚朴〉和〈狗熊淑娟〉——致叶广岑》、小雨《情浓味正　优美动人——长篇小说〈军旅情祭〉研讨会纪要》。

11月，《小说评论》第78期刊出钟本康《世纪之交：蜕变的痛苦挣扎——〈土门〉的隐喻意识》、韩梅村《在传统与人性之间——评张虹〈黑匣子风景〉》、韩鲁华《上帝还会发笑吗？——对陕西九十年代小说创作的思考》。

11月，第四届"茅盾文学奖"在京揭晓。王火《战争与人》、陈忠实《白鹿原》（修订本）、刘斯奋《白门柳》、刘玉民《骚动之秋》四部作品获奖。

本年度贾平凹《废都》获得法国费米娜文学奖。

本年度贾平凹《土门》获得山东《作家报》"1997年全国长篇小说十佳"，并获得第五届"西安文学奖"。

本年出版的主要书籍：

王西平、李星、李国平合著《路遥评传》（太白文艺出版社）。

李继凯《秦地小说与"三秦文化"》（湖南教育出版社）。

屈雅君《新时期文学批评模式研究》（陕西人民教育出版社）。

赵俊贤《中国当代文学风格发展史》（西北大学出版社）。

1998 年

1月，《延河》开辟"陕西青年作家小说专号"。

1月，陕西省作协召开"韦昕作品研讨会"，会议纪要见《小说评论》第80期。

1月，《小说评论》第79期刊出贾平凹《上帝的微笑》；畅广元《〈白鹿原〉与社会审美心理》；岳建一、爱琴海《关于两部长篇小说的对话》，方英文《不开研讨会》；盐旗伸一郎《贾平凹创作道路上的第二个转机》；邢小利《逼近日常存在的真相——读黄建国短篇小说集〈蔫头耷脑的太阳〉》。

3月，《小说评论》第80期刊出赵俊贤《自我的迷失与浮泛化——文学创作态势片论》、杨乐生《贾平凹魅力何在》、小雨《写大唐故事　抒民族正气——韦昕作品研讨会纪要》、王愚《凝重与严谨——韦昕小说集〈大唐纪事〉随想》、京夫《小议韦昕历史小说〈大唐纪事〉》。

5月，《小说评论》第81期刊出阎纲《临终前的忏悔》。

7月，《小说评论》第82期刊出张国俊《中国文化之二难（上）——

〈白鹿原〉与关中文化》、周艳芬《叶广芩：安置灵魂的一种写作》、畅广元《兼容并蓄：审美个性化的必由之路——李继凯〈秦地小说与"三秦文化"〉读后》、方英文《小说体会六题》、小雨《叶广芩：从社会底层走出来的"贵族作家"》。

7 月，《延河》刊出李星《超越苦难》，分析冯积岐小说。

8 月 18 日至 20 日，陕西省作家协会在眉县汤峪召开陕西中青年作家作品研讨会，针对比较活跃的王观胜、叶广芩、冯积岐、冷梦、红柯、寇挥六位作家多样化的作品创作展开讨论，分析创作中存在的问题和可能突破的发现。面对多样化的文学世界，批评界自觉寻找多样化理论批评的可能。

9 月，《小说评论》第 83 期刊出曾军《贾平凹与九十年代长篇小说》、张国俊《中国文化之二难（中）——〈白鹿原〉与关中文化》。

9 月，红柯短篇小说集《美丽奴羊》由百花文艺出版社出版。

11 月，《小说评论》第 84 期刊出蓝溪、方兢《当代短篇小说概览年轻一代：多样化的艺术世界——陕西中青年作家作品研讨会纪要》；张国俊《中国文化之二难（下）——〈白鹿原〉与关中文化》；孙见喜《文化批判的深层意味——〈高老庄〉编辑手记》；宗元《路遥与外国文学》；韩鲁华《精神的映象》；陈孝英、张学义《〈大窑门〉初读》；韩梅村、袁方《朴中见巧　本意深藏——评黄建国〈蔫头耷脑的太阳〉》；韩起《向生活的逼真进取——读〈血恋〉札记》。

12 月 19 日，陕西省作协、《小说评论》杂志社、陕西省文化厅、陕西省群众艺术馆、西安有线电视台联合举办爱琴海长篇小说《喜马拉雅》座谈会。会议纪要见《小说评论》第 86 期。

本年出版的主要书籍：

郑万鹏《〈白鹿原〉研究》（时代文艺出版社）。

王愚《心斋絮谈》（陕西旅游出版社）。

肖云儒《中国当代文坛百人》（陕西人民教育出版社）。

1999 年

1 月，《延河》刊出红柯创作谈《一种反抗》。

1 月，《延河》刊出李星《诗意的栖息》。

1 月 3 日，《收获》杂志在西安召开"《高老庄》研讨会"。

1 月 5 日，中国作协创研部、陕西作协、《小说选刊》杂志社、太白文艺出版社四单位在北京联合召开了《高老庄》研讨会。会议肯定贾平凹为老百姓说话的民间视角，指出作品氤氲着混沌鲜活的生命元气，是一种原生态的生活流写作。同时批评者从文学理论入手，感到理论的匮乏以及批评的无措。会议纪要见《小说评论》第88期。

1月，《小说评论》第85期专栏"贾平凹《高老庄》评论小辑"刊出於可训《主持人的话》、叶立文《开启文化寓言之门——评贾平凹新作〈高老庄〉》、吴道毅《高老庄——一个意蕴丰赡的意象——评〈高老庄〉》、於曼《无奈的精神还乡——读贾平凹的长篇新作〈高老庄〉》；同期刊出曹斌《西部生命意识的诗意追寻——红柯小说论》，安本·实、刘静《路遥文学中的关键词：交叉地带》。

3月，《小说评论》第86期刊出刘春《侵入文学圣地的电视小说——读两部中篇电视小说的感想》、刘建军《人生若戏——读长篇小说〈大戏楼〉》、燧石《渭水悲歌——读〈渭水悠悠〉》、秦凤《一本美丽、崇高、深奥的书——长篇小说〈喜马拉雅〉座谈会纪要》。

5月，《小说评论》第87期刊出周燕芬《当代文学中的崇高风格》、冠勇《一部细微生动的作家写真——读萧云儒〈中国当代文坛百人〉》。

5月6日，陕西省作协、陕西省文联等单位在西安举办诗人"子页长篇小说《流浪家族》研讨会"。会议纪要见《小说评论》第88期。

6月13日至15日，中国小说学会第四届年会在江西南昌举行，大会围绕"中国当代小说的回顾与展望"主题，对小说的创作与研究进行深入的探讨。

6月25日，陕西省作协省文联在西安联合召开了"韩起长篇小说《蚁国史记》研讨会"。会议纪要见《小说评论》第89期。

7月2日，陕西省作协、陕西省文联、宝鸡文理学院在西安举办"红柯作品研讨会"。会议纪要见《小说评论》第89期。

7月，《小说评论》第88期刊出孙见喜、穆涛《〈高老庄〉北京研讨会纪要》；吴三冬《孙少平的人格悲剧》；蓝溪《无诗意世界的诗意想象——长篇小说〈流浪家族〉研讨会纪要》；费秉勋《〈流浪家族〉：西部史诗》；陈忠实、肖云儒、王仲生、李星、刘建军、费秉勋、畅广元、李国平《民办教育家的辉煌足迹——电视连续剧〈荒原足迹〉笔谈》。

9月，《小说评论》第89期刊出《回眸西部的阳光草原——红柯作品研讨会纪要》、赵德利《拓展新的审美空间》、小雨《一部关于人性的大寓言——韩起长篇小说〈蚁国史记〉研讨会纪要》、邵尚贤《关于〈蚁国史记〉致韩起》、胡建次《当代小说的回顾与展望——中国小说学会第四届年会综述》。

11月，《小说评论》第90期刊出段建军《创造奇美的话语世界——

〈白鹿原〉的叙事艺术》、高建群《镰刀荒草》、李建军《哪一种更好——论小说修辞中作者与读者的两种关系形态》、杨燕《从〈高老庄〉到〈城堡〉再到〈变形记〉》。

11 月,《延河》刊出叶广芩小说《醉也无聊》。

11 月,《延河》刊出屈雅君《雅俗之间叶广芩》。

11 月,《延河》刊出李星《叶广芩小说中的"贵族意识"》。

本年出版的主要书籍:

赵德利《回归民间——20 世纪中国小说的民间文化阐释》(太白文艺出版社)。

2000 年

1 月,《小说评论》第 91 期刊出蓝溪《乡情水梦 世相人生——梦萌作品研讨会纪要》、方英文《只是爱写文章而已》。

3 月,《小说评论》第 92 期刊出贾平凹《中国当代文学缺乏什么》;冯积岐《关于小说家的笔记》;刘路、高震《自然与生命的二重奏——评赵熙"渭河系列小说"》。

5 月,《小说评论》第 93 期刊出肖云儒《从陌生处看新意》;李星《痛苦与超越:一个浪漫者的人性思考——读张俊彪〈幻化〉三部曲》;段建军《一部神奇现实主义大作——再谈〈白鹿原〉的审美魅力》;周政保、何桑《"流浪"的苦难——长篇小说〈流浪家族〉读札》。

7 月,《小说评论》第 94 期刊出李继凯《风景这边独异——〈歇马山庄〉中的性际世界》、龙云《永远的路遥——路遥作品重读论》、田玲华《陕西文学的春、秋、冬》、朱鸿《作家段位论》、畅广元《为"我"定位——初读〈歇马山庄〉的一点想法》。

9 月,《小说评论》第 95 期刊出雷达《长篇小说笔记之五——贾平凹〈怀念狼〉》;何西来《关于〈白鹿原〉及其评论——评〈白鹿原〉评论集》;红柯《小说艺术的成功探索——读李建军著〈宁静的丰收〉——陈忠实论》;李继凯、黄蓉《一次漫长的心灵对话——评宗元〈魂断人生〉——路遥论》;康艳梅《时代的暴风雨来了——读叶广芩的〈采桑子〉》。

9 月 6 日,人民出版社、《小说评论》杂志社、《税收与社会》杂志社在北京召开一部严肃而有学术品位的评论集——"《〈白鹿原〉评论集》研讨会"。肯定《白鹿原》在 20 世纪文学史上的重要地位,认为留存作者与同时代人的评论集是十分珍贵的。会议指出《白鹿原》研究中如何实现从前期创作跃向《白鹿原》新高度,深层创作心理世界的揭秘尚属空白。

10 月，红柯小说集《金色的阿尔泰》由花山文艺出版社出版。

11 月，《小说评论》第 96 期刊出蓝溪《一部严肃而有学术品位的评论集——〈白鹿原评论集〉研讨会纪要》。

本年度陈忠实《活在西安》获得《人民文学》优秀作品奖。

本年主要出版的著作：

肖云儒《对视文化西部》（陕西人民出版社）。

白宝学、安琪《新世纪陕西文艺研究》（陕西人民美术出版社）。

畅广元、李西建《马克思主义文艺理论》（高等教育出版社）。

畅广元《文学文化学》（辽宁人民出版社）。

宗元《魂断人生——路遥论》（上海文艺出版社）。

姚维荣《路遥小说人物论》（新加坡文化艺术出版社）。

李建军《宁静的丰收——陈忠实论》（华夏出版社）。

李建军《〈白鹿原〉评论集》（人民文学出版社）。

赖大仁《贾平凹论》（华夏出版社）。

肖云儒《对视文化西部》（陕西人民出版社）。

赵学勇《文化与人的同构——论现代中国作家的艺术精神》（兰州大学出版社）。

2001 年

1 月，《小说评论》第 97 期刊出朱鸿《大江健三郎的启示》；费秉勋、叶辉《〈怀念狼〉怀念什么》；段建军《灵与肉的交响——〈怀念狼〉简论》。

3 月，《小说评论》第 98 期刊出余音《李春平的小说世界》。

7 月，《小说评论》第 100 期刊出吴义勤《历史·人史·心史——新长篇讨论之四：尤凤伟的〈中国：一九五七〉》。

7 月，叶广芩小说《醉也无聊》获得第九届小说百花奖。

8 月 30 日，叶广芩中篇小说《梦也何曾到谢桥》获第二届鲁迅文学奖。

9 月，《小说评论》第 101 期专栏"长篇小说《沉默的季节》评论小辑"刊出张曦、葛红兵《论〈沉默的季节〉》，王愚《苦难历程　生命不息——解读冯积岐的〈沉默的季节〉》，夏子《沉默的和被损害的——读冯积岐小说〈沉默的季节〉》；同期刊出王仲生《献给大地的歌——评王宝成的〈梦幻与现实〉》，龙云《过去的故事：叶广芩家族系列小说》，赵德利《文化冲突中的人性悖论》。

11 月,《小说评论》第 102 期刊出周燕芬《林佩芬:历史小说的另一种个性书写——感知〈努尔哈赤〉》、仵从巨《"现实"与"艺术"——读安黎长篇新作〈小人物〉》、费秉勋《〈小人物〉:映现世相百态的哈哈镜》、阎纲《在〈老坟〉研讨会上的发言——我读出"愣娃文学"的硬汉精神》、何西来《三秦故地的文化展示和哀歌——评王海〈老坟〉》。

本年度主要出版的著作:

王玉林《〈白鹿原〉论稿》(新星出版社)。

段建军《白鹿原的文化阐释》(西北大学出版社)。

肖云儒《对视 20 年文艺》(太白文艺出版社)。

肖云儒《对视 269》(太白文艺出版社)。

肖云儒《对视风景》(太白文艺出版社)。

畅广元《文艺学的人文视界》(首都师范大学出版)。

李继凯《解析吴宓》(社会科学文献出版社)。

李继凯《追忆吴宓》(社会科学文献出版社)。

惠西平《突发的思想交锋》(太白文艺出版社)。

2002 年

3 月,《小说评论》第 104 期专栏"方英文《落红》评论小辑"刊出刘春《时代的病症和知识分子的病症——谈〈落红〉中唐子羽形象的典型意义》、邢小利《"废品天才"的悲凉哀歌——读方英文长篇小说〈落红〉》、杜晓英《方英文〈落红〉答问录》。

5 月,《小说评论》第 105 期专栏"红柯评论小辑"刊出王敏芝《红柯小说——语言与结构的背后》、杨亚娟《理想家园的魅力与危机》、杨苗《主体的人:诗意与孤独》。

7 月,《小说评论》第 106 期刊出郭三科《平民的文学视角　深切的人文关怀——京夫小说创作评述》。

9 月,《小说评论》第 107 期刊出李星《内在的生命与人格的力量——李凤杰儿童文学的现实主义品格》。

9 月,叶广芩长篇纪实文学《没有日记的罗敷河》获第七届全国少数民族文学骏马奖。

11 月,《小说评论》第 108 期刊出周燕芬《历史与小说:"双赢"的可能与限度——论〈张之洞〉的形象塑造》、谭旭东《给你一个五彩缤纷的艺术世界——论李凤杰儿童小说的几类形象》。

本年出版的主要书籍:

公炎冰《踏过泥泞五十秋——陈忠实论》(陕西人民出版社)。

马宽厚《当代文学研究论文集》（上下）（中国文学出版社）。

陈孝英《喜剧小品纲要》（教育科学出版社）。

冯肖华《二十世纪中国现实主义小说论纲》（太白文艺出版社）。

常智奇《陈仓剧话》（西安出版社）。

邰科祥《贾平凹的心阈世界》（陕西旅游出版社）。

2003 年

1 月，《小说评论》第 109 期刊出邵燕君《〈平凡的世界〉不平凡——"现实主义常销书"生产模式分析》；于红、胡宗锋《乡村守卫者的悲歌——读〈土门〉与〈德伯家的苔丝〉》；文兰《打造经典的耐性——陈忠实创作历程的启示》。

3 月，中国小说学会"2002 年度小说排行榜"揭晓。陈忠实的短篇小说《猫与鼠也缠绵》、贾平凹的短篇小说《库麦荣》榜上有名。同时，首届中国小说学会"学会奖"结果产生，红柯获得长篇小说奖。

3 月，《小说评论》第 110 期刊出赵学勇《乡土文学的走向与选择》、李慧《〈白鹿原〉的修辞艺术》、王仲生《欲望的审美拯救——〈花开花落〉的一种解读》、杨乐生《当代都市人情感的深层勘探——芜村长篇小说〈花开花落〉试读》、仵埂《作家和地理的关联》、李玉皓《编稿读平凹》。

5 月，《小说评论》第 111 期专栏"小说集《蓝衫根》评论小辑"刊出陈忠实《功夫还得在诗内》；费秉勋《阎道勇小说印象》；邢小利、杨立群《〈蓝衫根〉：对现实人生的冷峻直面》；《〈蓝衫根〉笔谈》。同期刊出段建军《换一个角度看历史——评红柯的〈天下无事〉》；陈汉云《〈废都〉的神幻色彩及其悲剧寓意》；卢翎《透视时下中国小说——中国小说学会小说排行榜评委座谈综述》。

5 月 15 日，由读者投票评选产生的第十届《小说月报》百花奖揭晓，贾平凹的中篇小说《阿吉》和短篇小说《饺子馆》分别获中篇小说奖和短篇小说奖。

7 月 3 日，贾平凹获得由法国文化交流部颁发的"法兰西共和国文学艺术荣誉奖"。这是他获得美国"美孚飞马文学奖""法国费米娜文学奖"之后，又一次获得的国际文学奖项。

7 月 10 日，"新世纪首届《北京文学》奖"评定。评论一等奖空缺，雷达获得评论二等奖。

7 月，《小说评论》第 112 期刊出陈忠实《秦岭南边的世界——〈王蓬文集〉序》、朱向前《黄金草原——心灵的牧场——读红柯小说集〈黄金草原〉》、畅广元《找回人的本性——〈落红〉给人们的启示》。

9 月，《小说评论》第 113 期专栏"陈忠实专辑"刊出陈忠实《我的文学生涯——陈忠实自述》；李遇春、陈忠实《走向生命体验的艺术探索——陈忠实访谈录》；李遇春《陈忠实与柳青的文化心理比较分析——以〈白鹿原〉和〈创业史〉为中心》。同期刊出赵学勇、梁颖、杨伦、崔荣、田广《重话 20 世纪"红色经典"》、王文《西部大开发中的文学创作》。

10 月，中国小小说领域的最高奖项——首届中国小小说金麻雀奖评选尘埃落定，黄建国荣膺金麻雀奖，同时获金麻雀奖的有王蒙、冯骥才、林斤澜、许行、孙方友、王奎山、侯德云、刘国芳、陈毓等共 10 人。

11 月，《小说评论》第 118 期专栏"贾平凹专辑"刊出於可训《主持人的话》；贾平凹《我心目中的小说——贾平凹自述》；李遇春、贾平凹《传统暗影中的现代灵魂——贾平凹访谈录》；李遇春《拒绝平庸的精神漫游——贾平凹小说的叙述范式的嬗变》《贾平凹小说著作编年目录（国内部分）》。

11 月，由《小说选刊》杂志主办的"最受读者欢迎的十大小说家"评出，苏童、池莉、刘庆邦、铁凝、毕飞宇、迟子建、莫言、叶广芩、贾平凹、方方获奖。

11 月 20 日，第九届"庄重文文学奖"评出，毕飞宇、红柯、国风、西川、徐坤、何向阳、柳建伟、关仁山、张梅、刁斗十位作家获奖。

本年度法国文化交流部授予贾平凹文学艺术荣誉奖。

本年出版的主要书籍：

畅广元《陈忠实论——从文化角度观察》（人民出版社）。

韩鲁华《精神的映像——贾平凹文学创作论》（中国社会科学出版社）。

冯肖华《陕西当代现实主义文学本体论》（太白文艺出版社）。

李震《重塑西部之魂》（人民出版社）。

邢小利《长安夜雨》（陕西人民教育出版社）。

仵埂《受难与追寻》（长征出版社）。

李继凯《全人视境中的观照——鲁迅与茅盾比较论》（中国社会科学出版社）。

2004 年

3 月，《小说评论》第 116 期刊出郭小聪《路遥的诗意——一个读者心中的路遥》；杨敏、赖翅萍《仁义之德无可挽回的衰落——〈白鹿原〉中的白鹿意象及其原型分析》；韩鲁华《心物交融　象生于意——贾平凹文学意象生成论》；方兢《新时期的新英雄文学思潮》。

5月，《小说评论》第117期刊出冯积岐《读小说笔记》。

7月，《小说评论》第118期刊出张虹《官场文学的情感新视角与原生态的创作手法——浅议李春平长篇新作〈奈何天〉》、陈晓明《人本主义的修辞学——评李建军的〈小说修辞研究〉》。

9月，《小说评论》第119期刊出黄建国《论〈白鹿原〉的生命意识》、刘宁《论贾平凹地域小说中的文化意蕴》。

11月，《小说评论》第120期刊出常智奇《历史对欲望的炼狱与升华——评〈1号考察组〉的时代价值和意义》、陈忠实《令人敬重的发现》。

本年陈忠实《原下的日子》获得《人民文学》优秀作品奖。

本年出版的主要书籍：

韦建国、李继凯等《陕西当代作家与世界文学》（中国社会科学出版社）。

李建军《十博士直击中国文坛》（中国工人出版社）。

《陕西作家五十年优秀散文选》（太白文艺出版社）。

《陕西作家五十年优秀小说选》（太白文艺出版社）。

陈孝英自传《哀泪笑洒》（作家出版社）。

2005 年

1月，《小说评论》第121期刊出周燕芬《"文革"叙事的新开拓》、李星《对历史和人性的双重拷问》、畅广元《面对历史的沉思》、肖云儒《峡谷中的命运》、王仲生《葛东红：一个荒谬的存在》、方英文《〈命运峡谷〉是部大作品》。

3月，《小说评论》第122期刊出李建军《假言叙事与修辞病象——三评〈狼图腾〉》；雷涛《柳青：宝贵的精神资源》；冯肖华、孙新峰《小说：民间精神与政治文明的有机涵融》；焦泰平《自然之子的颂歌——红柯小说简论》；黄建国《沉郁、雄浑、壮丽的崇高感——路遥小说的美学风格》；贺智利《路遥的宗教情结》。

4月28日，西安举办"陈孝英《哀泪笑洒》《文友剪影》座谈会"。

5月，《小说评论》第123期专栏"雷电《容颜在昨夜老去》评论小辑"刊出鄢烈山《"江湖"无所不在——读雷电长篇〈容颜在昨夜老去〉》；伍立杨《大笔解构悯苍生——〈容颜在昨夜老去〉之眉批》；周冰心《变形世界里的拟真游戏——评雷电长篇〈容颜在昨夜老去〉》《〈容颜在昨夜老去〉研讨会纪要》。同期刊出孙鸿《精神家园的回归——张虹小说研究》。

7 月，《小说评论》第 124 期专栏"贾平凹《秦腔》评论小辑"刊出李星《当代中国的新乡土化叙述——评贾平凹长篇新作〈秦腔〉》、肖云儒《〈秦腔〉：贾平凹的新变》、邰科祥《论长篇小说〈秦腔〉在创作上的涨与跌》。雷达《〈狼图腾〉的再评价与文化分析欲望与理性的博弈》、刘宁《人文地理视野中的陕西文学》、韩鲁华《前现代与现代：陕西的文学创作与批评——从陈忠实的创作及研究谈起》、李清霞《审慎的态度　冷静的批评——2004 年〈白鹿原〉研究综述》。

9 月，《小说评论》第 125 期刊出李建军《升华与照亮：当代文学必须应对的精神考验——以西部文学为例》。

11 月，《小说评论》第 126 期刊出黄立华《〈乡约〉与"乡约"的较量——〈白鹿原〉的道德人生》；杨琳、马俊《直面苦难与劣根——读黄建国的〈谁先看见村庄〉》。

本年出版的主要书籍：

李星、孙见喜《贾平凹评传》（郑州大学出版社）。

王仲生《看到和没有看到的风景》（太白文艺出版社）。

陈孝英《文友剪影》（华艺出版社）。

邰科祥等《当代商洛作家群论》（三秦出版社）。

2006 年

1 月，《小说评论》第 127 期刊出李遇春《对话与交响——论长篇小说〈秦腔〉的复调特征》。

3 月，《小说评论》第 128 期刊出贺智利《路遥的个性心理》。

4 月，贾平凹获得华语文学传媒盛典第四届年度杰出作家奖。

5 月，《小说评论》第 129 期专栏"李春平评论专辑"刊出杨涛《对执政智慧和领导艺术的深度探索——读李春平长篇小说〈步步高〉》、孙鸿《〈一路飙升〉：并非温情的讲述——兼论李春平官场小说的艺术视角》、戴承元《中国传统文化对李春平文学创作的影响和渗透》、雷升录《沉沦　还是再生？——解读李春平爱情小说的性爱观》《李春平作品目录》。同期刊出冯希哲《别开生面　蕴丰意厚——评长篇小说〈山匪〉》、霍炬《罗网中的感动——读陈忠实〈日子〉》。

5 月 31 日，根据陈忠实同名小说改编、导演叶兆华执导的话剧《白鹿原》在北京剧场举行首场演出。

6 月 28 日，西安市长安区召开纪念柳青诞辰 90 周年大会，与此同时，坐落在神禾塬上的柳青广场举行奠基仪式，陈忠实为广场揭幕。

7月,《小说评论》第130期专栏"长篇小说《山匪》评论小辑"刊出张亚权、冯希哲《苦难的民族历史与开放的现实主义——〈山匪〉及其小说观念评说》；郭波《从〈山匪〉的语言说开》；白军芳《生命的"厚"与"薄"之间——读孙见喜〈山匪〉有感》；臧文静、乔琦《乱世商州的"清明上河图"——评孙见喜〈山匪〉》。同期刊出姚逸仙《丰富是长篇小说不朽的生命——〈白鹿原〉受众简析》。

9月,《小说评论》第131期刊出闫雪梅《一个村庄　半个世纪——读杨争光的〈从两个蛋开始〉》。

11月,《小说评论》第132期刊出仵埂《都市,草根阶层的翻身梦想——评邓燕婷的〈爸爸不是免费的〉》；段建军《敞亮地域文学研究的民间文化视界——评〈新时期陕西文学的民间文化阐释〉》；冯希哲、张雪艳、赵润民《多维视野下的文本批评——〈白鹿原〉近期学术研究综述》；高静娜《倾听自然的声音——评张虹的创作》。

本年出版的主要书籍：

孙新峰《贾平凹作品商州民间文化透视》（中国文联出版社）。

雷达《路遥研究资料》（山东出版集团）。

雷达《贾平凹研究资料》（山东出版集团）。

雷达《陈忠实研究资料》（山东出版集团）。

冯希哲、赵润民《走近陈忠实》（陕西人民出版社）。

赵德利《情缘黄土地——新时期陕西文学的民间文化阐释》（作家出版社）。

冯肖华《陕西地域文学论稿》（陕西人民出版社）。

冯肖华《路遥再解读》（陕西人民出版社）。

冯希哲,赵润民《说不尽的〈白鹿原〉》（陕西人民出版社）。

马一夫、厚夫主编《路遥研究资料汇编》（中国文史出版社）。

2007 年

3月,《小说评论》第134期刊出陈忠实《难得一种真实》、贺智利《路遥的当代意义》。

4月6日,著名女作家叶广芩担任编剧的话剧《全家福》被北京人艺搬上了舞台。

5月,《小说评论》第135期刊出周燕芬《历史的诗性传达　人性的深度叙述——叶广芩长篇小说〈青木川〉》。

6月9日,由陕西省作协、西安市文联主办,西安日报社承办的"吴克敬文学作品研讨会"在西安举行。

7 月，《小说评论》第 136 期刊出陈忠实《寻找属于自己的句子（连载一）——〈白鹿原〉写作手记》。

9 月，《小说评论》第 137 期专栏"吴克敬小说创作评论小辑"刊出木弓《直面农村现实　思考农民问题——读吴克敬〈状元羊〉及近期小说》、周燕芬《略论吴克敬近年的中篇小说》、李星《坚守与超越——吴克敬及其小说创作印象》、王仲生《〈状元羊〉：温馨、悲凉之歌》；同期刊出陈忠实《寻找属于自己的句子（连载二）——〈白鹿原〉写作手记》。

9 月 8 日，陕西柳青文学研究会成立，畅广元担任研究会会长。

9 月 18 日，陕西省作家协会第五次会员代表大会召开。

10 月，贾平凹的长篇小说《秦腔》、红柯长篇小说《西去的骑手》荣获首届陕西文艺大奖。陕西省作协名誉主席陈忠实、陕西省作协主席、陕西省文联副主席贾平凹，省文艺评论家协会名誉主席肖云儒获得首届陕西文艺大奖艺术成就奖。

11 月，《小说评论》第 138 期刊出陈忠实《寻找属于自己的句子（连载三）——〈白鹿原〉写作手记》、王刚《论贾平凹小说创作的审美视角与话语建构》、邰科祥《作家的身份及其性别体认——由〈日本故事〉观照叶广芩作品的超性别现象》。

11 月 17 日，纪念路遥逝世十五周年学术研讨会在延安召开，会议综述见《小说评论》第 142 期。

11 月 20 日，由陕西师范大学与陕西省作家协会联合举办的"陕西新时期文学 30 年"学术研讨会在西安举行。会议综述见《小说评论》第 139 期。

12 月 18 日，陕西文学院与 14 名作家签订"订单"创作协议，在未来的 3 年内完成合同规定的创作任务。签单作家有吴克敬、冷梦、贺绪林、弓保安、杨莹、杜文娟、鹤坪、唐卡、范怀智、李春平、寇辉、王晓云、庞文梓、周瑄璞十四人。

本年主要出版的书籍：

《陕西女作家》（小说卷、诗歌卷）（太白文艺出版社）。

冯肖华《陕西地域文学论稿》（陕西人民出版社）。

赵德利《文艺民俗理论与批评》（文化艺术出版社）。

马一夫、厚夫、宋学成主编《路遥纪念集》（人民文学出版社）。

2008 年

1 月，《小说评论》第 139 期刊出陈忠实《寻找属于自己的句子——

〈白鹿原〉写作手记（连载四）》；张凤举、刘朋朋《"陕西新时期文学30年"学术研讨会综述》。

3月，在陕西省政协十届一次会议召开的专题讨论会上，著名作家、陕西省作协副主席冷梦向大会提交了一份名为《解决"断代现象"危机，加快陕西文学事业的可持续发展》的提案，得到了许多文艺界委员的支持。

3月，《小说评论》第140期专栏"贾平凹长篇小说《高兴》评论专辑"刊出李遇春《底层叙述中的声音问题》、邰科祥《〈高兴〉与"底层写作"的分野》、韩鲁华《城市化语境下的后乡土叙事》、程华《问题意识、底层视角和知识分子立场》、张丽丽《都市里漂泊的乡野的灵魂》、陆孝峰《农民意识形态的重写》、任葆华《困窘与强悍交织中的一曲生命壮歌》。

4月，由陕西省作协与柳青文学研究会共同筹划的"柳青文学奖"，经中共陕西省委宣传部批复正式设立，取代了原"陕西文学奖"。"柳青文学奖"每三年评选一次，奖项下设"优秀长篇小说奖""优秀诗歌奖""优秀文学评论奖"等7个子项。

5月10日至12日，西安工业大学召开"全国首届文学批评期刊建设与当代文学走向学术研讨会"。本会由西安工业大学人文学院、陈忠实当代文学研究中心和《小说评论》杂志社联合主办。《文学评论》《文学研究》《文艺争鸣》等全国18家重要文学评论期刊的负责人参会，彭学明、孟繁华、栾梅健、施战军、陈忠实、雷涛、李星、畅广元、李国平、冯希哲、段建军、李震等作家评论家也参加会议。会议综述见《小说评论》第142期。

5月23日，柳青广场在西安建成。

5月，《小说评论》第141期刊出陈忠实《寻找属于自己的句子（连载五）——〈白鹿原〉写作手记》；于京一、吴义勤《神性照耀乌尔禾——评红柯的长篇新作〈乌尔禾〉》；王春林《超越了意识形态立场之后——评叶广芩长篇小说〈青木川〉》。同期专栏"李春平长篇小说《领导生活》评论小辑"刊出刘萌《当下官场生态环境的真实再现》；汪火焰《领导的日常生活之审美化探索》；刘毅、鲁红霞《宦海沉浮中的"不倒翁"——试论〈领导生活〉中的程万里形象》；宋先红《真实而理想的"领导生活"》。

7月，《小说评论》第142期专栏"方英文长篇小说《后花园》评论小辑"刊出黄元英、聂玮《永远的寻梦之旅——读方英文新作〈后花园〉》，董新《家园情结、探索主题与爱情叙事——〈后花园〉多重意蕴探析》。同期刊出陈忠实《寻找属于自己的句子（连载六）——〈白鹿原〉写作手记》；秦风《批评之症候与期刊之走向——"首届全国文学批评期刊与当代文学走向学术研讨会"综述》；成丽丽、侯业智《路遥逝世十五周年"全国路遥学术研讨会"综述》。

9 月，《小说评论》第 143 期专栏"小说家档案"刊出於可训《主持人的话》；叶广芩《少小离家老大回——叶广芩自述》；周燕芬、叶广芩《行走中的写作——叶广芩访谈录》；李春燕、周燕芬《行走与超越——叶广芩创作论》。同期刊出陈忠实《寻找属于自己的句子（连载七）——〈白鹿原〉写作手记》。

9 月 22 日，西北大学和日本东北大学合办的"中日鲁迅研究学术研讨会"在西安举行。会议综述见《小说评论》第 144 期。

10 月，贾平凹长篇小说《秦腔》获第七届茅盾文学奖。

11 月，《小说评论》第 144 期刊出陈忠实《寻找属于自己的句子（连载八）——〈白鹿原〉写作手记》；王建仓《当下官场小说的叙事症候》；张玉洁、胡宗锋《乡土挽歌——读〈秦腔〉与〈德伯家的苔丝〉》；阎庆生《孙犁：在文体选择的背后——兼谈徐光耀的"孙犁情结"》；赵学勇《"路遥现象"与中国当代文坛》；姜彩燕《因鲁迅而相遇——中日鲁迅研究学术研讨会综述》。

12 月 20 日，西北大学举行"大学教育与西北大学作家群现象学术研讨会"，来自全国各地的 50 余位作家、文艺评论家及西大校友代表参加了本次会议。会议综述见《小说评论》第 146 期。

12 月 28 日，2008 年陕西省柳青文学研究会年会隆重召开。

本年出版的主要书籍：

《李星全集》（太白文艺出版社）。

冯肖华《〈高兴〉大评》（陕西人民出版社）。

杨乐生《选择的尴尬》（中国社会科学出版社）。

马一夫主编《路遥再解读》（陕西人民出版社）。

2009 年

1 月，《小说评论》第 145 期刊出陈忠实《寻找属于自己的句子——〈白鹿原〉写作手记（连载九）》。

3 月，《小说评论》第 146 期刊出陈忠实《寻找属于自己的句子——〈白鹿原〉写作手记（连载十）》、李丹梦《文学的生态抉择——论红柯的中短篇小说》、赵录旺《倾听并打开自己——读陈忠实〈寻找属于自己的句子〉有感》、姜彩燕《大学教育与作家成长——"大学教育与西北大学作家群现象学术研讨会"综述》。

4月2日,首届柳青文学奖在西安举行隆重颁奖大会,红柯《天下无事》、方英文《落红》、孙见喜《山匪》、李春平《步步高》、张虹《小芹的郎河》、吴克敬《五味十字》、温亚军《硬雪》、寇挥《想象一个部落的湮灭》、王晓云《海》获奖。

4月至5月,陕西省作协组织雷涛、贾平凹等24位作家和评论家分赴全省各地市及省直有关行业和院校举办文学讲习班14场,结集出版约26万字的《文学演讲录》。

5月,《小说评论》第147期刊出陈忠实《寻找属于自己的句子——〈白鹿原〉写作手记(连载十一)》。

5月23日至5月28日,第二届中国诗歌节在古都西安隆重举行,举办诗歌论坛、诗剧表演、诗歌征集、诗书画展览、群众朗诵活动等6大类60余项活动,中国作协党组书记李冰、主席铁凝与海内外400多位著名诗人、专家参加了活动。

7月,《小说评论》第148期刊出陈忠实《寻找属于自己的句子——〈白鹿原〉写作手记(连载十二)》。

9月,《小说评论》第149期刊出陈忠实《寻找属于自己的句子——〈白鹿原〉写作手记·后记(续完)》、牛学智《在"中国经验"与"后理论"之间——新世纪文学批评的困局及转向》。

11月,《小说评论》第150期刊出李勇、红柯《完美生活,不完美的写作——红柯访谈录》,红柯《文学的杂交优势》,李勇《论红柯小说创作新变》《红柯主要作品目录》。

12月,李星、高建群等获第二届陕西文艺大奖艺术成就奖;贾平凹长篇小说《高兴》、红柯长篇小说《乌尔禾》、马玉琛长篇小说《金石记》获第二届陕西文艺大奖。叶广芩长篇小说《青木川》、冯积岐长篇小说《村子》获陕西省第十一届精神文明建设"五个一工程"奖。孙皓晖500余万字巨著《大秦帝国》继获中宣部"五个一工程奖"之后,其编剧的51集电视剧《大秦帝国》获第二届陕西文艺大奖。

本年出版的主要书籍:

赵学勇《革命乡土地域——中国当代西部小说史论》(中国人民大学出版社)。

李继凯《20世纪中国文学的文化创造》(中国社会科学出版社)。

冯肖华《贾平凹作品生态学主题研究》(陕西人民出版社)。

2010 年

1 月，《小说评论》第 151 期刊出李遇春《心理结构的平衡与颠覆——论陈忠实新世纪以来的小说创作》、仵埂《世纪之变的文化探询——从陈忠实的〈白鹿原创作手记〉重解〈白鹿原〉》。

3 月，《小说评论》第 152 期刊出姜岚《路遥人生图景解析》。

3 月 10 日，第二届吉林省新闻出版奖精品奖在吉林揭晓，陈忠实的《我的行走笔记》和高鸿的《农民父亲》获奖。

4 月 5 日，评论家王愚在西安逝世。

4 月 10 日，由《文艺报》社、武汉大学文学院和陕西师范大学文学院在西安联合举办"中西部当代文学高层论坛"。

7 月，《小说评论》第 154 期刊出李洪、华邱苗《把脉时代，关注民生——"中国当代小说高峰论坛"综述》；龚奎林《"前英雄"的成长建构及其裂缝——以〈创业史〉梁生宝的成长为中心》；李勇《国家话语之中的传统叙事轨迹——〈创业史〉中梁生宝的民间豪杰气质》；王红莉《从〈废都〉和〈高兴〉解读西安现代都市文化》。专栏"杨争光长篇小说《少年张冲六章》评论小辑"刊出王春林《一部忧愤深广的社会问题小说——评杨争光长篇小说〈少年张冲六章〉》；邱华栋、樊文春《光滑和粗糙的木橛子——评杨争光小说〈少年张冲六章〉及其他》；周立民《青涩的形象与苍老的根系——杨争光〈少年张冲六章〉阅读札记》；马聪敏《困境的形而上与形而下——对〈少年张冲六章〉的一种言说》。

7 月 26 日，陕西省文学艺术界联合会第五次代表大会胜利召开。

9 月，《小说评论》第 155 期刊出刘川鄂《当好作家遇到好评论家——陈忠实〈白鹿原〉创作手记的手记》、白军芳《叶广芩家族小说的文化学意义》、白忠德《贾平凹作品乡土情结的成因及其意义》。在"专题批评"栏目下以《大时代与知识分子的心底波澜——重评〈废都〉》为题重新讨论《废都》，刊出周荣《走进"废都"的纵深处》、王艳荣《论庄之蝶》、刘一秀《传统与现代的纠结》和史红霞《镀金时代的心灵和精神档案》。

9 月 1 日，《贾平凹长篇小说典藏大系》由安徽文艺出版社出版。

11 月，《小说评论》第 156 期刊出雷达《不同凡响的"底层叙事"研究》、李衍柱《〈大秦帝国〉的"亮点"和"盲点"》、王卓慈《史实与虚构——〈大秦帝国〉的社会文化性》、谷鹏飞《从〈废都〉〈金石记〉到〈后花园〉——"陕派"都市文学的现代性嬗变》、樊星《当代陕西作家与神秘主义文化》、何同彬《"俗"的"解"与"结"——鹤坪〈民乐园〉读札》。

11月20日，"庆祝陈忠实当代文学研究中心成立五周年暨陈忠实文艺创作思想研讨会"在西安召开。

12月8日，第二届柳青文学奖在西安举行了颁奖典礼，获优秀长篇小说奖的是：《青木川》（叶广岑）、《村子》（冯积岐）、《金石记》（马玉琛）、《圣哲老子》（张兴海）、《石羊里的西夏》（党益民）、《农民父亲》（高鸿）；获优秀中篇小说的是：《状元羊》（吴克敬）；优秀短篇小说空缺。获得优秀散文奖的是：《回乡札记》（和谷）、《西地平线》（高建群）、《中国蜀道》（王蓬）、《一地花影》（刘亚丽）、《马语》（杜爱民）；优秀诗歌奖：《雪·火焰以外》（成路）、《青春的备忘——一个知青的往事追怀》（薛保勤）、《浮土与苍生》（远村）；优秀文学理论评论奖：《沈奇诗学论集》（沈奇）、《当代散文流变研究》（梁向阳）、《小说的伦理精神》（仵埂）、《陕西文学苦质精神的遗落与重铸》（赵德利）；荣誉奖授予徐剑铭、喊雷、王峰；文学新人奖授予范超、梦野、吴文莉、王春、丁小村、杨则纬。

本年出版的主要书籍：

王建仓《中国现代乡土文学的叙事诗学》（中国社会科学出版社）。

冯肖华《文学气象与民族精神》（中国社会科学出版社）。

叶舒宪《太阳女神的沉浮：日本文学中的女性原型》（陕西人民出版社）。

冯肖华《文学气象与民族精神——20世纪陕西地缘文学审美形态》（中国社会科学出版社）。

2011 年

1月，《小说评论》第157期刊出张雪艳、冯希哲《精神剥离中的超越平庸——陈忠实文学创作思想研讨会综述》。

3月，《小说评论》第158期刊出盐旗伸一郎《站在"鸡卵"一侧的文学——今读〈白鹿原〉》、尹小玲《〈白鹿原〉女性形象塑造中的男性叙事谋略》。

5月，《小说评论》第159期专栏"贾平凹长篇小说《古炉》评论小辑"刊出王春林《"伟大的中国小说"（上）》；李遇春《作为历史修辞的"文革"叙事——〈古炉〉论》；李震、翟传鹏《论〈古炉〉的叙事艺术》；韩蕊《〈古炉〉的视角和超越》；任葆华《民族记忆中不该被遗忘的存在》。

6月，贾平凹《古炉》研讨会在京举行。

7月，《小说评论》第160期刊出沈嘉达、钟梦姣《意识形态"隐退"后的政治话语溢出——〈秦腔〉片论》；郑继猛《略论〈白鹿原〉中白孝文性格的叙事价值》；吴妍妍《现代化进程与小说中的当代乡村形象变迁——以陕西当代小说创作为例》；王鹏《陈忠实社会转型期乡土小说论》；贺菊玲《贾平凹作品中的方言俗语与乡土叙事》；姜智芹《欧洲人视野中的贾平凹》。专栏"贾平凹长篇小说《古炉》评论小辑"刊出李星《天使·魔鬼·"造反派"——〈古炉〉人物刍探》；韩鲁华、储兆文《一个村庄与一个孩子——贾平凹〈古炉〉叙事艺术论》；王春林《伟大的中国小说（下.)》；张继红《民间立场及其价值诉求——贾平凹〈古炉〉的一种解读》。

9 月，《小说评论》第 161 期刊出李兆虹《论叶广芩的家族小说》、赵喜桃《从生态批评的视角再现人性的复杂——挖掘〈白鹿原〉的生态资源》。

11 月，《小说评论》第 162 期刊出王海涛、张昭兵《当代人生存困境的深度透视——评红柯长篇新作〈好人难做〉》；廖四平、汪冲、黎敏《李建军的小说修辞理论》；莫伸、毋燕《地域特色对陕西文学的托载》。

12 月 25 日，陕西文学基金会成立大会暨揭牌仪式在西安举行。

本年出版的主要书籍：

仵埂《文学之诗性与历史之倒影》（中国社会科学出版社）。

冯肖华《现实主义文学的时代张力——20 世纪中国文学主潮的诗学价值》（中国社会科学出版社）。

2012 年

1 月，《小说评论》第 163 期刊出张国俊、王晓音《追寻理论与艺术的双向高度》；马琳《精灵·英雄·妖魅——论〈白鹿原〉中民间故事原型的重构与再造》。

4 月 20 日，贾平凹散文《天气》获得第二届朱自清散文奖。

5 月，《小说评论》第 165 期刊出程华《贾平凹小说艺术观念论》、张芸《论贾平凹小说中的另类人物形象》、王烈琴《读者反应视角下〈白夜〉中的"夜郎"形象解读》。

7 月，《小说评论》第 166 期"冯积岐专辑"刊出冯积岐《坚持个性化写作——自述》；吴妍妍、冯积岐《写作是一种生存方式——冯积岐访谈录》；吴妍妍《在边缘处彰显自我——论冯积岐的小说创作》。

7 月 22 日，长篇小说《青木川》英文版由美国 Prunus Press 出版社出版发行。

9 月，《小说评论》第 167 期刊出卫小辉《论作为小说文体尺度的

"俗"：以贾平凹为中心考察》；彭在钦、杨经建《〈废都〉的存在主义解读》。"红柯评论小辑"刊出雷鸣《共同的精神还乡　不同的生命原情——王蒙与红柯的新疆题材小说比较》、岳雯《红柯写作的三个维度》、王德领《反现代性的写作："人"与"物"关系的重新定位》。

9月13日，电影《白鹿原》公映。

12月23日，第三届柳青文学奖在西安揭晓，冯积岐的《逃离》、寇挥的《北京的传说》、安黎的《时间的面孔》获优秀长篇小说奖；李康美的《空村》、刘爱玲的《上王村的马六》获优秀中篇小说奖；黄建国的《一个叫红六的人》、和军校的《卖羊》获优秀短篇小说奖；柏峰散文集《归梦绕家山》、赵峰散文集《孤独无疆》、邢小俊散文集《泼烦》、刘炜评散文集《半通斋散文选》、祁玉江散文集《故土难离》获优秀散文奖；耿翔诗歌集《长安书》、李小洛诗歌集《偏离》、横行胭脂诗歌集《这一刻美而坚韧》、梦野诗歌集《在北京醒来》获优秀诗歌奖；吴妍妍文学评论《作家身份与城乡书写》、冯肖华文学评论《文学气象与民族精神》获优秀文学评论奖。

本年出版的主要书籍：

王仲生《陈忠实的文学人生》（陕西师范大学出版社）。

赵学勇《守望·追寻·创生：中国西部小说的历史形态与精神重构》（北京大学出版社）。

周燕芬《文学观察与史性阐述》（人民文学出版社）。

2013 年

1月，《小说评论》第169期刊出陈晓辉《作为公共知识分子的当代陕西作家》、张立群《从柳青到路遥：现实主义的当代流变及思考》、赵学勇《再议被文学史遮蔽的路遥》、李星《陕西"新生代"小说的个性化魅力》、张志忠《"有心人"的"问心"之作——李遇春〈西部作家精神档案〉简评》、李斌《新实证主义批评的典范——评李遇春〈西部作家精神档案〉》。

3月，《小说评论》第170期刊出王春林《重读〈白鹿原〉》、任美衡《〈白鹿原〉：二十年研究的回顾、反思与展望》、李晓卫《从生活体验到生命体验》、段建军《〈白鹿原〉的复调叙事艺术》。

5月，《小说评论》第171期刊出吴赟《〈浮躁〉英译之后的沉寂——贾平凹小说在英语世界的译介研究》；王俊虎《论贾平凹文学创作中的农民视角》；张连义《包产叙事中的家庭观念嬗变——以路遥、贾平凹、陈忠实的创作为例》；储兆文、韩鲁华《论贾平凹对城市文化的文学叙述》。

5 月 25 日，贾平凹长篇小说《带灯》学术研讨会在西安建筑科技大学举办。

7 月，《小说评论》第 172 期刊出方宁《冯积岐：一个背石头上山的人》。"贾平凹《带灯》评论小辑"刊出李遇春《"说话"与贾平凹的长篇小说文体美学——从〈废都〉到〈带灯〉》、韩鲁华《论〈带灯〉及贾平凹中国式文学叙事》、王春林《论〈带灯〉》、李云雷《以"有情"之心面对"尖锐"之世——读贾平凹的〈带灯〉》、李震《关于〈带灯〉及贾平凹小说的几个问题》、韩蕊《从文本叙事到生活言说——由〈带灯〉看贾平凹小说新变》、张延国《体制内边缘人的权力批判及其限度——论贾平凹小说〈带灯〉中的"带灯"形象塑造》、金哲《底层写作的三个维度：以〈带灯〉〈那儿〉作比较》、陈理慧《敞向乡村大地的写作——评贾平凹的新作〈带灯〉》、程华《贾平凹〈带灯〉的生态反思主题》、杨俊国《飞舞的皮虱与闪烁的萤灯——读贾平凹的小说〈带灯〉》、陈诚《论〈带灯〉对乡镇干部形象的整塑与超越》、储兆文《解析〈带灯〉的上访死结》。

9 月，《小说评论》第 173 期刊出张雪艳《论红柯的诗化小说》。

12 月 30 日，贾平凹《带灯》获《当代》2013 年度最佳奖。

本年出版的主要书籍：

仵埂《魂魄何系》（陕西人民出版社）。

《路遥全集》（北京十月文艺出版社）。

2014 年

1 月，《小说评论》第 175 期刊出乔艳《论贾平凹作品的国外译介与传播——兼论陕西文学"走出去"的现状与问题》、王俊虎《论陕西作家的类型生成与代际精神承传》、赵德利《论陕西作家的叙事三段范式》、王贵禄《论西部作家的荒原叙事》。

3 月，《小说评论》第 176 期刊出韩伟《现实与隐喻：诗意的理解与哲性的沉思——评于晓威中短篇小说集〈L 形转弯〉》；李萌羽、温奉桥《一个文学的朝圣者——王海创作论》；黄菲蒂《王小波与贾平凹合论》。

本年出版的主要书籍：

李继凯《延安文学档案》（太白文艺出版社）。

冯肖华《宝鸡文学六十年》（陕西人民出版社）。

刘宁《当代陕西作家与秦地传统文化研究》（中国社会科学出版社）。

附录二　陕西批评家资料

1. 胡采

胡采（1913—2003），男，本名沈承立、沈超之。河北蠡县人。1932年起接触新文学和马列主义新兴科学。1933年秋至1936年夏，在《华北日报》《北辰报》等副刊上发表过少量诗、小说和其他文章。1937年七七事变后，参加抗战文艺活动。1937年8月至11月初，在济南参加平津流亡同学会的抗战文化宣传工作，并在《济南日报》上开辟"烽火"文艺栏目。1938年至1939年，在山西第二战区文化抗敌协会主编综合性文化刊物《西线》和文艺专刊《西线文艺》。1940年2月，从山西到达延安，在《延安大众》读物社工作，主编《大众习作》。1941年11月在陕甘宁边区文化协会工作，任边区文协大众人工作委员会主编，后任文协创作组组长。1948年10月至1950年，任边区文协《评群众文艺》编委、主编。1951年至1954年，任西北文联副秘书长兼《西北文艺》主编。1954年冬至1956年，任西安市文化局长。1957年至"文化大革命"开始，任中国作家协会西安分会专职副主席兼《延河》文学月刊主编。1979年起先后任中国作协陕西分会主席、陕西省文联主席、中国作协理事、全国文联委员。全国六届、七届人大代表。

80年代以来，胡采以文艺领导者的身份置身于陕西文学批评的建设，笔耕文学研究组是在胡采的倡导下组织起来的文艺批评队伍，《小说评论》也是在胡采的直接领导下的专业批评杂志。

胡采为陕西文学的发展做出了重大的贡献。曾发表文学评论多篇，结集出版7部。《从生活到艺术》（陕西人民出版社1979年版）、《新时期文艺论集》（陕西人民出版社1983年版）、《胡采文学评论选》（湖南人民出版社1985年版）等评论集颇有影响，《从生活到艺术》这本书奠定了胡采在我国理论界的显著地位，也成为文艺工作者的必读书目，在文学界反响巨大。胡采的文学理论不仅影响了杜鹏程、王汶石、柳青等老一辈作家，而且使陕西文坛的后起之秀路遥、陈忠实、贾平凹、邹志安等受益匪浅。

2. 王愚

王愚（1931—2010），男，出生于陕西旬阳，又名王倍愚。中共党员。西北军政大学学员。毕业于西北艺术学院中文系。历任中国作协西安分会《延河》杂志编辑、评论组组长，陕西作协《小说评论》主编、编审，陕西作协副主席。中国小说学会副会长，全国文艺理论学会顾问。陕西省有突出贡献专家，享受政府特殊津贴。1955 年开始发表作品。1982 年加入中国作家协会。

王愚 25 岁在《文艺报》（1956 年第 10 期）上发表《文艺形象的个性化》，对抗典型论中的"本质说"，显示出其批评的胆识与眼光，因此也受到批判。复出后，积极领导并参与"笔耕文学研究组"的活动，为新时期文学的发展做出了突出的贡献。

著有文艺评论集《王愚文学评论选》（湖南人民出版社 1985 年版）、《人·生活·文学》（陕西人民出版社 1987 年版）、《新时期小说论》（合著，陕西人民出版社 1987 年版）、《当代文学述林》（陕西人民出版社 1992 年版）、《也无风雨也无晴》（陕西人民教育出版社 1993 年版）、《心斋絮谈》（陕西旅游出版社 1998 年版）。曾获 1985 年首届中国作协优秀编辑奖，1986 年、1988 年当代文学野马和云岗研究奖，1996 年陕西省作协 505 杯文学评论奖，1999 年陕西省人民政府炎黄优秀文学编辑奖。

3. 邰尚贤

邰尚贤，男，1935 年 3 月出生，辽宁黑山人，副研究员，中共党员。陕西省八、九届人大内务司法委员会主任委员，陕西省第八、九届人大代表，第八、九届省人大常委会委员，中国作家协会会员，陕西省作家协会会员，陕西省民间文化交流协会常务副会长。陕西省委宣传部副部长。

邰尚贤主管文化建设工作，业余时间进行文学创作，发表文艺评论、理论研究、诗歌、散文等文学作品 200 多万字。先后在上海《文学报》《陕西日报》《西安日报》《西北信息报》《小说评论》《延河》《人文杂志》《延安文学》《金秋》等报刊上发表文章。任陕西省委宣传部副部长并主管文化工作，主持、组织监制的影片《决战之后》、电视剧《半边楼》、歌剧《张骞》、戏剧《臂塔圆舞曲》等，均获中宣部"五个一"工程奖，《张骞》获全国"文华奖"，陕西省委宣传部获"五个一"工程组织奖，为陕西文学文化事业的繁荣做出了独特的贡献。著有评论集《追寻与坚持》（陕西人民出版社 1992 年版），文集《耕夫的足迹》（陕西人民出版社 1995 年版），诗集《心灵的回声》（太白文艺出版社 1995 年版），专著《弗洛伊德的无意识论》（陕西人民出版社 1995 年版）等。

在陕西文学研究领域，有评论《普通人生　崇高追求——读〈韩起小说〉》（载于《小说评论》1996 年第 4 期）、《人生宇宙的解析——读〈水焚〉》（载于《小说评论》1997 年第 4 期）、《虚象求真——评〈高老庄〉》（载于《唐都学刊》1999 年第 3 期）等，《长篇小说创作的重要收获》（载于《小说评论》1993 年第 4 期）从中国文学整体发展的格局高度评价了《白鹿原》的价值与地位。

4. 刘建军

刘建军，男，1935 年出生，陕西蒲城人，笔名江流。1957 年西北大学中文系毕业并留校任教，1959 年至 1963 年在北京社会科学院文学研究所与中国人民大学中文系合办的文艺理论研究班学习，师从何其芳、蔡仪。陕西省作协常务理事，中国小说学会副会长。《小说评论》编委。

刘建军主要从事文艺理论和当代文学教学研究，著有短篇小说《似真似幻》，专著《论柳青的艺术观》（与蒙万夫、张长仓合著，上海文艺出版社 1981 年版）、《文艺美学》（与段建军合作，太白文艺出版社 1996 年版）和《文学与生命》（陕西人民教育出版社 1992 年版），论文集《换一个角度看人生》（陕西人民出版社 1989 年版）等。

《论柳青的艺术观》是 20 世纪 80 年代初期的柳青研究专著，该书资料翔实，有理论深度，指出柳青艺术观的核心在于柳青对作家与生活关系问题的深刻理解，即柳青所说的"三个学校"（"政治的学校""生活的学校"和"艺术的学校"）的总结，获得中国首届当代文学研究会文学研究表彰奖；《文学与生命》获得 1995 年陕西省社会科学优秀著作一等奖，《换一个角度看人生》获 1996 年陕西省作协 505 文学奖。20 世纪 80 年代积极参与笔耕文学研究组活动，为陕西文学批评的发展做出了突出贡献。

5. 王仲生

王仲生，男，1936 年 7 月出生，浙江兰溪人，笔名仲真。从 1957 年起任西安市中学语文教师，灞桥区教育局教研室语文组长，1982 年任西安联合大学教授，《唐都学刊》主编，并任全国高校文科学报理事、学术委员会主任，陕西省鲁迅研究学会副会长，西安市作协副主席，西安市文史馆员，中国作家协会会员。

长期从事中国现当代文学教学与研究，先后出版《鲁迅作品试析》（陕西人民出版社 1981 年版）、《贾平凹的小说与东方文化》（陕西人民出版社 1992 年版）、《邓小平文艺思想研究》（合著，太白文艺出版社 1993 年版）、《中国当代文学发展综史》（合著，文化艺术出版社 1994 年版）、

《鲁迅、郭沫若与五四新文化》（陕西人民教育出版社 1993 年版）、《看到与没有看到的风景》（太白文艺出版社 2005 年版）、《陈忠实的文学人生》（陕西师范大学出版社 2012 年版）等著作。专著《鲁迅作品试析》荣获陕西省首届社科学术研究优秀奖，《贾平凹的小说与东方文化》荣获陕西省第六届文学奖，享有陕西省德艺双馨文艺家称号。

在陕西文学批评领域尤其陈忠实研究方面，王仲生取得了丰赡的成果，《〈白鹿原〉：民族秘史的叩询和构筑》（载于《小说评论》1993 年第 4 期）、《人与历史 历史与人——再评陈忠实的〈白鹿原〉》（载于《文艺理论与批评》1993 年第 6 期）、《白鹿精神与朱先生》（载于《唐都学刊》2012 年第 3 期）等学术论文，说理透彻且文采斐然，具有史家的眼光，受到学术界的好评。

6. 畅广元

畅广元，男，1937 年出生，山西临猗人，中共党员。1959 年毕业于西安师范学院（陕西师范大学前身）中文系。历任陕西师范大学图书馆馆长、文艺理论教研室主任、中文系文艺学教授、博士生导师。中国中外文艺理论学会名誉理事，陕西省作协常务理事，省文艺评论家协会副主席。2004 年获中国中外文艺理论学会首届"中国文艺理论突出贡献"奖，国务院有突出贡献专家。

畅广元主要致力于文艺理论和当代文学教学与研究，著有专著《主体论文艺学》（编著，中国社会科学出版社 1989 年版）、《二十世纪西方文学理论》（陕西人民出版社 1990 年版）、《中国文学的人文精神》（陕西人民出版社 1994 年版）、《神秘黑箱的窥视——路遥、贾平凹、陈忠实、邹志安、李天芳创作心理研究》（合著，陕西人民教育出版社 1993 年版）、《文学文化学》（合著，辽宁人民出版社 2000 年版）、《文艺学的人文视界》（首都师范大学出版社 2001 年版）、《马克思主义文艺理论》（合著，高等教育出版社 2003 年版）、《陈忠实论》（人民文学出版社 2003 年版）等。《文学文化学》获陕西省教学优秀成果奖，《诗创作心理学——司空图〈诗品〉臆解》获陕西省第三届社科优秀成果三等奖。

畅广元作为陕西师范大学学院派批评者，80 年代积极参与笔耕文学研究组活动，以时代担当意识撰写了大量评论文章，担任《小说评论》编委，为陕西文学批评的发展做出了突出贡献。《神秘黑箱的窥视——路遥、贾平凹、陈忠实、邹志安、李天芳创作心理研究》是较早对陕西五作家进行创作心理探寻的作家专论，它对引领匡正后来的文学创作起到了良好的作用。论文《扬弃"服务"意识把文学智慧归还于人——对中国化马克思主义文艺理论的一种反思》（载于《文艺理论研究》2007 年第 5 期），为批评家思想智慧火花的厚重之作，它既是批评家对自己 50 多年来文艺思想道路的一次深刻总结，也是对当代中国文艺理论"服务"意识的历史反思；《给历史一个深厚的交待》（载于《小说评论》1994 年第 5 期）站在世纪的交会点上，满怀激情地呼吁陕西作家更新观念"不使其心陈旧"，再创"文学的高峰"。《关于〈黄连厚朴〉和〈狗熊淑娟〉——致叶广岑》《〈白鹿原〉与社会审美心理》是颇见理论功力的作家创造专论，《兼容并蓄：审美个性化的必由之路——李继凯〈秦地小说与"三秦文化"〉读后》是对年轻学者的中肯书评，显示出老一辈批评家奖掖提携后人的美德。

7. 蒙万夫

蒙万夫（1938—1988），男，陕西兴平人。1963 年毕业于西北大学中文系，西北大学副教授、现代文学教研室副主任。1979 年 9 月，加入中国作家协会陕西分会，担任《小说评论》编委。1982 年 11 月，加入中国作家协会。

蒙万夫主要致力于中国文学理论和现当代文学教学研究，是陕西省有影响的文艺批评家之一。在全国和地方报刊发表有关文艺问题的评论文章 40 多篇，计 30 余万字，出版《论曹雪芹》（合著，陕西人民出版社 1975 年版）、《论柳青的艺术观》（合著，上海文艺出版社 1981 年版）、《中国现代杂文史》（合著，西北大学出版社 1987 年版）、《柳青略传》（与王晓鹏、段夏安、郄持文合著，陕西人民教育出版社 1988 年版）等著作。其中，《论柳青的艺术观》受到文艺界的广泛好评，1982 年该书获陕西省社会科学优秀成果一等奖，1986 年获首届中国当代文学表彰奖；《柳青略传》是第一部柳青传记作品，为后来的柳青研究提供了翔实的资料。其中，论文《略谈柳青生活创作道路——兼及柳青的同辈陕西作家》（载于《西北大学学报》1983 年第 3 期），对柳青及其同辈陕西作家杜鹏程、王汶石、李若冰等生活创作的基本特征作了比较全面的理论概括，1985 年获陕西省社会科学优秀成果奖。

蒙万夫为当代陕西文学的发展做出了突出贡献。在文学实践活动中，他始终以浓厚的兴趣关注文学的现实理论问题和当前创作倾向，参与组织发起并担任笔耕文学研究组领导职务，为扶植陕西青年作家做了大量的工作，对贾平凹、陈忠实等青年作家给予热情的指导和帮助。蒙万夫英年早逝，弟子贾平凹为恩师撰写了令人感动的怀念文章《念蒙万夫老师》。

8. 赵俊贤

赵俊贤，男，1938年2月出生，陕西省商州市人。1961年毕业于西北大学中文系汉语言文学专业，西北大学文学院教授。中国作家协会会员，陕西省中国现代文学学会副会长。

赵俊贤主要致力于当代文学研究及教学工作，1953年发表小剧本《还牛》轰动乡梓，1962年发表首篇学术论文《说书起源问题质疑》。专著《中国当代小说史稿》（人民文学出版社1989年版）被认为是"国内第一部当代小说史，填补了当代文学研究的一个空白""超越了传统的编年体文学史写作方式，为当代文学研究开拓了一条新路"，获陕西省教委人文、社科优秀成果奖1995年度一等奖；主编并主撰5卷本《中国当代文学发展综史》（文化艺术出版社1994年版）被誉为"带来学科意识的觉醒"，"在当代文学史的本体论和文学史结构体例上是一大创造和发明"（《人民日报》1994年12月16日），该书获陕西省教委人文、社科优秀成果奖1996年度一等奖；主编并主撰的《中国当代文学风格发展史》（西北大学出版社1997年版）是国内第一部当代文学风格史，在学术史上具有开拓性与填补性。专著《论杜鹏程的审美理想》（文化艺术出版社1990年版）是陕西作家杜鹏程研究的重要收获，该书摆脱作家作品单论的模式，从崇高美学范畴展开研究，建构杜鹏程崇高美的批评大厦，赵俊贤的杜鹏程小说美学研究得到了胡采等批评家的认可。

赵俊贤为当代中国文学的发展做出了突出的贡献，走入暮年，笔耕不辍，著随笔《学府流年》（西北大学出版社2011年版）、学术专著《当代作家的背影与文学潮汐》（西北大学出版社2015年版）。

9. 费秉勋

费秉勋，男，1939年出生，陕西蓝田人。1964年毕业于西北大学中文系，硕士学位。陕西省群众艺术馆编辑，西北大学中文系教授，陕西省作家协会理事，国际易经科学研究院名誉院长，中国易学研究院院长，陕西省中国神秘文化研究会会长，中国舞蹈家协会理论研究委员，西安市文史馆馆员。1991年加入中国作家协会。

费秉勋涉猎于中国易经文化、中国舞蹈、古典文学和当代陕西文学研究等诸多研究领域，专著有《中国神秘文化》（陕西人民出版社1991年版）、《贾平凹论》（西北大学出版社1990年版）、《中国舞蹈奇观》（华岳文艺出版社1988年版）等，评论《黄庭坚诗艺发微》《论红楼梦的悲剧精神》等。其中，《贾平凹论》获中国第三届当代文学研究成果表彰奖，《中国舞蹈奇观》获陕西省首届艺术科学研究成果优秀专著奖。

　　费秉勋在当代陕西文学研究上涉猎广泛，曾对杜鹏程、贾平凹、陈忠实、安黎、孙见喜等作家的小说创作进行剖析，特别在贾平凹研究领域眼光独到，成果显著，被誉为贾平凹研究专家。

　　1982 年费秉勋发现贾平凹创作中东方式的表现主义特色，从中国传统文化对贾平凹创作产生的影响进行研究，有关贾平凹研究的系列论文：《论贾平凹》（载于《当代作家评论》1985 年第 1 期）、《贾平凹三部中篇新作的现实主义精神》（载于《小说评论》1985 年第 2 期）、《贾平凹创作历程简论》（载于《当代文坛》1985 年第 4 期）、《论贾平凹小说创作中的现代意识》（载于《小说评论》1986 年第 4 期）、《论贾平凹散文的生命意识》（载于《西北大学学报》1989 年第 1 期）、《关于贾平凹的创作》（载于《小说评论》1990 年第 4 期）、《生命审美化——对贾平凹人格气质的一种分析》（载于当代作家评论 1992 年第 2 期）、《贾平凹与商州》（载于《唐都学刊》1993 年第 1 期）、《追寻的悲哀——论〈白夜〉》（载于《小说评论》1995 年第 6 期）等，在学术界产生了广泛而深远的影响。

10. 肖云儒

　　肖云儒，男，1940 年 12 月生于江西，祖籍四川广安。1961 年毕业于中国人民大学新闻系，多年从事文艺评论和研究。研究员，中国文联委员兼理论委员会副主任，陕西省政协委员，陕西省文联副主席、党组成员，兼任中国西部文艺研究会会长、中国新文学学会副会长、中国小说学会副会长、陕西文艺评论家协会主席、陕西电影家协会副主席、陕西影视评论学会会长。被人事部评为国家级有突出贡献专家、享受国务院特殊津贴，陕西省委政府授予"德艺双馨"文艺工作者称号。

　　专著有《八十年代文艺论》（陕西人民出版社 1991 年版）、《中国西部文艺论》（青海人民出版社 1989 年版）、《民族文化结构论》（陕西人民教育出版社 1992 年版）、《中国当代文坛百人》（陕西人民教育出版社 1998 年版）、《对视文化西部》（陕西人民出版社 2000 年版）、《对视 20 年文艺》（太白文艺出版社 2001 年版）、《对视 269》（太白文艺出版社 2001 年版）、《对视风景》（太白文艺出版社 2001 年版）等 14 部 400 万字的著作。《中国西部文学论》获中国第四届图书奖、1992 年中国当代文学研究优秀成果奖，《邓小平文艺思想研究》（主编）、《国格赋》（电视片总撰稿）获 1993 年中宣部五个一工程奖，电视艺术片撰稿《黄土·红土·绿色的歌》和《长青的五月》（4 集）获 1992 年广电部星光奖。

　　肖云儒首次提出散文"形散神不散"的理论，首次提出"西部文艺"

的口号，是中国西部文学、西部电影、西部文化理论体系的建构者。在陕西文学研究方面成果突出，对路遥、贾平凹、陈忠实、红柯等人的作品进行过独到而精彩的评论。

11. 刘建勋

刘建勋，男，1941 年 9 月出生，陕西西安人。1966 年毕业于西北大学中文系。西北大学文学艺术传播学院副院长，新闻传播学系主任，教授，硕士研究生导师。国务院学位委员会通讯评议专家，国家教育部高等学校文科教学指导委员会委员，陕西省哲学社会科学学科规划组成员，中国当代文学研究会理事，陕西省中国现代文学学会常务副会长，陕西省艺术美学学会副会长，陕西新闻工作者协会常务理事等。

著作有《延安文艺史论稿》（陕西人民出版社 1992 年版）、《作家素质论》（太白文艺出版社 1996 年版）、《中国当代文学百题》（陕西人民教育出版社 1991 年版）、《中国当代影视文学史》（广西人民出版社 1986 年版）、《中国当代文学史初稿》（合著）、《中国当代文学作品选》（合编）《邓小平文艺思想研究》（合著，太白文艺出版社 1993 年版）等十余部。

《延安文艺史论稿》是最早全面论述延安文艺及其历史发展的专著，获 1989—1992 年陕西省人民政府社会科学研究优秀成果二等奖，《邓小平文艺思想研究》获 1993 年"五个一工程"著作奖，《中国当代文学史初稿》获 1986 年首届中国当代文学研究表彰奖；《人民文艺的新阶段》获陕西省第二届社会科学优秀成果二等奖；《毛泽东诗词研究》获陕西省第一届社会科学优秀成果二等奖。

12. 陈孝英

陈孝英，男，1942 年出生，上海人，笔名陈思，中共党员。1962 年毕业于西安外语学院。历任西安外语学院教师，陕西省社会科学院文学研究所党支部书记，《社会科学评论》副主编，陕西省艺术研究所所长、研究员，《喜剧世界》主编。

著有专著《幽默的奥秘》（中国戏剧出版社 1989 年版）、《喜剧美学论纲》（陕西人民教育出版社 1993 年版）、《世界喜剧艺术概观》（新世纪出版社 1992 年版）、《喜剧小品纲要》（教育科学出版社 2002 年版）等，自传《哀泪笑洒》（作家出版社 2004 年版），散文集《文友剪影》（华艺出版社 2005 年版），译著有《托翁轶影》《初恋》《讽刺理论问题》等。论文《论王蒙小说的幽默风格》获中国社科院优秀论文三等奖，译著《幽默理论在当代世界》获第二届全国图书金钥匙纪念奖，《哀泪笑洒》获第二届冰心散文奖专著奖。

陈孝英主要致力于喜剧理论研究，也旁涉当代文学批评研究，论文《九十年代陕西长篇小说评论之评论》（载于《小说评论》1996 年第 5 期）和《关于文学批评的散想》（载于《小说评论》1985 年第 1 期）是陕西文学批评研究中观点尖锐的好文章。

13. 李星

李星，男，1944 年出生，陕西兴平人，笔名刘春。1969 年毕业于中国人民大学中文系文艺理论专业。任《陕西文艺》《延河》杂志编辑，《小说评论》杂志编辑、主编、编审，享受政府特殊津贴。陕西省作协常务理事，陕西文艺评论家协会副主席，中国小说学会副会长，陕西省生态文学研究会副会长，陕西图书评论学会副会长，当代文学研究会常务理事，陕西省影视评论学会常务理事。

李星主要从事编辑及当代中国文学研究，著有"漫笔三部曲"：《求索漫笔》（陕西人民教育出版社 1991 年版）、《读书漫笔》（陕西人民出版社 1994 年版）、《书海漫笔》（陕西人民教育出版社 1993 年版），与人合著《路遥评传》（太白文艺出版社 1997 年版）、《贾平凹评传》（郑州大学出版社 2005 年版）等。2008 年出版文艺评论集《李星全集》（太白文艺出版社 2008 年版），分为《文坛视野》《大家走廊》《大秦文脉》《群星灿烂》《小说天空》《自抒胸臆》六辑。《王汶石短篇小说创作再认识》《农民命运的艺术思考》分别获第一、二届陕西省社会科学优秀学术研究成果奖，评论集《求索漫笔》获 1993 年中国当代文学研究优秀成果奖，《读书漫笔》获陕西作协 505 文学奖，《路遥评传》（与人合著）获陕西第六届优秀社科研究成果二等奖，《邓小平文艺思想研究》（与人合著）获中宣部"五个一工程"奖等，并获中共陕西省委省政府授予的"德艺双馨"文艺工作者称号，获省政府炎黄优秀文学编辑称号。

李星在陕西文学文化方面成果显赫，有关路遥的研究成果《在现实主义的道路上——路遥论》（载于《文学评论》1991 年第 4 期）、《深沉宏大的艺术世界——论路遥的审美追求》（载于《当代作家评论》1985 年第 3 期）；有关贾平凹研究《东方和世界：寻找自己的位置——关于贾平凹艺术思维方式的札记》（载于《文艺争鸣》1991 年第 6 期）；有关陈忠实研究《〈白鹿原〉：民族灵魂的秘史》（载于《理论与创作》1993 年第 4 期）、《走向〈白鹿原〉》（载于《文艺争鸣》2001 年第 6 期）等作家专论在国内文学界极有影响，陕西作家群创作纵论《论"农裔城籍"作家的心理世界——陕西作家论之一》（载于《当代作家评论》1989 年第 2 期）和《新的崛起：在传统的长河中——陕西作家论之二》（载于《小说评论》1990 年第 3 期）显示出批评家深厚的理论素养和独到的艺术眼光。

14. 冯肖华

冯肖华，男，1952 年 5 月出生，陕西师范大学中文系毕业，本科学历，宝鸡文理学院文学与新闻传播学院教授（三级），硕士生导师，中国现当代文学学科带头人、文艺学文艺批评方向学术带头人，学院"高层次创新型拔尖人才"，陕西文学研究所所长，陕西（高校）社科重点研究基地"关陇方言与民俗研究中心"副主任，国家及陕西省社科基金项目评审通讯专家。

主要致力于中国现当代文学及文艺理论的教学与研究，在中国现当代文学、陕西地缘文学和关陇文化领域取得了丰赡的成果。出版专著 9 部：《柳青人格论》（陕西师范大学出版社 1994 年版）、《当代批评家评介》（陕西人民出版社 1995 年版）、《二十世纪中国现实主义小说论纲》（太白文艺出版社 2002 年版）、《陕西当代现实主义文学本体论》（太白文艺出版社 2003 年版）、《陕西地域文学论稿》（陕西人民出版社 2006 年版）、《贾平凹作品生态学主题研究》（陕西人民出版社 2009 年版）、《文学气象与民族精神——20 世纪陕西地缘文学审美形态》（中国社会科学出版社 2010 年版）、《现实主义文学的时代张力——20 世纪中国文学主潮的诗学价值》（中国社会科学出版社 2011 年版）、《宝鸡文学六十年》（主编，陕西人民出版社 2014 年版）。参著《新文学鉴赏文库·散文卷》（陕西人民出版社 1989 年版）、《凡人与伟人之间》（陕西人民教育出版社 1993 年版）、《〈高兴〉大评》（陕西人民出版社 2008 年版）、《多维视野下的文学景观》（高等教育出版社 2006 年版）、《润物集·三秦社科讲坛》（陕西人民出版社 2006 年版）、《区域文化与文学研究》第一辑、第二辑、第三辑（中国社会科学出版社 2010 年、2013 年、2015 年版）、《路遥再解读》（陕西人民出版社 2006 年版）等多部著作。主持国家社科基金项目"陕西地缘文学与历史文化渊源互文性研究"，主持完成国家级、省级、厅级和院级科研项目 18 项。获得陕西省高校人文社科优秀成果奖 3 项、陕西省政府哲学社会科学奖 1 项、陕西省文艺评论奖 3 项、北方八省一市优秀图书奖 1 项、柳青文学奖 1 项、宝鸡市哲学社会科学奖 6 项。公开发表学术论文 200 余篇，多篇被《新华文摘》《中国社会科学文摘》《人民大学书报复印资料》全文复印、转摘和题录。

冯肖华在陕西文学文化研究领域成果突出，代表性论文有：《陕西当代地缘文学本体形态论》（载于《当代文坛》2004 年第 4 期）、《把脉病象，重构格局——陕西文学的一剂"六味良药"》（载于《西南民族大学学报》2005 年第 4 期）、《魂牵梦绕的草根心结谱系——陕西地缘文学的审美特征》（载于《唐都学刊》2005 年第 5 期）、《秦地小说民生权的深度叙事》（载于《文艺理论与批评》2009 年第 5 期）、《道德文章的现实主义时代张力——20 世纪陕西地缘文学价值体系》（载于《宁夏社会科学》2010 年第 2 期）、《文学陕军：劲旅的换代与强势的消长》（载于《文艺报》2010 年 2 月 26 日）、《柳青文化人格与〈创业史〉的叙事关系》（载于《文艺理论与批评》2012 年第 4 期）、《路遥论》（载于《文艺争鸣》2007 年第 4 期）、《贾平凹当代中国文学高度问题的思考——基于史识视域与史学格局的建构》（载于《兰州大学学报》2007 年第 4 期）、《精神珠峰与生命彩虹的情感张扬——杜文娟小说风格论》（载于《文艺理论与批评》2011 年第 4 期）、《论秦客小说的叙事策略》（载于《小说评论》2014 年第 6 期）等。专著《文学气象与民族精神——20 世纪陕西地缘文学审美形态》独辟蹊径地提出了"陕西地缘文学观"，以学者的担当意识构建了陕西文学学科，为陕西文学发展提供了理论支撑，引领了学术的发展。

15. 赵学勇

赵学勇，男，1953 年出生，陕西乾县人，中共党员。1977 年毕业于兰州大学中文系，留校任教。1988 年获文学硕士学位。曾任兰州大学中文系副主任，中国现当代文学学科带头人，《兰州大学学报》主编、编委会主任。现为陕西师范大学文学院教授、博士生导师。兼任中国现代文学研究会副会长、中国当代文学研究会理事、中国鲁迅研究会理事、中国梁实秋研究学会理事。

赵学勇长期从事中国现当代文学教学与科研工作，其研究领域涉及中国现当代文学思潮、乡土文学、西部文学等，在沈从文、鲁迅、郁达夫、巴金、茅盾、张爱玲、柳青、路遥、贾平凹等作家研究方面成果丰赡。著有《沈从文与东西方文化》（兰州大学出版社 1990 年版）、《生命从中午消失——路遥的小说世界》（兰州大学出版社 1995 年版）、《文化与人的同构——论现代中国作家的艺术精神》（兰州大学出版社 2000 年版）、《中国现代作家与东西方文化》（合著，兰州大学出版社 1990 年版）、《新文学与乡土中国——20 世纪中国乡土文学与西部文学研究》（合著，兰州大学出版社 1993 年版）、《革命乡土地域——中国当代西部小说史论》（合著，中国人民大学出版社 2009 年版）、《守望·追寻·创生：中国西部小说的历史形态与精神重构》（合著，北京大学出版社 2012 年版）等著作。参著《沈从文名作欣赏》（中国和平出版社 1993 年版）、《中国现代文学研究：历史与现状》（中国社会科学出版社 1989 年版）、《中国现代文学研究史纲》（江苏教育出版社 2001 年版）等著作。主持国家级、省部级社科项目十余项，数次获得甘肃省、陕西省教学成果奖及社科优秀成果奖。目前，主持国家社科基金重大项目"延安文艺与二十世纪中国文学研究"课题。

赵学勇为陕西文学、文化及西部文学的发展做出了突出的贡献，他的有关西部文学研究、有关路遥研究的系列论文《路遥的乡土情结》（载于《兰州大学学报》1996 年第 2 期）、《"老土地"的当代境遇及审美呈现——路遥与中国传统文化》（载于《陕西师范大学学报》2011 年第 3 期）、《路遥现象与中国当代文坛》（载于《小说评论》2008 年第 6 期）、《再议被文学史遮蔽的路遥》（载于《小说评论》2013 年第 1 期）等；有关贾平凹研究的系列论文《人与文化：乡下人的追求——沈从文与贾平凹比较论》（载于《中国文学研究》1994 年第 3 期）、《地理的空间与文学的意象——以贾平凹小说创作为例》（载于《人文地理》2011 年第 2 期）等；有关延安文学研究的系列论文《延安文艺研究：历史重评与当代性建构》（载于《陕西师范大学学报》2012 年第 3 期）、《延安文艺与 20 世纪中国文学论纲》（载于《陕西师范大学学报》2013 年第 1 期）、《天地之宽与女性解放——延安女作家群述论》（载于《中国社会科学》2013 年第 7 期）、《延安时期文学启蒙思潮的历史演变》（载于《中国现代文学研究丛刊》2014 年第 9 期）、《延安文学：现代性与民族性的双重追求》（载于《厦门大学学报》2015 年第 1 期）等见地独到，分析精辟，被《人大复印资料》《新华文摘》《中国社会科学文摘》《高等学校文科学术文摘》等广泛转载，在学术界反响很大。

16. 常智奇

常智奇，男，1953 年出生，原名常高引，笔名高引，陕西武功人，中共党员。1978 年毕业于宝鸡师范学院中文系。1992 年获西北大学中文系硕士学位。曾先后在武功师范学校、宝鸡市文联、宝鸡市艺术研究室工作，《炎黄》杂志主编，现任陕西省作协创联部主任，研究员。享受政府特殊津贴。《延河》杂志执行主编。中国作家协会会员。

常智奇主要致力于美学、戏剧、文学、民间文化研究，1976 年开始发表作品，评论专著有《整体论美学观纲要》（四川人民出版社 1994 年版），《中国铜镜美学发展史》（陕西师范大学出版社 2000 年版）、《文学审美的艺术追求》（西安出版社 2002 年版）、《新编文学原理》（合著）、《陈仓剧话》（西安出版社 2002 年版）、《历史的扫描与定点分析》（陕西人民教育出版社 1990 年版)、《宝鸡民间美术论》（西安出版社 2002 年版）等。曾发表 500 多篇论文、评论文章，三次获国家级一等论文奖，被政府授予优秀文艺工作者。

常智奇涉猎陕西文学批评领域，《在苦难意识中展示人的内在性——侧评〈平凡的世界〉的艺术追求》（载于《当代作家评论》1989 年第 5 期）、《文化在白鹿精魂中的光色——简论〈白鹿原〉的文化模态》（载于《小说评论》1993 年第 4 期）是陕西文学批评的主要成果。

17. 屈雅君

屈雅君，女，1954 年 2 月出生，山西临汾人。1981 年 1 月毕业于河南师范大学中文系，1985 年获文学硕士学位。陕西师范大学文学院教授，博士生导师。陕西省作家协会会员，中国妇女研究会理事，政协陕西省第八届委员会委员。

屈雅君主要致力于文艺美学、文学理论及女性主义文学批评研究，学术著作《执着与背叛——女性主义文学批评理论与实践》（中国文联出版社 1999 年版）获得 2000 年陕西省哲学社会科学优秀成果三等获，主编《新时期文艺批评模式研究》（陕西人民教育出版社 1997 年版），该书对新时期八类文学批评模式进行分析整理，为陕西文学批评及当代文学批评理论和实践的发展提供了借鉴，1999 年获得陕西省教委人文社科研究优秀成果二等奖；论文《对传统男性形象的女性主义注视》1997 年获得陕西教委人文社科研究优秀成果三等奖。主持国家级、教育部社科项目各 1 项，参与国家社科项目 1 项。

在陕西文学批评领域，参与编撰作家专论《神秘黑箱的窥视——路遥、贾平凹，陈忠实、邹志安、李天芳创作心理研究》，为《陕西女作家·丛书》（太白文艺出版社 2008 年版）撰文《心甘情愿于文学的女人》。

18. 李西建

李西建，男，1955 年 10 月出生，陕西大荔人。1988 年毕业于陕西师范大学，获文艺硕士学位。任陕西师范大学文学院院长、教授、博士生导师，兼任中国中外文论学会副会长、中国文艺学学会理事、中华美学学会理事、教育部中文教学指导委员会委员。

主要从事审美文化、消费文化以及文学理论等方面的研究，为陕西文化教育事业和当代文艺理论建设做出了突出的贡献。代表著作：《追求与选择：全球化时代文学理论的价值思考》（商务印书馆 2010 年版）、《审美文化学》（湖北人民出版社 1992 年版）、《重塑人性——大众审美中的人性嬗变》（湖北人民出版社 1998 年版）、《马克思主义文艺理论》（副主

编，高等教育出版社 2000 年版）、《文学文化学》（副主编，辽宁人民
出版社 2000 年版）、《主体论文艺学》（合著，中国社会科学出版社
1989 年版）等。发表学术论文 60 余篇。主持国家社科基金青年项目、
国家社科基金、教育部重大项目、教育部项目等 6 项，参与教育部教改
项目 2 项，主编教材《文学文化学》荣获 2002 年陕西省优秀教学成果
一等奖。

19. 赵德利

赵德利，男，1955 年出生，山东莱西人。宝鸡文理学院文学与新闻
传播学院二级教授，省级优势特色学科中国语言文学学科带头人。系中国
作家协会会员、中国民俗学会常务理事、中国小说学会理事、陕西省民俗
学会副会长、陕西省文艺评论家协会理事、宝鸡市文艺评论家协会主席、
宝鸡市有突出贡献拔尖人才、陕西省级教学名师。

赵德利主要从事文艺民俗理论与批评研究，他立足民族民间文化，广
泛吸取人类学、民族学、社会学等学科研究的成果，形成了以民俗理论为
主，多学科交叉融合的文艺民俗理论体系。出版专著《文艺民俗美学》
（西北大学出版社 1994 年版）、《回归民间——20 世纪中国小说的民间文
化阐释》（太白文艺出版社 1999 年版）、《情源黄土地——新时期陕西文
学的民间文化阐释》（作家出版社 2006 年版）、《文艺民俗理论与批评》
（文化艺术出版社 2007 年版）、《关陇社火艺术研究》（中国社会科学出版
社 2012 年版）专著 5 部，合作编著《百部学术名著导读》《文艺学基础
理论新探》等 6 部，书评散见于《中国图书评论》《文艺报》《文学报》
《小说评论》等报刊。获得首届中国文联文艺评论三等奖、陕西省首届民
间文艺山花奖一等奖、陕西优秀文艺评论奖最佳评论奖、第二届柳青文学
奖文学理论评论奖各 1 项，陕西省政府优秀科研成果三等奖、陕西省高等
学校优秀科研成果二等奖各 3 项，陕西省政府教学成果二等奖 2 项，宝鸡
市政府哲学社会科学优秀成果一等奖 5 项。

在陕西文学批评领域成果突出，代表性论文《地域文化分异与文学
精神整合——论陕西文学的苦质精神》（载于《文艺理论与批评》2011
年第 3 期）、《论陕西作家的地缘情结与审美方式》（载于《陕西师范大学
学报》2009 年第 5 期）、《陕西文学苦质精神的遗落与重铸》（载于《社
会科学》2007 年第 2 期）、《论陕西文学的传奇性》（载于《兰州大学学
报》2006 年第 5 期）、《论陕西作家的叙事三段范式》（载于《小说评论》
2014 年第 1 期）等宏观上把握陕西文学的审美方式及文化特色。此外还
有贾平凹、陈忠实、赵熙、邢小利、朱鸿等作家专论。赵德利勤奋著述、

笔耕不辍，23 篇论文被《新华文摘》（3 篇）、人民大学复印报刊资料（9 篇）、《高校文科学报文摘》（2 篇）、《北京大学学报》（3 篇）和人民文学出版社《21 世纪年度文学评论选：2003 文学评论》等转摘，在国内产生了影响，为陕西文学文化的发展做出了贡献。

20. 韩鲁华

韩鲁华，男，1955 年 9 月出生，祖籍山东鄄城，西安建筑科技大学文学院教授、博士生导师，学科带头人，当代文学研究中心主任。兼任全国当代文学研究会理事、陕西省作家协会理事、陕西省作家协会评论委员会副主任、陕西省第八、九、十、十一届哲学社会科学优秀成果奖初评评委、陕西省社科基金项目评审专家、陕西省评论家协会理事、省社科联重大项目评审专家、省柳青文学奖评审专家。

韩鲁华主要致力于中国当代文学的教学与研究，出版专著《精神的影像——贾平凹文学创作论》（中国社会科学出版社 2003 年版），参著《中国当代文学发展综史》（主撰《中国当代文学主题发展史》卷，文化艺术出版社 1994 年版）、《中国当代文学》等 4 部。发表论文、文艺短论 60 余篇、散文 20 余篇。其中 10 余篇论文被人大复印资料、作家研究文集等全文转载收录。主持国家社科基金西部项目 1 项、省社科基金项目 2 项，教育厅项目 1 项等。

在当代陕西文学领域成果突出，专著《精神的映像——贾平凹文学创作论》以东方意象主义统摄贾平凹文学创作，构建贾平凹研究的审美理论体系，该书"填补了贾平凹研究的一个空白，将贾平凹研究提高到一个新的水准"。论文《在历史与文化交叉地带煎熬——谈李星的文学批评》（载于《唐都学刊》1991 年第 3 期）、《上帝还会发笑吗？——对陕西九十年代小说创作的思考》（载于《小说评论》1997 年第 6 期）、《理论建构：文学批评的基石——陕西当代文学批评扫描》（载于《陕西广播电视大学学报》2001 年第 3 期）和《前现代与现代：陕西的文学创作与批评——从陈忠实的创作及研究谈起》（载于《小说评论》2005 年第 4 期）等文视野开阔，直言陕西文学批评的不足，是充满锐思的批评佳作。

21. 张志春

张志春，男，1955 年出生，陕西省醴泉县人。陕西师范大学中文系毕业，曾任教凤翔师范、西北纺织学院、陕西师范大学。兼职中国民俗学会理事，九三学社陕西省委教育文化委员会副主任，陕西省民间艺术家协会副主席，陕西省非物质文化遗产保护专家委员会委员。

张志春主要致力于中国服饰文化及非物质文化遗产的保护研究，在诗歌、散文、小说、联语等领域亦有建树。专著《中国服饰文化》（中国纺织出版社 2001 年版）入选"十一五"国家级高校教材，论文《朝鲜白服色文化渊源考》（载于《服装科技》2000 年第 9 期）获陕西省文联"陕西省 2000 年最佳文艺评论奖"。主持完成教育部、省教委项目数项。

在陕西文学批评领域，张志春特别专注文学新人研究，曾对李若冰、吴克敬、耿翔、商子秦、渭水、峭石、毛锜、韩贵新等人的创作率先评论。文评数量不多，但对新人的发现培养作用不可小觑。散文批评《审美勘探：散文家李若冰的荒野情结》（载于《地火》1993 年第 3 期），诗歌批评《陕西诗坛：困境中的守望——答陕西记者问》（载于《陕西日报》2006 年 4 月 14 日），民间文化研究《歌谣散拾》（载于《延河》2008 年第 5 期）、《人类某种生存困境的深刻揭示——简析〈西和乞巧歌〉婆媳纠葛的文化母题》（载于《西和乞巧歌》，上海远东出版社 2014 年版），纪实文学批评《陕西文学六十年·纪实报告文学作品选·序》（载于陕西人民出版社 2015 年版）等文，见解独到，受到国内学界的认可。

22. 仵埂

仵埂，原名仵晓华，男，1956 年 10 月出生，陕西富平县人，学者、文艺评论家，1984 年本科毕业于陕西师范大学中文系，1992 年在西北大学中文系获文艺学硕士学位。西安音乐学院教授，艺术哲学（美学）专业硕士生导师。现任陕西省散文学会副会长，柳青文学研究会副会长，陕西省作协评论专业委员会委员，全国高等艺术院校文学研究会副会长等。中国作家协会会员。曾经担任报社编辑、记者、主编等职务。

出版专著《受难与追寻》（长征出版社 2003 年版）、《文学之诗性与历史之倒影》（中国社会科学出版社 2011 年版）、《魂魄何系》（陕西人民出版社 2013 年版），主编《影视鉴赏》（西安交通大学出版社 2008 年版）、《中外文学名作导读》（西北大学出版社 2004 年版）等。荣获陕西省文联第二届德艺双馨荣誉称号；学术论文《论作家的内心生活》获首届陕西文艺评论奖；《影视鉴赏》获陕西教育厅优秀教材奖；《小说的伦理精神》获陕西作协"柳青文学奖优秀文学理论评论奖"；专著《文学之诗性与历史之倒影》获陕西省第十一次哲学社会科学优秀成果奖二等奖、陕西高校人文社科研究优秀成果二等奖等。

仵埂主要致力于文艺理论研究和文学批评实践活动，在陕西文学批评界相当活跃，《小说评论》杂志曾辟有"仵埂专栏"，论文《追寻与受难——读路遥的〈平凡的世界〉》（载于《小说评论》1990 年第 3 期）、

《小说的伦理精神》（载于《小说评论》2008 年第 6 期）、《为了更好的文学而尖锐质疑——论李建军文学批评的路向选择与价值建构》（载于《南方文坛》2015 年第 2 期）等文见解独到而深刻。

23. 李继凯

李继凯，男，1957 年出生，江苏宿迁人，陕西师范大学文学院教授，博士生导师，书法文化研究院院长。享受国务院政府特殊津贴专家，全国优秀博士学位论文指导教师。兼任中国鲁迅研究会副会长、东亚汉学研究会（国际）副会长、中国茅盾研究会副会长、中国现代文学研究会常务理事、中国当代文学研究会理事、中国近代文学研究会理事、《中国现代文学研究丛刊》编委、国家社会科学基金学科规划评审组专家、陕西省学位委员会委员、陕西师范大学研究生教育督导委员会副主任委员等；曾担任学校研究生处处长、学科建设与"211 工程"建设处处长、全国教育专业学位教育指导委员会委员多年。

李继凯主要致力于 20 世纪以来的中国文学文化批评研究，成果斐然。著有学术著作 10 多部，编撰书籍 10 多部，发表论文 200 多篇。

主要学术著作：《民族魂与中国人》（陕西人民教育出版社 1996 年版）、《秦地小说与"三秦文化"》（湖南教育出版社 1997 年版，商务印书馆 2013 年再版）、《全人视境中的观照——鲁迅与茅盾比较论》（中国社会科学出版社 2003 年版，台湾数位公司 2012 年出版繁体本）、《墨舞之中见精神》（国际文化出版公司 1988 年版，台湾秀威公司 2014 年修订再版）、《20 世纪中国文学的文化创造》（中国社会科学出版社 2009 年版）、《"师者"茅盾先生》（台湾花木兰文化出版社 2014 年版）、《新文学的心理分析》（陕西师范大学出版社 1991 年版）、《中国近代诗歌史论》（合著，系国家社科"七五"重点课题《中国诗歌史论》之子题，吉林教育出版社 1995 年版）、《陕西当代作家与世界文学》（合著，中国社会科学出版社 2004 年版）、《追忆吴宓》（社会科学文献出版社 2001 年版）、《解析吴宓》（社会科学文献出版社 2001 年版）、《中国新时期文学批评模式研究》（副主编，陕西人民教育出版社 1997 年版）、《太阳女神的沉浮：日本文学中的女性原型》（合著，陕西人民出版社 2010 年版）、《延安文学档案》（主编，太白文艺出版社 2014 年版）。曾主持国家级、省部级社科项目多项，现主持国家社会科学基金后期资助项目《中国现当代作家与书法文化》、西安市委托项目《西安诗词曲赋集成》等，先后获各级各类教学科研奖励 30 多项。

李继凯在陕西文学批评领域成果显著，专著《秦地小说与"三秦文化"》于 1997 年出版后产生较大影响，2013 年由商务印书馆修订再版。论文《矛盾交叉：路遥文化心理的复杂构成》（载于《文艺争鸣》1992 年第 3 期）、《大师茅公与秦地小说》（载于《陕西师范大学学报》1996 年第 3 期）、《三秦文化与秦地小说片论》（载于《小说评论》1996 年第 6 期）、《20 世纪秦地小说的文化主题》（载于《陕西师范大学学报》1997 年第 3 期）、《新时期秦地小说中的民间原型》（载于《湘潭大学学报》1997 年第 5 期）、《20 世纪秦地小说的文化轨迹》（载于《兰州大学学报》1998 年第 3 期）、《论秦地小说作家的废土废都心态》（载于《文艺争鸣》1999 年第 2 期）、《西部文学与文化习语》（载于《唐都学刊》2003 年第 1 期）、《新时期 30 年西安小说作家创作心态管窥》（载于《陕西师范大学学报》2008 年第 3 期）、《论延安文人与书法文化》（载于《陕西师范大学学报》2012 年第 2 期）、《复杂人性的探询和文学生命的建构——关于冯积岐小说创作的对话》（载于《文艺研究》2013 年第 12 期）、论《〈盐道〉之"道"及其特色》（载于《小说评论》2015 年第 2 期）等纵论陕西文学文化，立论高远，阐述精辟，导引学术发展，被《新华文摘》《中国社会科学文摘》《人大复印报刊资料》转载。

24. 邢小利

邢小利，男，1958 年出生，陕西省长安县人，笔名蓝溪、小雨。1983 年毕业于西安师专中文系，1991 年获西北大学中文系文学硕士学位，历任《长安》文学月刊文艺理论编辑，《小说评论》杂志编辑、编辑部主任、副主编，现任陕西省作家协会文学创作研究室主任。兼任西北大学中国西部作家研究中心副主任，白鹿书院常务副院长，陕西省柳青文学研究会副会长，陕西省散文学会副会长，《秦岭》杂志执行主编，中国作家协会会员。

邢小利主要从事文学编辑、文学理论批评及社会文化实践活动，策划、建立陈忠实文学馆，被陕西省社会科学联合会授予首批陕西省社会科学普及基地。主编《白鹿论丛》（第一、二辑）、《陈忠实集外集》，与人合编《突发的思想交锋——博士直谏陕西文坛及其他》（太白文艺出版社 2001 年版）。

主要论著有文学评论集：《坐看云起》（陕西人民教育出版社 1993 年版）、《邢小利文艺评论集——长安夜雨》（陕西人民教育出版社 2003 年版，2006 年出版增订本）、《文学与文坛的边上》（中国社会科学出版社 2014 年版）。散文随笔集：《独对风景》（陕西人民教育出版社 1994 年版）、《回家的路有多远》（太白文艺出版社 1998 年版）、《种豆南山》（长江文艺出版社 2003 年版）、《义无再辱》（太白文艺出版社 2008 年版）、《长路风语》（陕西出版传媒集团、陕西人民出版社 2013 年版），中短篇小说集《捕风的网》（时代文艺出版社 2008 年版），传记《陈忠实传》（陕西人民出版社 2015 年版）等。其中，《坐看云起》获陕西文联首届青年文艺创作优秀作品奖，《独对风景》《回家的路有多远》获陕西省作家协会文学奖。

邢小利在陕西文学批评领域成果丰赡，曾在《人民日报》《光明日报》发表多篇有影响的文章。《三个半作家与三个问题》（载于《文学自由谈》1996 年第 2 期）、《〈浮躁〉疵议》（载于《小说评论》1988 年第 1 期）、《做文学的守护神》（载于《南方文坛》2002 年第 2 期）、《当代知识分子的现实境遇与精神状况》（载于《文艺争鸣》2002 年第 4 期）、《文学陕西：也曾灿烂　也有迷茫》（载于《人民日报》2013 年 5 月 3 日）等文直击当代文学流弊，显示出批评家的良知和锐气，《当代知识分子的现实境遇与精神状况》被人大复印资料转载。

25. 李国平

李国平，男，1960 年出生，河北深泽人。中共党员。中国小说学会副会长、陕西省作家协会副主席、陕西省评论家协会副主席。1982 年毕业于西北大学中文系。1982 年至 1985 年在《延河》编辑部工作，1995 年加入中国作家协会，2005 年任《小说评论》主编。

主要著作有《遥远的印记》《路遥评传》。曾获陕西省哲学社会科学二等奖，陕西省人民政府优秀编辑奖等。

李国平致力于编辑以及文学理论批评的社会实践活动，为陕西文学的发展做出了突出贡献。

26. 段建军

段建军，男，1960 年出生，陕西武功人。1983 年毕业于西北大学中文系，1988 年获西北大学文艺学硕士学位。西北大学教授、博士生导师、文学院院长。中国文艺评论基地（西北大学）基地主任，中国人民大学报刊资料《文艺理论》学术委员、《小说评论》特邀副主编，中国中外文论学会理事。

独著《白鹿原的文化阐释》（西北大学出版社 2001 年版），与他人合著《文学与生命》（陕西人民教育出版社 1992 年版）、《人，生存在边缘上》（人民出版社 2008 年版）、《新编写作思维学教程》（复旦大学出版社 2008 年版）、《文艺美学》（太白文艺出版社 1996 年版）、《新散文思维》（商务印书馆 2006 年版）等。主持国家级、省部级社科项目多项，多次获得省级各类成果奖。

段建军主要研究方向文艺美学和文学批评，发表高水平学术论文几十篇，在陕西文学批评研究方面成果丰赡。专著《白鹿原的文化阐释》好评如潮，《肉身生存的历史展示：柳青、路遥、陈忠实对现实主义文学的贡献》（载于《文学评论》2008 年第 1 期）、《〈白鹿原〉的复调叙事艺术》（载于《小说评论》2013 年第 2 期）、《革命叙事与生活叙事——〈创业史〉与〈白鹿原〉历史观比较》（载于《当代作家评论》2013 年第 2 期）、《贾平凹与寻根文学》（载于《现代文学丛刊》2015 年第 12 期）等文，充溢智慧、散发诗意，为文化诗学批评的佳作。

27. 李震

李震，男，1963 年出生，陕西省榆林佳县人，1984 年毕业于陕西师范大学，1990 年毕业于西南大学，获文学硕士学位，现任陕西师范大学教授，博士生导师，新闻与传播学院院长，校学术委员会副主任，陕西省政协委员，任陕西省文艺评论家协会主席、陕西省传播学会副会长、教育部戏剧影视专业教学指导委员、中国文艺评论家协会理事。

从事诗学研究、文艺批评与文化传播研究，主要论著：《中国当代西部诗潮论》（青海人民出版社 1993 年版）、《母语诗学纲要》（三秦出版社 2001 年版）、《重塑西部之魂》（人民出版社 2003 年版），论文《语言的神话》系列、《神话写作与反神话写作》系列、《20 世纪汉语文学的基本传统》系列以及《〈摩罗诗力说〉与中国诗学的现代转型》系列等。批评成果荣获陕西省哲学社会科学一等奖，陕西高校人文社科一等奖，陕西省五个一工程奖，陕西省首届文艺评论大奖一等奖等十余项奖励。曾主持国家级和省部级社科项目多项。

在陕西文学批评领域取得丰硕的成果，李震评论过的陕西诗人有胡宽、伊沙、李岩、刘亚丽、素巴子、尚飞鹏、耿翔、远村、刁礼泉等十几位诗人的诗作，对柳青、杜鹏程、王汶石、路遥、陈忠实、贾平凹、杨争光、红柯、张浩文、吴文莉、周瑄璞、杨则纬、海波等人的小说进行评论。论文《论 20 世纪中国乡村小说的基本传统》（载于《陕西师范大学学报》2005 年第 3 期）从启蒙、诗化、史诗三种传统的分析中，论述了《白鹿原》实现对三种传统的整合，得出了《白鹿原》"将中国乡村小说推向成熟的文学史意义"，是 20 世纪中国乡村小说传统的集大成者的结论，获得陕西省首届文艺评论一等奖。李震学术视野开阔，论述精辟独到，数篇论文被《中国社会科学文摘》《新华文摘》《高校文科学术文摘》转载，在国内学术界和文化界产生了广泛影响。李震系统评述陕西文学艺术的大型记录片《秦风》在中央电视台国际频道播出。

28. 周燕芬

周燕芬，女，1963 年生，陕西米脂人。1985 年毕业于西北大学中文系，2002 年获得华中师范大学文学博士学位，2005 年复旦大学中文博士后流动站出站。西北大学文学院教授，博士生导师，中国现代文学研究会理事，中国当代文学研究会理事。

致力于中国现当代文学研究，个人学术著作《文学观察与史性阐述》（人民文学出版社 2012 年版）、《执守·反拨·超越——七月派史论》（中华书局 2003 年版）、《因缘际会——七月社、希望社及相关现代文学社团研究》（武汉出版社 2011 年版），与人合著《中国当代文学发展综史》（北京文化艺术音像出版社 1994 年版）、《中国当代文学风格发展史》（西北大学出版社 1997 年版）、《中国现当代作家作品专题研究》（西北大学出版社 2003 年版）、《中国 20 世纪文学现代品格论》（武汉大学出版社 2007 年版）《文学观察与史性阐述》（人民文学出版社 2012 年版），学人随笔散文《燕语集》（生活·读书·新知三联书店 2020 年版）等。主持国家级、省部级社科项目多项，多次获得陕西省哲学社会科学奖、陕西高等学校人文社会科学奖项。

在陕西文学研究与批评方面成果突出，《当代陕西长篇小说的代际衍变与艺术贡献》（载于《华中师范大学学报》2014 年第 1 期）、《论当代陕西文学创作的主流性地位》（载于《人文杂志》1998 年第 6 期）、《贾平凹与三十年当代文学的构成关系》（载于《当代作家评论》2009 年第 5 期）、《"去地域性"与"去史诗化"——新世纪陕西长篇小说创作群体观察》（载于《光明日报》2013 年 2 月 26 日）等论文是有关陕西文学研究的厚重之作，批评家从中国当代文学发展的格局中综述陕西文学与中国文学的构成关系以及在当代文学史上存在的历史价值意义；《〈创业史〉：复杂、深厚的文本》《行走与超越——叶广芩创作论》（与人合作）是作家作品创作论的深度解析；此外，座谈《历史的诗性传达　人性的深度叙述——叶广芩长篇小说〈青木川〉讨论》，书评《批评家的文化立场与独立思想——读仵埂〈文学之诗性与历史之倒影〉》《叶广芩：安置灵魂的一种写作》《我们需要什么样的文学批评》《"文革"叙事的新开拓》《当代文学中的崇高风格》等文显示出对批评家对文学创作及文学批评的深度思考和理性把握，数篇论文被人大复印资料转载。

29. 杨乐生

杨乐生，男，1963 年出生，陕西大荔县人，1983 年毕业于西北大学。

西北大学文学院教授，硕士生导师。陕西省现代文学学会常务理事，陕西省评论家协会常务理事，小说评论编委，中国美学会喜剧研究会会员，中国民间文艺家协会会员，中国民俗学会会员，陕西省作家协会会员。

杨乐生主要致力于中国现当代文学的教学以及文艺理论与批评、民俗学、宗教学等领域的研究，也关注陕西文学创作。论著有《选择的尴尬》（中国社会科学出版社 2007 年版）；《陕北民间歌谣与宗教初论》（获黄河流域九省区山歌学术讨论一等奖，并被日本学界摘录转发）；《自然奇节士，落墨见高襟》（载于《唐都学刊》1999 年第 3 期）获首届陕西省文艺评论奖，并入选"中国二十世纪思想文库"；《城市文学的根本出路在于作品的质量》获第二届陕西省文艺评论奖；《谢子长故里的乡音》一书获"中国北方民间文学作品集"二等奖。

30. 张阿利

张阿利，男，1963 年 5 月出生，1985 年毕业于西北大学中文系，留校从事教学科研工作，2008 年 6 月获中国传媒大学广播电视艺术学博士学位。西北大学教授，博士生导师。兼任教育部戏剧与影视学类专业教学指导委员会委员、陕西省电影家协会副主席、西北大学影视文化研究中心主任、中国视协高校艺委会常务理事、中国高校影视学会理事、中广学会西部研究基地副秘书长、陕西省"五个一工程"奖广播影视组评委、陕西省广播电视奖评委、陕西省委宣传部文艺阅评组专家、陕西省广播电影电视局电影、电视剧（剧本）审查组特聘专家、西部电影集团专家顾问、陕西电视台专家顾问等职务。

张阿利致力于西部电影与西部文化研究、文化产业研究、陕西影视发展研究、电影电视剧剧本写作，成果斐然。著作有：《电影读解与评论》（太白文艺出版社 1999 年版）、《陕派电视剧地域文化论》（中国电影出版社 2008 年版），编撰《大话西部电影》（陕西人民出版社 2004 年版）、《西部电影新论》（中国电影出版社 2008 年版）、《电视剧艺术类型论》（中国传媒大学出版社 2008 年版）等著作。在《人民日报》《光明日报》等报纸杂志发表论文四十余篇，论文《论电视电影的艺术流变》（载于《西北大学学报》2002 年第 4 期）、《论西部电影与中国传统文化》（载于《电影艺术》2005 年 4 月）被人大复印资料转载。荣获陕西省十佳电视艺术工作者荣誉称号、第三届中国金鹰电视艺术节优秀论文提名奖、第四届中国金鹰电视艺术节优秀论文三等奖、中国高校影视学会优秀学术论文二等奖、首届陕西文艺评论奖一等奖、陕西省十佳电视艺术工作者荣誉称号。主持国家社科基金、省部级多项科研项目，为西部及中国电影事业的发展做出了突出的贡献。

31. 邰科祥

邰科祥，男，1964 年 3 月出生，陕西凤翔人。1984 年毕业于陕西师范大学中文系，1991 年研究生毕业于西北大学文艺学专业。现为西安工业大学教授，人文学院副院长，硕士生导师。

研究方向为地域文学与文化，在贾平凹研究、陕西作家群研究和陕西民俗研究方面取得了丰硕的成果。1984 年开始发表文学评论文章，出版专著 6 部，《贾平凹的心阈世界》（陕西旅游出版社 2002 年版）荣获 2007 年陕西省人文社科研究优秀成果二等奖，《贾平凹语言世界》（合著，太白文艺出版社 1994 年版）荣获 2000 年陕西省人文社科研究优秀成果三等奖，《"泡沫"中沸腾的〈秦腔〉》（合著，人民出版社 2010 年版）荣获 2010 年陕西省人文社科研究优秀成果二等奖，《现代价值观与当代文学批评》（合著，陕西人民出版社 2007 年版）荣获 2011 年西安市第六次哲学社会成果三等奖，《当代商洛作家群论》（合著，三秦出版社 2005 年版）；《陕南孝歌的文化考察》（陕西师范大学出版社 2015 年版）。发表学术论文 50 余篇，论文《女性写作的误区及其出路》（载于《当代文坛》2011 年第 1 期）获陕西省第十一届哲学社会科学优秀成果三等奖与第三届陕西文艺评论二等奖。主持教育部、省厅级课题 9 项。

邰科祥的文学批评能结合当下文学实践，作出切实中肯的评价，如《论长篇小说〈秦腔〉在创作上的涨与跌》（载于《小说评论》2005 年第 4 期）、《矫枉未必要过正——质疑李建军先生的"贾作四评"兼及文学批评的策略》（载于《南方文坛》2005 年第 1 期）、《美玉岂无瑕——贾平凹创作隐患访谈录》（载于《商洛师范专科学校学报》2001 年第 4 期）等皆是文评佳作。

32. 刘卫平

刘卫平，男，1964 年 10 月出生。笔名刘炜评、炜评、允之等，陕西商洛市商州区人。1985 年毕业于西北大学中文系，留校工作至今。曾任西北大学文学院副院长，现任西北大学学报编辑部主任、《西北大学学报》哲学社会科学版主编、西北大学文学院教授，兼任陕西省文艺评论家协会副主席、陕西省散文学会副会长、陕西省诗词学会副会长、陕西省中国现代文学学会副会长、陕西省赋学学会副会长、陕西省国学艺术研究会副会长、陕西省司马迁学会副会长等。系中华诗词学会会员、陕西省作家协会会员。

刘卫平主要从事学术期刊编辑、文学创作以及中国古代文学和当代文学的教学与研究工作。发表学术论文、文艺评论、诗歌、散文等 200 多篇，出版《半通斋散文选》（文化艺术出版社 2010 年版）、《半通斋诗选》（太白文艺出版社 2011 年版）、《当代商洛作家群论》（合著，三秦出版社 2005 年版）、《唐诗宝鉴》（6 卷本，陕西人民出版社 2010 年版）、《高等语文》（主编，西北大学出版社 2005 年版）等著作、教材 10 部。《半通斋散文选》获第三届柳青文学奖。主持、参与陕西省哲学社科规划课题、省教育厅项目多项，两次获得陕西省教学成果奖。

在陕西文学批评方面，刘卫平不避流俗，坦诚直言。论文《冬烘与委琐》（载于《突发的思想交锋》，太白文艺出版社 2001 年版）对陕西文学批评中的一些不良风气提出尖锐批评。《批评人格的自渎与自救》（载于《南方文坛》2001 年第 2 期）被《中国社会科学文摘》和《人大复印报刊资料》转载，引起文学批评界关注，并获陕西省第七届哲学社会科学优秀成果三等奖。《论"学报体"及其改良》（载于《西北大学学报》2014 年第 6 期）对学术文体之"正"与"伪"剖切察析，疾呼三个方面的改良返本，在期刊界、学术界引起广泛呼应，被《新华文摘》《人大复印报刊资料》、中国社会科学网等转载，并获陕西省第第十一届哲学社会科学优秀成果二等奖。

33. 梁向阳

梁向阳，笔名厚夫，男，1965 年出生，陕西延川人。陕西省作家协会副主席、延安市作家协会主席、延安大学文学院院长、教授、硕士研究生导师；中国作家协会会员、中国当代文学研究会理事、延安干部学院兼职教授、《中国社会科学》杂志特约审稿人。荣获全国"宝钢优秀教师奖"、陕西省"第八届教学名师"陕西省宣传思想文化系统"四个一批"人才称号。

梁向阳主要致力于文学创作，当代文学、写作的教学与研究，主持两项关于延安文艺研究的国家社科基金项目。著有散文集《走过陕北》《行走的风景》《心灵的边际》等，散文《漫步秦直道》、评论《高原生命的火烈颂歌，民族魂魄的诗性礼赞》入选中学语文教材；人物传记《路遥传》（人民文学出版社 2015 年版）资料鲜活翔实，厚夫以学者治学严谨的态度，还原了一位艰难生活重压下真实而可信的路遥形象，展现了路遥独特的人生和文学精神；发表大量关于现当代散文与地域文学研究的论文，多篇被《人大复印报刊资料》《中国现代、当代文学研究》月刊全文转载、摘录；论文《"大散文"：意象阔远的散文天地》获第二届"冰心散文奖"；学术专著《当代散文流变研究》（中国社会科学出版社

2007 年版），获第二届"柳青文学奖·文学理论评论奖""第 11 届中国
当代文学研究优秀成果表彰奖"、陕西省第九次哲学社会科学优秀成果
三等奖等。

梁向阳在路遥研究方面成果显赫，先后合作主编《路遥研究资料汇
编》（中国文史出版社 2006 年版）、《路遥纪念集》（主编，人民文学出版
社 2007 年版）、《路遥再解读》（陕西人民出版社 2008 年版），担任北京
十月文艺出版社 2013 年版《路遥全集》特邀编辑；负责并建成延安大学
路遥文学馆；撰写大量路遥研究文章；《路遥传》出版后好评如潮，2015
年 3 月中央人民广播电台播出，获得"中国书业 2015 年最佳传记作品"。

34. 冯希哲

冯希哲，男，1970 年 6 月出生，陕西韩城市人，教授，硕士生导师。
现为西安工业大学人文学院院长、陕西当代文学与艺术研究中心主任、陕
西作家创作研究基地常务副主任、陈忠实当代文学研究中心常务副主任、
中国兵器文化研究中心副主任、陕西省作家协会理事、陕西省戏剧家协会
常务理事、陕西文艺评论家协会理事、《小说评论》副主编，陕西省第三
批"四个一批"人才，享受"三秦人才津贴"专家，陕西省高校教学名
师。同时，受聘陕西省委理论讲师团特聘教授、中国文艺评论基地（西
北大学）研究员和多所高校研究生导师。

冯希哲主要从事文学、戏曲、书法评论和地域文学与文化研究，著有
学术著作 5 部，统编教材 7 种，其中所主编《中国传统文化概要（修订
本）》（中国人民大学出版社 2012 年版）被评为教育部十二五国家级规划
教材，发表论文 40 余篇。曾主持完成国家重点图书出版基金项目、国家
文化产业扶持基金资助项目、陕西省社科基金项目等科研项目 9 项，《延
安文艺档案·音乐》获得第三届中国出版政府奖提名奖 1 次、省部级以
上科研成果奖励 7 项。主要成果：《现代价值观与当代文学批评》（合著，
陕西人民出版社 2007 年版）、《走近陈忠实》（编著，陕西人民出版社 2006
年版）、《说不尽的〈白鹿原〉》（编著，陕西人民出版社 2006 年版）、《延
安文艺档案·延安音乐家》《延安文艺档案·延安音乐组织》（编著，太
白文艺出版社 2012 年版）等。

在陕西作家陈忠实研究方面冯希哲成果突出，编选出版陈忠实研究
资料外，还撰写大量陈忠实研究论文，《从"三个学校"到"三种体
验"——论陈忠实文学创作观念的转变》（载于《陕西日报》2013 年 11
月 28 日）、《陈忠实的批评观》（载于《小说评论》2014 年第 5 期）、《陈
忠实的艺术生命观》（载于《文化艺术报》2013 年 11 月 27 日）、《多维

视野下的文本批评——〈白鹿原〉近期学术研究综述》（载于《小说评论》2006 年第 6 期）、《论路遥》（中国小说学会：1978—2008 中国小说30 年，天津人民出版社 2009 年版）等。已经完成正在出版的书籍：《陈忠实访谈录》《陈忠实文学创作思想论》《我们为什么读〈白鹿原〉》。负责建成陕西省人文社科重点研究基地陕西当代文学与艺术研究中心、陈忠实当代文学研究中心和陕西作家创作研究基地，为陕西文学文化发展做出了贡献。

35. 贺智利

贺智利，男，1966 年出生，陕西神木人，榆林学院文学院教授。陕西省三秦人才，陕西省高校教学名师，榆林市有突出贡献专家。

贺智利主要致力于陕北区域文学和区域文化的研究。著有学术专著 4部，编著书籍 4 部，发表论文 60 余篇。

主要学术著作：《中国现代文学的心理美学透视》（中国社会科学出版社 2006 年版），《黄土地的儿子——路遥论》（中国文联出版社 2005 年版），《当代榆林作家群论》（合著）（西安交通大学出版社 2016 年版），主编《榆林非物质文化遗产项目汇编》（西安交通大学出版社 2016 年版），主编《大学人文：榆溪大讲堂讲演录》（西安交通大学出版社 2016 年版）。曾主持省部级社科项目 1 项，陕西省哲学社会科学重点研究基地项目 1 项，陕西省教育厅科研计划项目 4 项，陕西省教科研计划项目 1 项，先后获各级各类教学科研奖励 30 多项。

贺智利在陕北文学批评领域成果显著，专著《黄土地的儿子—路遥论》于 2005 年出版后产生较大影响。论文《论鲁迅美学思想的现代性》（载于《理论导刊》2001 年第 12 期），《鲁迅"恶"的美学观及其成因探寻》（载于《绍兴文理学院学报》1998 年第 2 期），《路遥的宗教情结》（载于《小说评论》2005 年第 2 期），《路遥的个性心理》（载于《小说评论》2006 年第 2 期），《路遥的当代意义》（载于《小说评论》2007 年第2 期），《论路遥小说中眼泪的价值》（载于《理论导刊》2007 年第 2 期）等产生了一定的影响，有 10 多篇论文被《全国高校文科学报文摘》《人大复印资料》转摘。

36. 王鹏程

王鹏程，男，1979 年 6 月生，陕西永寿人。清华大学中文系毕业，文学博士。南京大学中国新文学中心博士后。西北大学文学院教授，博士生导师，中国现代文学馆特邀研究员，中国当代文学研究会理事、陕西省吴宓研究会理事。2014 年 3 月入选"陕西省百名青年文学艺术家扶持计划"。

主要致力于"小说叙事学""当代小说批评"和"新文学史料学"的研究。专著有《马尔克斯的忧伤——小说精神与中国气象》(生活·读书·新知三联书店 2018 年版)、《或看翡翠兰苕上》(北京大学出版社 2019 年版)、《见著知微——觑尘斋文史论稿》(广西师范大学出版社 2020 年版),编有《陈忠实文学回忆录》(广东人民出版社 2020 年版)。主持国家社科基金项目、教育部人文社科项目数项。曾获陕西省文艺评论奖一等奖、陕西高校人文社科研究优秀成果奖一等奖、陕西省哲学社会科学优秀成果二等奖等。

"小说叙事学"方面,2014 年曾在《小说评论》杂志开辟专栏,撰有《马尔克斯的忧伤——论小说的情欲书写》《"谎言中的真实"与"真实中的谎言"——论小说中现实与虚构的关系》《置身于阳光和苦难之间——论小说的反叛精神》等文章。主张小说写作应该谨慎对待现代主义无限扩张的怀疑、孤独、分裂、绝望等消极情愫,从古典主义小说中汲取营养,恢复爱、同情、悲悯、宽恕、希望等人类主体化的感情。"当代小说批评"方面,曾在《文艺报》《文学评论》《南方文坛》《当代文坛》等刊物发表大量文章,主张"有事实感的批评。""新文学史料学"方面,钩沉发现了王国维的绝命佚词、钱钟书清华读书时期的情诗、沈从文 70 年代未竟的长篇残稿、汪曾祺佚稿《小贝编》、柳青集外佚稿等,还原了研究对象复杂立体的面相,推动了相关领域的研究,在学术界产生了积极的影响。

【说明】以上列举的是部分批评家的简介,按照出生时间排序。由于笔者涉猎资料的有限性,必然会有许多弥足珍贵的资料被错过未能收录,这有待于日后的搜集整理,恳请专家海涵并赐予资料。

附录三 陕西文学及陕西文学批评的
部分杂志举要

陕西文学期刊数量众多，刊物以各自不同的特色和风格丰富着陕西文学。《延河》文学月刊以作家的摇篮闻名于世，《小说评论》作为中国唯一的专事小说研究的理论刊物翘楚于全国，《人文杂志》以彪炳人文精神、传承中华文明的高远追求享誉于海内外，《陕西师范大学学报》《西北大学学报》以学术追求的严谨性、精神导向的正确性脱颖于同类期刊，《美文》以散文写作的平民意识和创新精神走向普通读者。此外，各类报纸和文艺副刊以及高校学生自办的文学刊物为营造陕西浓郁的文化文学氛围起到了积极的作用。

1. 《延河》文学月刊是全国起步较早的纯文学杂志，1956年4月创刊，1966年8月停刊。1973年7月复刊，易名为《陕西文艺》（双月刊）。1977年1月复刊，恢复《延河》刊名。《延河》文学月刊历经50多年风雨的沧桑变化，在中国当代文学发展史上起到了中流砥柱的作用，为陕西以及中国文艺的发展做出了独特的贡献。地址在延河文学月刊社（西安市建国路71号）。

2. 《陕西文艺》（双月刊）是以发表文学作品为主的综合性文艺刊物。1973年7月创刊，1976年11月停刊，坚持办刊4年，出版发行刊物21期，编辑出版者为陕西文艺社，地址在西安市东木头市172号。此杂志在《延河》文学月刊停办数年间继续坚持办刊，陕西不少作家曾在《陕西文艺》上发表他们的习作，它为新时期陕西文学的复苏和繁荣做了积极的铺垫工作。

《陕西文艺》发表作品部分举要：路遥散文《优胜红旗》（1973年7月创刊号）、陈忠实散文《水库情深》（1973年7月创刊号）、陈忠实小说《接班以后》（1973年11月总第3期）、韩起小说《责任》（1973年11月总第3期）、京夫小说《小龙》（1974年7月总第7期）、韩起小说《游击队的火种》（1974年7月总第7期）、陈忠实《高家兄弟》（1974年

9 月总第 8 期）、路遥散文《银花灿灿》（1974 年 9 月总第 8 期）、路遥散文《灯光闪闪》（1975 年第 1 期总第十期）、陈忠实小说《公社书记》（1975 年第 4 期总第 13 期）、路遥散文《不动结的土地》（1975 年第 5 期总第 14 期）、贾平凹小说《捜断绳》（1976 年第 2 期总第十七期）、路遥《父子俩》（1976 年第 2 期总第 17 期）、李星《机声隆隆》（1976 年第 2 期总第 17 期）等。

3.《小说评论》，全国唯一一家专业性小说研究评论的杂志，由陕西省委宣传部主管、陕西省作家协会主办。1985 年 1 月 20 日创刊，主编胡采，副主编王愚、刘建军、李建民、李星、肖云儒、陈孝英、陈贤仲、畅广元。刊物宗旨为"立足西北、面向全国"，近 20 年来刊物锐意进取，栏目的设置一直处于调整变化中，但小说理论批评研究这一项目的设置却一以贯之。《小说评论》对陕西乃至西部地区浓郁文学气氛的营造起了积极作用，也为新时期中国整个文学的繁荣做出了贡献。杂志为双月刊，地址在西安市建国路 71 号。

4.《陕西文学界》，陕西省作家协会主办的杂志，栏目设置丰富：大家、陕西作家研究、陕西文坛动态、作家自由谈等。《陕西文学界》是及时了解陕西文学最新动态的窗口。

5.《山花》，1972 年 9 月由陕西省延安市延川县曹谷溪等人创办的县级文艺小报，小报以陕北信天游的形式抒志咏怀，表达文艺青年对于文学及美好生活的热爱与追求。《延安山花》由陕西人民出版社公开发行后，影响极大，成为当时工农兵创作的典型。随后，诗集不断修订、再版印刷，累计发行量达 28 万册，创下了工农兵文艺创作诗集的发行奇迹，香港三联书店也曾印制发行。

《山花》在文学百花萧瑟的特殊年代，傲然开放在陕北高原的旷野山洼。延安的《山花》小报周围会聚了一批朝气蓬勃的文学爱好者，他们以《山花》小报为依托发表习作，切磋文学创作的技艺，后来逐渐走向全国。延川当地的曹谷溪、文频、军民、陶正、路遥、荆竹以及赵熙、刘成章、梅绍静等都在《山花》上发表作品。李星这样评价《山花》："《山花》像一抹鲜艳大红的山丹丹花，使中国阴霾的文坛天空出现了一丝亮色。"①

路遥在延川时期创作的诗歌、散文、小说首发刊物为《山花》，最初的诗歌《车过南京桥》《塞上柳》《我老汉走着就想跑》《当年"八路"

---

① 李星：《今日山花更灿烂——延川作家专号漫评》，《延安文学》1998 年第 5 期。

延安来》《走进刘家峡》《电焊工》《歌儿伴着车轮飞》《老汉一辈子爱唱歌》等；叙事诗《桦树皮书包》；短篇小说《优胜红旗》《基石》等首发于《山花》，后被选入省级刊物。路遥后来深情地回忆《山花》："可以说这是文化革命后期中国大陆上第一本有泥土气息文学价值的诗歌集子，不能不引起社会的广泛关注。"

6. 其他文学杂志列举

《秦岭》文学季刊 2008 年春创刊，由柳青文学研究会和白鹿书院主办，该刊是柳青文学研究的阵地，同时也大量刊发小说、散文、诗歌及评论等文学创作。

《美文》杂志 1992 年创刊，主编贾平凹提出了"大散文"理念，倡导散文写作的平民意识和创新精神。1999 年《美文》设置"行动散文"专栏，呼吁散文写作"走出书斋，走出自我，关注社会进程，写出生存实感"，这对 20 世纪 90 年代沉迷于风花雪月的私人化书写来说，是散文理念的反拨和纠正。"大散文"概念引发社会的广泛关注，好评连连。《美文》优秀的散文作品被选入中学语文教材。"海外华人写作栏目"拓宽了覆盖区域、开拓了读者的视野，2007 年杂志发行量突破十万册，赢得了文化界和读者的认可。

《秦都》《渭水》杂志是由咸阳地方创办的文学杂志，《秦都》主发诗歌与散文类作品，《渭水》主发小说类作品，《秦都》《渭水》传承古都咸阳的文化精神，与《民间》（民俗类）、《秦苑》（书画类）构成四方阵立体呈现当代陕西咸阳文化艺术的风貌。

《荆山》是在西安阎良区编办的文学杂志，2011 年主编冉学东怀着"文学依然神圣"的梦想，将文学的魂魄安放于关山民间。

《米》是 2011 年陕西米脂县政协主办的文学季刊，是陕北边城盛开的文学之花。

7. 学生创办的报纸杂志

陕西高校林立，文化气氛浓郁，不少学校学生编办报纸杂志，这不仅活跃了校园的文化生活，而且为陕西文学的后续发展培育了大量人才。

学生报纸杂志列举如下：

陕西师范大学长风文学社主办《长风》杂志

陕西师范大学若水文学社主办《若水文苑》杂志

西北大学主办《木香》杂志

西安交通大学荆棘鸟文学社主办《荆棘鸟》杂志

延安大学路遥文学社主办《兰蕙园》刊物

西北政法大学飞鸟文学社主办《林间》

西安电子科技大学秋狄文学社主办《野草》杂志

长安大学文学社主办《憩园》杂志

西安理工大学文苑文学社主办《文苑》杂志

西安财经学院蓝风铃文学社主办《风铃文学报》

西安工业大学朝阳文学社主办《木铎》杂志

西安工程大学子衿文学社主办《子衿》杂志

西安翻译学院桃李文学社主办《桃李文学报》

咸阳师范学院学生主办《咸阳文苑》杂志

咸阳职业技术学院新叶文学社主办《新叶》《西北文学》杂志

宝鸡文理学院北辰文学社主办《北辰报》

西藏民族学院墨缘文学社主办《翰墨集》刊物

参考文献

一　主要论著

白宝学:《新时期陕西文艺研究》,陕西人民美术出版社2000年版。

白宝学、安琪:《新时期陕西文艺研究》,陕西人民美术出版社2000年版。

白烨:《热读与时评——90年代以来的长篇小说》,中国社会科学出版社
　　2005年版。

白烨:《中国文情报告(2007—2008)》,社会科学文献出版社2008年版。

柏峰:《审美的选择——胡采　杜鹏程研究》,华岳文艺出版社1989年版。

[美] 保罗·蒂利希:《政治期望》,徐钧尧译,四川人民出版社1989
　　年版。

[丹麦] 勃兰斯兑:《十九世纪文学主流》第5卷,张道真译,人民文学
　　出版社1997年版。

畅广元:《陈忠实论——从文化角度考察》,人民出版社2003年版。

畅广元:《神秘黑箱的窥视》,陕西人民教育出版社1993年版。

畅广元、九歌:《主体论文艺学》,中国社会科学出版社1989年版。

畅广元、李西建:《马克思主义文艺理论》,高等教育出版社2000年版。

陈传才:《文坛西北风过耳》,中国人民大学出版社1993年版。

陈传才、周忠厚:《文坛西北风过耳》,中国人民大学出版社1993年版。

陈晓明:《表意的焦虑》,中央编译出版社2001年版。

陈忠实:《陈忠实创作申诉》,花城出版社1996年版。

陈忠实:《创作感受谈》,陕西人民出版社1991年版。

程代熙:《新时期文艺思潮评析》,河南大学出版社1997年版。

程正民:《巴赫金的文化诗学》,北京师范大学出版社2001年版。

[美] 迪克斯坦:《伊甸园之门》,方晓光译,上海外语教育出版社1985
　　年版。

丁帆:《中国乡土小说史》,北京大学出版社2007年版。

［俄］杜勃罗流波夫：《杜勃罗流波夫选集》第 1 卷，辛未艾译，新文艺
　　出版社 1951 年版。

［德］恩斯特·卡西尔：《人论》，甘阳译，上海译文出版社 2003 年版。

［德］恩斯特·卡西尔：《神话思维》，黄龙保、周振选译，中国社会科学
　　出版社 1992 年版。

樊星：《世纪末文化思潮史》，湖北教育出版社 1999 年版。

费秉勋：《贾平凹论》，西北大学出版社 1990 年版。

费孝通：《乡土中国》，上海人民出版社 2007 年版。

冯希哲、赵润民：《走近陈忠实》，陕西人民出版社 2006 年版。

冯肖华：《陕西当代现实主义文学本体论》，太白文艺出版社 2003 年版。

冯肖华：《陕西地域文学论稿》，陕西人民出版社 2006 年版。

冯肖华：《文学气象与民族精神》，中国社会科学出版社 2010 年版。

高建群：《东方金蔷薇》，陕西人民教育出版社 1991 年版。

高宣扬：《当代法国思想五十年》（上下），中国人民大学出版社 2005
　　年版。

古远清：《中国当代文学理论批评史》，山东文艺出版社 2005 年版。

郭沫若：《郭沫若选集》第 4 卷，人民文学出版社 2004 年版。

韩鲁华：《精神的映像——贾平凹文学创作论》，中国社会科学出版社 2003
　　年版。

［德］黑格尔：《美学》，朱光潜译，商务印书馆 1979 年版。

［美］亨利·詹姆士：《小说的艺术》，朱雯等译，上海译文出版社 2001
　　年版。

胡采：《从生活到艺术》，陕西人民出版社 1979 年版。

胡采：《胡采文学评论集》，湖南人民出版社 1983 年版。

胡采：《新时期文艺论集》，陕西人民出版社 1983 年版。

胡风：《胡风评论集》，人民文学出版社 1984 年版。

胡经之、王岳川：《文艺学美学方法论》，北京大学出版社 1994 年版。

惠西平：《突发的思想交锋：博士直谏陕西文坛及其他》，太白文艺出版社
　　2000 年版。

［美］霍尔等：《荣格心理学入门》，冯川译，生活·读书·新知三联书店
　　1987 年版。

［美］杰姆逊：《后现代主义与文化理论》，唐小兵译，北京大学出版社
　　1997 年版。

赖大仁：《贾平凹论》，华夏出版社 2000 年版。

［美］勒内·韦勒克、奥斯汀·沃伦：《文学理论》，刘象愚译，江苏教育出版社 2005 年版。

雷达：《陈忠实研究资料》，山东出版集团 2006 年版。

雷达：《贾平凹研究资料》，山东出版集团 2006 年版。

雷达：《路遥研究资料》，山东出版集团 2006 年版。

雷达：《思潮与文体：20 世纪末小说观察》，人民出版社 2002 年版。

［美］雷内·韦勒克：《批评的概念》，张金言译，中国美术学院出版社 1999 年版。

李慈健：《中国文艺思想史》，河南大学出版社 1999 年版。

李继凯：《秦地小说与"三秦文化"》，湖南教育出版社 1997 年版。

李继凯：《新文学的心理分析》，陕西师范大学出版社 1991 年版。

李健吾：《李健吾文学评论选》，宁夏人民出版社 1983 年版。

李星：《书海漫步》，陕西人民教育出版社 1993 年版。

李星、孙见喜：《贾平凹评传》，郑州大学出版社 2005 年版。

李泽厚：《中国现代思想史》，东方出版社 1987 年版。

李震：《重塑西部之魂》，人民出版社 2003 年版。

梁启超：《饮冰室合集》第 7 册，中华书局 1989 年版。

［苏］列宁：《列宁论文学与文艺》，人民文学出版社 1960 年版。

刘建军：《换一个角度看人生》，陕西人民出版社 1989 年版。

刘建军、蒙万夫、张长仓：《论柳青的艺术观》，上海文艺出版社 1981 年版。

［美］露丝·本尼迪克特：《文化模式》，王炜译，生活·读书·新知三联书店 1988 年版。

马克思、恩格斯：《马克思恩格斯全集》，人民出版社 1960 年版。

马宽厚：《当代文学研究论文集》（上下），中国文学出版社 2002 年版。

［美］马泰·卡林内斯库：《现代性的五副面孔》，顾爱彬、李瑞华译，商务印书馆 2002 年版。

毛泽东：《毛泽东选集》，人民出版社 1967 年版。

［美］奈斯比特：《大趋势：改变我们生活的十个新方向》，梅艳译，中国社会科学出版社 1984 年版。

钱理群：《中国现代文学三十年》，北京大学出版社 1998 年版。

［比利时］乔治·布莱：《批评意识》，郭宏安译，广西师范大学出版社 2002 年版。

屈雅君：《新时期文学批评模式研究》，陕西人民教育出版社 1997 年版。

［美］R. 韦勒克：《批评的诸种概念》，丁泓等译，四川文艺出版社 1988
　　年版。

邵英起、耿传明、陈思广：《新时期文学思潮概论》，春风文艺出版社 1999
　　年版。

［英］史蒂文·康纳：《后现代主义文化》，严忠志译，商务印书馆 2002
　　年版。

孙新峰：《贾平凹作品商州民间文化透视》，中国文联出版社 2006 年版。

陶东风、和磊：《中国新时期文学 30 年（1978—2008）》，中国社会科学
　　出版社 2008 年版。

［英］特雷·伊格尔顿：《二十世纪西方文学理论》，伍晓明译，北京大学
　　出版社 2007 年版。

［法］托多洛夫：《巴赫金、对话理论及其他》，蒋子华、张萍译，百花文
　　艺出版社 2001 年版。

汪晖：《死火重温》，人民出版社 2010 年版。

王大华：《崛起与衰落》，陕西人民出版社 1987 年版。

王铁仙：《新时期文学二十年》，上海教育出版社 2001 年版。

王永生：《中国现代文学理论批评史》，贵州人民出版社 1985 年版。

王愚：《王愚文学评论集》，湖南人民出版社 1985 年版。

王岳川：《后殖民主义与新历史主义文论》，山东教育出版社 1999 年版。

王仲生：《贾平凹的小说与东方文化》，陕西人民出版社 1992 年版。

王仲生：《看到和没有看到的风景》，太白文艺出版社 2005 年版。

韦建国：《陕西当代作家与世界文学》，中国社会科学院 2004 年版。

魏天祥：《九十年代文艺新变化研究》，中共中央党校出版社 2000 年版。

温儒敏：《中国现代文学批评史》，北京大学出版社 1993 年版。

吴三元、季桂起：《中国当代文学批评概观》，知识出版社 1994 年版。

仵埂：《受难与追寻》，长征出版社 2003 年版。

夏中义：《新潮学案》，上海三联书店 1996 年版。

肖云儒：《对视文化西部》，陕西人民出版社 2000 年版。

谢冕：《中国当代青年诗选（1976—1983）》，花城出版社 1986 年版。

邢小利：《长安夜雨》，陕西人民教育出版社 2003 年版。

邢小利：《坐看云起》，陕西人民教育出版社 1993 年版。

徐岱：《批评美学：艺术诠释的逻辑与范式》，学林出版社 2003 年版。

徐岱：《小说形态学》，杭州大学出版社 1992 年版。

许纪霖：《二十世纪中国思想史论》，东方出版中心 2000 年版。

许志英、丁帆：《中国新时期小说主潮》（上下册），人民文学出版社 2003 年版。

［希腊］亚里士多德、［罗马］贺拉斯：《诗艺诗学》，杨周翰译，人民文学出版社 1962 年版。

［美］亚瑟·亨·斯密斯：《中国人的气质》，张梦阳译，敦煌文艺出版社 1995 年版。

杨春时：《百年文心——20 世纪中国文学思想史》，黑龙江教育出版社 2000 年版。

杨守森：《二十世纪中国作家心态史》，中央编译出版社 1998 年版。

［英］约翰·密尔：《论自由》，程崇华译，商务印书馆 1959 年版。

曾繁仁：《中国新时期文艺学史论》，北京大学出版社 2008 年版。

［美］詹明信：《晚期资本主义的文化逻辑》，陈清桥译，生活·读书·新知三联书店 1997 年版。

张岱年、方克立：《中国传统文化概论》，北京师范大学出版社 2004 年版。

张韧：《新时期文学现象》，文化艺术出版社 1998 年版。

张婷婷：《中国 20 世纪文艺学学术史》第 4 部，中国社会科学出版社 2001 年版。

赵德利：《情缘黄土地——新时期陕西文学的民间文化阐释》，作家出版社 2006 年版。

赵学勇：《新文学与乡土中国》，兰州大学出版社 1993 年版。

周海波：《中国现代文学批评史论》，上海人民出版社 2002 年版。

周水涛：《论新时期乡村小说的文化意蕴》，华中师范大学出版社 2004 年版。

朱寨、张炯：《当代文学思潮》，人民文学出版社 1997 年版。

朱寨主编：《中国当代文学思潮史》，人民文学出版社 1987 年版。

二　英文文献

Terry Eagleton, Basil Blackwell, *Literary Theory*: *An Inroduction*, Oxford, 1983.

Anderson, Msrston, *The Limits of Reslism*: *Chinese Fiction in the Revolutionary Period*, Berleley: University of California Press, 1990.

Hsia, Tsi-An, *The Gate of Darkness*: *Studies in the Leftist Literary Movement in China*, Seattle: Universit of Washington Press, 1968.

三 杂志

《人文杂志》

《陕西师范大学学报》

《陕西文学界》

《陕西文艺》

《唐都学刊》

《西北大学学报》

《小说评论》1985 年至今

《延河文学月刊》1956 年至今

索　引

二　人名索引

后　记

　　夜似墨，黑漆漆笼罩着长安。周遭一片寂静，只有指尖轻触键盘的"嗒嗒"声响起在耳际，又一个思绪纷飞的子夜。而今夜不同，在这盏青灯下，我要为我的书稿写下最后一笔……

　　人到中年，我才蓦然发现，心海最深处竟然有许多割舍不下的情结。自己一如年少，初心不改，热爱着文学，热爱着校园，热爱着这座古老而温暖的长安城池。1986 年 18 岁的我考入了延安大学。10 年后，在一个暖意融融的春日，我来到西北大学太白校区参加硕士研究生入学复试。2010 年，在我 42 岁的生日，在陕西师范大学博士论文答辩席上，我顺利地完成了自己的论文答辩……人生有太多的变幻，生命中也有奇妙的隐喻，生日与博士答辩日子的重合，让我确认自己的人生轨迹与学术存在着某些奇特的关联。

　　这本书是在我博士论文的基础上完成的。从完成到现在足足五个年头了，我一直没有勇气拿出来正式示人，是因为其中的舛讹、谬误不少。五年来，时光飞逝，绕在我膝下的女儿已经进入大学，并且能与我说文论道了，时不我待，我提醒自己不可懈怠，要对得起一路关爱、提携、帮助我的人，也告慰自己多年在陕西文学批评这片领域的耕耘。我一直努力整理爬梳文献、求教专家索取资料，仔细修订、更改论文中的缺憾和不足，但时至今日仍有捉襟见肘、不尽如人意之感。请见到拙作的专家学者、各位同人不吝赐教。

　　本书能够完成和出版，非常感谢我的博士生导师李继凯教授。记得第一次交给老师的作业，老师看了微皱着眉头，笑着对我说："这倒像是一本书的写法呀！"羞得我不敢抬头看他，怎么走出老师的办公室，我都记不清了。就这样一个无比蠢笨的学生，在老师的指导下完成了论文写作，在权威杂志上发表了文章。这些成果与老师的教诲分不开，在此特表感谢！同时感谢师母刘瑞春，师母为人的率真和善良，让我无论是过去还是现在，感受到在地球上有一个城市，在这个古老而温暖的城市中，有一扇门为我打开，享受人间这永在的温情。

　　感谢我在西北大学读书期间每一位老师。我的硕士生导师刘应争老师已经退休行走于山水之间，然而他还关注着我的学业和生活，提出建设性的意见并赠书于我；感谢周燕芬教授，就是在前几天，她还在电话里叮咛我仔细核对材料，注意行文中的标点符号，不要留有遗憾。感谢我的每一位老师，大学时期的胡俊生教授，中学时期的寇福瑛、杜济民老师，他们以独有的人格精神和无私关爱，注视着他们的每一位学生，在此我深表谢意。古人有"高山仰止"，从老师们身上学到的不只是知识和治学的方法，更是为人的原则和气度。可幸的是，我也是老师，我愿薪火相传，将这一份爱传递给我的学生们。

感谢我的家人和亲人，我的爱人王进旗先生本来是理工男，但为了我，他阅读林语堂、吟诗作赋，从各个方面调整着自己的生活习惯。最令我难忘的是他骑着摩托车穿越在西咸两地的寒风中，为我奔波在师大郭杜校区。我能够坚持完成学业，并且出版书籍，和我先生数十年来默默的支持与奉献分不开，在此特表谢意。感谢母亲和亲人们对我的关怀，我取得的成果凝聚着太多亲人的忍耐、奉献和牺牲。在我读研究生时，我的父亲突然去世了，这成为我生命中永远弥补不了的伤痛，假如父亲活着，女儿出版专著，这是令他多么开心而光荣的一件事情，而他却不能分享我的这份喜悦了。而我为了自己的学业事业，又错失了多少次与家人团聚尽孝的机会。人生中有太多的茫然，只是在突然了悟时，一切都来不及啦！

感谢西安工程大学科技处、人事处和人文学院等各个部门领导和同事。由于我校给予有力的资金支持，本书才有面世的机会。感谢我的同事们，在我攻读博士学位期间，我的同事们默默地分担了本应由我承担的繁重教学任务，才使我有充裕的精力投入科研中。感谢我工作单位胡伟华院长、徐利兰书记对我的工作、科研和生活的关心和支持，正是这些令人尊敬的领导对我的理解和支持，才使我最终完成学业并将书稿修订出版。感谢我的学友王刚、魏春春、张俊、张雪艳、王建仓、马琳、刘宁等人的一路相伴相助。感谢我的学生熊力、苏娜、师娇为我修订、校对论文，借此机会我要向他们表示诚挚的感激之情。

感谢本书的编辑郭晓鸿老师，从书稿的初审到后面几次的清样修改、校对，郭老师付出了不少心血，做了大量工作。在此深表谢意。

再一次向指导、帮助、提携我的人献上衷心的谢意和深深的祝福！

本书曾得到2014年陕西省社科基金后期项目的资助，在此特致以谢意！

李春燕

2015 年 11 月 10 日于西安